Von Mia Löw sind bereits folgende Titel erschienen:
Das Haus der verlorenen Wünsche
Das Haus des vergessenen Glücks
Das Haus der geheimen Träume
Das Geheimnis der Villa di Rossi
Das bretonische Haus der Lügen

Über die Autorin:
Mia Löw hat Jura und Germanistik studiert und als Anwältin und Regieassistentin am Theater gearbeitet. Heute schreibt sie erfolgreiche Neuseelandsagas, Familiengeheimnis- und Liebesromane. Sie lebt mit ihrer Familie und Hund in Hamburg.

MIA LÖW

DAS VERBORGENE ZIMMER IM HOTEL NORMANDIE

ROMAN

Besuchen Sie uns im Internet:
www.knaur.de

Aus Verantwortung für die Umwelt hat sich die Verlagsgruppe
Droemer Knaur zu einer nachhaltigen Buchproduktion verpflichtet.
Der bewusste Umgang mit unseren Ressourcen, der Schutz unseres Klimas
und der Natur gehören zu unseren obersten Unternehmenszielen.
Gemeinsam mit unseren Partnern und Lieferanten setzen wir uns für
eine klimaneutrale Buchproduktion ein, die den Erwerb von Klima-
zertifikaten zur Kompensation des CO_2-Ausstoßes einschließt.
Weitere Informationen finden Sie unter: www.klimaneutralerverlag.de

Originalausgabe September 2021
Knaur Taschenbuch
© 2021 Knaur Verlag
Ein Imprint der Verlagsgruppe
Droemer Knaur GmbH & Co. KG, München
Alle Rechte vorbehalten. Das Werk darf – auch teilweise –
nur mit Genehmigung des Verlags wiedergegeben werden.
Redaktion: Antje Steinhäuser
Covergestaltung: Patrizia Di Stefano / U1Berlin
Coverabbildung: Collage aus mehreren Bildern
unter Verwendung von Mauritius Images, Getty Images
und Fotos des Fotografen Richard Jenkins.
Satz: Adobe InDesign im Verlag
Druck und Bindung: CPI books GmbH, Leck
ISBN 978-3-426-52697-2

2 4 5 3

Prolog

Die staubige Landstraße vor der zerstörten Stadt war auf beiden Seiten von Zuschauern gesäumt. Dass die Kanadier ihre Gefangenen an diesem Tag durch die Trümmer der einst stolzen Stadt führen würden, hatte sich in Windeseile herumgesprochen und die Menschen auf die Straße getrieben. In der Menge herrschte eine aufgeheizte Stimmung. Als die besiegten Soldaten sich näherten, die Hände über den gesenkten Köpfen verschränkt, mit blassen Gesichtern, aufgerissenen Lippen und in schmutzigen Uniformen, wurden erst einzelne Beschimpfungen laut, die schließlich in einen gellenden Sprechchor mündeten.

Die junge Frau mit dem schwarzen lockigen Haar und den ungewöhnlich hellen blauen Augen wollte sich abwenden, um diesem Spektakel zu entfliehen, aber plötzlich spürte sie, dass sich die Hand ihres Begleiters wie eine eiserne Kralle um ihr Handgelenk legte. Sie suchte seinen Blick, aber er wich dem ihren aus und sah stur auf die Straße. Als die ersten Männer auf ihrer Höhe ankamen und zum Greifen nahe waren, spuckte er in hohem Bogen vor ihnen aus, bevor er in den Chor der anderen einstimmte. *Boches! Meurtriers!,* waren noch die harmlosesten Rufe, die nun immer lauter wurden. Noch einmal versuchte sie, zu entkommen, aber der Griff um ihr Gelenk wurde nur noch fester. Sie flehte den Mann an ihrer Seite leise an, ihr diesen Anblick zu ersparen, aber er schnauzte zurück, sie solle sich die Schweine ruhig ansehen. Besonders das eine.

Sie verstand nicht, was er mit dieser Drohung bezweckte. Der Eine war doch längst in Gefangenschaft auf der anderen Seite des Ozeans oder, schlimmer noch, tot.

Warum fiel sie nicht in den Chor ihrer Landsleute ein? Die Männer dort hatten es doch verdient. Sie hatten großes Unheil nicht nur über die Normandie gebracht, sondern über ganz Frankreich. Sie sollte sie mit derselben Inbrunst hassen, wie es ihre Familie tat, ihre Nachbarn, ihre Freunde, die sich am Bild des Jammers, das die ehemaligen Herrenmenschen nun abgaben, erfreuten. Beschimpft, bespuckt und von einigen Männern in der vorderen Reihe der schaulustigen Sieger mit Stöcken geschlagen. Sie musste plötzlich an ihre einst beste Freundin denken, die keiner zwang, sich das Elend der Besiegten anzusehen. Aber was war das für ein Leben? Sie musste sich wie ein Tier verstecken in der Hoffnung, dass man sie niemals für das bestrafen würde, was sie getan hatte. Gejagt von ihrem eigenen Bruder, der ihr bittere Rache geschworen hatte. Ob ihre Brüder auch so fanatisch gewesen wären, wenn sie noch erfahren hätten, was für Folgen ihre Liebe zu einem *Boche* hatte?

Es war ja nicht so, dass die junge Frau, die sich wider Willen in der sich an der Schmach der Besiegten ergötzenden Menge am Straßenrand befand, diese Männer weniger verachtete, als der Rest ihrer Landsleute es tat. Aber sie wusste aus eigener Erfahrung, dass sie nicht alle gleich waren. Dass sie nicht alle blind ihrem Führer gefolgt waren, sondern dass es Zweifler unter ihnen gab. Zweifler wie den Einen. Den Einen, der zutiefst verabscheute, was ihn im Namen des Vaterlandes in ein fremdes Land getrieben hatte, um Menschen zu unterjochen und zu töten.

Sie schloss die Augen. Nein, sie konnte und wollte sich dieses Schauspiel nicht länger mit ansehen. Inmitten der Schaulustigen, die Euphorie geradezu ausschwitzten, gab sie sich ihren Gedanken hin. In ihr kamen Zweifel auf, ob es richtig war, die Augen zu verschließen. Wäre es nicht eine Art Wiedergutmachung, wenn sie am lautesten brüllte? Wüssten die Menschen um sie herum, was sie getan hatte, sie würden sie auf der Stelle aus dieser Gemeinschaft ausstoßen. Sie befand sich in einem schier unlösbar erscheinenden Seelenkonflikt. Natürlich liebte sie ihr Land und hasste die Eindringlinge aus tiefstem Herzen dafür, dass sie Zerstörung und Verderben über die-

sen geliebten Flecken Erde gebracht hatten, doch schmerzhaft intensiv schlug ihr Herz auch für den Geliebten, der ihr Feind hätte sein
sollen. Und für sein … Erschrocken hielt sie inne. Sie wollte sich das
Unheil, das über sie hereinbrechen würde, wenn ihre Familie von
dieser Schande erfuhr, gar nicht ausmalen. Ein Schmerz in der Seite
riss sie aus ihren schwermütigen Überlegungen. Der Mann neben ihr
hatte ihr mit dem Ellenbogen einen unsanften Stoß versetzt. Der
Mann, der ihr ansonsten treu ergeben war, schien geradezu darauf
versessen, dass sie sich dieses Bild einprägte. Und wenn es sein musste, sogar mit Gewalt. Also versuchte sie, die Besiegten in ihren grauen
Uniformen als gesichtslose Feinde zu betrachten, die es verdient hatten, für ihre Verbrechen gedemütigt zu werden. Das gelang ihr halbwegs, bis sie, obwohl er den Kopf wie die anderen gesenkt hatte,
meinte, ihren schlimmsten Feind, diese Bestie in Menschengestalt,
erkannt zu haben, der nicht nur ein Gesicht, sondern einen Namen
besaß. Auch dieser Mann, vor dem sie sich so gefürchtet hatte, war
nur noch ein Schatten seiner selbst. »*Meurtrier!*«, hörte sie ihre eigene überschnappende Stimme brüllen. »*Meurtrier!*« Erst da erkannte
sie, dass sie sich getäuscht hatte. Er sah ihm nur entfernt ähnlich. Für
einen winzigen Augenblick hatte sie nicht daran gedacht, dass er es
gar nicht sein konnte, weil er längst seine gerechte Strafe bekommen
hatte. Er war abgestochen worden, wie es einem Schwein wie ihm
gebührte.

Ihr Begleiter warf ihr einen aufmunternden Blick zu. Offenbar
glaubte er, dass sein Plan, ihr die schöne Erinnerung an den Einen
auszutreiben, endlich Erfolg zeigte. Sein eiserner Griff löste sich, und
er fasste nach ihrer Hand. Sie tat so, als würde sie seine zärtliche Geste erwidern, während in ihrem Herzen die Abwehr gegen ihn noch
genauso intensiv brannte wie zuvor. Niemals würde sie den Einen
vergessen, und wenn sie hundert Jahre alt würde … Zärtlich strich
sie sich mit der anderen Hand über ihren Bauch. So als wollte sie um
Verzeihung bitten, dass sie sich von dem anderen, den sie nicht liebte,
beschützen ließ. Sie schämte sich zugleich, weil sie zu wenig Dankbarkeit empfand. Für den Mann an ihrer Seite, der schwor, sie vor der

grausamsten Rache zu bewahren, die einer Frau wie ihr nun drohen würde. Und er war kein Kerl, der leere Versprechungen machte. Zumindest dankbarer sollte sie ihm sein. Pflichtbewusst drückte sie seine Hand. Er wandte sich ihr lächelnd zu. Diese Zuwendung schien ihn glücklich zu machen. Ihr lief ein eiskalter Schauer über den Rücken. Sollte das wirklich ihre Zukunft sein? Ein Leben lang so tun, als ob? Oder würde die Zeit alle Wunden heilen, und sie würde ihn sogar lieben lernen? Er war doch kein Unmensch, sondern ein aufrechter Franzose, der sie über alles liebte. Und ein ansehnlicher Mann überdies. Aber war das wirklich Liebe, wenn man ihr abverlangte, ihre wahren Gefühle zu verleugnen, um die Frau an seiner Seite zu spielen? Er hatte so lange um sie gekämpft. Jetzt fühlte er sich am Ziel seiner Träume. Und offenbar war er sich seines Erfolgs ziemlich sicher, nahm an, dass es nur eine Frage der Zeit wäre, bis sie diesen *Boche* aus ihrem Herzen verbannte. Sie durfte ihm diese Illusion nicht nehmen. Sie hatte keine andere Wahl, musste mitspielen, ob sie es wollte oder nicht. Wenn sie nur für sich selbst entscheiden müsste, wäre das etwas anderes. Dann wäre ihr gleichgültig, was für einen Preis sie für diese Liebe zu zahlen hätte, aber so?

Noch einmal hob sie den Blick und nahm nun ungerührt die einstigen Herrenmenschen wahr, wie sie unter den Augen der ehemals von ihnen Besetzten zu armseligen Kreaturen schrumpften. Nach einer Weile traute sie sich, genauer hinzusehen. Sie erschrak beim Anblick halber Kinder. Hatte er ihr das nicht einmal anvertraut? Vorzugsweise hatte man junge Burschen und alte Männer an den Nordatlantikwall in die Normandie geschickt, weil man in Berlin an dieser Stelle nicht mit einem Angriff der Alliierten vom Meer her gerechnet hatte. Ein fataler Irrtum, wie sich herausgestellt hatte.

Ihr Blick blieb schließlich an einem hochgewachsenen Soldaten hängen, der schwerfällig ein Bein nachzog. Für einen Moment drohte ihr Herzschlag auszusetzen, denn das, was sie von seinem Gesicht erkennen konnte, erinnerte sie so sehr an ihren Geliebten. Die kräftige Nase, das markante Kinn, die Augen … Stundenlang hatte sie dieses Profil in dem geheimen Zimmer betrachtet. Immer dann, wenn er vor Erschöpfung eingeschlafen war und sie ihn erst weit nach Mitternacht durch den Hintereingang nach draußen geschickt hatte, wenn dem einsamen Radfahrer auf den Schleichpfaden von Arromanches-les-Bains nach Colleville-sur-Mer keine Menschenseele mehr begegnen würde.

Sie rieb sich die Augen. Das konnte nicht sein! Seine Beine waren gesund gewesen. Beide.

Genau in diesem Moment kam der Zug der Gefangenen zum Stehen. Es gab keinen Zweifel mehr! Er war es! Sie wollte laut seinen Namen rufen, konnte sich aber in letzter Sekunde beherrschen. Sie sah nun den Mann neben sich an, über dessen Gesicht ein triumphierendes Grinsen ging, während er ihr zuflüsterte: »Er ist den Amerikanern entkommen, bevor man ihn auf das Schiff bringen konnte. Das hat er nun davon! Er kann nur froh sein, dass unsere Männer ihn nicht in die Finger bekommen haben.«

Sie wandte sich abrupt von ihm ab und blickte erneut in die Richtung des Mannes, den man ihr mit aller Macht aus dem Herzen zu reißen versuchte. Ihr wurde schwindlig, aber sie starrte weiter dieses vertraute und doch so fremde Profil an, obwohl der Mann an ihrer Seite den Arm um ihre Schulter gelegt hatte. Das aber fühlte sich nicht wie eine liebevolle Geste an, sondern wie eine tonnenschwere Last.

Bitte, mein Herz, heb den Kopf und schau hierher, flehte es in ihrem Inneren, doch der Geliebte stierte weiter auf den Boden vor sich hin, mit teilnahmsloser, resignierter Miene, als gäbe es keine Hoffnung mehr. Aber wenn er ihre Stimme in der Menge seinen Namen rufen hörte, dann würde das Leben in ihn zurückkehren. Dessen war sie sich sicher. Sie öffnete den Mund. In dem Augenblick setzte sich der Zug der Gefangenen wieder in Bewegung. Doch nichts würde sie davon abhalten, ihm seinen Namen hinterherzurufen und dass sie ihn liebte, selbst auf die Gefahr hin, dass dies ihr Todesurteil sein würde. Sie hatte den Gedanken noch gar nicht zu Ende geführt, als ihr sämtliches Blut aus dem Kopf wich. Sie spürte noch, wie sie in sich zusammensackte und im letzten Moment aufgefangen wurde, immer noch stumm seinen Namen auf den Lippen. Die Hände, die eben noch auf ihrer Schulter gelastet hatten, hoben sie nun hoch und trugen sie fort. Sie war zu schwach, sich noch einmal umzudrehen. Obwohl es ein heißer Augusttag war und die Sonne vom Himmel brannte, schien um sie herum alles düster und kalt.

1. TEIL

Barbara

1

O	*h Barbara, Il pleut sans cesse sur Brest, comme il pleuvait avant,*
	mais ce n'est plus pareil et tout est abîmé, c'est une pluie de deuil
terrible et désolée«

Als Barbara diese Zeilen sang, herrschte Totenstille im Publikum. Nach anderthalb Stunden, in denen sie ein kabarettistisches Feuerwerk abgebrannt hatte, gönnte sie sich diesen von Yves Montand nach einem Gedicht von Jacques Prévert gesungenen Chanson über das Grauen des Krieges. Die Konzertscheune, die an diesem Abend für einhundertfünfzig Zuschauer bestuhlt war, war zum ersten Mal seit langer Zeit nicht bis zum allerletzten Platz besetzt. Trotzdem brandete, kaum dass der letzte Ton verklungen war, begeisterter Applaus für die Kabarettistin und Sängerin auf. Wie auf den meisten der kleinen norddeutschen Kleinkunstbühnen war sie hier zu Hause. Man kannte sie und buchte sie gern, weil sie bislang für ausverkaufte Vorstellungen gesorgt hatte. Noch machte sich der Rückgang der Zuschauerzahlen nicht dramatisch bemerkbar, aber der Künstlerin entging diese Tendenz trotzdem nicht. Für sie war das durchaus ein Unterschied, ob einhundertfünfzig Karten verkauft waren oder wie an diesem Abend nur einhundertzehn. Und der schlug sich nicht nur bei der Gage nieder, die ihr später in einem Umschlag vom Veranstalter überreicht werden würde, nachdem er seinen Anteil abgezogen hatte. Nein, für sie war es ein deutliches Zeichen, dass sie aufhören sollte, wenn es am schönsten, und nicht, wenn es bereits zu spät war und nur noch fünfzig Zuschauer den Weg in die Scheune fanden. Und vor allem, bevor die Zuschauer spürten, wie dieses Leben sie zunehmend ermüdete. Jenes Leben in ständiger Bewegung, das sie einst gebraucht hatte wie die Luft zum Atmen und für das sie nun nicht mehr die Kraft aufbrachte. Jeden Abend in einem anderen Bett, einem anderen Ort, die sich aber alle auf seltsame Weise glichen. Vor allem der Ablauf. Autofahren, ankommen, auspacken, Bühne einrichten, technische Probe, dem Beginn der Veranstaltung entgegenfiebern, ein Feuerwerk abbrennen, danach meist mit dem Veranstalter zum einzigen Italiener, der extra für sie geöffnet blieb, weil ansonsten die Bürgersteige in diesem Ort bereits hochgeklappt waren. Orte, deren Fußgängerzonen sich bei Nacht zum Verwechseln ähnelten …

»Zugabe!«, forderten einige Fans, woraufhin sie sich ein wenig zierte, aber dann ihren Lieblingssong präsentierte. »Das Lied von den Erwartungen«, das sie schon seit zehn Jahren mit auf ihre Tourneen nahm. Sie machte ihrem Pianisten ein Zeichen, und schon bei den ersten Tönen juchzten einige Zuschauer, weil sie genau das Lied hören wollten. Vor allem den Refrain: Erwarte lieber nix vom Leben, dann wird es dir was Schöneres geben …

Das französische Chanson passte eigentlich gar nicht zu ihrem Programm, in dem sie neunzig Minuten lang mit spitzer Zunge über Beziehungen und insbesondere über die Männer herzog, denn sie schrieb ihre Texte in der Regel selbst. Ihr Mitbewohner Joachim ließ es sich nicht nehmen, jeden neuen Mann, den sie in der Wohngemeinschaft vorstellte, mit den Worten zu begrüßen: *Sei vorsichtig. Du bist schneller Teil ihrer Bühnenshow, als du denken kannst!*

Aber das war ihr Markenzeichen, dass sie ihren satirischen Abend stets mit einem ernsten französischen Chanson beendete. Lange hatte sie »Non, je ne regrette rien« von der Piaf im Programm gehabt. Nun hatte sie es zugunsten von »Barbara« aus dem Programm genommen. Damals, vor zehn Jahren, hatte ihr die Piaf aus dem Herzen gesprochen. Inzwischen korrespondierte der Text längst nicht mehr mit ihrer Gefühlslage, denn sie bereute so vieles von dem, was sie in den letzten Jahren getan oder nicht getan hatte. Viel zu viel! Die fünfzig war dabei eine magische Grenze gewesen. Vor diesem Datum hatte sie sich stark und unbesiegbar gefühlt und nie wirklich bedauert, dass sie keinen Mann an ihrer Seite hatte. Ihr Fluchtimpuls vor verpflichtenden Bindungen war stets stärker gewesen als die Sehnsucht nach Sicherheit und stabilen Verhältnissen. Sie hatte sich lebendig gefühlt, weil ihr Leben ständig in Bewegung gewesen war. Nun musste sie viel zu oft an das Bild vom ruhigen Fluss denken. Und an einen Mann, der mit ihr schwamm.

Sie verscheuchte ihre melancholischen Gedanken und konzentrierte sich nun auf das begeisterte Publikum. Begeistert – bis auf den einen Mann in der zweiten Reihe. Wenn die Beleuchtung es zuließ, konnte sie die Zuschauer in den ersten Reihen erkennen. Sie fixierte die Spaßbremse, doch die verzog auch jetzt keine Miene.

Nach ein paar Verbeugungen allein und mit ihrem Pianisten Frank verschwand Barbara hinter der Bühne in ihrer Garderobe. Da er auch zu ihren Verflossenen gehörte, machte es ihr gar nichts aus, sich in seiner Gegenwart ihr rotes glitzerndes Bühnenkleid auszuziehen und in ihre Jeans zu schlüpfen. Es schien ihn auch nicht sonderlich zu interessieren, als sie nun nur in BH und Jeans dastand und ihren Pullover suchte. Auch für ihn war es nur eine unverbindliche Affäre gewesen, wie es sie häufig unter Künstlern gab. Warum sollte man Nacht für Nacht allein in einem kalten Einzelbett liegen, wenn man eine Tür weiter die Wärme bekommen konnte, die man nach einem Auftritt so dringend brauchte. Er war für sie aber auch immer ein besserer Freund als ein Liebhaber gewesen.

Es klopfte an der Garderobentür.

»Komm rein«, rief sie, ohne hektisch den Pullover anzuziehen. Johann, der Veranstalter, gehörte zwar nicht zu ihren verflossenen Liebhabern, aber er war es gewohnt, die Künstlerinnen beim Umziehen zu sehen.

»Eine tolle Vorstellung«, schwärmte er und wedelte mit dem Umschlag.

»Leg ihn auf den Tisch. Wir zählen später nach«, scherzte sie, denn der Veranstalter war ein ganz penibler Mensch, der ihr niemals einen Pfennig zu viel oder zu wenig auszahlen würde.

»Trinken wir noch einen Wein zusammen? Draußen warten ein paar Leute.«

»Na klar!« Darauf würde sie niemals verzichten. Der Wein nach einem Auftritt war Gesetz, denn für sie war es der einzige Weg, wieder runterzukommen auf die Erde. Auf der Bühne hob sie ab in eine andere Welt und hatte größte Schwierigkeiten, wieder bei den normalen Menschen zu landen. Manchmal war sie nach einer Vorstellung so weggetreten, dass man mit ihr keinen vernünftigen Satz sprechen konnte, weil sie sich nicht auf ihr Gegenüber konzentrieren konnte. Frank kannte das schon und ließ sie nach dem Auftritt in Ruhe.

An diesem Abend hatte Barbaras Reise sie nicht in unerreichbare Sphären katapultiert. Sie ahnte auch, warum. Die Luft war raus, weil ihre Bühnenkarriere einem baldigen Ende entgegenging. Seit fast fünf Jahren trieb sie ständig die Frage um, wie lange sie noch da vorn als Solo-Entertainerin stehen wollte. Nicht dass sie sich für ihre Falten schämte oder den Anspruch hatte, sie müsse genauso frisch aussehen wie der Nachwuchs. Aber es strengte sie zunehmend an. Wenn sie nur an die Nummer dachte, bei der sie aufs Klavier kletterte und dort mit gespielt erotischen Verrenkungen einen Song präsentierte. Sie war keine Frau, die sich etwas versagte, weil da draußen die Meinung herrschte, das oder jenes gehöre sich in dem Alter nicht mehr, aber es gab Grenzen. Und die galten auch für das Herumrekeln auf einem Klavier. Manchmal sah sie sich wie den Hüsch, den Poeten unter den Kabarettisten, wie ihn einmal jemand genannt hatte, an einem Tisch sitzen und ihre Texte ohne Körpereinsatz vortragen, aber das würde nicht zu ihr passen, einmal ganz abgesehen davon, dass ihre Texte weniger poetisch waren.

So spielte sie schweren Herzens mit dem Gedanken, dass das nächste Programm ihr letztes werden sollte, aber das würde sie auf keinen Fall an die große Glocke hängen. Sie fand es furchtbar peinlich, eine Abschiedstournee anzukündigen, die dann die nächsten zehn Jahre andauerte. Da dieser Auftritt der letzte vor der Sommerpause war, blieb ihr genügend Zeit, eine endgültige Entscheidung zu treffen. Sonst gab es auch im Sommer diverse Festivals, auf denen sie auftrat, aber dieses Jahr hatte sie sich den Juli und den August spielfrei gehalten. Bis auf einen Termin in Köln.

»Fährst du zurück?«, fragte sie Frank.

»Habe ich eine Wahl?«, gab er zurück.

Nein, die hatte er wirklich nicht. Jedenfalls nicht, wenn sie nach der Vorstellung nach Hamburg zurückfuhren. Wenn es nach Barbara gegangen wäre, hätte sie lieber im Herrenhaus des Kulturguts übernachtet, aber Frank hatte am nächsten Morgen Unterricht an der Musikschule, und sie wollte ihn nicht allein mit ihrem Wagen durch die Nacht fahren lassen. Aber auf ihren Wein wollte sie trotzdem nicht verzichten.

Es gab ein großes Hallo, als sie über die Bühnentreppe durch den Zuschauerraum nach hinten zum Künstlertisch kamen. Alle redeten wild durcheinander. Die Komplimente erreichten sie nicht, weil sie nur Augen für einen gelangweilt wirkenden Mann in ihrem Alter hatte, der sich von der Gruppe der begeisterten Zuschauer fernhielt und an der Bar stand. Das war der Kerl, der inmitten einer Gruppe vor Vergnügen kreischender Frauen gesessen und keine Miene verzogen hatte. Sie konnte nichts dagegen tun, es wurmte sie. Das war ein Phänomen, das sich Barbara nicht erklären konnte. Warum scherte sie sich um den einen Zuschauer, dem ihre Show ganz offensichtlich nicht gefallen hatte, statt sich von denen durch den Abend tragen zu lassen, die von ihrem Auftritt begeistert waren?

Statt ihm wenigstens nach dem Auftritt aus dem Weg zu gehen, steuerte sie direkt auf ihn zu, um sich dort einen Wein zu bestellen, den man ihr am Künstlertisch sicher gern geholt hätte, denn man wusste schon, dass sie ihn kalt und weiß bevorzugte.

»Sie gehen wohl auch zum Lachen in den Keller?«, fragte sie angriffslustig.

Der Mann mit dem grau melierten dunklen Haar musterte sie fragend.

Barbara machte eine wegwerfende Handbewegung. »Na, ist ja auch egal.« Sie wandte sich nun dem Mitarbeiter hinter dem Tresen zu und bestellte sich einen Wein. In diesem Moment kam Johann angerannt. »Bevor ich es vergesse. Darf ich dir einen alten Freund vorstellen?«

»Wir haben bereits Bekanntschaft gemacht«, entgegnete sie in gereiztem Ton und wollte sich schon abwenden, als eine angenehme Männerstimme hinter ihr in gebrochenem Deutsch und mit unverkennbar französischem Zungenschlag entschuldigend sagte: »Leider ist mein kleines Deutsch verloren.«

Barbara fuhr herum und sah in ein lächelndes Gesicht. Wie peinlich, dachte sie, hoffentlich hat er meinen dummen Spruch nicht verstanden. Jetzt hatte sie ihre Antwort, warum der Mann in der zweiten Reihe nicht auf ihre Bühnenshow reagiert hatte.

Johann legte seinem alten Freund die Hand auf die Schulter. »Mit siebzehn war ich einer der Ersten, die mit dem Deutsch-Französischen Jugendwerk vier Wochen nach Rouen gekommen sind. In Henris Familie. Im Jahr darauf kam er nach Deutschland.«

Henri lächelte immer noch und hob entschuldigend die Hände. »Aber das Deutsch ist verloren. Deshalb habe ich nur Barbara gehört. Ich liebe dieses Lied. Und eine wunderbare Stimme haben Sie!«

Sie antwortete ihm geschmeichelt in seiner Muttersprache, dass sie ihm ihr Programm gern übersetzen könne. Henri musterte sie anerkennend und bestätigte ihr ein hervorragendes Französisch. Kein Wunder, dachte sie, hatte sie doch ursprünglich einmal Französischlehrerin werden wollen, aber dann hatten sich ihre anderen Interessen durchgesetzt: Journalismus und Musik. Das hatte damals ihren Vater schwer enttäuscht, während ihre Mutter ihre Entscheidung begrüßt hatte, der von ihr regelrecht verabscheuten Sprache den Rücken zu kehren. Das war auch so eine latente Differenz in der unglücklichen Ehe ihrer Eltern gewesen. Die Abneigung ihrer Mutter gegen alles Französische. Nicht einmal französischen Wein gab es im Hause Behrend. Dabei trugen ihre Eltern Konflikte niemals lautstark aus. Im Gegenteil, ihr Vater schwieg in der Regel zu allem gleichermaßen. Doch die angespannte Stimmung lag wie schlechter Atem über allem. Man sprach nicht darüber, aber er war auf unangenehme Weise allgegenwärtig.

Barbara verriet Henri, dass sie Französisch studiert habe, und bat ihn, mit an den Tisch zu kommen. Sie bedauerte ein wenig, dass die

beiden freien Plätze weit auseinanderlagen. Sie hätte gern ein bisschen mit dem Franzosen geflirtet. Auch etwas, das sie nach einem
erfolgreichen Auftritt gern tat: mit attraktiven Männern flirten. Keine Frage, Henri sah blendend aus, was auch seine Nachbarin am
Tisch zu merken schien, die ihn sofort in ein Gespräch verwickelt
hatte.

Da neben Barbara ein Schreiber der örtlichen Zeitung saß, blieb
ihr nicht viel Gelegenheit, diese entgangene Chance zu bedauern.
Der Journalist hatte einige Fragen, denn er war neu in der Stadt und
kannte sie noch nicht. Und wie immer, wenn sie mit einem Rezen-
senten ins Gespräch kam, ging es um die Frage, wie sie vom Schreiben zur Bühne gekommen war. An diesem Abend spulte Barbara
ihre Antworten professionell und ein wenig uninspiriert ab, aber nur
sie merkte, dass das Herzblut fehlte. Eigentlich sollte sie dem Mann
offen anvertrauen, dass sie mit dem Gedanken spielte, sich von der
Bühne zu verabschieden und stattdessen wieder auf die andere Seite
zu wechseln. Während des Studiums hatte sie sich mit kleinen Thea-
terkritiken über Wasser gehalten. Aber sie wollte ihre Pläne nicht
preisgeben, zumal sie noch nicht ganz ausgegoren waren. Der zweite
Wein, den Frank ihr nun brachte, vertrieb die schweren Gedanken
vorerst.

Nachdem ihr Pianist sie mehrfach zum Aufbruch gedrängt hatte,
begab sie sich schließlich zur Garderobe. Auf dem Weg dorthin traf
sie Henri, der stehen blieb und ihr gestand, dass er gern noch ein
wenig mit ihr geplaudert hätte. Es bedurfte keiner großen Anstrengungen seinerseits, sie doch noch zum Bleiben zu überreden. Nicht
ganz ohne Hintergedanken, schlug sie Frank daraufhin vor, doch
allein nach Hamburg zu fahren. Höchstwahrscheinlich übernach-
tete der attraktive Franzose auch im Gutshaus. Und man konnte ja
nie wissen, wie sich der Abend noch entwickelte. Auch das war so
eine Begleiterscheinung des Künstlerlebens von Barbara. Manchmal bot sich einfach ganz spontan die Gelegenheit, eine aufregende
Nacht mit einem Mann zu verbringen. Und so intensiv, wie Henri
sie gerade musterte, versprach diese Begegnung einiges. Frank war

nicht gerade begeistert, aber er versprach, zumindest ihre Kostüme mit zurück zu nehmen und Barbara am nächsten Tag vom Bahnhof abzuholen.

Sie hatte sich gerade mit Henri an einen eigenen Tisch gesetzt und erfahren, dass er für eine lokale Zeitung in Rouen, die »Paris-Normandie«, arbeitete, als Johann mit ernster Miene auf ihren Tisch zutrat.

»Was gibt es?«, fragte sie.

»Ein Anruf für dich«, entgegnete er. Barbara warf einen erstaunten Blick auf ihre Armbanduhr. Es war mittlerweile kurz nach elf. Wer konnte so spät noch etwas von ihr wollen? »Bin gleich zurück«, versprach sie dem Franzosen und folgte Johann in das Büro hinter der Bar, wo sich das Telefon befand. Ihr war etwas unwohl, als die den Hörer zur Hand nahm. »Barbara Behrend«, sagte sie.

Die Antwort war ein lautes Schluchzen. Sie hätte es unter Tausenden erkannt. Es war ihre Tochter. Ihr Magen krampfte sich zusammen, und ihr wurde übel.

»Paula, mein Schatz, was ist passiert?«

»Der Opa«, schluchzte ihre Tochter. »Du musst sofort kommen. Er stirbt, und er will dir offenbar noch was Wichtiges sagen, aber Oma hat mich auf mein Zimmer geschickt!«

»Um Gottes willen. Hol einen Krankenwagen, einen Notarzt!« Babaras Stimme überschlug sich vor Aufregung.

»Wie lange brauchst du, Mama?«

»Wenn Frank noch da ist, bin ich in fünfzig Minuten bei euch.« Ohne weitere Worte legte Barbara auf und fragte Johann, der neben ihr stand, nach Frank.

»Ich glaube, er ist gerade eben zum Parkplatz gegangen«, erwiderte er.

»Grüß alle. Ich muss sofort los!«, keuchte sie und rannte nach draußen ins Dunkle. Frank hatte gerade den Wagen angelassen, als sie auf den Beifahrersitz ihres Wagens sprang.

»Fahr los! Zum Haus meiner Eltern. Mein Vater …« Weiter kam sie nicht, denn nun folgte der Schock, der ihr die Stimme verschlug.

Meine Handtasche, dachte sie, als sie bereits auf der Autobahn waren, aber umkehren kam nicht in Frage. Zur Not musste sie ihre Sachen am nächsten Morgen abholen, denn sie hatte so eine Ahnung, dass jede Sekunde zählte.

»Ich habe meine Handtasche in der Garderobe vergessen«, murmelte sie.

»Kein Problem, ich fahre noch mal zurück, sobald ich dich abgesetzt habe«, versicherte ihr Frank.

»Nein, nein, ich kann das morgen machen«, widersprach sie ihm und ertappte sich bei dem Gedanken, dass sie sein Angebot nicht nur aus Rücksichtnahme auf ihn auszuschlagen versuchte. Der weitaus triftigere Grund hieß Henri. Auf die Weise könnte sie ihn womöglich morgen wiedersehen, aber Frank entgegnete entschieden, dass es kein Aufwand für ihn wäre, die Tasche zu holen. Barbara wurde in diesem Augenblick bewusst, dass am nächsten Tag vielleicht nichts mehr so sein würde, wenn es sich bewahrheitete, was Paula befürchtete. Dass ihr Vater wirklich im Sterben lag.

»Danke«, sagte sie leise. »Aber vielleicht übertreibt Paula, und es geht ihm gar nicht so schlecht.«

Frank tätschelte ihren Arm. »Du kannst jetzt nur noch abwarten. Ich komme morgen mit deiner Tasche vorbei.«

Barbara nickte, während sich in ihrem Magen die Angst zu einem Stein zusammenballte.

Wenn ich tot bin, verstreu meine Asche an der Plage. Sie wusste auch nicht, warum ihr dieser Satz ihres Vaters gerade jetzt in den Sinn kam. Jahrelang hatte sie ihn verdrängt, weil ihr die Worte des Vaters unheimlich gewesen waren. Sie gaben keinen Sinn. An welchem Strand? Und wieso benutzte er das französische Wort? Ihr Vater hatte zeitlebens Urlaube am Meer nur der Mutter zuliebe mitgemacht. Und das nicht in Frankreich, sondern wenn im Ausland, dann in Italien. Und Französisch redete er sonst auch nicht, weil ihre Mutter die Sprache nicht leiden konnte. Außerdem hatte Barbara ihren Vater niemals so betrunken erlebt wie an diesem Abend. So betrunken, dass sie ihn angezogen ins Bett befördert hatte. Sie hatte nur geantwortet: »Du musst jetzt schlafen«, und peinlich berührt eilig sein Zimmer verlassen.

Bitte, Papa, warte auf mich. Geh nicht ohne Abschied! Ich habe doch noch so viele Fragen, dachte Barbara, während ihr so übel wurde, dass sie das Fenster einen Spalt öffnen musste.

2

Colleville-sur-Mer, August 1943

Juliette Laurent liebte ihren ältesten Bruder wirklich, aber seine Fürsorge erdrückte sie. Dass sie nicht einmal Madeleine in Colleville besuchen durfte, ohne dass Louis ihr eine Zeit vorgab, zu der sie wieder in Arromanches zurück zu sein hatte, ging entschieden zu weit. Sogar ihrer Mutter war diese Bevormundung ihrer jüngsten Tochter zu viel. Sie hatte Juliette erlaubt, ihre Freundin ohne Einschränkung zu besuchen, wenn sie vor Einbruch der Dunkelheit zurück sei. Es wurde höchste Zeit, dass ihr ältester Bruder wieder nach Caen zurückging, um ihrem jüngsten der älteren Brüder, Gérald, im Restaurant zu helfen. Seit dem Tod des Vaters im vergangenen Jahr aus Kummer darüber, dass sein Lieblingssohn Claude, der mittlere seiner Söhne, als französischer Kriegsgefangener zur Zwangsarbeit nach Deutschland gebracht worden und dort gestorben war, hatten die beiden in Caen das Sagen. Von diesem Schicksalsschlag hatte sich ihr Vater auf jeden Fall niemals erholt. Nun führten die Brüder das Hotel mit Restaurant in der Stadt, während ihre Mutter und sie das kleine Hotel am Meer betrieben. Ihre Mutter wurde aber zunehmend in der Stadt gebraucht, weil dort mehr Betrieb herrschte als im *Hotel Normandie*. Hotels und Restaurants für Einheimische existierten gar nicht mehr, aber in dem einstigen Hotel in Caen hatten sich einige hohe Offiziere einquartiert. Juliette würde also auch gut allein zurechtkommen, zumal nach Arromanches gar keine Gäste mehr kamen außer den deutschen Offizieren aus Caen, die hier gelegentlich ein Wochenende am Meer verbrachten. Ihre Brüder hatten mithilfe ihrer Quartiersgäste aus Caen verhindern können, dass das Hotel von anderen Deutschen konfisziert werden konnte. Außerdem hatten sie erfolgreich unterbunden, dass das Haus am Meer von Mutter und Tochter geräumt werden musste, da es in einer strategischen Zone lag. Aber auf die beiden Frauen konnte man vor Ort nicht verzichten. Es hieß, keiner könne so perfekte Menus zaubern trotz der Lebensmittelknappheit, die auch in der Normandie herrschte. Deshalb durfte auch der Restaurantbetrieb weiterlaufen, seit die Deutschen Gefallen an Juliettes Kochkünsten gefunden hatten.

Eine entsetzliche Zeit, diese Besatzung durch die *Boches*, dachte sie, während sie sich die letzten Meter bergan anstrengen musste, denn der Anhänger ihres Fahrrads war sehr schwer. Sie hoffte wie alle anderen darauf, dass man sie bald vom Joch der deutschen Besatzung befreien würde. Madeleine wohnte mit ihrem Vater etwas außerhalb des Ortes auf einer Anhöhe. Ihre Mutter war im vergangenen Jahr gestorben, und der Vater bemühte sich redlich, ihr ein guter Vater zu sein, auch wenn die Arbeit auf dem Hof ihm nicht viel Zeit ließ. Deshalb war Madeleine meist auf sich selbst gestellt, was sie manchmal recht übermütig werden ließ. Besonders was ihren Kontakt zu jungen Männern anging. Nicht dass Juliette ihr das moralisch ankreidete, aber es bereitete ihr manchmal große Sorge, wie blauäugig die Freundin sich auf die Kerle einließ, denn ein uneheliches Kind war immer noch eine Schande.

Der Besuch bei der Freundin war nicht nur rein privat, sondern Juliette deckte sich auf dem Hof der Petits auch mit frischen Waren für die Küche ein. Auf ihrer Liste standen Fleisch, Gemüse und Milch. Dass der Bauer Monsieur Petit seine Erzeugnisse nicht wie andere abgeben musste, hatte er einem deutschen Kommandanten zu verdanken. Und die Laurents hatten das unfassbare Privileg, die Lebensmittel bei den Petits nicht mit den rationierten Karten bezahlen zu müssen. Da der Vater ihrer Freundin dem Widerstand angehörte, nahm er diese Privilegien mit der Faust in der Tasche an. Genauso wie ihr Bruder Louis. Ab und zu drangen Nachrichten aus den großen Städten zu ihnen durch. Dort hungerten die Menschen. Eigentlich ist das, was wir da treiben, nicht solidarisch, pflegte ihr Bruder stets zu beklagen, wenn er ein paar Calvados zu viel getrunken hatte, aber er tröstete sich damit, dass die Alternative wäre, ebenfalls Hunger zu leiden.

Auf der Hälfte des unbefestigten Weges hielt Juliette an, um etwas zu verschnaufen. Von hier aus konnte man weit über das Meer sehen. Ihr Blick schweifte in die Ferne. Ihre Brüder sagten, eines Tages würden wie aus dem Nichts Schiffe am Horizont auftauchen und die Besatzer vernichten.

Doch in diesem Moment zog etwas anderes ihre ganze Aufmerksamkeit auf sich. Auf der Wiese stand eine Staffelei, davor ein hochgewachsener junger Mann mit nacktem Oberkörper. Juliette war der Anblick von nackten Männerrücken nicht fremd bei zwei älteren Brüdern, und auch Pierre hatte sie schon ohne Unterhemd gesehen. Pierre war der beste Freund von Louis und, wenn es nach ihrem Bruder ginge, auch bald sein Schwager. Der sonst so gestrenge Louis überließ sie auffallend oft allein der Gesellschaft seines Freundes. Sie mochte Pierre, aber dass sie seine Frau würde, konnte sie sich nicht so recht vorstellen. Ein bisschen Herzklopfen wünschte sie sich dann doch beim Anblick eines Mannes. Und die Gefühle, die sie Pierre entgegenbrachte, waren rein schwesterlich.

Juliette wollte sich gerade von diesem nicht unangenehmen Anblick losreißen, als sich der Mann umdrehte, sie anstarrte wie ein Weltwunder, dann zu sich winkte, während er sich hektisch das Hemd über den entblößten Oberkörper zog. Sie überlegte kurz, ob sie sich so einfach von einem Fremden heranwinken lassen wollte. Eigentlich reagierte sie in der Regel nicht auf derartige Annäherungsversuche, die sie zur Genüge kannte. Nicht nur die jungen deutschen Burschen versuchten, ihre Aufmerksamkeit zu erregen, auch die Freunde von Louis und Gérald ließen keine Gelegenheit aus, mit ihr ins Gespräch zu kommen. Juliette hatte sich als Kind nie besonders hübsch gefühlt, aber inzwischen konnte sie nicht leugnen, dass sie die jungen Männer geradezu magisch anzog. Madeleine behauptete immer, mit ihren blauen Augen, dem schwarzen Haar und der schlanken und doch weiblichen Figur sei sie der Traum eines jeden Mannes. Sie sagte das ganz ohne Neid, denn Madeleine besaß etwas anderes, womit sie Verehrer in Scharen anzog. Sie hatte blondes Haar.

Der Fremde lächelte gewinnend und rief ihr auf Französisch zu, dass er nur eine Frage habe. Erst beim Näherkommen bemerkte Juliette die schwarze Klappe über seinem rechten Auge. Sie stand in merkwürdigem Kontrast zu der Vitalität, die dieser Mann ausstrahlte. Aber Makel hatten Juliette schon immer an Lebewesen fasziniert. Schon bei dem Hund, den sie sich als kleines Mädchen aus einem Wurf hatte aussuchen dürfen. Juliette hatte den Welpen mit nur einem Auge gewählt, den der Bauer eigentlich hatte ertränken wollen. Dabei hatte er das schönste Fell von allen besessen. Nicht dass sie diesen Mann mit ihrem Hund vergleichen wollte, aber das, was andere Frauen abstoßen würde, zog Juliette magisch an. Außerdem war der junge Mann trotz dieses Makels von ausgesprochener Attraktivität. Dieser geheimnisvolle Fremde gefiel ihr auf den ersten Blick, und zwar mehr als all die anderen jungen Burschen, die ihr zu Füßen lagen. Aber das würde sie ihm mit Sicherheit nicht zeigen. Wer trotz dieses Makels so verdammt gut aussah, war sicherlich entsetzlich eingebildet.

»Fragen Sie«, sagte sie statt einer Begrüßung in einem hochnäsigen Ton.

»Oje, was habe ich falsch gemacht?«, erwiderte er immer noch lächelnd. »Natürlich, ich hätte zu Ihnen kommen müssen und Sie nicht heranwinken dürfen. Aber ich habe gerade den Pinsel in die Farbe getaucht. Ist das wohl Entschuldigung genug?« Er legte den Kopf schief und musterte sie scheinbar betroffen, während ihm der Schalk aus den Augen blitzte. Beziehungsweise nur aus dem einen, aber sein grüngraues Auge strahlte für zwei.

Juliette konnte nicht anders, als sein Lächeln zu erwidern. »Woher kommen Sie? Ihren Akzent kann ich nicht einordnen.«

»Das kann ich mir vorstellen«, erwiderte er, und seine Miene verfinsterte sich. Er schien mit sich zu kämpfen, aber dann sagte er nur knapp: »Aus dem Norden.«

Keine befriedigende Antwort, fand Juliette, während sie prüfend das Gemälde fixierte. Ob er Maler war? Denn Touristen gab es hier kaum mehr wie vor der Besatzung durch die Deutschen.

Ihr Blick blieb an dem Felsen, den er gerade gemalt hatte, hängen. Sie deutete darauf. »Aber die Küste von Arromanches kann man doch von hier aus gar nicht sehen.«

»Entschuldigen Sie, ich bin ein lausiger Hobbymaler, ich zeichne den Blick über die Küste, wie ich sie am liebsten habe. Damit ich später ein Erinnerungsstück an diesen wundervollen Ort habe.« Er lachte.

Juliette fiel in sein Lachen ein. »Das ist also nicht Ihr Beruf. Da bin ich ja beruhigt.«

»So schlimm?«

»Nein, die Sonne ist schön gelb und das Meer schön blau.«

»Und Ihre Augen haben das schönste Blau, die ich je gesehen habe.«

Juliette spürte, wie ihr das Blut in die Wangen schoss. Der Kerl war unverschämt. Jedem anderen hätte sie die kalte Schulter gezeigt, aber dieser Mann erregte ihr Interesse. Sie wollte mehr über ihn erfahren. Außerdem sah er wirklich umwerfend aus.

»Gut, dann fragen Sie doch. Ich muss nämlich weiter. Noch den ganzen Berg hoch.« Das klang schroffer als beabsichtigt.

Er runzelte die Stirn. »Ich traue mich nicht mehr, denn jede Wette, mein Ansinnen wird Sie nur noch mehr verärgern. Ich kann die Staffelei kurz ihrem Schicksal überlassen und Ihnen das Rad den Berg hinaufschieben, wenn Sie wollen.«

Wie nett er das gesagt hat, dachte sie, doch sie blieb reserviert. »Nein, das schaffe ich schon allein. Fragen Sie doch endlich!«

»Gut, aber nicht böse sein. Als ich sie da eben stehen sah, hatte ich die verrückte Idee, Sie zu zeichnen.« Er deutete auf seine Pinsel. »Die Aquarellmalerei scheint nicht so ganz meinen Fähigkeiten zu entsprechen, aber zeichnen, das kann ich wirklich.«

In Juliettes Kopf arbeitete es fieberhaft. Eine Stimme in ihr jubelte bei der Aussicht, den Fremden wiederzusehen. Eine andere Stimme warnte sie davor, sich weiter auf dieses Geplänkel einzulassen. Der Mann war nicht von hier. So viel stand fest. Und das bedeutete, dass sie sich auf keinen Fall in ihn verlieben durfte …

»Gut, versuchen Sie Ihr Glück. Wenn es mir gefällt, habe ich ein Geschenk für Maman zu ihrem Geburtstag. Aber nicht jetzt.« Sie zeigte auf den Anhänger. »Ich bin zum Einkaufen für unser Restaurant unterwegs. Mir bleibt keine Zeit, Ihnen Modell zu stehen.«

»Restaurant? Wo? Und wie heißt das Restaurant? Meines Wissens gibt es überhaupt nur eins in der Nähe. Kommen Sie vielleicht aus Arromanches?«

»Das verrate ich Ihnen nicht. Erst einmal müssen Sie beweisen, dass Sie besser zeichnen als malen«, entgegnete sie kokett. »Ich bin nächsten Sonntag wieder hier. Zwei Stunden früher. Passt das bei Ihnen?« Juliette bereute ihre Worte, noch während sie sie aussprach. Damit hatte sie dem jungen Mann mit Sicherheit preisgegeben, wie gern sie ihn wiedersehen würde.

Er überlegte kurz, doch dann ging dieses Lächeln, das sie bei ihm ganz entzückend fand, über sein Gesicht. »Ich werde hier sein. Mit Zeichenblock und Kohlestiften.«

»Auf Wiedersehen, Monsieur«, flötete Juliette, bevor sie sich auf ihr Rad schwang. Sie meinte, seine Blicke im Rücken zu spüren, aber sie drehte sich nicht um. Der Berg kam ihr gar nicht mehr so steil vor wie vorhin. Im Gegenteil, es schien ihr, als könne man auch auf einem Rad dahinschweben.

Als sie auf den Hof radelte, wurde sie schon ungeduldig von Madeleine erwartet. »Ich muss dir dringend etwas sagen. Ein Geheimnis, das du niemandem verraten darfst.« Die Freundin zog sie in Richtung Scheune, hinter der sie sich ins Gras fallen ließen.

Madeleine wollte gerade losplappern, als sie die Freundin prüfend musterte. »Was ist denn mit dir passiert? Du strahlst ja förmlich!«

Da sprudelte es schon aus Juliettes Mund heraus, und sie schilderte Madeleine mit hochroten Wangen, was sie soeben erlebt hatte.

Die Freundin kicherte leise, nachdem Juliette ihre Schilderung beendet hatte. »Ich bin vor ein paar Tagen auch einem Mann begegnet, der mich wiedersehen möchte.«

»Wie schön!«, bemerkte Juliette, allerdings ohne die von der Freundin erhoffte Begeisterung.

»Ist das alles, was du zu sagen hast?«, entgegnete Madeleine vorwurfsvoll.

»Nein, nein, es freut mich sehr für dich«, fügte sie hastig hinzu und ertappte sich dabei, dass sie hoffte, dass diese neue Beziehung etwas länger halten würde als die anderen.

Mit Madeleine verband Juliette eine Menge. Die Kindheit, die Schulzeit, und was war aufregender zwischen besten Freundinnen, wenn sie das Gefühl teilten, einem besonderen jungen Mann begegnet zu sein?

»Ist es denn etwas Ernstes?«, fragte Juliette.

Statt sich zu freuen, trübte sich Madeleines Blick nun ein. »Es darf wirklich kein Mensch je erfahren. Mein Vater schlägt mich tot, wenn er das erfährt. Und auch mein Bruder Bernard wird mich umbringen.«

Juliette musterte die Freundin erschrocken. »Um Gottes willen, du hast doch nicht etwa … Ich meine … du bekommst kein Kind von ihm, oder?«

»Nein, wir haben uns noch nicht einmal geküsst, aber trotzdem …«

»Was ist mit ihm? Ist er verheiratet?«

Madeleine schüttelte traurig den Kopf.

»Er ist ein *Boche*.«

Juliette zuckte regelrecht zusammen. Das war allerdings das Schlimmste, das einer jungen Frau in diesen Zeiten widerfahren konnte. Dass sie sich in einen deutschen Soldaten verliebte, besonders wenn die Brüder und Väter bei der Résistance waren, was auf Monsieur Petit, Bernard und Juliettes Brüder gleichermaßen zutraf.

»Und meinst du nicht, es ist besser, wenn du ihn gar nicht erst wiedersiehst?«, fragte sie zaghaft.

»Ganz bestimmt wäre das besser«, entgegnete Madeleine entschieden. »Aber ich kann nicht. Ich wusste nicht, dass es Liebe auf den ersten Blick gibt, aber er ist wunderbar, er ist …«

Juliette unterbrach die Schwärmerei unwirsch. »Und wie verständigt ihr euch?«

Einmal abgesehen davon, dass die Freundin schon häufig von der Liebe auf den ersten Blick gesprochen hatte, missfiel Juliette außerordentlich, dass sie sich ausgerechnet in den Feind verlieben musste.

»Ich kann ein bisschen Deutsch, weil wir oft Feriengäste aus Deutschland hatten, aber mehr mit den Augen.« Sie stockte. »… und sicher auch bald mit den Händen«, fügte sie leise hinzu. »Bitte schwöre, dass du es für dich behältst.«

Juliette hob die Finger zum Schwur. Niemals würde sie Madeleines Geheimnis verraten.

»Aber versprich mir, dass du vorsichtig bist. Nicht dass dich einer mit ihm sieht«, mahnte sie.

»Versprochen. Wir sind vorsichtig. Wir haben einen Treffpunkt vereinbart, an dem man uns nicht so leicht erwischen kann«, erklärte sie geheimnisvoll, und Juliette war froh, dass Madeleine ihr nicht verriet, wo genau sie sich mit dem *Boche* treffen wollte. Und schon schweiften ihre Gedanken zurück zu dem Fremden aus dem Norden, und allein die Vorstellung, ihn wiederzusehen und ihm Modell zu stehen, ließ ihr Herz schneller schlagen.

3

Hamburg-Othmarschen,
Juni 2000

Zu spät. Ein eisiger Schrecken durchfuhr Barbara, als sie den Krankenwagen in der ruhigen Seitenstraße vor dem Haus ihrer Eltern im fahlen Licht einer Straßenlaterne stehen sah. Wenn noch etwas zu tun gewesen wäre, dann würde der Wagen nicht unbeleuchtet und verschlossen dort parken. Nein, dann müsste jetzt gleich die Tür auffliegen, und man würde ihren Vater schnellstens abtransportieren. Es war so verdammt still. Zu still. Sie war zu spät gekommen.

Mit zitternden Fingern schloss sie die Haustür auf. Auch im Haus war es gespenstisch still, doch als sie sich dem Schlafzimmer im obersten Stockwerk näherte, nahm sie Stimmengemurmel wahr. Die Tür war nur angelehnt. Um die Gewissheit noch ein wenig hinauszuzögern, lehnte sie sich gegen die Flurwand und atmete ein paarmal tief durch. Ihr Blick fiel auf ein Gemälde, das ihr Vater besonders liebte. Dabei war es mit Sicherheit künstlerisch nicht sonderlich wertvoll, sondern wirkte ziemlich naiv. Aber es hatte eine positive Ausstrahlung. Ein Strand im Sonnenlicht, Fischerboote und in der Ferne Felsen. Ihre Mutter hasste das Gemälde. Nur ein einziges Mal hatte ihr Vater in Barbaras Gegenwart seine Stimme gegen die Mutter erhoben. Als ihre Mutter das Bild eines Tages auf eigene Faust von der Wand entfernt hatte. Wie ein Stier hatte ihr Vater gebrüllt, sie solle das Bild sofort wieder an seinen Platz hängen. Ihre Mutter war vor Schreck über den ungewohnten Ton in Tränen ausgebrochen – bei ihrer durch und durch disziplinierten Mutter eine absolute Seltenheit – und hatte getan, was er verlangte.

In diesem Augenblick verließen der Notarzt und die Sanitäter das Schlafzimmer. Der Blick des Arztes ließ keinen Zweifel daran, dass sie zu spät gekommen war. »Mein Beileid«, sagte er.

Nun gab es keine Schlupflöcher mehr, um den Zeitpunkt der Gewissheit noch länger hinauszuzögern. Mit klopfendem Herzen betrat sie das Schlafzimmer ihres Vaters, in dem sie seit ihrer Jugend nicht mehr gewesen war. »Die Kammer«, wie ihre Mutter das geräumige Zimmer unter dem Dach nannte. Barbara hatte sich nie mit der Frage beschäftigt, warum ihre Eltern getrennte Schlafzimmer besaßen. Bis zu diesem Moment. Weil die Antwort mitten im Raum stand. Ihre Mutter, die mit versteinerter Miene ins Leere starrte, war ein Fremdkörper in diesem Refugium, in dem Barbara so viel Zuwendung bekommen hatte. Der vielbeschäftigte Dr. Friedrich Behrend hatte mit seiner Tochter hier Puzzlespiele gelegt, ihr stundenlang vorgelesen oder sich vorlesen lassen und ihr sogar eine seiner geliebten Gauloises angeboten, nachdem sie ihm gestanden hatte, dass sie heimlich rauchte. Das Bild dieser verlorenen Frau erzählte die ganze Geschichte einer unglücklichen Ehe.

Mit der Frage: »Mama, wo ist Paula?«, riss Barbara ihre Mutter aus deren Lethargie.

»Sie ist auf ihrem Zimmer. Ich wollte ihr den schrecklichen Augenblick ersparen.«

Barbara stutzte. Ihre Tochter hatte Medizin studiert und war alles andere als zartbesaitet, was den Tod anging. Aber es war jetzt nicht der Zeitpunkt, mit ihrer Mutter einen Streit anzuzetteln, auch wenn das keine Seltenheit gewesen wäre. Barbara konnte keine fünf Minuten mit ihrer Mutter in einem Raum sein, ohne dass sie mit ihr aneinandergeriet. Als Kind hatte sie sich eine Zeit lang eingebildet, adoptiert worden zu sein, weil ihre Mutter und sie so gar nichts gemein hatten. Aber dann hatte der prüfende Blick in den Spiegel sie gelehrt, die Wahrheit zu akzeptieren. Sie sah ihrer Mutter mindestens so ähnlich wie ihrem Vater. Früher hatten die einen stets behauptet: »Wie der Vater!«, die anderen: »Ganz die Mutter!« Offenbar war sie eine Mischung aus beiden.

Es kostete sie einige Überwindung, den Blick ihrem toten Vater zuzuwenden.

Im Vorbeigehen tätschelte Barbara ihrer Mutter pflichtbewusst den Arm, als diese Anstalten machte, sie zu umarmen, aber mehr Körperlichkeit seitens der Mutter würde sie in diesem Moment nicht ertragen.

Wie friedlich ihr Vater in seinem Bett lag. Als würde er schlafen. Sein Gesicht wirkte verjüngt, und es schien, als wären die Falten geglättet, die ihn, seit er wegen einer Herzinsuffizienz die Praxis hatte aufgeben müssen, älter hatten erscheinen lassen, als er wirklich war. Die Augen waren geschlossen.

Barbara spürte, wie ihre Augen feucht wurden. Liebevoll strich sie ihm über das immer noch volle graue Haar. Nur an einer Stelle war es lichter geworden. Dort war ein herzförmiger brauner Fleck, der sich beim näheren Hinsehen als ein Muttermal entpuppte, das sie noch nie zuvor bei ihm gesehen hatte. Es hatte genau dieselbe Form wie der Leberfleck, den sich ihre Tochter kürzlich auf Anraten ihres Freundes am Hals hatte entfernen lassen.

Barbara wünschte sich nichts sehnlicher, als dass er noch einmal die Augen aufschlagen würde, damit er sehen konnte, dass sie jetzt bei ihm war. Er hatte immer so eine intensive Art gehabt, Menschen anzusehen, dass kaum jemand auf den ersten Blick bemerkt hatte, dass er ein Glasauge hatte. Sie war derart konzentriert mit diesem Abschied beschäftigt, dass sie gar nicht mitbekam, wie Paula sich neben sie auf die Bettkante gesetzt hatte. Erst als sich eine Hand in ihre schob, nahm sie ihre Tochter wahr. Ein Blick in die verweinten Augen ihres Kindes genügte, um sich der Trauer ungehemmt hinzugeben. Die beiden Frauen fielen einander um den Hals und schluchzten laut auf.

Obwohl ihre Tochter in ihrer ganzen Art das Gegenteil ihrer extrovertierten Mutter und ihr Verhältnis keineswegs konfliktfrei war, liebte Barbara Paula bedingungslos. Etwas, das sie über das Verhältnis zu ihrer eigenen Mutter nicht sagen konnte. Doch als sich Barbaras und die Blicke ihrer Mutter trafen, nachdem sie sich aus der Umarmung mit ihrer Tochter gelöst hatte, fühlte sie aufrichtiges Mitleid mit dieser prinzipientreuen und verbitterten Frau, denn aus ihren Augen sprach nun der Schmerz. Wohl weniger über den Tod ihres

Mannes als vielmehr über die Erkenntnis, ausgeschlossen zu sein aus dieser liebevollen Vertrautheit, mit der die beiden Frauen ihrem Kummer Ausdruck verleihen konnten. Im Gegensatz zu Elfriede Behrend, der Tochter aus gutem Hause, die ihre Jugend unter dem Hakenkreuz verbracht hatte und für die das oberste Gebot die Disziplin war. Ob sich Vater und sie jemals geliebt haben?, schoss es Barbara durch den Kopf. Wenn man diese Frage nach dem Hochzeitsfoto der beiden beantworten wollte, war es wohl eher eine Pflichtübung gewesen. Man hatte im Hause Behrend niemals darüber gesprochen, dass ihre Mutter ungewollt schwanger geworden war, aber Barbara hatte bereits als Halbwüchsige nachgerechnet. Die Zeit zwischen Hochzeit und ihrer Geburt waren demnach zu kurze neun Monate gewesen. Man hatte wohl eher heiraten müssen, wie man das in Barbaras Jugend genannt hatte. Ihr Vater in seiner Uniform hatte jedenfalls so ernst in die Kamera geblickt, als erscheine er zu seiner eigenen Beerdigung. Und der Blick ihrer Mutter war so kühl und abweisend, dass es Barbara jedes Mal fröstelte, wenn sie an dem Foto vorbeiging, das auf der Anrichte im Wohnzimmer stand.

»Ach, Papa«, flüsterte Barbara, während sie seine kalte Hand nahm und streichelte. Paula saß immer noch leise schluchzend neben ihr. Sie hatte ihren Großvater geliebt und bewundert. Und er war so stolz auf sie gewesen, besonders als sie schließlich beruflich in seine Fußstapfen getreten war. Ganz im Gegensatz zu Barbara. Sie erinnerte sich genau, wann ihr harmonisches Vater-Tochter-Verhältnis seinen ersten großen Knacks bekommen hatte. Das war an jenem Tag gewesen, an dem sie ihren Eltern verkündet hatte, dass sie schwanger sei und in diesem Zustand nach Neuseeland reisen werde. Ihr Vater hatte es ihr aus medizinischen Gründen verbieten wollen, aber Barbara war unbezähmbar gewesen. Damals hatten sie über Monate nicht mehr miteinander geredet. Erst als Paula geboren geworden war, hatte sie den Kontakt zu den Eltern wieder aufgenommen. Ihre Mutter hatte sie mit Vorwürfen und dem stereotypen »Was sollen die Nachbarn denken?« überhäuft, während ihr Vater ihr alles hatte verzeihen wollen, wenn sie nur wieder zurück in ihr Elternhaus käme.

Ihre Mutter hatte sich dann um Paula gekümmert, während Barbara ihr Studium begonnen hatte. Erst mit Ende zwanzig war sie dann endgültig mit ihrer Tochter in eine Wohngemeinschaft gezogen.

Das alles lief wie ein schnell vorgespulter Film durch ihren Kopf, während sie sein friedliches Gesicht betrachtete.

Ein Klingeln an der Haustür riss sie aus ihren Gedanken.

»Das wird Gerhardt sein«, sagte ihre Mutter und verließ eilig das Zimmer.

Gerhardt Dehnbusch war der beste Freund ihres Vaters, sein Kardiologe und Barbaras Patenonkel. Barbara vermutete, dass ihre Mutter ihn gebeten hatte, den Totenschein auszustellen.

Als er das Zimmer wenig später ohne ihre Mutter betrat, rang er sichtlich um Fassung. Betroffen trat er ans Bett seines Freundes und kondolierte Barbara und Paula förmlich. Dann nahm er eine Medikamentenpackung vom Nachttisch und warf einen Blick hinein. Seine Miene verfinsterte sich. »Ich habe es gewusst«, murmelte er.

»Was ist mit den Tabletten?«, fragte Paula interessiert.

Der Freund des Hauses schien unschlüssig, was er dazu sagen sollte, doch dann brach es aus ihm heraus. »Ach, dieses Mittel hätte er nehmen müssen, aber er war ein alter Sturkopf. Er hat es nicht angerührt!«

»Ach, Onkel Gerhardt«, sagte Barbara. »Du kennst das doch. Ihr Mediziner verlangt von euren Patienten Vernunft und geht mit euch selbst schlimm um. Und immerhin hat er auf deinen Rat hin mit dem Rauchen aufgehört.«

»Nicht meinetwegen, da hat deine Tochter ihm wohl den Kopf gewaschen. Wollt ihr zusehen, oder lasst ihr mich eben mal meine Arbeit machen?« Er holte ein Blatt Papier aus seiner Tasche.

Barbara und Paula standen auf, um den Raum zu verlassen. Im Hinausgehen bückte sich Paula, holte blitzschnell einen zerknüllten Zettel aus dem Papierkorb und steckte ihn ein.

»Was soll das?«, fragte Barbara, kaum dass sie auf dem Flur waren.

»Ach, das war alles so merkwürdig vorhin. Sie verheimlicht uns was.«

»Wer? Deine Oma?«

Paula nickte eifrig. »Ja, Opa wollte auf dich warten. Dir etwas sagen. Er hat sich Papier und Bleistift von mir holen lassen. Und als er dann mit letzter Kraft was auf einen Zettel gekritzelt hat, da hat sie mich quasi aus dem Zimmer geworfen.«

»Und du glaubst, das ist der Zettel? Dann schau doch mal, was er geschrieben hat!«

Paula kramte das Stück Papier hervor und stutzte, nachdem sie einen Blick darauf geworfen hatte.

»Das ist eine Adresse in Frankreich. Guck mal, ein Hotel.«

Barbara riss Paula aufgeregt den Zettel aus der Hand. »*Hotel Normandie*? In Arromanches-les-Bains? Wollte er dorthin reisen?«

Paula zuckte die Schultern. »Merkwürdig! Oma hat sich doch immer geweigert, nach Frankreich zu fahren. Wir müssen sie direkt fragen.«

»Aber vielleicht nicht heute. Sie ist fix und fertig, auch wenn sie wie üblich keine Gefühle zeigt …«

In diesem Augenblick fiel Barbaras Blick auf einen hässlichen grauen Fleck an der sonst so makellos weißen Tapete gegenüber an der Wand. Es dauerte einen Augenblick, bis sie realisierte, was das zu bedeuten hatte.

»Das Bild! Sie hat sein Gemälde von der Wand genommen!«, stieß sie fassungslos hervor.

»Welches Bild?«

»Opas Lieblingsgemälde. Verstehst du?«

»Nicht ganz!«, erwiderte Paula kopfschüttelnd.

»Das von der Normandie!«

Paula blickte von dem Bild zu dem Zettel in ihrer Hand. »Du meinst, das beides hat miteinander zu tun?«

Barbara nickte eifrig. »Ich denke, wir müssen sie dringend damit konfrontieren, aber nicht mehr heute.«

»Und wenn sie uns beschwindelt? Warum sonst sollte sie den Zettel in den Papierkorb werfen?«

»Wir werden zusätzlich das Zimmer durchsuchen, sobald sie Papa abgehol-« Barbara stockte. »Ich kann es noch gar nicht fassen«, sagte sie unter Tränen.

»Ich auch nicht!« Mit diesen Worten nahm Paula ihre Mutter in den Arm.

»Aber wir dürfen nicht zulassen, dass Oma uns seinen möglicherweise letzten Willen verschweigt.«

Barbaras Blick fiel noch einmal auf die Stelle, an der das Bild gehangen hatte. Was musste im Kopf einer frischgebackenen Witwe vorgehen, wenn sie das Gemälde, das er so geliebt hatte, von der Wand nahm, obwohl ihr toter Mann noch nicht ganz kalt war? Und warum warf sie seine Botschaft fort, die doch ganz offensichtlich für sie, seine Tochter, bestimmt gewesen war?

4

Colleville-sur-Mer, August 1943

Juliette hatte dem Sonntag regelrecht entgegengefiebert. Ständig hatte sie an das Wiedersehen mit dem Fremden gedacht. Selbst beim Putzen der Möhren in der Hotelküche hatte sich der junge Mann in ihre Gedanken geschlichen. Stimmte es also, was Madeleine ihr auf den Kopf zugesagt hatte, dass ihr die Verliebtheit aus allen Poren drang? Sogar ihre Mutter hatte sie nach ihrer Rückkehr am vergangenen Sonntag direkt gefragt, ob es etwas von Pierre und ihr zu berichten gäbe, denn auch sie hätte den Freund ihres Sohnes gern zum Schwiegersohn gehabt. Juliette war sich allerdings nicht sicher, ob das an seinen feurigen Augen lag oder daran, dass er der Sohn eines der reichsten Männer Caens war. Der Familie Roux gehörten etliche Häuser in der Innenstadt. Fast eine halbe Straße in der besten Gegend.

Beinahe hätte Louis ihr noch einen Strich durch die Rechnung gemacht und ihre Verabredung unwissentlich torpediert. Er hatte ihr nämlich mitgeteilt, dass er bereits am Tag zuvor mit dem hoteleigenen Lieferwagen, der ihm nicht von den Deutschen weggenommen worden war, zum Hof der Petits gefahren und eingekauft hatte. Dann müsse sie in diesen Zeiten nicht die weite Fahrt auf sich nehmen, hatte er hinzugefügt und damit gemeint, dass er seine Schwester ungern auf der einsamen Landstraße wusste. Ihr war auf die Schnelle nur die Ausrede eingefallen, dass sie aber fest mit Madeleine verabredet war, obwohl sie genau wusste, dass sich die Freundin an diesem Tag mit dem Deutschen traf. Zu ihrer großen Erleichterung nahm ihr der Bruder die Begründung ohne weitere Nachfragen ab. Und er teilte ihr bei der Gelegenheit mit, dass nicht nur er in Caen gebraucht wurde, sondern auch die Mutter, weil der Koch nach Paris gegangen war. Allerdings bot er ihr an, dass sie ihn, wenn sie im Hotel in Arromanches nicht allein zurechtkämen, jederzeit zu Hilfe holen könne. Er ahnte zum Glück nicht, wie froh sie über die Nachricht war, dass er vorerst nicht mehr Aufpasser für die kleine Schwester spielen konnte. Es war ein Geschenk des Himmels, dass er gerade jetzt nach Caen zurückkehren musste. Allein die Vorstellung, er würde sie dabei erwischen, wie sie für den Fremden Modell stand, jagte ihr kalte Schauer über den Rücken.

Sie war bereits ein Stück den Hügel hinaufgefahren, als sie ihn vor sich auf dem Weg entdeckte. Sie hielt an und stieg vom Rad, als sie ihn eingeholt hatte. An diesem Tag trug er ein Jackett über dem Hemd, was ihn sehr förmlich wirken ließ.

Sein Lächeln bei ihrem Anblick aber ließ sie alles andere vergessen. Ihr Herz klopfte so heftig, dass sie befürchtete, er könne es hören und sie sich damit verraten.

»Ich hatte schon befürchtet, Sie würden mich versetzen«, sagte er.

»Ich brauche dringend ein Geschenk für meine Mutter«, erwiderte sie, um ihre Aufregung vor ihm zu verbergen.

»Gut, was halten Sie davon, wenn Sie sich dort ins Gras setzen?« Er deutete auf die Wiese, die der Sandweg säumte.

Juliette nickte, stellte ihr Rad ab und machte es sich im Gras bequem. Ohne weitere Worte begann der einäugige Fremde mit seiner Arbeit. Er wirkte sehr konzentriert, als ob er gar kein Interesse an ihr hatte, sondern nur am Gelingen seines Werks. Das kränkte Juliette, und ihre Miene verfinsterte sich. Das schien auch der Maler zu bemerken.

»Kann ich noch einmal Ihr wunderschönes Lächeln sehen? Ich glaube, Ihre Maman möchte kein Bild, auf dem Sie aussehen, als hätten Sie gerade in eine Zitrone gebissen«, lachte er.

Das machte Juliette nur noch wütender. Sie sprang mit einem Satz auf. »Ich habe keine Lust mehr, Ihnen Modell zu stehen«, sagte sie schnippisch.

»Um Gottes willen, Mademoiselle. Womit habe ich Sie verärgert?«, fragte er sichtlich betroffen.

Juliette machte eine wegwerfende Bewegung. »Sie behandeln mich wie einen leblosen Gegenstand …«

Weiter kam sie nicht, denn der Fremde war nun mit einem Schritt auf sie zugetreten und hatte sie in den Arm genommen, immer noch den Zeichenblock in der Hand. Und ehe sie sichs versah, küsste er sie auf den Mund. Während sie noch darüber nachdachte, ihm eine Ohrfeige zu versetzen, berührten sich ihre Lippen. Wie oft hatte sie sich vorgestellt, wie er wohl sein würde, der erste Kuss, aber das war himmlischer als jede Fantasie.

Es dauerte eine gefühlte Ewigkeit, bevor sich ihre Lippen voneinander lösten.

»Die Zeichnung ist nur ein Vorwand. Ich bin noch nie einer so bezaubernden Frau begegnet wie Ihnen«, raunte er heiser.

Durch Juliettes Kopf schwirrten die widersprüchlichsten Gedanken: Flieh, solange du noch kannst! Das ist Liebe, verdammt! Wenn das Louis sehen würde!

Sie versuchte zu überspielen, wie sehr sie das alles verunsicherte. »Kann ich mal sehen, was Sie zu Papier gebracht haben?«, fragte sie und nahm ihm den Zeichenblock aus der Hand.

Ihr Erstaunen darüber, wie perfekt er sie getroffen hatte, konnte sie kaum verbergen. »Das ist ja … Das bin ja ich …«, stammelte sie.

»Darf ich es vollenden?«, fragte er und musterte sie mit einem Blick, der ihre Knie weich werden ließ.

Statt ihm zu antworten, setzte sie sich zurück ins Gras. Dass sie selig lächelte, wurde ihr erst bewusst, als der Fremde sagte: »Dieses Lächeln ist für die Ewigkeit.«

Als könne er Gedanken lesen. Juliette wünschte sich, dass dieser Augenblick niemals enden würde. Am liebsten würde sie in dieser Position verharren, im Herzen den Kuss, den sie geteilt hatten.

Sie wurde aus ihren Gedanken gerissen, als der Fremde plötzlich neben ihr stand und ihr das fertige Bild mit den Worten »Für die Frau Maman!« in die Hand drückte.

»Oh ja«, erwiderte Juliette mit glühenden Wangen, nachdem sie das Porträt betrachtet hatte. »Das ist perfekt, aber ich glaube, ich muss jetzt schnell weiter«, fügte sie hastig hinzu.

»Bitte gehen Sie noch nicht«, bat sie der Fremde und küsste sie erneut. Juliette gab sich der zärtlichen Leidenschaft widerstandslos hin.

Erst als der Kuss vorbei war, machte sich die Stimme ihres Verstandes bemerkbar, und sie wollte endlich wissen, wer jener Mann war, in den sie sich rettungslos verliebt hatte, ohne seinen Namen zu kennen.

»Wie heißt du?«, fragte sie.

Der Fremde zögerte. »Friedrich«, erwiderte er schließlich.

Juliette wiederholte seinen Namen mit fassungsloser Miene: »Friedrik?«, bevor sie ihn prüfend musterte. »Das ist ein deutscher Name«, fügte sie entsetzt hinzu.

Friedrich nickte leise. »Ich heiße Friedrich Behrend und komme aus Hamburg.«

»*Boche,* du bist ein *Boche*«, stieß Juliette voller Entsetzen hervor. »Aber warum sprichst du unsere Sprache?«

Friedrich wollte Juliette in den Arm nehmen, aber sie entzog sich ihm.

»Warum?«, wiederholte sie.

»Meine Großmutter war Französin, und ich habe sie sehr geliebt. Sie war die Hauslehrerin der jüngeren Geschwister meines Vaters …«

Juliette hörte ihm gar nicht mehr zu, weil sie nur noch einen starken Impuls verspürte: die Flucht zu ergreifen, bevor sie ihr Herz ernsthaft an einen *Boche* verlor.

»Ich muss jetzt weiter«, sagte sie, ohne ihn dabei anzusehen. Er aber nahm vorsichtig ihre Hand. »Ich verstehe. Es ist wohl besser für uns, wenn wir uns nicht …« Er stockte. Dann näherte sich sein Mund ihrem. Ich werde ihn auf keinen Fall noch einmal küssen, dachte sie, während sich ihre Lippen trafen. Sie konnte nicht anders, als diese Zärtlichkeit zuzulassen. Heiße Schauer rieselten durch ihren ganzen Körper, als sie spürte, welche ihr bisher unbekannte Leidenschaft er in ihr entfachte. Aber er ist ein *Boche,* mahnte eine innere Stimme so streng, dass sie den Kuss unsanft beendete.

»Auf Wiedersehen«, murmelte sie und wandte sich zum Gehen.

»Ich verstehe Sie. Ich habe kein Recht, mich Ihnen zu nähern«, hörte sie ihn in ihrem Rücken leise sagen. Warum versucht er nicht, mich zurückzuhalten, dachte Juliette. Noch einen Schritt lang hatte er Zeit. Dann war sie bei ihrem Rad. Sie würde sich zu ihm umdrehen, keine Frage. Er musste nur nach ihr rufen ... doch er blieb stumm.

5

Barbara hatte wenig Lust auf das längst fällige klärende Gespräch mit ihrer Mutter. Aber es duldete keinen Aufschub mehr. Bislang hatte sich keine Gelegenheit ergeben. Die vergangenen Tage waren mit den Vorbereitungen für die Beerdigung ausgefüllt gewesen. Außerdem wirkte ihre Mutter ungewöhnlich nervös und fahrig. Offenbar war das ihre Art, den Tod des Vaters zu begreifen. Nun hatten sie die Beisetzung hinter sich. Die Friedhofskapelle in Groß Flottbek war bis auf den letzten Platz besetzt gewesen, denn auch viele ehemalige Patienten hatten von ihrem Doktor Abschied nehmen wollen. Die berührende Rede hatte ein mit ihrem Vater befreundeter Pastor gehalten, und Barbara hatte gegen den erklärten Willen ihrer Mutter »Non, je ne regrette rien« gesungen. Das hatte sich ihr Vater ausdrücklich von ihr gewünscht, nachdem er sie einmal auf der Bühne erlebt hatte. Barbara hatte das an jenem Abend gar nicht gern hören wollen, weil sie sich schwerlich hatte vorstellen können, dass es ihren Vater eines Tages nicht mehr geben sollte. Dennoch hatte sie es ihm versprechen müssen. Ganz gleich, was ihre Mutter dazu sagen würde, hatte er damals hinzugefügt. Und jetzt, da es wirklich geschehen war, spürte sie in ihrer ganzen Trauer eher eine tiefe Dankbarkeit, dass sie einen solchen Vater gehabt hatte. Keine ihrer Freundinnen hatte auch nur annähernd eine derart tiefe Verbindung zu ihrem eigenen Vater wie sie. Er war als Vater eine Ausnahmeerscheinung gewesen, hatte sich stets für sie als Mensch interessiert und nie versucht, ihr seinen Willen aufzuzwingen, obwohl er sich mit Sicherheit einen anderen Lebensweg für seine Tochter gewünscht hätte. Sein Tod hinterließ eine große Leere. Allein das Haus ohne ihn wirkte kalt und abweisend. Es hatte seine Seele verloren.

Trotzdem hatten Paula und sie entschieden, die Mutter nach dem Leichenschmaus im *Jacobs* nach Hause zu fahren und endlich das Gespräch mit ihr zu suchen. Paula wirkte zwar ziemlich mitgenommen, aber sie hatte darauf bestanden, es hinter sich zu bringen.

Nun betraten sie in ihrer schwarzen Trauerkleidung das Haus, das nie mehr dasselbe sein würde ohne den Vater. Er war schon hier in der Gründerzeitvilla aufgewachsen, in der sich im Erdgeschoss abgetrennt vom Wohnbereich auch die Praxis mit eigenem Eingang befand. Seine Eltern hatten es ihm in den Fünfzigerjahren überlassen, nachdem sein Vater den Sohn zu seinem Nachfolger gemacht hatte. Die Praxis stand zurzeit leer, weil ihr Vater noch keinen Interessenten gefunden hatte, der nur die Praxisräume mieten wollte, sondern alle seine potenziellen Nachfolger wollten unbedingt das ganze Haus kaufen. Barbara konnte das gut verstehen. Die weiße Gründerzeitvilla mit der großzügigen Fensterfront in beiden Stockwerken, dem ausgebauten Dachgeschoss, dem Wintergarten mit dem Balkon und der steinernen Brüstung war ein Schmuckstück. Nun allerdings nur noch ein kaltes Stück ihrer Vergangenheit. Ihr Vater würde ihr nicht mehr zum Abschied vom Balkon zuwinken oder noch eine heimliche Zigarette im Vorgarten rauchen unter dem Vorwand, sie bis zum Auto zu begleiten.

Barbara überkam ein Gefühl der Verlorenheit. Sie brauchte jetzt dringend die Wärme, die sie in ihrer Wohngemeinschaft bekam. Das einzig Tröstende war Paulas Gegenwart. Barbara hatte sich allerdings gewundert, dass Klemens nicht mit zur Beerdigung gekommen war. Schließlich hatte ihre Neugier gesiegt, und sie hatte ihre Tochter gefragt. Die Antwort war ganz einfach. Klemens und seine Eltern waren zurzeit auf einer Studienreise in Griechenland, die Paula nicht hatte mitmachen können wegen ihrer letzten Abschlussprüfung, die auf den Abflugtag fiel. Barbara hätte alles darangesetzt, den Flug umzubuchen, aber Klemens' Familie war da völlig anders. Alles wurde exakt nach Plan durchgeführt.

Barbara musste sich sehr zusammenreißen, ihre Abneigung gegen das seelenlose Haus für sich zu behalten. Allein die Vorstellung, in

Zukunft nur auf ihre Mutter zu treffen, wenn sie ihr Elternhaus besuchte, behagte ihr gar nicht.

»Ihr könnt mich jetzt allein lassen. Ich schaffe das schon«, sagte Barbaras Mutter in diesem Augenblick. »Sein Zeug sortiere ich ganz in Ruhe.« Das klang befremdlich.

»Was für *Zeug?*«, fragte Paula prompt.

»Opas Sachen. Die mache ich für die Kleidersammlung fertig.«

»Oma! Du willst doch nicht gleich heute mit dem Ausmisten beginnen, oder?« Paulas Gesicht war hochrot geworden vor lauter Empörung.

»Genau das habe ich vor. Sonst bleibt das bloß liegen«, gab Barbaras Mutter in strengem Ton zurück.

Barbara fand diesen Aktionismus ihrer Mutter auch mehr als befremdlich, aber sie wollte die Lage lieber entschärfen, statt Öl in das ohnehin lodernde Feuer zu gießen, denn Paula rang offenbar gerade mit einer passenden Erwiderung. Sie legte ihrer Tochter beschwichtigend die Hand auf die Schulter.

»Das Entsorgen von Papas Sachen muss noch etwas warten, denn Paula und ich möchten mit dir reden.«

»Muss das unbedingt heute sein?«

»Ja, Mama, wir denken, dass wir das hinter uns bringen sollten.«

»In was für einem Ton sprichst du mit mir? Ich bin doch nicht auf der Anklagebank«, fauchte ihre Mutter.

Barbara atmete einmal tief durch. Das fängt ja gut an, dachte sie. Offenbar spürte ihre Mutter die drohende Gefahr, die von diesem Gespräch ausging.

»Wir sind alle ein bisschen mit den Nerven zu Fuß. Lass uns einen Wein aufmachen und uns gemütlich in die Sofaecke setzen. Wir wollen dich nicht anklagen.«

»Nein, nur wissen, warum du mit Opas letztem Willen …« Paula unterbrach sich, als Barbara ihr einen warnenden Blick zuwarf.

Unwillig folgte die Mutter der Tochter und Enkelin ins Wohnzimmer. Barbara kümmerte sich um Gläser und holte eine Flasche Rotwein aus dem Weinschrank ihres Vaters.

»Auf Papa!«, sagte sie, nachdem sie die Gläser vollgeschenkt hatte. Sie prosteten sich zu. Während Barbara noch grübelte, wie sie die Frage nach dem zerknüllten Zettel möglichst diplomatisch stellen konnte, hörte sie ihre Tochter bereits in vorwurfsvollem Ton fragen, warum ihre Oma sie aus dem Zimmer geschickt hatte, nachdem der Großvater angefangen hatte, etwas Wichtiges aufzuschreiben. Das Ganze hat etwas von einem Rollentausch, stellte Barbara irritiert fest, denn sonst war immer sie diejenige, die sich mit ihrer Mutter stritt, während Paula stets Verständnis für ihre Oma hatte und Barbara vorwarf, zu unwirsch mit der armen Frau umzugehen.

»Ich wollte dir nicht zumuten, dass du deinen Opa sterben siehst«, erwiderte Barbaras Mutter in beleidigtem Ton.

»Mama, das verstehe ich nicht. Paula ist kein kleines Mädchen, dem man den Anblick eines Sterbenden ersparen müsste«, sagte Barbara sanft.

»Opa wäre nicht der erste Tote, den ich gesehen habe. Ich hätte so gern seine Hand gehalten. Warum hast du mir das genommen?«, hakte Paula nach. Ihre Angriffslust war offenbar der Trauer gewichen, denn sie hatte Tränen in den Augen.

»Ich finde nicht, dass ich euch Rechenschaft schuldig bin. Ich habe meinen Mann verloren, nach siebenundfünfzig Ehejahren!« Das klang trotzig.

»Was versuchst du so krampfhaft vor uns zu verbergen?«, fragte nun Barbara mit Nachdruck.

»Was soll das hier werden? Ein Verhör?«

»Warum hast du diesen Zettel verschwinden lassen?«

Barbara holte das inzwischen geglättete Stück Papier aus ihrer Handtasche und reichte es der Mutter. Die aber würdigte es keines Blickes, sondern riss es mit finsterer Miene in der Mitte durch. Sie hätte ihn auch noch weiter zerrissen, wenn Paula nicht aufgesprungen wäre und sich kämpferisch vor ihr aufgebaut hätte.

»Oma, bitte gib sofort her!« Zögerlich reichte Barbaras Mutter ihrer Enkelin die beiden Teile. »Warum hast du das nicht meiner Mutter ausgehändigt, wie Opa das gewollt hat?«

»Wie kommst du auf den Unsinn? Der Zettel war nicht für deine Mutter bestimmt!«

»Ich habe es doch mit eigenen Ohren gehört, wie Opa dir gesagt hat, er müsse etwas für meine Mutter aufschreiben. Ich habe ihm Block und Stift geholt, ihm geholfen, sich aufzurichten, bevor du mich aus dem Zimmer geschickt hast.«

»Aber doch nur weil ich erkannt habe, dass es nur noch eine Frage von Minuten war, bis er sterben würde. Du weißt doch, wie er gekeucht hat.«

»Genau, und weil er das selber gemerkt hat, wollte er meiner Mutter noch eine Botschaft hinterlassen.«

»Und das hat er nicht mehr geschafft!«

»Oma, du lügst!«, entgegnete Paula in scharfem Ton. »Dieser Zettel ist der Beweis. Oder ist das etwa deine Schrift?«

Wie immer, wenn sich Barbaras Mutter in die Enge getrieben fühlte, bekam sie am Hals einen roten Ausschlag. Barbara konnte dabei zusehen, wie er sich bei Paulas Worten rötete.

»Wie sprichst du mit deiner Großmutter?«

Paula öffnete den Mund und schloss ihn gleich wieder. Erneut traten ihr Tränen in die Augen, aber sie schwieg und biss sich stattdessen auf die Lippen. Barbara tat es in der Seele weh, ihre Tochter so leiden zu sehen. Sie war die Letzte, die sich ihrer Oma gegenüber unverschämt aufführen würde, aber das, was ihre Mutter sich gerade herausnahm, war wirklich völlig unmöglich. Es gab keinen Zweifel daran, dass sie etwas vertuschte und den letzten Willen des Vaters unterschlug. Das Recht hatte sie aber nicht!

»Mutter! Gib nicht Paula die Schuld, dass du gerade versuchst, uns zum Narren zu halten. Papa hat uns etwas Wichtiges mitteilen wollen. Und du weißt genau, was es ist. Was wäre so schlimm daran, wenn wir das erführen? Was hat es mit dieser Adresse auf sich?«

Barbaras Mutter zuckte mit den Schultern. »Weiß ich nicht, ich kenne sie nicht, aber diese Anstrengung, sie aufzuschreiben, hat ihn getötet. Deshalb habe ich den Zettel in den Papierkorb geworfen.«

Barbara atmete einmal tief durch. Lange würde auch sie die Fassung nicht mehr bewahren können. Wie sie das hasste, wenn ihre Mutter sie mit diesem herrischen und abweisenden Blick musterte, wie sie es in diesem Augenblick tat. Offenbar hatte sie nicht das geringste Unrechtsbewusstsein.

»Aber eine andere Frage kannst du mir vielleicht wahrheitsgemäß beantworten. Warum hast du das Gemälde im Flur von der Wand genommen, kaum dass Papa seinen letzten Atemzug getan hat? Und welchen Zusammenhang gibt es? Papa nannte das Bild ›Normandie‹, und diese Adresse ist ein Hotel in der Normandie? Was hat das zu bedeuten?«

»Weil es das scheußlichste Bild war, das dein Vater jemals gemalt hat, und ich es in dem Moment nicht ansehen konnte.«

»Papa hat es selbst gemalt?« Dass er Aquarelle gemalt hatte, war Barbara neu. Sie musste plötzlich daran denken, dass ihr Vater niemals auch nur ein Wort über den Krieg verloren hatte, außer dass er an der Ostfront sein Auge eingebüßt hatte und danach angeblich kriegsuntauglich gewesen war. Und sie hatte immer geglaubt, sie wüsste alles über ihn. Ein Irrtum, wie es schien. Aber wenn er so ein Bild gemalt hatte, das die Landschaft der Normandie zeigte, dann deutete es doch darauf hin, dass er diese Landschaft aus eigenem Erleben kannte.

»War Papa im Krieg in der Normandie?«

»Hat er dir das erzählt?«, gab Barbaras Mutter prompt zurück.

»Nein, du weißt doch, dass Papa selten vom Krieg gesprochen hat.«

»Dann ist dem nichts hinzuzufügen.«

»Mama! Du windest dich wie ein Aal. Offenbar hatte es genau damit zu tun, mit der Normandie, mit dem Hotel, mit dem Gemälde. Verdammt noch mal, warum kannst du jetzt nicht endlich die Wahrheit sagen?«

Nun zog Barbaras Mutter es vor, mit versteinerter Miene zu schweigen.

»Oma! Was um Himmels willen ist bloß in dich gefahren? So herzlos kannst du doch nicht sein. Wo ist das Bild?«

»Es steht in der Garage mit dem anderen Kram aus seinem Sekretär, der auf den Müll kann.«

»Du hast Opas Schreibtisch schon ausgeräumt? Bevor er überhaupt unter der Erde war? Und willst seine Sachen wegwerfen?«,
fragte Paula fassungslos.

»Ich möchte jetzt gern allein sein«, entgegnete Barbaras Mutter
kalt.

»Den Gefallen können wir dir leider nicht tun. Wir werden auf der
Stelle in die Garage gehen und schauen, ob wir noch etwas von seinen persönlichen Sachen behalten möchten«, widersprach Barbara
ihr entschieden.

Daraufhin sprang ihre Mutter mit einem Satz vom Sofa auf und
rannte zur Tür. »Das erlaube ich nicht. Ihr habt kein Recht, in seinen
Sachen zu wühlen!« Und schon war sie im Flur, aber Paula und Barbara waren schneller.

Ihre Mutter folgte ihnen zur Garage und keuchte, dass sie das
nicht erlaube, doch die beiden Frauen beachteten das Schimpfen
nicht. Barbara fragte sich, was die Mutter so krampfhaft zu verbergen
suchte. Es musste etwas wirklich Unangenehmes sein. Sonst würde
diese stets disziplinierte Frau mit Sicherheit nicht dermaßen die Be-
herrschung verlieren.

6

Arromanches-les-Bains, September 1943

Es war keine Minute vergangen, in der Juliette nicht an »den Einäugigen« gedacht hatte, obwohl ihr abrupter Abschied schon mehr als drei Wochen zurücklag. Trotzdem schickte sie seitdem einen Hotelangestellten mit dem Rad zum Hof der Petits, um die Lebensmittel zu besorgen. Madeleine war reichlich verschnupft darüber, dass die Freundin den Hof ihrer Familie zu meiden schien. Bei ihrem letzten Besuch in Arromanches hatte sie Juliette besorgt gefragt, ob ihre Beziehung zu ihrem Liebsten der Grund sei. Das hatte Juliette natürlich weit von sich gewiesen und war einen Moment lang versucht gewesen, ihr von Friedrich zu berichten. Vor allem, nachdem Madeleine sich neugierig nach dem geheimnisvollen Fremden aus dem Norden erkundigt hatte. »Er ist nicht zu unserem Treffen erschienen«, hatte Juliette geschwindelt, obwohl sie sich gar nicht wohl in ihrer Haut fühlte. Madeleine hätte eine wahrheitsgemäße Antwort verdient. Schließlich hatte sie sich ihr wegen ihrer verbotenen Liebe auch anvertraut. Juliette aber war komplett durcheinander. Sie wusste doch selbst nicht, was sie wirklich wollte: ihn wiedersehen oder ihn vergessen. So wie sie ihre romantische Freundin kannte, würde die wahrscheinlich darauf dringen, herauszufinden, wo sich dieser deutsche Soldat befand. Das würde Juliette unter Umständen zu sehr beeinflussen, denn eine starke innere Stimme mahnte sie, es auf sich beruhen zu lassen, weil so eine Liebe unter keinem guten Stern stand.

Diese innere Zerrissenheit machte Juliette schlechte Laune, die auch nicht besser wurde, als sie kurz vor dem Schließen des Restaurants an diesem Abend um einundzwanzig Uhr noch ein volles Haus hatten. Diese Zeit hatten die örtlichen Besatzer festgelegt, um zu verhindern, dass sich zu später Stunde noch heimlich Einheimische dort treffen konnten. Am liebsten hätten ihre Brüder das Restaurant in Arromanches vorerst geschlossen, um sich nur noch auf das Lokal in Caen zu konzentrieren sowie auf die Kellerbar, die dank des besten Calvados der Welt, wie Louis immer behauptete, florierte. Aber sie brauchten das Geld. Außerdem war das Restaurant im *Hotel Normandie* das Lieblingslokal eines örtlichen Kommandanten, der entgegen aller Lebensmittelknappheit verfügt hatte, dass die Laurents weiterhin die frischen Lebensmittel von den Petits beziehen durften. Andere Höfe hingegen mussten ihre landwirtschaftlichen Erzeugnisse an die Deutschen abgeben, damit sie der deutschen Bevölkerung zugutekamen. Es wurden ganze Wagenladungen von Lebensmitteln nach Deutschland transportiert. Mit dem Ergebnis, dass auch in der Normandie Lebensmittel für die einheimische Bevölkerung immer knapper wurden. Nicht zu vergleichen mit der Lage der Städter, wie man unter der Hand erzählte. In den Zeitungen durfte ja nichts darüber geschrieben werden, wie die Deutschen die Bevölkerung ausplünderten. Gérald hatte anfangs damit gedroht, er werde keinen Deutschen je bedienen. Der jüngste ihrer drei älteren Brüder war ein Hitzkopf ganz im Gegensatz zu Louis, der wesentlich bedachter an das Leben heranging. Obwohl er die Deutschen nicht weniger hasste als sein Bruder, würde er den Besatzern kein Essen verweigern, sondern eher Freundlichkeit heucheln und das Privileg, seine Lebensmittel für die Restaurants zu beziehen, ausnutzen, um nachts Papiere zu fälschen und die Flucht von Verfolgten zu organisieren. Inzwischen hatte Gérald seine Einstellung allerdings geändert. Solange sich die Deutschen benahmen und gut zahlten, behandelte er sie freundlich und zuvorkommend. So sehr, dass es Louis gegen den Strich ging und er den Bruder immer wieder ermahnte, daran zu denken, dass eines Tages die Stunde der Abrechnung kommen würde …

Juliette hatte ihre eigene Herangehensweise. Sie hielt auch nichts davon, den Deutschen die Bedienung zu verweigern, aber sie verrichtete diesen Teil ihrer Arbeit ohne jegliche persönliche Geste.

Kein Lächeln, kein freundliches Wort, kein Blick in ihre Gesichter … In der Regel verkroch sie sich lieber in der Küche und ließ ihren Kellner Georges den Deutschen das Essen servieren. In der Küche schätzte man ihr fröhliches zugewandtes Wesen, und wahrscheinlich wunderten sich die Deutschen, wer da hinter den Kulissen so herzlich lachte, mussten sie doch glauben, in diesem Lokal gehe es todernst zu. Allerdings hatte ihr Louis jetzt in der Küche einen fähigen Mann aus Caen zur Seite gestellt. Jean, der mindestens genauso gut kochte wie sie, sodass sie auch hin und wieder Freizeit hatte. Ein Segen und Fluch zugleich, denn das bedeutete, dass sie servieren musste, sobald zu viel Betrieb dort draußen war, dass Georges es nicht mehr schaffte. Auch er wahrte den Deutschen gegenüber höfliche Distanz. Mehr nicht. Ihn kostete es allerdings weniger Mühe als Juliette, sein natürliches Wesen zu unterdrücken. Georges lachte sowieso selten.

An diesem Tag hatte der Kellner frei, und Juliette machte den Service allein. Als sie sah, dass kurz vor acht eine Gruppe von deutschen Uniformierten das Lokal betrat, stöhnte sie laut auf. Vielleicht sollten Jean und sie einfach schlechter kochen, aber dann würde womöglich der Umsatz zurückgehen, und das konnten sie sich in diesen Zeiten nicht leisten. Es war wie verhext. Keiner wollte diese selbst ernannten Herrenmenschen bedienen, aber genau das sicherte ihnen zurzeit das Überleben. Während sie die Neuankömmlinge durchzählte und sechs Speisekarten griff, musste sie wieder an ihren zeichnenden *Boche* denken. Das Porträt hatte sie aus gegebenem Anlass nicht ihrer Mutter geschenkt, sondern behalten, denn was hätte sie auf die Frage antworten sollen, wer es gezeichnet hatte?

Missmutig trat sie auf den Tisch zu und drückte den Offizieren, wie sie es an den Uniformen erkennen konnte, die Karten in die Hand. Als der letzte von ihnen die Karte nahm, bedankte er sich als Einziger. Die Stimme hätte sie unter Tausenden erkannt. Erschrocken blickte sie auf. Es kostete Juliette viel Selbstbeherrschung, sich nicht anmerken zu lassen, wie der Schock über diese unverhoffte Wiederbegegnung sie innerlich erstarren ließ. Nach einem Augenblick, der ihr wie eine Ewigkeit vorkam, löste sie sich von dem Tisch.

Erst als eine mahnende Stimme in ihrem Rücken in fehlerhaftem Französisch »Fräulein, *boare!*«, rief, fiel ihr ein, die Getränkebestellung aufzunehmen. Mit versteinerter Miene drehte sie sich um. »Ihre Getränkewünsche, bitte!«

Einer der Offiziere bemerkte etwas auf Deutsch, das sie nicht verstand. Es klang nicht gerade freundlich, aber ehe der seinen letzten Satz ausgesprochen hatte, wurde er von Friedrich in schroffem Ton unterbrochen. Juliette tat, als würde sie diesen Disput nicht bemerken, und nahm die Getränkebestellung auf, die, wie sie es bei den Deutschen kannte, aus den besten Weinen der Karte bestand. Zum Aperitif bestellten diese Herren gern Champagner, aber den hatte Louis aus dem Verkehr gezogen. »Unseren Champagner kriegen die Schweine nicht!«, hatte er angeordnet. Juliette sagte ihr Sprüchlein in deutscher Sprache auf. »Champagner ist ausverkauft!«

Bis auf Friedrich, der sie immer noch wie ein Weltwunder anstarrte, zogen die anderen Offiziere lange Gesichter.

Einer fragte sie daraufhin auf Französisch, wo sie den edlen Tropfen denn vor ihnen versteckt hätten. Juliette erwiderte, es gäbe Lieferschwierigkeiten. Der Deutsche aber gab keine Ruhe und drohte an, den Keller durchsuchen zu lassen, doch da mischte sich Friedrich auf Französisch ein. »Benimm dich, Mann! Wenn sie sagt, er ist alle, dann glaube ihr das gefälligst.«

Irritiert bestellte der Offizier stattdessen zwei Flaschen Rotwein.

Mit klopfendem Herzen kehrte Juliette in die Küche zurück und musste sich an einem Tisch abstützen. So weich waren ihre Knie.

»Ist dir nicht gut?«, erkundigte sich Jean besorgt.

»Doch, doch, alles in Ordnung. Ich brauche nur frische Luft.« Juliette durchquerte ohne weitere Worte die Küche und verließ das Haus durch den Hintereingang, der in einen verwilderten Garten führte. Draußen atmete sie ein paarmal tief durch. Hier hatten früher Liegestühle für die Gäste gestanden. Und am Ende des Gartens hatte es einen kleinen Pavillon mit einer Suite gegeben, die extra für Hochzeitspaare eingerichtet worden war, der aber seit dem Beginn der Besatzung nicht mehr benutzt worden war. Es gab keine Franzosen mehr, die ihre Flitterwochen in dem kleinen Hotel am Meer verbringen wollten, in dessen unmittelbarer Nähe die Deutschen ihr Bollwerk gegen eine mögliche Invasion der Alliierten errichteten. Ganze Strandabschnitte waren schon für die Einheimischen gesperrt. Zudem fehlte selbst den wohlhabenden Parisern das Geld und die Lust, auf eine kostspielige Hochzeitsreise zu gehen und dann womöglich überall auf Deutsche zu treffen. Heute benutzte keiner mehr den Ausgang durch die Küche, weil alles überwuchert war und man sich durch das Dickicht schlagen musste, um durch ein Tor in der Mauer, die den einstigen Hotelgarten umgab, in eine Seitenstraße zu gelangen.

Juliette atmete ein paarmal tief durch, bevor sie ins Haus zurückkehrte. Ihr Herzschlag beschleunigte sich bei dem Gedanken, noch einmal die Soldaten an Friedrichs Tisch zu bedienen, denn sie befürchtete insgeheim, dass alle im Lokal Anwesenden längst ahnten, dass er und sie einander nicht zum ersten Mal begegnet waren. Allein wie vehement er sie verteidigt hatte. Wie eine Löwenmutter ihr Junges. Was würde sie darum geben, ihn wenigstens für einen winzigen Augenblick unter vier Augen zu sehen. Und wenn es nur dazu diente, ihm anzuvertrauen, dass sie ihm nicht länger böse war, weil er sich nicht gleich als Deutscher zu erkennen gegeben hatte. Den Gedanken aber verwarf sie sofort wieder. Besser wäre es, wenn dies das letzte Mal in ihrem Leben war, dass sich ihre Wege kreuzten.

7

Hamburg-Othmarschen,
Juli 2000

In der Garage stand neben dem alten 200er Mercedes vor einer Kiste das Gemälde. Ohne sich um das Zetern ihrer Mutter zu kümmern, nahm Barbara den Deckel von der Kiste ab und holte einen Stapel mit Schnellheftern hervor, doch zu ihrer großen Enttäuschung waren sie alle leer. Ihre Mutter hatte ganze Arbeit geleistet und offenbar alles vernichtet, was auch nur irgendeinen brauchbaren Hinweis auf das liefern konnte, was sie so militant zu verbergen versuchte.

»Mutter, wo sind Vaters Papiere, wo seine Briefe, seine Unterlagen?«

»Er braucht sie nicht mehr. Und wenn ihr es genau wissen wollt: Sein Testament ist bei unserem Notar. Es ist ein Berliner Testament, in dem wir uns gegenseitig zu befreiten Vorerben einsetzen. Wenn du unbedingt willst, kannst du deinen Pflichtteil einklagen«, entgegnete ihre Mutter ungerührt.

Barbara warf ihr einen entgeisterten Blick zu. »Es geht mir noch nicht um sein Erbe, sondern darum, dass er mir offenbar noch etwas Wichtiges mitteilen wollte, das du mir vorenthältst!«

»Ich habe so eine Idee«, hörte sie da ihre Tochter sagen, bevor Paula die Garage verließ und wenig später mit einem Haufen Papierschnipsel zurückkehrte. Blatt für Blatt fein säuberlich durch den Reißwolf gezogen.

»Wie kommst du dazu, in meinem Müll zu wühlen?«, fragte Barbaras Mutter ihre Enkelin in schrillem Ton.

»Wovor hast du Angst, Mutter?«, schrie Barbara zurück, die nun am Ende mit ihrer Geduld war. Auf keinen Fall hatte sie ihre Mutter anbrüllen wollen, nicht an diesem Tag, an dem ihr Vater seine letzte Ruhe gefunden hatte, aber diese Ignoranz ihrer Mutter brachte sie über ihre Grenzen. Die Vorstellung, dass ihre Mutter die Tage bis zur Beerdigung damit verbracht hatte, die Vergangenheit ihres Vaters auszulöschen, war beklemmend.

Wie im Fieber fuhr sie fort, die Kiste zu durchsuchen, aber alles, was übrig geblieben war, interessierte sie nicht weiter. Karten zu seinem achtzigsten Geburtstag. Sie wollte sich an dieser Stelle nicht mit der Frage belasten, warum ihre Mutter sogar Glückwünsche an ihn mit einem Eifer entsorgen wollte, als würde es sich um die Nacktschnecken handeln, die sie gern eigenhändig durchschnitt, wenn sie sich auf die Terrasse verirrten. Sie wollte schon aufgeben, als sie eine Postkarte entdeckte, die am Boden der Kiste klebte. Das Motiv zog ihre ganze Aufmerksamkeit auf sich, denn es handelte sich um ein Schwarz-Weiß-Foto, das einen Ort am Meer zeigte. Arromanches-les-Bains stand dort in geschwungener Schrift gedruckt. Derselbe Ort wie auf dem Zettel.

Als sie die Karte aus der Kiste geholt und sie umgedreht hatte, griff ihre Mutter grob danach und wollte sie ihr entreißen, doch Barbara hielt den Gruß aus Arromanches eisern fest.

Mit klopfendem Herzen las sie den knappen Text der an ihren Vater gerichteten Karte laut vor, um den Inhalt auch mit Paula zu teilen.

Die knappen und drohenden Worte waren auf Französisch und ohne Anrede geschrieben.

Unterlassen Sie es, meiner Frau Briefe zu schreiben. Ihr unverschämtes Schreiben hat sie nicht erreicht, und sollten Sie noch einen Versuch unternehmen, Kontakt aufzunehmen, wird auch dieser Brief spurlos verschwinden, bevor Sie meine Frau damit belästigen können. Der Ehemann

Barbara suchte den Blick ihrer Mutter, die aber stur und scheinbar unbeteiligt an ihrer Tochter vorbeisah. »Willst du uns nicht endlich sagen, was es mit dieser Karte, dem Bild und den Schnipseln dort auf sich hat?«, fragte sie so sanft und eindringlich, wie sie nur konnte, weil sie einsah, dass Gebrüll sie nicht weiterbrachte.

»Kennst du diese Karte? Wer hat Papa geschrieben?«

»Ich möchte, dass ihr mich jetzt allein lasst. Ich habe meinen Mann verloren und ein Recht, in Stille zu trauern«, erwiderte ihre Mutter kalt.

»Oma, verdammt! Jetzt rede!«, forderte Paula ihre Großmutter verzweifelt auf. Barbara aber legte den Arm um ihre Schulter und sagte leise: »Komm, wir gehen.«

»Du willst sie damit doch nicht etwa davonkommen lassen?«, gab ihre Tochter fassungslos zurück.

»Lass gut sein«, raunte Barbara und zog Paula mit sich, doch im Gehen wandte sie sich noch einmal an ihre Mutter: »Wenn du es dir anders überlegst, haben wir ein offenes Ohr für dich«, seufzte sie. »Wenn nicht, lassen wir dich damit in Frieden.«

Barbara meinte, Erleichterung im Gesicht ihrer Mutter zu erkennen. Ein Zeichen, dass sie durch nichts zu erweichen sein würde, ihnen jemals die Wahrheit zu sagen.

Dann griff Barbara nach dem Bild und fügte hinzu: »Paula und ich gehen jetzt noch einmal in Papas Zimmer und schauen, ob wir etwas von den Dingen haben möchten, die du noch nicht entsorgt hast. Zum Beispiel die alten Puzzlespiele.«

Ihre Mutter zuckte scheinbar gleichgültig die Schultern. Schnaubend folgte Paula Barbara in das Dachgeschoss. Kaum war die Tür hinter ihnen zugeklappt, wiederholte ihre Tochter empört: »Du willst sie wirklich damit davonkommen lassen?«

»Ach Liebling, du kennst mich doch. Natürlich werde ich alles unternehmen, um hinter dieses Geheimnis zu kommen. Aber ohne Oma zu involvieren! Lass uns bitte noch einmal den Sekretär durchsuchen.« Und schon hatte sie die Schublade aufgezogen. Dort befanden sich lediglich Kontoauszüge und ein Ordner mit bezahlten Rechnungen für das Haus. Lustlos blätterte Barbara ihn durch, bis ihr Blick an einem Stück Papier hängen blieb, das statt einer Firmenadresse die Adresse ihres Vaters enthielt.

»Ich habe etwas«, murmelte sie aufgeregt und las das Geschriebene laut vor.

Es datierte auf den Mai 2000. Die Überschrift lautete: Zusatz zu meinem Testament vom März 1960.

Mein Gemälde mit dem Titel Normandie, das im Flur hängt, soll Mademoiselle Juliette Laurent bekommen. Ich beauftrage meine Tochter, ihr dies an die folgende Adresse zu schicken.

Es folgte jene Adresse, die auch auf dem geknüllten Zettel stand.

Barbara spürte, wie ihr die Knie weich wurden, und sie setzte sich hastig auf das Bett ihres Vaters.

»Und nun?«, fragte Paula, nachdem die beiden eine Weile geschwiegen hatten. »Wirst du es dorthin schicken?«

»Ich denke, nein«, entgegnete Barbara entschieden.

»Aber ... «

»Du musst ja nicht mehr in die Uni?«

»Nein, aber ich wollte ab Montag bei Onkel Gerhardt in der Praxis arbeiten. Und vielleicht weiß der etwas. Der kennt Opa doch schon ewig.«

»Stimmt, aber er ist momentan Omas einziger Vertrauter. Ich habe da eine ganz andere Idee.« Barbaras Miene erhellte sich, bevor sie ihre Tochter in ihren verwegenen Plan einweihte.

Nach anfänglichem Zögern erklärte Paula sich bereit, ihre Mutter auf eine Reise in die Normandie zu begleiten.

8

Als Juliette in die Küche zurückkehrte, musterte Jean sie so kritisch, dass sie unmerklich zusammenzuckte. Hatte er sie bereits durchschaut? Ahnte er, dass sie den Deutschen kannte?

»Du hast ja wieder etwas Farbe im Gesicht. Kannst du die Bestellung an Tisch zehn aufnehmen, oder soll ich das erledigen? Die *Boches* sind sehr ungeduldig. Es war schon einer hier und hat mich auf Französisch gefragt, ob denn heute noch mal einer käme«, bemerkte er. Seine Worte beruhigten ihre angeschlagenen Nerven. Ganz offensichtlich wusste er gar nichts.

»Schon gut. Ich erledige das«, entgegnete Juliette entschieden. Sie wollte sich nicht verstecken. Nicht in dem Restaurant ihrer Familie.

Hocherhobenen Hauptes näherte sie sich dem Tisch mit dem Wein und den Gläsern. Nun schaffte sie es auch wieder, durch die Offiziere hindurchzusehen. Auch durch ihn!

»Sie wünschen zu essen?«, fragte sie auf Deutsch.

»Fräulein, etwas freundlicher bitte!«, fuhr sie der schlechtes Französisch sprechende Soldat von vorhin an.

Juliette verzog keine Miene. »Sie wünschen?«, wiederholte sie.

Alle gaben nun ihre Bestellung auf. Bis auf Friedrich, der nichts essen wollte. Offenbar war ihm der Schock der unverhofften Wiederbegegnung auf den Magen geschlagen, denn mit einem flüchtigen Blick konnte sie sehen, dass er aschfahl im Gesicht war. Als er nun nach seinem Weinglas griff und es in einem Zug leerte, hätte sie ihm am liebsten zugeraunt, dass das auch keine Lösung war, aber sie ließ sich nichts anmerken.

Stattdessen fuhr sie mit ihrer Arbeit fort, denn die meisten anderen Gäste verlangten die Rechnungen und wollten bezahlen. Bis das

Essen für Tisch zehn kam, war sie beschäftigt. Sie kassierte, räumte ab und säuberte die Tische. Während sie äußerlich funktionierte, tobten ihre Gedanken im Inneren wild durcheinander.

Trotzdem gelang es ihr, kurz darauf gefasst das Essen an Tisch zehn zu servieren. Ungefragt stellte sie den Korb mit dem Brot direkt vor Friedrich hin, der sich am Wein festzuhalten schien. Und tatsächlich griff er sich eine Scheibe und bedankte sich bei ihr.

Juliette fragte sich bang, ob den anderen Offizieren wohl verborgen bleiben konnte, was da vor deren Augen ohne Worte zwischen ihrem Kameraden und ihr passierte. Doch aus der Tatsache, dass sie keiner außer Friedrich mehr beachtete, sondern die Herren noch mehr Wein orderten und sich zu amüsieren schienen, schloss sie, dass keiner etwas bemerkte.

Zurück in der Küche, bat sie Jean, dass er später an Tisch zehn kassierte, nachdem die Deutschen fertig gegessen hatten, weil ihr immer noch nicht so richtig gut sei und sie einen Strandspaziergang machen wolle, um ihren Kreislauf wieder in Schwung zu bringen. »Abräumen werde ich später, sobald die Kerle weg sind, und den Abwasch kannst du mir auch überlassen«, bot sie ihm an.

»Nein, Chefin, ich will Sie heute Abend nicht mehr hier sehen. Morgen werden Sie in alter Frische gebraucht. Sehen Sie zu, dass Sie wieder auf die Beine kommen.«

Das ließ sich Juliette nicht zweimal sagen. Sie schlüpfte aus der Hintertür und kämpfte sich durch das Dickicht der wild wuchernden Pflanzen bis zum Tor in der Mauer. Auf der ruhigen Straße, auf der zu dieser Zeit keine Menschenseele war, atmete sie ein paarmal tief durch, bevor sie die paar Schritte zum Strand eilte und bis zum Wasser lief. Sie zog ihre Schuhe aus, weil sie aus Kostengründen keine Strümpfe trug, bis es zu kalt wurde, um barfuß zu laufen, und ging mit den Füßen ins Meer, dessen leichte Wellen bei Flut auf den Strand plätscherten. Sie fröstelte ein wenig, obwohl es für Anfang September noch angenehm warm draußen war. Die Sonne ging mittlerweile schon kurz nach halb neun unter, sodass Dunkelheit sie umfing. Allerdings war fast Vollmond. Sein fahles Licht fiel glitzernd auf das

Wasser. Zum Glück trug sie über ihrem Sommerkleid eine Strickjacke, die sie sich nun fester um den Körper zog. Nach ein paar Schritten wurde ihr wärmer. Nachdem sie eine Weile gegangen war, beruhigten sich auch ihre aufgewühlten Gedanken. Für sie gab es nichts Heilsameres gegen überreizte Nerven als einen Abendspaziergang am Meer. Allein die Seeluft, die bei jedem Schritt ihre Lungen füllte, sorgte für mehr Klarheit in ihrem Kopf. Was war denn schon passiert, außer dass sie unverhofft einen Mann wiedergetroffen hatte, in den sie sich dummerweise auf den ersten Blick verliebt hatte und von dem sie wusste, dass sie ihn nie wiedersehen durfte? Es war doch anzunehmen, dass auch er in Zukunft einen großen Bogen um das *Hotel Normandie* machen würde, weil auch ihm klar sein dürfte, dass ihre Begegnung keinerlei Zukunftsperspektive besaß. Er machte keinesfalls den Eindruck, einer jener Deutschen zu sein, die entgegen aller Fraternisierungsverbote jeder Französin in der Hoffnung auf ein flüchtiges Abenteuer hinterherrannten.

Als sie die Steilküste erreichte, kehrte sie um. Je weiter sie sich wieder dem Hotel näherte, desto größer wurde ihre Hoffnung, dass sich ihre Gedanken nach diesem Treffen nicht länger um ihn drehen würden. Im Gegenteil, sie sollte endlich Pierre eine Zusage geben, mit ihm in Caen zum Tanzen zu gehen. Nicht weil sie auch im Entferntesten daran dachte, auf seine Avancen einzugehen, sondern um sich abzulenken. Vielleicht waren dort andere junge Männer, die ihr Interesse erregen könnten. Während sie sich gerade ausmalte, wie denn so ein Kerl aussehen sollte, kam ihr augenblicklich Friedrich in den Sinn, was sie maßlos ärgerte.

Sie beschloss, sich diese hartnäckigen Gedanken an den *Boche* im Meer endgültig abzuwaschen. Durch das zügige Gehen war ihr inzwischen bei dem Tempo, das sie vorlegte, wärmer geworden. Sie liebte nächtliche Bäder in der rauen See. Hastig zog sie sich aus und warf sich in die sanfte Brandung. Mit ein paar Schwimmzügen kam sie im glatten Wasser an und tauchte erst einmal unter, um dann sportlich an der Küste eine Strecke entlangzuschwimmen und dann umzukehren. Obwohl sie eine hervorragende Schwimmerin war, forderte sie das Schicksal nicht heraus, indem sie zu weit nach draußen schwamm. Dazu hatte sie viel zu viel Respekt vor den Launen des eigenwilligen Meers. Schon öfter war ein Schwimmer, der sich zu weit hinausgewagt hatte, auf Nimmerwiedersehen verschwunden. Nahe am Strand zog sie ihre Bahnen hin und zurück. Als sie aus dem Wasser kam, war ihr kalt. Sie rieb sich mit ihrem Unterrock so trocken, wie es möglich war, bevor sie eilig in ihre Kleidung schlüpfte. Den nassen Unterrock nahm sie in die Hand und beschloss, ins Hotel zurückzulaufen, damit sie warm wurde.

Sie war noch nicht einmal auf der Hälfte des Rückwegs angekommen, als sie im Mondlicht in der Ferne einen Schatten wahrnahm, der sich ihr näherte. Nach ein paar Schritten konnte sie erkennen, dass es offenbar ein Mann war. Juliette kannte keine Furcht vor fremden Männern, selbst wenn sie ihr nachts am Strand begegneten. Deshalb empfand sie die permanente Sorge ihres Bruders Louis, dass ihr etwas zustoßen könne, auch als so überflüssig. Selbst die Deutschen standen nicht im Ruf, sich an jungen Französinnen zu vergehen. Das hatten sie auch ganz offenkundig nicht nötig, weil es genügend Frauen gab, die sich freiwillig mit den *Boches* einließen. Nicht nur Madeleine war dem Reiz der jungen Deutschen erlegen, sondern auch andere Frauen, die sie kannte. Nicht alle trauten sich, gleich ein Verhältnis mit einem von ihnen einzugehen, weil viele der Frauen Väter und Brüder hatten, die das nicht zulassen würden. Aber die Faszination für diese Männer war unter ihren Freundinnen weit verbreitet. Und konnte Juliette es ihnen verdenken? Schließlich war sie selbst auf …

Sie stutzte. Der Mann, der schnellen Schrittes auf sie zukam, war unverkennbar Friedrich.

9

Köln,
Juli 2000

Es war mehr ein Zufall, dass Barbaras letzter Auftrittsort vor der Sommerpause quasi auf dem Weg nach Frankreich lag. Sie hatte an diesem Abend eine Aufführung im Atelier-Theater, einer kleinen Bühne in Köln, gehabt. Den Zuschauern hatte die Show gefallen, obwohl Barbara mit ihren Gedanken ganz woanders gewesen war. Doch in den neunzig Minuten ihres Auftritts konnte sie alles andere ausblenden. Selten hatte sie das Bühnengeschehen allerdings so kaltgelassen wie seit dem Tod ihres Vaters. Nur eine Nummer, die hatte sie an diesem Abend über die Maßen lebendig gespielt. Den satirischen Monolog einer erwachsenen Tochter, die sich von ihrer alten Mutter immer noch ein schlechtes Gewissen machen lässt. Der Szenenapplaus hatte gar nicht enden wollen. Offenbar hatte sie den Nerv der Zuschauer getroffen. Sie schmunzelte bei dem Gedanken an den Satz: *Dann kam meine Mutter und das schlechte Gewissen gleich mit!* Dennoch, es änderte nichts daran, dass ihr im Moment die reale Welt viel näher lag. Lachen konnte sie jedenfalls nicht darüber, wie ihre Mutter sich benahm. Und das, obwohl Barbara selten im Leben den Humor verlor. Nun war er ihr zu ihrem großen Bedauern etwas abhandengekommen und hatte einer gewissen Resignation Platz gemacht.

Das Verhältnis zu ihrer Mutter war seit ihrem Streit am Tag der Beisetzung jedenfalls schwer gestört. Zum vollständigen Bruch war es gekommen, als Barbara von Onkel Gerhardt erfahren hatte, dass ihre Mutter das Haus verkaufen wollte und sogar schon einen Käufer hatte. Das hatte den Freund der Familie, Onkel Gerhardt, in einen argen Konflikt gestürzt, wusste er doch genau, dass sein Freund Friedrich das nicht gewollt hätte. Ihrem Vater hatte bis zuletzt vorgeschwebt, dass das Haus im Eigentum der Familie bliebe. Deshalb sah sich sein ältester Freund gezwungen, Barbara in die überstürzten Verkaufspläne ihrer Mutter einzuweihen. Um nicht ihre eigene Mutter zu verklagen und da diese jegliches Gespräch verweigerte, hatte Barbara schließlich über einen Anwalt mit ihrer Mutter ausgehandelt, dass diese das Haus binnen der nächsten drei Monate nicht verkaufen dürfe. Die Rechtslage war nicht ganz eindeutig. Eigentlich stand der Mutter laut Testament die Verfügungsgewalt über das befreite Vorerbe, wie die Juristen es nannten, zu, aber Onkel Gerhardt konnte bezeugen, dass sein Freund den Verbleib des Hauses in der Familie wünschte. Mit dem Ergebnis, dass ihre Mutter nun nicht nur den Kontakt zu Tochter und Enkelin abgebrochen hatte, sondern auch zu Gerhardt. Das tat Barbara fast noch mehr leid, weil sie eigentlich gehofft hatte, dass der alte Freund sich nach dem Tod des Vaters um die Mutter kümmerte, denn dass er sie verehrte, war ein offenes Geheimnis. Doch ihre Mutter hatte sich entschieden, lieber allein zu sein, als endlich zuzugeben, dass sie den letzten Willen ihres Mannes unterschlagen hatte. Überdies schien sie wie besessen von dem Gedanken, alles, was an den Vater erinnerte und ihm lieb und teuer gewesen war, sofort wegzugeben.

Nicht die Sache mit dem Haus hatte Gerhardt allerdings bei Elfriede Behrend in Ungnade fallen lassen, sondern die Tatsache, dass er Barbara und Paula die Sache mit dem letzten Willen glaubte und es gewagt hatte, sie darauf anzusprechen und sie nachdrücklich zu bitten, die Wahrheit zu sagen. Paula hatte gehofft, dass er vielleicht Licht ins Dunkel hätten bringen können, weil er ihren Großvater doch schon so lange kannte. Doch davon, dass Friedrich im Krieg womöglich in der Normandie gewesen war, hörte er auch zum ersten Mal. Jedenfalls behauptete er das, und zwar mit der ihm eigenen Seriosität, die keine Zweifel aufkommen ließ. Seiner Auskunft nach hatten sich die beiden Männer im Medizinstudium kennengelernt, weil sie dasselbe Schicksal teilten. Aus unterschiedlichen Gründen – Onkel Gerhardt war länger in Kriegsgefangenschaft gewesen – hatten sie das Studium im Krieg abgebrochen und gehörten, nachdem sie es wieder aufgenommen hatten, zu den ältesten Studenten ihres Semesters. Onkel Gerhardt hatte zu bedenken gegeben, dass die beiden selten, um nicht zu sagen, gar nicht, vom Krieg gesprochen hätten.

Barbara schminkte sich an diesem Abend betont langsam ab. Sie hörte mit einem Ohr das Gelächter und das Stimmengewirr, das bis in ihre nur mit einem Vorhang abgetrennte Garderobe drang. Wie immer wurde die Hauptperson an der Bar voller Ungeduld erwartet. Doch sie wollte erst einmal die bedrückenden Gedanken an den Bruch mit ihrer Mutter verscheuchen. Sonst würde sie kaum den Anforderungen ihrer Fans genügen, die mit ihr plaudern wollten.

»Barbara?« Das war die vertraute Stimme ihrer Tochter, die sie in der Regel beim Vornamen nannte.

»Ja, mein Liebling, ich komme gleich.«

»Ich habe was für dich«, gab die Stimme zurück, und durch den Spalt im Vorhang schob sich der Arm ihrer Tochter, in der Hand ein Glas Weißwein. Hocherfreut griff Barbara danach und nahm einen kräftigen Schluck, bevor sie mit einem beherzten Griff die falschen Wimpern entfernte.

Dass Paula an diesem Abend seit Langem einmal wieder im Publikum gesessen hatte, war für Barbara das Highlight gewesen. Wenn es auch nicht ganz freiwillig geschehen, sondern der Tatsache geschuldet war, dass ihre Tochter sie lieber zum Auftritt begleitet hatte, als allein im Hotelzimmer zu sitzen. Denn so sehr Mutter und Tochter auch in dieser Sache, dem Geheimnis des Vaters und Großvaters auf die Spur zu kommen, zusammenhielten, viel hatten sie ansonsten nicht gemeinsam. Paula konnte überhaupt nicht verstehen, dass sich ihre Mutter stets einfach nur treiben ließ. Jedenfalls nahm Paula, die schon als Schülerin jede Note, die sie benötigte, um Medizin zu studieren, sorgfältig geplant hatte, das Leben ihrer Mutter so wahr. Als »chaotische Verkettung von Zufällen und günstigen Gelegenheiten« hatte sie es bezeichnet. Sie vermisste jedenfalls jegliche vernünftige Struktur. Paula verstand partout nicht, warum ihre Mutter sich auf Kleinkunstbühnen tummelte, statt systematisch an ihrer Karriere als Journalistin zu arbeiten. Paula war dieses chaotische Leben durch und durch fremd, und ohne dass sie es je erwähnt hatte, vermutete Barbara, dass es ihr sogar peinlich war, ihre Mutter mit Mitte fünfzig auf Klaviere klettern zu sehen.

In diesem Augenblick vermisste Barbara Frank, denn der war nach dem Verklingen des letzten Tons aus dem Theater gestürmt, um noch einen Zug nach Hamburg zu bekommen. Er war in seiner trockenen Art manchmal ein sehr guter Ratgeber. Sie hätte gern seine Meinung zu dem Konflikt mit ihrer Mutter gehört, war aber noch nicht dazu gekommen, ihm zu berichten, was die sich geleistet hatte. Marianne und Cora aus ihrer Wohngemeinschaft hatten ihr jedenfalls in allem zugestimmt und fanden es super, dass sie sich nun auf den Weg machte, um die Wahrheit herauszufinden.

Barbara hingegen waren, je näher die Abreise bevorstand, vermehrt Zweifel gekommen, ob es nicht besser wäre, die Sache auf sich beruhen zu lassen und zu versuchen, ein einigermaßen normales Verhältnis zu ihrer Mutter zu suchen. Schließlich würde auch sie nicht ewig leben. Doch immer wenn sie solche Gedanken bis zu einem bestimmten Punkt geführt hatte, nämlich dem, dass ihr das wie ein Verrat am Vater vorkam, sträubte sich alles in ihr, die Mutter kampflos damit durchkommen zu lassen. Ihre Mutter maßte sich etwas an, das ihr nicht zustand. Sie hatte kein Recht, den letzten Willen ihres Vaters unter den Tisch fallen zu lassen. Barbara konnte nur von Glück sagen, dass sie wenigstens den Testamentszusatz in seinem Schreibtisch gefunden hatte, in dem er ihr die Aufgabe zuteilte, das Gemälde nach Frankreich zu schicken. Nun hatten sie es fein säuberlich eingepackt und im Kofferraum ihres Kombis verstaut.

Eigentlich hätten Barbara und Paula gern zwei Zimmer im *Hotel Normandie* gebucht, denn sie hatten herausgefunden, dass es noch ein Haus mit diesem Namen in Arromanches gab. Sie hatte dort sogar angerufen. Eine Frau, die kein Deutsch verstand, hatte Barbara, obwohl sie ihr Anliegen in bestem Französisch vorgebracht hatte, ziemlich unfreundlich mitgeteilt, dass sie bereits ausgebucht wären und dass sie im Juli wohl kaum noch freie Zimmer im Ort finden würden. In diesem Punkt hatte die Französin nicht ganz unrecht gehabt. Im Gegenteil, wenn sie nicht im letzten Augenblick eine private Unterkunft bekommen hätten, hätten sie ihre Reise verschieben müssen. Und das hätte Paula niemals mitgetragen. Dass sie überhaupt ihren Plan geändert hatte und den Job bei Onkel Gerhardt in der Praxis erst in zwei Wochen antreten würde, war für ihre Tochter das Äußerste, was sie an Spontanität aufbringen konnte. Und mehr würde wohl auch ihr Verlobter nicht mittragen, denn die beiden waren gerade erst zusammengezogen.

Klemens hatte von seinen Eltern eine Eigentumswohnung in Blankenese geschenkt bekommen, um die Ecke von seinem Elternhaus. Barbara mochte sich gar nicht vorstellen, was ihre Tochter in den Elbvororten anfangen sollte zwischen lauter wohlsituierten Familien und weit weg von der Universität. Doch Klemens war fertig mit dem Studium und arbeitete in einer Privatklinik in der Nähe. Paula war der Meinung, dass das alles perfekt passte, vor allem war die Wohnung groß genug für zwei Kinderzimmer, und der Garten der Großeltern war auch nicht weit. Für Barbara klang das nach gähnender Langeweile, aber das behielt sie für sich. Es passte alles so gut, wie ihre Tochter sich ausdrückte, jedenfalls traf das auf Klemens zu, gegen den es nichts zu sagen gab, aber, wie Barbara gern in Gedanken hinzufügte, auch nichts für ihn. Klemens war nett, keine Frage, er sah gut aus, konnte sich benehmen, aber politische Diskussionen mit ihm vermied Barbara. Er ist eben von Haus aus ein bisschen konservativ, pflegte Paula dann zu sagen, wenn er Dinge äußerte, die auch ihr missfielen. Im Übrigen ruderte er in einem Traditionsverein an der Alster und sprach gern davon, dass Paula, wenn erst die Kinder da wären, eine Halbtagsstelle annehmen würde.

Barbara sträubten sich die Nackenhaare, wenn er so über die Zukunft ihrer hochbegabten Tochter sprach. Als hätte er ihr Leben bereits verplant. Es war in ihren Augen schon schlimm genug, dass bei Paula alles nach Plan lief, aber dass es nicht mal mehr ihr eigener Plan war, konnte Barbara schwer ertragen. Sie selbst war eine Frau, der Freiheit über alles ging. Noch nie hatte sie es mehr als drei

Jahre in einer Beziehung ausgehalten. Das war die Beziehung zu Paulas Vater, einem Architekten, gewesen. Er hatte ihr alles geboten, worum andere Frauen sie sicher beneidet hätten. Eine Traumwohnung, aufregende Fernreisen und auch sonst eine Menge Luxus. Barbara hatte diese Welt des materiellen Überflusses wie ein spannendes Experiment betrachtet, einmal abgesehen davon, dass sie sich in diesen Mann wirklich leidenschaftlich verliebt hatte. Doch der Alltag hatte in ihren Augen jegliche Leidenschaft und Kreativität unter der Routine begraben. Kurz vor der geplanten Hochzeit war die schwangere Barbara nach Neuseeland abgehauen. Sie hatte allerdings gehofft, diese Flucht würde ihn aufrütteln, ihm vor Augen führen, dass sie weit mehr war als sein hübsches Anhängsel, sondern eine emanzipierte und unkonventionelle Partnerin mit eigenen Bedürfnissen.

Als sie schließlich nach vier Wochen reumütig zurückgekommen war, um sich mit ihm auszusprechen, hatte im Haus bereits eine neue Frau gelebt. Ihre Habseligkeiten waren in Umzugskartons im Keller gelandet. Doch das war es nicht einmal, was sie ihm am meisten verübelte, sondern dass er nach Paulas Geburt außer in Form einer monatlichen großzügigen Unterhaltszahlung keinerlei Berührungspunkte mit seinem Kind wünschte. In der ersten Zeit nach Paulas Geburt hatte sie ihm noch Briefe und Bilder der Kleinen geschickt, aber niemals eine Antwort außer der bekommen, dass sie ihre Kontonummer durchgeben möge, aber das hatte nicht mal er unterschrieben, sondern die Neue. Zunächst war Barbara so verletzt gewesen, dass sie auch mal das Geld hatte nehmen wollen, aber da hatte ihr eine befreundete Anwältin ins Gewissen geredet, dass sie gar kein Recht habe, auf Geld zu verzichten, das ihrer Tochter zustehe.

Obwohl Paula und Klemens nun schon drei Jahre ein Paar waren, hatte Barbara seine Eltern bislang noch nicht kennengelernt. Und zur Beerdigung ihres Vaters waren die Herrschaften auf Studienreise gewesen. Barbara mutmaßte insgeheim, dass sie Paula schlichtweg peinlich war. Das gab ihr natürlich einen Stich, vor allem, wenn sie hörte, wie das Domizil ihrer zukünftigen Schwiegereltern beinahe ein zweites Zuhause für ihre Tochter geworden war.

Eine fröhliche Stimme holte sie aus ihren Gedanken. »Babs, deine Fans warten!« Und schon stand Klara, die heutige Vertretung der Theaterchefin in Sachen Künstlerbetreuung, hinter ihr. Sie war eine Frau, deren bloße Gesellschaft gute Stimmung verbreitete.

Barbara stand vom Garderobentisch auf und folgte ihr zur Bar. Es gab ein großes Hallo. Auch wenn sie selbst eine geborene Hamburgerin war und aus einem sehr hanseatischen Haus stammte, fühlte sie sich der rheinischen Seele verbunden. Ihr Vater behauptete immer, das wären die Erbanteile seines Urgroßvaters mütterlicherseits, der aus Köln stammte. Jedenfalls fegte die Herzlichkeit der Zuschauer, unter denen auch einige Kollegen vom Rhein waren, ihre schweren Gedanken beiseite. Sie prostete ihnen zu. Mit einem Seitenblick stellte sie fest, dass sich ihre Tochter an einem der runden Bistrotische angeregt mit einem jungen Mann unterhielt. Dem ersten Eindruck nach war das der Typ Mann, den sie sich für ihre Tochter wünschte. Man sah ihm an seiner Kleidung und seinem etwas längeren Haar an, dass er kein angepasster Jungmediziner aus dem noblen Blankenese war. Dabei konnte sie solche Vorurteile, wie sie sich in diesem Moment zugestand, eigentlich gar nicht leiden …

»Das ist mein Neffe Ben. Er kommt gerade frisch aus Ostafrika. War bei einem Entwicklungshilfeprojekt tätig«, sagte Klara nicht ohne Stolz. Sie deutete auf die beiden. »Sie scheinen sich gut zu verstehen.«

Barbara grinste in sich hinein, da sie sich ja bereits bei dem Gedanken ertappt hatte, sich so einen Schwiegersohn wie Ben zu wünschen, wohl wissend, dass er als Partner für ihre Tochter auch nicht infrage käme, wenn sie nicht schon verlobt wäre. Von der Verlobung wusste Barbara allerdings erst seit wenigen Wochen. Und auch dass sie dieses Ereignis nur mit den Schwiegereltern bei einem gediegenen Essen im *Sagebiels* gefeiert hatten. Nicht dass Barbara erhöhten Wert darauf gelegt hätte, zu diesem Essen eingeladen zu werden, aber es gab ihr einen Stich, dass Paula in den Christensens eine neue Familie gefunden hatte, die sie ausschloss. Ihre Tochter nannte die beiden zu ihrem großen Entsetzen bereits Mutter und Vater.

In diesem Moment legten sich von hinten zwei Hände auf ihre Schultern. Sie fuhr herum. Ihre Miene erhellte sich. Es war Tom, ein Bekannter aus Köln, wobei er schon ein bisschen mehr war als das. Gelegenheitsliebhaber würde es wohl besser treffen. Sie hatten einander bei einer Fernsehaufzeichnung kennengelernt, denn er gehörte zu der Redaktion, die eine Kabarettsendung betreute. Barbara wusste nicht einmal mehr genau, wie lange das her war. Zehn oder fünfzehn Jahre? Nur dass sie damals gleich am Abend nach der Aufzeichnung zusammen im Bett gelandet waren, daran erinnerte sie sich genau. Wann immer er konnte, tauchte er bei ihren Auftritten im Rheinland auf, und sie verbrachten eine Nacht zusammen. Barbara wusste nicht einmal, ob er eine feste Beziehung hatte oder nicht. Derartige unverbindliche Verhältnisse waren in ihrer Welt ziemlich normal. Als sie den skeptischen Blick ihrer Tochter wahrnahm, die sich wohl gerade fragte, wer ihrer Mutter jetzt in aller Öffentlichkeit einen Kuss in den Nacken gab, wurde ihr bewusst, dass Paula das sicherlich furchtbar peinlich fand.

Barbara aber tat es gut, zu spüren, dass sie immer noch von Tom begehrt wurde. Die meisten ihrer alten Affären suchten längst jüngere Frauen für ihre Abenteuer. In diesem Punkt schien Tom anders zu sein, wie das, was er ihr jetzt ins Ohr flüsterte, bewies. »In welchem Hotel bist du?«

Sie gab ihm leise den Namen des Hotels und ihre Zimmernummer durch und fügte hinzu, sich diskret zu verhalten, während sie mit dem Kopf in Paulas Richtung deutete.

»Deine Tochter?«

Sie nickte.

»Sie sieht dir ähnlich, aber dich habe ich noch nie in einer weißen Bluse gesehen.«

»Es ist besser, wenn wir nicht so auffällig vor ihren Augen knutschen. Sie ist etwas anders als ich.«

»Das sieht man«, erwiderte er grinsend. »In einer Stunde?«

»Ist gut. Ich rede kurz noch mit dem einen oder der anderen. Und dann nehmen wir uns ein Taxi, denn den Wagen habe ich im Hotel gelassen.« Mit diesen Worten bestellte sie sich noch einen Wein und erhob sich, um sich beschwingt an den Künstlertisch zu setzen.

10

Juliette war wie zur Salzsäure erstarrt am dunklen Strand stehen geblieben, bis Friedrich direkt vor ihr stand. »Ich habe so gehofft, dass Sie es sind«, keuchte er.

»Haben Sie mich etwa verfolgt?«, gab sie bissig zurück.

»Nein, ich habe das Restaurant verlassen, nachdem Sie nicht mehr an unseren Tisch gekommen sind. Ich brauchte frische Luft. Meine Kameraden sind ohne mich nach Colleville zurückgefahren. Ich gehe später zu Fuß.«

»Nach Colleville? Da brauchen Sie fast zwei Stunden.«

»Das ist mir gleichgültig. Jetzt, wo wir uns wiederbegegnet sind.«

»Sie sind ja verrückt. Dann nehmen Sie wenigstens eines unserer alten Fahrräder.« In dem Moment kroch eine unangenehme Kälte durch Juliettes Körper.

»Sie zittern ja.« Er zog seine Uniformjacke aus und reichte sie ihr.

Juliette strafte ihn mit einem verächtlichen Blick. Das wäre das Letzte, das sie anziehen würde. Die Uniform der Besatzer.

Friedrich nickte ihr aufmunternd zu. »Bitte, überwinden Sie sich, bevor Sie erfrieren.« Seine Aufforderung klang so warmherzig, dass sie murrend nach der Jacke griff und sie sich über die Schultern legte. Hineinschlüpfen würde sie nicht!

»Ach, Sie können sich gar nicht vorstellen, wie ich mich freue, dass ich Sie wiedergefunden habe, Juliette.«

Sie erstarrte. »Woher kennen Sie meinen Namen?«

»Ich habe den netten Koch befragt, nachdem meine Kameraden betrunken abgezogen sind.«

Juliette schnupperte übertrieben. »Sie sind aber auch nicht mehr ganz nüchtern.«

»Richtig! Sonst hätte ich mich nie getraut, mich nach Ihrem Namen zu erkundigen.«

Sie zupfte an seinem Hemdsärmel. »Lassen Sie uns zurücklaufen. Sonst erfrieren Sie noch, wobei ... was wäre dabei? Wir hätten einen *Boche* weniger im Land.«

»Aber nur wenn Sie mir versprechen, mir an einem warmen Plätzchen noch ein wenig Ihrer Zeit zu schenken.«

»Wenn Sie damit andeuten, ich solle Sie mit in mein Zimmer nehmen, nein!«, erwiderte sie mit Nachdruck.

Friedrich stieß einen tiefen Seufzer aus. »Natürlich nicht! Vielleicht im Gastraum, wenn der Koch fort ist.«

»Ich überlege es mir.« Mit diesen Worten rannte sie los. Offenbar war Friedrich kein Sportler, denn er blieb hinter ihr, bis sie die Seitenstraße, die am Hotel vorbei in den Ort führte, erreicht hatten. Als sie dort ankamen, schnaufte er. »Entschuldigen Sie, ich bin nicht mehr in Form, nachdem ich wegen meines Auges so lange im Lazarett liegen musste.«

Nun bedauerte Juliette ein wenig, dass sie ihn so gescheucht hatte.

»Das wollte ich nicht.« Mehr Worte einer Entschuldigung kamen nicht über ihre Lippen. Er muss ja glauben, dass er mir schrecklich gleichgültig ist, dachte sie, als sie die quietschende Pforte öffnete, aber sie konnte nun einmal nicht aus ihrer Haut. »Kommen Sie schnell«, forderte sie ihn zum Eintreten auf.

Das ließ sich Friedrich nicht zweimal sagen. »Das ist ja ein verwunschener Garten«, bemerkte er überrascht, nachdem sie die Tür hinter ihnen wieder geschlossen hatte.

»Ob Sie hier kurz auf mich warten könnten? Wenn die Luft rein ist, hole ich sie ab.« Und schon war sie verschwunden. Sie schlich durch den kleinen Flur zur Küche. Zu ihrer großen Enttäuschung war Jean noch bei der Arbeit. Und das in bester Absicht. Er hatte den Gastraum geputzt und machte sich nun daran, die Küche gründlich zu säubern. »Du kannst gehen. Ich übernehme den Rest«, bot sie ihm an.

»Auch wenn du wieder wie das blühende Leben aussiehst, lass

mich das zu Ende bringen. Du gehörst ins Bett«, widersprach er ihr vehement.

Es erschien ihr sinnlos, lange mit ihm zu debattieren. Also tat sie so, als ginge sie ins obere Stockwerk des Hauses, in ihre Privaträume, um die Treppe barfuß wieder hinunterzusteigen und sich zur Vordertür hinauszuschleichen.

Friedrich schien einen Schreck zu bekommen, als sie plötzlich wieder hinter ihm auftauchte. »Ich habe erwartet, dass Sie von dort kommen«. Er deutete auf die Rückfront des Hauses.

»Leider können wir nicht ins Warme. Jean macht heute Abend gründlich rein«, seufzte sie, während sie überlegte, wohin sie sich stattdessen begeben konnten. Da fiel ihr der Gartenpavillon ein, den man von hier aus gar nicht mehr sehen konnte.

»Folgen Sie mir. Ich habe eine Idee.« Und schon war sie im Gebüsch abgetaucht, aber er blieb dicht hinter ihr. Sie meinte beinahe, seinen Atem im Nacken zu spüren. Als sie fast vor dem Eingang angekommen waren, kamen ihr auf einmal Bedenken, ihn ins Liebeshaus mitzunehmen, wie der Pavillon intern genannt wurde. Wäre es nicht besser, sie würde haltmachen und ihn bitten zu gehen und nie wieder ins *Hotel Normandie* zu kommen? Doch da blieb Friedrich abrupt stehen und flüsterte: »Träume ich, oder ist da wirklich ein … kleines Gebäude?«

»Das ist eigentlich eines unserer Hotelzimmer«, erklärte sie, wobei sie ihm nicht sofort offenbarte, welchem Zweck dieser besondere Raum in Friedenszeiten gedient hatte.

Juliette bangte, dass die Tür nicht abgeschlossen war, aber sie ließ sich öffnen. Dass sie fürchterlich quietschte, drang hoffentlich nicht bis zum Haupthaus. Trotzdem bat sie den Deutschen, schnell einzutreten, und zog die Tür hastig hinter sich zu. Plötzlich war es stockduster. Juliette ahnte, warum. Natürlich hatten sie die Vorhänge zugezogen, bevor sie den Pavillon geschlossen hatten. Damals hatten sie geglaubt, der Spuk wäre in ein paar Wochen vorbei. Nun dauerte er bereits drei Jahre an.

»Rühren Sie sich nicht von der Stelle. Ich mache Licht«, sagte Juliette und hoffte, dass sie sich im Dunkeln bis zu einem der Fenster tasten konnte, ohne auf dem Weg dahin großen Schaden anzurichten oder gar zu stolpern. Kaum hatte sie sich umgedreht, stieß sie gegen etwas Weiches. Nach einer Schrecksekunde wusste sie, dass es Friedrich war, der ihr im Weg stand.

Sie wollte gerade etwas Schroffes sagen, da fühlte sie, wie er seine Arme um ihre Schultern legte und sie noch enger zu sich heranzog.

»Erlauben Sie mir noch einen Kuss? Bitte. Ich habe jeden einzelnen Tag davon geträumt«, gestand er ihr.

Ich auch, dachte sie, aber sie schwieg. Während sie noch überlegte, ob sie ihn zurechtweisen sollte, berührten sich zart ihre Lippen, und alle Bedenken lösten sich bei diesem Kuss in ein unbeschreibliches Wohlgefühl auf. Doch dann befreite sie sich entschlossen aus der Umarmung und tastete sich im Dunkeln voran. »Wenn es laut scheppert, dann wissen Sie, ich bin über den Tisch gefallen und habe die schöne Vase umgerissen«, versuchte sie zu scherzen, doch in dem Moment flammte der Schein eines Feuerzeugs auf. »Das kann ich nicht riskieren«, sagte er mit einem Lächeln auf den Lippen, die sich eben noch so sanft und leidenschaftlich zugleich auf ihre gepresst hatten.

Nun konnte Juliette gefahrlos zum Fenster gelangen und den Vorhang beiseiteziehen. Mondlicht drang in den Pavillon, und Friedrich machte das Feuerzeug wieder aus.

Er blickte sich mit erstaunter Miene um. »Das ist ein Traum«, stieß er begeistert hervor.

»Es war unser sogenanntes Liebeshaus, in dem jung verheiratete Paare ihre Flitterwochen verbringen konnten …«

»Sie sagen *war*? Ist es das nicht mehr?« Obwohl Friedrich sich offenbar keiner Schuld bewusst war, fuhr sie ihn erbost an: »Bevor die *Boches* hier eingefallen sind, uns besiegt haben und sich nun als Herren im fremden Land aufspielen, hätte ich besser hinzufügen sollen.«

Friedrich blickte sie betreten an. »Verzeihen Sie. Daran habe ich gar nicht gedacht!«

Juliette machte eine wegwerfende Handbewegung. »Stimmt, die Deutschen haben in ihrem Wahn wahrscheinlich geglaubt, dass ihnen alles gehört. Auch Frankreich«, bemerkte sie bitter.

»Juliette, verzeihen Sie mir meine Gedankenlosigkeit. Und wenn Ihnen meine Gegenwart eine solche Qual bereitet, dann verlasse ich Sie lieber.«

»Das machen Sie nicht noch einmal mit mir! Sie hätten mich auf der Wiese schon zurückrufen müssen, Sie Idiot«, stieß Juliette wütend hervor, was sie allerdings in demselben Augenblick bitter bereute. Damit hatte sie dem Deutschen ziemlich unverblümt gestanden, dass seine Zuneigung auf Gegenseitigkeit beruhte. Sie raufte sich die dunklen dicken Locken. »Das geht Sie eigentlich gar nichts an«, fügte sie giftig hinzu.

»Ich bin froh, dass Sie sich nicht länger verstecken. Was meinen Sie, wie oft ich mit mir hart ins Gericht gegangen bin, weil ich Sie habe gehen lassen, obwohl mir im ganzen Leben noch keine Frau begegnet ist, die mein Herz …« Er unterbrach sich hastig. »Geben Sie uns wenigstens einen Moment, in dem wir uns in diesem kleinen Paradies als Menschen austauschen können, fern von dem, was dort draußen geschieht.« Das klang flehend.

»Gut, setzen Sie sich dort an den Tisch. Normalerweise sind unsere Zimmer nicht mit Esstischen ausgestattet, aber manche Paare wünschten, auf dem Zimmer zu speisen.«

»Sie haben wirklich an alles gedacht, was Frischverliebte brauchen«, sagte er, während er sich auf einen der alten Bauernstühle setzte, die Juliette eigenhändig restauriert hatte, und blickte sich voller Bewunderung um. »Das Himmelbett, das Weinregal und … sagen Sie bloß, dass die Tür dort in ein eigenes Bad führt?«

Juliette nickte nicht ohne Stolz, denn dieses Zimmer war ihr Werk. Sie hatte es noch zu Lebzeiten ihres Vaters eingerichtet, der wenig Verständnis für ein spezielles Hochzeitszimmer aufbrachte, aber er hatte seiner Tochter keinen Wunsch abschlagen können. Also hatte er ihr auch in dieser Sache freie Hand gelassen.

»Ich hatte vor dem Krieg in einer Illustrierten einen Bericht über ein Pariser Nobelhotel gelesen und dann meinen Vater bekniet, dass ich den Pavillon gestalten darf.«

Er pfiff anerkennend durch die Zähne. »Das haben Sie selbst eingerichtet? Fantastisch ...« Er stutzte. »Vor dem Krieg? Aber da müssen Sie doch noch ein Kind gewesen sein.«

»Als die Deutschen kamen, war ich fünfzehn und noch Schülerin einer Klosterschule in Rouen. Aber mein Vater hatte Erbarmen mit mir, als ich ihm versicherte, ich wolle nichts anders als später das *Hotel Normandie* leiten. Er möge mich von den Nonnen befreien. Und lesen und mich bilden würde ich auch weiterhin in meiner Freizeit.«

»Und jetzt Sie sind die Chefin hier?«

»Leider ist mein Vater gestorben, bevor er mir offiziell dieses Hotel vererben konnte. Nun gehört es auf dem Papier meinen älteren Brüdern, und ich darf für sie arbeiten, bis man mich heiratet«, stieß Juliette heftiger hervor als beabsichtigt.

»Gibt es denn schon jemanden, dem Ihr Herz gehört?«, fragte er mit einem gewissen Zögern, wie ihr nicht entging.

Sie schüttelte heftig den Kopf. »Nein ...« Dabei war das glatt gelogen. Seit drei Wochen gab es da jemanden, der ihr Herz höherschlagen ließ. Sie senkte den Kopf, damit er nicht sehen konnte, wie sie errötete. Ihr Blick schweifte zu seinen Händen. Einmal abgesehen davon, dass er für einen Mann außerordentlich schöne Hände besaß, hatte er keinen Ehering am Finger. Dummchen, ermahnte sich Juliette. Er ist und bleibt dein Feind, Ob er verheiratet ist oder nicht! Um sich von diesen Gedanken abzulenken, fragte sie ihn nun: »Und Sie? Wenn Sie sich nicht als Maler versuchen und fremde Länder überfallen, was tun Sie dann?«

»Ich bin oder besser war Medizinstudent. Und wenn der Granatsplitter mir nicht das Auge zerfetzt hätte, wäre ich jetzt wahrscheinlich schon mausetot wie viele meiner einstigen Kommilitonen, die der Führer an der Ostfront verheizt hat.«

Juliette zuckte bei seinen Worten zusammen. Bislang hatte sie über die Deutschen nur gehört, dass sie blind einem kriegswütigen und grölenden Führer folgten. In Friedrichs Worten war die Kritik allerdings nicht zu überhören.

Trotzdem ließ sie das unkommentiert. Nicht dass sie ihm zu schnell ihr Vertrauen schenkte. Vielleicht war das nur Taktik, um ihr das Gefühl zu geben, dass er gar nicht zu den bösen Deutschen gehörte wie die anderen.

»Auf jeden Fall sind Sie nun hier. In einem fremden Land, umgeben von groben Kerlen, wie die, mit denen Sie vorhin in meinem Restaurant waren«, entgegnete sie ungerührt. »Und Ihr Kamerad spricht ein Französisch zum Gotterbarmen. Sie sind da wirklich eine absolute Ausnahme. Ich habe noch nie zuvor einen Deutschen so gut Französisch sprechen hören.«

»Nicht mein Verdienst, sondern der meiner Großmutter Claire. Und dass ich hier gelandet bin, hat ja wenigstens ein Gutes. Dass ich Sie getroffen habe«, entgegnete er prompt.

»Wahrscheinlich gehören Sie zu denen, die sich die Hände nicht schmutzig machen müssen. Hier wohnen öfter Offiziere …«

»Ich bin kein richtiger Offizier und wollte als Einäugiger auch nicht mehr an die Front. Und nachdem ich mein Studium in Hamburg wegen des Auges unterbrochen habe, wurde ich flugs an den Atlantikwall beordert. Hier versammelt der Führer die Versehrten, die zu jungen, die alten …«

Wieder beschloss Juliette, ihm keine Fragen zu stellen. Jedenfalls nicht zu seiner Rolle als Soldat und Besatzer.

»Und wollen Sie zu Ende studieren, wenn Sie nach Hamburg zurückkehren?«

»Am liebsten würde ich nie mehr nach Hamburg zurück«, murmelte er mit finsterer Miene.

»Warum nicht?«, hakte sie nach.

»Ach, Juliette, das ist eine unerfreuliche Geschichte, die ich Ihnen gern ersparen würde.« Sein Blick kreiste unruhig durch das Zimmer, bis er an dem Weinregal hängen blieb.

»Bieten Sie mir einen Wein an?«

Juliette war so perplex, dass ein Lächeln ihr Gesicht erhellte.

»Wenn Sie so freundlich fragen.« Sie erhob sich von ihrem Stuhl, öffnete eine Flasche Rotwein und stellte ihnen Gläser hin, in die sie den guten Tropfen goss. Sie hatte absichtlich nach dem besten gegriffen. Innerlich hatte sie ihren Frieden damit gemacht, Friedrich mitgenommen zu haben. Allerdings nur weil sie fest entschlossen war, es bei diesem einen Mal zu belassen. Jede weitere Annäherung konnte nur in einer Katastrophe münden. Aber was sprach in diesen chaotischen Zeiten gegen die einzigartige Chance, einen *Boche* besser kennenzulernen. Und offenbar war er kein fanatischer Nationalsozialist. Als Juliette sich allerdings vorstellte, dieses Beisammensein vor ihrem Bruder mit diesem Argument zu rechtfertigen, lief ein eiskalter Schauer über ihren Rücken. Nein, eigentlich musste sie diesem Spuk ein Ende bereiten, und zwar auf der Stelle.

»Friedrich, nach dem Glas müssen Sie gehen.«

Er pflichtete ihr mit trauriger Miene bei. »Sie haben ja recht. Wir können nicht so tun, als gäbe es diesen verdammten Krieg nicht. Und uns einbilden, er mache vor der Liebe halt.«

Juliette wusste auch nicht, was in sie fuhr, als sie jetzt begann, sanft über seine Hände zu streichen, die er vor sich auf den Tisch gelegt hatte. Das Einzige, was sie spürte, war die Tatsache, dass aus dem kalten Schauer, der ihren Körper noch eben schier hatte lähmen wollen, ein Strom wohliger Empfindungen geworden war, bei dem ihr ganz heiß wurde. Sie konnte nichts dagegen tun, dass sie in ihm in diesem Augenblick nur noch den Mann erkennen konnte, aus dessen Augen eine Mischung aus Sorge und Verlangen strahlte. Noch nie zuvor hatte sie sich gewünscht, mit einem Mann zu schlafen. Ihre Freundinnen, die das bereits erlebt hatten, schwärmten davon, wie wundervoll es sei, sich einem geliebten Mann hinzugeben. Wie hätte sie das auch empfinden sollen, hatte es zuvor doch noch nie einen Mann gegeben, der solches Begehren in ihr ausgelöst hatte?

Dass sie sich verliebt hatte, daran hatte Juliette keinen Zweifel mehr. Die bange Frage war nur, wie sie sich diesem Sog jemals würde widersetzen können.

»Woran denken Sie?«, fragte Friedrich, während er jetzt ihre Hände nahm und sie an seine Lippen führte, um sie zu küssen. Juliettes Herz klopfte bis zum Hals. Jetzt oder nie, dachte sie.

»Friedrich, Sie müssen jetzt gehen«, sagte sie mit belegter Stimme.

»Sie haben recht«, entgegnete er, ohne aufzuhören, sie mit seinen Blicken zu verschlingen.

Es kostete Juliette viel Kraft, die Augen abzuwenden. »Machen wir es uns nicht schwerer, als es so schon ist«, murmelte sie. Friedrich zögerte kurz, doch dann erhob er sich. Offenbar war sein erster Impuls, sie noch einmal in den Arm zu nehmen, aber er steuerte direkt auf die Tür zu.

Sie folgte ihm. Schweigend bahnten sie sich den Weg durch den Urwald bis zum Tor. Dort drehte er sich noch einmal um. »Darf ich Sie wiedersehen?« Juliette wollte seine Frage verneinen, doch stattdessen nickte sie.

»Die Offiziere aus Deutschland, die mich nur mit in Ihr Restaurant genommen haben, weil ich einen von ihnen aus Hamburg näher kenne, wollen kommenden Sonntag wieder bei Ihnen essen, bevor sie zurück nach Deutschland fahren. Sie haben geschwärmt von der Küche …«

»Das können Sie ja nicht beurteilen, weil Sie gar nichts gegessen haben. Dann müssen Sie nächste Woche wohl mit dem vorliebnehmen, was die Chefin zaubert, denn wenn es irgend geht, werde ich mich in der Küche verbergen …«

»Heißt das Ja? Danach?«, hakte er hoffnungsvoll nach.

Juliette nickte. Ja, das hieß es wohl, dachte sie in einer Mischung aus Vorfreude und Besorgnis.

»Aber was sollen die anderen denken, wenn Sie wieder nicht mit Ihnen zurückfahren?«

»Ich denke, ich habe einen guten Grund. Ich werde mit dem Rad fahren, es sei denn, Sie wollen mir keines mehr ausleihen.«

Das hatte Juliette ganz und gar vergessen. Sie hätte den Mann jetzt zu Fuß durch die Nacht gehen lassen.

Sie öffnete die Pforte und sah sich vorsichtig nach allen Seiten um. Auch wenn auf dieser Gasse in der Nacht mit Sicherheit keiner vor-

beikam, wollte sie kein Risiko eingehen. »Gehen Sie zum Hauptein-
gang an der Promenade. Linker Hand stehen zwei alte Herrenräder.
Nehmen Sie einfach eines davon.«

Friedrich sah sie unschlüssig an, und sie ahnte, was er wollte: einen letzten Kuss. Doch sie zog es vor, ihm leise »Auf Wiedersehen«
zuzurufen und die Pforte hinter sich zu schließen. In dem Moment
spürte sie, dass ihre Knie weich wurden, und sie lehnte sich von innen an das warme Holz. Es war still in dieser Nacht in dem verwilderten Garten. Kein Geräusch drang an ihr Ohr bis auf das laute
Klopfen ihres Herzens.

11

Köln,
Juli 2000

Die Vorfreude auf eine Nacht mit Tom machte Barbara gute Laune. Diese Abwechslung kam ihr gerade recht nach allem, was sie die letzten Wochen erlebt hatte. Und wenn Tom auch längst nicht mehr der knackfrische Schlaks von damals war, er war ihr vertraut und immer ein guter Liebhaber geblieben.

Nach ungefähr einer halben Stunde, in der sie Fragen zum Auftritt beantwortet und mit alten Bekannten Neuigkeiten ausgetauscht hatte, schielte sie auf ihre Armbanduhr, ein Geschenk ihres Vaters zu ihrem letzten Geburtstag. Barbaras alte Uhr war vor über fünf Jahren kaputtgegangen, und sie vermisste sie nicht sonderlich. Ihr Vater war allerdings der Meinung, jedermann bräuchte eine Uhr. Es war inzwischen kurz nach Mitternacht. Höchste Zeit, um ins Hotel aufzubrechen. Sie entschuldigte sich und suchte nach Klara.

»Können wir das mit der Gage morgen Vormittag erledigen, wenn ich meine Bühnenklamotten abhole?«

»Von mir aus. Ab wann kann ich denn mit dir rechnen? Du willst doch sicher ausschlafen?« Das würde ich gern, dachte Barbara, aber ihre Tochter war für die Reiseplanung zuständig, und die hatte beschlossen, dass sie morgen um zehn Uhr bereits auf der Autobahn Richtung Belgien sein wollten.

»Geht es schon um neun Uhr?«

Klara musterte die Künstlerin erstaunt. »Ich muss dann eh hier sein wegen einer Getränkelieferung, aber du …«

»Meine Tochter hat das geplant, weil wir es morgen in einem Rutsch in die Normandie schaffen wollen«, erklärte sie beinahe entschuldigend.

»Ach, ihr beiden fahrt zusammen in Urlaub?«

»Genau«, entgegnete Barbara knapp, denn ihr blieb keine Zeit mehr, Klara ins Vertrauen zu ziehen, weil sonst Tom vor verschlossener Zimmertür stehen würde. Sie wollte nicht riskieren, dass er sich unverrichteter Dinge aus dem Staub machte.

»Und du willst die beiden Turteltäubchen wirklich trennen?«, fragte Klara.

»Von mir aus können sie ihr Gespräch bis morgen früh fortsetzen. Ich muss Paula nur sagen, dass ich jetzt ins Bett gehe ...«

Klaras Blick sprach Bände. Keine Frage, sie ahnte, warum Barbara so schnell ins Hotel wollte. Barbara umarmte sie hastig zum Abschied, holte ihre Jacke und die Handtasche aus der Garderobe und näherte sich dem Tisch, an dem ihre Tochter immer noch in ein angeregtes Gespräch vertieft war. An den geröteten Wangen ihrer Tochter konnte sie erkennen, dass sie mehr als zwei Gläser Wein getrunken hatte, denn auch in diesem Punkt hatte Paula ansonsten ihre Prinzipien. Sie trank nie mehr als zwei Gläser und bekam bei größeren Mengen prompt diese verräterischen Feuerbäckchen.

»Ich störe nur ungern euer Gespräch, aber ich muss ins Bett ...«

Paula wollte sofort aufspringen, aber Barbara versicherte ihr, dass sie kein Problem damit hatte, allein ins Hotel vorzufahren. Ihre Tochter überlegte kurz, aber dann entschied sie sich, länger zu bleiben. Barbara ertappte sich bei dem Gedanken, dass sie Paula eine aufregende Nacht mit dem jungen Mann wünschte. Sie war allerdings froh darüber, dass ihre Tochter keine Gedanken lesen konnte ...

Als sie ins Taxi stieg, war Barbara bester Stimmung, denn nun war die Gefahr gebannt, dass Paula Zeugin wurde, wie sich Tom zu ihr schlich, schließlich lagen die beiden Zimmer nahe beieinander. Wenn es nach Barbara gegangen wäre, hätten sie sich ein Doppelzimmer geteilt, aber Paula konnte das Chaos nicht ertragen, das Barbara in Hotelzimmern anzurichten pflegte. Sie selbst merkte es gar nicht, wenn sich neben ihrem Bett Kleiderberge stapelten, aber Paula störte solche Unordnung. Und auf Diskussionen, warum Barbara ihre Kleidung nicht fein säuberlich auf Kleiderbügel hängte, wie es für Paula normal war, hatte Barbara keine Lust. Deshalb hatte sie gleich zwei

Zimmer gebucht, was sich jetzt als äußerst praktisch erwies. Sie sagte an der Rezeption Bescheid, dass sie noch Besuch erwartete, was man in diesem Haus kannte, da hier viele Künstler übernachteten.

Im Zimmer angekommen, zog sie ihr Bühnenkleid aus und sprang unter die Dusche. Aus ihrem Koffer griff sie sich Jeans und Bluse und bestellte beim Zimmerservice noch zwei Flaschen Wein, Rot für ihn, Weiß für sie. Das gehörte zu ihrem nächtlichen Ritual, wenn sie sich mit Tom traf. Sie tauschten sich zunächst beim Wein darüber aus, wie es ihnen ergangen war, anstatt sofort übereinander herzufallen. Und noch war sie relativ nüchtern.

In der Sitzecke vor der großen Fensterfront, von der aus man einen schönen Blick über das nächtliche Köln hatte, probierte sie einen Schluck, nachdem der Zimmerkellner ihr den Wein gebracht hatte. Sie wunderte sich gerade, dass Tom noch nicht da war, als es an ihrer Tür klopfte.

Tom trat ein, und sie wollte ihn umarmen, kaum dass er in ihrem Zimmer war, aber Tom wirkte angespannt. Nicht zu vergleichen mit dem Sonnyboy von vorhin. Im Licht des Hotelzimmers konnte Barbara erkennen, dass der Zahn der Zeit offenbar reichlich an ihm genagt hatte, aber er schaffte es immer noch, in ihr das gewisse Prickeln auszulösen.

»Was ist los?«, fragte sie.

»Ich kann nicht lange bleiben«, erwiderte er unruhig, während er sich auf den Sessel fallen ließ und sich ein Glas randvoll mit Rotwein schenkte.

Barbara musterte ihn irritiert, aber dann setzte sie sich auch und trank von ihrem Weißwein.

»Ach, es ist meine Schuld. Ich wusste doch, dass sie hier im Hotel eine Freundin getroffen hat. Ich bin ihr direkt in die Arme gelaufen.«

»Wem?«, fragte Barbara in scharfem Ton, obwohl ihr etwas schwante. Er sprach generell nicht über seine Beziehungen zu anderen Frauen. Dass es andere gab, stand für Barbara außer Frage.

»Birgit.«

»Ja, und? Wer ist Birgit?«

»Meine Freundin«, stöhnte er. »Sie ist sonst nicht so, aber auf dich ist sie höllisch eifersüchtig.«

»Bitte? Woher weiß deine Freundin von mir?«

»Ach, das ist eine lange Geschichte. Wir sind erst drei Jahre zusammen und waren vorher beste Freunde. Und da habe ich ihr wohl mal von dir erzählt.«

Barbara holte ein paarmal tief Luft, um ihren Zorn im Zaum zu halten. »Und nun?«

»Sie hat in der Zeitung gelesen, dass du einen Auftritt in Köln hast, und nervt schon seit Tagen mit der Frage, ob wir uns sehen …«

»Und was hast du ihr gesagt?«

»Dass wir keinen Kontakt mehr haben.«

»Ach? Und dann hat sie sich gewundert, was du im Hotel machst?«

»Ich habe das abbiegen können. Zufällig wohnt gerade ein Künstler im Haus, mit dem ich arbeite. Sie hat sich an der Rezeption erkundigt, ob das stimmt.« Mit diesen Worten stand er hastig auf, zog sein Jackett aus und begann, sein Hemd aufzuknüpfen.

Barbara beobachtete das fassungslos, bis bei ihr der Groschen fiel, was er vorhatte. Sie fand das so absurd, dass sie aus heiterem Himmel lachen musste.

Irritiert hielt er inne. »Habe ich was Komisches an mir?«

Barbara wurde schlagartig wieder ernst. Ihre Gelüste, mit ihm zu schlafen, hatten sich in das dringende Bedürfnis verwandelt, allein zu sein.

»Bitte zieh dich wieder an! Und geh!«

»Barbarella, was ist los?«

Er trat auf sie zu, nahm ihre Hand und presste sie gegen seine Hose. »Spürst du, wie er sich freut?«, raunte er heiser.

Barbara aber zog hastig ihre Hand weg. Nicht einmal der erotische Klang seiner Stimme, der sie sonst immer so erregt hatte, löste auch nur den Hauch von Lust in ihr aus.

»Aber es stört dich doch sonst nicht, ob ich liiert bin oder nicht«, bemerkte er verunsichert.

Er hatte recht. Das hätte sie vor ein paar Jahren mit Sicherheit nicht davon abgebracht, schnell noch mit ins Bett zu gehen. Aber mit einem Mal kam ihr das alles so leer und hohl vor. Obwohl sie den Gedanken nicht wahrhaben wollte, aber es war vorbei. Sie war keine dreißig mehr und nicht mehr um jeden Preis für das schnelle Vergnügen zu haben. Im Gegenteil, sie hatte sich, wenn sie ganz ehrlich sich selbst gegenüber war, in erster Linie auf das vertraute Gespräch gefreut. Sie hätte gern gewusst, was er zu ihrer Familienangelegenheit sagte. Der Rest wäre wie ein gutes Dessert gewesen, aber nicht der Hauptgang.

»Tom, bitte lass mich einfach allein«, forderte sie ihn betont höflich zum Gehen auf.

Nach kurzem Zögern knöpfte er sein Hemd wieder zu und zog das Jackett an.

»Barbarella, was ist mit dir? Ich erkenne dich gar nicht wieder«, murmelte er.

»Hast du mich denn jemals gekannt?«, gab sie zurück.

»Schade«, sagte er und steuerte auf die Tür zu. Sie begleitete ihn. Es war ihr ein tiefes Bedürfnis. Es fühlte sich so an, als würde sie nicht nur ihn für immer verabschieden, sondern ihr altes Leben. Eine Träne rann ihr über das Gesicht. Nicht weil Tom ging, sondern weil sie das Gefühl hatte, irgendwann im Leben falsch abgebogen zu sein. Ihre Freiheit schien ihr mit einem Mal ein hoher Preis für ihre Einsamkeit. Noch nie zuvor hatte sie dieses Gefühl wahrgenommen, das sie in diesem Augenblick dominierte. Sie hatte keinen Menschen, mit dem sie ihre tiefsten Empfindungen teilen konnte. Paula und sie verband zurzeit eine Zweckgemeinschaft. Mehr nicht! Und ihre Freundinnen hatte sie genug mit dem Thema Mutter vollgeheult.

Barbara öffnete die Tür und trat mit ihm auf den Flur hinaus. Nicht ohne ihre Zimmerkarte. So verplant bin ich doch nicht, schoss es ihr durch den Kopf, bevor sie sich noch einmal von Tom umarmen ließ. Es fühlte sich richtig an, es ihrem Geliebten nicht zu verwehren, denn ihm war nichts vorzuwerfen. Außer dass er ihr vor Augen geführt hatte, dass sie einst falsch abgebogen war, denn noch nie zuvor hatte sie sich einen Partner an ihrer Seite gewünscht. Zu spät, dachte sie, während sie sich von Tom einen Abschiedskuss geben ließ, den sie nicht erwiderte.

Als sie ihn Richtung Fahrstuhl eilen sah, füllten sich ihre Augen erneut mit Tränen. Das war ein Abschied für immer. Ein Abschied von einem Leben ohne Fragen nach dem Morgen. In dem Moment kam ihm Paula entgegen. Barbara erstarrte. Ihre Tochter musste ja denken, dass er geradewegs aus dem Bett ihrer Mutter kam. Grußlos gingen die beiden aneinander vorbei. Barbara blieb wie angewurzelt vor ihrer Zimmertür stehen.

Auch an ihr wollte Paula mit gesenktem Kopf vorbeigehen, aber Barbara stellte sich ihrer Tochter in den Weg. »Es ist nicht so, wie es aussieht«, stieß sie entschuldigend hervor.

Paula hob den Kopf und musterte ihre Mutter verächtlich. »Was für ein saudoofer Satz! Aus welchem Film hast du den denn geklaut? Es ist mir völlig egal, mit wem du es treibst. Ich weiß ja, dass du bei den Typen ziemlich wahllos bist.«

Diese Bemerkung traf Barbara wie ein Stich ins Herz. Statt ihrer Verletzung Ausdruck zu verleihen, fauchte sie: »Paula, so redest du nicht mit mir. Ich bin immer noch deine Mutter.«

Paula blieb stehen und zog die Augenbrauen hoch. »Bilde dir ja nicht ein, dass wir nun ein Team sind. Nur weil ich dich begleite. Das mache ich allein Opas wegen!«

Wieder traten Barbara die Tränen in die Augen, doch das nahm Paula gar nicht mehr wahr, weil sie bereits ohne ein weiteres Wort auf ihr Zimmer zusteuerte. Bevor sie hinter der Tür verschwand, drehte sie sich noch einmal um. »Ich bin so froh, dass ich endlich eine richtige Familie habe! Und denk dran, Frühstück um acht«, zischte sie. Dann war sie weg.

Barbara stierte fassungslos auf die goldene Nummer 512, die an der Zimmertür prangte, und kämpfte mit sich, ob sie bei ihrer Tochter anklopfen und ihr die Meinung sagen oder lieber einsam ihre Wunde lecken sollte. Sie entschied sich für Letzteres und zog sich in ihr Zimmer zurück. Bis zum Morgengrauen hatte sie beide Flaschen geleert und sich mit jedem Schluck ein kleines bisschen mehr selbst bemitleidet. Als schließlich ein Sonnenstrahl durch das Fenster fiel, zog sie mit einem Ruck die schweren, blickdichten Vorhänge zu.

Deinen Frühstücks-Appell kannst du knicken, mein liebes Kind, dachte Barbara grimmig, während sie sich stöhnend auf das Hotelbett fallen ließ.

12

Wie jeden Abend war das Restaurant bis auf den letzten Platz besetzt. Juliette hatte in der Küche alle Hände voll zu tun, denn sie war allein. Jean hatte einen Trauerfall in der Familie und ein paar Tage freigenommen. Ihr war das insofern ganz lieb, weil sie somit nicht in den Service gehen konnte. Sie wollte Friedrich und seine Kameraden an diesem Abend auf keinen Fall bedienen und betete, dass keiner der Kerle auf den Gedanken kam, sich bei der Küchenchefin persönlich zu bedanken. Dann hatte sie keine Wahl, als aus der Deckung zu kommen. Sie hätte allerdings zu gern gewusst, welches der Essen für ihn war. So nahm sie sich vor, alle Teller besonders appetitlich anzurichten, etwas, das sie für Deutsche ansonsten nie zu tun pflegte.

Die ganze Woche hatte sie immer wieder mit der Entscheidung gehadert, ihn wiederzusehen, denn mit jeder weiteren Begegnung wurde es noch schwerer, sich mit der Tatsache abzufinden, dass sie keinerlei gemeinsame Perspektive hatten. Juliette war einerseits eine romantische Seele, aber sich blind in ein zum Scheitern verurteiltes Liebesabenteuer zu stürzen, entsprach nicht ihrem Temperament. Noch dieses eine Mal, redete sie sich in diesen Augenblicken voller Zweifel ein.

Während sie einen weiteren Teller mit ein paar frischen Kräutern aus dem Garten der Petits dekorierte, spürte sie eine wohlige Vorfreude auf einen Kuss. Den letzten, fügte sie in Gedanken zögernd hinzu.

»Hallo, Schwesterherz!« Sie blickte entsetzt auf. Da stand ihr Bruder Louis vor ihr. Was wollte der denn hier? Einen ungünstigeren Zeitpunkt für einen Überraschungsbesuch konnte es kaum geben.

»Du siehst mich an, als sei ich ein Geist«, lachte er. »Gérald hat darauf bestanden, dass ich heute Abend freimache. Und da dachte ich, ich könnte dir doch helfen, jetzt, wo Jean nicht da ist.«

»Nicht nötig, ich komme gut allein klar«, entgegnete sie hektisch.

»Umso besser. Dann helfe ich Georges im Service. Der jammert nämlich rum, dass das viel zu viel Arbeit für einen allein ist.«

Juliette konnte gerade noch rechtzeitig die Erwiderung »Auf keinen Fall. Fahr nach Caen zurück!«, die ihr auf der Zunge lag, unterdrücken. »Aber danach fährst du zurück, oder?«, fragte sie stattdessen.

»Willst du mich etwa loswerden?« Er drohte ihr scherzhaft mit dem Finger. »Hast du noch ein heimliches Rendezvous mit Pierre?«

Juliette machte eine wegwerfende Handbewegung. »Deine Kuppelversuche gehen mir auf die Nerven«, fauchte sie zurück. »Und nun störe mich nicht länger bei der Arbeit!«

»Du bist heute aber eine richtige Kratzbürste. Und um deine Frage zu beantworten: Ich übernachte hier, weil ich morgen früh meinen Wocheneinkauf bei den Petits erledige.« Er rückte noch näher an sie heran und senkte die Stimme. »Sag mal, hast du deine Freundin Madeleine in letzter Zeit gesehen?« Das klang lauernd. Juliette schwante Übles.

»Warum fragst du?«

»Ach, es macht bei meinen Jungs ein Gerücht die Runde. Dass sie angeblich mit einem *Boche* herumhurt! Wenn das ihr Bruder Bernard erfährt, dann gnade ihr Gott!«

Juliette spürte, wie ihr die Zornesröte in die Wangen stieg. »Erstens hurt Madeleine nicht herum, und zweitens hat sie einen französischen Verlobten!«

»Davon höre ich zum ersten Mal. Wer ist der Glückliche?«

»Das geht dich gar nichts an! Und wehe, du machst ihr gegenüber eine blöde Andeutung!«

Louis machte einen Schritt rückwärts. »Meine Güte, was hat meinem kleinen Schwesterchen nur die Petersilie verhagelt?«, erwiderte er breit grinsend.

»Raus aus meiner Küche! Und bring diese Essen an den Tisch mit den Deutschen!«, befahl sie. Noch nie zuvor hatte sie in diesem Ton mit ihrem Bruder geredet, doch der schien ihren Zornesausbruch gar nicht ernst zu nehmen, sondern lachte herzlich.

»Welchen Tisch. Draußen wimmelt es von *Boches*.«

»Diese sechs Essen sind für Tisch zehn.«

Louis warf einen Blick auf die angerichteten Teller. »Da hast du dir aber Mühe gegeben. Ich sollte vielleicht mal draufspucken …« Er zählte nun die Teller durch. »Schwesterherz, du hast einen vergessen.«

Mit hochrotem Kopf verglich Juliette den Bestellzettel mit den fertigen Gerichten. »Mist, ich habe eine Entenbrust vergessen. Sag bitte Bescheid, dass sie gleich kommt!«

»Jawohl, wird gemacht.« Louis stellte die Essen auf ein Riesentablett und verließ fröhlich summend die Küche.

Kaum war ihr Bruder außer Sichtweite, als sie an einem Küchenbord Halt suchen musste, denn ihr war bei seinen Worten leicht schwindlig geworden. Das Schlimmste war nicht einmal, dass Friedrich und sie sich auf keinen Fall an diesem Abend noch treffen durften, sondern wie sie ihm unauffällig ein Signal geben konnte, nicht an der Pforte zum Garten auf sie zu warten. Im Gastraum konnte sie sich auf jeden Fall nicht blicken lassen, denn Louis würde auch das scheinbar harmloseste Signal nicht entgehen, das sie Friedrich schickte. Und wie sollte sie das überhaupt unter den Augen seiner Kameraden bewerkstelligen, ihm ein Zettelchen zuzustecken, ohne dass es jemand merkte?

Es war wie verhext. Juliette war so in ihre Gedanken versunken, dass sie statt Salz Zucker in die Soße, die sie gerade für die Entenbrust zubereitete, kippte. Als sie es merkte, war es zu spät. Leider war die übermäßige Süße deutlich zu schmecken, sodass sie die Soße noch einmal zubereiten musste, wobei ihr nun der Bratensaft dazu fehlte. Prompt kam in diesem Moment Louis mit grimmiger Miene zurück.

»Das sind vielleicht ein paar Stinkstiefel, die Herren von Tisch zehn. Haben sich höllisch aufgeregt, dass ein Essen fehlte. Nur der

Einäugige, für den die Ente bestimmt war, hatte vollstes Verständnis für die Köchin. Bist du jetzt fertig?«

»Nein, und kannst du ihm bitte ausrichten, dass mir die richtige Soße misslungen ist und er sie beim nächsten Mal am Sonntag ganz sicher pünktlich auf den Teller bekommt.«

Louis tippte sich gegen die Stirn. »So viele Worte werde ich mit diesen Leuten nicht wechseln.«

»Bitte. Das sind gut zahlende Gäste, die jeden Sonntag herkommen und eine Menge Geld hierlassen. Spring über deinen Schatten. Du hast eben selbst gesagt, dass der Einäugige netter ist als die anderen.«

»Das heißt aber nicht, dass ich je einen *Boche* in mein Herz schließen werde«, brummte Louis, während Juliette etwas von der Soße auf den Teller füllte, die sie zum Hähnchen gemacht hatte.

Louis stippte den Finger hinein und leckte ihn an. »Die Soße schmeckt ausgezeichnet. Es gibt gar nichts zu entschuldigen!«

»Bitte mache das so, wie ich gesagt habe. Der Einäugige kennt meine spezielle Soße.«

»Wie Sie wünschen, Mademoiselle«, scherzte Louis und verschwand mit dem Teller, den sie ganz vergessen hatte, besonders liebevoll anzurichten. Sie betete, dass Friedrich ihre Botschaft verstand und nächsten Sonntag wiederkommen würde. Es fiel ihr schwer, sich auf das Kochen zu konzentrieren, aber sie wusste auch, dass sie sich nicht noch so einen Fehler leisten durfte. Also achtete sie sorgfältig darauf, was sie in die Töpfe und Pfannen tat. Die Zeit bis zum letzten Dessert, das die Küche verließ, kam ihr vor wie eine halbe Ewigkeit. In Windeseile säuberte sie das Geschirr und putzte die Küche. Als sie fertig war und einen Blick in den Gastraum warf, stellte sie fest, dass Georges und Louis sich bei einem Wein angeregt unterhielten. Ein idealer Moment, um sich aus dem Hinterausgang zu schleichen und sich zu vergewissern, dass Friedrich nicht in der Seitenstraße auf sie wartete. Sie zog sich die Schürze aus, nahm das Tuch vom Kopf, das sie extra umgebunden hatte, damit ihr Haar später nicht nach Küchendünsten stank.

Sie hatte bereits die Türklinke in der Hand, als Louis in die Küche kam. »Komm doch zu uns und trink einen Schluck«, lud er seine Schwester ein, mit an den Tisch zu kommen.

Damit war ihr der Weg durch den Hintereingang versperrt, denn es gab keinen vernünftigen Grund, ihn zu benutzen, seit Garten und Pavillon nicht mehr in Betrieb waren. Also folgte sie ihm in den Gastraum, aber sie setzte sich nicht an den Tisch, sondern gab vor, zunächst ein wenig frische Luft schnappen zu wollen.

Louis' Blick konnte sie eine gewisse Verwunderung entnehmen, aber zu ihrer großen Erleichterung bot er ihr nicht seine Begleitung an. Draußen vor der Tür atmete sie ein paarmal tief durch. Die salzige Meeresluft füllte ihre Lungen, was ihr immer, ganz gleich, in was für einer Stimmung sie sich gerade befand, ein gutes Körpergefühl bereitete.

Doch dann eilte sie um die Ecke. Sie betete, dass er nicht in der dunklen Gasse auf sie wartete, doch da sah sie ihn schon im Schatten der Mauer stehen. Juliette blickte sich noch einmal vorsichtig um, bevor sie auf ihn zuging. Sie machte ihm ein Zeichen, dass er sie nicht in den Arm nehmen sollte. Er verstand, denn er blieb wie angewurzelt stehen. Als sie vor ihm stand, sprachen nur ihre Augen.

»Ich war mir nicht sicher, ob der Kellner mir eine indirekte Botschaft von dir überbracht hat, dass ich nächsten Sonntag wiederkommen soll. Aber ich konnte schlecht nachfragen ...«

»Allerdings, das wäre fatal, denn der Kellner ist mein Bru-« Das Wort blieb ihr im Hals stecken, als sie in diesem Moment Louis um die Ecke kommen sah.

Juliette erstarrte, doch Louis schien keinen Verdacht zu schöpfen, denn er fragte Friedrich in freundlichem Ton, was er denn noch in den dunklen Gassen des Örtchens mache. Ob er sich verlaufen habe?

Friedrich nickte eifrig. »Ach, ich wollte nicht mit den anderen fahren, weil unser Fahrer am meisten von allen getrunken hat.«

»Ach, der mit der Glatze. Zu dem wäre ich auch nicht in den Wagen gestiegen.«

»Der Monsieur wollte wissen, wie er zu Fuß nach Colleville

kommt, da habe ich ihm eines von unseren alten Rädern angeboten, weil er doch nächsten Sonntag wiederkommt. Ich dachte, als Widergutmachung für die falsche Soße.«

Louis schien nachzudenken, denn er legte die Stirn in Falten. »Ausnahmsweise. Eigentlich verleihe ich keine Räder an Deutsche, aber bei Ihnen mache ich eine Ausnahme. Wiedersehen macht Freude. Komm, Julie.«

Er hakte sich bei seiner Schwester unter und zog sie mit sich. »Und ich hatte schon Sorge, du triffst dich mit irgendeinem Kerl. Eigentlich sollte ich meinen Freunden Bescheid sagen, dass ein Deutscher mit dem Rad ganz allein durch die Nacht fährt.«

Der Schreck fuhr Juliette durch alle Glieder. »Das tust du nicht!«, stieß sie empört hervor.

»Ach, Schwesterherz, für einen allein lohnt sich der Aufwand nicht. Diese Banditen werden bald eh allesamt untergehen.« Er lachte schadenfroh.

Obwohl sich auch Juliette nichts sehnlicher wünschte, als wieder frei im eigenen Land zu sein, durchrieselte sie ein eiskalter Schauer bei dem Gedanken, dass ihr Bruder allen Besatzern und damit auch Friedrich den Tod wünschte.

13

Köln,
Juli 2000

Barbara dachte zuerst, dass sie von einem dumpfen Klopfen träumte, bis sie begriff, dass tatsächlich gegen ihre Tür gehämmert wurde. Sie hatte Schwierigkeiten, die Augen zu öffnen. Ihr Mund war trocken, und ihr Magen rebellierte. Eigentlich wusste sie, dass sie lange nicht mehr die Mengen an Alkohol vertrug, die sie in jungen Jahren ohne Probleme hatte trinken können, aber daran hatte sie nicht gedacht, als sie die zweite Flasche Wein ausgetrunken hatte. Die Reste standen wie ein Mahnmal auf dem Tisch und fielen Barbara als Erstes ins Auge, nachdem sie sich aus dem Bett gekämpft hatte. Doch ihr blieb keine Zeit, sich mit Selbstvorwürfen zu martern, weil das Pochen in ihrem Kopf immer stärker wurde. Barbara ahnte natürlich, wer da so hartnäckig versuchte, sie zu wecken.

Erst als sie bei der Tür war, bemerkte sie, dass sie nur ein T-Shirt trug. »Moment, ich komme«, rief sie und holte sich schnell den Hotelbademantel, um ihre Tochter nicht unten ohne zu begrüßen.

Paula funkelte sie wütend an, als Barbara die Zimmertür öffnete. »Weißt du, wie spät es ist? Zehn Uhr, und du hast unsere Verabredung zum Frühstück versäumt! Typisch für dich!«

Jedes Wort ihrer Tochter intensivierte ihre Kopfschmerzen. Sie hob abwehrend die Hände. »Nicht so laut! Mir ist gar nicht gut.«

»Das kann ich mir denken«, giftete Paula, die sich an ihr vorbei ins Zimmer gedrängt und die Flaschen entdeckt hatte.

Barbara schloss die Tür hinter sich und hätte sich gern gegen diese geballten Vorwürfe zur Wehr gesetzt, aber sie war zu schwach. Und außerdem fiel ihr kein schlüssiges Argument ein, mit dem sie ihr Saufgelage hätte rechtfertigen können. Sie ärgerte sich maßlos über

sich selbst. Wieder einmal hatte sie ihrer Tochter einen Beweis gelie-
fert, wie unvernünftig sie doch war.

»Ich dusche jetzt und bin in einer halben Stunde abfahrbereit, aber
wir müssen noch ins Theater ……«

»Nein, müssen wir nicht! Klara hat bei mir auf dem Zimmer angerufen, nachdem sie dich nicht erreicht hat. Offenbar hast du nicht
mal das Telefon gehört! Sie hat die Sachen und die Gage vorbeige-
bracht. Ich habe schon alles im Wagen verstaut. Ich warte unten in
der Hotelgarage auf dich.«

Mit diesen Worten drehte sich Paula auf dem Absatz um und ging.
Barbara ließ sich stöhnend auf ihr Bett fallen. Sie wusste nicht, wie sie
die bevorstehende lange Autofahrt überstehen sollte. Allein die Vorstellung, zu duschen und sich anzuziehen, verursachte ihr erneut
Übelkeit. Sie rannte ins Bad und versuchte, sich zu übergeben. Viel
brachte das nicht, denn sie hatte kaum etwas im Magen.

In ihrem Kopf hämmerte es, als wolle er platzen. Dennoch schleppte sie sich in die Dusche und schaffte es auch, sich anzuziehen, wobei
sie sich das Kleid griff, das oben auf dem Koffer lag. Es war mit Pail-
letten bestickt und eher für abends geeignet, doch um keinen Preis
würde sie sich noch einmal umziehen, obwohl sie ahnte, was Paula
zu ihrer Kleiderwahl sagen würde …

Die Kleidung, die neben dem Bett lag, und ihre Waschtasche
stopfte sie in den vollen Koffer, und sie konnte ihn gerade eben
noch schließen. Während sie sich reisefertig machte, pochte nicht
nur der Schmerz in ihrem Kopf, sondern auch ein Heer nieder-
schmetternder Gedanken prasselte auf sie ein. Was hatte sie sich
bloß dabei gedacht, ihren Seelenschmerz mit Alkohol zu betäuben,
zumal sie doch wusste, dass er sich dann am nächsten Tag umso
schlimmer bemerkbar machte. Und was war eigentlich gestern geschehen, das sie zu diesem Akt der Selbstzerstörung getrieben hatte? War es der Verlust von Tom oder die Tatsache, dass ihre Tochter
glaubte, sie habe mit dem Mann schnellen Sex gehabt, was ja nicht
einmal stimmte? Barbara korrigierte diesen Gedanken allerdings
sofort wieder, denn es war nur dem Zufall geschuldet, dass es nicht

dazu gekommen war. In diesem Augenblick drang das Gefühl der Einsamkeit, das sie in der Nacht zu betäuben versucht hatte, mit Macht in ihr Bewusstsein, und sie versuchte krampfhaft, die Tränen zu unterdrücken. Sie wollte auf keinen Fall mit verheulten Augen in der Garage auftauchen. Es gelang ihr, nicht zu weinen, aber sie fühlte sich wie eine offene Wunde. Niemals hätte sie damit gerechnet, dass sie sich eines Tages nach geordneten Verhältnissen sehnen würde. Dabei war sie nicht einmal eine Altachtundsechzigerin, die jetzt Bürgerlichkeit nachholen wollte. Sie hatte nie in einer Kommune gelebt, in der die Klotüren ausgehängt worden waren. Im Gegenteil, sie hatte stets ihre ganz persönliche Freiheit geschützt. Sowohl in ihren Wohnungen als auch in ihren Beziehungen. Niemals hätte sie nach solchen hohlen Prinzipien gelebt wie: Wer einmal mit demselben pennt, gehört schon zum Establishment. Nein, sie war immer nur darauf bedacht gewesen, ihren ganz eigenen Weg zu gehen.

Warum hatte Paula ihr Leben so viel besser im Griff als sie? Aber wollte sie deshalb mit einem Mann wie Klemens in einer Eigentumswohnung der Schwiegereltern in Blankenese leben? Barbara musste bei dieser Vorstellung lächeln. Nein, das war nicht ihr Weg. Sie wusste sehr wohl, was sie *nicht* wollte, aber das, was sie wollte, schien hinter einer Nebelwand verborgen zu sein. Sie wusste ja nicht einmal, was sie genau vermisste: einen Mann, ein eigenes Haus, eine geregelte Arbeit? Keinen dieser Wünsche konnte sie aus vollem Herzen unterschreiben. Was war es dann?

Sie wusste nur eines: Sie befand sich in einer Sackgasse, aus der sie nicht herausfand. Aber jetzt musste sie sich innerlich erst einmal für die Begegnung mit ihrer Tochter rüsten. Sie würde ihr gegenüber jedenfalls keine Schwäche zeigen, sondern sich den weiteren Vorwürfen ihrer Tochter entziehen … Barbara unterbrach sich in ihren Gedanken, weil sie sich dabei ertappte, dass sie wie ihre eigene Mutter handelte. Sie entzog sich, statt sich der Diskussion zu stellen. Was, wenn hinter dem letzten Willen ihres Vaters etwas so Schmerzhaftes stand, das sich ihre Mutter partout nicht anschauen wollte? Was, wenn sie in Wirklichkeit nicht gefühlskalt war, sondern mit aller Macht versuchte, einen tiefen Schmerz abzuwehren?

Trotz dieser Fragen, die Barbara tief im Inneren bewegten, setzte sie, kaum dass sie die Zimmertür hinter sich zugezogen hatte, ihr freundliches Benutzergesicht auf. Kein Mensch, der ihr auf dem Weg zur Garage begegnete, konnte ahnen, wie zerrissen sie sich fühlte.

Paula hingegen durchschaute ihre Mutter auf einen Blick. »Du musst mir nichts vorspielen. Schlaf ruhig. Ich fahre, solange ich kann. Und dann sehen wir weiter.«

In Paulas Stimme lag eine Spur von Mitgefühl, das Barbara eigentlich dazu einlud, Farbe zu bekennen, aber ihr war nicht danach, über ihre Probleme zu sprechen.

»In Ordnung. Und später übernehme ich das Steuer.«

»Mir wäre es lieber, wir würden unterwegs noch einmal übernachten, denn wie du weißt, bleibt eine Menge Restalkohol im Blut.«

Ja, ja, ich weiß, dachte Barbara verärgert. Warum musste Paula das so unverblümt aussprechen, was ihr selbst doch so unendlich peinlich war? Dass sie als Mutter nicht in der Lage war, diese Reise vernünftig zu beginnen, sondern als verkaterte Alte, die bei jeder Verkehrskontrolle auffallen würde, weil sie immer noch Wein ausdünstete. Sie hatte zwar mehrere Pfefferminzbonbons gelutscht, aber sie wurde das Gefühl nicht los, dass das alles nichts half.

Barbara kauerte sich stumm auf den Beifahrersitz und schloss die Augen. Sie rechnete nicht damit, dass sie einschlafen konnte, doch sie waren kaum auf der Autobahn, als der Schlaf sie übermannte.

Sie erwachte, als das Geräusch des Motors verstummte. Erschrocken fuhr sie hoch und registrierte erstaunt, dass sie auf einer französischen Raststätte an der Tanksäule standen. Paula war gerade beim Bezahlen.

Ihr ging es wesentlich besser als am Morgen. Nur allein der Gedanke an Alkohol verursachte ihr Übelkeit. Als Paula zurückkehrte, schlug Barbara ihr vor, das Steuer zu übernehmen.

»Nicht nötig. Ich bin in den vier Stunden viel weiter gefahren, als ich dachte. Wenn ich weiter so gut durchkomme, sind wir gegen frühen Abend in Arromanches.«

»Aber ich fühle mich jetzt viel besser. Ich traue mir zu, weiterzufahren.«

Paula stieß einen tiefen Seufzer aus. »Das glaube ich dir, aber ich würde mich nicht wohlfühlen. Ich bin sowieso keine gute Beifahrerin, wenn du am Steuer sitzt.«

»Schon gut«, erwiderte Barbara, und sie ärgerte sich über den beleidigten Unterton in ihrer Stimme. Sie klang wie ihre eigene Mutter, wobei sie diese versteckte Vorwürflichkeit so abgrundtief hasste, dass diese sie sogar zu einem Lied inspiriert hatte. Trotzdem ärgerte sie, dass ihre Tochter ihr durch die Blume auch noch ihren forschen Fahrstil vorwerfen musste.

Sie setzte sich aufrecht hin, weil sie sich immer noch in ihrer Schlafposition befand, und überlegte, was sie tun konnte, um diese angespannte Stimmung zwischen ihrer Tochter und ihr zu lockern.

»Tom und ich kamen gestern nicht zusammen aus dem Bett. Wir haben uns nur unterhalten«, sagte sie schließlich.

Falscher Text, dachte sie, als sich die Miene ihrer Tochter verfinsterte. »Barbara, bitte nicht! Ich will das gar nicht so genau wissen. Du verwechselst mich manchmal mit deinen Freundinnen, aber ich bin deine Tochter.«

Dieser Einwand machte Barbara wütend. »Ach ja? Und warum haben sich deine Freundinnen immer geradezu darum gerissen, bei uns zu übernachten? Weil es eben nicht so stinklangweilig war wie bei ihnen zu Hause!«

»Klaro, welche Mutter serviert für die Pyjamaparty ihrer Tochter nachts noch frische Pizza oder besäuft sich mit den Mädels anlässlich des bestandenen Abiturs? Natürlich fanden die das geil, mal so als Highlight, aber ich musste mit deinen Verrücktheiten *ständig* leben.«

»Hat dir offensichtlich nicht geschadet, wenn man bedenkt, was für ein Musterkind aus dir geworden ist!«

»Barbara, lass uns bitte nicht streiten. Ich muss mich aufs Fahren konzentrieren. Und bitte respektiere, wenn ich von deinen Männergeschichten nichts wissen will.«

»Ich sage ja gar nichts mehr.« Wieder dieser beleidigte Unterton. Barbara hätte sich ohrfeigen mögen. Überhaupt war sie, wenn sie ehrlich war, gar nicht in erster Linie auf ihre Tochter, sondern auf sich selbst sauer. Warum gab sie Paula auch einen so offenen Einblick in das, was ihre Tochter einmal im Zorn als »Lotterleben« bezeichnet hatte? Sie hätte gestern nach dem Streit einfach ins Bett gehen sollen, um fit für die Fahrt zu sein.

»Tut es dir schon leid, dass du mich auf diese Reise begleitest?«, fragte sie nun. Auch das schienen nicht die richtigen Worte zu sein, um die Spannung zwischen ihnen abzubauen.

»Mensch, Mama, jetzt spielst du aber Oma. Das trieft ja förmlich vor Selbstmitleid.«

»Tja, das habe ich auch gerade gedacht, dass ich ganz und gar nach meiner Mutter komme«, gab Barbara zerknirscht zu. Immerhin hatte ihre Tochter sie nach Langem einmal wieder »Mama« genannt, was immer einen versöhnlichen Anklang besaß.

»Ich mache diese Reise in erster Linie Opa zuliebe. Und eigentlich finde ich das ganz schön, dass wir dieses Erlebnis miteinander teilen können, aber wir sind nun mal wahnsinnig unterschiedlich.«

»Stimmt, du kommst in vielem eher nach deinem Vater.« Barbara merkte schon, bevor sie den Satz zu Ende gesprochen hatte, dass der nicht gerade der Deeskalation diente.

Ihre Tochter schwieg eine Weile. Wahrscheinlich wartete sie darauf, dass Barbara in eine Schimpftirade ausbrach wie immer, wenn die Rede auf Paulas Vater kam. Barbara konnte sich bei dem Thema, was für ein lausiger Vater er gewesen sei, der keinen Funken Interesse an seiner Tochter hatte, immer wieder in Rage reden. An diesem Tag aber fehlte Barbara die Kraft, loszupoltern.

Paula stieß einen tiefen Seufzer aus. »Klemens möchte, dass wir ihn zur Hochzeit einladen.«

»Wen?«

»Na, Papa!«

Das fühlte sich für Barbara wie ein Stich ins Herz an, aber sie verbarg ihre Verletzlichkeit und brummte: »Den Unsinn hast du ihm hoffentlich ausgeredet. Du kannst doch keinen Mann einladen, zu dem du gar keinen Kontakt hast ...«

Barbara musterte Paula prüfend und stellte fest, dass sie auf ihrer Unterlippe herumkaute. Ein sicheres Zeichen, dass sie nervös war.

»Lass gut sein. Ich hätte deinen Vater gar nicht erwähnen dürfen. Tut mir leid.«

»Wir waren neulich mit ihm und seiner Frau essen«, gab Paula zögernd zu.

Barbara verstand nicht ganz. Paula sprach doch nicht etwa von ihrem Vater und der Person, die sich damals gleich bei ihm eingenistet hatte, doch ihre Tochter nahm ihr die Zweifel. »Er hat sich bei mir zum ersten Mal gemeldet, als ich von zu Haus ausgezogen war ...«

Barbara schnappte nach Luft. »Und woher hatte er deine Adresse?«

»Oma hat sie ihm gegeben.«

»Das kann doch wohl nicht wahr sein. Da fällt mir meine eigene Mutter in den Rücken, aber das war klar. Sie ist nie darüber weggekommen, dass ich diesen Mann verlassen habe!«, schimpfte Barbara. »Und warum erfahre ich das erst jetzt?«

»Weil ich keine Lust auf dieses Drama hatte, das du dann abgezogen hättest. Meine Güte, er ist mein Vater!«

»Der sich nie um dich geschert hat!«

»Wir haben uns längst ausgesprochen. Er hat sich entschuldigt. Das lag an seiner Frau. Die wollte nicht, dass er Kontakt mit mir hat.«

»Und mit der Person warst du essen?«

Paula wand sich. »Nein, die sind längst geschieden. Karina ist anders, denn sie wollte, dass er mich zur Konfirmation ihres gemeinsamen Sohnes einlädt.«

Barbara ballte die Fäuste und bemühte sich redlich, ihren Zorn nicht ungefiltert auszuleben. Das fühlte sich wie Verrat an. Da hatte sie sich jahrelang krummgelegt, um ihre Tochter allein großzuziehen und außer dem Unterhalt für Paula nichts von diesem Mann gefordert. Nicht mal den Unterhalt hatte sie je überprüfen lassen im Hinblick auf seinen tatsächlichen Verdienst. Die Vorstellung, sich seine Finanzen vorlegen zu lassen, fand sie erniedrigend für beide. Es war ja auch nicht so, dass sie ihn hasste, weil er sich sofort nach ihrer Abreise nach Neuseeland einen Ersatz gesucht hatte, statt auf ihren langen Brief einzugehen. In diesem hatte sie ihm geschildert, wie sie darunter litt, dass er sie ständig kleinzumachen versuchte, um sie auf die Rolle der Frau an seiner Seite zu trimmen. Nur eine Auszeit, so hatte sie diese Reise genannt, aber dann war es anders gekommen. Aber dafür, dass er sein Kind im Stich gelassen hatte, verachtete sie ihn zutiefst. Dank ihrer Eltern war Barbara glücklicherweise nie in Not geraten als alleinerziehende Mutter und Künstlerin. Wenn sie auf Tournee ging, hatte sie Paula stets nach Othmarschen gebracht, und bei Geldproblemen hatte ihr Vater ihr ausgeholfen. Außerdem hatte er Paulas Studium finanziert.

Und das alles hatte sie ohne den Mann geschafft, über den sie manchmal in der Zeitung gelesen hatte, mit was für lukrativen Projekten er gerade in Berlin beschäftigt war. Dass ihre Tochter, die er so viele Jahre einfach ignoriert hatte, überhaupt in Erwägung zog, diesen Kerl zu ihrer Hochzeit einzuladen, kränkte Barbara sehr.

»Und bist du auf der Konfirmation seines Sohnes gewesen?«, fragte Barbara lauernd.

»Ja, Klemens und ich sind in Berlin gewesen.«

Barbara spürte, wie ihr vor Empörung die Hitze in die Wangen stieg.

»Mit Klemens? Den du demnächst heiraten wirst, was ich heute auch zum ersten Mal höre. Aber das passt. Dein Vater ist sicherlich gesellschaftsfähiger als ich.«

»Nein, ich wollte dir das alles in Ruhe erzählen ...«, seufzte Paula.

»Ach so. In Ruhe? Und du meinst, dann würde ich Luftsprünge

machen darüber, dass dein Vater plötzlich entdeckt, dass er noch ein Kind hat. Aber nun bist du ja kein Baby mehr, das Arbeit macht, sondern eine ehrgeizige Medizinerin mit Prädikatsexamen ...« Barbara hatte das noch gar nicht zu Ende ausgesprochen, als ihr das leidtat. Das war eine gemeine Äußerung.

»Tut mir leid, aber ich bin so getroffen, dass du dich hinter meinem Rücken mit diesem Arschloch triffst.« In Gedanken fügte Barbara bitter hinzu: Und dass es deinem verwöhnten Blankeneser Bürschchen sicher gut gefällt, einen Stararchitekten zum Schwiegervater zu bekommen.

»Barbara, er hat sich entschuldigt.«

»Super. Der Mann muss nur mit den Fingern schnipsen, und du verzeihst ihm alles. Aber bitte ladet ihn ein. Wenn ich nicht mit ihm an einem Tisch sitzen muss!«

»Die Tischordnung wird meine Schwiegermutter mach-« Paula unterbrach sich hastig.

Barbara aber kam ein fürchterlicher Verdacht. »Gibt es vielleicht schon einen Termin, von dem ich nichts weiß und auch nichts wissen soll?« Ihr kam mit einem Mal eine Filmszene aus dem Fernsehspiel »Die Unverbesserlichen« aus den Sechzigerjahren in den Sinn, als der Mutter der Braut, gespielt von Inge Meysel, die Einladung zum offiziellen Hochzeitsempfang ihrer Tochter in die Hände fiel und sie begriff, dass sie dort nicht erwünscht und mit einem Essen im Kreis der Familie abgespeist worden war. Sie schüttelte den Gedanken hastig wieder ab. Sie würde für Paula ihre Hand ins Feuer legen. Zu so etwas Gemeinem war ihre Tochter nicht fähig.

»Natürlich nicht. Wir ... wir haben ja noch gar keinen verbindlichen Termin.« Merkwürdig, dachte Barbara, wirklich überzeugend klang das nicht.

»Können wir jetzt vielleicht das Thema wechseln? Das Fahren ist doch langsam anstrengend«, fügte Paula hastig hinzu.

»Ja, das Wetter ist wirklich traumhaft«, bemerkte Barbara spöttisch, denn den Satz hasste sie abgrundtief. Wie oft hatte ihre Mutter mit dieser Floskel kritische Diskussionen rigoros beendet.

Plötzlich überkam Barbara ein Gefühl von tiefer Traurigkeit. Paula wird mich auch verlassen, wenn sie es innerlich nicht schon längst getan hat. Dessen war sie sich in diesem Augenblick sicher und tauchte mit jedem Gedanken weiter in ein Bad voller Selbstmitleid. Sie wandte sich demonstrativ mit dem Kopf zum Fenster und ließ ihre Tochter ohne Worte spüren, dass sie tief verletzt war.

14

Am Sonntag hatte Juliette umsonst auf Friedrich gewartet. Er war weder allein noch in Gesellschaft seiner Kameraden im *Hotel Normandie* aufgetaucht. Auch die anderen nicht. Dabei hätte es an dem Abend so gut gepasst. Schon gegen neun Uhr hatten die meisten Gäste das Restaurant verlassen. Es hätte ein langer Abend werden können, aber er war nicht erschienen und hatte ihr auch keine Nachricht zukommen lassen. Immer wieder fragte sie sich, ob sie ihm ihre Botschaft, dass sie ihr Treffen um eine Woche verschieben mussten, nicht verständlich genug gemacht hatte. Und sie kam zu dem Ergebnis, dass es daran nicht gelegen haben konnte, denn sie hatte den nächsten Sonntag direkt benannt. Nein, es musste einen anderen Grund haben. Vielleicht war es ihm doch zu heikel, sie noch einmal zu treffen, nachdem er ihrem Bruder in der Gasse begegnet war.

Jedenfalls hatte sie sich einen Tag freigenommen, weil sie kaum mehr einen klaren Gedanken fassen konnte, und war zu Madeleine gefahren. Ihre Freundin war hocherfreut, dass Juliette sie endlich einmal wieder besuchte. Nachdem sie den Fahrradanhänger mit den Lebensmitteln für das Lokal beladen hatten, setzten sie sich auf ihren Lieblingsplatz hinter der Scheune ins warme Gras.

»Du siehst so traurig aus. Was ist geschehen?«, fragte Madeleine, kaum dass sie sich hingesetzt hatten.

Juliette stieß einen tiefen Seufzer aus. Sie brauchte eigentlich dringend jemanden, dem sie ihren Kummer anvertrauen konnte, und schon sprudelte es aus ihr heraus. Sie berichtete ihrer Freundin jedes Detail, aber Madeleine schien mit den Gedanken ganz woanders. Das kränkte Juliette, wenn sie der Freundin schon ihr Herz ausschüttete.

»Madeleine, du hörst mir ja gar nicht zu.«

»Doch, Julie, jedes Wort, meine Süße, nur als du eben sagtest, er trüge eine Augenklappe, da meinte ich mich zu erinnern, dass Ger-« Sie versuchte nun, etwas auszusprechen, was ihr nicht gelang. Schließlich vollendete sie den Namen des Mannes: »…ard …«

»Gerard?«

»So heißt mein Liebster. Ich nenne ihn allerdings lieber Gérald, aber das mag er nicht so gern. Er hat neulich von einem Freund erzählt, der in einem Geschützstand bei Colleville stationiert ist. Einem Einäugigen.«

Juliette funkelte die Freundin wütend an. »Und wenn schon, es muss ja nicht Friedrik sein. Wahrscheinlich gibt es hier noch mehr Versehrte. Und selbst wenn, ich möchte auf keinen Fall, dass du deinen Gerard auf ihn ansprichst. Das muss unser Geheimnis bleiben! Verstanden? Und außerdem finde ich das gemein, dass du ihn wie meinen Bruder Gérald nennst, der, wie du weißt, unsterblich in dich verliebt ist!«

»Ja, ja, ich weiß«, stieß Madeleine unwirsch hervor.

»Schwöre, es keinem Menschen zu verraten!«

»Meine Güte, wovor hast du bloß Angst? Wir sitzen in einem Boot.«

»Schwöre!«

Madeleine hob die Hand zum Schwur. »Aber du musst Gérald trotzdem kennenlernen«, insistierte sie.

Juliette verdrehte die Augen.

»Gerard!«

»Gut, Gerard! Sag, dass du ihn kennenlernen möchtest.«

»Meinetwegen«, brummte Juliette. Sie verspürte keinerlei Lust, Madeleines deutschen Freund zu treffen, aber die Freundin ließ nicht locker. »Versprich es mir!«

Juliette kam missmutig der Aufforderung nach.

»Wann hast du wieder einen Abend frei?«, fragte Madeleine.

»Am Freitag, weil Louis den Service übernimmt. Sagt er jedenfalls. Ich glaube eher, dass er mich kontrollieren oder, noch schlimmer, mit seinem Freund Pierre verkuppeln möchte, denn rein zufällig kommt der am Freitag mit meinem Bruder aus Caen.«

»Aber das ist doch ein guter Grund, auf das kleine Fest zu kommen, das ich dann dir zu Ehren für Freitag organisieren werde. Géral ... ich meine Gerard, bringt sicher noch ein paar Freunde mit.«

Das klang für Juliette eher wie eine Drohung. Dass sie sich in einen Deutschen verguckt hatte, hieß noch lange nicht, dass sie mit anderen Besatzern fröhlich feiern wollte.

»Wie stellst du dir das vor? Was wird dein Vater sagen, wenn du einen Deutschen einlädst? Der jagt ihn doch vom Hof!«

Ein Strahlen ging über Madeleines Gesicht. »Die ganze Familie wird am kommenden Wochenende zu einer Beerdigung in den Norden fahren. Auch Vater und mein Bruder. Ich habe mich geopfert, nicht teilzunehmen, um hier die Stellung zu halten. Die alte Tante mochte ich sowieso nicht.«

Das war typisch für ihre Freundin. Sie dachte an alles. Und wenn sie etwas wollte, schaffte sie es auch. Dumm nur, dass Juliette nun keine Ausrede mehr einfiel, um die Einladung abzulehnen.

»Am Freitag gegen sechs Uhr, und natürlich schläfst du bei mir. Wir haben das ganze Haus für uns.«

Juliette kämpfte mit sich. Ihr stand überhaupt nicht der Sinn nach dieser Feier. Im Gegenteil, sie versuchte, sich damit abzufinden, dass sie Friedrich nie mehr wiedersehen würde, weil es besser so war. Dieser Gedanke half ihr allerdings nicht, ihn zu vergessen. Im Gegenteil, er spukte ständig in ihrem Herzen herum.

Die Woche verging wie im Flug, weil es viel Arbeit im Restaurant gab. Juliette hatte bis zuletzt mit sich gerungen, ob sie sich wirklich auf den Weg nach Colleville machen sollte. Die Antwort nahm ihr Pierre ab, der ihr den ganzen Freitag wie ein Hündchen hinterherlief. Sogar in die Küche war er ihr gefolgt, schälte Zwiebeln und putzte Gemüse, nur um ihr zu imponieren. Als Louis sie in der Küche ablöste, teilte sie ihm mit, dass sie abends mit Madeleine verabredet sei und auch bei ihr übernachten werde.

»Das verbiete ich dir!«, schnauzte Louis sie daraufhin an.

Juliette aber band kurz entschlossen ihre Schürze ab und warf sie wütend in eine Ecke. »Verdammt, du bist nicht mein Vater!«, konterte sie.

»Aber er hätte es nicht geduldet, dass du dich herumtreibst! Du kannst ein bisschen mit Pierre spazieren gehen.« Er deutete auf seinen Freund, der verschüchtert im Türrahmen stand und Zeuge dieses Streits wurde.

»Ich möchte meinen freien Abend aber mit keinem jungen Mann verbringen, sondern mir mit meiner Freundin ein neues Kleid schneidern!«, zischte sie.

»Das kannst du ein anderes Mal tun. Pierre ist extra mitgekommen, um mit dir zusammen zu sein.«

»Ich habe nicht darum gebeten!« Sie wandte sich an Pierre. »Es tut mir leid, ich war mit Madeleine schon vorher verabredet, und ich bestimme selbst, ob ich mich mit einem jungen Mann treffen möchte oder nicht. Wenn du mich sehen möchtest, dann solltest du nicht Louis als Kuppler einspannen ...« Sie stockte, weil ihr Bruder die Hand hob, so als wolle er sie schlagen, doch da mischte sich Pierre ein.

»Louis, deine Schwester hat recht. Wenn sie mit ihrer Freundin verabredet ist, können wir unseren Spaziergang auch verschieben ...« Er warf Juliette einen Beifall heischenden Blick zu.

Sie schenkte ihm ein breites Lächeln. »Das machen wir dann beizeiten.« Mit diesen Worten verließ sie eilig die Küche. Mit einem Rucksack, in dem sie ein hübsches Kleid zum Wechseln hatte, verließ sie wenig später auf dem Fahrrad Arromanches und machte sich auf den Weg nach Colleville.

Lust hatte sie keine, womöglich mit Deutschen zu feiern, aber im Augenblick schien ihr das als kleineres Übel. Einen Spaziergang würden nämlich sowohl Pierre als auch Louis missverstehen. Wenn sie Pech hatte, verkündete ihr Bruder gleich darauf die Verlobung mit seinem Freund. Allerdings tat ihr Pierre auch ein wenig leid, weil er sie offenbar wirklich mochte. Und er war auch als Mann keine Zumutung. Im Gegenteil, er war attraktiv und wohlhabend überdies. Doch der Funke sprang bei ihr einfach nicht über. Einmal abgesehen davon, dass ihr Herz immer noch Friedrich gehörte. Aber selbst wenn dieser Schmerz darüber, ihr Herz an den falschen Mann gehängt zu haben, eines Tages nachließ, sie konnte sich nicht vorstellen, dass sie für Pierre in wilder Leidenschaft entbrennen würde. Sie ahnte auch, warum. Er war nicht ungebildet oder dumm, aber kein Feingeist oder gar kulturell interessiert. Und genau das zog sie bei einem Mann an. Das hatte sie bei Friedrich gespürt. Allein dass er malte, wenngleich seine Aquarellmalerei sicher immer ein Hobby bleiben würde, sie ahnte, dass er sich auskannte in der Welt der Kunst.

Dass sie als einfaches Mädchen aus Caen wusste, was für Gemälde im Louvre hingen und was für Stilrichtungen es in der Malerei gab, hatte sie einem Gast zu verdanken, der in guten Zeiten jeden Sommer im *Hotel Normandie* verbracht hatte. Er war Schriftsteller gewesen und hatte sich jedes Jahr aus dem Lärm der Großstadt ans Meer zurückgezogen, zusammen mit einem Koffer voller Bücher. Sie waren im Lokal ins Gespräch gekommen, und so hatte sie Gefallen an dem Wissen gefunden, das er aus der Hauptstadt mitbrachte. Jeden Sommer in den Ferien hatte sie Unmengen an Literatur und Sachbüchern verschlungen, die der Professor, wie sie ihn nannte, ihr geschenkt hatte. Sie hatte in ihrem Dachzimmer im Hotel inzwischen eine kleine Bibliothek, auf die sie sehr stolz war. Dass er sie nicht nur für ihre Wissbegier vergötterte, sondern auch als junge Frau, blieb ihr nicht verborgen, aber er war ein feiner Herr, der sich ihr gegenüber niemals ungebührlich verhalten hätte. Es war ein Schock gewesen, als er eines Sommers nicht wie angekündigt nach Arromanches gekommen war. Später hatte sie erfahren, dass er gestorben war. Juliette hatte dann versucht, von ihrem ersten im väterlichen Hotel verdienten Lohn in Caen interessante Bücher zu bekommen, aber dann war sie kaum mehr zum Lesen gekommen, weil sie nach der Arbeit in der Regel todmüde ins Bett gefallen war. Trotzdem konnte sich ihr Herz nicht für einen jungen Mann erwärmen, dem Kunst und Kultur so fremd waren wie Pierre.

Als sie den Hügelweg erreichte, der zum Hof der Petits führte, ließ sie ihren Blick voller Sehnsucht über das Feld streifen, an dem sie Friedrich zum ersten Mal begegnet war, doch dann trat sie verbissen in die Pedale. Der Deutsche gehörte der Vergangenheit an, sagte sie sich entschieden. Für den Bruchteil eines Augenblicks spielte sie mit dem Gedanken, umzukehren, weil ihr der Gedanke, womöglich andere Deutsche kennenzulernen, zuwider war. Sie schwärmte nicht wie manche ihrer Freundinnen für diese Herrenmenschen in Uniform. Im Gegenteil, sie wollte so schnell wie möglich ihre Leidenschaft für einen von ihnen loswerden. Aber wohin sollte sie jetzt fahren? Zurück nach Arromanches war keine Alternative, denn einmal abgesehen davon, dass sie dort auf Pierre treffen würde, erwartete sie sicherlich ein Donnerwetter ihres Bruders. Morgen früh, wenn sie vom Hof der Petits zurückkehrte, würde er allerdings schon wieder auf dem Weg nach Caen sein. Sie wusste, dass er früh aufbrechen wollte. Wenn sie also ein Zusammentreffen mit ihrem Bruder vermeiden wollte, sollte sie bei ihrer Freundin bleiben.

Missmutig radelte sie die letzten Meter bis zum Eingang des Wohnhauses der Familie. Sie stellte ihr Rad hinter der Scheune ab, verschwand mit dem Rucksack im Inneren, um sich dort umzuziehen und sich das Haar hochzustecken. Sogar ein bisschen Lippenstift trug Juliette auf. Wenn sie schon zu einer Geselligkeit ging, dann wollte sie auch nicht als Mauerblümchen dort auftauchen. Ihre praktische Reisekleidung stopfte sie in den Rucksack, den sie in den leeren Anhänger legte.

15

In ihrem eleganten Sommerkleid betrat sie zögernd den Flur. Aus dem Wohnzimmer der Petits drangen ausgelassenes Gelächter und Tanzmusik. Sie fragte sich, warum Madeleine die Party im Haus veranstaltete und nicht draußen, doch als sie die Tür öffnete, wurde ihr schlagartig klar, warum das Ganze hinter verschlossenen Türen ablief. Es waren ungefähr eine Handvoll Deutscher in Uniformen anwesend und ungefähr so viele von Madeleines Freundinnen. Wenn das zufällig ein Nachbar sah und es dem Hausherrn berichtete, konnte das böse ausgehen für ihre Freundin.

Als Madeleine Juliette erblickte, strahlte sie über das ganze Gesicht und näherte sich der Freundin in Begleitung eines blonden Schlakses.

»Das ist Juliette, von der ich dir berichtet habe«, stellte Madeleine sie ihrem Gerard überschwänglich vor.

Er begrüßte sie lächelnd und mit Handschlag. »Friedrich hat nicht übertrieben«, sagte er nun. Seine Worte trieben Juliette die Schamesröte in die Wangen. Wieso hatte Friedrich mit diesem Mann über sie geredet? Das war ja gerade so, als wäre das das Normalste der Welt, dass sich ein französisches Mädchen mit einem *Boche* traf.

Es war ihr derart unangenehm, dass sie nur noch: »Sie entschuldigen mich«, stammelte und sich in ein Nebenzimmer flüchtete, in dem getanzt wurde. Mit klopfendem Herzen stellte sie sich etwas abseits in eine Ecke und war entschlossen, das Fest auf der Stelle wieder zu verlassen. Vielleicht konnte sie den Rest des Abends in ihrem Gästezimmer verbringen. Wohl oder übel würde sie noch einmal zurückgehen müssen, um von Madeleine zu erfahren, wo sie übernachten sollte. Dass sie nicht zu zweit kichernd wie sonst im Bett der

Freundin verbrachten, verstand sich von selbst. Das Schlafzimmer würde Madeleine sicher mit ihrem Liebhaber teilen.

»So allein hier?« Juliette fuhr herum. Der Mann, der ihr diese Frage gestellt hatte, grinste sie breit an. Er war zweifelsohne attraktiv, aber seine Augen strahlten keinerlei Wärme aus. Im Gegenteil, sie musterten Juliette wie eine Ware. Sie hatte seine Worte zwar verstanden, weil er sehr deutlich und langsam gesprochen hatte, aber sie tat so, als wüsste sie nicht, was er von ihr wollte. Sie zuckte die Schultern und wandte sich ab. Der Mann war ihr körperlich unangenehm, was sich in einem Frösteln, das ihren ganzen Körper ergriff, bemerkbar machte. In dem Moment spürte sie eine Hand, die sich von hinten um ihre Hüften legte. Juliette fuhr herum, entwand sich dieser Umarmung und funkelte ihn wütend an. »Fassen Sie mich nicht an!«, zischte sie auf Französisch.

Statt sich zu verziehen, redete er grinsend auf sie ein. Auf Deutsch. Davon verstand sie kein Wort. Als sie sich an ihm vorbeidrücken wollte, hielt er sie am Arm fest.

»Sie sollen mich loslassen!«, fauchte sie auf Deutsch. Da er seinen Griff nicht lockerte, holte sie aus und versetzte dem Uniformierten eine Ohrfeige. Statt aufzugeben, schien ihn ihre Gegenwehr noch anzustacheln.

»Wenn Französinnen Nein sagen, heißt das Ja, oder?«, fragte er anzüglich auf Französisch.

»Nein, Sie Idiot. Wenn Sie mich nicht sofort loslassen, schreie ich!«, entgegnete sie in scharfem Ton. Im Raum war es ganz still geworden. Es lief auch keine Musik mehr. Mit einem Seitenblick sah sie, dass aller Augen auf sie gerichtet waren. Die Blicke der Männer belustigt, die der Frauen angespannt …

»Es würden gern ein paar Ihrer Freundinnen mit Ihnen tauschen. Weil ich Interesse an Ihnen habe und nicht an den anderen«, raunte er ihr auf Französisch zu.

Bevor sie etwas erwidern oder ihre Drohung wahrmachen konnte, loszuschreien, wurde er von einem anderen Mann in Uniform zur Seite geschubst. Vor Schreck ließ er ihren Arm los. Ihr Herz machte einen Sprung. Es war Friedrich!

»Benehmen Sie sich, Mann!«, fuhr ihr Retter den unverschämten Kerl an, der sich offenbar unwiderstehlich fand.

»Das werden Sie noch bereuen! Wir sitzen am längeren Hebel!« Mit dieser Drohung verschwand der ungehobelte Deutsche.

Juliette rieb sich den schmerzenden Arm, denn der Mann hatte hart zugepackt, während sie Friedrich dankbar ansah. Einen Moment lang fühlte es sich so an, als wären sie allein auf der Welt. Sie spürte, wie sich das Frösteln in eine angenehme Wärme verwandelte.

»Wollen wir ein bisschen spazieren gehen?«, fragte er mit belegter Stimme.

Juliette deutete auf seine Uniform. »Lieber nicht!«, entgegnete sie.

Friedrich sah prüfend an sich hinunter.

»Ich verstehe. Treffen wir uns in fünfzehn Minuten vor dem Eingang?«, sagte er und eilte davon.

Juliette sah ihm einen Moment lang nach, bevor sie sich in Richtung Haustür aufmachte, um das Fest eilig zu verlassen. Sie erschrak, als plötzlich der aufdringliche Kerl vor ihr auftauchte, doch außer dass er ihr einen grimmigen Blick zuwarf, geschah nichts. Im Gegenteil, er trat wortlos zur Seite und ließ sie vorbei.

Bevor sie vor den hemmungslosen deutsch-französischen Verbrüderungsszenarien, die sich nun auf den Sofas der Petits abspielten, in die Diele flüchten konnte, traf sie auf eine aufgedrehte Madeleine.

»Wie gefiel dir unsere Überraschung? Beinahe hätte es nicht geklappt, weil Friedrich nicht herkommen wollte. Also mussten wir ihm verraten, dass du da bist. Und siehe da, er hat all seine Bedenken über Bord geworfen.« Sie näherte sich vertraulich Juliettes Ohr. »Er ist aber auch ein besonderer Mann, und seine Augenklappe macht ihn richtig geheimnisvoll. Ich kann dich sehr gut verstehen.«

»Das heißt, du hast ihn hergelockt?«, fragte Juliette ungläubig.

»Nicht ich war das, sondern Gerard. Ist das nicht wunderbar? Ihr beide allein hier. Eine ganze Nacht.«

»Du denkst doch nicht etwa, dass wir die Nacht zusammen verbringen?«

»Aber wieso nicht? Ich habe euch das große Gästezimmer oben

auf der Etage vorbereitet. Ist doch lustig hier mit den gut aussehenden Kerlen.«

In diesem Augenblick drängte sich der unverschämte Deutsche an ihnen vorbei und warf ihr im Vorbeigehen einen giftigen Blick zu.

»Nein, ist es nicht! Der da hat mich beleidigt und gegen meinen Willen angefasst. Widerling!«, zischte Juliette.

»Ach der! Rolf Hartmann ist ein unangenehmer Zeitgenosse, von der Gestapo Caen, aber er ist ein Schulkamerad Gerards. Wenn der mit dabei ist, läuft keiner Gefahr, dass der die Männer bei der Kommandantur anschwärzt, denn offiziell sollen die Soldaten die vielen Bordelle benutzen und keine privaten Kontakte zu uns knüpfen. Aber wenn die Gestapo mitfeiern darf, sind wir sicher.«

Gestapo? Juliette fröstelte. Das sind die schlimmsten Schlächter, pflegte Louis mit Abscheu in der Stimme über diese Leute zu sagen.

»Dann hat das Schwein, das mich angefasst hat, wohl etwas verwechselt. Und ganz ehrlich, so eine Feier wie diese kann man auch leicht missverstehen, wenn man so ein Spatzenhirn hat wie der Kerl!«

»Julie, du übertreibst maßlos. Man wird sich doch noch vergnügen dürfen in diesen Zeiten. Und ich habe mich nun einmal verliebt. Die anderen sind alles normale Soldaten, die Gerard kennt und für die er seine Hand ins Feuer legt.«

»Bis auf diesen einen Mistkerl! Und das kann einer zu viel sein«, entgegnete Juliette in scharfem Ton. »Madeleine, ich kann verstehen, dass du Gerard magst, aber an deiner Stelle wäre ich vorsichtig mit solchen Feiern auf dem Hof deines Vaters. Wenn er davon Wind bekommt, dass du in sein Haus einen von der Gestapo eingeladen hast …«, fügte sie nachdrücklich hinzu.

»Mal bloß nicht den Teufel an die Wand! Aber nun nutz doch die Gelegenheit und amüsier dich. So oft bekommst du nicht die Chance, mit deinem Friedrik ungestört zu sein.«

»Es tut mir leid. Ich kann das nicht so locker sehen wie du. Und wenn ich mit ihm die Nacht verbringe, was ist dann? Hast du dir schon einmal überlegt, was passiert, wenn das nicht ohne Folgen bleibt und der Krieg vorüber ist? Glaubst du, unsere Männer werden das akzeptieren?«

Madeleine seufzte tief. »Auf welchem Stern lebst du? Was meinst du, wie viele ungewollte Kinder es schon in Frankreich gibt. Darüber wird der Mantel des Schweigens gedeckt. So einfach ist das!«

Juliette überzeugten die Worte ihrer Freundin nicht im Geringsten, und sie spielte mit dem Gedanken, auf der Stelle nach Arromanches zurückzukehren, bevor sie sich der Versuchung aussetzte, in Friedrichs Armen schwach zu werden. Das Schlimmste war, dass sie sich insgeheim nichts sehnlicher wünschte, als mit ihm das zu teilen, was sie noch mit keinem Mann vor ihm auch nur annähernd gewollt hatte. Allein die Vorstellung seiner schönen Hände auf ihrer Haut jagten ihr heiße Schauer durch den Körper. Aber schließlich siegte ihr Verstand. Sie würde schnellstens das Weite suchen, ohne sich unnötig in Gefahr zu begeben, ihre guten Vorsätze zu vergessen.

Als sie durch die Haustür ins Freie schlüpfte, überkam sie eine Mischung aus Erleichterung und Enttäuschung, weil Friedrich dort noch nicht auf sie wartete. Sie zögerte, doch dann eilte sie zu ihrem Rad, das sie hinter der Scheune abgestellt hatte. Als sie gerade aufsteigen wollte, sagte eine Stimme hinter ihr: »Ich verstehe, dass du die Flucht ergreifst, und ich werde dich nicht aufhalten, denn wenn ich dich auch nur noch ein einziges Mal küsse, möchte ich dich niemals mehr loslassen.«

Juliette drehte sich ganz langsam um. Als sie in seine Augen sah, ahnte sie, dass ihre Vernunft den Kampf gegen ihre Gefühle endgültig verloren hatte.

»Ach, Friedrik, ich …«

Er legte ihr seinen Finger zärtlich auf den Mund. »Ich habe kein Recht, dich zu begehren.«

Juliette aber wusste nun, dass es keinen Weg zurück gab. Sie musste diese Liebe leben, und wenn sie nur eine einzige Nacht dauern würde. Allein wie er in seiner Freizeitkleidung vor ihr stand, vor Männlichkeit strotzend und dabei doch so feinfühlig und sensibel.

»Lass mich nicht mehr los!«, flüsterte sie. »Ich weiß, was ich tue.«
Mit diesen Worten bot sie ihm ihre Lippen zum Kuss.

Friedrich zögerte, doch dann presste er seinen Mund voller Leidenschaft auf ihren. Ein letztes Mal meldete sich Juliettes Kopf mit
einer Warnung: Es kann doch nicht gut gehen! Lauf fort!, aber so
leise, dass sie ungehört verhallte.

16

Arromanches-les-Bains,
Juli 2000

Die Stimmung zwischen Barbara und Paula war zum Zerrreißen gespannt, als sie nach etlichen Staus ihre Unterkunft in Arromanches kurz nach Sonnenuntergang erreichten. Es dauerte einen Augenblick, bis sie das kleine Häuschen fanden, in dem sie ein Zimmer gemietet hatten. Sie hatten es zunächst übersehen, weil es so winzig im Schatten der Eglise St. Pierre lag. Erst als Paula den Wagen geparkt hatte und sie mit ihren Koffern auf dem Place Général de Gaulle standen, bemerkten sie, dass das Häuschen nach hinten heraus noch weiter ging.

Da das Haus keine Klingel besaß, klopften sie gegen die niedrige Haustür, bis ihnen nach einer halben Ewigkeit eine ältere Frau ganz in Schwarz öffnete. Sie sieht aus wie eine frischgebackene Witwe, ging es Barbara durch den Kopf, der man im Gegensatz zu ihr selbst ansah, dass es kürzlich einen Trauerfall in der Familie gegeben hatte. Barbara hatte sich unterwegs im Waschraum einer Autobahnraststätte umgezogen und trug nun eine bunt bedruckte Bluse zu ihrer Jeans.

Barbara begrüßte die Frau und fragte nach den Zimmern. Wenigstens das hatte sie ihrer Tochter voraus: Sie sprach hervorragend Französisch, während Paula es nie gelernt hatte.

Die Miene der Französin erhellte sich. »Kommen Sie mit«, forderte sie ihre Gäste auf und führte sie draußen am Haus vorbei durch eine winzige Gartenpforte, die zum Eingang des Anbaus führte, der allerdings auch schon recht alt zu sein schien.

Als sie die Zimmertür öffnete, stieg Barbara der Geruch von Mottenpulver in die Nase, und sie musste niesen. »Oh, Verzeihung«, sagte die Vermieterin. »In diesem Jahr war das Zimmer noch nicht vergeben, weil ich mich um meinen kranken Bruder kümmern musste, aber der ist vor ein paar Tagen verstorben.«

Barbara kämpfte mit sich, ob sie der Frau wohl verraten sollte, dass sie auch erst kürzlich ihren Vater verloren hatte, aber sie schwieg lieber. Die Vermieterin riss nun die Fensterläden und Fenster auf, damit frische Luft durch den schon länger unbenutzten Raum wirbeln konnte.

Trotzdem blieb es dunkel im Zimmer, bis die Wirtin eine Lampe anknipste. Barbara blickte sich neugierig um und versuchte, ihr Entsetzen zu verbergen. Es sah so aus, als ob in diesem Anbau der Bruder der Wirtin gestorben war, denn der Spiegel über der Kommode war noch mit einem Tuch verhängt. Barbara kannte diesen Aberglauben zumindest aus Deutschland: Die Spiegel in Totenhäusern wurden verhängt, weil angeblich der Erste, der in den Spiegel sah, der nächste Tote sein würde. Die Wirtin schien in Barbaras Blick lesen zu können, was ihr gerade durch den Kopf ging, denn sie zog hastig das Tuch vom Spiegel weg. Außer einem alten Ehebett befanden sich eine Kommode mit Familienfotos, ein Tisch mit zwei Stühlen sowie ein Ungetüm von Kleiderschrank in dem karg eingerichteten Zimmer.

»Oh, verzeihen Sie, dass ich nicht genug auf Ihre Ankunft vorbereitet bin. Bernards Beerdigung fand erst heute statt. Wissen Sie was? Sie setzen sich jetzt erst einmal in den Garten, und ich bringe Ihnen einen schönen Wein und Käse. Dann können Sie sich von der Fahrt erholen. Hatten Sie eine angenehme Reise?«

»Bis auf ein paar Staus sind wir gut von Köln durchgekommen«, erwiderte Barbara und teilte Paula mit, dass die Vermieterin sie bat, im Garten zu warten, bis sie das Zimmer vorbereitet hatte, was sie wegen der Beerdigung ihres Bruders nicht geschafft hatte. Paula streckte der Französin ihre Hand entgegen und kondolierte formvollendet auf Deutsch. So viel Deutsch verstand die Frau offenbar, denn sie bedankte sich höflich. Barbara beobachtete das mit gemischten Gefühlen. Das hatte sie völlig vergessen. Das Kondolieren! Das lag nicht daran, dass ihr das Mitgefühl fehlte, sondern dass sie auf solche

Formalien selbst keinen Wert legte. Trotzdem schloss sie sich ihrer Tochter an und sprach der Wirtin auf Französisch ihr Beileid aus.

»Sie sprechen sehr gut Französisch«, bemerkte diese daraufhin anerkennend.

»Ich habe es mal studiert«, erwiderte Barbara. »Ich denke, wir nehmen Ihr Angebot an und setzen uns ein wenig nach draußen. Warm ist es ja noch.«

Die Vermieterin führte ihre Gäste hinter das Haus zu einem gemütlichen Terrassenplatz. Kaum dass sie sich in die Korbstühle gesetzt hatten, verschwand die Frau, um ihnen Wein und Käse zu holen, den sie ihnen angekündigt hatte.

»Meinst du, wir kriegen morgen ein Hotelzimmer?«, fragte Paula sichtlich genervt. »Das ist ja eine Zumutung. Allein das olle Bett und die ganzen vergilbten Bilder von anno Tobak an den Wänden.«

Barbara stieß einen tiefen Seufzer aus. »Gut, die Unterkunft ist etwas gewöhnungsbedürftig, aber irgendwie doch auch spannend, in so einem geschichtsträchtigen Zimmer zu übernachten. Ich wollte immer mal das ursprüngliche Frankreich kennenlernen, denn das habe ich in Paris nicht erlebt.«

»War ja klar, dass du selbst in so einer Bruchbude noch was Gutes erkennen kannst. Hauptsache Französisch!«

»Oh, entschuldige. Diese Unterkunft entspricht natürlich nicht dem Standard, den du von den Urlauben mit deiner neuen Familie in Fünfsternehäusern gewohnt bist«, gab Barbara in bissigem Ton zurück. Ihr schlechtes Gewissen, das sie heute Vormittag noch so gequält hatte, war verschwunden. Sie wollte sich nicht länger von ihrer Tochter kritisieren lassen. Und hatte überhaupt keine Lust auf deren Gemecker. Natürlich konnte sich auch Barbara weiß Gott eine bessere Unterkunft vorstellen als dieses nach Mottenpulver riechende Schlafzimmer. Sie mochte Luxushotels sehr gern, vor allem, wenn der Veranstalter sie bezahlte. Und das kam hin und wieder vor, meist wenn sie einen Auftritt in einer TV-Kabarettsendung hatte. Dazu gehörten meist entsprechend angenehme Übernachtungen.

Trotzdem konnte sie sich auch problemlos auf Zimmer einstellen, die nicht ihrem Standard entsprachen. Das erinnerte sie an ihre ersten Rucksackreisen nach Griechenland Anfang der Sechzigerjahre, kurz bevor man dort wegen der Militärjunta nicht mehr hinreisen konnte. Damals hatte sie manchmal sogar in Ställen übernachtet. Es waren die schönsten Urlaube ihres Lebens gewesen. Endlich frei und endlich ohne Eltern. Und schließlich waren sie nicht nach Arromanches gekommen, um einen Strandurlaub zu verbringen, sondern um hinter das Geheimnis ihres Vaters und Großvaters zu kommen.

»Ach, verdammt, das war ein Fehler. Ich hätte dich allein fahren lassen sollen«, schimpfte Paula. »Klemens hat mich gewarnt, dass es keine gute Idee ist, mit dir in die Normandie zu reisen.«

Barbara funkelte ihre Tochter wütend an. »Dann fahr doch zurück. Am besten reist ihr gleich weiter zu deinem wunderbaren Vater!«

»Ach, daher weht der Wind. Du trägst mir die Versöhnung zu meinem Vater nach!«, fauchte Paula.

Barbara zog es vor, zu schweigen. Ihr Zorn war so rasch verraucht, wie er sie soeben überfallen hatte. Keine Frage, sie war impulsiv, aber nie nachtragend. An Paulas finsterer Miene war unschwer zu erkennen, dass sie in diesem Punkt ganz anders tickte als ihre Mutter. Bei ihr entfaltete Ärger eine Langzeitwirkung.

Es war an Barbara, versöhnliche Worte zu finden, auf die sie bei ihrer Tochter lange warten konnte.

»Paula, komm, lass uns nicht streiten. Es ist ja nicht neu, dass wir so verdammt unterschiedlich sind. Natürlich gucken wir uns morgen nach einem neuen Zimmer um. Ich möchte auch lieber am Meer wohnen, am liebsten im *Hotel Normandie*.«

Paula kniff die Augen gefährlich zusammen, was nicht nach Versöhnung aussah, doch in dem Moment kam Madame Bertrand, wie sie sich ihnen nun vorstellte, mit einem Tablett zurück. Sie stellte eine Flasche Rotwein, zwei Gläser und eine liebevoll angerichtete Käseplatte auf den Tisch und wünschte ihnen einen guten Appetit.

Erst jetzt merkte Barbara, was für einen enormen Hunger sie hatte. Sie zögerte kurz, bevor sie sich ein Glas Wein einschenkte, war das doch gegen ihre morgendlichen Vorsätze, aber dann tat sie es doch. Sie bereute es nicht, denn ein feiner Rotwein auf einer Terrasse in Frankreich war ein völlig anderer Genuss als ein einsamer Wein in einem Hotelzimmer, der dem Vergessen und dem Verdrängen diente.

Auch Paula nahm einen ordentlichen Schluck und langte beim Käse zu. Offenbar hatte sie auch Hunger.

»Mama, es tut mir wirklich leid, dass ich dir das mit Papa nicht längst gesagt habe. Ich hatte Angst, dass du in die Luft gehst ...«

»Verstehe ich gar nicht«, entgegnete Barbara mit ernster Miene. »Ich bin die Ruhe in Person. Das macht mir doch gar nichts aus.«

Zu ihrer großen Erleichterung hatte sie mit diesem selbstironischen Scherz den richtigen Ton getroffen. Paulas Miene erhellte sich, und schließlich grinste sie breit.

»Genau, ich werde dich in Zukunft Buddha nennen«, lachte sie.

»Das wird mir eine Ehre sein«, erwiderte Barbara grinsend, doch dann wurde sie gleich wieder ernst. »Wie dein Vater sich damals verhalten hat, das ist für mich ein rotes Tuch. Wenn ich allein daran denke, kommt mir die Galle hoch. Und wenn ich erfahre, dass du ihm so leicht und locker vergeben kannst, ich glaube, dann koche ich vor Eifersucht und finde das irre ungerecht.«

»Aber Mama, es schmälert doch nicht die Mühe, die du aufwenden musstest, um mich allein großzuziehen. Ich werde dir ewig dankbar sein für alles, was du für mich getan hast.«

»Trotzdem liegt dir der Lebensstil deines Vaters näher als meiner, oder? Gib es zu, wenn er ein durchgeknallter Künstler wäre, der sich von Straßenmusik über Wasser hielte, hättest du nicht solche Nähe zu ihm gesucht, oder?«

Paula zuckte die Schultern. »Ich weiß es nicht, aber in einem Punkt magst du recht haben. Klemens hätte mit Sicherheit nicht darauf gedrängt, dass ich seine Einladung nach Berlin annehme, wenn er am Kudamm klampfen würde.«

»Liebst du ihn? Ich meine Klemens?« Barbara merkte erst, als sie es ausgesprochen hatte, dass dies eine jener indiskreten Fragen war, die ihre Tochter gar nicht leiden konnte. Paula sprach selten über ihre Gefühle, und in dem Punkt waren sie einander sogar ähnlich. Barbara würde niemandem anvertrauen, von welchen Zweifeln sie bezüglich ihres eigenen Lebens- und Liebeswegs immer wieder gepeinigt wurde.

»Natürlich«, stieß ihre Tochter hervor, doch es klang wie aufgesagt. Große Emotionen schwangen nicht mit. »Wir verstehen uns wunderbar. Wir haben dieselben Ziele im Leben.«

»Ach ja, ich vergaß, deine Halbtagsstelle, wenn du mal Kinder ...« Dieses Mal bemerkte Barbara noch rechtzeitig, dass sie verletzend wurde.

Paula ignorierte diese Anspielung, die sie ohne Zweifel verstand, ohne dass Barbara sie zu Ende geführt hätte.

»Ach, Mama, was fragst du denn? Was ist Liebe?«

Barbara verdrehte die Augen. »Das Gefühl, ohne vom anderen geküsst zu werden, wie eine vertrocknete Blume einzugehen, sein Gesicht bei jedem Schritt vor deinen inneren Augen zu sehen, innerlich zu vibrieren, wenn du seine Stimme am Telefon hörst?«, sinnierte Barbara. Sie wusste selbst, dass das etwas kitschig klang, aber diese Sätze waren ihr ohne nachzudenken einfach so aus dem Mund gekommen. Vor allem wusste sie aus eigener leidvoller Erfahrung, dass dieser Zustand, den anderen in jeder Sekunde, die er nicht bei ihr war, schmerzhaft zu vermissen, eine Halbwertzeit von selten mehr als sechs Monaten hatte. Und mit dem Verfliegen dieses Rauschzustands war auch oft dessen Verursacher aus ihrem Leben geflogen. Oft waren die Männer ihr dann nur noch grau in grau erschienen. Langweilig eben. Und Langeweile war etwas, was Barbara nur schwer ertragen konnte. Sofort beschlichen sie wieder die düsteren Gedanken, dieses schmerzhafte Bedauern, dass sie niemals die Geduld aufgebracht hatte, zu schauen, was nach dem Rausch wirklich kam.

Paula sah sie mit großen Augen an. »Du glaubst also wirklich, Liebe macht sich mit weichen Knien und inneren Beben bemerkbar? Ich glaube, Liebe ohne Freundschaft funktioniert nicht.«

»Und ist Klemens dein Freund?«

Paula nickte eifrig.

Barbara schluckte die Erwiderung, die ihr auf der Zunge lag, hinunter. War derjenige wirklich ein guter Freund, der für den anderen Entscheidungen traf, und zwar zum eigenen Vorteil, denn wer hatte am meisten etwas davon, wenn sich die hochbegabte Paula später den halben Tag um Kinder und Haus kümmerte?

»Tut mir leid. Ich wollte dir damit nicht zu nahe treten«, murmelte Barbara, während ihre Gedanken zu ihrem letzten Freund abschweiften. Schon an seinem Namen hatte sie etwas auszusetzen gehabt. Lothar. Sie hatte ihn hartnäckig damit aufgezogen, wie ihr in diesem Moment wieder einfiel. Das erzeugte in ihr ein gewisses Unwohlsein. Das hatte er nicht verdient, denn er war ein sehr eloquenter und attraktiver Journalist gewesen, der ein Interview mit ihr gemacht hatte. Und der den Mut gehabt hatte, ihr anzubieten, eine gemeinsame Wohnung zu suchen, nachdem die Leidenschaft die Halbwertzeit bereits um sechs Monate überschritten hatte. Allein dieses Angebot hatte sämtliches Begehren in ihr zum Erkalten gebracht. Unter fadenscheinigen Begründungen hatte sie sich vom ihm getrennt. Und wieder war das geschehen, was sie bereits von Paulas Vater kannte. Kaum hatte sie ihn verlassen, war eine andere Frau aufgetaucht, die bald zu ihm gezogen war. Manchmal hatte sie die beiden zufällig im Theater getroffen, und jedes Mal hatte es ihr einen Stich gegeben, dass die beiden so etwas wie Glück ausstrahlten. Er hatte vor der Trennung einmal zu ihr gesagt: *Wenn du immer wegläufst, bevor du hinter die Kulisse der verzehrenden Leidenschaft gucken kannst, wirst du nie erfahren, was da für Wunder der Liebe auf dich warten.*

Erst als sich Barbara Wein nachschenken wollte, stellte sie fest, dass ihre stets disziplinierte Tochter während des Gesprächs die Flasche allein geleert hatte. Sie hütete sich allerdings, das zu kommentieren. Auch nicht, dass Paula mittlerweile einen leicht glasigen Blick hatte.

»Du glaubst mir nicht, oder? Du denkst, ich mache mir was vor. Das kannst du ruhig zugeben«, bemerkte Paula nun angriffslustig.

»Ich weiß nicht genau, was du meinst«, erklärte Barbara ausweichend, obwohl sie sehr wohl ahnte, worauf Paula damit anspielte.

»Du denkst, ich liebe Klemens nicht, oder?«

»Nein, das würde ich mir nicht herausnehmen. Wenn du sagst, du liebst ihn, dann steht es mir nicht zu, das zu hinterfragen«, entgegnete Barbara diplomatisch. Sie würde auf keinen Fall zugeben, dass sie sich beileibe nicht vorstellen konnte, wie man sich in einen Langweiler wie Klemens verlieben konnte.

»Ich weiß es doch auch nicht!«, stieß Paula in dem Moment verzweifelt hervor.

Paula schien der Alkohol wirklich zugesetzt zu haben. Auf keinen Fall würde Barbara das ausnutzen, um ihrer Tochter ein Geständnis zu entlocken, dass sie ernsthafte Zweifel daran hatte, ob Klemens der Richtige war.

Paula erhob sich nun ungelenk von ihrem Sessel und kam ins Wanken, aber Barbara konnte noch rechtzeitig aufspringen und sie auffangen.

»Komm, Kleines, ich bringe dich jetzt ins Bett. Du bist so heldenhaft gefahren. Ich glaube, du brauchst jetzt deinen Schlaf. Schau, es ist gleich Mitternacht.«

Widerstandslos ließ sich Paula unterhaken. Als sie im Zimmer ankamen, staunte Barbara nicht schlecht. Auf dem Tisch stand ein Strauß mit getrocknetem Lavendel, dessen Duft den Mottengeruch vollständig vertrieben hatte, das Bett mit frischer blütenweißer Wäsche war einladend, und auf dem Nachttisch lag eine Schachtel mit gesalzenen Butterkeksen, offenbar eine Spezialität aus der Normandie. Außerdem war die Tür zu einem anliegenden Bad, in dem alles sauber blitzte, weit geöffnet.

Barbara fragte Paula, ob sie ihr beim Ins-Bett-Gehen helfen solle, aber ihre Tochter machte eine Katzenwäsche und fiel nur mit ihrem T-Shirt bekleidet in die Laken.

»Hab dich lieb« war der letzte Satz, den sie murmelte, bevor sie einschlief. Mit zärtlichem Blick musterte Barbara ihr Kind. Das war so lange her, dass sie Paula schlafend erlebt hatte, und noch länger, dass ihre Tochter ihr etwas so Liebes gesagt hatte.

Leise zog sich Barbara ihr Kleid aus, putzte sich die Zähne und schlüpfte in das karierte alte Herrenhemd, das ihr als Nachthemd diente. Sie machte sich daran, sich gründlich abzuschminken, denn die Wimperntusche, die sie gestern nicht entfernt hatte, klebte wie ein übertriebener Lidstrich unter ihren Augen. Außerdem lag ihr Bühnen-Make-up noch immer wie ein künstlicher Film über ihrem Gesicht und verlieh ihrer Haut eine unnatürliche Ausstrahlung. Mit einem wohlwollenden Blick stellte sie fest, dass sie mit ihren rosigen, ungeschminkten Wangen gleich um Jahre jünger aussah. Sie band ihre blonde, von grauen Strähnen noch weitgehend verschonte Mähne zu einem Pferdeschwanz und legte sich mit einem rundherum zufriedenen Gefühl ins Bett.

17

Colleville-sur-Mer,
September 1943

Juliette und Friedrich waren stundenlang durch die malerische Natur gewandert. Der Strand war an dieser Stelle nicht mehr für die Bevölkerung zugänglich. Es gab einige Zugänge, die von den Deutschen bewacht waren wie der unbefestigte Weg, der von Colleville zum Wasser führte. Auch die Pointe du Hoc, das Gebiet oberhalb der Steilküste, war kein geeigneter Ausflugsort, denn dort befand sich eine deutsche Gefechtsbatterie.

Also waren sie ziellos über Felder und Wiesen in Richtung Inland gelaufen. Immer fernab der befestigten Wege, auf denen Autos fahren konnten. Ein paarmal hatten sie Wehrmachtsfahrzeuge gesehen und sich versteckt. Obwohl ihr Friedrich versichert hatte, dass sich keiner um sie scheren würde, hatte Juliette darauf bestanden, dass man sie nicht zusammen sah.

Juliette genoss es, Hand in Hand mit ihm durch die spätsommerliche Natur zu streifen. Selbst als sich die Dämmerung über das Land senkte und ihnen wenig später der Mond den Weg wies. Das Angenehme war die Tatsache, dass sie zusammen reden, aber auch schweigen konnten und Juliette sich gleichermaßen wohl in seiner Gegenwart fühlte. Immerhin erfuhr sie auf diesem Spaziergang eine Menge über ihn. Dass er aus einem Arzthaushalt stammte und selbst Medizin studiert hatte. Und dass er den Führer und überhaupt die Nationalsozialisten zutiefst verabscheute, ihm aber der Mut gefehlt hatte, sich einigen Kommilitonen anzuschließen, die Flugblätter gegen die Nationalsozialisten in Umlauf gebracht hatten. Stattdessen hatte er sich freiwillig an die Front gemeldet, wo er schon bei einem der ersten Einsätze durch Granatsplitter sein Auge eingebüßt hatte. Er hatte gehofft, weiterstudieren zu können, aber man hatte ihn, kaum dass er zurück in Hamburg gewesen war, statt ihn an die Universität zurückzulassen, an den Atlantikwall versetzt. Jedenfalls war er erst seit zwei Monaten in der Normandie.

Juliette hätte ihm stundenlang zuhören können, weil sie den Klang seiner Stimme genoss, aber sie nahm auch gebannt das auf, was er ihr mitteilte. Aus seinen Worten war zu schließen, dass nicht alle deutschen Soldaten Barbaren waren, die ihrem Führer blind folgten. Auch sein Geständnis, dass er zu feige gewesen war, sich dem Widerstand gegen Hitler anzuschließen, berührte sie mehr, als dass sie ihn dafür verurteilte. Sie war ja selbst heilfroh, dass sie nichts Genaues über die Widerstandsgruppe wusste, in der Louis aktiv war. Wenn sie gewollt hätte, hätte ihr Bruder sie sicher tiefer eingeweiht, weil auch Frauen dort gebraucht wurden, wie Louis stets betonte. Aber Juliette traute sich nicht. Im Gegenteil, seit eine Widerstandsgruppe, zu der eine Schulfreundin aus Rouen gehörte, von der Gestapo verhaftet und sie alle – auch ihre Freundin – ins Gefängnis nach Caen gebracht worden waren, schwebte sie in ständiger Sorge um ihre Brüder.

Sie machten gerade Pause auf einer Anhöhe, von der sie einen weiten Blick über das im Mondlicht glitzernde Meer hatten, als Friedrich ihr berichtete, was für ein Glück er habe, dass er nicht im Bunker selbst übernachten müsse, sondern in einer Privatunterkunft in der Nähe. Er schilderte, dass der Bauer und seine Familie nicht besonders erfreut gewesen waren, dass bei ihnen zwei deutsche Offiziere einquartiert worden waren, sie sich aber inzwischen gut verstanden mit den Morels. Juliette stutzte. Hatte er ihr nicht erzählt, er sei kein richtiger Offizier? Sie meinte, sich an etwas in der Richtung zu erinnern. Plötzlich überkam sie leichte Panik. Was, wenn die Deutschen Gerard und Friedrich gezielt auf Madeleine und sie angesetzt hatten, weil ein Gefangener beim Verhör in Caen womöglich Louis' Namen und den von Madeleines Vater genannt hatte? Trotz der warmen Sonne wurde ihr eiskalt.

Friedrich schien zu bemerken, dass sie etwas quälte, denn er nahm sie zärtlich in den Arm und musterte sie mitfühlend. »Was hast du plötzlich?«

»Ich, ich …« Sie hob den Kopf und sah ihn an und war sich in dem Moment sicher, dass sie jetzt wohl Gespenster sah. So ein warmherziger Blick, der konnte nicht gelogen sein. Statt einer Antwort warf sie sich an seine Brust. »Versprich mir, dass du mir immer die Wahrheit sagst«, stieß sie flehend hervor.

»Ich schwöre«, entgegnete er mit belegter Stimme. Und als sie ihn nun ansah, konnte sie in seinem Auge etwas anderes lesen als eben. Als würde er ihr tatsächlich etwas verheimlichen. Sie hakte allerdings nicht nach, weil sie sich ganz sicher war, dass er kein deutscher Agent war, der die Aufgabe hatte, über sie an Informationen über Louis zu gelangen. Es musste etwas anderes sein, das er vor ihr verbarg.

Statt weiter in ihn zu dringen, sprang Juliette auf und schlug ihm vor, zurückzugehen.

»Und du willst wirklich zurück zu diesem Fest?«, fragte er zweifelnd.

»Nein, nicht zu den anderen. Wir holen uns im Haus etwas zu essen und suchen uns ein ruhiges Plätzchen. Ich habe nämlich großen Hunger.«

»Das ist ein guter Vorschlag, aber ich besorge das Essen. Ich möchte vermeiden, dass du noch einmal auf Hartmann triffst …«

»Ist das dieser Mistkerl, der sich unwiderstehlich findet?«

Friedrich nickte. »Er ist eine dumme Sau und nicht ungefährlich. Er hat beste Verbindungen zur Gestapo in Caen und geht über Leichen. Wird wohl dort bald eine große Rolle spielen. Im Übrigen hält er sich für den attraktivsten Kerl unter der Sonne, der jede Französin haben kann.«

Juliette schüttelte sich vor Abscheu. »Das strahlt er aus, und das macht ihn so abstoßend.«

»Trotzdem, tu mir einen Gefallen, meide einen erneuten Zusammenstoß mit diesem Dreckskerl. Der kann schwer vertragen, dass er mal nicht das bekommt, was er will. Wenn er betrunken ist, trau ich ihm zu, dass er sich dir sogar unehrenhaft nähert.«

»Gut, dann werde ich aufpassen, dass wir uns nicht noch einmal über den Weg laufen. Und ich werde auch Madeleine erneut ins Gewissen reden müssen, dass das mit dem Fest auf dem Hof keine gute Idee war. Nachher spricht sich das doch bis zu ihrem Vater …« Sie unterbrach sich hastig. Auch wenn sie Friedrich nichts Hinterhältiges zutraute, sie würde ihm nichts verraten, nicht, wer bei der Résistance aktiv war, und auch sonst nichts. »Und was ist mit dir? Wird er seinen Zorn nicht an dir auslassen, weil du dich eingemischt hast und ihn damit brüskiert haben könntest?«

»Im Prinzip schon, aber er ist nicht mein Vorgesetzter, sondern der von Gerhardt, und außerdem habe ich gute Verbindungen zum Hauptquartier in Saint-Lô …« Nun unterbrach sich Friedrich.

»Sprich ruhig weiter«, ermunterte ihn Juliette und versuchte zu verbergen, wie sehr sie diese Information irritierte. Verbindungen zum Hauptquartier, das hörte sich gar nicht gut an. Er schien ihr erneut anzumerken, dass ihr etwas missfiel.

»Mein Onkel, der jüngere Bruder meines Vaters, hat da etwas zu sagen. Und so ungern ich diese familiäre Verbindung auch ausnutzen würde, aber um mich und vor allem um dich zu schützen, würde ich davor nicht zurückschrecken. Mein Onkel ist ein glühender Anhänger Hitlers, aber er legt enormen Wert darauf, dass sich ›unsere Soldaten‹, wie er immer sagt, in Frankreich der Bevölkerung gegenüber tadellos benehmen. Schließlich war auch seine Mutter aus Bordeaux. Du erinnerst dich, das französische Erbe. Großmutter Claire. Die zweite Frau meines Großvaters? Oder habe ich dir das noch gar nicht erzählt?«

Juliette zuckte mit den Achseln. Doch, er hatte seine Großmutter wohl schon kurz erwähnt. Trotzdem missfiel ihr der Hinweis auf seinen fanatischen Onkel. Sie wollte Friedrich unbedingt vertrauen, aber sie hatte stets die mahnende Stimme ihres Bruders im Hinterkopf. Demnach gab es keine guten Deutschen, sondern allerhöchstens Wölfe im Schafspelz. Es hatte keinen Sinn, ihre Zweifel zu verbergen. Sie musste ihn mit den Widersprüchen konfrontieren.

»Du hast mir bei einem unserer ersten Treffen gesagt, du seiest kein richtiger Offizier. Und nun erzählst du mit, dass ihr beiden Offiziere in einer Privatunterkunft untergebracht seid. Was stimmt denn nun?«

»Ach, das beunruhigt dich. Wie soll ich das sagen? Ich wurde nach meiner Verwundung zum Oberleutnant befördert. Dann kehrte ich nach Hamburg zurück in der Hoffnung, das Studium fortzusetzen, weil ich ja gewissermaßen frontuntauglich war. Aber dann habe ich im Kreis von Freunden einen Hitlerwitz gemacht und wurde denunziert. Ich wurde vorgeladen, und statt in den Bau zu gehen, wurde ich degradiert. Dass mir nichts Schlimmeres passiert ist, habe ich den Beziehungen meines Vaters, also jenes Onkels, der mir einen langen Brief geschrieben hat, wie angewidert er von meinem Verhalten sei und nur seinem Bruder zuliebe ein gutes Wort für mich eingelegt habe, zu verdanken. Andere haben diesen einen Scherz mit ihrem Leben bezahlt.«

»Kann man über den Mann überhaupt Witze machen?«, fragte Juliette zweifelnd.

»Ich denke schon.«

»Dann erzähle ihn mir.«

»Also, Hitler und Göring stehen auf dem Berliner Funkturm. Hitler: Ich möchte den Berlinern eine Freude machen. Darauf Göring: Dann spring doch!«

Juliette schmunzelte, aber sie wurde sofort wieder ernst. Aus was für einer Welt kam Friedrich bloß? Dass jemand für so einen Witz sein Leben verlieren konnte. Sie würde den Scherz liebend gern Louis weitererzählen, aber das durfte sie nicht riskieren, denn ihr Bruder würde sich mit Sicherheit fragen, woher seine Schwester deutsche Hitlerwitze kannte.

»Und wieso bist du in die Normandie gekommen?«, hakte sie nach.

»Weil das zur Bestrafung gehörte. Statt dass ich weiterstudieren durfte, wurde ich an die Westfront versetzt. Ich habe kein allzu herzliches Verhältnis zu Onkel Klaus, wie du dir vielleicht vorstellen kannst, denn bei Hitler kennt der Mann keinen Spaß. Ich bin sozusagen das schwarze Schaf der Familie.«

»Aber ich spüre, dass du mir noch etwas anderes verheimlichst«, stieß Juliette aufgebracht hervor. Dabei wollte sie das doch nicht, aber ihr Mundwerk war manchmal schneller, als ihr lieb war.

»Ja«, sagte er gequält. »Aber bitte lass mir Zeit. Das Geheimnis besteht nicht darin, dass ich ein fanatischer Nazi bin. Es ist eher privat …« Er stockte.

»Ich will es gar nicht mehr wissen«, gab Juliette trotzig zurück. Der lange Weg zurück zum Hof der Petits verlief schweigend, bis Friedrich sie inständig bat, ihm etwas von sich zu erzählen.

»Da gibt es nicht viel zu erzählen«, sagte sie verschnupft.

»Unsinn!«, konterte er. »Was du da im Hotel geschaffen hast, das imponiert mir. Und auch dass du, ich meine, du machst einen gebildeten Eindruck …«

»Ach, und das wundert dich wohl? Das hättest du einem französischen Mädchen vom Land gar nicht zugetraut, oder?«

Friedrich blieb stehen und nahm sie vorsichtig in den Arm. »Ich weiß nicht so recht, womit ich dich so verärgert habe. Du hast recht, ich habe etwas auf dem Herzen …«

Juliette legte ihm den Finger auf den Mund. »Nicht! Du bist nicht verpflichtet, mir deine Geheimnisse anzuvertrauen. Dass du kein Wolf im Schafspelz bist, das glaube ich dir nun.«

»Wolf im Schafspelz?«

»Ja, so nennt mein Bruder die *Boches*, die sich gut benehmen können und hinter deren freundlicher Fassade die schlimmsten Barbaren stecken.«

Friedrichs Miene hellte sich auf. »Da habe ich Glück gehabt.« Er wurde sofort wieder ernst und blickte ihr tief in die Augen. »Juliette, wenn ich etwas nicht möchte, ist es, dich zu verletzen. Ich habe mich auf den ersten Blick in dich verliebt. Schon als ich dich auf deinem Fahrrad näher kommen sah«, erklärte er seufzend.

Juliette gab ihm als Antwort einen Kuss auf den Mund. »Ich vertraue dir, *Friedrik*. Aber bevor wir weitergehen, sag mir eines. In welchem Museum findest du das Gemälde mit dem Namen ›Die Freiheit führt das Volk‹?«

Friedrich sah sie verblüfft an. »Die Freiheit? Das Volk? Also in München wird das nicht hängen. Es hört sich nach Revolution an. Im Louvre?«

»Du hast geraten, oder?«

»Ja, ich habe es nicht gewusst.«

»Du möchtest aber wissen, woher ein normannisches Mädchen das weiß, oder?«

»Liebend gern.«

Eingehakt und gut gelaunt setzten die beiden ihren Weg fort. Als sie das Anwesen der Petits erreichten, hatte Juliette ihm die ganze Geschichte von dem kunstbeflissenen Schriftsteller und seinem Faible für die Tochter der Hotelbetreiberin Madame Laurent erzählt.

Lärm drang bis in den Hof, und erneut trieb Juliette die Sorge um, dass diese Feier den Nachbarn doch nicht verborgen bleiben würde. Dagegen sprach, dass es keine unmittelbaren Nachbarn gab und dass sich auch keiner zufällig auf den Weg zum Hof der Petits verirren konnte, weil der Weg dort endete.

Juliette zeigte Friedrich den Platz auf der Wiese direkt hinter der Scheune und ließ ihn ins Haus gehen. Es war noch immer angenehm warm draußen. Am Tag hatte die Sonne allerdings auch so kräftig wie im Hochsommer geschienen. Die Frage, ob das richtig war, was sie hier tat, blitzte in diesem Augenblick, als sie allein hinter der Scheune saß, nur flüchtig auf. Nein, richtig war es nicht, daran hatte sie keinen Zweifel, aber es war nicht zu ändern. Auch nicht, dass sie bereit war, ihm alles zu geben.

Friedrich kehrte mit einem Teller Kekse und einer Flasche Calvados zurück. »Mehr gab es nicht«, erklärte er bedauernd, als er sich neben sie setzte. Mit Heißhunger griff Juliette nach den Palets. Keiner konnte so leckere dicke Butterkekse backen wie Madeleine.

Dann nahm sie einen kräftigen Schluck aus der Flasche und schmiegte sich noch enger an Friedrich.

»Die sind alle betrunken, und deine Freundin und Gerhardt habe ich nicht gesehen«, berichtete er ihr.

»Ich nehme an, die amüsieren sich in der oberen Etage.« Juliette erschrak über ihre eigenen lockeren Worte, kaum dass sie den Satz zu Ende gesprochen hatte, doch Friedrich schien das gar nicht anzüglich zu finden. »Das kann ich mir lebhaft vorstellen. Gerd ist ganz verrückt nach Madeleine, aber er ist ja auch …« Er unterbrach sich hastig und beugte sich zu ihr hinunter. Es war der erste innige Kuss an diesem Abend. Ein wohliger Schauer durchrieselte sie, als seine Hände über den leichten Stoff ihres Sommerkleids tasteten.

»Wollen wir in die Scheune gehen?«, fragte sie ihn mit heiserer Stimme.

»Komm!« Er stand auf und reichte ihr die Hände. Nachdem er sie hochgezogen hatte, steuerten sie eng umschlungen auf den Eingang der Scheune zu. Als Juliette die Tür öffnete, kam ihnen der noch frische Geruch des in diesem Jahr geernteten Heus entgegen. Friedrich schien Bedenken zu haben, denn er blieb kurz stehen, aber Juliette zog ihn in das Innere der Scheune. Sie ließen sich in einer Ecke in eine weiche Mulde fallen. Friedrichs Hände waren plötzlich überall auf ihrem Körper. Sie wusste, wohin das führen würde, und in ihrem Inneren sagte eine Stimme: Ja, ja, ja! Sie wollte mit ihm schlafen, und selbst auf die Gefahr hin, dass es nur dieses eine Mal zwischen ihnen geschehen würde. Aber er war der erste Mann, mit dem sie das Wunder der Liebe, wie Madeleine es geheimnisvoll nannte, teilen wollte. Allein der Gedanke an das, was nun kommen würde, erregte sie.

Allerdings hielt er immer wieder kurz inne, als wäre er sich nicht so sicher wie sie, doch dann tasteten sich seine Hände unter ihr Sommerkleid. Sie stöhnte leise auf, als sie bei einer flüchtigen Berührung ihrer Hand spürte, wie bereit er für sie war.

Nichts und niemand würde Juliette mehr davon abbringen, ihm das zu geben, was sie zuvor noch keinem Mann hatte schenken wollen. Plötzlich ließ er von ihr ab und setzte sich abrupt auf.

»Ich bin dein erster Mann, oder?«, fragte er mit heiserer Stimme.

Juliette nickte und versuchte, ihn sanft wieder zu sich hinunterzuziehen, doch er wirkte gequält.

»Ich möchte, dass du es tust!«, sagte sie leise.

»Juliette, ich bin verheiratet!«, hörte sie ihn wie von ferne sagen.

Verheiratet? Er trug keinen Ring. Aber machte das einen Unterschied?, ging es ihr durch den Kopf. Was war dabei? Sie würden sich ohnehin trennen müssen, sobald der Rausch der Vereinigung verflogen war. Sie war kein naives Ding, das sich Illusionen machte, er könne für immer in Frankreich bleiben oder sie könne mit ihm nach Deutschland gehen. Niemals würde sie ihm in das Reich der Finsternis folgen.

»Bitte, nicht aufhören!«, bat sie ihn.

»Aber du sollst es wissen. Das lag mir auf dem Herzen, seit ich dich zum ersten Mal gesehen habe und wusste, so fühlt sich die Liebe an. Und ich liebe meine Frau nicht.«

Nun erwachte auch Juliette unsanft aus ihrer Trance. Sie fuhr hoch. Erst in diesem Augenblick begriff sie die Tragweite dessen, was Friedrich ihr da gerade zu erklären versuchte. Nach ihrer Schätzung war er nicht mehr als vier bis fünf Jahre älter als sie, was bedeutete, dass er früh geheiratet hatte.

»Wie alt bist du?«

»Vierundzwanzig«, gab er stöhnend zu.

»Und wann hast du geheiratet? Mit achtzehn?«

»Nein, das versuche ich dir ja gerade zu erklären. Ich habe vor wenigen Monaten geheiratet.«

Juliette rückte erschrocken ein Stück von ihm ab.

»Und dann willst du deine Frau jetzt schon betrügen?«, stieß sie empört hervor.

Friedrich war weiß im Gesicht geworden. »Juliette, ich liebe sie nicht. Ich musste sie heiraten. Mein Vater hat darauf bestanden, dass ich mich wie ein Ehrenmann verhalte. Genau dieses Wort hat er benutzt.«

»Heißt das etwa, dass sie ein Kind erwartet?«

Friedrich nickte. »Sie ist beim ersten Mal schwanger geworden. Ich befürchte, das hatte sie genauso geplant. Sie hat schon als Jugendliche für mich geschwärmt, und als ich so entstellt zurückkam und dachte, mich würde keine Frau mehr anschauen, da hat sie mir versichert, dass mich das nur noch interessanter wirken ließe …«

Juliette war hin und her gerissen. Friedrich machte in seiner sichtlichen Verzweiflung ganz und gar nicht den Eindruck, als ob er es sich einfach machte oder mit ihr spielte. Seine Seelenqualen wirkten authentisch.

Er starrte ins Leere, während er ihr in klaren Worten seine Geschichte erzählte.

»Elfriede ist die Tochter eines guten Freundes meines Vaters. Wir sind gleichaltrig, und sie himmelt mich schon von Kindesbeinen an an. Ihre Eltern und sie waren am Tag zu Besuch, als ich von der Front kam. Ich wusste nicht mehr, ob ich leben oder sterben wollte. Sie hat sich meine Klagen angehört, mich aufgebaut, und wir sind nachts noch zusammen an den Elbstrand gegangen. Danach im Wagen meines Vaters ist es dann passiert. Ich habe nicht im Traum daran gedacht, mich an sie zu binden. Sie ist hübsch, aber spröde. Undenkbar, mit ihr meine Zukunft zu verbringen. Ich bin ihr danach aus dem Weg gegangen, aber ein paar Tage bevor ich an die Westfront geschickt wurde, haben mich mein und ihr Vater zu einem Gespräch befohlen und mir mitgeteilt, dass Elfie schwanger ist. Sie haben mir keine Wahl gelassen. Noch bevor ich losfuhr, wurde geheiratet. Wie betäubt bin ich in der Normandie angekommen und wollte lieber sterben, als jemals zurück nach Hamburg zu gehen, doch an dieser Küste ist mein Lebenswille neu erwacht, und ich habe gedacht, ich schaffe das. Für das Kind, aber nun habe ich die Liebe getroffen …«
Tränen rollten ihm die Wangen hinunter.

Juliette hatte noch nie zuvor einen Mann weinen sehen und fühlte sich hilflos, doch dann fing sie an, ihm die Tränen aus dem Gesicht zu streichen.

Friedrich schluchzte noch einmal auf, bevor er sie mit einer fast schmerzhaften Leidenschaft zu küssen begann. Sie ließ sich von dieser Woge der Begierde mitreißen und wollte es mehr denn je.

Noch einmal hielt er inne und blickte sie mit ernster Miene an. »Willst du es immer noch?«, fragte er.

Statt ihm eine Antwort zu geben, öffnete sie seine Hose mit einer Geschicklichkeit, als hätte sie das schon ein Dutzend Mal getan. Als er schließlich in sie eindrang, schrie sie mehrfach laut auf. Erst vor Schmerz und dann vor Lust.

18

Barbara wachte wie gerädert auf. Am Alkohol lag es an diesem Morgen nicht. Sie hatte nicht einschlafen können und sich die ganze Nacht in ihrem Bett herumgewälzt. Das Hamsterrad der Gedanken hatte auf Hochtouren gearbeitet. Beim Anblick der friedlich schlafenden Paula waren ihr unendlich viele Bilder aus der Kindheit ihrer Tochter gekommen. Wie sie versucht hatte, ihr das Klavierspielen beizubringen. Oder wie sie an freien Sommerwochenenden draußen in der Natur an einem See wild gezeltet hatten. Und wie die zwölfjährige Paula, als Barbara sie in den Ferien einmal mit auf eine Tournee genommen hatte, aufgeregt die Zuschauer durchgezählt und ihrer Mutter ausgerechnet hatte, wie viel Gage sie an diesem Abend bekommen würde. Ihr wurde ganz wehmütig ums Herz, dass diese gemeinsame Zeit mit ihrer Tochter unwiederbringlich vorbei war. Sie bereute ein wenig, wie oft sie Paula bei den Großeltern abgegeben hatte. Nach einer Weile hatte sie dann der Zorn überfallen bei dem Gedanken, wie Martin sich heimlich hinter ihrem Rücken in das Leben der Tochter gedrängt hatte, jetzt, wo sie keine Arbeit mehr machte, sondern wo er mit ihr angeben konnte. Barbara steigerte sich förmlich in die Vorstellung hinein, dass er nur selbstsüchtige Motive haben konnte, nachdem er den Kontakt zu Paula als Kind komplett verweigert hatte. Was sie in ihren negativen Gedanken noch bestärkte, war das Gefühl, eine Ausgestoßene zu sein, gepaart mit einer großen Portion Selbstmitleid. Sie hatte für die Kleine Vater und Mutter zugleich sein müssen, während er auf neue Familie gemacht hatte. Und es fühlte sich in ihren nächtlichen Fantasien mehr als gemein und ungerecht an, dass Paula ihm das einfach so verzeihen konnte. Ja, mehr noch, Paula schien den Kontakt zum Vater regelrecht zu suchen, weil er besser in die gediegene Welt ihrer Tochter passte. Klemens, seine Eltern, Martin, das gehörte alles zu einer Kategorie von Lebensentwürfen, die Barbara ablehnte. Das waren in ihren Augen die gesellschaftlich angepassten Bürger, während sie sich als Künstlerin und mit diesem Lebenswandel, den sie lange gepflegt hatte, außerhalb dieser Kreise bewegte. Früher war sie stolz darauf gewesen, anders zu sein, nicht dazuzugehören, sich frei zu fühlen. Sie hatte ihre Rolle des Enfant terrible als Gegenentwurf zum Spießer perfekt kultiviert. Und nun hatte sie fast die ganze Nacht wach gelegen und versucht, diese Antihaltung vor sich selbst zu rechtfertigen, doch ihr wurde schmerzlich bewusst, wie viel Trotz ihr zugrunde gelegen hatte. Sie hatte auf keinen Fall wie die Familie ihrer Mutter werden wollen, bei der sich alles um die eine Frage drehte: Was könnten die Nachbarn denken?

Es tat ihr in der Seele weh, dass sie befürchtete, ihre Tochter an genau diese Welt verloren zu haben. Barbara kannte Klemens' Eltern zwar noch nicht persönlich, und, wie sie sich in ihren nächtlichen finsteren Gedanken ausmalte, sie würde sie wohl auch nicht kennenlernen, weil man mehr an dem Stararchitekten aus Berlin interessiert war als an einer flippigen Bühnen-Diva. Was sie zusätzlich ärgerte, war die Portion Selbstmitleid, die sich immer wieder in ihre Gedanken schlich und sie zum armen Opfer machte. Vor allem als sie sich vorstellte, was geschehen würde, wenn Paula Kinder bekam? Würde man diese von ihr fernhalten? Würde sich Klemens' Mutter ihre Enkel unter den Nagel reißen? Würde Martin dann auf tollen Opa machen, um nachzuholen, was er bei Paula verpasst hatte?

»Guten Morgen«, hörte sie Paulas Stimme. Gleichzeitig stieg ihr der Duft von frischem Kaffee in die Nase. Barbara öffnete die Augen. Ihre Tochter stand putzmunter vor ihrem Bett mit einem Becher Kaffee und einem Croissant in der Hand.

»Das hat mir Madame Bertrand eben gebracht. Nicht mal ihr Klopfen konnte dich wecken.« Da war er wieder, der leise tadelnde Unterton, den sie gestern in ihrem leicht berauschten Zustand völlig abgelegt hatte.

Stöhnend setzte sich Barbara auf. »Ich konnte nicht schlafen. Ich glaube, wir haben Vollmond«, erklärte sie entschuldigend.

»Ich würde gern nach dem Frühstück nach einem anderen Zimmer gucken. Du willst doch auch lieber dein eigenes Reich haben, oder?«

Nein, ich könnte gut und gerne noch ein paar Tage mit meinem Kind das Bett teilen, denn es wird vielleicht das letzte Mal sein, dachte Barbara betrübt, aber sie nickte nur stumm.

Zügig trank sie den Kaffee und biss von ihrem Croissant nur einmal ab, weil ihr der Appetit vergangen war. Ihre Tochter war an diesem Morgen wieder ganz die Alte. Berauscht und ein bisschen neben der Spur hatte sie ihr besser gefallen, aber Barbara würde sich hüten, das laut zu sagen.

Sie sprang aus dem Bett und duschte ausgiebig. Ein Blick in den Spiegel zeigte ihr, dass die schlaflose Nacht auf ihrem Gesicht Spuren hinterlassen hatte. Die Haut war aschfahl, und um die Augen herum sah sie mächtig verquollen aus. Mithilfe ihrer kleinen Bühnenhelfer aus der Schminktasche schaffte sie es allerdings, das Gröbste zu kaschieren. In ihrem Sommerkleid, mit einer Sonnenbrille und offenem Haar fand sie sich dann einigermaßen erträglich. Ihre Tochter sah wie immer aus wie aus dem Ei gepellt. Sie trug eine beige Chino-Hose, weiße Turnschuhe und eine weiße Bluse. Einen größeren Kontrast zwischen der damenhaften jungen Frau und ihrer Hippie-Mutter konnte es rein äußerlich kaum geben, dachte Barbara.

Es wehte eine frische Brise, und der Himmel war azurblau mit ein paar Schönwetterwolken.

Auf dem Weg zur Straße begegneten sie Madame Bertrand, die im Vorgarten arbeitete. »Guten Morgen, hat es Ihnen geschmeckt?«, fragte sie freundlich.

»Herzlichen Dank«, erwiderte Barbara und fügte schnell hinzu. »Wir werden versuchen, zwei Einzelzimmer im Ort zu bekommen. Aber heute Nacht bleiben wir auf jeden Fall.«

Kaum waren sie draußen auf dem Platz, wollte Paula wissen, was ihre Mutter der Frau gesagt hatte.

»Ich habe ihr mitgeteilt, dass wir uns auf die Suche nach zwei Einzelzimmern machen, aber heute Nacht noch bleiben.«

»Wieso bleiben? Das hättest du mit mir absprechen müssen!«

»Nein, Paula.« Sie deutete auf die Kirchturmuhr. »Es ist jetzt kurz nach elf. Wenn wir etwas gefunden haben, kann es früher Nachmittag sein. Und dann können wir nicht mehr abreisen. Außerdem gefällt mir dieses kleine Paradies.«

Paula rümpfte die Nase. »Paradies? Ich brauche jedenfalls mein Zimmer. Klemens fand das übrigens auch ...« Sie unterbrach sich.

»Was sagt denn mein lieber Schwiegersohn in spe dazu, dass du mit deiner Mutter ein Zimmer teilst?«

»Er findet das komisch«, murmelte Paula unwirsch.

»Was hätte sich der Herr denn vorgestellt? Ach, ich weiß schon. Es gab in Deauville noch Zimmer im ersten Haus am Platz, als ich das hier gebucht habe. Wahrscheinlich wäre man dort abgestiegen ...«

»Mama, hör auf damit! Ich kann Klemens total gut verstehen. Der würde niemals ein Hotelzimmer mit seiner Mutter teilen!«

»Das wiederum kann ich gut verstehen«, konterte Barbara.

»Du kennst sie doch gar nicht. Aber hast schon jede Menge Vorurteile. Dabei willst du immer so ein Freigeist sein.«

»Du stellst uns einander doch nicht vor. Und zu Opas Beerdigung waren die Herrschaften ja auf Reisen.«

»Jetzt tue bloß nicht so, als würdest du dir wünschen, sie kennenzulernen«, gab Paula zurück.

»Nein, ich wäre eine Heuchlerin, wenn ich sagen würde, die Freude wäre auf meiner Seite, aber ich möchte schon wissen, was das für Leute sind, die meine Tochter adoptiert haben.« Das klang bissiger als beabsichtigt. Barbara versuchte, zurückzurudern, indem sie sich für ihre Wortwahl entschuldigte, doch Paula war nun eingeschnappt. Sie schnaufte leise vor sich hin, während sie die Hauptstraße entlanggingen. In dem Augenblick klingelte das Mobiltelefon ihrer Tochter. Barbara hoffte, dass Paula diesen nervigen Klingelton ignorieren würde, aber sie murmelte: »Das wird Klemens sein. Da muss ich eben mal rangehen.« Und schon hatte sich ihre Tochter so weit von

Barbara entfernt, dass sie das Gespräch nicht belauschen konnte. Als Paula nach wenigen Minuten zu ihr kam, wirkte sie noch angespannter als zuvor.

Schweigend setzten sie ihren Weg fort. Der Ort war kleiner, als Barbara geglaubt hatte. Sie schlugen den Weg zum Strand ein und standen nach wenigen Metern bereits vor dem *Hotel Normandie*. Wie ein kleines Schlösschen thronte es in erster Reihe zum Meer. Auch das Hotel hatte sich Barbara größer vorgestellt. Sie war skeptisch, ob sie überhaupt eine Chance hatten, dort spontan zwei Zimmer zu bekommen. Jedenfalls hatte Barbara das Gemälde noch im Wagen gelassen, weil sie nicht mit der Tür ins Haus fallen wollte, sondern sich erst einmal ein Bild von der Lage vor Ort zu machen versuchte. An der Rezeption stand eine große, aparte dunkelhaarige Frau, deren Haar mit silbrigen Fäden durchzogen war. Barbara schätzte sie ungefähr in ihrem Alter.

Freundlich fragte Barbara nach Zimmern, aber die Französin verzog keine Miene, im Gegenteil, ihr verhärmtes schmales Gesicht zog sich noch mehr zu.

»Wir sind ausgebucht«, sagte sie knapp und wandte sich wieder ihren Unterlagen zu.

»Entschuldigen Sie, wann hätten sie denn wieder zwei Einzelzimmer frei?«, hakte Barbara nach. Ohne den Blick zu heben, blätterte die Frau in einem Buch.

»Einzelzimmer haben wir gar nicht. Sie können natürlich ein Doppelzimmer als Einzel buchen. Aber ab nächster Woche ist überhaupt erst wieder eine Suite frei, doch die ist nichts für Sie.«

»Entschuldigen Sie. Wie kommen Sie darauf, dass das Zimmer nichts für uns ist?«, fragte Barbara in etwas schärferem Ton nach. Sie fand diese Person unmöglich. So konnte man doch nicht mit potenziellen Hotelgästen umgehen. Noch niemals, selbst in der abgelegensten Provinzabsteige, hatte sie eine derart unfreundliche Empfangsdame erlebt.

Nun hob die Französin den Kopf. Sie war ein ausgesprochen aparter Typ Frau, musste Barbara zugeben, und ihre Figur ließ ein wenig Neid aufkommen. Nicht dass Barbara Übergewicht hatte, aber sie hatte eine sportliche Figur mit breitem Brustkorb und ohne nennenswerte Taille. Diese Französin war mindestens so groß wie sie selbst und besaß eine absolut feminine Figur, die sie mit einem breiten Gürtel betonte, und wog dabei schätzungsweise ein paar Kilo weniger als Barbara. Außerdem hatte sie diese unbeschreibliche Eleganz, die Französinnen oftmals ohne Mühe ausstrahlen konnten. Sie unterbrach ihre Gedanken hastig. Die waren ihr geradezu unangenehm. Sie gehörte eigentlich nicht zu den Frauen, die sich ständig mit anderen verglichen. Auch Neid war ihr eher fremd, aber diese Frau löste etwas in ihr aus, das sie nicht näher beschreiben konnte. Sie empfand eine gewisse Konkurrenz, etwas, das sie so eigentlich nicht von sich kannte. Dabei wollte sie doch eigentlich nur ein Zimmer im Hotel und erfahren, wo sich Juliette Laurent befand.

»Das einzig freie Zimmer ist unsere Honeymoon-Suite. Dort übernachten normalerweise Paare auf der Hochzeitsreise. Das ist eine andere Preiskategorie als die üblichen Doppelzimmer.«

Barbara machte eine wegwerfende Handbewegung. »Wir nehmen sie.«

»Wie Sie wollen«, entgegnete die Dame förmlich. »Auf welchen Namen?«

»Barbara Behrend«, erwiderte sie.

»Gut, dann bis nächste Woche«, sagte die Frau und vertiefte sich wieder in ihre Unterlagen.

»Da wäre noch etwas. Sagt Ihnen der Name Juliette Laurent etwas?«

In diesem Augenblick konnte Barbara zum ersten Mal so etwas wie eine Gefühlsregung im Gesicht der Französin erkennen, doch statt ihr zu antworten, stellte sie die Gegenfrage.

»Was wollen Sie von ihr?« Das klang nach Verhör.

Barbara war irritiert. Aber statt zu erwidern, was ihr auf der Zunge lag, nämlich dass es sie gar nichts anging, sagte sie die Wahrheit. »Ich möchte sie treffen.«

»Was haben Sie mit ihr zu tun? Waren Sie früher schon einmal Gast in unserem Haus?«

»Ich war noch nie zuvor in der Normandie. Es handelt sich um eine etwas besondere Angelegenheit, die ich nur mit ihr persönlich besprechen möchte.«

Die Französin schüttelte den Kopf. »Das ist nicht möglich.«

»Aber es geht um einen Nachlass!«, insistierte Barbara.

»Wenn es so wichtig ist, können Sie es mir sagen. Ich werde das dann weitergeben.«

»Nein! Es ist eine absolut private Sache. Wenn Sie wissen, wo sich Madame Laurent aufhält, dann geben Sie mir doch bitte Auskunft.«

»Ich sagte Nein. Und eine Madame Laurent kenne ich nicht!« Die Französin senkte den Kopf und vertiefte sich erneut in ihr Buchungsbuch. »Ach, ich sehe gerade, ich habe Ihnen zu viel versprochen. Die Hochzeitssuite ist doch belegt. Leider keine Vakanzen.«

»Sagen Sie mir wenigstens, ob sie noch lebt«, stöhnte Barbara.

»Ich sagte Ihnen doch, eine Madame Juliette Laurent ist mir nicht bekannt«, erwiderte die Französin in scharfem Ton.

Wollte diese Frau sie auf den Arm nehmen?

Barbara war so erbost, dass sie mit voller Wucht die Faust auf den Tresen knallen ließ. Paula, die die ganze Zeit danebengestanden hatte, ohne ein Wort zu verstehen, sah ihre Mutter erschrocken an.

»Entschuldigung«, sagte Barbara und fügte einschmeichelnd hinzu. »Ich möchte Ihnen wirklich keinen Ärger machen, aber es ist verdammt wichtig.«

Die Frau musterte sie abschätzig. »Madame, Sie sind aus Deutschland. Die Dame, die Sie suchen, hat nichts mit Deutschland zu schaffen. Drei ihrer Brüder wurden einst von Deutschen ermordet. So etwas vergisst man nicht. Wer Sie auch immer sind, vergessen Sie es. Madame Laurent ist für Sie nicht zu sprechen.«

»Kann sie das nicht selbst entscheiden?«, erwiderte Barbara in scharfem Ton.

»Ich bitte Sie, unser Hotel sofort zu verlassen!« Das war ein Befehl.

Barbara schnaubte in sich hinein, bis Paula sie in Richtung Ausgang zerrte.

»Ich verstehe zwar nichts, aber ich glaube, sie will, dass wir gehen«, raunte sie ihrer Mutter zu.

Barbara folgte ihrer Tochter zum Ausgang, während es in ihrem Kopf fieberhaft arbeitete. Was war mit dieser Französin los, dass sie sich so vehement weigerte, ihnen den Aufenthaltsort von Madame Laurent zu nennen?

»Blöde Kuh!«, entfuhr es ihr erbost.

»Ich weiß ja nicht, was du ihr gesagt hast, aber die Faust auf dem Tisch kam sicher nicht versöhnlich rüber«, spottete Paula.

»Ich wollte wissen, wo ich Juliette Laurent finde, und sie wollte es mir nicht verraten. Und dann behauptet sie, die gibt es nicht, dann sagt sie, dass sie keinen Besuch wünscht. Die spinnt doch. Und nun?«

»Vielleicht sollten wir aufgeben und ihr das Gemälde in die Hand drücken. Danach fahren wir nach Hause.«

Barbara musterte ihre Tochter fassungslos. »Nein! Doch nicht, wo es gerade interessant wird. Bevor ich diese Madame Laurent nicht getroffen habe, fahre ich nirgendwohin ...«

»Ach, Mama«, sagte Paula beschwichtigend. »Ich glaube, wir haben uns da in eine fixe Idee verrannt. Vielleicht verbirgt sich gar kein großes Geheimnis dahinter. Wer weiß, warum Opa wollte, dass diese Frau das Bild bekommt.«

»Genau, meine Süße, warum ändert dein Opa, nachdem er im Mai seine Diagnose bekommen hat, sein Testament, versteckt es vor Oma und beauftragt mich, ein recht naives Gemälde von der Normandie an eine Adresse in der Normandie zu schicken? Warum notiert er die Adresse noch einmal auf seinem Sterbebett, und deine Oma hat nichts Eiligeres zu tun, als den Zettel zu vernichten und das Bild auf den Müll zu bringen? Ich bin doch nicht den weiten Weg gefahren, um mich von so einer blöden Gans von meinem Ziel abbringen zu lassen!«

»Nicht so laut«, zischte Paula, denn sie standen immer noch vor dem Hoteleingang, aus dem nun Gäste kamen, die sich nach ihnen umdrehten.

»Es ist doch nicht dein Ernst, gleich beim ersten Hindernis aufzugeben, oder? Oder willst du zurück? Hat das etwas mit dem Anruf von Klemens zu tun?«

Paula war bei ihren Worten rot angelaufen. Volltreffer, dachte Barbara. Sie verbirgt wieder etwas vor mir.

»Spuck schon aus. Was ist los?«

»Ach, nichts!«

»Das kannst du deiner Großmutter erzählen«, gab Barbara zurück.

»Es ist nur so, wir haben eine Einladung zu einem Sommerfest bekommen. Und Klemens meinte, es wäre besser, wir würden das hier schnell beenden, damit er zusagen kann.«

»Das verstehe ich nicht. Ich wollte nicht Monate bleiben, und Einladungen zu solchen Festen kommen ja nicht spontan, oder?«

»Doch, nein, ja, also da war ein Dreher in der Postleitzahl, der Brief hat uns erst jetzt erreicht, und das Fest ist am Wochenende.«

»Paula! Wir hatten abgemacht, zwei Wochen Urlaub mindestens.«

»Ja, aber doch nicht in einem Zimmer. Das ist kein Urlaub. Und wenn wir hier eh nichts rausfinden, könnten wir doch lieber zurückfahren. Es ist Klemens wichtig, dass wir uns dort blicken lassen.«

Barbara fuhr der Zorn wie ein Blitz durch alle Glieder, und sie baute sich kämpferisch vor ihrer Tochter auf. »Sag mal, kannst du auch noch einen Gedanken allein fassen? Ich höre immer nur: Klemens, Klemens, Klemens. Er will das, er will jenes! Ich habe dich doch nicht zum braven Weibchen erzogen.«

»Das stimmt, wenn es nach dir ginge, dann hättest du lieber einen wilden Feger zur Tochter, der durch alle Betten hüpft, aber bitte unverbindlich«, entgegnete Paula mit bebender Stimme.

Barbara wünschte sich, ihr würde etwas einfallen, um die Situation zu entschärfen, aber sie war es leid, von ihrer Tochter so gemein angegangen zu werden, wobei sie genau wusste, dass ihre Worte nicht minder verletzend waren als Paulas.

Aber was war bloß aus ihnen geworden, dass sie sich an einem wunderschönen Sommertag, an dem sie sich endlich mal richtig entspannen könnten, wie aufgescheuchte Kampfhennen gegenüberstanden?

»Mama«, fügte Paula unversöhnlich hinzu. »Das Sommerfest ist in Berlin bei meinem Vater ...«

Barbara kämpfte mit sich, um nicht die Contenance zu verlieren. »Ich finde, du solltest auf dem Fest nicht fehlen. Und nimm die Schwiegereltern mit. Ich fahre dich zum nächsten Bahnhof. Und jetzt wäre ich gern allein«, sagte sie mit kalter Stimme. Sie konnte sehen, dass Paula Tränen in die Augen traten, aber das war ihr völlig gleichgültig. »Ich möchte jetzt allein sein!«, wiederholte sie.

Paula drehte sich auf dem Absatz um und rannte schluchzend davon. Barbara merkte erst in dem Augenblick, dass sie interessiert beobachtet wurde. Von einer jungen Frau, die ungefähr im Alter ihrer Tochter war, und deren attraktivem Begleiter.

»Sie müssen keine Polizei holen«, versuchte Barbara auf Französisch zu scherzen. »Meine Tochter und ich haben bisweilen kleine Meinungsverschiedenheiten. Und ich befürchte, ich war zu hart. Sie ist nämlich sonst nicht so nah am Wasser gebaut.«

»Und wollen Sie ihr nicht lieber hinterherlaufen?«, fragte die Frau, die ihr auf Anhieb gefiel. Allein wegen ihres bunten langen Rocks, ihrer wilden Mähne und dem Modeschmuck, den sie trug. Das war etwas untypisch für die in der Regel mit schlichter Eleganz gesegneten Französinnen, aber es entsprach ganz Barbaras Geschmack.

Barbara schüttelte ihr langes blondes Haar. »Nein, Sie hat mich auch so tief verletzt, dass ich mich noch nicht entschuldigen könnte.«

»Soll ich vielleicht mal nach Ihrer Tochter sehen?«, mischte sich nun ihr Begleiter charmant ein. Auf den zweiten Blick entdeckte Barbara eine gewisse Ähnlichkeit zwischen den beiden.

Barbara zuckte mit den Schultern. »Versuchen Sie Ihr Glück!«

Und schon war er losgesprintet. »Typisch mein Cousin, wenn eine hübsche Frau in Gefahr ist, muss er sie retten«, lachte die Französin.

»Da wird er bei meiner Tochter allerdings keinen Erfolg haben. Sie ist frisch verlobt.«

»Sie kennen meinen Cousin nicht. Und Sie? Machen Sie hier Urlaub?«

Was sollte Barbara einer Fremden auf diese Frage schon anderes antworten als »Ja«?

»Wohnen Sie bei uns?«, hakte die Französin interessiert nach.

Barbara horchte auf. »Das Hotel gehört Ihrer Familie?«

»Genau! Meine Großeltern haben es nach dem Krieg weiter betrieben«, sagte sie.

»Und die Dame an der Rezeption?«

Die junge Frau lächelte. »Meine Mutter! Ach, ich sollte mich vielleicht vorstellen, ich bin Colette Dubois. Wohnen Sie bei uns im Haus?«

»Das würde ich gern, es ist nur so, Ihre Mutter hat uns zwar zunächst das letzte freie Zimmer angeboten. Die Hochzeitssuite, sobald sie ab nächster Woche frei wird. Aber dann hat sie ihr Angebot zurückgezogen. Kann es sein, dass Ihre Mutter Probleme mit mir hat, weil ich Deutsche bin?«

Colette rollte mit den Augen. »Mein Großvater war in dem Punkt unversöhnlich. Das hat auf meine Mutter abgefärbt. Warten Sie …«

Sie schien nach Worten zu ringen. »Dass ich in der Schule Deutsch als Fremdsprache gewählt habe, hat bei uns zu Hause zu einem ähnlichen Drama geführt wie eben zwischen Ihrer Tochter und Ihnen«, brachte sie nun langsam und wohlakzentuiert in deutscher Sprache hervor.

»Sie sprechen gut Deutsch«, bemerkte Barbara anerkennend.

»Nicht halb so gut wie Sie Französisch«, antwortete die junge Frau ebenfalls auf Deutsch bewundernd.

Barbara machte eine abwehrende Handbewegung. »Meine Urgroßmutter stammte aus Frankreich. Aber es ist lustig, dass Sie nicht Deutsch lernen sollten. Meine Mutter hat sich mit Händen und Füßen dagegengestemmt, dass ich Französisch lerne. Und das, nachdem sich Kohl und Mitterrand schon 1984 in Verdun versöhnlich an den Händen gehalten haben.«

»Ich denke, ich mache den Eindruck, den Sie von meiner Mutter gewonnen haben, wieder gut. Wollen Sie die Suite noch? Ab nächster Woche?«

Da brauchte Barbara keine Sekunde lang nachzudenken. Sie nickte eifrig.

»Dann werde ich Sie eintragen. Haben Sie eine Karte, damit ich Ihre Daten in unserem Reservierungsbuch notieren kann?«

»Leider nein. Ich schreibe Ihnen meinen Namen auf einen Zettel.« Mit diesen Worten kramte Barbara Stift und Zettel aus ihrer überdimensionierten Handtasche, in der sie wirklich alles mit sich herumtrug, was man unterwegs nur gebrauchen konnte. Sie notierte ihren Namen und reichte Colette das Stück Papier.

»Und bleibt Ihre Tochter auch?«

»Wenn ich das nur wüsste«, seufzte Barbara. »Ich würde es mir wünschen, aber wer weiß, vielleicht reist sie schon morgen zu ihrem Verlobten ab.«

»Schade, ich würde Sie beide gern auf ein Gläschen in unsere Bar einladen, wenn Sie unsere Gäste …« Sie stutzte, und ihr Blick schweifte zum Meer. »Sieh mal einer an. Ihre Tochter hat meinen aufdringlichen Cousin nicht daran hindern können, sie zu begleiten.«

Barbara folgte Colettes Blick, und tatsächlich, da wanderten die beiden einträchtig unten am Wasser entlang.

»Also, Sie kommen am besten am Montag gegen 10 Uhr Vormittag vorbei. Dann habe ich Dienst, gebe Ihnen unsere Suite und zeige Ihnen alles«, erklärte Colette.

»Ich freu mich«, erwiderte Barbara, und das war mehr als eine bloße Höflichkeitsfloskel. Einmal davon abgesehen, dass ihr die junge Frau wirklich sympathisch war, hoffte sie natürlich, dass sie ihr im Gegensatz zu ihrer unleidlichen Mutter etwas über den Verbleib von Madame Laurent verraten würde.

Nachdem die junge Frau wieder ihre Wege gegangen war, nahm sich Barbara vor, endlich Urlaub an diesem schönen Flecken Erde zu machen. Ganz gleich, ob Paula blieb oder sich in den Zug gen Hamburg setzte. Sie steuerte auf eine Bank an der Promenade zu und blickte übers Meer. Im Moment war gerade Ebbe, und das Wasser hatte sich kilometerweit zurückgezogen.

»Das gibt es doch nicht!«, rief plötzlich eine männliche Stimme sichtlich erfreut auf Französisch aus. »Der Star des Abends.«

Als Barbara in das strahlende Gesicht des netten Journalisten aus Rouen blickte, war sie ebenso überrascht wie er. Nur leider war ihr sein Name entfallen.

»Der Zuschauer, der meine Show nicht verstanden hat!«, erwiderte sie. »Was machst du denn hier?«

»Das sollte ich lieber dich fragen, denn ich bin nur zwei Stunden hergefahren, aber für dich ist es ein bisschen weiter. Also, ich schreibe einen Artikel über das Landungs-Museum. Habe gleich ein Treffen mit dem Direktor und ein paar Zeitzeugen aus Arromanches. Die sterben nämlich langsam aus. Also, was machst du in der Normandie?«

Barbara überlegte noch, ob sie ihm die Kurzfassung oder die Langfassung ihrer Geschichte erzählen sollte, als er hektisch auf die Uhr sah. »Ich muss leider los.«

»Dann will ich dich nicht aufhalten.« Sie versuchte, möglichst gleichgültig zu klingen, obwohl dieses unverhoffte Wiedersehen angenehme Erinnerungen an ihr Gespräch in der Theaterscheune wachrief und sie es gern fortgesetzt hätte.

»Wir sehen uns natürlich heute Abend. Was denkst du denn? Ich habe noch einen Wein bei dir gut. 20 Uhr in meinem Hotel. Die haben wirklich eine gute Abendkarte und die besten Weine.«

»Wie heißt das Hotel?«

Er deutete auf das Schlösschen am Meer. »*Hotel Normandie.* Da haben wir schon als Kinder mit unseren Eltern Ferien am Meer gemacht.« Er strahlte sie immer noch an. »Das ist vielleicht ein Zufall!«, bemerkte er.

»Es gibt keine Zufälle.« Schon als Barbara das ausgesprochen hatte, ärgerte sie sich über diesen Satz. Er hörte sich zu esoterisch an. Und vieles, was auf diesem Gebiet gerade die Buchläden überschwemmte, hielt sie für Humbug.

»Genau! Dass wir uns wiedertreffen, hat mit Sicherheit einen tie-
feren Sinn«, lachte er und zwinkerte ihr noch einmal zu, bevor er
davoneilte.

Barbara blieb irritiert zurück. Er sieht jedenfalls noch besser aus
als nach dem Auftritt in Lüneburg, dachte sie. Und in diesem Moment fiel ihr auch wieder sein Name ein. Henri!

19

Arromanches-les-Bains, September 1943

Juliette und Friedrich wurden immer leichtsinniger. Sie trafen sich so oft wie möglich. Immer wenn er freibekam am Abend, nachdem sie das Restaurant schließen konnte. Ihr Treffpunkt war ein verstecktes Plätzchen oben an den Felsen. Juliette lief dann dorthin am Strand entlang, sobald ihre Mitarbeiter den Heimweg angetreten hatten. Natürlich war sie oftmals schon recht erschöpft, wenn sie auf den Falaises d'Arromanches ankamen, aber in seiner Gegenwart schaffte sie es stets, ihre Müdigkeit zu vergessen. Die Folgen machten sich meist erst am nächsten Tag bemerkbar, wenn sie die Küche für das Abendgeschäft vorbereiten musste. Oft war sie dann auf dem Tiefpunkt, aber sie riss sich zusammen. Für die verstohlenen Treffen mit ihrem Liebsten würde sie jeden Preis zahlen. Er war für sie Liebhaber, Freund und Beschützer in einer Person, wenngleich er ihr ständig versicherte, dass er sie nicht wirklich beschützen könne.

Juliette stand neuerdings wieder verstärkt unter der Kuratel ihres Bruders Louis, der, seitdem sie Pierre einen Korb erteilt hatte, misstrauisch geworden war, was das Privatleben seiner Schwester anging. Er kam nun jedes Wochenende überraschend im Hotel vorbei und blieb mindestens eine Nacht. Außerdem löcherte er sie ständig mit Fragen. Nachdem er es mit Strenge nicht geschafft hatte, sie zum Reden zu bringen, hatte er es mit der Rolle des verständnisvollen Bruders versucht. Auf seine scheinbar gut gemeinte Angebote wie: *Du kannst es mir doch ruhig sagen, es ist ja nicht so, dass ich dir deinen Mann aussuche, nur weil ich Pierre für den richtigen halte* und ähnlich einschmeichelnde Aussagen fiel Juliette allerdings nicht herein. Trotzdem fürchtete sie seine Neugier sehr. Auch wenn sie sich vornahm, Friedrich nicht zu beunruhigen, war sie in der Hinsicht für ihn ein offenes Buch, in dem er ihre Sorge vor Entdeckung lesen konnte. Er versprach, noch vorsichtiger zu sein. So schlug er neuerdings vor, mit dem Rad direkt zum Felsen zu kommen und sich nicht auf halbem Weg am Strand zu treffen, aber gerade der nächtliche gemeinsame Weg am Meer entlang war so romantisch, dass sie ungern darauf verzichten wollte. Allein das nächtliche gemeinsame Bad verband die beiden. Juliette hatte zuvor keinen Menschen kennengelernt, mit dem sie noch im September in die Fluten springen konnte. Friedrich aber war ein mindestens genauso guter und leidenschaftlicher Schwimmer wie sie.

Juliette ignorierte seine Mahnungen zu mehr Vorsicht bisweilen, weil es so schön mit ihm am nächtlichen Strand war. Das Verhältnis, wer mehr Furcht hatte, entdeckt zu werden, hatte sich jedenfalls inzwischen so gut wie umgekehrt. Jetzt war er in die Rolle des ständigen Mahners geschlüpft. Das war so weit gediehen, dass Juliette ihn beim letzten Mal unwirsch gefragt hatte: »Wenn es dir zu gefährlich ist, wäre es nicht besser, wir würden uns gar nicht mehr sehen?«

In dem Augenblick hatte sie gemerkt, dass nicht er das Problem war, sondern sie. In der Tat war sie zu leichtsinnig und arglos geworden. Sie hatte ihn um Verzeihung gebeten und ihm versichert, sie würde in Zukunft vorsichtiger sein und kein Risiko eingehen.

Friedrich hatte sie daraufhin heftig in seine Arme gerissen und ihr geschworen, dass er sie über alles liebe und auf keines ihrer Treffen würde verzichten können. Sie trafen sich seitdem erst auf dem Felsen, und auf dem Rückweg gingen sie noch ein Stück gemeinsam, um sich im Meer abzukühlen, bevor sie sich dann weit vor dem Hotel trennten.

An diesem Abend war es wie verhext. Jean machte keinerlei Anstalten, das Lokal in Richtung Heimat zu verlassen. Juliette befürchtete, Louis hatte ihn dazu angestiftet, sie zu bewachen. Also wartete sie ungeduldig, bis er seine drei Calvados zu sich genommen hatte. Erst nachdem er das Haus verlassen und sie fünfzehn Minuten gewartet hatte, war sie schließlich losgelaufen in die dunkle Nacht. Allerdings war sie derart ungeduldig gewesen, dass sie sich nicht wie sonst zehnmal umgedreht hatte. Im Gegenteil, sie war so schnell gerannt, wie sie nur konnte, und außer Atem an ihrem Treffpunkt angekommen.

Friedrich wartete dort bereits auf sie. Ebenfalls voller Ungeduld, wie sie feststellte, denn er zog gierig an seiner Zigarette, obwohl er doch das Rauchen längst aufgegeben hatte, wie er stets behauptete.

Keuchend ließ sie sich neben ihn ins hohe Gras fallen. Er legte den Arm um sie. »Ich hatte schon Sorge, du kommst gar nicht mehr.«

»Jean wollte einfach nicht gehen, aber dann bin ich ihn doch losgeworden, indem ich einen Calvados mit ihm getrunken habe …« Juliette hauchte Friedrich theatralisch an, um ihm ihre Fahne zu beweisen.

Er wich übertrieben zurück. »Wenn ich dich gleich küsse, werde ich wohl betrunken sein«, lachte er, aber dann wurde er sofort wieder ernst.

»Kannst du dir vorstellen, mit mir nach Deutschland zu gehen?« Friedrich sah ihr dabei tief in die Augen, aber sie wandte den Blick ab. Diese Frage kam so überraschend. Nicht dass sie sich das in stiller Stunde nicht auch schon gefragt hätte, aber ihre Entscheidung war jedes Mal gleichermaßen ablehnend ausgefallen. Niemals würde sie in ein kaltes Land gehen, in denen solche Menschen an der Macht waren, die es gewagt hatten, in ihr stolzes Frankreich einzumarschieren und es zu besetzen.

»Juliette, ich habe dich etwas gefragt«, hakte er sanftmütig nach.

Sie blickte ihn mit großen Augen an. »Lass mir Zeit für die Antwort. Das ist nicht so einfach«, erklärte sie ausweichend und befürchtete, er werde nicht lockerlassen, doch stattdessen sog er sich fasziniert an ihrem Blick fest.

»Von wem hast du nur diese blauen Augen?«

Sie zuckte mit den Achseln. »Wenn ich das bloß wüsste. So wie du eine französische Großmutter hast, habe ich wahrscheinlich schwedische Vorfahren, aber man redet in der Familie nicht drüber.«

»Also über meine Großmutter wird auch nicht mehr geredet. Aber mir kann keiner nehmen, dass ich sie noch kennengelernt habe. Ich mochte sie sehr. Sie war so anders als die anderen alten Damen. Als Kind war ich ein paarmal bei ihr. Das hat genügt, um sie in meine Erinnerung einzubrennen. Aber ich meine es ernst, mein Liebling, ich möchte dich nicht verlieren. Würdest du mit mir gehen?«

Juliette wand sich.

»Ich kann doch nicht in so einem Land leben unter diesem Hitler«, stieß sie schließlich entschieden hervor.

Er strich ihr zärtlich über die Wangen. »Nein, mein Lieb, ich habe doch die Zeit nach dem Krieg gemeint …« Er stockte.

Juliette musterte ihn zweifelnd. »Glaubst du denn auch, dass ihr verlieren werdet?«

Friedrich zuckte mit den Schultern. »Ich denke sogar, es wird nicht mehr lange dauern. Irgendwo werden die Alliierten schon landen. Ich hoffe nur, nicht gerade hier, denn das werden wir wohl kaum überleben. Die Verteidigung dieser Küste ist ein Witz. Wahrscheinlich geschieht es in Norwegen, munkelt man. Deshalb wurde uns hier bereits zugesagte Verstärkung von der Ostfront verwehrt. Ach, ich habe Sehnsucht nach Hamburg.«

»Erzähl mir von Hamburg«, bat sie ihn.

Friedrichs Miene verdüsterte sich. »Es ist … die schönste Stadt im Norden …«

»Und warum guckst du dann so merkwürdig?«, unterbrach sie ihn.

»Ach, ich habe gerade einen Brief meiner Schwester bekommen, in dem sie mir durch die Blume schildert, dass Hamburg schwer von Bomben zerstört worden ist.«

»Wie meinst du das? Durch die Blume?«

»Die Feldpost wird zensiert. Alles, was als Zeichen der Niederlage der Deutschen gedeutet werden könnte, erreicht oftmals den Empfänger gar nicht erst. Und deshalb schrieb sie, dass sie froh ist, mit ihren Kindern bei den Eltern in Othmarschen zu wohnen, weil die Feuer ihr Haus zerstört haben. Und dass die Alliierten die Stadt zehn Tage lang unter Beschuss genommen hätten.« Er stieß einen tiefen Seufzer aus. »Da kann man sich ausrechnen, wie die stolze Hansestadt in Trümmern liegt.«

Juliette schlang ihre Arme um seinen Hals. »Der Krieg ist ein Irrsinn, aber dein Hitler hat ihn angefangen.«

»Er ist nicht mein Hitler«, widersprach Friedrich heftig.

»Aber du trägst seine Uniform und gehörst zu seinen Soldaten. Warum rennst du nicht weg? Versteckst dich und wartest dort ab, bis alles vorüber ist?«

»Weil mir der Mut dazu fehlt. Ich habe mit eigenen Augen gesehen, was mit Deserteuren geschieht. Nein, ich bete jeden Tag, dass der Krieg zu Ende ist«, erwiderte er in resigniertem Ton. »Und wenn sie doch hier landen, haben sie leichtes Spiel. Uns paar Jungs in unseren Bunkern werden sie einfach so überrollen und dann ...«

Juliette wurde blass. »Du befürchtest, dass du es nicht überlebst?«

»Keine Sorge, ich werde leben und dich mitnehmen. Das schwöre ich dir«, erklärte er mit einem gewissen Pathos in der Stimme.

Juliette zögerte. Am liebsten würde sie ihm versprechen, dass sie bereit war, ihm überallhin zu folgen, doch da fiel ihr plötzlich das ein, was sie immer wieder mit Erfolg verdrängt hatte.

»Friedrich, du bist verheiratet. Auf dich wartet deine Frau und ... wahrscheinlich auch dein Kind.«

»Julie, ich werde für dieses unschuldige Wesen sorgen bis an mein Ende. Und ja, ich liebe dieses Kind schon jetzt, aber die Vorstellung, mein Leben mit Elfie zu fristen, ertrage ich nicht. Ich werde sie um die Scheidung bitten, und wenn ich frei bin, hole ich dich. Willst du?« Er führte in einer verzweifelten Geste ihre Hände an seine Lippen und küsste sie.

Juliette erschrak. Sie konnte ihm in seiner Verfassung doch nicht offenbaren, dass sie Zweifel hatte, ob sie das wirklich wollte.

»Ja, aber ich will mein Glück nicht auf dem Unglück einer anderen aufbauen«, entgegnete sie leise.

»Aber sie wird nicht unglücklich. Nicht wenn ich sie wieder freigebe. Sie spürt doch, dass ich sie nicht liebe. Es gibt so viele junge Männer, die ihre spröde Art mögen. Mein Freund Gerhardt zum Beispiel, der schwärmt schon lange für sie und versteht gar nicht, warum ich ihr nicht treu bin. Er wäre gern an meiner Seite und hat sich doch nur mit einer anderen verlobt, weil sie mich will. Vielleicht ist das dann seine Chance ... «

Juliette hörte gar nicht mehr zu. Offenbar merkte er nicht einmal, was er da redete. Madeleine weinte sich die Augen aus dem Kopf, seit sie erfahren hatte, dass man Gerard an die Ostfront befohlen hatte und er Frankreich in ein paar Wochen verlassen würde. Ihre Freundin würde nicht zögern, ihn nach Deutschland zu begleiten, wenn er sie denn endlich darum bat. Und was machte Friedrich? Er erzählte ihr ganz nebenbei, dass der Mann eine Verlobte in Deutschland hatte und dass er überdies mit dem Gedanken spielte, ihm seine Frau zu vererben ... So sah er also die Liebeleien zwischen ihrer Freundin und seinem Freund. Als unverbindliches Abenteuer, das mit Gerhardts Abreise beendet sein würde. Sie mochte sich gar nicht ausmalen, was Madeleine sagen würde, wenn sie erfuhr, was Friedrich da von sich gab ...

Juliette rückte ein Stück von Friedrich ab und setzte sich kerzengerade hin. »Weißt du eigentlich, was du da redest. Madeleine ist untröstlich, dass Gerard zurückmuss. Und du willst ihn mit deiner Nochehefrau verkuppeln. So siehst du also die Liebe zu den kleinen dummen Französinnen!«

»Aber Julie.« Friedrich sah sie entgeistert an. »Das ist doch etwas ganz anderes als das mit uns. Es gab doch für Gerhardt nie eine Frage, dass das mit Madeleine ... «

Wutentbrannt sprang Juliette auf. »Sag bitte nichts mehr! Das ist so schrecklich, wie du über meine Freundin sprichst. Wahrscheinlich bist du kein Stück besser als Gerhardt und schmierst mir nur Honig ums Maul, damit ich auch weiter mit dir schlafe!«

Mit diesen Worten rannte Juliette davon. Sie hörte Friedrich voller Entsetzen schnaufen, aber sie lief blind vor Tränen zum Strand hinunter, fest davon überzeugt, dass Friedrich endlich das ausgesprochen hatte, was er wirklich dachte: dass die kleinen Französinnen nur für eine Kriegsliebelei taugten.

Je mehr sie ihn ihren Namen keuchen hörte, desto schneller wurde sie. Sie waren schon unten am Wasser, als sie Friedrich plötzlich laut aufschreien hörte. Ihr stockte der Atem. Als sie sich umdrehte, sah sie im Mondlicht zwei kämpfende Männer. Ohne nachzudenken, rannte sie zurück.

Nun erkannte sie auch, wer da aus dem Nichts auf Friedrich losgegangen sein musste. Es war Pierre, der ihren Liebsten gerade im Schwitzkasten hatte.

»Loslassen! Sofort loslassen!«, brüllte sie. Pierre zögerte, doch dann ließ er von Friedrich ab.

»Belästigt dich dieser Kerl?«, stieß er angriffslustig hervor, während Friedrich leise stöhnte. Offenbar hatte Pierre ihm ins Gesicht geboxt, denn er blutete aus der Nase.

Sie wollte gerade zu ihrem Liebsten stürzen, um ihm zu helfen, als Friedrich betont laut sagte: »Es tut mir leid, dass ich Ihnen gefolgt bin, Mademoiselle.« Er musterte Juliette durchdringend. »Ich habe gedacht, wenn Sie hier nachts allein am Strand sind, suchen Sie Kontakt. Das habe ich missverstanden.«

»Was hast du überhaupt mitten in der Nacht hier zu suchen?«, fuhr Pierre Friedrich an.

»Ich fahre nachts immer mit dem Fahrrad in der Gegend herum.« Friedrich brachte das so glaubwürdig zu Gehör, dass Pierre es ihm abzunehmen schien.

»Gut, aber meide in Zukunft diesen Strandabschnitt! Wenn ich dich hier noch einmal sehe, hole ich meine Freunde, und dann bist du fällig. Wo kommst du überhaupt her? Ich habe dich noch nie in der Gegend gesehen.«

Juliette stockte der Atem. Ganz offensichtlich war Pierre gar nicht auf den Gedanken gekommen, Friedrich könnte ein Deutscher sein. Kein Wunder, in seinem abgewetzten Pullover, seiner Windjacke und dem zerzausten dunkelblonden Haar sah er aus wie ein französischer Zivilist. Und er sprach wirklich akzentfrei Französisch, nicht wie die anderen Deutschen, die glaubten, ihre Sprache zu sprechen. Friedrich schaffte es offenbar dank seiner Großmutter, die Härte der deutschen Sprache nicht durchklingen zu lassen.

»Ich komme eigentlich ganz aus dem Norden, aber im Moment

arbeite ich als Landarbeiter in der Nähe«, erwiderte Friedrich, ohne zu zögern.

»Aha«, sagte Pierre. »Und wie heißt der Ort, aus dem du stammst? Ich habe nämlich Verwandte im Norden.«

Bevor Juliette dazwischenreden konnte, um Friedrich aus der Patsche zu helfen, sagte der ganz ruhig: »Ich bin aus Amiens.«

Pierres Miene erhellte sich. »Deshalb sprichst du so komisch. Die im Norden haben ja alle eine seltsame Aussprache. Aber trotzdem lass dich lieber nicht mehr in der Gegend blicken. Wir mögen das gar nicht, wenn Fremde unseren Mädchen hinterhersteigen.«

»Ich bin nicht euer Mädchen!«, widersprach ihm Juliette trotzig. Das tat sie absichtlich, denn wenn sie gar nichts sagen würde, müsste das Pierre eigentlich stutzig machen. Also wandte sie sich nun unerschrocken an Friedrich, um ihm ein verdecktes Signal zu geben.

»Wenn ich gewusst hätte, dass Sie nichts Böses im Schilde führen, wäre ich nicht vor Ihnen weggerannt. Wenn Sie mögen, können Sie mich gern mal zum Tanzen nach Caen ausführen. Schreiben Sie mir doch einfach ans *Hotel Normandie*. Ich heiße Juliette Laurent.«

Friedrich verstand ihre Botschaft und reagierte entsprechend. »Aber gern doch!«

»Julie! Das geht nicht! Dein Bruder wird das nicht erlauben!«, mischte sich Pierre verunsichert ein.

»Seit wann brauche ich die Erlaubnis meines großen Bruders, wenn ich mit einem netten jungen Mann zum Tanzen gehen will.« Juliette wandte sich lächelnd an Friedrich. »Lassen Sie sich nicht abschrecken von meinem Aufpasser.«

»Natürlich nicht! Ich werde Ihnen schreiben. Und verzeihen Sie noch einmal, dass ich Ihnen solche Angst eingejagt habe. Dass ich ein Mann mit guten Absichten bin, würde ich Ihnen gern beweisen ...«

Pierre blickte irritiert von einem zum anderen. »Sie haben Glück, dass ich Sie dabei erwischt habe, wie Sie Julie hinterhergestiegen sind. Ihr Bruder hätte Ihnen wahrscheinlich längst Beine gemacht.« Er näherte sich Friedrich bedrohlich, doch dann hielt er inne und deutete auf das Auge. »Wie ist das denn passiert?«, fragte er neugierig.

»Die verdammten *Boches!*«, entgegnete Friedrich.

Juliette erstarrte, als Pierre die Hand hob, entspannte sich aber, als er Friedrich anerkennend auf die Schulter klopfte.

»Ja, ich muss dann auch wieder. Es wäre nicht gut, wenn mich die *Boches* um diese Zeit fernab des Hofes, auf dem ich arbeite, erwischen. Muss zu meinem Rad.« Und schon hatte Friedrich auf dem Absatz kehrtgemacht und ging.

Juliettes Herzschlag beschleunigte sich. Der Schreck, erwischt worden zu sein, fuhr ihr verspätet in alle Glieder. Wenn es nicht Pierre gewesen wäre, sondern Louis, der sie erwischt hätte, wäre alles aus gewesen, denn ihr Bruder hätte in dem Landarbeiter sehr wohl den deutschen Soldaten aus dem Restaurant wiedererkannt.

»Netter Kerl«, murmelte Pierre. »Aber triff ihn nicht noch einmal. Du kennst doch Louis. Der macht sich einfach Sorgen um deinen Ruf.«

Juliette lachte spöttisch auf. »Eher um meine Jungfräulichkeit. Dabei könnte ich jede Wette eingehen, dass Louis nicht unberührt in die Ehe gegangen ist.«

»Du bist unmöglich«, lachte Pierre und legte ungefragt seine Jacke um ihre Schultern. »Aber glaub mir, er macht sich wirklich Sorgen um dich. In diesen Zeiten wäre es wirklich besser, wenn du einen Beschützer hättest.«

»Pierre, verdammt, ich brauche keinen Beschützer!«

»Aber vielleicht einen Mann, der … «

Juliette legte ihm schnell ihren Finger auf den Mund. Sie wollte vermeiden, dass er aussprach, was sie ohnehin schon wusste: dass er in sie verliebt war. Wie er so dastand im Mondlicht, machte er wirklich keine schlechte Figur. Vielleicht hätte sie ihm eines Tages doch noch ihr Herz schenken können, wenn Friedrich nicht in ihr Leben getreten wäre. Der Mann, dem sie vorhin auf den Felsen so schrecklich unrecht getan hatte. Friedrich hatte seine Bitte mit Sicherheit ganz aufrichtig gemeint. Er wünschte sich wohl wirklich nichts sehnlicher, als sie mit in seine Heimat zu nehmen. Ob sie das ihm zuliebe wagen würde, hätte sie in diesem Augenblick nicht mit Gewissheit sagen können, aber dass sie ihn schon jetzt schmerzlich vermisste, nachdem sie sich vor ein paar Minuten getrennt hatten, daran gab es keinen Zweifel. Juliette bedauerte zutiefst, dass sie ihn falsch eingeschätzt hatte, und bewunderte ihn für seine Geistesgegenwart, sich Louis gegenüber als Franzose auszugeben.

»Juliette, triff diesen Burschen nicht wieder. Du kennst doch Louis. Wenn du dein Herz an einen Fremden hängst, treibt ihn die Sorge um, dass der nicht gut genug für dich ist …«

»Komm, lass uns zum Hotel laufen. Ich friere, und bitte spiel nicht länger den Aufpasser für mich. Und kein Wort zu Louis! Dann werde ich wirklich böse. Als Petze kannst du kein Herz gewinnen …« Sie stockte. An Pierres sehnsuchtsvollem Blick war unschwer zu erkennen, dass sie ihm damit schon wieder Hoffnung gemacht hatte, eines Tages doch noch der Mann an ihrer Seite zu werden. Aber hatte sie eine andere Wahl? Wenn sie Pierre mit einem unmissverständlichen Korb verletzten würde, würde ihn das womöglich so gegen sie aufbringen, dass er sich erst recht zu ihrem Bewacher aufschwang.

Den Rückweg verbrachten sie schweigend, und je weiter sie sich dem Hotel näherten, umso schwerer wurde ihr ums Herz. Plötzlich legte sich die Furcht vor der Zukunft wie ein düsterer Schatten über ihre Seele. Was, wenn Louis und Pierre sich über die beiden Männer austauschen würden, mit denen sie Juliette jeweils getroffen hatten? Sie mussten ja nur auf die Augenklappe zu sprechen kommen, jenes unverkennbare Merkmal Friedrichs. Dann, so war sie sich sicher, würde ihr Bruder wissen, was Sache war. Und dann würde er sie gar nicht mehr aus den Augen lassen. Vor allem konnte sie Friedrich nicht der Gefahr aussetzen, Louis eines Nachts in die Arme zu laufen, wenn der sie belauerte. Ihr klang immer noch die Drohung ihres Bruders in den Ohren, den *Boche* zu erwischen, wenn er allein mit dem Rad durch die Nacht fuhr. Was würde sich Louis erst ausmalen, wenn er wusste, dass der *Boche* es mit seiner Schwester trieb?

Sie wusste nicht, was ihr stärker zusetzte: die Angst, ihm könne etwas zustoßen, oder die Vorstellung, ihn nie wieder in ihre Arme zu schließen. Sie bereute es zutiefst, ihr heutiges Stelldichein gründlich verdorben zu haben. Sie war den Tränen nahe, doch was sollte Pierre denken, wenn sie jetzt zu weinen anfing. Juliette konnte sich mit Mühe beherrschen, bis sie sich vor dem Hotel mit einem flüchtigen »Wiedersehen!« von ihrem Aufpasser verabschiedet hatte.

Schon auf der Treppe nach oben liefen ihr die Tränen über die Wangen. Schluchzend warf sie sich auf ihr Bett. Ihr letzter Gedanke vor dem Einschlafen galt dem Streit. Sie hätte niemals Zank über die Zukunft anzetteln dürfen, denn sie hatten keine Zukunft. Das wurde ihr in diesem Augenblick schmerzhaft bewusst. Ein gemeinsames Leben war nur ein Traum, der nie in Erfüllung gehen konnte. Und nun würde sie vielleicht nie mehr in seinen Armen liegen und ihre Lust in den Nachthimmel schreien ... Sie war zu erschöpft, um den quälenden Gedanken zu Ende zu führen.

20

Arromanches-les-Bains,
Juli 2000

Paula wusste auch nicht, warum sie den Franzosen, der ihr da quasi zugelaufen war, nicht längst in die Flucht geschlagen hatte. Lag es daran, dass er so attraktiv war oder dass er einen Charme ausstrahlte, dem sie schlecht widerstehen konnte? Weder hatte er sie mit abgeschmackten Komplimenten genervt noch mit distanzlosen Annäherungsversuchen. Im Gegenteil, er war unterhaltsam und lustig. Schon sein erster Satz auf Deutsch, nachdem er sie auf der Strandpromenade eingeholt hatte, war keine übliche Anmache gewesen. »Der schöne Tag ist viel zu schade, sich über Ihre Mutter zu ärgern!« Trotzdem hatte sie schnippisch erwidert: »Ich wüsste nicht, was Sie das angeht!« Sein zweiter Satz hatte sie dann sofort für ihn eingenommen: »Um Himmels willen, ich möchte gar keine Einzelheiten wissen, sondern Ihnen die Schönheiten unseres Dorfs zeigen, um ein bisschen damit anzugeben. Darf ich Sie ein Stück begleiten?«

Sie hatte nur genickt und war weitergegangen.

»Ihr Fremdenführer schlägt vor, zur Pointe du Hoc zu wandern. Was meinen Sie?«

»Gut, wenn Sie meinen, aber ich bin nicht sehr gesprächig.«

»Wer hat Ihnen denn gesagt, dass ich mit Ihnen reden will?«, hatte er grinsend erwidert.

Und nun – Stunden später – saßen sie in einem einfachen Restaurant, und sie hatte einen Teller Muscheln in Weißweinsoße vor sich. Für Paula noch vor Kurzem eine schier unmögliche Vorstellung. Sie hasste Meeresfrüchte, so dachte sie auf jeden Fall, und hatte mit ihrer Aversion schon öfter Klemens' Spott auf sich gezogen. Dabei war er nicht ganz unschuldig daran, dass ihr der Appetit auf Meeresfrüchte endgültig verdorben war. Bei einem feinen Essen im Fischereihafen-Restaurant hatte er sie förmlich genötigt, eine Auster zu probieren. Ihre Reaktion hatte ihn empört, denn sie war, kaum dass sie das »glibberige Salzwasser«, wie sie Austern seitdem nannte, im Mund gehabt hatte, vom Tisch aufgesprungen und hatte den Rest ins Klo gespuckt.

Als seine Mutter bemerkt hatte, sie solle es noch einmal probieren, hatte sie sich entschieden gegen die Bevormundung ihrer zukünftigen Schwiegermutter gewehrt. »Ich habe den Pannfisch bestellt, weil ich Fisch nur so mag. Ich probiere gar nichts mehr. Weder die Tintenfische noch deine Krabben!«, hatte sie der Familie ihres zu dem Zeitpunkt noch Freundes unmissverständlich mitgeteilt. »Das da auf meinen Teller sind Scampi, meine Liebe«, hatte seine Mutter tadelnd erwidert. Paula erinnerte jenen Tag ganz genau, weil sie sich ganz kurz gefragt hatte, ob das wirklich ihre zukünftige Familie sein konnte. Sie hatte sich so sehr nach geordneten Verhältnissen gesehnt, dass sie bislang über alles hinweggesehen hatte, aber noch mit dem Geschmack der Austern im Mund, ging ihr diese Frau mit einem Mal ein wenig auf die Nerven. Doch das war lediglich ein kurzer Moment gewesen. Sie entsann sich nur deshalb so gut daran, weil die Zweifel seit jenem Tag in regelmäßigen Abständen an ihr nagten. Jedenfalls hatte sie sich im Restaurant die Antwort verkniffen, dass sie sehr wohl Krabben von Scampi unterscheiden könne, weil ihre Mutter beides leidenschaftlich gern äße. Sie hatte es an jenem Tag zum ersten Mal bereut, dass sie Klemens in ihre Probleme mit Barbara eingeweiht hatte. Offenbar hatte er alles seiner Mutter brühwarm weitererzählt mit dem Ergebnis, dass die glaubte, sie müsse die versäumte gute Erziehung Paulas nachholen.

»Sie müssen es wirklich nicht tun!« Vincent, wie sich der Franzose ihr inzwischen vorgestellt hatte, musterte sie erschrocken, doch sie schob sich die Muschel genüsslich in den Mund.

»Es schmeckt einfach herrlich«, schwärmte sie.

»Das freut mich, aber Sie haben eben ein Gesicht gezogen, als müssten Sie in faulen Fisch beißen.«

»Das galt nicht den Muscheln. Man hat mich vor Längerem mal genötigt, eine Auster zu probieren …«

»Oh, so etwas könnte ich Ihnen auch noch schmackhaft machen«, lachte er.

Sie hob drohend den Finger. »Unterstehen Sie sich.«

»Ich finde es ja erfreulich, dass es Ihnen schmeckt. Belassen wir es bei Muscheln.«

»Sie sind zu gut zu mir, aber nun verraten Sie mir, warum Sie so perfekt Deutsch sprechen?«

»Die lange Geschichte oder die Kurzfassung?«

Paula sah grinsend auf ihren Teller. »Also noch ist ordentlich was da. Fangen Sie an. Mal sehen, wie weit Sie kommen.«

Paula fragte sich, wann sie sich das letzte Mal so unbeschwert gefühlt hatte. In Gegenwart ihres Verlobten schon lange nicht mehr. Wenn sie mit Barbara zusammen war, gab es kleine Momente der Leichtigkeit, die aber jedes Mal so schnell verschwanden, wie sie gekommen waren. In der Gegenwart des attraktiven Franzosen aber war alles so leicht. Allein wie er sie für die Muscheln interessiert hatte. Er hatte nur eine Portion bestellt und sie schnuppern lassen. Der Geruch des Suds nach Kräutern, Knoblauch und Fisch in einer angenehmen Art hatte sie neugierig gemacht. Dann hatte er ihr gezeigt, wie sie mit einer leeren Muschelschale wie mit einer Zange die Muschel aus dem Sud fischen konnte, um diese in die Hand zu nehmen und aus der Schale zu essen.

Trotz ihres Widerwillens gegen die Optik des Muschelfleischs hatte sie vorsichtig probiert und war vom ersten Bissen an begeistert. Sofort hatte sie sich eine eigene Portion bestellt und in der Wartezeit Vincent dabei zugesehen, wie genüsslich er die Muscheln verzehrt hatte. Er hätte auch mit ihr geteilt, aber sie bestand auf ihrer eigenen Portion. Mit einem Mann aus einer Schüssel zu essen erschien ihr doch allzu intim. So hatte sich Vincent allein und mit Lust über das Essen hergemacht. Diese Hingabe war sie von Klemens nicht gewohnt. Der kannte zwar alle Gerichte und bildete sich auf seine kulinarische Bildung etwas ein, aber noch nie hatte sie diesen verzückten Blick bei ihm wahrgenommen, wenn ihm etwas besonders schmeckte. Und niemals hätte er zugelassen, dass ihm der Sud das Kinn hinunterlief. Da wäre schon längst die Serviette zum Einsatz gekommen … Wenn er schon mit solcher Leidenschaft isst, wie ist der erst im Bett, fragte Paula sich und spürte, wie ihr die Hitze in die Wangen schoss. Wie konnte sie nur so etwas denken? Sie war froh, dass Vincent gerade voll und ganz im Genuss der Muscheln aufgegangen war, sodass er ihre Verunsicherung nicht bemerkt hatte.

Als sie ihre Portion bekam und mit Genuss zu essen begann, beobachtete Vincent sie wohlwollend, während er nun endlich die Frage beantwortete, warum er so gut Deutsch sprach.

»Ich bin bei meiner Tante und meinem Onkel aufgewachsen, weil meine Eltern einen Autounfall hatten, als ich noch klein war. Da hat meine Tante Frédérique, die Tochter von Opas Schwester, bestimmt, dass ich bei ihnen lebe. Sie war eine tolle Mutter, und ihre Tochter Colette war die beste Schwester, die ich hätte haben können. Es gab nur ein Problem in der Familie: Tante Frédérique mag nichts Deutsches. Weder die Sprache noch die Kultur. Wenn ihr Mann nicht gewesen wäre, hätte sie in ihrem Hotel keine Zimmer an Deutsche vermietet. In dem Punkt war sie die Tochter ihres Vaters. Großonkel Pierre hasste die Deutschen.«

»Nun gut, das kann man ja sogar verstehen, wenn man bedenkt, dass Deutsche das stolze Frankreich besetzt haben.«

Er nickte eifrig. »Gut, bei Großonkel Pierres Generation kann ich das verstehen. Der kannte diese Zeit aus eigener Erfahrung, aber Tante Frédérique, die war doch ein Baby, als der Krieg zu Ende war …«

Paula musste unwillkürlich an ihre eigene Großmutter denken. »Ich kenne das aus meiner Familie. Meine Oma hasst alles Französische. Die ist so wütend geworden, als meine Mutter Französisch studiert hat.«

»Aber das ist genau der Unterschied, den ich meine. Deine Mutter hat sich darüber hinweggesetzt, während Tante Frédérique diese Vorurteile übernommen hat. Als meine Cousine Deutsch gelernt hat, hing wochenlang der Haussegen schief. Bis ich meiner Tante gestanden habe, dass ich auch Deutsch lerne und eine Freundin in Köln habe. Sie war außer sich, als sie erfahren hat, dass die Familie bei uns jedes Jahr Gast im Hotel war und sie nichts gemerkt hat …«

»Und gibt es die Liebe nach Deutschland noch?«, fragte Paula, was sie sogleich bedauerte, weil es sie gar nichts anging, ob Vincent eine Freundin hatte.

»Nein, das ging leider auseinander, aber nicht wegen meiner Tante. Es war eher ein Sportwagen fahrender Teutone, der mir dazwischenkam«, lachte er.

»Und welches Hotel gehört deiner Tante?«

»Das *Hotel Normandie*. Das ist schon lange in Familienbesitz …«

Hotel Normandie. Das war die Gelegenheit, ihn nach Madame Laurent zu fragen, aber sie wollte nicht gleich mit der Tür ins Haus fallen.

»Also werdet deine Cousine und du das übernehmen?«, fragte sie stattdessen.

»Um Gottes willen, nein. Ich bin kein Hotelier, denn ein bisschen Kaufmann musst du dazu auch sein. Und da fehlt mir das Gen meiner Familie völlig. Väterlicherseits hatte die Familie vor dem Krieg das größte Hotel in Caen und ganze Häuserzeilen …«

»Wow, eine gute Partie also«, neckte Paula ihn.

Vincent lachte aus voller Kehle. Ein Lachen, das Paula auf Anhieb bis ins Herz ging. Sie hatte lange nicht mehr einen derart uneitlen und offenen Mann getroffen. Vor allem keinen, der so betörend aussah. Dunkle Locken, braune Augen, eine römische Nase und einen sinnlichen Mund. Sie erschrak, während sie das dachte. Sinnlicher Mund? Bei einem Mann? War es nicht völlig gleichgültig, wie bei einem Mann die Lippen geformt waren. Sie musste genau überlegen, wie Klemens' Mund aussah. Er besaß auf jeden Fall schmale Lippen. Kein Strich, aber sie hatte niemals einen derartigen Impuls gespürt, ihn zu küssen, wie bei Vincent …

»Aber du musst doch nicht rot werden, wenn du mich für eine gute Partie hältst«, lachte er. »Vor allem muss ich dich enttäuschen. Es ist alles im Krieg zerstört. Ich habe nichts mehr außer einem kleinen Erbe, das mir meine Eltern hinterlassen haben.« Zum Zeichen, dass er keine gute Partie war, öffnete er die Hände und zeigte, dass sie leer waren.

Wenn er wüsste, dass mich sein Geld nicht die Bohne interessiert, sondern mich seine Lippen anmachen, dachte Paula irritiert, denn einem Mann auf den Mund geschielt hatte sie lange nicht mehr, um nicht zu sagen, eigentlich noch nie zuvor.

»Und womit verdienst du deine Brötchen, wenn du nicht wohlhabend bist und nicht ins Hotelgeschäft einsteigen willst?«, fragte sie mehr aus Verlegenheit, um ihre Gedanken an seinen Mund zu verdrängen.

»Ich werde demnächst eine Stelle in München antreten«, gab er zögernd zu.

»In Deutschland? Und was sagt deine Tante dazu?«

Er senkte schuldbewusst den Kopf. »Sie weiß es noch nicht. Ich bin wirklich kein Feigling, aber wenn sie erfährt, dass es mich zu den *Boches* zieht ...« Er unterbrach sich hastig. »Entschuldigung, aber das ist in unserer Familie so üblich, dass diese Begriffe noch benutzt werden. Ich hoffe, ich habe dich nicht beleidigt.«

»Nein, hast du nicht, denn ich weiß gar nicht, was das heißt. Weißt du, ich habe es aus Loyalität zu meiner Großmutter unterlassen, Französisch als Fremdsprache zu wählen, ich wäre auch nie zum Austausch nach Frankreich gefahren, ich bin nie im Urlaub dort gewesen ...«

»*Boches* ist ein französisches Schimpfwort für die Deutschen. Woher der Begriff stammt, weiß keiner so genau. Die einen sagen, das ist aus einer herabsetzenden Verkleinerung entstanden. Jedenfalls kommt das schon aus dem Deutsch-Französischen Krieg und ist nicht nett gemeint.«

»Ich fühle mich nicht beleidigt! Aber nun verrate mir endlich, was du in Deutschland vorhast?«

»Ich werde in München meinen ersten Job als Internist antreten. Den Sprachtest habe ich mit Bravour bestanden ...«

»Du bist Mediziner?« Kaum dass Paula das in sichtlich überraschtem Ton ausgesprochen hatte, ahnte sie, dass man ihr Erstaunen missverstehen könnte.

Vincents Blick spiegelte genau das wider. »Du meinst also, weil ich wie ein französischer Oberkellner aussehe, passt das mit der Medizin nicht so ganz?« Was Paula verunsicherte, war die Tatsache, dass er nicht lächelte, während er ihr diese Frage stellte.

Paula wusste genau, dass sie ins Fettnäpfchen getreten war, und versuchte zurückzurudern.

»Nein, natürlich nicht, es ist nur so, also ich hätte das nicht gedacht, weil ich … also ich bin auch Medizinerin.«

Seine Miene erhellte sich. »Ach so, du hast ein Bild vom Mediziner im Kopf, und dem entspreche ich wohl nicht, oder?«

Paula überlegte krampfhaft, wie sie diese Peinlichkeit ausräumen konnte, aber ihr fiel partout nichts ein. Außer dem aufrechten Geständnis, dass sie ihm das wirklich nicht zugetraut hätte. Oh Gott, war ihr das unangenehm. Sie hatte an Sex gedacht und wäre nicht im Traum darauf gekommen, dass er wie Klemens ein junger Arzt hätte sein könnte.

»Vincent. Es tut mir leid. Ich, ich …«

Weiter kam sie nicht, weil er sie in diesem Moment einfach küsste. Paula erwiderte seinen Kuss. Erst als er diesen Kuss beendete, begriff sie, was sie da getan hatte. Sie hatte ihren Verlobten mit einem Franzosen betrogen. Sie war also doch wie ihre Mutter! Da half alle Disziplin nicht: keine Moral, keinen Anstand, keine …

Paula sprang auf von ihrem Stuhl.

»Was bekommst du für die Muscheln?«, fragte sie in hartem Ton. Sie überlegte, ob sie sich verbessern und ihn siezen sollte, aber das wäre wohl albern. Mit ihrem vertraulichen Ton hatte sie ihn allerdings offenbar auf eine falsche Fährte geführt.

»Gar nichts«, entgegnete Vincent provozierend entspannt, wie es Paula vorkam. »Ich habe dich eingeladen.«

»Gut, dann habe ich nur noch eine Frage …«

»Gern.« Nun lächelte er wieder.

»Wenn du eine Madame Juliette Laurent kennst, magst du mir ihre Adresse nennen?«

»Eine Madame Juliette Laurent kenne ich nicht«, entgegnete Vincent immer noch lächelnd.

»Dann danke für die Muscheln. Das war wirklich ein Genuss, und mach es gut«, stieß Paula gehetzt hervor, drehte sich auf dem Absatz um und verließ das Lokal. Wenn sie noch mehr Zeit mit diesem Mann verbrächte, würde ihr das Klemens gegenüber wie Betrug an ihm vorkommen.

Als sie ein paar Meter gelaufen war, klingelte ihr Mobiltelefon.

Zögernd meldete sie sich. Es war Klemens, der ihr wortreich erklärte, dass sie unbedingt zum Fest ihres Vaters in Berlin erscheinen müsse!

»Ich überlege es mir«, entgegnete sie schließlich, woraufhin ein Gewitter über sie hereinbrach. Dass es ihre Pflicht wäre, ihm diese Beziehungen nicht zu verderben, dass sie kommen müsse, weil er dort allein nicht aufzutauchen brauche …

Ohne zu überlegen, beendete Paula das Gespräch und hetzte blind weiter, als könne sie davor weglaufen, dass der Franzose ihr den Kopf verdreht und sie soeben vor ihren eigenen Gefühlen die Flucht ergriffen hatte.

Plötzlich stieß sie mit dem Fuß gegen etwas Weiches, stolperte und fand sich auf dem Bürgersteig liegend wieder. Eine Frau schimpfte auf sie ein, neben sich einen bellenden kleinen Hund.

In dem Moment hörte sie eine vertraute Männerstimme, die die Frau auf Französisch zurechtwies. Sie verstand zwar kein Wort, aber der Ton ließ keinen Zweifel daran. Es war Vincent, der sich für sie starkmachte und ihr schließlich die Hand reichte, um ihr vom Pflaster aufzuhelfen.

»Was machst du nur für Sachen, Paula?«, fragte er. Noch nie zuvor hatte jemand ihren Namen so melodisch ausgesprochen. Er klang jedenfalls komplett anders, als Klemens ihn eben ins Telefon gebellt hatte. Vielleicht bin ich gar nicht so leichtsinnig, wie ich befürchtet habe, dass ich mich mit dem erstbesten Franzosen auf einen Flirt einlasse, sondern einfach nur aufgewacht, schoss es ihr mit einer Spur von Trotz durch den Sinn. Vor allem ist er nicht der Erstbeste, fügte sie in Gedanken hinzu, während er sie mit einer Mischung aus Fürsorge und Wohlwollen musterte.

Er hielt immer noch ihre Hand. »Was möchtest du denn von Madame Laurent?«

»Ich denke, du kennst keine Madame Laurent«, entgegnete sie in scharfem Ton.

Vincent ließ ihre Hand los. »Aber ich kenne eine Madame Juliette Roux.«

Paula sah ihn fragend an. »Und was nützt mir das?«

»Meine Großtante hieß vor ihrer Hochzeit mit Großonkel Pierre Laurent.«

»Deine Großtante? Dann kannst du mir sicher verraten, wo ich sie finden kann, oder?«

Er nickte eifrig. »Aber erst wenn du mir sagst, was du von Tante Julie möchtest.«

»Ich glaube nicht, dass dich das was angeht«, fuhr Paula ihn an. Sie wusste auch nicht, warum sie sich derart feindselig verhielt, obwohl er ihr gar nichts getan hatte. Im Gegenteil, er war freundlich, und dass er nachfragte, was sie von seiner Großtante wollte, war mehr als berechtigt ... und dass er sie geküsst und es ihr gefallen hatte ... Damit hatte sie auch ihre Antwort, warum sie sich so abweisend ihm gegenüber verhielt. Dieser Mann weckte in ihr ein körperliches Verlangen, das sie bei Klemens nicht einmal in der ersten Verliebtheitsphase gespürt hatte. Und das war Paula auch sehr lieb gewesen, dass die Begegnung mit Klemens sie nicht aus dem Tritt gebracht hatte. Sie hielt nichts von übertriebenen Emotionen oder Leidenschaften. Im Gegenteil, sie fühlte sich wohl, wenn sie die Kontrolle behielt, die sie bei Vincent zu verlieren drohte. Mit ihm würde sie am liebsten auf der Stelle ins Bett gehen, ganz gleich, was der Morgen bringen würde. Wenn sie nur an den Kuss dachte, war sie erregt. Nein, das war zu gefährlich. Sie war zu vernünftig, sich die Finger zu verbrennen.

Obwohl Vincent allen Grund hatte, ihr böse zu sein, musterte er sie mit freundlicher Miene.

»Ich mache dir einen Vorschlag. Du überlegst dir, ob du mir den Grund nennen möchtest, was du von Tante Julie willst. Und ich werde dir sagen, wo du sie findest. Ich werde um achtzehn Uhr auf dem Platz vor der Kirche sein. Die findest du …«

»Ich weiß, wo die Kirche ist. Wir wohnen dort«, sagte Paula schroff.

»Gut, um achtzehn Uhr vor St. Pierre.«

»Und warum kannst du mir nicht einfach ihre Adresse geben und gut ist?«, unterbrach sie ihn.

»Das ist eine längere Geschichte. Überleg es dir. Heute Abend auf dem Platz oder eben nicht. Du hast die Wahl. Ich möchte dich in mein Lieblingsrestaurant in Bayeux einladen. Meine Tante Frédérique kocht zwar noch besser, aber ich würde mich ungern unter ihren strengen Blicken mit dir unterhalten.«

»Man geht doch nicht zweimal am Tag essen«, entgegnete Paula und ärgerte sich sogleich über diese Bemerkung. Vincent würde sich durch solche Reglementierungen ganz sicher nicht begrenzen lassen. Wahrscheinlich hielt er sie für kleinkariert, aber das sollte ihr völlig gleichgültig sein. Sie dachte gar nicht daran, sich von ihm ins Restaurant zitieren zu lassen. Offenbar war er doch eitler, als sie anfangs geglaubt hatte, denn er schien keinen Zweifel zu hegen, dass sie seiner Einladung folgte.

»Wir werden sehen«, sagte er, drehte sich mit einem siegessicheren Lächeln auf den Lippen um und ließ sie einfach stehen.

Auf keinen Fall werde ich zu diesem Treffen erscheinen!, dachte sie erbost, während sie sich sogleich bei der Frage ertappte, was sie denn heute Abend wohl anziehen könnte.

21

*Arromanches-les-Bains,
Juli 2000*

Barbara hatte ein schlechtes Gewissen, als sie nach einem langen Spaziergang und einem anschließenden Museumsbesuch erst gegen Abend in ihre Unterkunft zurückkehrte. Sie hatte anfangs gehofft, im Museum zufällig auf Henri zu treffen, aber dann hatte die äußerst lebendig dargestellte Geschichte der alliierten Landung in Bild und Ton sie ganz und gar ihn ihren Bann gezogen. Natürlich hatte sie über den sogenannten D-Day schon häufig etwas in der Zeitung gelesen und mit großem Interesse den Film »Der Soldat James Ryan« im Kino gesehen. Aber am Ort der Geschehnisse vom Juni 1944 wirkte alles noch mächtiger und gegenwärtiger, obwohl es schon über fünfzig Jahre her war.

Auf dem Weg zurück hatte sie sich überlegt, wie sie sich bei ihrer Tochter so glaubwürdig entschuldigen konnte, dass die ihr verzieh, vor allem auch die Tatsache, dass sie gleich wieder gehen und Paula allein lassen würde. Natürlich hoffte sie, dass ihre Tochter nicht auf eigene Faust und ohne Abschied zum nächsten Bahnhof und nach Hause gefahren war.

»Paula?«, rief sie, als sie ins Zimmer trat. »Paula, bist du da?« Es blieb alles still. Barbara befürchtete im ersten Moment, ihre Tochter hätte sich tatsächlich ohne Abschied aus dem Staub gemacht. Sie wollte sich gerade vergewissern, ob ihre Kleidung noch in dem Schrank hing, als ein Telefon klingelte. Barbara fuhr herum und entdeckte das Mobiltelefon ihrer Tochter auf deren Nachttisch. Es fiel ihr ein Stein vom Herzen. Wenn sie es nicht vergessen hatte, dann hatte sie Arromanches nicht überstürzt verlassen. Noch nicht jedenfalls. Ein prüfender Blick in den Kleiderschrank bestätigte ihr, dass Paula nicht abgereist war. Ordentlich, wie ihre Tochter war, hing auf ihrer Seite alles an seinem Platz, während sich auf Barbaras Seite ein Kleiderberg gebildet hatte. Das Klingeln hatte aufgehört, doch als sie sich gerade fragte, wie andere es anstellten, dass ihre Kleidung nicht von den Bügeln rutschte, fing es erneut an zu klingeln. Das ging ein paarmal so, während sich Barbara nicht zwischen einem bunten ärmellosen Minikleid und einem schwarzen Kleid mit Spaghettiträgern entscheiden konnte. Schließlich sprang sie genervt auf und nahm das Gespräch an. »Bei Paula Behrend«, sagte sie, woraufhin ein Moment Schweigen am anderen Ende der Leitung herrschte. »Mit wem spreche ich?«, hörte sie Klemens steif fragen.

»Mit Barbara, Paulas Mutter. Soll ich ihr was ausrichten?«

»Nein, das würde ich ihr lieber selbst sagen, aber vielleicht wissen Sie, welchen Zug sie nimmt. Ich würde sie gern abholen.«

»Tut mir leid. Paula hat mich nicht in ihre Rückreisepläne eingeweiht«, bemerkte Barbara nicht ohne eine gewisse Schadenfreude, dass offenbar auch der Verlobte im Moment nicht mehr wusste als sie selbst.

»Haben Sie sich gestritten?«, fragte er nun unvermittelt.

»Entschuldigen Sie, aber darüber möchte ich nicht mit Ihnen reden«, entgegnete Barbara.

»Ach, Frau Behrend, wollen wir uns nicht endlich duzen?«

Barbara schluckte. Sie hatte sich schon lange gefragt, ob sie diese gekünstelte Art von Förmlichkeit ihrem Schwiegersohn in spe gegenüber nicht endlich aufgeben sollte. Aber da sie ihn, wenn es hochkam, in den ganzen Jahren höchstens ein Dutzend Mal gesehen hatte, und das meist nur ganz kurz, hatte sie bislang einen Widerstand verspürt, ihm das Du anzubieten.

»Meinetwegen, soll sie dich zurückrufen?«

»Nein, sie soll ihren Hintern nach Hamburg bewegen! Verzeihen Sie, ich meine, verzeih mir … das war vulgär, aber ich habe von vornherein nicht verstanden, wie sie gerade jetzt mitten in den Hochzeits-« Er stockte. »Du weißt inzwischen Bescheid, oder?«

Barbaras Herz klopfte wie wild. Sie ahnte, dass sie gerade einem Geheimnis auf die Spur kam, das sie lieber auf sich beruhen lassen sollte, aber da hörte sie sich bereits sagen: »Selbstverständlich weiß ich alles. Du kannst also ganz frei sprechen!« Barbara wunderte sich, dass Klemens nicht über den unnatürlichen Ton in ihrer Stimme stolperte, aber das war wohl der Vorteil, wenn man sich nicht gut kannte.

»Es ist ja auch nicht persönlich gemeint, aber wir mussten uns entscheiden. Ihr Vater oder du. Na ja, Martin wird uns im *Atlantic* eine Traumhochzeit ausrichten. Und da meinten meine Eltern ...«

»So ein großzügiges Angebot kann man natürlich nicht ausschlagen. Da liegt die Entscheidung doch auf der Hand, oder?«, gab Barbara in bissigem Ton zurück.

In dem Moment schien Klemens zu merken, dass Barbara nicht so entspannt war, wie sie vorgab zu sein.

»Aber wir laden dich doch nicht aus. Du vergisst, dass du auf dem Standesamt dabei bist und wir danach mit meinen Eltern und meiner Oma ins *Jacobs* gehen. Die ist ein bisschen tüddelig, aber wir holen sie zu diesem Anlass extra aus dem Heim. Und schließlich ist als Vertreterin eurer Familie dann ja deine Mutter in der Kirche und auf dem Fest dabei. Aber das Standesamt ist doch viel wichtiger. Und du hast es doch ohnehin nicht so mit Kirche.« Das klang gönnerhaft.

»Entschuldige, Klemens, das hatte ich glatt vergessen. Dafür bedanke ich mich schon einmal ganz herzlich. Also, mein lieber Schwiegersohn, was soll ich ihr nun ausrichten?« Er schien keinerlei Gespür für Ironie zu haben, denn er ging mit keinem Wort auf ihre geheuchelten Worte ein. Barbara aber musste sich auf den Knöchel ihrer Hand beißen, um zu verhindern, dass sie laut aufschrie.

»Dass sie mich dringend anrufen soll. Wohin ist sie denn bloß ohne ihr Telefon gegangen?«

»Wenn ich das wüsste! Aber ich richte das aus.« Mit diesen Worten drückte sie das Gespräch weg, denn keine Sekunde länger würde sie sich zusammenreißen können.

Mit einem lauten Schrei ließ sie sich auf das Bett fallen und starrte zur Decke. Die bittere Realität übertraf ihre ärgsten Fantasien bei Weitem. Martin hatte sich nicht nur in das Leben ihrer Tochter geschlichen, sondern er versuchte mit allen Mitteln, sie, Paulas Mutter, zur Randfigur zu degradieren. Barbara ballte die Fäuste bei der Vorstellung, dass man sie mit einem Essen nach dem Standesamt zusammen mit der dementen Oma abspeiste und das große Fest ohne sie plante. Deshalb war Paula so merkwürdig gewesen, als die Sprache auf ihre Hochzeit gekommen war. Aber das würde sie sich nicht bieten lassen! Niemals! Wie die dreizehnte Fee würde sie zum Fest auftauchen und der feinen Gesellschaft eine unterhaltsame Vorstellung bieten. Ja, sie würde das tun, was sie sich vorgenommen hatte, seit klar war, dass ihre Tochter eines Tages heiraten würde. Sie würde ihr ein Lied zur Hochzeit schenken. Und danach würde sie verschwinden – und so gekränkt, wie sie in diesem Augenblick war, am liebsten für immer – aus Paulas Leben.

Barbara wunderte sich, dass ihr nicht die Tränen kamen, aber es wollte sich bei ihr kein Selbstmitleid einstellen. Im Gegenteil, es dominierten Zorn und Kampfgeist. Nun war sie froh, dass ihre Tochter noch unterwegs war, denn würde sie jetzt zur Tür hineinkommen, Barbara könnte sich nicht beherrschen ... Dabei wäre es viel klüger, sich nichts anmerken zu lassen und sich insgeheim auf diesen Tag vorzubereiten. Nein, sie wollte kein Opfer sein! Und sie würde sich das nehmen, was ihr zustand. Was war nur aus ihrer starken kleinen Tochter geworden, dem Mädchen mit dem eigenen Willen und der geballten Durchsetzungskraft? Entsprach eine Hochzeit ohne die Mutter wirklich dem Herzenswunsch ihres einzigen Kindes? Ganz sicher nicht, dachte Barbara entschieden, und sie schwor sich, Paula weder etwas von dem Telefonat, geschweige denn davon zu erzählen, wie ungeschickt sich Klemens verplappert hatte.

Aber hätte sie Paula diese plumpe Ausladung verzeihen können, wenn ihre Tochter sich getraut hätte, ihr das in aller Ruhe zu erklären? Sie konnte sich in diesem Augenblick nicht vorstellen, ihr diese Kränkung jemals zu verzeihen, obwohl sie tief im Herzen ahnte, dass die Idee nicht auf dem Mist ihrer Tochter gewachsen war. Allein die Tatsache, dass ihre eigene Mutter, mit der Paula und sie gerade heftig im Clinch lagen, zum Fest eingeladen war, war wie ein Schlag ins Gesicht für sie. Früher wäre sie wahrscheinlich sofort zum nächsten Telefon gerannt und hätte bei Martin angerufen, um ihn wüst zu beschimpfen. Insofern war sie schon wesentlich ruhiger geworden und vernünftiger. Jedenfalls nach außen. In ihrem Inneren fühlte es sich so an, als müsse sie um sich schlagen und all diejenigen treffen, die ihr das antun wollten.

Erst als ihr Atem und ihr Puls sich beruhigt hatten, erhob sie sich und duschte erst einmal ausgiebig. Sie empfand das wie eine rituelle Waschung, als würde sie sich von dem Dreck befreien, der da über sie gekübelt worden war. Plötzlich kam ihr der Gedanke, ob sie vielleicht selbst schuld daran war, dass sie so ausgegrenzt werden sollte. Sie hatte ja ihrerseits für Menschen wie Klemens' Eltern oder Martin, die sich Liebe mit Geld erkauften, nur Verachtung übrig. Sie war doch zeitlebens stolz darauf gewesen, anders zu leben als diese Spießer, wie sie solche Leute insgeheim nannte. Aber sie hatte das lediglich gedacht und hätte es niemals laut ausgesprochen. Nein, sie hatte nichts, aber auch gar nichts getan, dass diese Ausgrenzung rechtfertigte, außer dass sie durch das gesellschaftliche Raster fiel, das für solche Menschen als Maßstab galt. Und für die zählte nicht, dass Barbara ihre Tochter allein großgezogen hatte, weil der Vater keinerlei Kontakt zu seinem Kind wünschte, sondern das, was dieser Mann gesellschaftlich darstellte.

Barbara spielte mit dem Gedanken, spontan abzureisen und sich bis auf Weiteres auf der Insel Amrum zu verkriechen. Dorthin war sie immer gefahren, wenn sie an einem neuen Programm gearbeitet hatte. Vielleicht konnte sie dort auch an einem neuen Lebensentwurf basteln …

Da fiel ihr plötzlich Henri ein. Den hatte sie in diesem ganzen Ärger kurzzeitig vergessen, aber der Gedanke an diesen Mann ließ sie ihre Fluchtpläne aufgeben. Ein schöner Abend mit einem attraktiven Mann hatte in ihrem Leben schon so manche Wunde geheilt. An diese Medizin glaubte sie in diesem Augenblick jedenfalls ganz fest.

Mit großer Sorgfalt bürstete sie ihr Haar und steckte es hoch. Da der Tag am Meer für eine gesunde Bräune in ihrem Gesicht gesorgt hatte, schminkte sie sich nur ganz dezent. Zufrieden betrachtete sie ihr Spiegelbild. Sie entschied sich für das schwarze Kleid und zog eine Jeansjacke darüber. Das Gute an dem Telefonat war die Tatsache, dass es ihr schlechtes Gewissen mit sich fortgeschwemmt hatte. Es war doch gleichgültig, was Paula über ihre Mutter dachte, wenn sie später von einem Spaziergang in das verwaiste Zimmer zurückkäme! Barbara würde sich nicht länger darum scheren. Ihre Tochter war erwachsen und traf ihre eigenen Entscheidungen oder befolgte die Anweisungen anderer. Wie hieß noch der schöne Spruch? *Ist der Ruf erst ruiniert, lebt sich's völlig ungeniert!* Barbara schenkte dem Spiegelbild noch ein Lächeln. Darin war sie Meisterin. Sie konnte schlimme Dinge erfolgreich verdrängen, bis die irgendwann wieder an die Oberfläche kamen, aber nicht heute. Wer weiß, was der Abend noch brachte. Wenn Henri sie in das Hotel einlud, in dem er wohnte, war jedenfalls so einiges denkbar …

Barbara unterbrach ihre Gedanken. Aber war es wirklich das, was sie wollte? Eine dieser unverbindlichen austauschbaren Nächte?

Plötzlich war ihr so, als könne sie hinter ihre eigene Maske blicken, und der Schmerz, den sie dort sah, erschreckte sie zutiefst. Tränen liefen ihr über das Gesicht. Sie hörte sich verzweifelt schluchzen und wollte nicht glauben, dass diese Töne aus ihrer eigenen Kehle kamen. Sie bildete sich ein, in ihrem ganzen Leben noch nie so geweint zu haben, doch dann tauchte ein Bild vor ihrem inneren Auge auf, das sie frösteln ließ: Sie ist ein kleines Mädchen, wacht mitten in der Nacht auf vom Fluchen ihrer Mutter. Ihre schrille Stimme kommt aus dem Flur. *Aber das eine sage ich dir. Wenn du gehst, nehme ich dir das Kind weg.* Weinend taumelt das Kind aus seinem Kinderzimmer und zupft am Kleid seiner Mutter, doch die sieht es gar nicht. Es ist der Vater, der die Gegenwart des Mädchens wahrnimmt, sie auf den Arm nimmt, tröstend auf sie einredet, bis ihre Mutter sie ihm grob aus dem Arm reißt. *Du wirst sie nie wiedersehen. Verstehst du? Niemals,* brüllt sie mit überschnappender Stimme. Es ist eiskalt an der Brust ihrer Mutter. Aus deren Augen funkelt der blanke Hass. Da schluchzt das kleine Mädchen genauso verzweifelt auf, wie es soeben die erwachsene Frau getan hat. Die Erinnerung daran hatte Barbara bis zu diesem Moment erfolgreich verdrängt.

Eine erschütternde Frage ließ Barbaras Tränen nun abrupt versiegen: Was, wenn das Geheimnis ihres Vaters, das die Mutter so krampfhaft vor ihr zu verbergen versuchte und dem sie auf dieser Reise auf den Grund zu kommen hoffte, auch ihr Leben bestimmt hatte, und zwar in einem Ausmaß, das sie zu diesem Zeitpunkt nur vage erahnen, aber nicht annähernd tatsächlich ermessen konnte?

2. TEIL

Frédérique

22

Arromanches-les-Bains,
November 1943

Hinter Juliette lagen zwei Monate des Wartens und Bangens. Solange hatte sie nichts mehr von Friedrich gehört oder gesehen.
Hatte sie am Anfang ihrer Begegnung immer noch geglaubt, sie könne diese Verbindung von heute auf morgen kappen, ohne daran zugrunde zu gehen, belehrte sie diese Zeit eines Besseren. Nicht nur
dass sie jeden Tag dem Postboten entgegenlief, bevor er am Hotel
ankam und nach einem Brief fragte, sie sah in jedem Uniformierten
ihren Liebsten. Nachts nach getaner Arbeit weinte sie in die Kissen.
Ihr Bruder Gérald, den Louis seiner Schwester mittlerweile als ständigen Aufpasser nach Arromanches geschickt hatte, weil Louis inzwischen Monique, eine junge Frau aus Caen, geheiratet hatte, machte sich große Sorgen um sie.

Kein Wunder, Juliette wurde immer blasser und dünner, weil sie
kaum mehr einen Bissen hinunterbrachte. Die gelegentlichen Kon-
trollbesuche von Louis machten die Sache nicht besser. Zum Glück
war seine junge Frau sofort schwanger geworden oder, wie die Mutter unter vorgehaltener Hand behauptete, schon vorher reichlich
schwanger gewesen, was seine Besuche auf ein Minimum reduzierte,
weil sie nicht allein in der Stadt bleiben wollte. Juliette war nicht sicher, ob Pierre sich seinem Freund anvertraut hatte, was seine Begegnung mit dem angeblichen nächtlichen Verfolger Juliettes anging.
Bislang hatte ihr großer Bruder keine Bemerkungen in die Richtung
gemacht. Stattdessen hatte er beim letzten Mal versucht, sie plump
über Madeleine auszufragen. Juliette hatte sich ganz dumm gestellt,
als er direkt von ihr hatte erfahren wollen, ob sie vielleicht von einem
rauschenden Fest auf dem Hof der Eltern ihrer Freundin etwas wisse.
Mit Unschuldsmiene hatte Juliette ihm versichert, dass sie die Hand

für ihre Freundin ins Feuer lege. So etwas täte sie nicht, und wenn, dann wäre sie die Erste, die davon erfahren hätte.

»Dann kennst du also auch nicht das Gerücht, dass sie es wild mit den *Boches* treibt?«

Juliette hatte nur gebetet, dass er ihr pochendes Herz nicht hören konnte, als sie auch das weit von sich gewiesen hatte. Geistesgegenwärtig hatte sie hinzugefügt, dass Madeleine sich heimlich mit einem Franzosen aus der Bretagne treffen würde, und ihren Bruder scheinheilig gebeten, das bitte nicht weiterzuerzählen, weil Madeleine Sorge habe, ihr Vater könne etwas gegen die Verbindung seiner Tochter zu einem Fischer haben, weil er sich doch so sehr einen Bauern zum Schwiegersohn wünsche.

Das alles hatte Louis ihr abgenommen und bei dieser Gelegenheit noch einmal versucht, ihr Pierre als möglichen Ehemann anzupreisen. Doch so groß konnte ihre Verzweiflung gar nicht sein, dass sie sich in die Arme eines anderen flüchtete. Noch wollte sie die Hoffnung nicht aufgeben, ihren Friedrich eines Tages wiederzusehen.

Madeleine, die von Gerhardt auch nichts mehr gehört hatte, seit man ihn an die Ostfront verlegt hatte, vertrat mittlerweile genau die Ansicht, die Juliette bei ihrem letzten Treffen Friedrich unterstellt hatte: dass die beiden Freunde sich nur kurz und unverbindlich mit ihnen hatten vergnügen wollen … Juliette aber mochte das partout nicht glauben, jedenfalls nicht was Friedrich anging. Ihre Verbindung war doch in keinem Moment flüchtig und nur darauf angelegt gewesen, sich rein körperlich zu vergnügen. Sie musste nur an ihre anregenden Gespräche denken, an die magischen Blicke, an die wunderbaren Momente, in denen sie zusammen geschwiegen hatten und ihre Herzen still miteinander verflochten gewesen waren. Aber sie hütete sich, Madeleine von Friedrich vorzuschwärmen, zumal sich die Freundin trotz ihrer Vorurteile schon wieder mit einem anderen Deutschen traf. Und über diesen Soldaten wusste Juliette, dass in den Gefechtsständen im Oktober eine Ausgangssperre geherrscht hatte, nachdem die Deutschen irrtümlich geglaubt hatten, dass die gefürchtete Invasion der Alliierten in Norwegen erfolgen sollte. Deshalb waren Truppenteile, die wohl nach Frankreich hatten verlegt werden sollen, in Norwegen geblieben mit dem Ergebnis, dass die wenigen Soldaten vor Ort Tag und Nacht im Einsatz waren. Als die Militärführung begriffen hatte, dass man sie mit angeblich zum Kampf bereiten Truppen, die man in Schottland zum Schein zusammengezogen hatte, über dieses mögliche Landungsziel der Alliierten getäuscht hatte, war ihre Achtsamkeit in Frankreich wieder gestiegen. Nun hieß es, die Alliierten würden wohl eher bei Calais landen, und man hatte die Verteidigungsbereitschaft an der französischen Küste verstärkt. Juliette hatte sich insgeheim darüber gewundert, dass der Mann ihrer Freundin so viel Interna preisgab, aber offenbar herrschte Unmut unter den Soldaten, wie stiefmütterlich die Verteidigungslinie in Nordfrankreich behandelt wurde. Madeleines neuer Liebhaber wusste wohl nicht so recht, wo er mit seinem Ärger über die militärischen Fehleinschätzungen in Berlin, für die er diese Vernachlässigung hielt, hinsollte. Das Bett schien ihm diesbezüglich wohl ein ungleich harmloserer Ort zu sein, während er mit einer offiziell geäußerten Kritik schnell zum Tode verurteilt werden konnte. Doch dieser Mann, so hatte Madeleine beklagt, würde ebenfalls an die Ostfront verlegt werden, sobald man neue Soldaten aus Deutschland in die Normandie geschickt hatte.

Juliette klammerte sich nun mit aller Macht an den Gedanken, dass Friedrich sich deshalb nicht meldete, weil im Moment jeder Mann dort gebraucht wurde.

An diesem Tag vergaß sie, dem Postboten entgegenzurennen. Erst als sie ihn auf die Rezeption zusteuern sah, fiel es ihr wieder ein, aber sie blieb ruhig. Warum sollte ausgerechnet an diesem Tag der ersehnte Brief von ihrem Liebsten kommen? Trotzdem beobachtete sie, wie ihr Bruder Gérald den Stapel entgegennahm und prüfend die Post durchsah. An der Rückseite eines Umschlags blieb sein Blick auffällig lange hängen, und Juliette wurde vor Aufregung schier übel. Es dauerte gefühlte Stunden, bis er endlich den Kopf hob. Sie eilte auf der Stelle auf ihn zu. »Ist etwas für mich dabei?«, fragte sie und versuchte, möglichst geschäftsmäßig zu klingen.

»Seit wann schreibt dir Madeleine Briefe? Trefft ihr euch nicht mehr?«, fragte er lauernd.

Juliette zuckte mit den Schultern und musste sich zusammenreißen, um ein Zittern ihrer Hände zu verhindern, als sie nach dem Umschlag griff.

»Lade sie doch mal wieder ein zu uns. Ich würde sie gern einmal wiedersehen«, bemerkte Gérald bittend. Juliette fiel ein Stein vom Herzen. Er war also nicht ihretwegen misstrauisch geworden, sondern war eher daran erinnert worden, wie gern er die schöne Freundin seiner Schwester für sich gewonnen hätte.

Juliette drückte den Umschlag gegen ihre Brust und eilte die Treppe zu ihrem Zimmer empor. Dort riss sie ihn auf und faltete den Brief auseinander. Es waren nur wenige Zeilen, aber die waren geeignet, ihr Herz höherschlagen zu lassen.

Liebste,

hier war der Teufel los. Wir durften den Gefechtsstand nicht mehr verlassen. Ich musste auch im Bunker übernachten, aber dann habe ich mir eine Lungenentzündung eingefangen und durfte zu den Morels, den lieben Leuten in meinem Quartier, statt auf die Krankenstation in Caen, denn Madame ist als Krankenschwester eingesetzt. Sie war auch so freundlich, den Brief einzustecken. Mir geht es wieder gut, aber ich bin noch eine Woche freigestellt. Liebste, ich muss dich sehen. Ich weiß nicht, wann dich der Brief erreicht, aber kannst du am Mittwoch nach der Arbeit zum Felsen kommen?

Juliette wurde ganz schwindlig. Und ob sie kommen würde! Nichts und niemand würde sie davon abhalten, zumal Gérald abends meist schon so betrunken war, dass er nur noch in sein Bett wankte. Als Aufpasser war er wesentlich ungeeigneter als Louis, der selbst unter Alkoholeinfluss noch mit Adleraugen über die Tugend seiner Schwester wachte. Gérald hingegen fühlte sich von Louis ein wenig auf das Abstellgleis geschoben und trank in Arromanches mehr, als ihm guttat. In der Regel ging er schon nach oben in sein Zimmer, bevor die Gäste kamen, mit dem Ergebnis, dass er seiner Schwester keine allzu große Hilfe war. Aber das alles war ihr lieber, als würde er sie ständig gängeln. Im Gegenteil, er ließ sich sogar etwas von seiner Schwester sagen. So hatte sie ihm nahegelegt, nicht mehr zu bedienen, wenn er betrunken war. Zu groß war die Gefahr, dass er die *Boches* beleidigte oder Streit mit ihnen anfing. Gérald besaß nüchtern ein sanftes Gemüt, aber wenn er getrunken hatte, konnte er auch ausfallend werden. Er war immerhin vernünftig genug, auf seine Schwester und Jean zu hören und sich lieber zurückzuziehen.

Den Rest dieses Tages verbrachte Juliette wie im Fieber. Sie erledigte alles ordnungsgemäß, während sie nur auf den Augenblick wartete, in dem Jean das Haus verlassen würde. Gérald war längst oben in seinem Zimmer. Das Gute war, dass sie im Moment nur das Restaurant bewirtschafteten, weil zurzeit keine deutschen Militärs mehr im Haus übernachteten. Allerdings war ihr ein Gerücht zu Ohren gekommen, dass die Deutschen planten, sämtliche strandnahe Gebäude nun doch zu konfiszieren und die Bevölkerung zu evakuieren. Das wäre das vorläufige Ende des *Hotels Normandie*.

Ausgerechnet an diesem Abend ließ sich Jean Zeit und genoss noch einen Calvados, nachdem die Küche vor Sauberkeit blitzte. Er hätte es gern gesehen, dass sie ihm Gesellschaft leistete, aber sie gab vor, sich nicht ganz wohlzufühlen und schnell ins Bett zu müssen. Das half schließlich, ihn loszuwerden.

Juliette atmete ein paarmal tief durch, bevor sie sich ihren warmen Mantel anzog und an den Strand eilte. Es wehte ein eisiger Westwind, der ihr fast die Luft zum Atmen nahm. Ihr wurde schlagartig bewusst, dass sie sich bei diesem Wetter auf keinen Fall im Freien lieben durften, schon gar nicht, nachdem Friedrich gerade von einer Lungenentzündung genesen war. Aber wo sollten sie sich dann heimlich treffen? Oder sollten sie sich mit Händchenhalten begnügen? Diese Möglichkeit hielt Juliette für unrealistisch, denn trotz des kalten Winds, der ihr ungemütlich ins Gesicht blies, wurde ihr allein bei dem Gedanken heiß, seine Hände und seine Lippen überall auf ihrem Körper zu spüren … Nein, das Verlangen danach, mit ihm zu schlafen, war zu übermächtig, und sie konnte sich kaum vorstellen, dass Friedrich diesen Drang nicht teilte.

Da sah sie in der Ferne einen Schatten auftauchen, und ihr Herzschlag beschleunigte sich. »Friedrich«, seufzte sie, und in dem Moment hatte sie eine Idee, wo sie sich ihrer Leidenschaft würden hingeben können.

Als er vor ihr stand, zählte vorerst nur noch das eine. Statt Worten sprach ihr nicht enden wollender Kuss aus, was sie beide so schmerzlich vermisst hatten.

23

Arromanches-les-Bains,
Juli 2000

Barbara machte sich mit gemischten Gefühlen auf den Weg zum *Hotel Normandie*. Kurz hatte sie mit dem Gedanken gespielt, Henri zu versetzen, weil ihr der Sinn nicht mehr nach vordergründigem Vergnügen stand. Die Aussicht, in dieser Stimmung auf ihre Tochter zu treffen, schien ihr allerdings auch keine geeignete Alternative zu sein. Also hatte sie die Spuren ihres kleinen Zusammenbruchs überschminkt und sich aufgerafft. Sie hoffte allerdings, in ihrem Zustand nicht unbedingt auf die griesgrämige Madame von der Rezeption zu treffen. Sie hatte Glück. Dort saß eine andere Person, die ihr freundlich den Weg zum Restaurant erklärte.

Im Hotelrestaurant herrschte Trubel. Es war kleiner, als Barbara von außen vermutet hatte, aber die wenigen Tische waren allesamt besetzt. Überall wurde laut geredet, gelacht und getrunken. Henri saß am Fenster und winkte ihr eifrig zu, bevor er aufsprang und ihr den Stuhl zurechtrückte. Obwohl sie solche altmodischen Höflichkeitsgesten Frauen gegenüber sonst eher belächelte, fand sie das bei ihm äußerst aufmerksam.

Mit den Worten: »Wie schön, dass wir uns so unverhofft wiedersehen. Ich habe ein paarmal mit dem Gedanken gespielt, mir Ihre Adresse von Johann zu besorgen, aber so ist das natürlich viel netter«, begrüßte er sie überschwänglich.

»Ich freue mich auch, dass wir unser anregendes Gespräch aus Lüneburg fortsetzen können, das ja leider ein abruptes Ende fand«, entgegnete Barbara eine Spur zurückhaltender, wenngleich sie bei seinem Anblick sehr zufrieden mit ihrer Entscheidung war, ihn nicht versetzt zu haben.

»Ich erinnere mich, unsere nette Unterhaltung fand ein jähes

Ende. Sie wurden an dem Abend nach Hause gerufen. Und darf ich fragen, wie es Ihrem Vater inzwischen geht?«

»Das dürfen Sie. Er ist gestorben, kurz bevor ich dort angekommen bin. Ich habe ihn nicht mehr lebend gesehen.«

»Mein herzliches Beileid. Kam sein Tod denn unverhofft?«

»Nicht ganz. Sein Herz hat schon länger Probleme gemacht.« Barbara spürte eine seltsame Vertrautheit zwischen ihnen. Als würden sie einander schon lange kennen und ganz selbstverständlich ein begonnenes Gespräch weiterführen.

»Und nun erholen Sie sich von den Strapazen in der Normandie?«

»Das ist nicht wirklich ein Urlaub. Mein Vater hat verfügt, dass ich ein Gemälde, das offenbar hier in der Gegend entstanden ist, an eine Adresse in Arromanches schicke. Und da bin ich neugierig geworden und wollte mir ein eigenes Bild von diesem Ort und vor allem der Adressatin machen.«

Barbara wunderte sich selbst darüber, dass sie ohne Umschweife zum Kern ihres Frankreichbesuchs kam. Was dabei sicher eine Rolle spielte, war die vage Hoffnung, dass er ihr vielleicht weiterhelfen konnte.

»Das ist ja spannend. Klingt nach einer schönen Geschichte ...«

»Ich weiß nicht recht. Es ist nicht ganz ohne. Wir wissen nicht, was das zu bedeuten hat. Mein Vater war angeblich nie in Frankreich. Jedenfalls nicht dass wir davon wissen, denn meine Mutter scheint etwas zu verbergen. Deshalb sind meine Tochter und ich in den Ferien hergekommen, um der Dame das Werk persönlich zu bringen.«

»Und haben Sie das schon getan?«

Während sie mit Henri sprach, sahen sie sich unentwegt in die Augen. Barbara war fasziniert von seiner intensiven Ausstrahlung und seinem ehrlichen Interesse. Aber womöglich war Letzteres auch nur seinem Beruf geschuldet, und er witterte eine Story, versuchte Barbara ihre Begeisterung für den Mann etwas zu dämpfen.

»Nein, es gibt hier im Hotel offenbar keine Madame Juliette Laurent.«

»Ach, Sie sollten es der Dame in dieses Hotel schicken?«

»Genau, das ist die Adresse, die mein Vater mir hinterlassen hat. Es schien ihm sehr wichtig zu sein, denn er hat die Adresse erst kürzlich in einem Zusatz zum Testament niedergeschrieben und auf einen Zettel an seinem Sterbebett, den meine Mutter aber hat entsorgen wollen, damit ich ihn nicht in die Hände bekomme. Alles hochgradig merkwürdig. Deshalb wollten meine Tochter und ich uns ein Bild vor Ort machen. Aber es sieht so aus, als ob wir diese Madame Laurent nicht finden. Oder haben Sie eine Idee? Sagten Sie nicht, Sie hätten als Kind hier bereits ihre Urlaube verbracht?«

»Das stimmt, und ich kenne auch noch die Eltern der jetzigen Besitzerin. Das waren Madame und Monsieur Roux. Mit ihrer Tochter, die ungefähr in meinem Alter war, hatte ich mit sechzehn ...«

Er unterbrach sich, als die Bedienung an den Tisch kam. Barbara stutzte. Es war die Damen des Hauses, deren Miene sich erhellte, als sie Henri erblickte. Durch Barbara schien sie hindurchzusehen. Jedenfalls begrüßte sie Henri freudestrahlend, ohne sie eines Blickes zu würdigen. »Ich habe schon in der Anmeldung gesehen, dass du heute hier übernachtest. Was treibt dich nach so viel Jahren nach Arromanches?« Der Besen kann ja richtig nett sein, dachte Barbara grimmig.

Aber auch Henri schien sich zu freuen, die Dame wiederzusehen. Er musterte sie wohlwollend. »Dir haben die vergangenen zwanzig Jahre auch nichts anhaben können«, entgegnete er lächelnd.

»Immer noch der alte Charmeur, aber ich erinnere mich genau. Du warst das letzte Mal hier, um von einem Veteranentreffen zu berichten ...« Sie unterbrach sich kurz, als sie nun erstmals Barbara wahrzunehmen schien und ihr flüchtig zunickte, bevor sie fortfuhr. »Da war deine reizende Frau dabei. Warum hast du sie nicht mitgebracht? Wir haben doch zu viert noch lange bis in die Nacht draußen auf der Terrasse gesessen.«

Henris Miene verdüsterte sich. »Anne ist tot.«

»Um Gottes willen. Mein Beileid.«

Henri machte eine abwehrende Handbewegung. »Das ist schon acht Jahre her. Ich hatte auch danach noch hin und wieder wegen des

Museums in Arromanches zu tun, aber ich habe nie mehr hier übernachtet. Und wie geht es Victor?«

»Er ist auch gestorben!«, erwiderte sie mit einem bitteren Unterton.

»Das tut mir leid«, erwiderte Henri voller Anteilnahme.

»Muss es nicht. Nur für mich ist er tot. Er lebt mit neuer Familie in Paris. Wir sind schon lange geschieden.«

Barbara fühlte sich unwohl in ihrer Haut. Sie kam sich vor wie eine Voyeurin, die wider Willen einem sehr persönlichen Austausch der beiden lauschte. Außerdem würde sie das Gespräch gern mit einer ungeduldigen Frage ihrerseits unterbrechen: Ist Ihnen die Adresse von Madame Laurent inzwischen wieder eingefallen?

Henri schien Gedanken lesen zu können, denn er wandte sich nun Barbara zu. »Darf ich vorstellen. Meine alte Freundin Frédérique und meine Zufallsbekannte Barbara. Stell dir vor, wir haben uns kennengelernt, als ich meinen alten deutschen Freund aus Schüleraustausch-Zeiten, Johann, in Deutschland besucht habe. Und nun treffen wir uns ausgerechnet in Arromanches wieder, weil sie einem Gast eures Hotels …«

Weiter kam er nicht, denn die Französin unterbrach ihn hastig, indem sie nun übergangslos nach der Bestellung fragte.

»Vielleicht können wir unser Wiedersehen nachher noch an der Bar feiern«, schlug Henri vor, obwohl Frédérique mit einem Mal äußerst reserviert wirkte. Sie ging auch mit keinem Wort auf seinen Vorschlag ein, sondern ratterte uninspiriert die Speisen herunter, die an diesem Abend nicht auf der Karte standen.

»Ich nehme den Fisch, und Sie?«, sagte Henri.

Barbara schloss sich seiner Wahl an und ließ ihn den Wein aussuchen. Ihre Stimmung war durch die Begegnung mit dieser Frédérique, die nicht erfreulicher verlaufen war als die erste am Vormittag, gekippt. Auch als »Zufallsbekannte« ließ sie sich ungern titulieren.

Während die Französin die Bestellung aufnahm, suchte diese auffällig Augenkontakt mit Henri. Das kam Barbara vor wie eine Kampfansage. Offenbar hatte diese Frau ein Auge auf ihn geworfen und nach einer kurzen Trotzphase nun beschlossen, ihn für sich zu gewinnen, obwohl er mit Barbara verabredet war.

»Ja, Henri, lass uns nachher einen Wein auf die alten Zeiten in unserer Bar trinken«, gurrte sie, bevor sie sich zurückzog.

Barbara beschloss, keinen Ton über das Geplänkel zwischen den beiden zu verlieren, doch kaum war Frédérique außer Hörweite, suchte Henri das Gespräch zu diesem Thema mit ihr.

»Entschuldigen Sie, ich wollte Ihnen gerade verraten, dass die Tochter des Hauses und jetzige Eigentümerin meine erste Liebe war«, raunte er. »Tut mir leid, dass sie Ihnen gegenüber etwas unfreundlich war.«

»Ach, das kenne ich schon. Das war sie bereits heute Vormittag, als ich Sie gebeten habe, mir die Adresse von Madame Laurent zu verraten.«

Henri schien das außerordentlich unangenehm zu sein. »Sie ist eigentlich eine sehr höfliche Person, aber Deutsche kann sie wohl immer noch nicht leiden. Das war schon so, als wir Jugendliche waren. In dem Jahr, als Johann im Austausch bei uns war, hatten wir ihn natürlich auch in den Sommerferien hierher mitgenommen. Frédérique hat ihn vollkommen links liegen lassen. Ich dachte, das hätte sich mittlerweile gegeben. Ihr Vater, Monsieur Roux, der hat ihr das wohl eingetrichtert. Ihre Mutter war da ganz anders. Sie war damals besonders nett zu Johann. Sehr zum Ärger ihres Mannes. Obwohl es heißt, dass zwei ihrer Brüder von den Deutschen ermordet wurden ...«

»Henri, Sie müssen sich nicht für das Benehmen Ihrer Freundin entschuldigen. Ich kenne das von meiner Mutter. Man soll es kaum glauben in heutigen Zeiten, aber ich muss zugeben, sie hasst alles Französische. Was ja bekanntlich bei mir ins Gegenteil geschlagen ist. Genauso wie bei Colette, der Tochter von dieser Frédérique. Die spricht perfektes Deutsch.«

Er lachte. »Da wissen Sie ja mehr über die Familie Dubois als ich. Mir ist zwar bekannt, dass es da eine Tochter gibt, aber ich kenne nicht einmal ihren Namen.«

Barbara zuckte mit den Schultern. »Ich bin ihr heute Mittag zufällig begegnet, nachdem mir ihre Mutter kein Zimmer im Hotel geben wollte. Colette wollte sich darum kümmern, aber ich weiß gar nicht mehr, ob ich noch dort wohnen möchte …«

Sie wurden unterbrochen, als Frédérique die Getränke servierte. Während sie Barbara den Wein eingoss, bemerkte sie unvermittelt und ohne eine freundliche Regung: »Meine Tochter hat sie ab Freitag für die Suite eingetragen.«

»Ja, danke sehr«, erwiderte Barbara knapp.

Als Henri und Barbara wieder allein am Tisch waren, fragte sie ihn nach seiner Arbeit. Er schien förmlich dafür zu brennen, ein Gefühl, dass sie nur allzu gut kannte. Jedenfalls war sie bis vor Kurzem selbst noch so euphorisch an ihre Arbeit herangegangen. Sie hörte ihm gern zu. Überdies lenkte sie das von dem Unwohlsein ab, das unter der Oberfläche in ihrem Inneren lauerte und das sich immer stärker in ihr breitmachte.

Besonders als Frédérique ihnen das Essen servierte und übertrieben mit ihren weiblichen Vorzügen arbeitete. Sie hatte sich offenbar ihre Strickjacke ausgezogen, die ein elegantes schwarzes Kleid mit einem raffinierten Ausschnitt, der ihre Reize erahnen ließ, verborgen hatte. Überdies hatte sie einen stilvollen dezenten Duft aufgelegt und ihr Haargummi gelöst und trug ihre dunkle, von grauen Strähnen durchzogene Mähne jetzt offen. Die Frau verstand auf jeden Fall, Männeraugen auf sich zu lenken. Und sie war beneidenswert schlank und dabei größer, als es Französinnen üblicherweise waren. In dem Punkt passte sie zu Henri, der eine gewisse jungenhafte Schlaksigkeit besaß. Henri kommentierte diese Verwandlung zwar nicht, aber es gab keinen Zweifel, dass er sie bemerkte. Wahrscheinlich ahnte er auch, welchem Zweck diese Auffrischung diente. Wenn Barbara in einer besseren Verfassung gewesen wäre, hätte sie vielleicht sogar den Kampf aufgenommen und sich aktiv um Henris Gunst bemüht. Im Gegensatz zu diesem Abend, an dem sie sich wie eine flügellahme Ente fühlte, war sie bei ihrer letzten Begegnung in der Theaterscheune beinahe wie ein männermordender Vamp aufgetreten. Obwohl

Henri von der Französin angeflirtet wurde, blieb er Barbara gegenüber genauso charmant und zugewandt. Ja, er glänzte geradezu als Unterhalter.

Als Madame das Essen servierte, geizte Henri auch nicht mit Komplimenten über den köstlichen Wein und den appetitlich angerichteten Fisch, was die Dame des Hauses mit einem zauberhaften Lächeln quittierte. Du brauchst dich gar nicht so ins Zeug zu legen, du hast schon gewonnen, dachte Barbara eine Spur resigniert. Einmal davon abgesehen, dass sie Zickenkämpfe um Männer generell verabscheute, war sie einfach nicht in Form, um mit Frédérique in den Ring zu steigen. Dabei war Henri es allemal wert, dass man um ihn kämpfte. Er sah umwerfend aus, war klug und interessant, besaß eine erotische Stimme wie ein französischer Chansonsänger, der zu viel mit Calvados gegurgelt hatte … Aber war sie nicht langsam ohnehin zu alt, um Männer zu umgarnen? Gut, die Französin schien auch nicht jünger zu sein als sie und legte sich ins Zeug, als gäbe es einen Preis zu gewinnen. Barbara, die jegliche Vorurteile hasste, was Frauen in einem gewissen Alter noch anziehen durften und wie sie sich zu benehmen hatten, fand das Getue der Frau ziemlich lächerlich. Da gab es nur eines. Sie ignorierte diese Person nun ihrerseits völlig.

»Was halten Sie davon, wenn Sie mir das Gemälde bei Gelegenheit einmal zeigen und wir gemeinsam versuchen, herauszufinden, wo wir Madame Laurent finden?«, schlug Henri unvermittelt vor, nachdem sie den Hauptgang beendet hatten und noch auf eine Crème brûlée warteten.

Barbara blickte ihn erstaunt an. »Henri, ich bin höchstens für vierzehn Tage hier. Ich weiß nicht, ob sich die Gelegenheit so bald wieder bietet, dass wir uns treffen«, erklärte sie nüchtern. Er aber erhob sein Glas und musterte sie derart intensiv, dass ihr abwechselnd heiß und kalt wurde. »Ich würde am Wochenende nach Arromanches zurückkommen, wenn Sie nichts dagegen haben. Ganz privat und als Urlauber oder, besser gesagt, als Ihr Partner bei der Recherche.«

»Dann nehme ich Ihr Angebot gern an«, sagte sie betont sachlich, während sich ihr Herzschlag beschleunigte bei der Aussicht, dass er extra ihretwegen noch einmal wiederkommen wollte.

»Ich hatte eigentlich gedacht, dass wir heute Abend nicht schon wieder gestört werden«, seufzte er. »Aber ich denke, ich werde ihn mit Madame Dubois ausklingen …« Er stockte, und seine Miene erhellte sich. »Vielleicht kommen Sie einfach mit in die Bar und wir …«

»Nein, lieber nicht. Das ist nett von Ihnen, aber einmal abgesehen von der Tatsache, dass Madame Dubois sicherlich etwas dagegen hätte, wäre mir das auch nicht recht«, unterbrach sie ihn hastig.

»Das kann ich gut verstehen, aber Sie sollen wissen, dass ich mich auf einen langen Abend mit Ihnen gefreut habe.« So wie er sie gerade ansah, hatte er offensichtlich einen Gedanken darauf verschwendet, ihr näherzukommen. Diese Erkenntnis hob ihre Stimmung wieder ein wenig.

Daran konnte auch die zuckersüße Bemerkung der Französin, dass er doch schon damals für sein Leben gern die Crème brûlée nach einem Rezept ihrer Großmutter gegessen hatte, wenig ändern. Und irgendwie war es auch für sie eine innere Genugtuung, dass sie mit diesem Mann nicht sofort ins Bett ging. Dass es nicht ganz freiwillig geschah, da er bereits deutlich gemacht hatte, dass der gemeinsame Abend nun ein vorzeitiges Ende fand, verdrängte sie dabei.

Nach dem Dessert versuchte Henri, sie noch zu einem Digestif in Form eines Calvados zu überreden, aber Barbara lehnte ab. Henri bestand jedoch darauf, Barbara noch ein paar Schritte zu begleiten.

Warum, das verstand sie erst, als sie auf dem Markt vor St. Pierre ankamen, Henri zum Abschied ihre Hand nahm und ihr tief in die Augen sah. Barbara hielt das für das Angebot, ihn mit aufs Zimmer zu nehmen.

»Ich freue mich sehr, dass wir uns wiedergetroffen haben, Barbara.« Seine heisere Stimme versprach all das, was sie jetzt gern miteinander geteilt hätten.

»Meine Tochter und ich wohnen in einem Zimmer«, erklärte sie beinahe entschuldigend.

»Das sollte keine plumpe Anmache sein.« Er ließ ihre Hand, die er immer noch hielt, abrupt los. »Und ich habe noch eine Verabredung mit einer schönen Frau«, fügte er augenzwinkernd hinzu.

Barbara zuckte zusammen.

»Na, dann viel Spaß!«, stieß sie unfreundlich hervor.

Henri lachte. »Ich wollte doch nur testen, ob Sie ein bisschen eifersüchtig sind. So wie ich, als Sie mit Ihrem gut aussehenden Klavierspieler weggefahren sind.«

Barbara fiel ein Stein vom Herzen. Er mochte sie sehr. Keine Frage! Übermütig gab sie ihm einen liebevollen Stoß gegen den Arm. »Sie sind unmöglich.«

»Das bin ich immer, wenn ich mich in eine Frau verlieben könnte.«

»Da wird sich Frédérique aber freuen«, gab Barbara prompt zurück, obwohl sie genau wusste, dass er sie meinte und nicht die Französin.

»Ich werde es ihr mit keinem Sterbenswort verraten. Überhaupt werde ich dich nicht erwähnen, aber ich werde herausbekommen, wer Juliette Lau...« Er stockte. »Ihre Mutter, die hieß, soweit ich mich entsinne, Juliette mit Vornamen, und vielleicht ist Laurent ihr Mädchenname.«

Barbaras Herzschlag beschleunigte sich noch einmal merklich, und das lag nicht allein an dieser Information, denn er trat nun einen Schritt auf sie zu und nahm sie in den Arm. Jetzt küsst er mich, dachte sie und spürte, wie eine wohlige Wärme durch ihren Körper rieselte. Doch Henri löste sich rasch wieder aus der Umarmung, warf ihr noch einen Luftkuss zu und verschwand im Dunkel der Nacht.

Barbara blieb noch eine Weile stehen und blickte ihm hinterher, bis er hinter der Kirche verschwunden war. Das war alles ein wenig unwirklich. Am liebsten hätte sie sich gekniffen, um sich davon zu überzeugen, dass Henri kein Geist war, der nun für immer davongeschwebt war. Allerdings war sie auch ein wenig verunsichert, weil er sie nicht geküsst hatte. Es war ihr selten passiert, dass ein Mann sie nach einem so schönen Abend nicht zu küssen versuchte.

In Gedanken versunken, machte sie sich auf den Weg durch den Vorgarten zu ihrem Zimmer.

Sie schloss leise die Tür auf, um Paula nicht zu wecken, doch es war alles still. Nicht einmal ein Atmen war zu hören. Barbara schaltete das Licht an und blickte zu dem unberührten Doppelbett hinüber. Ihre Tochter war nicht da. Barbara spürte, wie sie diese Tatsache zunehmend beunruhigte. Am frühen Abend hatte sie noch an einen Spaziergang geglaubt, aber nun, am späten Abend in der Dunkelheit, kam es ihr merkwürdig vor.

Ihr Blick fiel auf die blinkende Anzeige des Telefons, das immer noch an derselben Stelle auf dem Nachttisch lag, an die Barbara es am frühen Abend gelegt hatte. Offenbar hatte sich Klemens im fernen Hamburg die Finger wund gewählt. Und das war mindestens so befremdlich wie die Tatsache, dass Paula immer noch nicht wieder zurück war: dass sie ohne ihr Telefon ausgegangen war. Seit es Klemens im Leben ihrer Tochter gab, hatte Barbara sie selten ohne ihr für dessen Anrufe allzeit bereites Telefon erlebt.

Als sie gerade anfing, sich ernsthafte Sorgen zu machen, wurde von draußen ein Schlüssel ins Schloss gesteckt. Offenbar ein paarmal vergeblich. Sie wird doch nicht betrunken sein, dachte Barbara, doch da öffnete sich die Tür, und ihre Tochter trat ins Zimmer. Sie wirkte keinesfalls alkoholisiert, aber irgendwie anders als sonst. Barbaras erster Zweifel galt ihrer Aufmachung. Es war gar nicht das dunkelblaue Etuikleid, das ihre Aufmerksamkeit auf sich zog, sondern die Tatsache, dass ihre Tochter barfuß war und ihre Riemchenschuhe in der Hand hielt. Außerdem wirkte ihre sonst so akkurat sitzende Frisur zerzaust, und ihr Make-up war leicht verschmiert. Trotz dieses jedenfalls für die Begriffe ihrer Tochter lädierten Äußeren wirkte Paula entspannt und gut gelaunt.

»Wo bist du gewesen? Ich habe schon gedacht, dir sei etwas passiert«, fuhr Barbara sie an und bereute ihren vorwurfsvollen Ton sogleich. Sie kam sich vor wie ihre eigene Mutter. Genau in diesem Duktus war diese fast jedes Mal mit ihr ins Gericht gegangen, wenn Barbara wieder einmal nicht pünktlich wieder zu Hause gewesen war. »Entschuldigung, das geht mich gar nichts an. Du bist erwachsen. Trotzdem musst du verstehen, dass es mich interessiert, wo du so spät in der Nacht herkommst ...«

Die entspannte Miene ihrer Tochter verfinsterte sich. »Tja, das hätte ich dich früher auch manchmal gern gefragt, wenn du dich fortgeschlichen hast, nachdem ich eingeschlafen war und dich irgendwann in der Nacht vergeblich in deinem Bett gesucht habe ...«

Barbara war, als hätte man ihr den Boden unter den Füßen weggezogen. Wie oft hatte sie das schon über sich ergehen lassen müssen. Sie war diese permanente Kritik an ihrem Lebensstil dermaßen leid. Gut, vielleicht hatte sie ihre Tochter mit ihren Eskapaden zuweilen überfordert, aber wenigstens war Barbara immer ehrlich gewesen und hätte es niemals übers Herz gebracht, ihre Tochter so mies auszugrenzen ... Ohne zu überlegen, brach es ungefiltert aus Barbara heraus. Ihre guten Vorsätze, die Hochzeitsgeschichte vorerst für sich zu behalten, um Paula noch eine letzte Chance zu geben, ihr die Wahrheit zu sagen, waren vergessen!

»Ich weiß, ich bin eine lausige Mutter gewesen! Und deshalb habe ich wohl deiner Meinung nach auch jegliches Recht verwirkt, zur Hochzeit meiner Tochter eingeladen zu werden, aber halt, natürlich bin ich nicht ausgeladen, sondern darf mit euch und der Oma, also der dementen, weil meine Mutter zum Fest eingeladen ist, nach dem Standesamt zum Essen gehen!«

Barbara unterbrach sich. Ihre Tochter war kalkweiß geworden. »Wer hat dir das erzählt?«, fragte Paula mit heiserer Stimme. »Und Oma weiß noch nichts davon!«, fügte sie entschieden hinzu, als wäre diese Information geeignet, Barbaras Zorn zu mäßigen. Doch in diesem Augenblick war er durch nichts mehr zu bremsen. Barbara bebte vor Wut.

»Das ist doch gleichgültig. Ich bekomme nur meine Quittung dafür, dass ich so eine schreckliche Mutter bin. Ganz anders als dein wunderbarer Vater, der nie etwas falsch gemacht hat, denn wie sollte er auch? Er hat dich nicht gewickelt, ist mit dir nicht mitten in der Nacht ins Krankenhaus gefahren, als du damals einen Anfall von

Pseudokrupp hattest und ich befürchtet habe, du stirbst in meinem Arm, er hat dich nicht getröstet, als deine erste Liebe eine andere geküsst hat …«

»Mama, hör auf damit!«, bat Paula sie.

»Aber ich habe doch noch gar nicht richtig angefangen!«

»Mama! Das letzte Wort ist doch noch gar nicht gesprochen. Papa hat nur gemeint, ihr beide an einem Tisch, das geht nicht gut. Und Klemens fand das gut, dass du beim Standesamt dabei bist und Papa … ach, ich weiß doch auch nicht …«

Barbara aber wandte sich wortlos zur Tür und stolperte ins Freie hinaus. Planlos eilte sie bis zum Ortskern und bog gezielt zur Strandpromenade ab und dann weiter zum Wasser. Es war Flut. Sie zog ihre Schuhe aus und lief mit den Füßen im Wasser, bis sie die Felsen erreichte und den Weg nach oben nahm. Dort ließ sie sich erschöpft auf einen Stein fallen und blickte so lange starr auf die im Mondlicht glitzernden Sterne, bis sie innerlich ganz ruhig wurde.

Unter dem normannischen Sternenhimmel spürte sie in diesem Augenblick ganz genau, was sie in ihrem Leben nicht mehr gebrauchen konnte. Aber was will ich denn stattdessen, fragte sie sich. Sie bedauerte, dass sie sich nie einen Plan vom Glück gemacht hatte, weil sie stets geglaubt hatte, dass dies ein Paradoxon wäre. Aber vielleicht hätte sie zumindest ihr Leben besser planen sollen. Das, was sie sich von der Zukunft wünschte, lag noch weiter entfernt als die blinkenden Lichter der Fischerboote, die weit draußen auf dem Meer dümpelten. Es lag im Grunde genommen weit hinter dem Horizont, denn sie hätte in diesem Moment kein einziges Ziel benennen können. Außer dem einen vielleicht: dass die Wunde wieder heilen möge, die diese Hochzeitsgeschichte in ihr Herz gerissen hatte.

24

Frédérique Dubois hatte bereits als kleines Mädchen für den zwei Jahre älteren Henri Bonnet aus Rouen geschwärmt. Allein schon dass er überhaupt mit ihr spielte, hatte sie für ihn eingenommen. Daran, sich mit einem kleinen Mädchen abzugeben, hatte ihr Cousin Jules, Sohn ihres Onkel Louis, der wie ihr eigener Bruder im Haus Roux aufgewachsen war, jedenfalls im Traum nicht gedacht. Dabei war Jules kaum mehr als ein Jahr älter als sie gewesen … Sie unterbrach ihre Erinnerung an den Cousin hastig, weil sich unwillkürlich der Gedanke an seinen frühen Tod einschlich. Weder für ihre Eltern noch für Frédérique hatte es nach dem tödlichen Autounfall von Jules und seiner Frau Cloé einen Zweifel gegeben, deren Sohn Vincent wie ein eigenes Kind in die Familie aufzunehmen. Ihre Eltern hatten bereits den kleinen Jules wie ein eigenes Kind großgezogen, nachdem seine Eltern kurz nach seiner Geburt gestorben waren. Über die Umstände wurde im Haus Roux nicht geredet, nur dass sie Opfer des Kriegs geworden waren. Wie über vielem lag ein düsterer Schleier des Schweigens. Damals, zur Zeit des Unfalls, hatten sie jedenfalls alle zusammen in einem Haus neben dem Hotel gelebt. Frédériques Eltern, Frédérique und ihr Mann Victor mit ihrer Tochter Colette. Es war jenes Haus, das sie geerbt hatte und in dem sie heute noch wohnte. Victor hatte dieses Mehrgenerationenhaus anfangs eher zögerlich akzeptiert, aber auch nur weil er wohl nichts daran hätte ändern können, dass seine Frau ein »Papakind« war, das unbedingt mit ihrem Vater unter einem Dach leben wollte. Frédérique schluckte. Sie konnte immer noch nicht an ihren Vater denken, ohne dass sie einen Kloß im Hals verspürte. Dass die schreckliche Krankheit über diesen Felsen in der Brandung ihres Lebens gesiegt hatte, machte ihr immer noch schwer zu schaffen. Auch wenn sein Tod schon drei Jahre her war. Da hatte sich der gute Victor längst aus dem Staub gemacht und, bevor sie überhaupt geschieden werden konnten, eine neue Familie gegründet. Seitdem, so behauptete ihre Tochter Colette zuweilen, habe sie ihre Mutter nicht mehr lachen hören. Leider lag in dieser Überspitzung ein Körnchen Wahrheit. Die Schicksalsschläge der vergangenen Jahre hatten sich wie ein Schatten auf Frédériques Gemüt gelegt. Wären da nicht die Kinder gewesen, denn Vincent war für sie ein eigener Sohn, sie wäre noch tiefer gefallen.

Das alles ging ihr durch den Kopf, während sie an der Bar auf Henri wartete. Mit Unbehagen hatte sie eben von Henri erfahren, dass er diese Deutsche noch zu ihrer Pension bringen wollte. Diese Frau war ihr auf Anhieb unsympathisch gewesen. Das lag daran, dass sie prinzipiell eine Aversion gegen diese blonden Teutoninnen hatte, die eine Ausstrahlung besaßen, als gehöre ihnen die ganze Welt, genau wie alle in ihren Augen typisch Deutsche. Ihr Vater hatte stets spöttisch bemerkt, dass man ihnen nicht trauen dürfte, auch nicht, nachdem zwei erwachsene Männer öffentlich Händchen gehalten hatten. Er persönlich hielt nichts von den Annäherungen der Politiker beider Länder, die mit Adenauer und de Gaulle begonnen hatte. Frédérique hatte seine Meinung übernommen, zumal auch ihr prägender Geschichtslehrer ein Skeptiker gegenüber jeglicher Versöhnung gewesen war. Und beide Männer – ihr Vater und auch ihr Lehrer – konnten ihre Meinung mit grausamen eigenen Erlebnissen begründen. Beiden hatten die Deutschen im Krieg und während der Besatzung Freunde und Familienangehörige genommen.

Vor dem Hintergrund verstand Frédérique auch ihre Mutter nicht, die von Anfang an eine glühende Verfechterin der deutsch-französischen Versöhnung gewesen war und die niemals zugelassen hätte, dass deutsche Feriengäste im *Hotel Normandie* schlecht behandelt worden wären. Im Hotelbetrieb hatte allerdings auch ihr Vater stets die Meinung vertreten, alle Gäste gleichermaßen zuvorkommend zu behandeln. Er warnte nur davor, private Kontakte mit den *Boches*, wie er die Deutschen im Kreis der Familie bis zum Schluss genannt hatte, zu pflegen. Dass ausgerechnet seine geliebte Enkelin Colette und sein Großneffe Vincent nicht nur die deutsche Sprache beherrschten, sondern auch persönliche Beziehungen nach Deutschland unterhielten, war seiner Gesundheit mit Sicherheit nicht förderlich gewesen. Wie oft hatte er sich bei seiner Tochter beklagt, dass die beiden jungen Leute diesem ganzen Versöhnungsgetue auf den Leim gingen. Auch Frédérique machte die Sympathie, die die beiden den Deutschen entgegenbrachten, schwer zu schaffen. Und dass Colette hinter ihrem Rücken die Gartensuite an diese deutsche Frau vermietet hatte, ärgerte sie maßlos, denn es gab da noch einen anderen Grund, aus dem sie keinerlei Nähe zu dieser Person wünschte. Dass diese ihre Mutter treffen wollte. Wie war diese Frau überhaupt an den Mädchennamen ihrer Mutter gekommen? Auf der einen Seite erregte das ihre Neugier, auf der anderen Seite wollte sie lieber nichts, aber auch gar nichts damit zu tun haben. Schon gar nicht, seit ihre Mutter erst kürzlich diesen fremden und offensichtlich deutschen Namen gerufen hatte. Sie mochte gar nicht mehr daran denken, denn zunächst hatte sie geglaubt, ihre Mutter rufe ihren Namen, den Namen ihrer Tochter … Doch selbst wenn diese Frau anderweitig herausfinden sollte, wo sich ihre Mutter befand, Frédérique würde alle Vorkehrungen treffen, damit die Fremde nicht in ihre Nähe gelangte. Selbst wenn sich das Interesse dieser Person an ihrer Mutter im Endeffekt als völlig harmlos entpuppte. Möglicherweise war diese Deutsche nur von irgendeinem ehemaligen Verehrer ihrer Mutter geschickt worden. Und davon hatte es reichlich viele gegeben, darunter auch Gäste aus Deutschland. Ihre Mutter hatte bis zuletzt wie ein Magnet auf bestimmte Männer gewirkt. Frédérique vermutete, dass sie bei den Herren einen derart archaischen Beschützerinstinkt auslöste, dass diese Verehrer sogar den Ehemann der Angebeteten ausgeblendet hatten. Frédérique hatte diese Wirkung ihrer Mutter auf fremde Männer seit jeher verabscheut, weil sie immer schon mehr mit ihrem Vater gefühlt hatte, der still unter der Bewunderung anderer Männer für seine Frau gelitten hatte. Dabei hatte sie ihrer Mutter im Grunde genommen nichts vorwerfen können. Sie war das Gegenteil von kokett und berechnend, aber allein dieser entrückte Blick in die Ferne, den sie manchmal bekam, wenn sie sich unbeobachtet fühlte, als wäre sie ein Wesen von einem anderen Stern, hatte Frédérique schon als Kind auf die Palme gebracht. Wenn männliche Gäste beim Anblick ihrer Mutter nahezu in Verzückung geraten waren, hatte sie das immer peinlich gefunden und ihrer Mutter die Schuld daran gegeben. Das Verrückte war, es passierte sogar heute noch, dass die alten Herren in der Einrichtung ihre Mutter verehrten, was diese aber überhaupt nicht wahrzunehmen schien … Sogar ein junger Pfleger schwärmte Frédérique ständig vor, was für eine besondere Frau ihre Mutter sei. Vielleicht lag es bei ihm auch daran, dass er offenbar in Colette verliebt war, die ihrer Großmutter wie aus dem Gesicht geschnitten war, wie Fotos der jungen Juliette bewiesen.

In diesem Moment ließ sich Henri auf den Barhocker neben Frédérique fallen. Ein flüchtiger Blick genügte, um festzustellen, dass er der Deutschen sehr nahe gekommen sein musste, denn ein Fleck ihres knalligen Lippenstifts klebte an seinem Hemd. Das allein konnte Frédérique allerdings nicht davon abbringen, herauszufinden, ob ihr alter Freund Henri zurzeit in festen Händen war. So wie sie diese Frau einschätzte, hatte sie ihn wahrscheinlich absichtlich dort hinterlassen, damit Frédérique ihn entdeckte, denn die Deutsche war schließlich Zeugin geworden, wie Henri und sie sich verabredet hatten.

»Du hast da was«, sagte Frédérique kühl und deutete auf die beschmierte Stelle. Die Hektik, mit der Henri einen Blick auf sein Hemd warf, ein Taschentuch hervorholte und den Lippenstift wegzuwischen versuchte, bestärkte sie in dieser Einschätzung. Es war ihm ganz offensichtlich unangenehm.

Frédérique hatte sich vorgenommen, die Frau ihm gegenüber nicht zu erwähnen, wenngleich sie natürlich liebend gern erfahren würde, woher sich die beiden kannten. Aber hatte er ihr das nicht vorhin sogar erzählt?, fiel es ihr wieder ein. Dass sie sich bei Johann, seinem einstigen deutschen Partner beim Schüleraustausch, kennengelernt hatten und sich hier zufällig wiederbegegnet waren? Aber vielleicht war es ja gar kein Zufall, und die Deutsche war ihm hinterhergereist. Aber warum war sie dann nicht in Rouen aufgekreuzt, sondern in Arromanches?

Sie schenkte ihm ein einladendes Lächeln. »Schön, dich wiederzusehen, und es tut mir leid mit Anne. War sie krank?«

Henri zögerte, doch dann berichtete er in knappen Worten, dass sie unter schweren Depressionen gelitten und schließlich keinen Ausweg mehr gesehen hatte.

Frédérique versuchte, sich den Schrecken nicht anmerken zu lassen, denn sie spürte, dass er weder Mitleid wollte noch ein Gespräch darüber führen mochte.

Stattdessen legte sie tröstend die Hand auf seinen Unterarm. »Das tut mir leid. Ich habe sie ja nur das eine Mal gesehen, aber da machte sie einen fröhlichen Eindruck.«

Henri blickte sie traurig an. »Das konnte sie bis zuletzt. Ihr Leid verbergen. Auch vor mir. Erst in einem Abschiedsbrief hat sie mir die Diagnose gestanden. Und auch den Rat des behandelnden Arztes, Medikamente zu nehmen. Aber das wollte sie nicht. Ihr Vater habe sich trotz der Pillen umgebracht, wie sie schrieb. Das sollte wohl eine Entschuldigung sein ...«

Henri stockte und blickte nun eine Weile starr vor sich hin, bis er den Kopf hob und sie ermunterte, ihm lieber von ihrem Schicksal zu berichten.

Frédérique stieß allein bei dem Gedanken an ihre Scheidung von Victor einen Seufzer aus. Sie dachte ungern daran, aber schließlich war Henris Schicksal verglichen mit ihrem um einiges grausamer, sodass sie über ihren Schatten springen sollte. Also berichtete sie ihm, was ihr widerfahren war.

»Es hat mich überraschend getroffen. Ich habe nichts gemerkt, aber auch gar nichts. Das passierte in der Zeit, als mein Vater so krank war. Ich habe ihn gepflegt und das Hotel gemanagt. Da hatte ich keine Zeit für meinen Mann, der, wie du vielleicht erinnerst, in der Baubranche gearbeitet hat und oft unterwegs war. Das Hotel hat ihn nie sonderlich interessiert. Na ja, jedenfalls hat mich eines Tages eine fremde Frau angerufen und mir nahegelegt, Victor endlich freizugeben. Mein Mann hat geleugnet, diese Frau zu kennen, aber wenig später stand sie vor unserer Tür, und da war klar, dass er mich betrügt. Schon seit Jahren, denn sie war sehr auskunftsfreudig und hat mir alles gestanden. Und so dumm, wie sie war, hat sie sicher nicht gelogen. Zum Glück hatten wir einen Ehevertrag, und er konnte nicht auf das Hotel zugreifen.«

»Dabei machte er einen so integren Eindruck, als wir diesen legendären Abend zusammen verbracht haben«, bemerkte Henri.

»Ja, er konnte bis zuletzt seine Rolle als guter Ehemann spielen.« Sie merkte selbst, dass sie verbittert klang. »Wenn diese Frau nicht so penetrant gewesen wäre, hätte er sich bestimmt nicht gegen uns entschieden, aber sie hat ihn dazu genötigt. Und das war gut so, denn sonst hätte ich mir weiterhin etwas vorgemacht.«

»Du sagst, du hast deinen Vater gepflegt? Und deine Mutter? Konnte die dich nicht unterstützen?«

»Nein, leider nicht. Meine Mutter lebt schon seit Jahren in ihrer eigenen Welt«, entgegnete sie knapp. Sie wollte ihm an dieser Stelle keine weiteren Informationen über ihre Mutter geben, weil sie befürchtete, dass er sie an diese Deutsche weitergeben könne.

»Was heißt das, wenn ich mal fragen darf?«, hakte er nach.

»Ich musste sie, als mein Vater so krank wurde, in ein Heim geben, wo man sich gut um Menschen wie sie kümmert.«

»Ist sie dement?«

»Über die Diagnose herrscht Uneinigkeit unter den Ärzten, aber es geht in diese Richtung. Sie lebt in einer eigenen Welt.«

»Und erkennt sie dich noch?«

Frédérique nickte. »Ja, sie weiß auch, wer Colette ist. Meine Tochter und sie haben eine besondere Verbindung. Schon immer. Ich stand meiner Mutter nie so nahe, wie du weißt.«

»Ja, ich erinnere mich. Das hast du mir damals schon erzählt …« Henri unterbrach sich. »Weißt du noch, unsere Sommerliebe?«

»Wie könnte ich das vergessen? Was haben wir wild rumgeknutscht …«

»Aber nicht miteinander geschlafen. Das wüsste ich«, lachte Henri.

»Ich hätte es getan, aber du hattest Angst ...«

»Ja, vor deinem Vater. Der hat mich, als er merkte, dass wir verknallt ineinander waren, zur Seite genommen und mir das Versprechen abgenommen, dich nicht zu verführen ...«

»Das glaube ich nicht!«, erwiderte Frédérique empört, obwohl sie ihrem Vater ein solches Vorgehen durchaus zutraute. Er war stets sehr darauf bedacht, dass sich ihr »kein dahergelaufener Bursche näherte«, wie er es ausgedrückt hatte. Wenn sie allein daran dachte, wie er sie vor Victor gewarnt hatte ... aber der hatte sich nicht abschrecken lassen von ihrem Sittenwächter.

»Doch, er hat mich völlig eingeschüchtert und gemeint, wenn ich nächstes Jahr wiederkomme und die Sache eine Zukunft hat, dann hätte er gegen mich als Schwiegersohn nichts einzuwenden ...«

Frédérique schlug die Hände vors Gesicht. »Das hat er wirklich gesagt? Wie peinlich! Kein Wunder, dass du im Jahr darauf deine Eltern nicht begleitet hast.«

»Das war nicht der Grund. In dem Sommer war ich bei Johann in Deutschland. Aber natürlich hat mich sein Verhalten eher abgeschreckt als ermutigt, unsere Liebelei zu vertiefen«, gab Henri sichtlich zerknirscht zu.

»Ich war traurig, nachdem du dich nicht mehr gemeldet hast«, verriet sie ihm.

»Ich war feige und wollte dich nicht verletzen. In dem Sommer habe ich Anne kennengelernt, die ebenfalls mit der Gruppe in Deutschland war. Tja, und das war eben die ganz große Liebe.«

Frédérique zuckte unmerklich zusammen. Obwohl sie Henris Ehrlichkeit durchaus schätzte, verletzten sie diese Worte immer noch. Sie würde ihm niemals verraten, wie schlimm sie damals wirklich darunter gelitten hatte. Für sie war er die erste große Liebe gewesen. Was hatte sie für heiße Tränen geweint, doch dann war Victor in ihr Leben getreten, und der Kummer war verblasst. Ganz vergessen hatte sie Henri allerdings nie. Das war ihr vorhin bewusst geworden, als sie ihn wiedergesehen hatte. Er war ein durchaus attraktiver Jüngling gewesen, aber er gehörte zu jenen Männern, denen das Alter verdammt gut anstand. Sonst hätte diese Deutsche wohl kaum an ihm geklebt wie ein Kaugummi am Schuh, dachte sie. Frédérique war sich sehr wohl bewusst, dass es gemein war, wie sie über diese Frau dachte, aber sie konnte sich nicht helfen. Diese Deutsche provozierte sie geradezu, hässlich über sie zu denken.

»War der Mädchenname deiner Mutter eigentlich Laurent?« Mit dieser Frage riss Henri sie aus ihren Gedanken. Die Zornesröte schoss ihr in die Wangen.

»Warum fragst du?«

»Ach, ich habe Barbara versprochen, dass ich ihr bei der Recherche helfe.«

Frédérique rutschte erbost von ihrem Barhocker. »So ist das also. Du fragst mich im Auftrag der falschen Blondine ...« Sie unterbrach sich. »Ich meinte die Haarfarbe. Keine Frau in dem Alter ist noch so naturblond.« Sie schüttelte provokativ ihre lange Mähne, wohl wissend, dass ihr volles dunkles Haar, das sie von ihrer Mutter geerbt hatte und das nun mit ein paar grauen Strähnen durchzogen war, sie äußerst attraktiv machte.

»Ich gehe mir mal die Nase pudern.«

Frédérique straffte ihre Schultern und stolzierte hocherhobenen Hauptes zu den Waschräumen. Innerlich kochte sie vor Zorn. Diese Barbara wurde langsam zur Plage und sie selbst zur Furie. Eine Rolle, die sie verabscheute, vor allem, nachdem sie ihrem Ex-Mann sein nagelneues Auto mit einem Schlüssel zerkratzt hatte, als sie erfahren musste, dass sie von ihm über Nacht ausgetauscht worden war. Schon das hatte Frédérique schwer mit ihrem Selbstbild vereinbaren können. Deshalb hatte sie diesen Ausrutscher auch hartnäckig geleugnet und sich damit noch angreifbarer gemacht, denn seine Neue hatte sie bei ihrer Untat leider vom Fenster aus beobachtet ...

Im Waschraum ließ sie sich minutenlang kaltes Wasser über die Innenseiten ihre Unterarme rinnen, um ihr erhitztes Gemüt abzukühlen, bevor sie in die Bar zurückkehrte.

25

Es war kalt und regnerisch an diesem Heiligabend. Juliette stand allein in der Hotelküche und bereitete ein traditionelles französisches Festessen für zwei Personen vor. Es war gespenstisch still im Haus. Man hörte nur den Sturm von draußen pfeifen, der seit Tagen über dem Meer tobte. Aber was waren Regen, schneidende Kälte und eisiger Wind gegen die Erwartung einiger gemeinsamer Tage in dem verborgenen Zimmer? Friedrich befand sich offiziell im weihnachtlichen Heimaturlaub, aber statt auf dem Weg zum Bahnhof war er mit seinem Rad unterwegs nach Arromanches. »Und du willst wirklich nicht zu deiner Frau nach Hamburg?«, hatte sie ihn bang gefragt, aber Friedrich hatte erwidert: »Meine Frau ist hier.« Natürlich erwärmte so ein Liebesgeständnis ihr Herz. Und doch tat ihr die Deutsche im entfernten Deutschland fast ein wenig leid, wenn auch nicht so sehr, dass sie ihn hätte überreden wollen, lieber nach Hause zu fahren, als sich heimlich mit ihr zu treffen.

Juliette hatte einen mageren Kapaun ergattert, den sie nun mit eingelegten Pflaumen und Maronen, die sie in einem Winkel der Speisekammer für Weihnachten gelagert hatte, zubereitete.

In den vergangenen Wochen hatte das Leben Juliette auf eine harte Probe gestellt. Im November war das Hotel von einem Tag auf den anderen geschlossen worden. Eine Handvoll Offiziere der Organisation Todt hatten in den Zimmern Quartier bezogen und alle Fenster zum Meer hin von einer Truppe unterernährter französischer Gefangener unter ihrer Aufsicht zumauern lassen. An einer Stelle hatte man schmale Öffnungen gelassen, die im Ernstfall als Schießscharten benutzt werden sollten. Es war wohl nur noch eine Frage der Zeit, wann die Alliierten an der Küste landen würden. Die Deutschen schienen allein uneinig zu sein in der Frage, wo genau ein Angriff der Alliierten stattfinden würde.

Nachdem sich Norwegen als falsches Ziel erwiesen hatte, das nur einem vorgetäuschten groß angelegten Manöver der Alliierten in Schottland zu verdanken war, konzentrierte man sich nun auf die französische Kanalküste. Inzwischen hatten die Deutschen wohl einen neuen Befehlshaber, der für den sogenannten Atlantikwall zuständig war und überall in hektischer Betriebsamkeit die Küstenverteidigung aufrüsten ließ. Denn nicht nur ihre Fenster hatte dieser Trupp zugemauert, sondern die aller Häuser, die an der Promenade und direkt am Strand lagen. Hotel- und Restaurantbetriebe waren ab sofort eingestellt worden, und es war der einheimischen Bevölkerung verboten, die Strände zu betreten. Es hieß, dort würden in Kürze Minen und Stacheldraht verlegt.

Man hatte Juliette verpflichtet, die Offiziere im Haus zu versorgen und auch für die ausländischen Arbeiter in der Hotelküche zu kochen. Sie bekam vom Hof der Petits offiziell allerdings nur noch Lebensmittel für die Männer, die im Haus Quartier bezogen hatten, und erhielt für die Arbeiter ein paar wenig schmackhafte Zutaten direkt von den Deutschen. Sie hätte es allerdings nicht mit ihrem Gewissen vereinbaren können, den armen Menschen diesen Fraß, der lediglich aus Mehl, Wasser und Hafer bestand, tatsächlich so vorzusetzen. Madeleines Vater lieferte ihr nun für die Franzosen heimlich frische Nahrungsmittel von seinem Hof. Diese mischte sie so geschickt unter den Brei, dass die Aufseher es nicht erkennen konnten. Das war, wie alles, womit sich die Franzosen den deutschen Befehlen widersetzten, brandgefährlich. Das beste Beispiel war ihr Bruder Gérald, der sich seit Wochen bei Verwandten im Hinterland versteckt hielt. Er wurde beschuldigt, an einem Anschlag auf die Baustelle in Arromanches beteiligt gewesen zu sein. Bei Nacht und Nebel waren dort sämtliche Zementsäcke, die die Truppe zum Einmauern weiterer Fenster mit Feldsteinen benötigte, spurlos verschwunden. Ein junger Mann war von den Deutschen gefasst worden und hatte wohl unter Folter im Gefängnis von Caen Géralds Namen preisgegeben. Für Juliette war es ein kleiner Trost, dass er noch rechtzeitig hatte verschwinden können und auch dass ihr Bruder Louis nicht daran beteiligt war, denn seine Frau Monique hatte gerade ihr erstes Kind bekommen. Einen Sohn, den sie Jules getauft hatten.

Zum Glück war dieser Spuk mit den Soldaten nun seit ein paar Tagen vorbei, denn die Männer waren so überraschend aus Arromanches abgezogen, wie sie dort im November eingefallen waren. Aber sie hatten angekündigt, bald wiederzukommen, um die Strände zu sichern. Der einzige Vorteil ihrer Anwesenheit war der gewesen, dass abends um zweiundzwanzig Uhr Ruhe im Haus geherrscht hatte, weil der Offizier, der das Sagen hatte, offenbar kein feierfreudiger Mann war, sondern ihm Disziplin über alles ging. Ein unangenehmer Zeitgenosse, wie Juliette fand, aber wahrscheinlich sorgte dessen Strenge auch dafür, dass die Männer sie nicht belästigten. Jedenfalls konnte Friedrich nun stets nachts durch die Holztür in den Garten schlüpfen, sobald er freihatte, ohne dass ein von ihrem Bruder beauftragter Aufpasser ihr auf Schritt und Tritt folgte. Ihre beiden Mitarbeiter im Hotel waren nämlich am Tag nach dem Diebstahl auf der Baustelle nicht mehr zur Arbeit erschienen. Juliette vermutete, dass sie ebenfalls daran beteiligt gewesen waren und sich den Deutschen nicht zum Fraß vorwerfen wollten, sollte man ihre Namen auch noch aus dem armen Mann, den sie gefasst hatten, herausprügeln.

Dass sie das Haus nun ganz für sich hatten, war das schönste Weihnachtsgeschenk, das Juliette sich überhaupt wünschen konnte. Sie hatte ihrer Familie in Caen nicht mitgeteilt, dass die Männer ein paar Tage vor Weihnachten abgezogen waren. So glaubten ihre Lieben, dass sie deshalb nicht mit ihnen die Festtage verbringen konnte. Wüssten sie, dass sie nun mutterseelenallein im Hotel war, Louis hätte sie wahrscheinlich eigenhändig nach Caen geholt, zumal die Deutschen sie aufgefordert hatten, das Hotel noch am selben Tag ihres Abzugs ebenfalls zu verlassen. Aber diese Chance konnte sich Juliette nicht entgehen lassen, denn Friedrich hatte ganze vierzehn Tage Urlaub. Diesen besonderen Urlaub hatte er seiner schweren Lungenentzündung zu verdanken, von der er zwar genesen war, aber man hatte ihm nahegelegt, in der Heimat einen Spezialisten aufzusuchen, weil er immer noch nicht so belastbar war wie vor der Erkrankung. Das behauptete Friedrich jedenfalls, damit man ihm so lange wie möglich freigab. Nur so war er zum Heimaturlaub über Weihnachten gekommen. Das war mehr, als er je zu hoffen gewagt hatte.

Ihr Herz machte einen Sprung bei der Vorstellung, dass sie zum ersten Mal mehr als eine Nacht miteinander verbringen würden. Mit einem Lied auf den Lippen, das ständig in der BBC als Hymne der Résistance gefeiert wurde, dem Lied der Partisanen, übergoss sie den Kapaun mit seinem eigenen Fett, damit er wenigstens eine krosse Haut bekam, wenn er schon so wenig Fleisch hergab.

Wie so oft, seit sie mit Friedrich zusammen war, fühlte sie sich gespalten. Als patriotische Französin hasste sie die deutschen Besatzer aus tiefster Seele, denn auch in ihrer Familie hatte es Tote im Ersten Weltkrieg gegeben, und diese Wunden waren in Frankreich noch lange nicht verheilt. Aber dass es die Deutschen gewagt hatten, Paris zu erobern und Teile ihres Landes zu besetzen, traf sie wie alle Franzosen mitten ins Herz. Deshalb schmetterte sie dieses Lied gegen die Deutschen mit Verve. Doch auf der anderen Seite gehörte eben ihr verletztes Herz einem dieser Besatzer. Inzwischen wusste sie, dass die *Boches* nicht alle gleich waren. Friedrich verabscheute die Ziele und Methoden der Nationalsozialisten. Er bezeichnete sich selbst als unpolitischen Menschen und als Humanisten, dem die Würde der Menschen über alles ging. Und er glaubte fest daran, dass der Spuk bald ein Ende haben werde. Er sprach allerdings ungern über die Verbrechen seiner fanatischen Landsleute und träumte lieber mit Juliette von einer glücklichen Zukunft in einem Deutschland, in dem kein Hitler mehr herrschte.

Juliette teilte seinen Optimismus nicht ganz, zumal die Deutschen immer härter gegen ihre Landsleute vor Ort durchgriffen, je weiter sie an der Ostfront in die Defensive gerieten. Louis sagte immer, dass sie in dem Maß gefährlicher und unberechenbarer wurden, in dem sie sich einer endgültigen Niederlage näherten.

Juliette verscheuchte hastig ihre trüben Gedanken und verstummte. Vielleicht sollte sie dieses Lied nicht gerade schmettern, während sie sich auf eine schöne Zeit mit ihrem Liebsten vorbereitete.

Also kümmerte sie sich um das Essen, doch als es fertig war, wurde sie unruhig. Hatte er nicht gesagt, dass er den Gefechtsstand am Vormittag verlassen würde? Mittlerweile war es später Nachmittag. Nervös trat sie durch die Küchentür ins Freie.

Die Bäume hatten ihre Blätter verloren, sodass man, wenn man wollte, von der Hintertür bis zum Pavillon sehen konnte. Sie durften also nicht einmal mehr Kerzen anzünden, ohne Gefahr zu laufen, dass man sie von den hinteren Fenstern des Hotels entdeckte. Doch an diesem Tag würde Juliette eine Ausnahme machen, denn es gab keinen, der sie hätte beobachten können. Und von der Gasse konnte man nicht sehen, was sich hinter der Gartenmauer abspielte. Wenn sie schon keinen Weihnachtsbaum hatten, sollten wenigstens ein paar Kerzen brennen, damit ein Gefühl von Weihnachtsstimmung aufkam. Obwohl sie einander versichert hatten, dass sie sich nichts schenkten, hatte sich Juliette eine Überraschung für ihn ausgedacht. Sie war sehr gespannt, was Friedrich dazu sagen würde. Mittlerweile verschwendete sie keinen Gedanken mehr an die Vorstellung, die Sache zu beenden. Dazu war es zu spät. Aus der Verliebtheit war längst eine tiefe Liebe geworden. Allerdings versuchte sie auch nicht länger, sich die Zukunft auszumalen, denn immer wenn sie sich Friedrich und sich in ein paar Jahren vorstellte, legte sich ein grauer Schleier über die Bilder, bevor sie sich recht entfalten konnten, und sie blieben stets im Nebel. Das machte ihr insgeheim Angst, aber sie verriet Friedrich nichts von diesem seltsamen Phänomen.

Mit schnellem Schritt ging sie zu der Holztür. Sie öffnete sie ungeduldig und blickte vorsichtig nach allen Seiten, aber bis auf den Sturm hörte sie nichts. Draußen war es bereits stockdunkel. Sie konnte nur hoffen, dass er Arromanches erreichte, ohne von seinen Leuten oder von Franzosen, die die nächtliche Ausgangssperre ignorierten, erwischt zu werden. Allein die Vorstellung, dass man ihn auf der Strecke aufgriff und wissen wollte, wohin er fuhr, verursachte ihr ein ungutes Gefühl. Die deutschen Patrouillen würden ihn wahrscheinlich augenzwinkernd durchwinken, aber die Burschen vom Widerstand wären da sicher nicht so entgegenkommend. Das Warten auf ihn war jedenfalls in der Regel ein Nervenkitzel, auf den sie gern verzichtet hätte.

Es war kühl im Wind, und sie zog sich das Wolltuch enger um ihre Brust. Der Regen hatte aufgehört, aber in der Luft lag die Feuchte der Brandung, die sich an der Promenadenmauer brach. An stürmischen Wintertagen waren die Strände völlig vom Meer verschluckt. Juliette spürte den salzigen Geschmack auf der Zunge.

Der Sturm zerrte an ihrem Haar, das sie bereits kunstvoll zum Knoten geflochten hatte, weil es am besten zu ihrem Festkleid passte. »Ich habe leider keinen Smoking dabei«, hatte Friedrich lachend bemerkt, als sie ihm versichert hatte, dass sie sich ein stilvolles Dinner zu Weihnachten wünschte. »Alles, nur keine Uniform bitte!«, hatte sie entgegnet, aber das brauchte sie ihm gar nicht zu sagen. Nur manchmal, wenn er wusste, dass es verstärkt Kontrollen an den Einfallwegen zu den Küstenorten gab, besuchte er sie in seiner Uniform, die sie ihm jedes Mal in Windeseile auszuziehen half. Sie konnte überhaupt nicht verstehen, dass Frauen, wie ihre Freundin Madeleine, gerade das an den deutschen Männern anziehend fanden. Ach, Madeleine. Sie konnte nicht an die Freundin denken, ohne dass ihr schwer ums Herz wurde. Madeleine war nämlich ganz frisch wieder mit einem anderen Deutschen liiert, und zwar einem unangenehmen Zeitgenossen. Es war der Kerl, der sie auf dem Fest bei Madeleine im Herbst gegen ihren Willen angefasst hatte. Madeleine versuchte ständig, Juliette zu einem Vierertreffen zu überreden. Sie hatte nämlich für ihre Stelldicheins mit dem neuen Freund eine verlassene Scheune ganz in der Nähe gefunden, in die sie so gern ihre Freundin mit Begleitung einladen würde, aber Juliette lehnte das jedes Mal unmissverständlich ab. Und auch Friedrich stand nicht der Sinn danach, sich mit Rolf Hartmann privat zu treffen. Der Mann war nämlich neuerdings bei der Gestapo in Caen im Rang aufgestiegen, wie Friedrich zu berichten wusste, ein Hundertfünfzigprozentiger und entsetzlicher Bursche, der vor nichts zurückschreckte. Juliette hatte vergeblich versucht, ihre Freundin vor diesem Mann zu warnen, doch Madeleine sah ihn wie alle Männer, in die sie sich wieder einmal unsterblich verliebt hatte, in rosigen Farben. Selbst Juliettes Information, dass er kein einfacher Soldat war, sondern zu den allerübelsten Schlächtern gehörte, prallte an Madeleine ungehört ab. Ihre Auseinandersetzung war schließlich in einem ernsthaften Zerwürfnis geendet, in dessen Verlauf Madeleine Juliette an den Kopf geworfen hatte, sie sei nicht länger ihre Freundin. Juliette hatte in ihrem Zorn erwidert, dass sie auf solche Freundinnen auch gar keinen Wert legte. Wutschnaubend war sie daraufhin vom Hof der Petits geradelt.

Als sie Friedrich davon erzählte hatte, hatte er Juliette dringend geraten, dass sie sich von Madeleine fernhalten solle, solange ihr Verhältnis mit diesem Kerl andauerte. Das hatte schließlich zu ihrem zweiten Streit mit Friedrich geführt, dem ersten nach ihrer Auseinandersetzung auf den Felsen. Ein Wort hatte das andere gegeben. Juliette hatte ihm das Verhalten seines Freundes Gerard vorgehalten. Nur wegen dieser Enttäuschung sei Madeleine so schrecklich wahllos geworden, was die Männer anging. Friedrich hatte seinen Freund verteidigt und geschworen, er hätte Madeleine von Anfang an gesagt, dass ihre Beziehung keine Zukunft habe. In dem Moment hatte sie ihm erneut unterstellt, er wolle also auch nur das unverbindliche Vergnügen. Schließlich hatten sie sich in dem verborgenen Zimmer leidenschaftlich versöhnt, wobei sie die Lust stets in sich hineinstöhnten und nicht hinausschreien konnten aus lauter Angst, ihre Schreie könnten bis zum Haupthaus dringen. Aber darauf würde Juliette in dieser Nacht keinerlei Rücksicht nehmen, denn in dieser Heiligen Nacht konnte sie keiner hören. Selbst die Nachbarn in den anderen Häusern nicht, weil die alten Leute zu ihren Kindern nach Bayeux gezogen waren, seit man ihr Haus beschlagnahmt hatte. Etwas, das früher oder später auch auf das Hotel zukam. Doch sie hoffte sehr, dass sie selbst, wenn die Deutschen zurückkehrten, im Haus bleiben durfte, um die Männer zu versorgen. Wenn sie nach Caen ins Haus zu ihrer Mutter und ihrem Bruder musste, wüsste sie nicht, wie sie dann noch Friedrich treffen sollte. In der Stadt gab es keine geheimen Orte, in denen sich eine Französin und ein Deutscher lieben konnten.

Ein Rascheln riss sie aus ihren Gedanken. Erwartungsvoll sah sie in alle Richtungen, aber von Friedrich gab es keine Spur. Diese Angst, dass etwas passiert ist, dachte Juliette, immer wieder diese verdammte Angst! Langsam machte sie sich ernsthafte Sorgen.

26

F rédérique war in die Bar zurückgekehrt mit dem festen Vorsatz, mit Henri kein Wort mehr über die Deutsche zu wechseln, doch sie saß noch gar nicht ganz auf ihrem Hocker, als er sie direkt fragte: »Wir kennen uns jetzt schon so lange, dass ich dich das so direkt fragen darf. Was hast du gegen Barbara?«

Sie rollte genervt mit den Augen.

»Ich? Gar nichts. Ich kenne die Frau schließlich gar nicht, aber ich mag sie einfach nicht. Sie ist laut und besitzt so gar keine Eleganz.« Das war Frédérique nicht aus Versehen herausgerutscht, sondern mit voller Absicht. Anne war nämlich eine sehr elegante Erscheinung gewesen, und sie hatte damals den Eindruck gewonnen, dass Henri sehr stolz auf sie war.

Henri runzelte die Stirn. »Das sehe ich ganz anders. Sie strahlt eine bestechende Natürlichkeit und Erotik aus. Ich glaube, du solltest sie besser kennenlernen. Dann würdest du deine Meinung ganz sicher ändern.«

»Nein danke. Kein Interesse an teutonischer Erotik«, gab Frédérique mit spitzer Zunge zurück. »Bist du in sie verliebt?«

»Ich weiß es nicht«, erwiderte er ausweichend.

In diesem Augenblick wusste Frédérique, dass sie keine Chancen bei ihrer Jugendliebe hatte, weil die Deutsche ihm ganz offensichtlich den Kopf verdreht hatte.

»So ist das also. Und deshalb spionierst du in ihrem Auftrag?«, fragte sie kühl.

»Sie möchte doch nur die Adresse deiner Mutter herausbekommen«, erwiderte er mit leicht genervtem Unterton.

»Aber die werde ich keinem Menschen geben. Keiner außer Colette, Vincent und mir darf meine demente Mutter besuchen. Hörst du? Keiner!«

»Gut, aber vielleicht kannst du mit ihr reden. Sie will deiner Mutter doch nur im Auftrag ihres Vaters ein Gemälde übergeben.«

Frédérique verärgerten diese Worte ihres alten Freundes.

»Henri, jetzt hör mir mal gut zu! Du musst verhindern, dass diese Person weiterhin versucht, auch nur in die Nähe meiner Mutter zu kommen. Das erlaube ich nicht, weil meine Mutter die Begegnung mit einer Fremden nicht verkraften wird. Sag ihr klipp und klar, sie soll damit aufhören! Meine Mutter ist nicht mehr ansprechbar!« Letzteres schrie sie beinahe heraus.

Henri hob abwehrend die Hände. »Ist ja gut. Ich werde ihr ausrichten, dass deine Mutter krank ...« Weiter kam er nicht, weil Frédérique ihn barsch unterbrach. »Nein! Das wirst du nicht tun! Du wirst ihr weder verraten, dass meine Mutter die von ihr gesuchte Juliette Laurent ist, noch, dass sie in einem Heim ist. Die kriegt es fertig und schleicht sich dort ein, wenn man ihr diesen Tipp auf dem Silbertablett serviert.«

Henri musterte sie zweifelnd. »Also, ich kann schon verstehen, dass du deiner Mutter keinen unnötigen Stress zumuten möchtest, aber was spricht denn bloß dagegen, Barbara das zumindest ganz vernünftig zu erklären?«

»Ich will nicht mit der Frau reden. Basta!«

»Aber was befürchtest du? Dass sie sich über deinen Willen hinwegsetzt oder dass es eine nähere Verbindung zwischen ihrem Vater und deiner Mutter gibt?«

»Unsinn, das ist unmöglich. Wenn überhaupt, gehört er zu den ehemaligen Gästen, die meine Mutter von ferne angehimmelt haben. Stell dir vor, einer hat ihr mal ein Haus vererbt, aber dann wollten die Kinder prozessieren, und meine Mutter hat verzichtet. Und nun will ihr einer ein Gemälde schenken ...«

»Das ist natürlich möglich, denn es handelt sich auch in diesem Fall um ein Erbe, denn Barbaras Vater ist kürzlich verstorben. Kannst du das Bild nicht wenigstens annehmen und dann entscheiden, ob du es deiner Mutter mitbringst?«

»Das werde ich ganz sicher nicht tun!«, gab sie trotzig zurück. »Aber vielleicht ist es vernünftig, wenn ich die Frau zumindest in dem Glauben lasse, dass meine Mutter es bekommt. Also gut, sag ihr, sie kann mir das Bild am Freitag geben, wenn sie die Suite bezieht.«

»Ich werde sie auf keinen Fall belügen, sondern ihr ausrichten, dass sie es dir geben kann, ich aber nicht garantieren kann, dass du es auch tatsächlich weiterreichst.«

»Die Frau hat dir aber mächtig den Kopf verdreht«, bemerkte Frédérique in abschätzigem Ton.

»Du bist sehr verbittert geworden, Rique, so kenne ich dich gar nicht«, entgegnete Henri spitz.

»Nenne es, wie du willst, aber ich lasse nicht zu, dass diese Person meine Mutter erschreckt. Richte ihr aus, sie kann mir das Bild geben. Mehr kann ich nicht für sie tun. Und schwöre mir, dass du ihr weder verrätst, dass es sich um meine Mutter handelt, noch dass sie dement in einem Heim lebt!«

»Ich werde ihr sagen, dass sie sich an dich wenden möge«, entgegnete Henri sichtlich gereizt. »Mir ist das langsam zu dumm, mich da einzumischen. Das ist ja, als wenn ich auf einem Minenfeld balanciere!«

Wahrscheinlich glaubte er, sie sei aus bloßer Eifersucht so zickig. Dabei lagen die Gründe für ihre Abwehr gegen die neugierige Deutsche viel tiefer, denn sie ahnte seit ihrer Jugend, dass ihre Mutter ein dunkles Geheimnis umgab. Sie war ungefähr zwölf Jahre alt gewesen, als sie unfreiwillig Zeugin geworden war, wie ihr Vater die Mutter angebrüllt hatte. Das war so ungewöhnlich gewesen, dass sie mit klopfendem Herzen an der Tür zur Gartensuite gelauscht hatte, denn dort, in dem sogenannten Hochzeitszimmer, fand die Auseinandersetzung statt.

Ihre Mutter weinte und flehte ihren Mann an, er solle es sich noch einmal überlegen, die Wahrheit schade doch keinem Menschen mehr. Daraufhin hatte er jene Worte gesagt, die sich in Frédériques Herz eingebrannt hatten und die sie niemals vergessen würde. *Wenn du das tust, verlasse ich dich und nehme meine Tochter mit!* Das aus

217

dem Mund von Frédériques Vater, der seiner Frau in der Regel jeden Wunsch von den Augen ablas, ihr selten widersprach und sie stets mit einem derart zärtlichen Blick musterte, dass einem ganz warm ums Herz werden konnte. Frédérique hatte es gehasst. Wie gern hätte sie ihren Vater davon abgehalten, die Mutter derart anzuschmachten, da diese seine Gefühle offenbar nicht erwiderte. Frédérique hatte niemals erlebt, dass die Mutter die Hand ihres Vaters von sich aus ergriffen hätte. Es ging alles von ihm aus. Ihre Mutter ließ seine Zuneigung eher gleichmütig über sich ergehen. Seit jenem Tag befürchtete Frédérique insgeheim, dass es für dieses Ungleichgewicht zwischen ihren Eltern einen Grund geben musste. Mit fünfzehn hatte sie dann den Drang entwickelt, hinter dieses Geheimnis zu gelangen, aber ihr Vater, der ihr sonst alles durchgehen ließ, hatte ihr unmissverständlich zu verstehen gegeben, dass es da nichts zu ergründen gäbe und sie sich damals an der Tür zum Hochzeitszimmer wohl verhört haben müsse. Ja, er leugnete vehement, diesen Satz überhaupt ausgesprochen zu haben.

Ihm zu Gefallen hatte Frédérique es aufgegeben, herauszufinden, worüber ihre Eltern sich einst gestritten hatten, und heute wollte sie selbst nichts, aber gar nichts mehr von einem dunklen Geheimnis wissen. Das umso weniger, seit ihre Mutter neuerdings ständig das Hochzeitszimmer erwähnte und dabei unverständliches Zeug murmelte, während ihre Augen leuchteten, als wäre sie ein junges Mädchen.

Und deshalb musste Frédérique auch jeglichen Vorstoß dieser Deutschen, zu ihrer Mutter vorzudringen, vereiteln und sich das Gemälde übergeben lassen, um es schnellstens zu vernichten. Die Vorstellung, ihre Mutter könne sich womöglich an etwas erinnern, das sie, ihre Tochter, partout nicht wissen wollte, machte Frédérique Angst. Es war schon schlimm genug, dass ihre Mutter nicht mehr wusste, wer ihr Ehemann gewesen war. Da halfen alle Gedächtnisstützen nichts. Selbst auf Fotos erkannte sie ihren Mann nicht mehr. Frédérique verachtete ihre Mutter insgeheim dafür, dass sie den Mann aus ihrer Erinnerung gestrichen hatte, der alles für sie getan hatte. Auch wenn der Vater das nicht mehr miterleben musste, es wollte Frédérique schier das Herz brechen, wie ihre Mutter stattdessen ungeniert an jemand anderen dachte. Denn daran gab es keinen Zweifel, auch wenn ihre Mutter nur unverständliches Zeug vor sich hin brabbelte, aber dieser schmachtende Blick einer Liebenden brachte Frédérique in Rage. Dabei konnte die alte Frau nichts dafür, dass sie die Kontrolle über ihr Gedächtnis verloren hatte. Diese Einsicht erreichte Frédérique jedoch nur im Kopf. Bis in ihr Herz gelangte sie nicht. Neulich erst hatte Colette eine Bemerkung gemacht, die Frédérique zutiefst erbost hatte. *Oma scheint an eine alte Liebe zu denken. Ich würde ja gern wissen, wer dieser Jugendfreund gewesen ist.* Frédérique hatte ihre Tochter angefahren, sie solle solche Verdächtigungen unterlassen, denn die erste Liebe ihrer Mutter sei Colettes Großvater, Pierre Roux, gewesen und kein anderer. Colette hatte nicht widersprochen, aber Frédérique hatte bemerkt, dass die Heftigkeit, mit der sie darauf reagiert hatte, ihre Tochter befremdete.

»Träumst du?«, hörte sie Henri wie von ferne fragen. Sie hob den Kopf und stellte fest, dass er bereits von seinem Barhocker gerutscht war und sich zum Gehen bereit gemacht hatte.

Eigentlich hatten sie einander sonst zum Abschied umarmt, aber ihr war nicht danach.

»Schlaf gut«, murmelte sie.

»Sehen wir uns morgen zum Frühstück noch?«, fragte er.

Frédérique zuckte mit den Schultern. »Ich weiß nicht, wer Frühdienst hat.«

»Dann spätestens am Wochenende, wenn ich wiederkomme.«

»Du bist nächstes Wochenende schon wieder in Arromanches? Wir sind leider voll besetzt«, schickte sie in nicht gerade einladendem Ton hinterher.

Henri nickte. »Ich kam gerade an die Rezeption, als eine Absage kam. Das freie Zimmer hat mir die entzückende junge Dame, die, wie ich vermute, deine Tochter ist, gegeben.«

Dass er sich am Wochenende wieder im Hotel eingebucht hatte, versetzte Frédérique einen leichten Stich, weil das bedeutete, wie wichtig ihm diese Deutsche war.

Sie rutschte von ihrem Barhocker und verschanzte sich hinter dem Tresen, um die Gläser abzuwaschen, aber auch um der Umarmung mit ihm auszuweichen.

Henri stand etwas ratlos da. Er schien zu merken, dass er sie verärgert hatte, und wusste offenbar nicht, wie er damit umgehen sollte.

»Bis morgen«, murmelte er schließlich verlegen und verschwand.

Frédérique goss sich ein Glas vom allerbesten Rotwein ein und ließ ihn durch ihre Kehle rinnen in der Hoffnung, dass er sie entspannte. Im Augenblick wusste sie nicht so recht, was ihr mehr Unbehagen bereitete: dass die Deutsche ihrer Mutter hinterherschnüffelte oder dass diese Person im Begriff stand, dem ersten Mann den Kopf zu verdrehen, den Frédérique sich nach dem Desaster mit Victor überhaupt als Partner hätte vorstellen können. Wenn auch nur für einen kurzen Augenblick, fügte sie in Gedanken hinzu, denn von dem Prickeln, das sie vorhin empfunden hatte, war rein gar nichts mehr zu spüren.

27

Juliette kämpfte mit den Tränen, weil sie befürchten musste, dass Friedrich an diesem Abend nicht mehr auftauchen würde. An einem anderen Tag hätte sie damit vielleicht besser umgehen können, aber es war Weihnachten. Sie war zum Fest noch niemals zuvor allein gewesen. Voller Wehmut dachte sie an ihre Familie in Caen, die in diesem Augenblick wahrscheinlich vereint unter dem Tannenbaum saß. Auch wenn es keine Geschenke gab und das Essen mager sein würde, sie hatten wenigstens einander.

Gerade als sie ihre Hoffnung aufgeben wollte, hörte sie ein vertrautes Geräusch im Dunkel der Gasse. Ihr Herz tat einen Sprung. Erleichtert winkte sie ihm zu, als ein lächelnder, aber sichtlich erschöpfter Friedrich vor der Tür hielt. Sie bat ihn, das Rad in den Garten mitzunehmen, weil es, draußen an die Mauer gelehnt, unnötig Verdacht erregen würde.

Friedrich stellte es hastig an einem Baum ab und zog sie ungestüm in seine Arme. »Du bist ja ganz kalt, mein Lieb. Schnell ins Warme«, sagte er fürsorglich.

»Und du bist völlig durchnässt. Zieh dir schnell etwas anderes an«, riet sie ihm besorgt.

Friedrich nahm seinen kleinen Koffer vom Gepäckträger des Rades. »Komm, wir wärmen uns gemeinsam auf«, schlug er vor.

»Nein, geh du ruhig vor. Du musst noch einen Moment in unserem Zimmer auf mich warten. Ich werde mich umziehen. Ich habe den Kamin schon angemacht. Der Tisch ist gedeckt.«

Jetzt erst sah sie, dass er sichtlich angespannt wirkte.

»Was ist mit dir? Bist du in eine Kontrolle geraten?«

»Nein, nein, ich bin keiner Menschenseele begegnet. Es ist nur …« Er hielt inne. »… Es ist gar nichts«, korrigierte er sich hastig.

Juliette blickte ihn streng an. »Bitte, sprich über deinen Kummer. Wir haben uns geschworen, immer ehrlich zueinander zu sein. Ich bin gleich bei dir, und dann reden wir über alles, ja?«

Sie drehte sich, ohne eine Antwort abzuwarten, auf dem Absatz um, eilte ins Haus und zog sich rasch in ihrem Zimmer um. Das Kleid hatte sie bislang nur ein einziges Mal getragen. Zur Hochzeit ihres Bruders Louis. Die Mutter hatte es aus einem alten Vorhangstoff genäht, denn die Zeiten, in denen man in ein Geschäft in Caen gehen und sich Kleider aussuchen konnte, gehörten der Vergangenheit an. Es war mittlerweile alles knapp geworden. Lebensmittel, Brennstoffe, Kleidung …

Als sie wenig später das Essen geschickt auf einem Tablett durch die Tür der Hochzeitssuite balancierte, staunte sie nicht schlecht. Friedrich hatte nicht nur alle Kerzen angezündet, die er hatte finden können, sondern er trug ein weißes Hemd unter einer schwarzen Anzugjacke, und aus den Lautsprechern des Grammophons erklang eine Weihnachtsplatte mit französischen Liedern. Ihr wurde ganz feierlich zumute.

»Du bist umwerfend«, stieß sie begeistert hervor, während sie den gefüllten Kapaun mit den Maronen und dem Weißbrot als Beilage auf dem Tisch drapierte.

»Bezaubernd!«, sagte er verzückt. »Dieses Kleid, das steht dir hervorragend. Schade nur, dass ich es dir bald ausziehen muss«, fügte er mit belegter Stimme hinzu.

»Das hat meine Mutter selbst genäht«, erwiderte sie, während sie auf ihn zutrat und ihm ihre Lippen zum Kuss bot. Wenn Juliette ihn nicht ermahnt hätte, das Essen nicht kalt werden zu lassen, wären sie wohl auf der Stelle im Bett gelandet.

Friedrich rückte ihr den Stuhl am Tisch zurecht, öffnete den Champagner, den Juliette in einem Kühler vorbereitet hatte, und füllte ihn in die Gläser. Dann setzte er sich an seinen Platz, und sie prosteten einander zu. In diesem Moment wünschte sich Juliette, die Zeit möge stillstehen. Sie wollte nie mehr ohne ihn sein!

Auch wenn er sich zunehmend zu entspannen schien, entging Juliette weder die Sorgenfalte auf seiner Stirn noch die Blässe in seinem Gesicht. An der Tiefe dieser Falte konnte sie stets ablesen, ob ihn etwas belastete. Gleich nach dem Hauptgang, noch bevor sie den Weihnachtsbaumkuchen servierte, den sie zum Desert vorbereitet hatte, fragte sie ihn, was ihn quälte. Friedrich behauptete, es wäre nichts und er wolle den schönen Abend nicht zerstören. Doch Juliette beharrte darauf, dass er ihr endlich verriet, was er auf dem Herzen hatte.

Es fiel ihm sichtlich schwer, ihr die Wahrheit zu sagen, und er rang offenbar nach den richtigen Worten. Juliette gingen allerlei Vermutungen durch den Kopf, was es wohl sein konnte, das ihn derart belastete. Sollte er womöglich aus Frankreich abgezogen werden, oder bereute er es, seinen Heimaturlaub nicht anzutreten? Oder konnte es vielleicht sogar gefährlich für ihn werden, weil man an seinen Papieren erkannte, dass er den Zug nach Deutschland gar nicht bestiegen hatte?

Während sie noch darüber nachgrübelte, reichte er ihr wortlos einen Brief. Sie zögerte, ihn zu lesen, denn er begann mit den Worten: *Mein liebster Mann …*

»Bitte lies!«, ermutigte Friedrich sie entschieden.

Juliette war unbehaglich zumute, aber da er so darauf bestand, tat sie schließlich, was er verlangte, und vertiefte sich in diese sehr privaten Zeilen, die eine andere Frau an ihren Geliebten geschrieben hatte.

Mein liebster Mann,

nun ist es so weit. Am 15. Dezember im Morgengrauen habe ich einer gesunden Tochter das Leben geschenkt. Da die Krankenhäuser zum Teil zerstört sind, hat dein lieber Vater dieses Mädchen auf die Welt geholt.
Sie ist dir wie aus dem Gesicht geschnitten und ein kräftiges Baby. Deine Mutter behauptet, du hättest bei deiner Geburt genauso ausgesehen. Meine Eltern bestehen darauf, dass sie mir ähnlich sieht. Auf jeden Fall sind alle glücklich über dieses Kind, das Licht in unser Leben bringt. Uns geht es gut hier in Othmarschen.

*Wir beten nun, dass du vielleicht einen Urlaub bekommen kannst,
um deine kleine Tochter im Arm zu halten. Ich werde deinem
Wunsch entsprechen und sie Barbara nennen, wie du es mir vor
deiner Abreise in die Normandie aufgetragen hast. Ich hoffe, es
geht dir gut und du hast deine Krankheit heil überstanden. Liebe
Grüße von den glücklichen Großeltern und der Mutter, die jetzt
ein wenig schlafen muss, bevor Barbara aufwacht, denn sie ist ein
temperamentvolles Kind mit einer durchdringenden Stimme. Von
wem sie das wohl hat?*

Deine Elfriede

Juliette hielt den Blick krampfhaft gesenkt, nachdem sie den Brief
gleich zweimal gelesen hatte. Diese Zeilen rissen sie mit aller Macht
aus ihrer Traumwelt, die sie sich mit Friedrich geschaffen hatte. Das
da war sein reales Leben! Wie oft hatte sie daran gedacht, dass er in
Kürze Vater wurde, aber es war ihr stets gelungen, diese Vorstellung
wieder aus ihren Gedanken zu verscheuchen. Er hatte ihr wieder und
wieder versichert, dass er diese Frau nur aus Pflichtgefühl geheiratet
hatte, aber nun gab es dieses Kind, ein unschuldiges Wesen, das ein
Recht auf seinen Vater hatte. Sie traute sich nicht, ihn anzusehen,
weil sie ihre tiefe Verzweiflung sicher nicht vor ihm würde verbergen
können. Erst als sie ein Schluchzen vernahm, hob sie den Kopf.
Friedrich hatte die Hände vors Gesicht geschlagen, sodass sie nur hören konnte, wie er weinte. Sie erschrak. Noch nie zuvor hatte sie einen anderen Mann weinen sehen oder hören. Selbst als ihr Vater die
Nachricht erhalten hatte, dass ihr Bruder Claude, sein Lieblingssohn,
in Deutschland gestorben war, hatte er keine Träne vergossen, während ihre Mutter ihren Schmerz laut hinausgeschrien hatte.

Juliette fühlte sich schrecklich hilflos. Was sollte sie tun? Friedrich
trösten? Oder ihn für einen Moment allein lassen? Da ließ er die
Hände sinken und blickte sie flehend an.

»Bitte verzeih mir, aber ich fühle mich so verdammt zerrissen. Ich
wünschte, ich könnte die Kleine im Arm halten …«

224

Juliette nickte mechanisch. In ihr war alles leer. Sie spürte weder Schmerz noch Verlustangst.

»Du musst nach Deutschland fahren«, murmelte sie.

Friedrichs Tränen versiegten, und er musterte sie fassungslos. »Juliette, nein, so war das nicht gemeint. Ich werde dich auf keinen Fall verlassen. Wir gehören zusammen. Es ist nur so ...« Er verstummte.

»Das ändert alles. Du gehörst zu dieser Frau und deinem Kind, nicht zu mir.« Sie fühlte immer noch nichts. Ihr war so, als würde eine fremde Person diese unglaublichen Worte sprechen.

»Wenn ich zu ihr fahre, dann nur um ihr die Wahrheit zu sagen«, erwiderte er in beinahe trotzigem Ton.

»Bist du wahnsinnig? Du kannst doch deiner Frau nicht anvertrauen, dass du verbotenerweise eine Französin liebst? Ich kenne deine Frau nicht, aber eifersüchtige Frauen sind unberechenbar, besonders wenn sie gerade Mutter geworden sind!«

»Ich werde dich nicht erwähnen, aber ich werde ihr ehrlich sagen, dass es für sie und mich keine Zukunft gibt, aber dass ich stets für das Kind sorgen werde.«

»Liebster, nein. Fahr zu ihr, und akzeptiere dein Schicksal. Das mit uns, das war ein Traum, der früher oder später ein jähes Ende finden musste.«

»Was redest du da? Du bist die Liebe meines Lebens. Ich kann dich nicht aufgeben. Um keinen Preis, aber ich kann auch nicht länger lügen. Vielleicht wäre es einfacher, ich schreibe es ihr ...«

»Nein, nimm den nächsten Zug«, entgegnete sie und wunderte sich, dass sie nicht unter Weinkrämpfen zusammenbrach, sondern es genauso meinte, wie sie es gerade sagte. Er gehörte zu seinem Kind und nicht zu ihr!

»Gut, ich fahre, aber nur um reinen Tisch zu machen.«

Mit diesen Worten stand Friedrich von seinem Platz auf. Er war weiß wie eine Wand geworden und das, was ihm nun über das Gesicht lief, waren keine Tränen, sondern Schweißperlen, die ihm von der Stirn tropften. Wie ein Geist schwebte er um den Tisch herum und wollte sie in den Arm nehmen, aber Juliette entzog sich seiner Umarmung. »Geh zu deiner Familie!«, stieß sie heiser hervor.

»Wie oft soll ich dir noch sagen, dass du meine Liebe bist«, erwiderte er so verzweifelt, dass seine Gefühle sie in diesem Moment erreichten und sie seine Verzweiflung teilte. Sie ließ zu, dass er sie an sich drückte, und zwar so heftig, dass sie kaum mehr Luft bekam. Was sie aber noch mehr erschreckte als sein fester Griff war die Tatsache, dass er heiß war. Ja, er glühte förmlich.

»Friedrich, hast du Fieber?«, fragte sie sorgenvoll.

Seine Gesichtsfarbe hatte von Kalkweiß in ein ungesundes Rot gewechselt. Sie fühlte seine Stirn und zuckte mit der Hand erschrocken zurück. Friedrich hatte hohes Fieber. Bevor sie ihm anraten konnte, sich sofort ins Bett zu legen, verdrehte er die Augen und brach zusammen.

Nach einer Schrecksekunde, in der sie wie gelähmt war, kniete sie sich neben ihn und fühlte seinen Puls. Er war schwach. In ihrer Verzweiflung nahm Juliette eine Serviette vom Tisch, befeuchtete sie mit dem Tafelwasser und wischte ihm damit über die Stirn und das Gesicht. Offenbar tat sie damit genau das Richtige, denn Friedrich öffnete die Augen. Er fragte etwas in deutscher Sprache, das Juliette zwar nicht verstand, aber sie konnte sich den Sinn denken. »Du hast kurz das Bewusstsein verloren, weil du die Anstrengungen des Weges auf dich genommen und auch noch nass geworden bist. Ich hole einen Arzt.«

»Bitte tu das nicht. Geh an meinen Koffer und hole den Beutel mit Medikamenten. Ich habe mich vor ein paar Tagen auf dem Weg zu meiner Unterkunft wieder verkühlt, aber ich wollte doch meinen Urlaub nicht gefährden. Die hätten mich in dem Zustand nicht fahren lassen.«

Juliette legte ihm zärtlich die Finger auf den Mund. »Nicht so viel reden, Liebster. Versuch mit meiner Hilfe vom kalten Boden aufzustehen und dich ins Bett zu legen. Es sind doch nur ein paar Schritte, und dann schauen wir weiter.«

Unter Ächzen und Stöhnen setzte sich Friedrich auf und streckte ihr seine Hände entgegen. Juliette nahm sie und zog ihn mit aller Kraft nach oben. Er war so geschwächt, dass er sich an ihr abstützen musste, als er auf seinen Beinen stand. So schafften sie es bis zum Bett. Als er endlich lag, deckte sie ihn mit allen Decken zu, die sich in dem Zimmer befanden.

»Bitte, bring mir den grünen Beutel aus meinem Koffer, denn ich habe vorgesorgt und mich mit Medikamenten eingedeckt.«

Juliette öffnete seinen Koffer mit zitternden Fingern. Obenauf lag ein zerlesenes Buch. Die Traumdeutung von Sigmund Freud, las sie mit Mühe. Lesen konnte sie Deutsch mehr schlecht als recht, weil Friedrich ihr ein altes Lehrbuch geschenkt hatte. Als sie das Buch vorsichtig herausnahm, um an die Medikamente zu gelangen, fiel ein Foto heraus. Das Foto einer Frau. Juliette stockte der Atem. Die blonde Person war zweifelsohne attraktiv, wenngleich auch eher von herber Schönheit. Sie ließ sich nichts anmerken, sondern stopfte das Lesezeichen zurück in das Buch. Sie nahm nun seinen Schlafanzug aus dem Koffer sowie den Beutel.

»Es ist besser, wenn du deine feinen Sachen ausziehst«, schlug sie vor und hielt ihm sein Nachtzeug hin.

Nach einem fürchterlichen Hustenanfall setzte sich Friedrich im Bett auf. Er schien aber zu schwach, sich selbst ganz auszuziehen. Die Anzugjacke schaffte er gerade noch, bevor er wieder husten musste.

»Darf ich?«, fragte sie, während sie begann, die Knöpfe seines Hemdes zu öffnen. »Bitte«, stöhnte er. Beim Ausziehen ihres Liebsten kam auch Juliette ins Schwitzen. Als sie beim Unterzeug angelangt war, zögerte sie kurz, doch dann half sie ihm beherzt aus der Unterhose. Sie schämte sich ein wenig dafür, dass sie in diesem Augenblick kurz bedauerte, dass sie sich wohl so bald nicht mehr lieben würden. Als er im Schlafanzug wieder unter der Decke lag, war sie froh, dass er sicher im Bett war. Sie reichte ihm nun den Beutel mit den Tabletten, den Tropfen und ein Glas Wasser. »Aber wenn es schlimmer wird, hole ich einen Arzt ...«

Er nahm ihre Hand. »Julie, ich bin zwar kein Arzt, aber ich wollte mal einer werden, und so Gott will, werde ich diesen Beruf eines Tages ausüben. Ich bin sicher, dass ich keine neue Lungenentzündung habe. Es wird eine Grippe sein, die mich erwischt hat, weil ich die Symptome ignoriert habe, um zu dir zu kommen. Die lange Fahrt auf dem Rad durch den Regen und teilweise gegen den Wind hat mir den Rest gegeben. Ich befürchte nur, dass ich nun viel schlafen werde. Aber ein Gutes hat es: Es ist nicht mehr die Frage, ob ich doch noch nach Deutschland fahre und dich hier allein zurücklasse.«

Juliette rang sich zu einem Lächeln durch. »Nein, in diesem Zustand würde ich keinen Hund vor die Tür jagen. Pass auf, du schläfst jetzt erst einmal, und ich koche dir einen Tee in der Küche …«

»Aber bitte gleich wiederkommen«, bat er sie inständig, während er ihre Hand immer noch fest in seiner Hand hielt.

»Ich beeile mich«, versprach sie.

»Schwöre mir eines!«

»Alles, was dich wieder gesund macht!«

»Dass du nie wieder sagst, ich solle zu meiner Frau zurückgehen, denn selbst wenn es dich nicht gäbe, würde ich mit mir hadern, ob ich mit jemandem, den ich nicht liebe, mein ganzes Leben verbringen möchte. Mein Vater riet mir am Abend vor der Hochzeit, als wir beide heftig dem Wein zugesprochen hatten, mich von romantischem Ballast zu befreien. Eine gute Ehe sei eine gute Kameradschaft. Nicht mehr und nicht weniger. Aber selbst wenn daran ein Funken Wahrheit sein sollte, was ich arg bezweifle, muss ich leider gestehen: Elfriede ist nicht einmal mein bester Kamerad. Sie ist das Gegenteil von mir. Herrisch, ablehnend gegen alles Neue, und, was am schlimmsten ist, sie verehrt den Führer. Nein, Juliette, das kann ich nicht!« Vor lauter Aufregung hatte er sich, während er sprach, wieder im Bett aufgerichtet.

»Bitte, nun lass es gut sein. Wir reden darüber, sobald du wieder gesund bist, aber jetzt regt dich das nur unnötig auf. Ich bin bei dir und weiche dir nicht von der Seite. Versprochen!«

»Aber ich muss das alles klären. Glaube mir. Mein schlechtes Gewissen zerreißt mich. Nicht weil ich eine andere Frau über alles liebe, durch die ich erst erfahren habe, was wahre Liebe ist, nein, weil ich sie im Glauben lasse, dass sie und ich eine Zukunft haben. In ihrer Weltanschauung gibt es nach der Hochzeit nichts mehr, was uns trennen könnte. Scheidung kommt in ihrer Welt nicht vor. Ich darf sie nicht länger in dem Glauben lassen, dass sie und ich zusammengehören. Ich gehöre nur einer Frau. Zu dir!« Kaum hatte er zu Ende gesprochen, ließ er sich erschöpft zurück in die Kissen fallen.

»Schlaf jetzt. Ich werde an deinem Bett wachen und die Nacht auf dem Sofa verbringen, damit du deine Ruhe hast.«

Er hatte die Augen bereits geschlossen, als er murmelte: »Es tut mir so leid. Ich wollte dir heute alles schenken, was ich habe ...« Dann verstummte er, und sie hörte nur noch das Rasseln seines Atems. Sie hoffte inständig, dass er sich die richtige Diagnose gestellt und sich keine neue Lungenentzündung eingefangen hatte.

Sie betrachtete noch eine Weile ihren schlafenden Geliebten und strich ihm eine blonde Haarsträhne aus der Stirn. Die Liebe, die sie in diesem Augenblick für ihn empfand, war so intensiv, dass sie schmerzte, denn sie war verbunden mit der Angst, eines Tages aus diesem Traum unsanft zu erwachen, weil einer von ihnen beiden doch noch der Stimme der Vernunft folgte.

Auf leisen Sohlen schlich sie aus dem Zimmer und bereitete in der Küche heißen Tee und eine Schüssel mit Wasser vor, um ihm Wadenwickel zu machen, die das Fieber senken sollten.

Als sie zurückkam, wälzte er sich gerade unruhig von einer Seite auf die andere und murmelte einen Namen. Zunächst verstand sie ihn nicht, doch beim näheren Hinhören wurde er immer deutlicher: *Barbara* und immer wieder *Barbara*. Juliette traten Tränen in die Augen. *Barbara*. Wie zärtlich er ihren Namen aussprach, doch sie durfte nicht eifersüchtig auf ein Neugeborenes sein ... aber konnte sie es wirklich verantworten, diesem unschuldigen Wesen den Vater zu nehmen? Nein, dachte sie entschieden, während sie den Tee auf dem Nachttisch abstellte. Bevor sie sich aufs Sofa legte, weil sie plötzlich eine große Erschöpfung spürte, holte sie noch einmal das Foto der fremden Frau, seiner Frau, zwischen den Buchseiten hervor, und beim näheren Betrachten erkannte sie schließlich genau, warum

Friedrich sie nicht lieben konnte. Aus ihren Augen sprach eine gewisse Härte und nicht die Liebe, die er so dringend brauchte.

»Julie?«, hörte sie seine Stimme wie von ferne. Hastig legte sie das Foto zurück und eilte zu seinem Bett. Er schien noch im Halbschlaf zu sein, denn seine Augen waren noch geschlossen.

»Julie, ich liebe dich«, raunte er mit heiserer Stimme.

»Ich liebe dich auch«, flüsterte sie ihm ins Ohr. Ein dankbares Lächeln erhellte sein Gesicht. Was ihnen das Schicksal auch noch brachte, dachte Juliette ergriffen, sie würde ihn nicht verlassen, komme, was wolle! Und wenn es tausendmal gegen jegliche Vernunft war! Keiner konnte sie trennen. Nicht einmal dieses unschuldige Wesen …

28

Barbara war innerlich gespalten. Einerseits war sie erleichtert, dass Paula fort war, als sie vom Felsen zurückkehrte. Andererseits machte sie sich große Sorgen, wohin ihre Tochter mitten in der Nacht vor ihrem Zorn geflüchtet sein mochte. Um diese Zeit ging ganz sicher kein Zug mehr, aber alle Sachen Paulas waren verschwunden, auch deren Telefon. Keine Frage, sie war abgereist, ohne eine Nachricht zu hinterlassen, nicht mal einen winzig kleinen Gruß …

Barbara schlief schlecht in der Nacht. Am Morgen erwachte sie mit einem schrecklich schlechten Gewissen. Hatte sie ihre Tochter wirklich mit solch massiven Vorwürfen überfallen dürfen? War nicht sie selbst schuld daran, dass Paula derart nach Sicherheit strebte? Dass sie sich genötigt sah, zwischen Vater und Mutter zu entscheiden, weil nicht nur der Vater dies verlangte, sondern sie, ihre Mutter, nicht besser war? Hätte Barbara nicht, wenn sie erfahren hätte, dass Martin auch eingeladen gewesen wäre, trotzig gesagt, dass sie dann der Hochzeit lieber fernbleiben würde? Setzte nicht auch sie Paula mit Loyalitätsbeweisen unter Druck, weil ihre Tochter einen Lebensstil anstrebte, den sie, Barbara, ablehnte?

Ein Klopfen an der Tür riss sie aus ihren zermürbenden Selbstzweifeln. Barbara stand auf und öffnete. Vor der Tür stand Madame Bertrand mit einem Tablett in der Hand. Das sah nach einem französischen Frühstück aus!

Barbara nahm das Tablett entgegen, nachdem sie sich entschuldigt hatte, dass sie noch im Nachthemd war, doch Madame Bertrand blieb abwartend in der Tür stehen.

»Kann ich noch etwas für Sie tun?«, fragte Barbara.

»Haben Sie einen Augenblick Zeit?«, stellte die Vermieterin die Gegenfrage.

Barbara nickte und bat sie in das Zimmer.

Madame Bertrand betrat es zögernd und setzte sich an den Tisch. »Ich will Sie nicht belästigen«, sagte sie beinahe entschuldigend.

Barbara setzte sich ihr gegenüber. »Um was geht es denn?«, fragte sie, denn allzu wohl fühlte sie sich nicht, zerzaust, im Nachthemd und von den Nachtgedanken zerknittert.

»Ach, es geht um Ihre Tochter, ach nein, eher um Ihren ...«

»Was ist mit meiner Tochter? Wissen Sie, wo sie ist?«

Madame Bertrand zuckte mit den Schultern. »Ich sollte ihr gestern Nacht ein Taxi bestellen. Sie wollte zum Bahnhof nach Caen.«

Barbara schluckte.

»Fuhr denn so spät noch ein Zug?«

»Das habe ich sie auch gefragt und ihr angeboten, sie zu bringen und im Auto zu warten, falls keine Bahn mehr nach Paris fährt. Sie hat auf mein Zureden hin schließlich angenommen, kam aber am Bahnhof nach ein paar Minuten zurück und teilte mir mit, dass kein Zug mehr führe und sie einen Bekannten angerufen habe, von dem sie gleich abgeholt und bei dem sie auch übernachten werde. Ich könne beruhigt zurückfahren und solle Ihnen ausrichten, dass es ihr gut gehe. Wir haben uns mit Händen und Füßen, Brocken von meinem Deutsch und ihrem Französisch und ein bisschen Englisch verständigt.«

Barbara konnte nicht behaupten, dass diese Information dazu angetan war, sie zu beruhigen. Ein Bekannter ihrer Tochter, bei dem sie übernachten wollte? Da fiel ihr nur der attraktive junge Mann ein, der Paula gestern nach dem Streit vor dem Hotel hinterhergerannt war, aber das passte eigentlich nicht zu ihrer Tochter. Dass sie bei einem fremden Mann schlief.

»Und Sie wissen nicht, wer dieser Mann war?«

Madame Bertrand zögerte. »Ich ... ach ... es ist mir so unangenehm, aber ich habe gewartet, bis er kam, weil mir das nicht ganz geheuer war, die junge Frau mitten in der Nacht allein vor dem Bahnhof stehen zu lassen.«

»Das muss Ihnen gar nicht peinlich sein. Im Gegenteil, ich finde das sehr umsichtig von Ihnen. Und haben Sie dann beobachtet, wer sie abgeholt hat?«

Madame Bertrand nickte. »Ja, es war Vincent Laurent, der Neffe von Frédérique Dubois.«

Also doch, dachte Barbara, aber noch erstaunter war sie über seinen Nachnamen.

»Laurent? Sagen Sie. Da hätte ich mal eine Frage an Sie.«

Madame Bertrand lächelte leise.

»Deshalb bin ich hier.«

Barbara musterte sie verdutzt.

»Ihre Tochter hat mir auf der Fahrt nach Caen verraten, dass Sie auf der Suche nach Juliette Laurent sind, weil Ihr Vater ihr ein Gemälde vermacht hat. Jedenfalls habe ich das so verstanden.«

Barbara nickte eifrig.

»Verzeihen Sie, aber ich möchte Ihnen dazu einen gut gemeinten Rat geben. Versuchen Sie nicht weiter, Juliette zu finden. Einmal abgesehen davon, dass sie nicht mehr in der Lage ist, mit Fremden zu reden, sollten Sie die Vergangenheit ruhen lassen!«

Barbara horchte auf, und ihr Herzschlag beschleunigte sich. Diese Frau wusste etwas. Ob sie das Geheimnis ihres Vaters kannte? Aber ganz offensichtlich wollte sie Barbara davon abbringen, weiter nach Juliette Laurent zu forschen.

»Entschuldigen Sie, Madame Bertrand, aber das dürfen Sie getrost mir überlassen. Ich möchte nur wissen, wo ich diese Madame Laurent finden kann.«

»Das ist nicht so einfach, wie Sie sich das vorstellen«, konterte Madame Bertrand in scharfem Ton.

»Madame Bertrand! Zerbrechen Sie sich bitte nicht meinen Kopf. Wenn Sie nichts verraten, werde ich mich an den jungen Mann wenden, der meine Tochter abgeholt hat und der, wie ich vermute, mit Juliette Laurent verwandt ist.«

»Ja, er ist ihr Großneffe, der Enkel ihres Bruders Louis, wenn Sie es genau wissen wollen, aber der kann Ihnen auch nicht mehr sagen als jeder andere hier! Und bevor sie es von anderen erfahren, was im Ort jeder weiß: Juliette lebt in einem Heim und ist schwer dement. Nur ihre engsten Angehörigen dürfen Sie besuchen.«

Barbara schluckte. Das hatte sie nicht erwartet, aber das hieß ja nicht, dass sie einfach aufgeben und unverrichteter Dinge nach Deutschland zurückkehren würde. Sie musterte die Wirtin, die zunehmend angespannt wirkte.

»Und Sie, wie stehen Sie zu Juliette Laurent?«

Barbara konnte dabei zusehen, wie Madame Bertrand angesichts dieser Frage noch nervöser wurde. Sie griff sich fahrig in ihr graues, zum Knoten aufgestecktes Haar. Erst in diesem Augenblick stellte Barbara fest, dass die Dame wohl um einiges älter war, als sie sie anfangs geschätzt hatte. Sie schien auf den zweiten Blick eher im Alter ihrer Mutter zu sein.

»Wir waren einmal beste Freundinnen«, erwiderte Madame Bertrand knapp und strahlte aus, dass sie keine weiteren Fragen zu diesem Thema wünschte.

»Und dürfen Sie Ihre Freundin denn auch besuchen?«, hakte Barbara nach, die nicht daran dachte, den Wünschen ihrer Wirtin zu entsprechen. Schließlich hatte Madame Bertrand mit diesem Thema angefangen.

»Juliette und ich haben seit weit über fünfzig Jahren kein Wort mehr miteinander gewechselt. Beantwortet das Ihre Frage?«, fragte sie in spitzem Ton. »Entschuldigen Sie, dass ich mich eingemischt habe. Ich wollte nur an Sie appellieren, die Vergangenheit ruhen zu lassen. Wenn Sie nicht lockerlassen, werden Sie großen Schaden anrichten«, fügte sie beschwörend hinzu.

»Entschuldigen Sie, Madame Bertrand, aber ich glaube, Sie sollten mir nicht vorschreiben, ob ich die Wahrheit über meinen Vater und diese Dame herausfinden möchte oder nicht!«

»Das heißt, Sie wissen gar nicht, wer Juliette Laurent ist?«, fragte Madame Bertrand ungläubig.

»Nein, ich weiß nur, dass mein Vater dieser Frau ein Gemälde vererbt hat, das ich ihr an das *Hotel Normandie* schicken sollte. Und da es in dem Zusammenhang zu einigen Ungereimtheiten kam, sind Paula und ich nach Arromanches gekommen, um es Madame Laurent persönlich zu bringen und herauszubekommen, warum mein Vater einer wildfremden Frau in Frankreich ein Bild, das er selbst gemalt hat, vermacht, zumal nicht bekannt ist, dass mein Vater jemals in Frankreich gewesen ist.«

Madame Bertrand wich sämtliche Farbe aus dem Gesicht. »Dann ... dann ... ja ... dann wird es sich wahrscheinlich um eine Verwechslung handeln. Ich kann Ihnen nicht mehr raten, als eine schwer demente Frau damit zu verschonen!«

In dem Augenblick wusste Barbara, dass die Vermieterin log. Von wegen Verwechslung. Ja, sie vermutete sogar, dass diese Frau die Wahrheit über die Beziehung ihres Vaters zu dieser ominösen Französin kannte, deren Aufklärung sie sich von dieser Reise erhofft hatte. Doch bei dieser Person biss sie genauso auf Granit wie bei Frédérique Dubois. Da half nur noch eines: Sie musste die Frau in die Enge treiben.

»Sagt Ihnen der Name Friedrich Behrend etwas?«

In der Miene der Vermieterin konnte sie lesen, dass sie ins Schwarze getroffen hatte. Madame Bertrand hörte den Namen ihres Vaters auf jeden Fall nicht zum ersten Mal, aber Barbara machte sich keine großen Hoffnungen, dass die Dame das auch zugeben würde. Am liebsten hätte sie noch das Foto ihres Vaters in jungen Jahren auf den Tisch gelegt, das ihn nach Ende des Kriegs im Garten in Othmarschen zeigte, aber das würde die Angelegenheit nicht lösen. Diese Frau kannte ihren Vater. Daran gab es keinen Zweifel.

»Noch nie gehört!«, log die Bertrand ganz offensichtlich und erhob sich hektisch. »Wissen Sie schon, wie lange Sie das Zimmer noch benötigen? Ich habe ab dem Wochenende eine Anfrage. Das sind Stammgäste, denen ich gern eine Zusage machen würde.«

Keine Frage, die Vermieterin wollte sie loswerden.

»Kein Problem, ich kann am Freitag ins *Hotel Normandie* umziehen«, entgegnete Barbara gelassen.

»Sie wollen bei Frédérique im Hotel wohnen?« Madame Bertrand stieß einen tiefen Seufzer aus, bevor sie fortfuhr: »Wenn Sie kein Unheil anrichten wollen, nehmen Sie Ihr Gemälde wieder mit und lassen vor allem Frédérique mit dieser Sache in Ruhe. Vertrauen Sie mir doch einfach.«

»Danke für Ihre Mühe, aber ich bin gekommen, um etwas aufzuklären, und werde nicht aufgeben, bevor ich nicht alles versucht habe, der Wahrheit auf die Spur zu kommen. Und je mehr Sie auf mich einreden, um mich davon zu überzeugen, die Wahrheit ruhen zu lassen, desto neugieriger werde ich. Es ist auch meine Geschichte!«

»Dann wünsche ich Ihnen viel Spaß, aber sagen Sie später nicht, ich hätte sie nicht gewarnt«, bellte Madame Bertrand, während sie hocherhobenen Hauptes das Zimmer verließ.

Barbara blieb nachdenklich zurück. Es gab offenbar nur zwei Wege, mit der Angelegenheit umzugehen. Entweder sie ließ die Sache tatsächlich schweren Herzens auf sich beruhen. Dann befolgte sie nicht nur Madame Bertrands Rat, sondern musste sich auch nicht noch einmal von der unfreundlichen Madame Dubois abwimmeln lassen. Damit würde sie überdies ihrer Mutter einen großen Gefallen tun, die zweifelsohne ebenfalls mehr wusste, als sie jemals zugeben würde.

Oder sie steigerte ihre Bemühungen. Denn gerade die Tatsache, dass es so viele Personen gab, die die Vergangenheit vertuschen oder verdrängen wollten, steigerte ihr Bedürfnis, hinter dieses Geheimnis zu kommen. Normalerweise würde sie bei dem Gegenwind, den sie zu spüren bekam, nur in eine Richtung denken: dass diese Madame Laurent und ihr Vater sich einmal sehr nahegestanden haben mussten. Zu nahe, aber wie hätte ihr Vater eine Französin kennenlernen sollen? Es hatte keine Urlaube dort gegeben, und auch im Krieg war er nicht in der Normandie gewesen. Wenn nur ihre Eltern das behauptet hätten, so würde sie jetzt berechtigte Zweifel hegen, zumal ihr Vater einmal im betrunkenen Zustand davon gesprochen hatte, seine Asche möge an der Plage verstreut werden. An der Plage, nicht am Strand! Aber Onkel Gerhardt hatte bestätigt, dass ihr Vater niemals in der Normandie gewesen war. Warum sollte ein so integrer Mann lügen? Nein, das schien abwegig. Aber was sollte es sonst für eine Verbindung zwischen dieser Frau und ihrem Vater gegeben haben außer einer Liebesbeziehung? Dafür sprach auch die alte Postkarte aus Arromanches an ihren Vater mit dem klaren Hinweis des Verfassers, er solle seine Frau in Ruhe lassen. Das klang doch sehr nach eifersüchtigem Ehemann. Plötzlich fiel ihr ein, dass ihr Vater einmal für ein paar Wochen Ende der Fünfzigerjahre wegen seiner schwachen Lungen und seiner Herzschwäche in einem Kurhotel in Davos gewesen war. Was, wenn er dort einen französischen Kurschatten gehabt hatte? Das wäre jedenfalls ein triftiger Grund, warum ihre Mutter vermeiden wollte, dass sie, die Tochter, davon erfuhr. Allerdings würde Barbara eine solch amouröse Verwicklung nicht wirklich schockieren. Im Gegenteil, angesichts der unglücklichen Ehe ihrer Eltern wäre das keine allzu große Überraschung für sie. Barbara hatte sich oft gefragt, wie ihre Eltern es in dieser kühlen Atmosphäre überhaupt miteinander aushalten konnten, wobei sie insgeheim immer auf der Seite ihres Vaters gestanden hatte, der wesentlich emotionaler gewesen war als ihre Mutter. Was, wenn ihr Vater eine heimliche Affäre gehabt hätte, in der er die Wärme bekommen hatte, die ihm zu Hause fehlte? Und wenn er sie immer wieder heimlich getroffen und nur deshalb den Alltag mit seiner Frau ertragen hatte?

Sie hatte bei ihren Eltern niemals auch nur einen Ansatz von körperlicher Nähe erlebt. Nicht einmal zur Begrüßung oder beim Abschied hatten sie sich jemals in den Arm genommen. Barbara hatte ihren Vater stets zur Begrüßung umarmt. Ihre Mutter allerdings weniger. Das hatte sich immer befremdlich angefühlt, so als würde man einen Eisklotz berühren.

Wie Barbara es auch drehte und wendete, sie konnte ihre Nachforschungen nicht einfach einstellen, auch wenn sie damit nicht nur ihrer Mutter daheim, sondern womöglich auch hier diversen Menschen auf die Füße trat, sollte sich ihr Verdacht wirklich bestätigen. Aber sie hatte ein Recht, zu erfahren, was ihren Vater mit dieser Madame Laurent wirklich verbunden hatte.

Ihre Gedanken schweiften nun zu Paula ab. Sie wüsste zu gern, ob sie inzwischen auf dem Weg nach Hamburg oder immer noch in Arromanches war. Das herauszufinden war ihre leichteste Übung. Sie musste nur zum *Hotel Normandie* gehen und hoffen, dass Colette an der Rezeption saß. Die würde ihr ganz sicher verraten, wo sie diesen Vincent finden würde. Vielleicht würden sie oder der junge Mann ihr sogar verraten, in welchem Heim sich Juliette Laurent befand. Und dann würde sie der alten Dame einen Besuch abstatten!

Nachdem sie beschlossen hatte, die Suche nach der Wahrheit nicht aufzugeben, stieg Barbaras Stimmung wieder. Die Aussicht, Henri am Wochenende wiederzusehen, tat ein Übriges. Ich bin doch nicht etwa in diesen Franzosen, der mich noch nicht einmal geküsst hat, verliebt, dachte sie amüsiert, während sie ausgiebig duschte.

Als Barbara wenig später in ihrem wallenden Sommerkleid und mit frisch gewaschener blonder Mähne das Zimmer verließ, sah sie Madame Bertrand im Garten arbeiten, aber die tat so, als würde sie ihren Gast nicht bemerken.

Selbst das konnte Barbara die Laune nicht verderben. Immer dann, wenn sie ein Ziel verfolgte, lösten sich solche düsteren Gedanken, wie sie ihr beim Einschlafen noch das Herz beschwert hatten, in Wohlgefallen auf. Kein Wunder, dachte sie mit einem Blick nach oben, unter diesem herrlich blauen Himmel und bei der leicht kühlenden Brise an diesem warmen Sommertag in der Normandie konnte es einem nur gut gehen. Und selbst wenn ihre Recherche letztendlich und wider Erwarten doch erfolglos bleiben sollte, sie würde jede Stunde genießen, denn dass sie einfach so Urlaub machte, ohne zumindest in Gedanken mit einem neuen Bühnenprogramm beschäftigt zu sein, hatte es lange nicht mehr gegeben. Zu lange!

29

Juliette zehrte immer noch von den intensiven Tagen, die sie mit Friedrich in dem verborgenen Zimmer verbracht hatte. Dank ihrer Fürsorge war er nach fünf Tagen wieder halbwegs genesen, und Silvester hatte er sogar Champagner mit ihr getrunken. Da sie auf keinen Fall zufällig Madeleine über den Weg laufen wollten, hatten sie sich von den Vorräten ernährt, weil sie nicht zum Hof der Petits gefahren war. Juliette hatte die Gabe, aus den einfachsten Zutaten ein schmackhaftes Mahl zuzubereiten.

Kurz vor Mitternacht am letzten Tag des Jahres 1943 hatten sie einander leicht beschwipst geschworen, ihr zukünftiges Leben gemeinsam zu verbringen. Sie hatte ihm vorgeschlagen, er solle nach dem Krieg als Arzt in Frankreich praktizieren, sobald er sein Studium abgeschlossen habe. Dann müsse sie nicht ins kalte Deutschland mitkommen. Jedenfalls erwähnte keiner von ihnen mehr Friedrichs Ehefrau, geschweige denn das Kind. Sie taten so, als wären sie allein auf der Welt, und trauten sich sogar, ein paarmal nach Einbruch der Dunkelheit am Meer spazieren zu gehen trotz der riesigen Schilder, die das Betreten verboten. Solange keine Minen, kein Stacheldraht oder sonstige im Sand versteckte hinterhältige Waffen, die den Alliierten eine mögliche Landung erschweren sollten, den Strand zur gefährlichen Zone machten, zog es Juliette ans Meer.

Sie hatten auch ihr Weihnachtsfest nachgeholt. Friedrich hatte sich sehr über das Kunstbuch gefreut. Das hatte sie ihm aus ihrer Bibliothek rausgesucht, weil es sich mit deutschen Expressionisten beschäftigte. Er hatte gar nicht fassen können, wie sie an so ein Buch gekommen war, und sie erinnerte ihn an ihre Bekanntschaft mit dem Professor. Schließlich hatte sie ihn auf sein Drängen sogar mit in ihre

Dachkammer genommen, um ihm ihre Sammlung an Kunstbüchern zu zeigen. Friedrich zeigte sich sichtlich beeindruckt, aber er hatte sich auch etwas einfallen lassen. Er hatte ihr ein Buch geschenkt, das er in Caen in einem Antiquariat entdeckt hatte. Einen Baedeker aus der Zeit vor dem Ersten Weltkrieg, der unter anderem die Sehenswürdigkeiten Hamburgs beschrieb, und zwar auf Französisch.

Juliette wurde ganz warm ums Herz bei der Erinnerung an ihre Abende am Kamin, an denen sie aneinandergeschmiegt gemeinsam den Straßenplan von Hamburg angeschaut, sich gegenseitig vorgelesen oder die Bildbände betrachtet hatten. Sogar ein deutsches Lied hatte Friedrich Juliette beigebracht. »Wenn ich ein Vöglein wär …« Er wollte ihr damit zeigen, dass Deutschland eine Kultur besessen hatte, bevor Hitler alles Schöne und Erhabene durch sein dumpfes und menschenverachtendes Weltbild zu ersetzen versucht hatte. Im Gegenzug hatte sie mit ihm zusammen französische Lieder aus einem Liederbuch gesungen. Es war ihnen an keinem Abend langweilig miteinander geworden. Im Gegenteil, es war alles aufregend, was sie miteinander teilten.

Ganz zu schweigen von den langen Nächten, in denen sie sich immer und immer weiter geliebt hatten bis zum Morgengrauen. Sie amüsierten sich selbst darüber, dass sie nicht genug voneinander bekommen konnten.

Doch nun hatte der Alltag sie wieder. Jeden in seiner Welt, und es war unklar, wann sie sich wiedersehen würden. Diese Ungewissheit schlug Juliette mächtig auf die Seele. Das graue regnerische Januarwetter war nicht geeignet, ihre trübe Stimmung zu vertreiben. Zumindest hatte sie inzwischen die Nachricht bekommen, dass sie sich ab Mitte Januar wieder im Hotel einfinden solle, weil die Arbeitstrupps nach Arromanches zurückkehren würden, um nun den Strand zu sichern, wie es in dem Schreiben hieß, das sie in diesem Moment in der Hand hielt. Und man wünschte, dass sie die Truppe verpflegte und die Zimmer der Offiziere im Hotel in Ordnung hielt.

Das Schreiben war namentlich an sie adressiert, aber an ihre Mutter nach Caen geschickt worden, weil man sie dort vermutete. An diesem Tag hatte sie sich in die Stadt aufgemacht, um ihrer Familie ein schönes neues Jahr zu wünschen. Sie war die ganze Strecke mit ihrem Rad gefahren und wollte am Nachmittag auf jeden Fall zurück, denn sie wartete sehnsüchtig auf eine Nachricht von Friedrich.

Zum Glück hatte das Schreiben keiner vor ihr geöffnet, dachte sie erleichtert. Dann wäre nämlich ihr kleines Geheimnis ans Licht gekommen, dass sie über Weihnachten und Silvester allein im Hotel verbracht hatte, nachdem die Arbeiter kurz vor Weihnachten vorerst abgezogen waren. Es kam Juliette zugute, dass ihr Bruder Louis, der keine Skrupel hätte, ihre Post zu öffnen, mit seiner Rolle als frischgebackener Vater und seiner Arbeit im Stadthotel, in dem zurzeit Offiziere wohnten, die die Bunkeranlagen an der Küste inspizierten, rund um die Uhr beschäftigt war. Und ihre Mutter würde niemals Briefe an sie öffnen.

»Hattest du viel Arbeit über die Festtage?«, fragte ihre Mutter voller Mitgefühl. »Du siehst nämlich sehr blass aus, mein Kind.«

»Ach, mir fehlen nur die Strandspaziergänge. Dort haben sie mittlerweile eine Sperrzone eingerichtet, obwohl sie doch vermuten, dass die Alliierten an der Kanalküste landen und sicher nicht bei stürmischer See im Winter.«

Madame Laurent strich ihrer Tochter über die Wangen und forderte sie auf, noch etwas von der Apfel-Tarte zu essen, die sie extra für sie gebacken hatte. Juliette fand, dass ihre Mutter in den Monaten, in denen sie einander nicht gesehen hatten, merklich gealtert war. Sie vermutete, dass die Sorge um Gérald der Grund für ihre Falten war. Er hatte seiner Familie zwar ein Zeichen zukommen lassen, dass er in Sicherheit war, aber das war schon eine Zeit lang her, und die Verfolgung von Mitgliedern der Résistance wurde immer unbarmherziger betrieben.

»Kommst du denn allein zurecht mit dem Kochen? Wenn nicht, dann werde ich für ein Weilchen zu dir kommen, um dich zu unterstützen«, bot ihr die Mutter an.

»Nein, nein, das brauchst du nicht. Ich schaffe das schon allein«, erwiderte Juliette so heftig, dass sie schon befürchtete, sich damit verraten zu haben, denn ihre Mutter musterte sie skeptisch. Doch bevor sie nachfragen konnte, klingelte es an der Tür. Juliette kam ihrer Mutter zuvor und öffnete. Sie erschrak, als sie ihren Bruder Louis erblickte, der allerdings ebenfalls recht überrascht zu sein schien.

»Du hier?«, fragte er.

Sie nickte und fragte freundlich nach dem Befinden seiner Frau und des kleinen Jules.

Louis aber blieb ihr eine Antwort schuldig, sondern packte sie wortlos am Arm und schob sie in das erste Zimmer, das vom Flur abging, und schloss die Tür hinter sich.

»Was soll das?«, wollte sie erschrocken wissen.

»Ich möchte vermeiden, dass wir Mutter unnötig beunruhigen. Was hast du über die Festtage in Arromanches allein im Hotel gemacht?«

Juliettes Herzschlag beschleunigte sich. »Ich? Allein? Wie kommst du darauf?«

»Ich stelle hier die Fragen. Die Deutschen sind am Tag vor Weihnachten vorläufig abgezogen. Und bringe uns beide nicht in die peinliche Lage, das zu leugnen. Vergiss nicht, dass in meinem Hotel zurzeit einige Offiziere wohnen.«

Juliette ahnte, dass sie sich jetzt auf die Schnelle etwas Plausibles würde ausdenken müssen, um bei ihrem Bruder keinen Verdacht zu erregen. Sie straffte die Schultern.

»Sollte ich etwa mit einer schweren Grippe nach Caen kommen und euch alle anstecken? Vor allem dein Neugeborenes! Freu dich doch, dass ich so rücksichtsvoll war und, statt mich von Mutter pflegen zu lassen, allein für mich gesorgt habe!«

Louis musterte seine Schwester zweifelnd. »Du hast krank allein im Bett gelegen? Aber warum hast du denn nicht zumindest angerufen und Mutter gebeten, dich zu pflegen? Und warum hast du uns nicht informiert darüber, dass der Trupp abgezogen ist.«

»Weil die das nicht groß angekündigt hatten und ich mich schon da kaum auf den Beinen halten konnte.«

»Hm«. Louis schien mit sich zu kämpfen, ob er ihr glauben sollte oder nicht. »Nächste Woche kommen sie mit mehr Leuten als im November. Das heißt, du schaffst das nicht allein, wenn die Truppe zurückkehrt. Du brauchst unbedingt Hilfe. Wir schicken dir einen von unseren Leuten.«

»Louis, das möchte ich gar nicht. Ich schaffe das schon. Vielleicht kommen Georges und Jean ja auch zurück«. Es war ihr immer noch lieber, dass sie sich mit ihr bekannten Leute umgab statt mit Fremden, die von ihrem Bruder geschickt wurden.

»Nein, die beiden mussten auch untertauchen, denn unseren Mann im Gefängnis haben sie derart zugerichtet, dass er alle Namen genannt hat. Bis auf meinen«, stöhnte er. »Aber Pierre ist ein unbeschriebenes Blatt für die Gestapo. Deshalb wird er dich unterstützen.«

Juliette funkelte ihn wütend an. Ihre Angst, er könne hinter ihr Geheimnis kommen, hatte sich verwandelt in den Zorn, dass ihr Bruder ihr wieder einmal Pierre auf den Hals schickte.

»Hör auf, mich mit deinem Freund zu verkuppeln. Was soll der mir schon helfen?«, zischte sie.

»Hast du vergessen, dass er im Hotel seines Vaters Koch gelernt hat, bevor er die Verwaltung der Häuser übernommen hat?«

Juliette zuckte mit den Schultern. »Mag sein, aber ich habe keine Zeit, ihn einzuarbeiten. Es macht mir mehr Mühe, wenn da ein Fremder in der Küche rumrennt ...«

»Pierre ist doch kein Fremder! Und außerdem ist er nicht nur als Koch vor Ort, sondern auch um herauszubekommen, was genau am Strand für Fallen gelegt werden sollen!«

Juliette lagen heftige Widerworte auf der Zunge, aber sie schluckte sie herunter. In dem Maß, in dem sie sich gegen Pierres Anwesenheit wehrte, gab sie ihrem Bruder Anlass, an der Richtigkeit ihrer Angaben zu zweifeln.

»Meinetwegen. Aber ich werde nicht allein mit ihm unter einem Dach schlafen, sondern in die Hochzeitssuite ziehen«, verkündete sie entschieden, obwohl sie nicht ganz sicher war, ob das eine gute Idee war, das verborgene Zimmer überhaupt zu erwähnen.

Louis verzog spöttisch das Gesicht. »Du glaubst doch selber nicht, dass er sich nachts in dein Zimmer schleicht und über dich herfällt, oder?«

»Du spielst dich doch ständig als Sittenwächter auf, aber willst mich nun allein mit deinem Freund und diesen ganzen Deutschen unter einem Dach schlafen lassen. Als einzige Frau?« Sie tippte sich gegen die Stirn.

Louis hob beschwichtigend die Hände. »Gut, du hast ja recht, es wäre besser, du hättest dein eigenes Reich, aber achte darauf, dass die Deutschen nicht wissen, dass du im Pavillon allein übernachtest.«

»Natürlich. Da passe ich schon auf mich auf. Außerdem weiß ja keiner davon, dass dort noch ein Zimmer ist. Und wenn ich mich schon darauf einlasse, dass du mir ausgerechnet Pierre schickst, dann wirst du auch ihm davon nichts verraten. Hörst du?«

»Aber Julie, ich lege meine Hand für ihn ins Feuer, dass er dich nicht in deinem Zimmer aufsucht!«

»Du weißt, dass er in mich verliebt ist, oder?«, fragte sie streng.

»Natürlich, er würde nichts lieber tun, als dich zu heiraten.«

»Eben. Und du weißt, wie Männer sind, wenn sie zu viel getrunken haben, dann nehmen sie sich, was sie wollen!«

»Julie! Aber mein Freund Pierre doch nicht!«, entgegnete Louis empört.

»Ich muss mich darauf verlassen, dass alle im Haus davon ausgehen, dass ich in einem Nachbarhaus übernachte, weil du nicht möchtest, dass ich allein als Frau mit diesen ganzen Kerlen unter einem Dach schlafe!«

»Ja, gut, versprochen! Ich werde auch Pierre nicht verraten, wo du nachts bist«, stöhnte er.

Juliette war sich nicht ganz sicher, ob das wirklich ein kluger Schachzug von ihr gewesen war, seine Aufmerksamkeit derart auf das verborgene Zimmer zu lenken. Aber andererseits würde das nun erklären, dass sie abends das Hotel verließ und keine Sorge haben musste, dass Pierre sie verfolgte, denn dass sie ihm zutraute, sie zu belästigen, war natürlich eine Lüge. Sie aber würde nun ganz legal das Haus nach getaner Arbeit verlassen und das Grundstück heimlich durch die Holztür betreten. Das machte die Treffen mit Friedrich auf jeden Fall einfacher, denn so konnte er ebenfalls durch die offene Tür in den Garten gelangen und sich auf eigene Faust zum Pavillon schleichen. Jetzt musste sie nur noch die Lichtfrage klären, und diesbezüglich hatte sie bereits eine geniale Idee. Einige der Zimmer im Hotel besaßen schwere Samtvorhänge, durch die kein Lichtstrahl gelangte. Daran würde sie sich bedienen und diese an allen Fenstern des Pavillons anbringen. Den alten Fensterläden traute sie nicht zu, dass sie gar keinen Strahl nach außen gelangen ließen.

»Dann danke ich dir, dass du mir Hilfe besorgst«, flötete sie, um Louis in der Sicherheit zu wiegen, dass in Arromanches alles seine Ordnung hatte.

Louis und Juliette waren gerade dabei, das Zimmer zu verlassen, als jemand an der Tür Sturm klingelte und dann gegen die Tür bollerte. »Aufmachen!«, schrie eine schnarrende Stimme auf Deutsch.

Juliette und Louis sahen einander erschrocken an.

»Willst du nicht lieber durch die Hintertür verschwinden?«, flüsterte Juliette.

»Auf keinen Fall lasse ich Mutter und dich mit diesen Schweinen allein«, raunte er zurück und öffnete die Tür. Dort standen drei Männer in feldgrauen Uniformen, von denen sie einen bereits kannte. Rolf Hartmann!

Louis fragte höflich, wen oder was sie suchten, aber er wurde unsanft von Hartmann zur Seite geschoben.

»Wir haben einen Hinweis darauf, dass sich ein Flüchtiger im Haus aufhält.«

»Nein, hier wohnt meine Mutter ganz allein. Das muss ein Irrtum sein«, sagte Louis mit fester Stimme.

Juliette blieb still. Sie hatte nur einen Wunsch. Dass Hartmann sie nicht wiedererkennen würde. Doch dieser Wunsch erfüllte sich nicht.

»Ach, wen haben wir denn da? Man sieht sich immer zweimal im Leben!« Der Mann trat einen Schritt auf sie zu. Juliette spürte, wie ihr die Knie weich wurden. Was, wenn der Kerl jetzt vor Louis verriet, woher sie sich kannten? Dann käme alles ans Licht.

Juliette nahm ihren ganzen Mut zusammen und setzte alles auf eine Karte, denn es dürfte doch auch ihm nicht angenehm sein, wenn herauskäme, dass er eine französische Geliebte hatte.

»Entschuldigen Sie, ich habe Sie noch nie gesehen! Sie müssen mich verwechseln!«

Hartmann stutzte, doch als er Louis' durchdringenden Blick auffing, straffte er die Schultern. »Entschuldigen Sie, Sie haben recht, ich habe Sie verwechselt«, stieß er grimmig hervor und wandte sich an Louis. »Wir müssen das Haus durchsuchen.«

In dem Moment trat Juliettes Mutter schreckensbleich auf den Flur. »Was geht hier vor?«

»Die Herren wollen dein Haus durchsuchen, aber keine Sorge, Mutter. Lass sie doch. Sie werden nichts finden. Komm, wir warten im Wohnzimmer …«

»Nein!«, schrie die Mutter. »Gehen Sie. Bitte gehen Sie sofort!«

Louis versuchte, die Mutter zu beruhigen, und redete auf sie ein, dass sie sich wirklich keine Sorgen zu machen brauchte.

Erst die schrille Stimme eines der beiden anderen Gestapo-Männer brachte sie zum Schweigen.

»Wohin führt diese Tür? Soll ich hier beginnen, Obersturmbannführer?« Er deutete auf die Kellertür und blickte Hartmann fragend an. Mit einem Satz sprang nun ihre Mutter hinzu und stellte sich mit ausgebreiteten Armen vor die Tür. Ein eiskalter Schrecken durchfuhr Juliette. Wenn ihre sonst so schüchterne Mutter ein derartiges Theater machte, konnte das nur eins heißen. Sie überlegte fieberhaft, was sie tun konnte, um die Durchsuchung des Kellers zu verhindern, aber ihr fiel partout nichts ein. Da hatte Hartmann ihre Mutter auch schon grob beiseitegestoßen und war mit einem seiner Begleiter auf dem Weg nach unten. Der andere blieb im Flur stehen, um sie zu bewachen. Juliette suchte Louis' Blick. Dass er aufgeregt war, konnte er nicht verbergen, aber er machte ihr ein Zeichen, ruhig zu bleiben.

Ihre Mutter heulte laut auf und stürzte sich in Louis' Arme. Juliette hielt die Luft an, als sie von unten lautes Gebrüll hörten. Eine deutsche Stimme und eine französische. Sie hatte innerlich gefleht, dass es nicht so sein möge, wie sie sich das eben in ihrer schlimmsten Fantasie ausgemalt hatte. Vergeblich, denn in diesem Moment schubste Hartmann Gérald grob vor sich her in den Flur.

»Gérald?«, stieß Louis entsetzt hervor.

Hartmanns Reaktion war ein hämisches Lachen. »Ach, das haben Sie nicht gewusst, dass Ihre Mutter Ihren flüchtigen Bruder in ihrem Keller versteckt?«

»Nein, meine Familie wusste nichts davon. Ich bin heimlich durch die Außentür gekommen und habe mich hier verborgen«, mischte sich Gérald in gebrochenem Deutsch ein. Er war nur noch ein Schatten seiner selbst, abgemagert, bleich wie eine Wand und vor Dreck starrend.

Wieder lachte der Obersturmbannführer dreckig. »Wer es glaubt.« Er wollte drohend einen Schritt auf Juliettes Mutter zugehen, aber Juliette, die das beobachtete, stellte sich schützend vor die Mutter.

Er musterte sie herablassend. »Was denken Sie denn von uns? Dass wir arme Mütterlein ins Gefängnis stecken? Aber bei jungen Frauen sind wir nicht so zimperlich. Wenn du davon gewusst hast, dann wirst du uns kennenlernen.«

Obwohl Juliette am ganzen Körper bebte, ließ sie sich ihre Angst nicht anmerken, sondern musterte Hartmann mit einem verächtlichen Blick.

»Lassen Sie meine Schwester in Ruhe!«, ging nun Louis dazwischen. »Dann nehmen Sie lieber mich mit!«

»Hört auf!« Gérald versuchte energisch zu klingen, aber man hörte, dass er ganz entkräftet war. »Keiner wusste, dass ich hier bin!«

Hartmann ließ von Juliette ab und versetzte stattdessen Gérald einen Stoß in den Rücken. »Lasst uns gehen«, befahl er seinen Leuten. In der Tür drehte er sich noch einmal um, warf Juliette einen drohenden Blick zu und wiederholte: »Man sieht sich immer zweimal im Leben!«

Kaum waren die Gestapo-Männer mit ihrem Bruder aus der Tür,

wandte sich Louis erregt an seine Schwester. »Woher kennst du dieses Schwein?«

Juliette leugnete hartnäckig, diesen Kerl jemals zuvor gesehen zu haben.

Erst als die Mutter laut aufschluchzte, ließ Louis Juliette in Ruhe.

Sie brachten die Mutter gemeinsam ins Wohnzimmer, wo sie sie auf einen Stuhl setzten.

»Ich wollte doch niemanden unnötig in Gefahr bringen«, stieß sie verzweifelt hervor.

»Du hast es gewusst?«, fragte Louis fassungslos.

Sie nickte schwach, doch statt sie zu schelten, riss Louis sie in seine Arme. »Mutter, das werden wir dir eines Tages danken, wenn der Spuk vorüber ist, aber tu mir einen Gefallen. Sollte ich eines Tages vor deiner Tür stehen und dich anflehen, mich im Keller zu verstecken, bitte weise mich ab. Du bringst die ganze Familie in Gefahr.«

Juliettes Mutter, die in der letzten Stunde noch einmal um Jahre gealtert schien, versprach es ihrem Sohn unter Tränen. »Aber was tun sie jetzt mit dem armen Gérald?«, fügte sie hinzu.

»Sie bringen ihn ins Gefängnis zu den anderen, aber sie werden ihn bald wieder freilassen.« Louis' Worte klangen nicht überzeugend.

»Das hoffe ich sehr. Ich habe gehört, sie schlagen um sich, je mehr sich abzeichnet, dass sie diesen Krieg verlieren werden«, bemerkte Juliette aufgeregt.

»Wie kommst du auf diese Einschätzung?«, hakte ihr Bruder prompt nach.

»Das hast du mir doch selbst gesagt!«, erwiderte sie hastig.

»Wir haben seit Monaten nicht mehr über so etwas gesprochen.«

Der Blick, den Louis Juliette dabei zuwarf, bestätigte ihren Verdacht. Er glaubte ihr nicht, dass sie den Obersturmbannführer noch nie zuvor gesehen hatte.

Sie musste sich schnell etwas einfallen lassen, um ihm sein Misstrauen zu nehmen.

»Dann habe ich das eben im Hotel aufgeschnappt. Die Männer reden viel darüber.«

Diese Erklärung aber schien ihn nicht zu überzeugen.

»Ich glaube kaum, dass sich deutsche Nazis untereinander darüber austauschen, dass sie verlieren könnten. Dafür endet man im Reich nämlich am nächsten Baum!«

Juliette aber gab sich nicht so leicht geschlagen. »Du vergisst, dass ich auch das Essen für die Kriegsgefangenen zubereite, und die nehmen kein Blatt vor den Mund.«

Louis schien noch zu überlegen, was er denken sollte, aber Juliette nutzte das zu ihren Gunsten.

»Ich finde es nicht richtig, dass du mir alle möglichen Dinge unterstellst. Woher soll ich so einen Drecksack wie den wohl kennen?«

»Vielleicht weil er mal im Hotel aufgetaucht ist, um nach Gérald zu fahnden?«, sagte er lauernd.

»Ich glaube, ich fahre jetzt besser. Grüß Frau und Kind von mir!« Juliette beugte sich zu ihrer Mutter hinunter und küsste sie auf beide Wangen. »Ich komme dich bald wieder besuchen.«

»Willst du nicht warten, bis Pierre mit dem Wagen fährt? Er kann dein Rad auf der Ladefläche mitnehmen.« Das klang fast versöhnlich, aber Juliette tat jetzt so, als wäre sie tief gekränkt über das Misstrauen ihres Bruders.

»Nein danke. Ich brauche frische Luft, weil du mich behandelst, als würde ich dich belügen!«

»Es tut mir leid. Im Moment können wir gar nicht vorsichtig genug sein«, sagte er zerknirscht.

Juliette musterte ihn ernsthaft erbost. »Du glaubst doch nicht etwa, ich würde dir verheimlichen, wenn mich dieses Schwein schon mal in die Mangel genommen hätte, oder?«

»Nein ... ich ... nein, es ist nur so, die Lage spitzt sich dermaßen zu, dass ...«

»Lass gut sein. Aber das schwör ich dir, mein Lieber. Sollte mich einer von diesen Kerlen auch nur schief ansehen, ich würde es dir sofort berichten!«, verkündete sie nachdrücklich. Und das meinte sie genauso, wie sie es sagte. Würde ein Mann wie Hartmann sie verhören, natürlich würde sie das brühwarm ihrem Bruder berichten, aber sollte sie ihm verraten, dass Madeleine eine Affäre mit ihm hatte? Nein, damit würde sie ausschließlich ihrer Freundin schaden und nicht ihm. Wenn das ihr Vater oder ihr Bruder erführen! Nicht auszudenken!

Als Juliette die Haustür hinter sich geschlossen hatte, atmete sie erst einmal tief durch. Obwohl sie einen Besuch auf dem Hof der Petits gern hinausgeschoben hätte, duldete er keinen Aufschub. Sie musste ihre Freundin zur Vernunft bringen, und zwar sofort! Dafür musste sie diesen Umweg, der sie zwei Stunden kosten könnte, sofort auf sich nehmen. Entschlossen schwang sich Juliette auf ihr Rad und schlug auf der Hauptstraße den Weg in Richtung Bayeux ein.

30

Ein erneuter telefonischer Streit mit Klemens fand zu Paulas Missfallen bereits auf dem Weg nach Caen. Unangenehm war ihr dabei am meisten, dass Vincent, der darauf bestanden hatte, sie zum Bahnhof zu fahren, es mithören konnte. Klemens war insbesondere darüber erbost, dass sie noch immer nicht in Hamburg angekommen war, denn seine Eltern hatten im Wissen ihrer Rückkehr am Abend ein Probeessen für die Hochzeit im *Hotel Atlantic* vereinbart. Er überhäufte sie mit Vorwürfen, dass er sie am Vortag nicht mehr hatte erreichen können. Schließlich hatte sie das Gespräch wutschnaubend mit den Worten: »Ich bin doch nicht dein Eigentum. Und ich muss eh mit dir über alles noch einmal reden! Auch über die Hochzeit!«, beendet.

Vincent tat so, als ob er nichts davon mitbekam. Auch nicht, als Klemens danach regelrecht Telefonterror verübt hatte, indem er sie mehrfach hintereinander angerufen, sie diese Gespräche aber nicht angenommen hatte. Stattdessen hatte Vincent ihr beim Abschied noch einmal versichert, dass er sich freuen würde, wenn sie noch ein paar Tage bliebe.

»Wenn ich es mir überlege, rufe ich dich an«, hatte sie ihm halb im Scherz angekündigt.

»Ich warte auf dich«, hatte Vincent mit einem Lächeln auf den Lippen erwidert.

Und nun hatte der blöde Zug nach Paris Verspätung, und Paulas Gedanken fuhren wie ein Karussell in ihrem Kopf herum. Und immer wieder kam ihr das Bild, wie er sie gestern Nacht mit in seine Wohnung genommen hatte.

Zu Paulas Verwunderung hatte Vincent beim gemeinsamen Absacker am nächtlichen Küchentisch, nachdem er sie in Caen vom Bahnhof abgeholt hatte, keinerlei Anstalten gemacht, sie in sein Bett zu zerren, was gemischte Gefühle in ihr ausgelöst hatte. Sie spürte nämlich selbst jetzt am Bahnsteig immer noch seine Küsse auf ihren Lippen, was bei ihr ein furchtbar schlechtes Gewissen auslöste.

Doch er hatte sich, kaum dass sie in »seiner Höhle«, wie er die Erdgeschosswohnung mit eigenem Eingang im Haus seiner Tante nannte, angekommen waren, als kompletter Gentleman erwiesen. Dabei hatte sie sich im Grunde nichts sehnlicher gewünscht, als dass er sie wenigstens noch einmal küsste. Aber er machte einen ernsten und zugeknöpften Eindruck und hatte von ihr nur wissen wollen, warum sie nach einem so schönen gemeinsam verbrachten Abend bei Nacht und Nebel aus Arromanches hatte verschwinden wollen.

Paula hätte nicht gedacht, dass ihn das derart treffen würde. Sie hatte ihn bis dahin für einen charmanten Schürzenjäger gehalten, der alles an Abenteuer mitnahm, was sich ihm bot.

Als er sie nach ihrem schönen Abendessen am Marktplatz in Arromanches vor der Pension von Madame Bertrand mit dem Wagen absetzte, hatte er keinen Zweifel daran gelassen, dass er sie gern »in seine Höhle« entführen würde. Paula hatte das Angebot allerdings abgelehnt, weil der Franzose ihr für ihre Begriffe schon viel zu nahe gekommen war. Ihren letzten Mann, der nicht Klemens hieß, hatte sie auf dem Abiball geküsst. Und nun war, kaum dass er die Gelegenheit gehabt hätte, sie flachzulegen, nicht mehr viel von seinem Draufgängertum zu merken gewesen. Wahrscheinlich besser so, dachte sie in diesem Moment, denn ob sie seinen Annäherungsversuchen widerstanden hätte, wagte sie zu bezweifeln.

Wäre er nur ein Don Juan, wie sie anfangs vermutet hatte, würde ihr die endgültige Abreise aus Caen an diesem Vormittag wesentlich leichter fallen, aber sein Verhalten verunsicherte sie zutiefst. Denn er hatte sich als wunderbarer Gesprächspartner entpuppt, der ein offenes Ohr für ihre Sorgen hatte. Wenn sie sich recht erinnerte, hatte sie die meiste Zeit geredet, was eigentlich untypisch für sie war, wenn sie an ihre Gespräche mit Klemens dachte, die meist früher oder später von ihm dominiert wurden. Bei der ersten Flasche Wein am Küchentisch hatte sie ihm ganz offen von ihrer bevorstehenden Hochzeit mit Klemens erzählt und bei der zweiten von ihrer Mutter und dem Konflikt mit der Hochzeitseinladung. Vincent hatte darauf warmherzig, aber wie ein guter Freund reagiert, was sie schwer verunsichert hatte, denn platonisch waren ihre Gefühle ihm gegenüber ganz sicher nicht. Aber nicht einmal als er ihr im Morgengrauen das Bett in seinem Zimmer hergerichtet hatte, hatte er Anstalten gemacht, ihren Rausch auszunutzen, obwohl sie ihn weinselig am liebsten zu sich in die Laken gezerrt hätte. Doch er hatte ihr nach harmlosen Küsschen auf beide Wangen eine gute Nacht gewünscht und ihr versprochen, sie rechtzeitig zu wecken, damit sie am Vormittag ihren Zug nach Paris bekam. Ob das vielleicht der Grund gewesen war, dass er sich so zurückgehalten hatte? Dass sie unbedingt diesen Zug nach Hause hatte nehmen wollen. Aber wenn er der Aufreißer war, für den sie ihn hielt, dann wäre das doch seine Chance gewesen, eine unverbindliche Nacht mit ihr zu verbringen.

Seufzend stellte Paula fest, dass sie wesentlich mehr Gedanken an Vincent verschwendete als ihren in Hamburg tobenden Verlobten, denn wenn er etwas gar nicht leiden konnte, dann war es, nicht zu wissen, wo sie gerade war. Und wenn sie dann noch ihr Telefon abstellte, wie sie das gestern Abend getan hatte, war der Ärger vorprogrammiert. Das hatte er ihr eben bei den Telefonaten im Wagen deutlich zu verstehen gegeben: dass er das nicht duldete und eine Erklärung verlangte.

Nur dem Alkoholgenuss hatte sie es zu verdanken, dass sie überhaupt ein paar Stunden geschlafen hatte. Am Morgen war sie von einem gut gelaunten und unverschämt gut aussehenden Vincent mit einem perfekt duftenden Milchkaffee geweckt worden. Woher er wohl wusste, was das für einen Luxus für sie bedeutete? Wie oft hatte sie Klemens zu verstehen gegeben, dass für sie ein Frühstück im Bett das Größte wäre, aber er hatte stets eingewendet, dass auf die Weise lästige Krümel zwischen die Decken geraten würden.

Jedenfalls hatte Vincent darauf bestanden, sie am Vormittag

höchstpersönlich zum Bahnhof zu bringen, und sie mit dem Satz »Ich warte auf dich« verabschiedet. Ohne Kuss, ohne Umarmung. Nur ein Lächeln. Wenn er wüsste, wie diese Worte sie berührten, auch ohne dass es zu einem Abschiedskuss gekommen war. Wenn er nur ahnte, dass alles in ihr danach drängte, noch zu bleiben.

Wenn sie doch ein bisschen mehr Mut hätte! Dann würde sie den Zug verpassen und ihn anrufen. Aber immer wenn sie in diese Richtung dachte, meldete sich auch gleich die Stimme der Vernunft. Wo sollte das hinführen? Lohnte es sich, dafür noch mehr Streit mit Klemens zu riskieren?

In dem Moment klingelte ihr Telefon erneut. Sie nahm das Gespräch entgegen und wollte sich gerade entschuldigen für ihre pampige Bemerkung, aber da überfiel Klemens sie bereits mit einer erneuten Tirade an Vorwürfen. Juliette hielt das Telefon weit vom Ohr weg, damit sie sich das nicht anhören musste. Es genügte, seine erboste Stimme im Hintergrund rauschen zu hören. Erst als er fertig war oder eine Atempause einlegte, teilte sie ihm mit, dass sie den Zug gestern verpasst hatte und nun auf eine verspätete Bahn nach Paris wartete. Statt sich zu freuen oder zumindest zu beruhigen, giftete Klemens, dass das wohl der Einfluss ihrer flippigen Mutter wäre. Paula holte kurz Luft, bevor sie ihm verbot, über ihre Mutter zu urteilen, die er doch gar nicht kenne und die im Übrigen sehr wohl zur Hochzeit eingeladen werde! Sie wusste auch nicht, woher dieses Statement so plötzlich kam, zumindest hatte sie nicht weiter über diesen Punkt nachgedacht. Trotzdem gab sie ungefiltert Vincents Meinung zu dieser Ausladung wieder, der es unmöglich fand, die eigene Mutter von der Hochzeit auszuschließen. Dementsprechend entgeistert reagierte auch Klemens. »Paula, was geht nur in deinem wirren Kopf vor? Wir haben doch alles besprochen. Die Einladungsliste steht …«

Sie lachte gequält. »Eine Liste kann man verbessern, eine Verletzung, die man einem geliebten Menschen zufügt, ist schwer wiedergutzumachen!«

»Paula, was ist bloß in dich gefahren? Deiner Mutter schien das gar nichts auszumachen, als ich mit ihr telefoniert habe …«

»Ich hatte es ihr noch gar nicht gebeichtet. Du hast es ausgeplaudert! Sie war schockiert, verletzt. Zu Recht!«

»Dafür kann ich nichts, wenn du zu feige bist, deiner Mutter die Wahrheit zu sagen. Fakt ist, dass sie nicht auf unser Fest passt. Stell dir vor, sie kommt in einem Hippiekleid mit einem ihrer Lover und betrinkt sich …«

Ohne zu überlegen, drückte Paula das Gespräch weg, denn in diesem Augenblick fuhr der Zug ein. Sie war wie betäubt. Sie rührte sich nicht von der Stelle, auch nicht, als sich der Bahnsteig jetzt leerte, weil alle anderen Fahrgäste schon eingestiegen waren. Der Schaffner, der das Signal geben sollte, rief ihr etwas auf Französisch zu. Sie konnte sich denken, was das hieß. Dass sie jetzt bitte einsteigen solle. Paula aber nahm ihren Koffer und begab sich zügig gen Ausgang.

Sie konnte nicht fahren, ohne mit ihrer Mutter zu sprechen. Ihr wurde erst in diesem Augenblick in vollem Umfang bewusst, was Klemens bei dem Telefonat mit Barbara bei ihrer Mutter ausgelöst haben musste. Es tat Paula in der Seele weh. So groß ihre Abwehr gegen den Lebenswandel ihrer Mutter auch immer sein mochte, aber Barbara hatte es nicht verdient, derart brutal ausgegrenzt zu werden. Und es gab noch einen anderen Grund, der sie davon abhielt, in jenen Zug zu steigen, dachte sie, als sie den Bahnhof verließ. Wenn sie an Vincent dachte, lag so ein gewisses Flirren in der Luft. Die Farben wurden intensiver, die Straßengeräusche zu Musik – und auf ihren Lippen spürte sie immer noch seinen Kuss.

Ich bin verrückt, dachte sie und musste in sich hineingrinsen.

»Sie suchen ein Taxi nach Arromanches?«, riss eine bekannte Stimme sie aus ihren verträumten Gedanken.

Sie sah auf und blickte in ein Paar warmherziger brauner Augen, aus denen der Schalk blitzte.

»Wieso bist du noch hier?«, fragte Paula ungläubig.

»Ich habe es mir gewünscht, dass du die richtige Entscheidung triffst. Und wie meine Cousine immer sagt: Dir, also mir, kann man keinen Wunsch abschlagen, du Schlitzohr«, lachte er.

»Angeber!«, erwiderte sie und hätte in diesem Augenblick schreien mögen vor Glück. Wenn sich Verrücktheiten so anfühlten wie das hier, dann bedauerte sie, es nicht schon viel früher ausprobiert zu haben.

Er nahm ihr den Koffer ab und schlug vor, dass sie die Sachen in die Wohnung brachten und dann eine kleine Bootstour unternahmen. Mitten im Satz hielt er inne. »Aber vielleicht möchtest du ja auch zu deiner Mutter in die Pension und dort übernachten. Ich denke, ihr habt einiges zu besprechen.«

Paula überlegte kurz.

»Nein, wenn ich darf, komme ich mit zu dir, aber nur wenn du mich auf dem Sofa schlafen lässt.«

»Auf keinen Fall. Wir teilen uns das Bett. Es ist schließlich groß genug für zwei«, entgegnete er.

Paula spürte allein bei der Vorstellung ein leichtes Kribbeln im ganzen Körper.

»Gut, aber freu dich nicht zu früh. Ich bin bekannt dafür, dass ich Bettdecken klaue«, erwiderte sie übermütig.

»Aber auf dem Boot hast du deine eigene Kabine, wenn du überhaupt Lust hast, dass wir eine größere Tour bis in die Bretagne unternehmen.«

Und was für eine Lust sie dazu hatte, mit ihm ein paar Tage zu verbringen, dachte sie, aber bestimmt nicht in einer eigenen Kabine, fügte sie grinsend in Gedanken hinzu.

Als sie Arromanches erreichten, bat Paula Vincent, kurz auf dem Marktplatz zu halten. Sie wollte ihrer Mutter wenigstens Bescheid geben, dass sie noch ein paar Tage Urlaub vor Ort machte.

Auf dem Weg zum Zimmer begegnete ihr Madame Bertrand, die sie befremdlich musterte. »Ihre Mutter ist unterwegs.«

Paula bedankte sich höflich und setzte ihren Weg fort, um ihrer Mutter wenigstens einen Zettel zu schreiben.

»Mademoiselle Behrend? Tun Sie mir einen Gefallen?«, hörte sie die Stimme der Wirtin. Paula fuhr herum und nickte. »Lassen Sie Madame Laurent und die Vergangenheit ruhen!« Madame Bertrand hatte das in einer Mischung aus einem Brocken Deutsch und Englisch gesagt, aber nach ihrem Ton zu urteilen, gab es keinen Zweifel, dass die alte Dame es verdammt ernst meinte.

Paula zuckte zusammen. Die Tatsache, dass das Geheimnis um Madame Laurent der eigentliche Grund war, warum Barbara und sie in die Normandie gereist waren, hatte sie gestern völlig ausgeblendet. Sie hatte Vincent nicht einmal weiter nach seiner Großtante Juliette ausgefragt. Sofort meldete sich ihr schlechtes Gewissen, weil sie etwas so Wichtiges einfach hatte vergessen können.

»Aber warum?«, widersprach sie entschieden und wiederholte es: »Warum?« Es war eines der wenigen französischen Wörter, die Paula kannte.

Madame Bertrand trat einen Schritt auf Paula zu.

»Weil das nur Unglück bringt. Lassen Sie die Toten ruhen!«, sagte Madame Bertrand in beinahe drohendem Ton, diesmal in einer Mischung aus Englisch, Französisch und Deutsch.

»Aber warum?«, hakte Paula unwirsch nach.

»Es bringt Unglück!« Mit diesen Worten drehte sich Madame Bertrand auf dem Absatz um und verschwand im Haus.

Kopfschüttelnd betrat Paula das Zimmer. Sie setzte sich an den klapprigen Tisch, holte ihr Notizbuch aus der Handtasche, riss ein Blatt heraus und notierte darauf ein paar Worte. Sie las ihn noch einmal durch, bevor sie den Zettel auf den Tisch legte.

Liebe Barbara,
mach dir keine Sorgen. Mir geht es gut. Mehr mündlich. Ich melde mich, sobald ich wieder klare Gedanken fassen kann. Ich bin etwas durcheinander.
Paula

Zurück im Wagen, berichtete sie Vincent, dass sie ihre Mutter nicht angetroffen hatte. Statt ihm von der merkwürdigen Begegnung mit Madame Bertrand zu berichten, fragte sie scheinbar beiläufig, ob er diese Frau kennen würde.

Vincent verneinte und fügte hinzu, dass sie den Ruf habe, eine

Einzelgängerin und Außenseiterin im Ort zu sein. Und dass sein Großonkel sie einmal abfällig *Boche*-Hure genannt hatte. Er erinnerte sich so genau daran, erzählte er ihr offenherzig, weil seine Großtante Julie, die stets sanftmütige und eher traurige Person, ihrem Mann mit erhobener Stimme verboten hatte, vor dem Kind, also ihm, so etwas je wieder in den Mund zu nehmen. In diesem Augenblick schien ihm einzufallen, dass Paula ihn beim ersten Treffen nach seiner Großtante gefragt hatte.

»Du hast mir übrigens immer noch nicht gesagt, was du von ihr willst. Ich meine von Tante Julie«, fragte er neugierig.

»Es ist nicht so wichtig«, schwindelte Paula, denn dass es ein Geheimnis um diese Frau gab, das man nicht nur im fernen Hamburg zu verbergen versuchte, sondern offenbar auch hier in der Normandie, war ihr nach dem befremdlichen Gespräch mit Madame Bertrand klar geworden. Nicht dass sie das nun verdrängen wollte, aber es passte nicht zu diesem schönen sonnigen Tag und der Aussicht, mit Vincent eine Bootsfahrt zu machen. Sie musste erst einmal die widerstreitenden Gefühle bezähmen, die in ihr tobten, seit sie spontan entschieden hatte, noch ein paar Tage zu bleiben, um mit ihm eine Tour zu unternehmen. Natürlich machte ihr dieser Mut auch Angst. Was, wenn diese Entscheidung ihre Zukunftspläne völlig durcheinanderbringen würde? Was, wenn Klemens erfuhr, dass sie nicht nur einen fremden Kerl geküsst, sondern sich bei ihm einquartiert hatte und mit ihm allein auf ein Boot ging? Und was erst, wenn er wüsste, dass sein Kuss bei ihr Sehnsüchte ausgelöst hatte, von denen sie vorher nicht einmal zu träumen gewagt hatte?

Vor Vincents Wohnungstür trafen sie seine Cousine, die Paula mit einer Mischung aus Überraschung und Wohlwollen musterte.

»Ich wollte gerade zu dir, Vincent, weil …« Sie wandte sich nun an Paula. »Ihre Mutter hat nach Vincent gefragt. Sie weiß offenbar, dass Sie bei ihm übernachtet haben.«

Paula spürte, wie sich ihre Wangen vor Verlegenheit röteten. Hatte sich das etwa schon im ganzen Ort herumgesprochen, wo sie heute geschlafen hatte?

»Ja, Paula hatte ihren Zug nach Hamburg verpasst. Und da hat sie mich angerufen.«

»Aha, der Retter in der Not«, bemerkte seine Cousine schmunzelnd. An der Art, wie sie das sagte, ließ sich erkennen, dass sie ihren Cousin zweifellos für einen Don Juan hielt, der eine neue Eroberung gemacht hatte. Paula war das überaus unangenehm.

»Ich habe ihr einen Zettel in unserer Pension hinterlassen. Sie weiß, dass ich noch ein paar Tage in Arromanches bleibe«, sagte Paula. In diesem Augenblick stellte sie ihre Entscheidung kurz infrage. Was dachte sie sich eigentlich dabei, sich derart plump von einem französischen Schürzenjäger abschleppen zu lassen? Sie war doch keine Frau für eine Nacht. Mitten in dem Gedanken unterbrach sie sich. Nein, sie war eine fast verheiratete Frau, die sich kurz vor der Hochzeit zum ersten Mal in ihrem Leben in ein Abenteuer stürzte. Und wer eignete sich dafür besser als ein Beau wie Vincent, der dasselbe wollte? Was hätte ihr wohl ein seriöser junger Mann genützt, der eine Frau zum Heiraten suchte. Vincent war die ideale Besetzung für diesen Film, der in Paulas Leben Première hatte. Noch während sie sich das einzureden versuchte, kamen ihr allerdings erneut Zweifel. Vincent hatte sich gestern Nacht nicht wie ein Aufreißer verhalten, sondern wie ein wirklich guter Freund.

»Gut, dann ziehen wir uns mal die Bootssachen an und gehen auf die ›Juliette‹. Oder ist das Boot an Hotelgäste verchartert?«, fragte Vincent seine Cousine.

Colette schüttelte den Kopf. »Nein, es ist die ganze nächste Woche frei.« Sie wandte sich erneut an Paula. »Werden Sie am Freitag zusammen mit Ihrer Mutter das *chambre d'amour* beziehen …« Sie stockte.

»Ich weiß noch gar nicht, wann ich wieder abreise«, entgegnete Paula verlegen.

»Ist ja auch egal. Ich richte das Zimmer als Doppelzimmer her. Viel Spaß euch beiden. Der Schlüssel für die ›Juliette‹ ist an der Rezeption.«

Kaum war seine Cousine außer Hörweite, entschuldigte sich Vincent für deren Direktheit. »Sie hält mich für einen Aufreißer«, seufzte er.

»Und? Bist du das?«, fragte Paula in anzüglichem Ton.

»Mein Ruf ist wesentlich gefährlicher als ich«, entgegnete er, während er die Tür aufschloss, sie sanft in seine Wohnung zog und dort einen Schritt auf sie zukam. Sie glaubte, er würde sie endlich noch einmal küssen, aber er sagte nur: »Darf ich?«, und wischte ihr über die Wange. »Du hattest da einen schwarzen Punkt«, sagte er mit einem Lächeln auf den Lippen.

»Machst du dich über mich lustig?«, fragte sie leicht verärgert.

»Nein, ganz sicher nicht«, erwiderte er in ernstem Ton.

»Dann küss mich doch endlich!«

»Aber Mademoiselle Behrend, Sie werden bald heiraten, und ich werde nicht ausnutzen, dass Sie jetzt Panik vor der Ehe bekommen haben.«

»Ich habe keine Panik. Ich dachte nur, ja, du bist doch jemand, der sich eher freut, wenn keine Gefahr besteht, dass sich eine Frau, die er küsst, eine verbindliche Beziehung von ihm erwartet.«

»Ach, ich verstehe, du suchst noch ein letztes Abenteuer, aber das Angebot muss ich leider ausschlagen. Das könnte ich nur wagen, wenn ich mich nicht in dich verliebt hätte.«

Diese unverblümte Liebeserklärung ließ Paulas Herz höherschlagen. Sie war ein Feuerwerk gegen die stereotypen Liebeserklärungen ihres Verlobten.

»Und wenn ich dir sage, dass es mir genauso geht«, erwiderte sie mit belegter Stimme und in der Hoffnung, dass er ihr Herz nicht pochen hörte.

Vincent lächelte: »Dann könnte ich zumindest noch einmal darüber nachdenken!«

»Mistkerl!«, lachte sie, bevor sich ihre Lippen fanden. Nicht nur seine Liebeserklärungen zündeten mehr als die von Klemens, sondern auch seine Küsse. Trotzdem hätte Paula in diesem Augenblick, wenn sie denn hätte reden können, immer noch einen heiligen Eid geschworen, dass die Hochzeit zwischen Klemens und ihr wie geplant stattfinden würde.

31

Colleville,
Februar 1944

Juliette blies ein eiskalter Westwind ins Gesicht, als sie den Hügel zum Hof der Petits hochradelte. Auf dem Weg waren ihr immer wieder Zweifel gekommen, ob sie von Madeleine tatsächlich eine Entscheidung verlangen durfte oder nicht, aber sie sah keine Alternative. Wenn Madeleine ihr Verhältnis mit diesem Schwein fortsetzte, würde sie ihr die Freundschaft endgültig aufkündigen müssen. Hier ging es nicht um eine Streiterei zwischen kleinen Mädchen, deren langjährige Freundschaft seit der Zeit in der Klosterschule immer mal wieder von Uneinigkeiten getrübt wurde. Madeleine war immer schon anders als Juliette gewesen. Draufgängerisch und abenteuerlustig, unterhaltsam, leichtsinnig und manchmal auch ein wenig rücksichtslos. Wenn Juliette nur daran dachte, wie die Freundin diverse Male nachts aus dem Klosterfenster gestiegen war, um in der Stadt einen Jungen zu treffen. So etwas hätte sich Juliette niemals getraut. Außerdem hatte sie mit fünfzehn noch kein Interesse an Jungen entwickelt. Sie hatte genug von jungen Burschen, da sie mit drei Brüdern aufwuchs. Und die Freunde ihrer Brüder entsprachen nicht dem Bild, das sie von dem Mann hatte, den sie einmal küssen wollte. Ja, Juliette hatte schon immer sehr romantische Vorstellungen von der Liebe und stets eine klare Vorstellung von dem Einen gehabt. Trotzdem schwärmten offenbar alle Freunde ihrer Brüder für sie. Louis pflegte stets zu sagen, sie habe die Qual der Wahl, aber sie solle schon einen seiner Freunde heiraten. Dabei hatte er seit jeher Pierre im Auge gehabt. Der gute Pierre, dachte sie, der inzwischen ein begehrter Junggeselle war, aber keinerlei Anstalten machte, eine andere zu heiraten als sie. Selbst Madeleine hatte einst für Pierre geschwärmt und war abgeblitzt, was ihr selten passierte.

Ja, sie waren sehr verschieden, Madeleine und Juliette, und dennoch hatte ihre Freundschaft bislang jede Krise überstanden, aber hier ging es um mehr. Um viel mehr: um das Leben und, wenn sich das mit den Deutschen im Land noch weiter zuspitzte, um nichts Geringeres als das Überleben.

Als sie auf dem Hof ankam, traf Juliette auf Monsieur Petit, einen knorrigen Landwirt, der stets mit grimmiger Miene umherlief, aber ein herzensguter Mensch war. Und als er sie erblickte, hellte sich seine Miene auf. Er hatte seiner eigensinnigen Tochter Madeleine immer all ihre Eskapaden verziehen, aber dieses Verhältnis, das sie zu dem Obersturmbannführer unterhielt, würde er mit Sicherheit nicht dulden. Dessen war sich Juliette sicher. Sein Sohn Bernard und er kämpften wie ihre eigenen Brüder im Widerstand erbittert gegen die Besatzer.

»Lange nicht gesehen, Julie. Wie schön, dass du dich mal wieder blicken lässt«, begrüßte er sie herzlich. »Sind die Deutschen zurück in Arromanches, die unsere schönen Strände verunstalten und zu Todesfallen machen? Brauchst du frische Zutaten für die Arbeiter?«

»Ich nehme gern etwas Essen mit, aber ich bin eigentlich hier, um Madeleine zu besuchen.«

Seine Miene verfinsterte sich wieder. »Du bist doch ihre beste Freundin, oder?«

Der Schrecken fuhr Juliette durch alle Glieder. So ernst, wie er das fragte, konnte es nichts Gutes bedeuten.

»Ja«, sagte sie leise.

Er senkte verschwörerisch seine Stimme. »Dann kannst du mir vielleicht sagen, ob etwas an den Gerüchten dran ist, dass sie deutsche Soldaten zum Feiern in mein Haus eingeladen hat?«

Juliette straffte die Schultern. »Wie Sie schon sagen, Monsieur Petit, es sind Gerüchte, an denen mit Sicherheit nichts dran ist!«, bemerkte sie mit Nachdruck.

»Gut, wenn du es sagst, will ich das gern glauben. Dann gebe ich nichts mehr auf das Gerede. Wie geht es deiner Familie?«

Juliette räusperte sich ein paarmal, bis sie Monsieur Petit in knappen Worten schilderte, was sie vorhin in Caen hatte miterleben müssen.

»*Merde alors*«, schimpfte er. »Aber keine Sorge, es wird ihm nichts geschehen. Ich meine, die Jungs haben ein paar Zementsäcke geklaut. Dafür bringen selbst die *Boches* keinen um.« Überzeugend klang das in Juliettes Ohren nicht. »Kannst du in Zukunft vielleicht wieder mehr mit Madeleine unternehmen? Ich befürchte nämlich, sie hat da schon wieder so einen hergelaufenen nichtsnutzigen Burschen kennengelernt, der keine ehrenwerten Absichten hat«, fügte er sichtlich besorgt hinzu.

»Wie kommen Sie darauf?«, fragte Juliette forsch zurück.

»Sie ist in letzter Zeit häufig dabei beobachtet worden, wie sie in einer der verlassenen Scheunen verschwunden ist. Und man hat wohl in der Nähe auch einen Kerl gesehen, den keiner kennt ...«

Juliettes Herz klopfte bis zum Hals. »Man hat den Mann gesehen?«

»Nur von Weitem. Aber er soll wie ein Landarbeiter aussehen. Und ich würde es schon gern sehen, wenn Madeleine einen anständigen Kerl mit nach Hause bringt.«

»Gut, ich werde ihr ins Gewissen reden, aber den Burschen hat sie mir auch noch nicht vorgestellt«, flötete Juliette scheinbar unbeschwert. Dabei war ihr spätestens in diesem Moment klar, dass Madeleines Leichtsinn die Freundin dieses Mal in größere Schwierigkeiten brachte, als sie sich das überhaupt vorstellen konnte.

»Ach, es ist immer wieder schön, dich zu sehen. Und grüß mir deine Mutter.« Mit diesen Worten verschwand Monsieur Petit im Stall.

Juliette betrat zögernd das Haus und rief den Namen ihrer Freundin. Madeleine kam ihr daraufhin freudig entgegengerannt. »Du bist es. Wie schön! Dass du dich entschuldigen willst«, lachte sie.

Juliette ließ sich von Madeleine herzlich umarmen, obwohl sie die Angelegenheit lieber ohne Umschweife hinter sich gebracht hätte.

»Können wir ungestört reden?«, fragte sie, nachdem Madeleine besorgt festgestellt hatte, dass Juliette sehr blass war.

»Komm, wir gehen in mein Zimmer.« Madeleine hakte die Freundin überschwänglich unter.

Als sie auf dem Bett der Freundin saßen und Juliette noch nach den richtigen Worten suchte, fragte Madeleine sie so unbeschwert, als hätte es den Streit um Rolf Hartmann zwischen ihnen gar nicht gegeben, ob sie sich demnächst zu viert in der Scheune treffen könnten. Es wäre zwar aufregend, plapperte sie los, dort der Liebe zu frönen, aber mal einen Abend mit Freunden einen Wein trinken und plaudern wäre durchaus eine nette Abwechslung …

Juliette holte tief Luft, und statt auf deren Vorschlag einzugehen, teilte sie ihrer Freundin mit, was Madeleines Vater ihr gerade anvertraut hatte.

Madeleine fehlten selten die Worte, aber die Tatsache, dass man ihr Versteck ausgespäht hatte, machte sie sprachlos.

»Verstehst du? Du darfst ihn nicht mehr treffen!«, fügte Juliette hinzu.

Madeleine musterte sie entgeistert. »Warum? Ich denke, das Problem ist nur, dass ich einen anderen Ort für uns finden muss! Und wie gut, dass er sich auf mein Zuraten hat überreden lassen, nicht in Uniform zu den Treffen zu kommen.«

»Nein, verdammt. Du musst das Verhältnis zu diesem Mann beenden!« Juliette schrie ihre Worte heraus.

»Was ist denn in dich gefahren? Ich weiß ja, dass du ihn nicht magst, aber er ist ganz anders, als du denkst. Er ist zuvorkommend, er weiß, wie man eine Frau glücklich ma-«

»Hör auf! Bitte! Ich will es gar nicht wissen! Ich weiß nur eins. Dieses Schwein ist heute in unser Haus gekommen, hat meine Mutter und mich bedroht. Sie haben das Haus durchsucht, meinen Bruder Gérald in ihrem Keller gefunden und ihn mitgenommen!« Juliette liefen Tränen der Wut übers Gesicht. Bislang hatte sie sich zusammengerissen, aber Madeleines naive und verliebte Sicht auf diesen Kerl brachte ihr Gemüt zum Überkochen.

Madeleine sprang erschrocken auf. »Das tut mir leid, aber wir sprechen nicht über seine Arbeit …«

»*Arbeit* nennst du das? Diese Schreckensherrschaft in unserem Land? Von Barbaren?«, schrie Juliette.

»Nicht so laut. Wenn das mein Vater hört«, ermahnte Madeleine sie.

»Madeleine, dieser Mann ist ein Hundertfünfzigprozentiger. Er schreckt vor nichts zurück. Er ist bei der Gestapo, den schlimmsten Schweinen von allen«, raunte Juliette ihr aufgebracht zu.

Madeleine maß die Freundin mit einem abschätzigen Blick. »Du warst schon immer die Gute, aber hast du vergessen, dass du dich selbst mit einem Deutschen einlässt? Was weißt du denn, was dein Friedrich alles im Namen seines Führers treibt? Nein, ich denke nicht, dass du ein Recht hast, mir mein Verhältnis zu Rolf vorzuhalten.«

Juliette fehlte die Kraft, ihrer verblendeten Freundin den Unterschied zu erklären zwischen einem Soldaten wie Friedrich und einem Gestapo-Schlächter wie Hartmann. Stattdessen sagte sie leise: »Ich bin nicht mehr mit Friedrich zusammen.« Es tat ihr in der Seele weh, den Liebsten zu verleugnen, aber solange Madeleine glauben musste, dass sie beide in einem Boot saßen, würde sie mit ihren Beschwörungen, die Beziehung zu Hartmann zu beenden, nicht zu ihr durchdringen.

Madeleine schien überrascht. »Aber ihr habt so verliebt gewirkt. Hat er etwa auch eine Frau in Deutschland? So wie der liebe Gerard wahrscheinlich?« Das klang spitz.

»Ja, er hat Frau und Kind.« Juliette konnte das mit der entsprechenden Betroffenheit sagen, denn schließlich war es die Wahrheit.

Madeleine setzte sich daraufhin neben die Freundin und nahm Juliette tröstend in den Arm. Juliette fühlte sich gar nicht wohl in ihrer Haut, aber was sollte sie tun? Sie hatte keine andere Wahl, als Friedrich zu verleugnen. Auf diese Weise hatte auch Hartmann nichts gegen sie oder ihn in der Hand, denn der Letzte, der über ihre Beziehung Bescheid wissen durfte, war er.

Juliette befreite sich unsanft aus der Umklammerung der Freundin und musterte sie flehend. »Madeleine, beende dieses Verhältnis. Bitte! Du darfst diesen Mann nicht wiedersehen! Du begibst dich in große Gefahr.«

Madeleine aber lächelte nur. »Juliette, mach dir keine Gedanken um mich. Er liebt mich. Was soll mir schon passieren? Die Deutschen haben das Sagen hier. Schon vergessen?«

»Nein, wie könnte ich? Das hat mir dieses Schwein vorhin unmissverständlich gezeigt, wer die Herren in Frankreich sind. Aber ich versichere dir, das wird nicht mehr lange dauern! Ihre Tage sind gezählt, und dann bleibst du allein hier zurück. Die Geliebte des Schlächters!«

»Nein, er lässt mich nicht einfach zurück. Er wird mich mitnehmen. Wir wollen Kinder, eine Familie ...«

»Halt den Mund!«, fuhr Juliette ihre Freundin an. »Das ist doch nur hohles Gerede, um dich rumzukriegen!«

Madeleine lachte hämisch. »Du solltest nicht von dir auf andere schließen. Nur weil dein Friedrich so ein Mistkerl ist, muss Rolf das noch lange nicht sein.«

Juliette schluckte. Nun hatte sie ihr Pulver verschossen. Ihr blieb nur noch das allerletzte Mittel. Sie suchte den Blick ihrer Freundin.

»Madeleine, du musst dich entscheiden: er oder ich!«

»Ich verstehe nicht ganz.«

»Doch, ich denke, du verstehst sehr gut. Wenn du dieses Verhältnis nicht beendest, ist damit unsere Freundschaft nur noch Geschichte!«

»Ich soll mich entscheiden zwischen dir und dem Mann, den ich liebe?«

»Wenn du so willst, ja!«

Madeleine schien fassungslos, doch dann deutete sie zur Tür. Aus ihren Augen funkelte der Zorn. »Du weiß ja, wo es nach draußen geht«, zischte sie.

»Ist das wirklich dein letztes Wort?«, hakte Juliette verzweifelt nach.

»Adieu, Julie!«

Juliette spürte, wie ihr die Knie weich wurden, aber sie schaffte es bis vor die Haustür. Im Freien atmete sie ein paarmal tief durch. Sie wusste in diesem Augenblick nicht, was schlimmer war: der endgültige Verlust ihrer besten Freundin oder die Sorge um Madeleine, die – und dessen war sich Juliette sicher – nicht wusste, was sie tat.

Auf dem Rückweg nach Arromanches kämpfte sie mit den Tränen, aber es war bereits dunkel, und sie wollte nicht blind durch die düstere Nacht fahren. Sie sehnte sich nach ihrem warmen Bett, wo sie ungestört weinen konnte. Seit den Weihnachtstagen, die sie dort mit Friedrich verbracht hatte, schlief sie auch allein in dem verborgenen Zimmer, weil sie dort alles an ihre leidenschaftlichen Nächte und ihre harmonischen Tage erinnerte. Und weil das Bettzeug nach ihm roch …

Sie stellte das Fahrrad ab, holte sich eine Flasche Wein und selbst gebackenes Weißbrot aus der Speisekammer, weil sie den ganzen Tag kaum etwas gegessen hatte, bevor sie sich aus der Küchentür durch den Garten zum Pavillon schlich. Kaum hatte sie die Tür geöffnet, durchzuckte sie ein eisiger Schreck. Da sie noch keine Vorhänge genäht hatte, drang ein Schimmer des Mondlichts durch die Ritzen der Fensterläden, und sie sah, wie sich ein Schatten im Raum auf sie zubewegte. Bevor sie schreien konnte, hörte sie eine vertraute Stimme flüstern: »Julie, keine Angst, ich bin es doch, ich habe überraschend freibekommen …« Und schon spürte sie seine Hände, die sich um ihre Taille legten. Laut schluchzend warf sie sich an Friedrichs Brust.

32

Barbara kam in der Mittagssonne in Bayeux an und beschloss, erst einmal den berühmten Teppich zu sehen, wenn sie schon einmal vor Ort war. Außerdem war es im Centre Guillaume le Conquérant angenehm kühl. Für eine Weile vergaß sie ihr eigentliches Anliegen, warum sie sich auf den Weg in die Stadt gemacht hatte, nachdem Colette ihr freimütig Auskunft über den Aufenthaltsort ihrer Großmutter gegeben hatte. Sie war es auch, die ihr geraten hatte, das Gemälde an der Rezeption des Pflegeheims abzugeben, weil ihre Großmutter keinen Besuch mehr empfing außer ihrer Tochter, ihrer Enkelin und ihrem Großneffen.

Barbara hatte daraufhin nicht lange überlegt, sondern sich den Wagen geschnappt, in dessen Kofferraum das gute Stück lag, und auf den Weg nach Bayeux gemacht.

Nun aber zog die Wandstickerei aus dem elften Jahrhundert, die auf fast siebzig Metern die Eroberungen von Normannenherzog Wilhelm darstellte, ihre ganze Aufmerksamkeit auf sich. Dieses gut erhaltene Stück bebilderter Geschichte faszinierte Barbara. Allein die Vorstellung, wie alt es war.

Erst als sie das Ausstellungsgebäude verlassen hatte, dachte sie wieder an ihr eigentliches Ziel, das Familiengeheimnis aus der jüngsten Geschichte zu ergründen. Gemessen an den Dimensionen der Historie, die der Wandteppich abbildete, waren sechzig Jahre nicht mehr als ein Wimpernschlag. Es tat ihr ein bisschen leid, Colettes Vertrauen zu missbrauchen, aber nichts und niemand würde sie davon abhalten, Juliette Laurent das Gemälde persönlich zu übergeben, obwohl auch Colette noch einmal deutlich gemacht hatte, dass ihre Großmutter keinen Besuch außer den ihr eng Vertrauten bekommen durfte. Barbara hatte keine eigenen Erfahrungen mit Demenzkranken, aber aus Schilderungen ihres Pianisten Frank, dessen Mutter schon länger an dieser Krankheit litt, wusste sie, dass man sich wunderte, an was für Ereignisse aus der Kindheit oder gar Jugend sich diese Menschen plötzlich erinnerten. Frank sagte immer, man müsse gut hinhören, um aus diesen Botschaften ein Stück Biografie der Dementen heraushören zu können, aber das, was sie in solchen Situationen von sich gaben, war wirklich geschehen, wenn auch vor etlichen Jahrzehnten. Auf eine solche Reaktion bei Madame Laurent hoffte Barbara. Wenn sie das Bild erkannte und es etwas in ihr auslöste, würde sie vielleicht etwas verraten, was geeignet war, das Geheimnis ihres Vaters zu lüften. Insofern konnte sie keine Rücksicht darauf nehmen, was die Familie Dubois in diesem Fall wünschte.

Nach der Besichtigung durchquerte Barbara mit dem in Packpapier eingewickelten Gemälde unter dem Arm zu Fuß die historische Altstadt. In einem Reiseführer hatte sie gelesen, dass Bayeux im Gegensatz zu dem im Krieg völlig zerstörten Caen intakt geblieben war, doch je weiter sie sich dem Heim näherte, das ganz in der Nähe des historischen Kerns lag, desto weniger nahm sie von ihrer Umgebung wahr. Da war sie wieder, diese Getriebenheit, wenn sie ein Ziel verfolgte.

Ihre Gedanken schweiften zu ihrer Tochter ab. Sie würde zu gern wissen, wo Paula im Augenblick war. Im Zug nach Hamburg oder noch in Arromanches? Aus dem, was Madame Bertrand ihr berichtet hatte, konnte sie lediglich schließen, dass Paula mit diesem Vincent in der Nacht noch nach Arromanches zurückgekehrt war, aber wo war sie jetzt? Vincents Cousine hatte ihr auch nichts Näheres darüber sagen können, außer dass sie ihren Cousin an diesem Tag noch nicht gesehen hatte. Und einfach bei dem jungen Mann vor der Tür zu stehen und nach ihrer Tochter zu fragen, wäre einer Versöhnung mit Paula mit Sicherheit nicht förderlich.

Das Pflegeheim lag auf einem parkähnlichen Grundstück und sah aus wie eine vornehme Villa – nicht wie ein Ort, an dem alte und auch demente Menschen betreut wurden. Vereinzelt saßen die alten

Herrschaften auf Stühlen unter den großen Bäumen im Schatten. Barbara steuerte zielstrebig auf den Eingang zu. Sie hoffte, unbemerkt ins Haus zu kommen und durch Fragen an die Heimbewohner die Zimmernummer von Juliette Laurent herauszubekommen. Doch so leicht würde es nicht werden, dachte sie, als sie im Inneren auf eine Rezeption stieß, hinter der eine Dame stand und telefonierte. Unauffällig versuchte Barbara, sich an ihr vorbeizudrücken, aber in dem Moment schien die Frau das Gespräch zu beenden und fragte Barbara in strengem Ton, zu wem sie wolle.

Es blieb ihr nichts anderes übrig, als die Wahrheit zu sagen.

Die Dame an der Rezeption stutzte, als Barbara den Namen von Madame Roux nannte – den Namen, den Madame Laurent nach ihrer Heirat trug, war Barbara gerade noch rechtzeitig eingefallen –, und schüttelte dann bedauernd den Kopf.

»Das tut mir leid. Madame Roux kann keinen Besuch empfangen.«

»Aber ich bin eine entfernte Verwandte«, schwindelte Barbara.

»Das mag sein, aber ihre Tochter hat ausdrücklich untersagt, dass jemand anderer zu ihr gelassen wird außer den drei namentlich notierten Personen.«

»Aber ich habe ein Geschenk für sie«, insistierte Barbara und hielt der Dame das Paket mit dem Bild entgegen.

»Ich bedaure«, wiederholte die Dame höflich, aber bestimmt. Barbara holte noch einmal tief Luft, um einen letzten Versuch zu unternehmen, die Frau zu bitten, sie doch vorzulassen, doch dann fiel ihr Blick durch eine Scheibe, hinter der sich eine Art Innenhof befand, in dem sie einige Personen in Rollstühlen sitzen sah. Besonders das Profil einer scheinbar vor sich hin dösenden Frau, die eine gewisse Ähnlichkeit mit Colette besaß, erregte ihr Interesse. Die feine Nase, das geschwungene Kinn … Mehr konnte sie nicht erkennen.

»Tja, dann muss ich mich wohl an die Tochter wenden. Vielleicht kann sie ihr das Bild übergeben. Aber wenn Sie mir erlauben, würde ich gern einmal zur Toilette gehen, denn ich bin weit gefahren, um Madame Roux zu besuchen.«

Die Dame an der Rezeption warf ihr einen mitfühlenden Blick zu. »Es tut mir wirklich leid, aber wir müssen die Anordnungen der Betreuer unserer dementen Bewohner respektieren.« Sie senkte die Stimme. »Madame Roux lebt schon sehr lange in einer anderen Welt, wenn Sie mich fragen.«

»Das verstehe ich«, heuchelte Barbara. »Aber wenn sie mir verraten könnten, wo sich die Waschräume befinden.«

»Unser Gäste-WC ist da links den Gang runter, ganz am Ende.«

Barbara bedankte sich höflich und schlüpfte an der Rezeption vorbei. Nach ein paar Schritten schon ging vom Flur eine Tür ab, die in den Innenhof führte. Das Problem war nur, dass die Dame von der Rezeption sie dort draußen würde sehen können, sobald sie sich umdrehte. Also musste sie sich beeilen. Sie ging zielstrebig auf die Frau zu und wollte ihren Rollstuhl vorsichtig zur Seite schieben, um aus dem potenziellen Blickfeld der Dame zu geraten, doch da erklang eine erboste Männerstimme.

»Nicht anfassen. Juliette mag das nicht!«

Barbara fuhr erschrocken herum und blickte in das erzürnte Gesicht eines alten Mannes. Hastig nahm sie die Hände vom Griff des Rollstuhls. Damit hatte der Mann ihr allerdings unfreiwillig bestätigt, dass diese Frau tatsächlich Madame Laurent war. Sie überlegte kurz, ob sie es wirklich wagen sollte, aber sie hatte keine Wahl. Sie konnte nur darauf hoffen, dass die Dame an der Rezeption sie nicht so schnell entdeckte. Barbara nahm sich einen freien Stuhl, den sie neben den Rollstuhl stellte. In dem Augenblick öffnete Madame Laurent die Augen und musterte Barbara mit einer Intensität, als könne sie ihr auf den Grund der Seele blicken. Die alte Dame besaß feine Züge, und Barbara konnte sich vorstellen, wie schön sie einmal gewesen sein musste.

»Sie erinnern mich an jemanden«, murmelte die alte Dame. Barbara lief ein eiskalter Schauer über den Rücken.

»Guten Tag, Madame. Ich komme mit einem Geschenk für Sie.« Barbara deutete auf das eingewickelte Bild. Die alte Dame musterte sie weiterhin durchdringend. Nun begann Barbara zu schwitzen, besonders als sie mit einem Seitenblick bemerkte, wie lauernd der alte Herr sie beobachtete. Sie hatte Schweißperlen auf der Stirn, als sie Madame Laurent das Paket auf den Schoß legte.

»Wollen Sie es selbst auspacken, oder soll ich Ihnen helfen?«

Doch statt ihr eine Antwort zu geben oder sich womöglich mit kindlicher Freude auf das Geschenk zu stürzen, sah die alte Dame ihr weiter in die Augen.

»Sie erinnern mich an jemanden«, wiederholte sie, aber Barbara wagte nicht, plump nachzufragen, an wen sie Madame Roux erinnerte.

»Wollen Sie nicht mal schauen, was ich Ihnen mitgebracht habe?«, versuchte Barbara die Aufmerksamkeit der alten Dame auf das Geschenk zu lenken.

Doch die stieß nun einen tiefen Seufzer aus und murmelte etwas, das Barbara beim besten Willen nicht verstehen konnte. Dann fing Juliette leise zu singen an, und Barbara erstarrte, als sie begriff, dass die alte Dame in deutscher Sprache sang. »Wenn ich ein Vöglein wär und auch zwei Flüglein hätt', flög ich zu dir. Weil es aber nicht kann sein, bleib ich all hier. Bin ich gleich weit von dir ...« Die alte Dame unterbrach sich und sah nun an ihr vorbei in die Ferne.

Barbara wagte kaum zu atmen. Wie oft hatte sie ihren Vater dieses Lied summen und singen hören. Das sagte mehr als tausend Worte. Keine Frage! Juliette musste ihren Vater sehr gut gekannt haben!

Das Paket auf ihrem Schoß hatte die alte Dame immer noch nicht wahrgenommen, doch dann, wie aus dem Nichts, wandte sie sich dem Geschenk zu und begann, das Papier aufzureißen wie ein kleines ungeduldiges Kind.

Barbara blickte besorgt durch das Fenster zur Rezeption. Nicht dass sie in diesem entscheidenden Moment gestört wurden. Gebannt sah Barbara nun dabei zu, wie die alte Dame das Bild betrachtete, doch es stand auf dem Kopf. Sie überlegte gerade, ob sie es umdrehen sollte, als Madame Laurent es von allein tat.

Zu ihrer Verwunderung lächelte die alte Dame nun. »Die Sonne ist schön gelb und das Meer schön blau«, murmelte sie, bevor sie sich Barbara zuwandte. »Es ist nicht sein Beruf«, fügte sie hinzu. Barbaras

Herz raste. Juliette Laurent sprach über ihren Vater. Daran hatte sie keinen Zweifel.

»Sie wissen also, wer dieses Bild gemalt hat?«, hakte sie vorsichtig nach.

»Das ist nicht sein Beruf«, wiederholte Juliette Laurent.

»Ich weiß. Aber wann hat er das gemalt? Wo hat er das gemalt?«
Barbara merkte, dass ihr Ton fordernd war, vielleicht zu fordernd …

Statt ihr zu antworten, fragte Juliette Laurent Barbara in diesem Moment mit schriller Stimme, wer sie denn sei. Sofort mischte sich der alte Herr ein. »Sie müssen jetzt gehen.«

»Ich gehe gleich«, fuhr sie den alten Herrn an und wandte sich erneut an die aufgebrachte alte Dame.

»Sagen Sie mir nur, wann hat er das gemalt und wo?«

Barbara stand von ihrem Stuhl auf. Sie wollte der alten Dame das Bild abnehmen, um es vor sie zu halten, damit sie es besser sehen konnte, aber Madame Laurent stieß einen markerschütternden Schrei aus. »Nicht wegnehmen!«, brüllte sie. »Nicht wegnehmen!«

Barbara ließ das Bild erschrocken los. Ihr angsterfüllter Blick zur Rezeption bestätigte ihre schlimmste Befürchtung. Die Dame von der Rezeption war auf dem Weg zum Innenhof.

»Ich will Ihnen nichts Böses. Ich bin Friedrich Behrends Tochter, und er hat Ihnen dieses Bild vermacht«, redete sie auf die alte Dame ein, die inzwischen verstummt war.

Da aber war bereits die Dame von der Rezeption bei ihnen und forderte Barbara erbost auf, das Haus auf der Stelle zu verlassen. Barbara zögerte und versuchte, sich zu erklären. »Das ist ein Erbstück. Mein Vater hat mich beauftragt, es Madame Laurent zukommen zu lassen.«

»Das Bild können Sie auch gern hierlassen, aber Sie verschwinden auf der Stelle!«, schimpfte die Frau und packte Barbara am Arm, um sie zum Ausgang zu bugsieren.

»Friedrik! Friedrik«, hörte sie Madame Laurent ihr verzweifelt hinterherrufen.

Barbara blieb abrupt stehen. »Sie ruft den Namen meines Vaters.

Lassen Sie mich doch bitte zu ihr. Ich kann ihr doch alles erklären, ich kann sie beruhigen.«

»Sie? Sie haben sie doch überhaupt erst in diese Aufregung versetzt! Das wird ein Nachspiel haben!«, brüllte die Dame vom Heim und schob Barbara unsanft auf den Flur.

Durch das Fenster konnte Barbara sehen, wie Madame Laurent versuchte, aus ihrem Rollstuhl aufzustehen, und wild um sich schlug, weil der Pfleger das offenbar zu verhindern versuchte. Das Bild lag inzwischen am Boden.

»Da sehen Sie mal, was Sie angerichtet haben. Madame Roux ist eine der sanftmütigsten Bewohnerinnen, die wie hier im Haus haben!«, fuhr die Heimmitarbeiterin Barbara an.

»Es tut mir leid. Ich wollte doch nur herausbekommen, woher sie meinen Vater kennt«, entgegnete Barbara geknickt.

»Das können Sie der Tochter von Madame erklären!«, zischte die Dame, bevor sie hinter ihrem Rezeptionstresen verschwand und hektisch zum Telefonhörer griff. Barbara hörte sie keuchen: »Madame Dubois, hier war eine Fremde, die sich unbefugt Zutritt ins Haus verschafft und sich zu Ihrer Mutter geschlichen hat. Am besten, Sie kommen gleich vorbei, denn Ihre Mutter ist außer sich …«

Barbara zuckte zusammen bei dem Gedanken daran, einer aufgebrachten Madame Dubois erklären zu müssen, warum sie das hatte tun müssen. Stattdessen trat Barbara die Flucht aus dem Heim an, ohne sich noch einmal umzudrehen.

Aufgewühlt eilte sie durch die Altstadt zu ihrem Wagen. Verdammt, dachte sie, sie war so nahe an einer Antwort gewesen. Noch einen kleinen Moment, und Madame Laurent hätte ihr wahrscheinlich gesagt, wann und wo ihr Vater das Bild gemalt hatte. So wie Juliette den Namen ihres Vaters gerufen hatte, bestand kein Zweifel mehr, dass es eine Liebesbeziehung zwischen den beiden gegeben hatte. Aber wann waren die beiden einander begegnet? Im Krieg, bevor er ihre Mutter geheiratet hatte, oder danach? Und vor allem, wo? Dass er die Normandie gemalt hatte, war doch ein klares Indiz dafür, dass er dort gewesen sein musste!

Aber dann hatten sie beide gelogen: ihre Mutter und auch Onkel Gerhardt!

Ihre Mutter würde das auch weiter tun, aber was war mit ihrem Patenonkel? Sie musste ihn anrufen, und zwar sofort. Suchend sah sie sich um, und ihr Blick blieb an einem Schild hängen. *Bar le conquérant.* Gezielt steuerte sie auf den Tresen zu, bestellte sich einen Wein und bat darum, das Telefon benutzen zu dürfen. Zum Glück hatte sie die Nummer von Onkel Gerhardt in ihrem Adressbuch notiert, das sie ansonsten eher sporadisch führte. Aber seine Nummer war wichtig für den Fall, dass etwas mit ihrer Mutter war. Mit ein paar Zügen trank sie das Glas mit dem leicht säuerlichen Weißwein aus der Region aus und bestellte gleich ein neues, bevor sie die Nummer wählte.

Onkel Gerhardt klang verschlafen. Kein Wunder, dachte Barbara, am frühen Nachmittag hielt er stets ein Mittagsschläfchen.

»Barbara, schön, von dir zu hören. Deine Mutter macht sich große Sorgen. Sie hat von Klemens erfahren, dass Paula und du in die Normandie ... «

Barbara unterbrach ihn schroff: »War mein Vater im Krieg in der Normandie? Ja oder nein? Und versuch nicht, mich anzulügen, denn ansonsten werde ich meine Fragen einer Familie Laurent stellen müssen ... «

Außer einem schweren Atmen war es still in der Leitung.

»Ich höre, Onkel Gerhardt!«

»Ja!«, stöhnte er.

»Was *ja*?«

»Er war dort.«

»Und wann? In welchem Jahr?«

»Barbara bitte, lass die Vergangenheit ruhen. Ich habe es deiner Mutter geschworen ... «

»Wann?«

»Sommer 43 bis Juni 44.«

Barbara stutzte. Im Dezember 1943 war sie geboren worden. Für den Bruchteil einer Sekunde bereute sie ihre Suche nach der Wahrheit, aber dann hatte sie ihre Fassung zurückgewonnen.

»Und warum habt ihr mir das verschwiegen? Mutter, du und auch mein Vater?«, hakte sie nach.

»Es war nur zu deinem Besten. Wir wollten dich schützen.«

»Ach so, eine Lüge nur mir zuliebe?«, sagte sie in spitzem Ton. »Aber ich habe nicht darum gebeten! Was hat Vater mit dieser Juliette Laurent verbunden?«

»Das … das kann ich dir nicht verraten. Am besten kommst du zurück, und wir reden in Ruhe über alles.«

»Ich denke gar nicht daran!«

»Tu es für deine Mutter!«, bat er sie in flehendem Ton.

Statt ihm eine Antwort zu geben, gab sie dem Wirt, der Zeuge dieses Gesprächs geworden war, wortlos den Hörer zurück. Er verstand die Botschaft und legte auf.

»Noch eins?«, fragte er mitfühlend.

Barbara nickte. In ihrem Kopf ging alles wild durcheinander. Am schlimmsten war für sie nicht die Tatsache, dass ihre Mutter und Onkel Gerhardt sie belogen hatten, sondern dass ihr Vater dieses Geheimnis ein Leben lang vor ihr verborgen hatte. Was mochte ihn dazu bewogen haben, ihr auf dem Sterbebett unbedingt die Wahrheit sagen zu wollen?

Hastig leerte sie das zweite Glas, dem ein drittes und viertes folgten, aber der ersehnte Rausch wollte sich nicht einstellen. Ihr stellten sich etliche Fragen: Wäre es nicht besser, sie würde gleich morgen abreisen und diese Geschichte hinter sich lassen? Warum sollte sie weiterforschen, wenn es doch keinen Zweifel mehr daran gab, dass ihr Vater eine französische Geliebte gehabt hatte, während ihre Mutter mit ihrem Baby im zerstörten Hamburg gewesen war? Das Ganze warf auch ein anderes Licht auf das Verhalten ihrer Mutter. Vielleicht hatte sie ihre Tochter wirklich nur davor schützen und verhindern wollen, dass Barbaras Bewunderung für den geliebten Vater in Verachtung umschlug, wenn sie die Geschichte erfuhr. Die Stimme der Vernunft riet ihr, die Sache damit auf sich beruhen zu lassen und vor allem Frédérique Dubois bis zu ihrer Abreise aus dem Weg zu gehen.

Nachdem Barbara ein weiteres Glas Wein geordert hatte, stellte ihr der Wirt dazu ungefragt einen Teller mit Weißbrot und Camembert vor die Nase, über den sie sich gierig hermachte, bevor sie auch dieses Glas austrank. Langsam stellte sich auch die erhoffte Wirkung ein, aber ihr wurde nicht leichter ums Herz. Im Gegenteil, sie konnte keinen klaren Gedanken mehr fassen bis auf den einen: dass sie sich nach ihrem Gelage in der Bar ein Zimmer in der Nähe suchen würde, in dem sie zur Ruhe kam.

Ganz in der Nähe des Museumsparkplatzes, auf dem ihr Wagen stand, fand sie ein nettes Hotel, das sogar noch ein Zimmer für sie hatte. Sie buchte es, und nachdem sie einen Kaffee getrunken hatte, besorgte sie sich noch eine Zahnbürste, Unterzeug zum Wechseln und ein neues Sommerkleid, das sie zur Verabredung mit Henri anziehen wollte. Insofern hatte sie wenigstens eine Entscheidung getroffen: Arromanches erst nach dem Wochenende zu verlassen.

Das Hotelzimmer besaß einen Balkon, und es gab sogar einen Pool, den Barbara ausgiebig nutzte. Trotz der vielen Gedanken, die ihr durch den Kopf gingen, ließ das kühlende Bad sie ein wenig ruhiger werden.

Auf der einen Seite wäre es vielleicht vernünftiger, ihre Recherche an dieser Stelle abzubrechen, denn es wäre sicher schmerzhaft, ihren wunderbaren Vater vom Thron stürzen zu sehen. Dennoch mahnte sie eine innere Stimme, nicht vorschnell über ihn zu urteilen, sondern zumindest den Versuch zu unternehmen, noch mehr über diese Affäre herauszubekommen. Denn was war mit Madame Dubois? War sie so abweisend, weil sie etwas wusste und es nicht mit ihr teilen wollte? Oder hatte sie Angst, dass etwas ans Tageslicht kommen könnte, was sie partout nicht wissen wollte? Zumindest musste es diese Frau damals doch auch schon gegeben haben, wenn Barbara in ihrer Einschätzung richtiglag, dass die Madame und sie etwa gleichaltrig waren. Noch waren die Würfel nicht gefallen. Es gab viel zu entscheiden: bleiben oder abreisen, kämpfen oder aufgeben, weitertrinken oder aufhören …

33

Allein bei dem Gedanken an das, was diese Deutsche ihrer Mutter angetan hatte, ballte Frédérique Dubois die Fäuste. Jedenfalls in diesem Augenblick, in dem sie unbeobachtet hinter der Rezeption ihres Hotels stand. Sie konnte von einer Sekunde zu anderen wieder in den freundlichen Empfangsmodus schalten. Solange keine Gäste kamen, erlaubte sie sich, noch einmal an das befremdliche Bild zu denken, das sich ihr gestern Nachmittag im Heim geboten hatte, nachdem man sie zu Hilfe geholt hatte. Ihre völlig aufgelöste Mutter, die dieses monströse Gemälde an sich gedrückt hielt und es partout nicht aus der Hand geben wollte. Selbst als Frédérique versucht hatte, es ihr sanft wegzunehmen, hatte ihre Mutter angefangen zu schreien. Erst als Colette, die die Heimleitung auf Frédériques Bitte zu Hilfe geholt hatte, sanft auf ihre störrische Großmutter eingeredet hatte, war sie ruhiger geworden und hatte sich von ihr das Bild fortnehmen lassen, aber nur weil ihre Tochter versprochen hatte, es in ihrem Zimmer an die Wand zu hängen, was sie dann auch tatsächlich getan hatte.

Mit dem Ergebnis, dass ihre Mutter kein Wort mehr geredet, sondern nur verzückt auf dieses Gemälde gestarrt hatte.

Frédérique hatte ihrer Tochter auf dem Rückweg zum Hotel heftige Vorwürfe gemacht, als sich im Gespräch herausgestellt hatte, dass sie dieser Deutschen die Adresse des Heims genannt hatte.

Im Nachhinein tat es Frédérique fast ein bisschen leid, dass sie damit ihrer Tochter die Schuld an dem Vorfall gegeben hatte, obwohl Colette beteuerte, dass sie der Frau klipp und klar zu verstehen gegeben hatte, dass sie das Bild nur an der Rezeption und nicht bei ihrer Großmutter persönlich abgeben konnte. Es war nicht fair, Colette dafür verantwortlich zu machen, dass die Deutsche sie beschwindelt hatte, als sie ihr gegenüber beteuert hatte, sich daran zu halten.

Heute Morgen hatte sich Frédérique bei ihrer Tochter entschuldigt und ihr mitgeteilt, sie würde diese Frau nach diesem Vorfall auf keinen Fall im Hotel beherbergen. Colette hatte nicht widersprochen, sodass Frédérique das Hochzeitszimmer eben gerade ganz spontan und mit Freuden an ein Brautpaar auf Hochzeitsreise gegeben hatte. Die beiden konnten ihr Glück, in der Saison ein so großartiges Zimmer zu ergattern, kaum fassen.

Frédérique ging allerdings davon aus, dass die Deutsche sich eh nicht mehr blicken lassen würde, doch da fiel ihr die Reservierung von Henri ins Auge. Die konnte wohl nur den einen Grund haben, dass er die Frau wiedersehen wollte. Und diese Chance würde sich diese Person bestimmt nicht entgehen lassen, es sei denn, sie fand keine Unterkunft vor Ort. Arromanches war nämlich komplett ausgebucht, dachte Frédérique schadenfroh.

Immer wieder fragte sie sich, was diese Frau wohl dazu bewogen haben könnte, auf Biegen und Brechen zu ihrer Mutter vorzudringen, um ihr dieses Gemälde persönlich auszuhändigen. Man musste keine Kunstkennerin wie sie sein, um festzustellen, dass dieses Bild nicht besonders gelungen war. Aber wer war dieser Mensch, der dieses Gekleckse ausgerechnet ihrer Mutter hatte zukommen lassen wollen? Wenn ihre Mutter dieses Bild wenigstens ignoriert hätte, Frédérique hätte getrost an ihrer These festhalten können, dass es von einem der zahlreichen Verehrer ihrer Mutter stammte, aber so? Ihre Mutter hatte es wie einen Schatz an ihr Herz gedrückt. Sie war zwar nicht mehr Herrin ihrer Sinne, aber so verrückt, wie eine Löwin ihr Junges ein derart nichtssagendes Gemälde zu verteidigen und es dann voller Verzückung zu betrachten, war sie doch auch wieder nicht. Also schien es ihr etwas zu bedeuten, aber was? Natürlich konnte Frédérique diese Deutsche zur Rede stellen, aber das wäre das Letzte, was sie tun würde. Im Gegenteil, sie wollte dieser Person möglichst gar nicht mehr begegnen. Sie konnte nur hoffen, dass die Deutsche genügend Feingefühl besaß, sich heute Abend nach Henris

Ankunft im Hotel nicht unbedingt im Restaurant mit ihm zu verabreden.

Sie hatte den Gedanken kaum zu Ende geführt, als die Glocke über der Eingangstür einen Gast ankündigte. Frédérique hob den Kopf und setzte das professionelle Lächeln auf, das ihr sofort auf den Lippen erstarb, als die sichtlich erholte Deutsche auf die Rezeption zusteuerte. Mit ihrem Gepäck.

Der Französin verschlug es schier die Sprache.

»Guten Tag, Madame Dubois. Ich hoffe, ich bin nicht zu früh. Sonst lasse ich meinen Koffer vielleicht bei Ihnen stehen und warte draußen in der Sonne, bis das Zimmer fertig ist«, flötete die Frau, doch dann beugte sie sich vertrauensvoll über den Tresen. »Es tut mir leid, dass ich gestern so einen Aufruhr gestiftet habe. Das wollte ich nicht«, fügte sie entschuldigend hinzu.

Frédérique atmete ein paarmal tief durch. Am liebsten hätte sie diese Person ohne weitere Erklärung auf der Stelle unsanft hinausbefördert, aber gerade hatten andere Gäste die Lobby betreten, die sie ungern als Zeugen für diese unfreundliche Geste hätte.

»Frau Behrend? Richtig?«, säuselte sie zurück.

»Genau, Barbara Behrend.« Die Frau streckte ihr die Hand entgegen, die Frédérique ignorierte.

»Frau Behrend. Es tut mir furchtbar leid. Es muss eine Doppelbuchung für die Suite gegeben haben. Die anderen Gäste waren vor ihnen da, ein junges Brautpaar auf der Hochzeitsreise, aber wenn Sie wollen, kümmere ich mich um ein freies Zimmer in Deauville für Sie.«

Die freundlichen Züge der Deutschen entgleisten. »Nein danke. Ist das die Retourkutsche für meinen Besuch bei Ihrer Mutter?«, fragte sie lauernd.

»Das habe ich gar nicht nötig, aber wie gesagt, wir sind ausgebucht.« In dem Moment kam Colette zur Rezeption, um sie dort abzulösen. Frédérique hatte in Caen einige Einkäufe zu erledigen.

Die Deutsche schien Hoffnung zu schöpfen, dass Colette ihr noch einmal dabei behilflich sein könnte, gegen Frédériques erklärten Willen ein Zimmer im *Hotel Normandie* zu bekommen.

»Entschuldigen Sie, aber Ihre Mutter hat mein Zimmer an andere Gäste gegeben. Haben Sie vielleicht eine Alternative?«

Colette schüttelte den Kopf. »Nein, habe ich nicht, und ganz ehrlich, nachdem Sie gestern mein Vertrauen missbraucht und sich zu meiner Großmutter geschlichen haben, halte ich es für besser, dass Sie sich woanders einquartieren«, verkündete sie freundlich, aber bestimmt. Frédérique bewunderte ihre Tochter für diese Fähigkeit, selbst die härtesten Botschaften mit einer gewissen Portion Charme zu verkünden.

»Ich habe hier allerdings eine Botschaft für Sie von Monsieur Henri Bonnet. Er bat mir, Ihnen etwas auszurichten, weil er keine Telefonnummer von Ihnen hat.« Colette reichte der Deutschen einen Zettel, den diese ungelesen in ihre Handtasche gleiten ließ, bevor sie sich mit zerknirschter Miene an Frédérique wandte.

»Es tut mir sehr leid, aber ich hatte keine andere Wahl. Es war auch für mich nicht leicht, nach dem Tod meines Vaters mit einem solchen Geheimnis konfrontiert zu werden. Und der Schlüssel dazu war nun einmal Ihre Mutter. Hätte ich mich nicht zu ihr geschlichen, hätte ich heute immer noch keine Klarheit darüber, dass Ihre Mutter und mein Vater ...«

»Halten Sie Ihren Mund!« Frédérique merkte selbst, dass sie die Stimme erhoben hatte mit dem Ergebnis, dass die Unterhaltungen der Gäste, die in der Lobby saßen, abrupt abbrachen und alle zu ihnen hinübersahen.

»Maman, vielleicht gehst du mit Madame Behrend kurz in dein Büro, und ihr beiden klärt das unter euch«, schlug Colette diplomatisch vor. Frédérique kannte diesen gewissen Ton ihrer Tochter, der keinen Widerspruch duldete.

»Das ist ein vernünftiger Vorschlag«, sagte die Deutsche.

Frédérique aber bebte förmlich vor Zorn. Sie wollte auf keinen Fall mit dieser Frau auch nur einen Satz wechseln, aber angesichts der neugierigen Blicke, die immer noch auf sie gerichtet waren, forderte sie die Frau auf, ihr zu folgen, was die Deutsche mit einem Lächeln tat. Das Büro befand sich hinter der Rezeption. Normalerweise stand die Tür offen, aber nun zog Frédérique sie hinter der Person zu, der sie nicht einmal einen Stuhl anbot, während sie sich auf den Schreibtischsessel setzte.

»Ich weiß zwar nicht, was wir beide zu reden haben, aber bevor Sie vor meinen Gästen einen Aufstand machen, ist es so besser«, zischte sie.

»Gut, dann kommen wir doch gleich zur Sache. Vorab nur das eine: Wenn Sie glauben, dass ich es besonders erbaulich finde, der einstigen Geliebten meines Vaters hinterhergereist zu sein, um ihr diesen Schinken aufzudrängen, haben Sie sich getäuscht!«

»Geliebte? Sie spinnen wohl!«

Trotz ihrer Empörung imponierte Frédérique die Tatsache, dass diese Frau perfekt Französisch sprach. Nicht nur dass sie einige Vokabeln kannte, die man ganz sicher nicht auf einer deutschen Schule lernte, sondern auch ihre Aussprache war bewundernswert. Frédérique hatte häufiger Gäste, die wirklich gut Französisch konnten, aber diese Frau hätte von ihrem Sprachduktus her wirklich eine Einheimische sein können. Äußerlich dafür umso weniger.

»Wieso sprechen Sie überhaupt so gut Französisch?« Das klang beinahe wie ein Vorwurf. »Waren Sie mal Austauschschülerin in Frankreich?«

»Leider nein. Meine Mutter war dagegen. Aber ich hatte eine französische Urgroßmutter, die sehr viele Tagebücher hinterlassen hat, die mir in die Hände gefallen sind. Und dann waren an unserer Schule einen Sommer lang Franzosen. Leider wollte meine Mutter keinen bei uns aufnehmen. Trotzdem habe ich einen besser kennengelernt. Meiner hieß Francois.« Die Deutsche lächelte, während sie etwas in Frédériques Augen sehr Intimes preisgab. Frédérique missfiel diese distanzlose Offenheit, so als wären sie beste Freundinnen.

»Schon verstanden. Sie haben das bei einer Männerbekanntschaft gelernt. Und vervollständigen das momentan bei unserem gemeinsamen Freund Henri.« Frédérique konnte nicht behaupten, dass sie diesen zickigen Ton an sich leiden konnte. Im Gegenteil, sie wäre gern souveräner, aber abgesehen davon, dass sie keine Deutschen mochte und diese Frau sich über die Besuchsregelungen im Heim hinweggesetzt hatte und überdies versuchte, Henri abzuschleppen: Die Tatsache, dass deren Vater offenbar ihre Mutter ziemlich gut gekannt hatte, störte sie erheblich.

»Das war die Kür, die Pflicht war ein Romanistik-Studium mit Schwerpunkt und Abschluss in Französisch«, fügte die Deutsche immer noch lächelnd hinzu.

Das provozierte Frédérique eher, als dass es ihr imponierte. »Gut, dann lassen Sie uns das Thema unserer unfreiwilligen Verbindung bitte abschließen. Ich schätze, Ihr Vater war einst Gast bei uns im Hotel und heimlich in meine Mutter verschossen. Da war er übrigens nicht der Einzige. Meine Mutter wurde von zahlreichen männlichen Gästen verehrt, und man hat auch schon früher versucht, ihr etwas zu vererben. Aber das berechtigt Sie nicht, zu behaupten, meine Mutter sei die Geliebte Ihres Vaters gewesen. Das ist eine ungeheure Unterstellung!«

»Mein Vater war kein Gast in diesem Hotel. Er war niemals im Urlaub in Frankreich. Die Urlaube hat er alle mit meiner Mutter gemeinsam verbracht. Und meine Mutter hasst alles Französische, so wie Sie offenbar alles Deutsche!«

Frédérique wurde zunehmend unwohl zumute bei dieser Unterhaltung. Das Schlimmste daran war, dass sie tief im Inneren spürte, dass diese Frau recht hatte. Es musste eine besondere Verbindung zwischen ihrer Mutter und diesem Mann geben. Sonst hätte sich ihre Mutter gestern nicht so verrückt mit diesem Gemälde aufgeführt. Aber wenn er kein Hotelgast gewesen war, was dann?

»Sie müssen sich im Krieg kennengelernt haben«, hörte sie die Deutsche jetzt mutmaßen.

»Hören Sie auf mit dem Unsinn! Die Deutschen waren unsere Feinde. Verstehen Sie, Ihre Landsleute sind hier wie die Barbaren eingefallen und haben unser Land unterjocht. Gut, es kann sein, dass meine Mutter Ihren Vater kannte, aber als Feind. Verstehen Sie. Als erbitterten Feind!«

»Und warum schenkt er ihr ein selbst gemaltes Bild von der Normandie und verfügt noch auf dem Totenbett gegen den Widerstand meiner Mutter, dass ich ihr das Bild schicken soll? Das sieht nicht gerade nach Feindschaft aus! Außerdem ist allgemein bekannt, dass die deutschen Soldaten in Frankreich nicht von allen Frauen gehasst wurden«, entgegnete die Deutsche leidenschaftlich. Sie blickte Frédérique nun beinahe flehend an. »Überlegen Sie doch mal. Für so eine Verfügung gibt es nur einen Grund: Liebe!«

Frédérique stieß einen zischenden Unmutslaut aus. »Wer weiß! Vielleicht hat er aus der Ferne für meine Mutter geschwärmt. Aber sie war eine verheiratete Frau!«

»Und mein Vater ein verheirateter Mann!«

»Sehen Sie«, sagte Frédérique eine Spur versöhnlicher. »Was es auch immer war, die beiden hatten nichts miteinander. Einmal abgesehen davon, dass es meinen Vater schon in ihrem Leben gab, sind alle drei Brüder meiner Mutter von den Deutschen ermordet worden. Da glauben Sie doch nicht allen Ernstes, dass meine Mutter meinen Vater mit einem *Boche* …« Frédérique unterbrach sich hastig und hüstelte verlegen, bevor sie sich verbesserte. »… einem Deutschen betrogen hätte. Sehen Sie, Madame Behrend, wir können nicht mehr herausbekommen, was die beiden verbunden hat …«

»Doch, Sie könnten Ihre Mutter nach Friedrich fragen«, insistierte die Deutsche.

Frédérique zuckte unmerklich zusammen. Das war der Name, den ihre Mutter kürzlich so verzweifelt herausgeschrien hatte.

»Was soll das bringen?«, bemerkte sie verächtlich

»Ihre Mutter hat nach ihm gerufen, als man mich rausgeworfen hat. Und das klang weiß Gott nicht nach einer irgendwie gearteten flüchtigen Bekanntschaft, das klang in höchstem Maße verzweifelt …«

»Vielleicht hat er der Familie meiner Mutter etwas angetan. Deshalb hat sie seinen Namen gerufen!«

»Und Sie meinen, damals wurden die deutschen Besatzer von Ihren unterjochten Landsleuten beim Vornamen gerufen?«

Sosehr diese Frau Frédérique auch auf die Nerven ging, sie fing an, die Hartnäckigkeit der Deutschen zu bewundern.

»Hören Sie, Madame Behrend. Es ist doch auch für Sie nicht erstrebenswert, herauszufinden, dass Ihr Vater womöglich Ihre Mutter betrogen hat ...«

»... nicht zu vergessen, dass meine Mutter zur selben Zeit seine einzige Tochter, nämlich mich, in Hamburg zur Welt gebracht hatte«, ergänzte die Deutsche ungerührt. »Und trotzdem möchte ich die Wahrheit herausbekommen! Ich habe meinen Vater nämlich sehr geliebt. Ich war ein Papa-Enfant ...«

»Papa-Enfant?«, wiederholte Frédérique verdutzt.

»Ja, Papakind. Das sagt man in Deutschland, wenn ein Kind mehr am Vater hängt als an der Mutter. Ich glaube, im Französischen gibt es kein entsprechendes Wort ...«

Frédérique lächelte wider Willen. »Da haben wir wenigstens eines gemeinsam. Auch ich habe stets an meinem Vater viel mehr gehangen als an meiner Mutter. Und im Gegensatz zu Ihnen möchte ich nichts, aber auch gar nichts in Erfahrung bringen, was das Verhältnis zu meiner Mutter noch schwieriger machen könnte. Ich muss da jetzt durch. Ihre Krankheit! Verstehen Sie? Ich muss geduldig mit ihr sein, Toleranz aufbringen, und sollte ich erfahren, dass sie meinem Vater jemals wehgetan hat, ich könnte diese Kraft, sie fast jeden Tag zu besuchen, nicht länger aufbringen.«

Die Deutsche musterte sie in diesem Augenblick voller Empathie. Frédérique spürte ihre Aufrichtigkeit, aber sie wünschte sich dennoch, dass diese Person endlich aus ihrem Leben verschwand. Als wäre es nicht schon alles schwierig genug: Victor mit seiner neuen Familie, die Betreuung ihrer dementen Mutter, die Trauer um den Verlust ihres Vaters ...

Abrupt erhob sich Frédérique von ihrem Schreibtischsessel und streckte der Frau förmlich die Hand entgegen. »Entschuldigen Sie, aber mehr kann ich wirklich nicht für Sie tun.«

An dem verblüfften Gesicht der Deutschen konnte sie erkennen, wie unpassend ihre Worte gerade waren, aber für sie war die Angelegenheit hiermit beendet. Sie wollte nicht mehr den geringsten Gedanken daran verschwenden. Unvorstellbar, wenn ihr Vater noch hätte erleben müssen, dass jemand seiner Frau eine Affäre mit einem Deutschen unterstellte. Diese Person hatte offenbar nicht die geringste Ahnung, was solche Anschuldigungen für die Frauen selbst heute noch bedeuteten. Und besonders damals bedeutet hatten! Ihre Mutter hatte nie über so etwas mit ihr gesprochen, aber ihr Vater hatte ihr häufig geschildert, was man mit den Huren angestellt hatte, die mit den Deutschen fraternisiert hatten. Halb bekleidet und kahl geschoren hatte man diese Frauen durch die Straßen der Städte getrieben. Manchmal mit ihren Besatzer-Kindern auf dem Arm. Kinder, die ihre deutschen Liebhaber ihnen als Souvenir dagelassen hatten. Es hieß, eine der Frauen wäre auch aus Arromanches gewesen. Selbst wenn ihr Name nie genannt worden war, konnte sich Frédérique denken, wer diese Frau gewesen sein könnte. »Die *Boche*-Hure«, wie ihr Vater die alte Dame, die bei der Kirche eine kleine Pension betrieb, unter Einfluss etlicher Gläser Calvados häufiger bezeichnet hatte. Aber immer nur, wenn die Mutter nicht in der Nähe gewesen war, denn sie hatte ihm strikt verboten, diese Frau so zu nennen.

Endlich machte die Deutsche Anstalten, das Büro zu verlassen. »Ich kann Ihnen nicht versprechen, dass ich meine Nachforschungen einstelle, aber ich kann Ihnen versprechen, dass ich Sie nicht mehr belästige und auch nicht noch einmal versuche, zu Ihrer Mutter durchzudringen …«

»Bitte lassen Sie nicht nur mich damit in Ruhe, sondern auch meine Familie. Colette und Vincent. Ich habe doch nur noch die beiden.«

Die Deutsche stieß einen tiefen Seufzer aus, sagte aber nichts mehr dazu, sondern verließ nachdenklich das Büro. Frédérique folgte ihr.

In diesem Moment betraten ihr sichtlich gut gelaunter Neffe Vincent und die Tochter der Deutschen das Foyer. Das hatte ihr gerade noch gefehlt!

Madame Behrend schien ebenso überrascht, denn sie eilte sofort auf ihre Tochter zu und bat sie auf ein kurzes Gespräch unter vier Augen.

»Mal sehen, ob wir noch so viel Zeit haben«, erwiderte die junge Frau zögernd. Offenbar war ihr Bedürfnis nach einem Vieraugengespräch nicht so groß wie das ihrer Mutter.

Die Tochter der Deutschen blickte sich suchend nach Vincent um. Ihre Augen strahlten. Sie schien sehr verliebt in ihren Neffen. Das kannte sie schon von ihm. Dass er strahlende hübsche junge Frauen mit in seine Höhle schleppte. Bei jedem seiner Besuche in Arromanches eine andere. Aber musste es nun ausgerechnet die Tochter dieser Person sein?

»Aber klar, wir haben alle Zeit der Welt«, sagte ihr Neffe, bevor er sich der Mutter zuwandte. Vincent lächelte sie gewinnend an. »Schön, Sie kennenzulernen. Ich würde Ihre Tochter gern zu einer mehrtägigen Bootstour auf unserem hauseigenen Boot entführen …«

»Die ›Juliette‹ ist leider schon gebucht«, mischte sich Frédérique hastig ein. Vielleicht flaute sein Interesse an der neuen Eroberung ab, wenn sie ihm einen Strich durch seine Rechnung mit der romantischen Schiffsreise machte.

»Maman, du irrst«, warf Colette genervt ein und deutete auf das Reservierungsbuch. »Das ist erst nächste Woche. Ich habe sie ihm bereits versprochen. Er holt nur noch den Schlüssel und die Papiere.«

Frédérique wandte sich höflich an die Deutsche: »Ich würde mich dann gern verabschieden, und es tut mir wirklich leid, dass wir das Zimmer schon vergeben haben, Madame Behrend. Und dass im Ort alle Zimmer belegt sind.«

»Schon gut. Wenn am Meer alles voll ist, muss ich zur Not ein Zimmer in Caen oder Bayeux nehmen.«

»Kannst du denn nicht bei Madame Bertrand bleiben?«, hörte Frédérique die Tochter fragen.

»Nein, ich habe bereits bezahlt und ausgecheckt.«

Frédérique konnte nicht unbedingt behaupten, dass ihr das leidtat. Im Grunde ihrer Seele hoffte sie, dass Madame Behrend nun das Feld räumte. Am besten sofort, damit der gute Henri heute Abend womöglich eine gute Freundin zum Trösten brauchte.

In dem Moment wandte sich Vincent an die Deutsche und wedelte mit einem Schlüsselbund. »Was halten Sie davon, wenn Sie, solange ich Ihre Tochter entführe, in meiner Wohnung übernachten? Sie ist gleich nebenan und hat eine entzückende Terrasse.«

»Das kann ich bestätigen«, warf die Tochter übermütig ein. Armes Mädchen, dachte Frédérique, nach der Bootstour würde spätestens die Ernüchterung folgen.

Die Deutsche schien überhaupt keine Bedenken zu haben, dieses Angebot anzunehmen. Im Gegenteil, sie bedankte sich überschwänglich bei Vincent.

»Gehen Sie mit Ihrer Tochter einfach vor und unterhalten sich in Ruhe. Ich komme dann nach.« Mit diesen Worten reichte er der jungen Frau den Schlüssel.

»Ich möchte Ihnen keine Umstände machen. Sie können auch sofort mitgehen. Ich kann dann später mit meiner Tochter sprechen.«

»Nein, nein, ich komme einfach in fünf Minuten nach«, versicherte er. »Und dann zeige ich Ihnen alles, was Sie über die Wohnung wissen müssen.«

Die beiden Frauen verließen untergehakt das Hotel. Ihr Neffe nahm den Bootsschlüssel entgegen und verabschiedete sich von Tante und Cousine. »Ich gehe noch kurz zum Einkaufen«, verkündete er strahlend. Seine glückliche Miene ließ bei Frédérique leichte Zweifel daran aufkommen, dass er für die junge Deutsche nicht doch mehr empfand. Eines Tages musste es ja einmal so weit kommen, dass Amors Pfeil auch ihren Neffen mitten ins Herz traf. Aber bitte nicht bei dieser Person, dachte sie flehend.

»Vincent und seine Eintagslieben«, kommentierte Frédérique abschätzig, um herauszubekommen, wie ihre Tochter das neue Techtelmechtel ihres Cousins beurteilte.

»Also, wenn du mich fragst, den Jungen hat es dieses Mal echt erwischt«, bemerkte Colette grinsend. »Wann hat er schon mal seine Höhle so bereitwillig hergegeben? Und dann noch an die Mutter einer jungen Frau? Das möchte er doch sonst nicht einmal, wenn wir einen Engpass im Hotel haben und er nicht in Arromanches ist.«

»Mal bitte nicht den Teufel an die Wand!«, stöhnte Frédérique, während sie fieberhaft überlegte, wie sie ihre verdammte Angst, dass die Deutsche womöglich recht haben könnte, was die Liebesbeziehung zwischen deren Vater und ihrer Mutter anging, loswerden sollte.

34

Das Pochen an der Tür wurde immer lauter. Erst in diesem Moment begriff Juliette, dass es nicht in ihrem Traum passierte, sondern tatsächlich. Erschrocken fuhr sie hoch. Bis auf ein diffuses Licht in der Ferne war alles dunkel. Sie brauchte ein paar Sekunden, um zu begreifen, dass sie sich in dem verborgenen Zimmer befand. Und dass sie nicht allein war. Nein, Friedrich hatte sie bereits erwartet, als sie gestern spät am Abend vom Hof der Petits zurückgekehrt war. Sie war ihm schluchzend in die Arme gefallen, und dann hatte er sie getröstet, und jetzt … verdammt. Sie tastete vorsichtig nach seinem Körper auf der anderen Bettseite, aber die war leer. Leise rief sie seinen Namen.

Erneut klopfte es an der Tür. »Julie, ich weiß, dass du da bist. Mach auf.« Ihr Herzschlag raste. Louis. Das war Louis. Wenn er Friedrich und sie im Bett vorfand, war alles vorbei.

Sie erhob sich mit zitternden Knien und tastete sich dem Lichtschimmer entgegen, der durch einen der maroden Fensterläden fiel. Mit einem Griff hatte sie den Laden geöffnet, und Tageslicht erhellte den Raum. Sie fuhr herum und sah sich suchend um. Von Friedrich keine Spur. Hektisch eilte sie zur Toilette und riss, nachdem sich auf ihr leises Rufen niemand meldete, die Tür auf, aber dort war er auch nicht. Sie rieb sich ungläubig die Augen. Ihr Liebster war verschwunden. Sie fragte sich irritiert, ob sie nur geträumt hatte, dass er gestern Abend bereits auf sie gewartet hatte, doch dann fiel ihr Blick auf ein Taschentuch vor dem Bett. Damit hatte er ihr gestern die Tränen getrocknet. Keine Frage, er war in der Nacht dort mit ihr im Zimmer gewesen. Sie hob das Taschentuch mit den bestickten Initialen FB auf und stopfte es unter die Bettdecke.

Wieder klopfte es. »Juliette! Ich muss mit dir reden. Nun mach schon auf«, verlangte Louis ungeduldig.

Juliette sah sich noch einmal ungläubig im Zimmer um, bevor sie ihrem Bruder die Tür öffnete.

»Du hast aber einen festen Schlaf«, begrüßte er sie nicht gerade freundlich. »Ich muss dich dringend sprechen! Kämm dich, und komm ins Haus!« Das klang wie ein Befehl.

Louis steckte nun den Kopf zur Tür hinein und blickte sich suchend um. »Unser schönstes Zimmer«, murmelte er.

Als Juliette sich nicht vom Fleck rührte, mahnte er sie zur Eile und teilte ihr mit, dass Pierre gerade in der Küche Kaffee kochte.

»Pierre? Du hast mir versprochen, dass du keinem verrätst, dass ich zurzeit in diesem Zimmer wohne!«, bemerkte sie mit fester Stimme.

»Ich habe Wort gehalten. Er glaubt, du schläfst in der Nachbarschaft, aber nun komm endlich. Ich muss gleich wieder zurück!«

Mit diesen Worten zog sich ihr Bruder zurück. Juliette atmete ein paarmal tief durch. Ihre vordringliche Frage galt dem Verbleib des Geliebten. Da fiel ihr wieder ein, dass er ihr gestern noch ausdrücklich gesagt hatte, dass er ganz früh wieder im Bunker sein musste, weil dann seine Wache begann, und dass er sich fortschleichen würde, weil sie sich nach dem Schrecken und den anstrengenden Fahrradtouren nach Caen und Colleville erst einmal richtig ausschlafen solle. Offenbar war sie vor lauter Erschöpfung in seinem Arm eingeschlafen, denn sie trug noch ihr Wollkleid, mit dem sie gestern unterwegs gewesen war.

Das ist das erste Mal, dass wir uns nicht leidenschaftlich geliebt haben, dachte Juliette und bedauerte einerseits, dass sie sich nicht von ihm hatte verabschieden können. Andererseits überwog natürlich die Erleichterung, dass ihr Bruder sie nicht zusammen erwischt hatte.

Sie machte eine Katzenwäsche, zog sich frische Wäsche, Rock und Bluse an, steckte sich ihr Haar hoch und begab sich auf schnellstem Weg zum Haus. Es war ein entsetzlich trüber Tag, der ihre eigene Stimmung widerspiegelte. Das Restaurant war nur mit einer einzigen

Funzel beleuchtet, weil die Deutschen die schöne Fensterfront zum Meer zugemauert hatten. Auch das wirkte schrecklich trostlos.

Selbst Pierre, der sonst immer ein Lächeln für sie übrighatte, verzog keine Miene, als sie sich zu ihnen an den Tisch setzte.

»Guten Morgen, Pierre«, sagte sie.

»Guten Morgen«, erwiderte er, ohne den Kopf zu heben. Er stierte weiter finster in seine Kaffeetasse.

»Wir sind hier, weil die Deutschen heute oder morgen wieder in Arromanches aufkreuzen, um die Strände zu verschandeln. Du kennst doch die drei Zimmer in der oberen Etage, die durch Türen miteinander verbunden sind. Wir müssen es schaffen, dass Pierre das Zimmer in der Mitte bekommt, sodass er zu beiden Seiten lauschen kann …«, verkündete ihr Bruder geschäftig.

Juliette aber hörte ihm gar nicht richtig zu. »Wann seid ihr überhaupt gekommen?«, fragte sie.

»Heute, am frühen Morgen. Haben uns hier noch ein Stündchen aufs Ohr gelegt. Wir wollten nicht unterwegs angehalten werden, und ich muss gleich schnell zurück. Mutter schafft das nicht allein, jetzt, wo Gérald im Gefängnis sitzt. Und Monique ist viel zu sehr mit Jules beschäftigt, um ihr zur Hand zu gehen. Also habe ich Pierre nach Arromanches gefahren, auch um dir ein paar Dokumente zum Aufbewahren zu geben.« Er reichte ihr eine Mappe. »Bitte gut verstecken, falls die *Boches* auf den Gedanken kommen, auch das Hotel zu durchsuchen.«

Louis hob seinen Kopf und warf Juliette einen merkwürdigen Blick zu. Ihr lief ein eiskalter Schauer über den Rücken. Was das auch immer zu bedeuten hatte, es war nichts Gutes.

»Ist das nicht zu gefährlich, wenn sie die Sachen verwahrt?«, fragte Pierre nun.

Louis musterte seinen Freund befremdlich. »Aber Pierre, bei ihr erwartet das doch keiner. Wenn sie die Zimmer durchsuchen, dann wohl eher deins.«

»Ich meine nur, du weißt schon, von wegen der gewissen Kontakte …«

»Ach so, du meinst das, was man über ihre Freundin behauptet?«
Pierre nickte gequält.

Obwohl Juliette so eine Ahnung hatte, dass es besser wäre, den Mund zu halten, konnte sie sich nicht beherrschen. »Ihr müsst nicht über mich reden, sondern dürft gern mit mir reden, weil ich nämlich anwesend bin. Also Pierre, warum misstraust du mir?«

»Aber Julie, das meint er doch nicht so«, mischte sich Louis vermittelnd ein.

Juliette ignorierte den Einwurf und fixierte Louis durchdringend. »Was behauptet man über meine Freundin, und warum glaubst du, dass die Dokumente bei mir nicht sicher sind?«

Pierre warf Louis einen gequälten Blick zu. »Madeleine soll ein Verhältnis mit einem Deutschen haben, und zwar nicht mit irgendeinem, sondern einem Gestapo-Schwein …«

Juliettes Herz klopfte bis zum Hals. »Das wüsste ich doch. Aber selbst wenn, was habe ich damit zu tun?«

Pierre senkte erneut den Kopf.

»Ich glaube, ich weiß, was Pierre meint. Er fragt sich, ob du auch derartige Kontakte zu Deutschen pflegst.« Louis wandte sich seinem Freund zu. »Aber Pierre, Juliette doch nicht. Du kennst sie doch. Traust du ihr das zu?«

Pierre schüttelte den Kopf, ohne ihn zu heben.

»Dann lasse ich euch beiden jetzt mal allein. Ich glaube, ihr solltet euch dringend aussprechen«, sagte ihr Bruder. Hastig küsste er zum Abschied seine Schwester auf beide Wangen und klopfte Pierre freundschaftlich auf die Schulter.

»Ihr beide macht das schon. Und du, Julie, versteck die Dokumente gut. Hörst du?« Mit diesen Worten drehte er sich um und ließ die beiden allein zurück.

Pierre musterte Juliette nun mit einem Blick, der sie erschaudern ließ. So kalt und fremd. Ihr schwante Schreckliches, aber selbst wenn sie die richtigen Worte gewusst hätte, ihr Mund war so trocken, dass ihr die Zunge am Gaumen klebte und sie gar nicht in der Lage gewesen wäre, zu sprechen.

35

Maman, willst du mir nicht verraten, was du eben mit Madame Behrend im Büro besprochen hast?«, fragte Colette ihre Mutter, als diese sich hastig verabschieden wollte.

»Ach nichts«, schwindelte Frédérique.

»Maman, du weiß doch, dass ich das nicht leiden kann, wenn du sagst: Ach nichts!, obwohl du nicht verbergen kannst, dass du ein Problem mit dieser Frau hast. Gut, sie hat sich entgegen deiner Anordnung zu Großmutter geschlichen, aber offenbar hat sie ja ein wichtiges Anliegen …«

»Unsinn! Ich mache drei Kreuze, wenn sowohl Mutter als auch Tochter abgereist sind!«, fauchte Frédérique.

»Maman, was regt dich so furchtbar auf?«

»Es ist doch absurd, dass meine Mutter im Krieg ein Verhältnis mit einem *Boche* gehabt haben soll.«

Colette musterte ihre Mutter entgeistert. »Das behauptet sie allen Ernstes? Dass Oma was mit Ihrem Vater hatte?«

»Ja, sie ist fest davon überzeugt, dass die beiden eine Affäre hatten, als ihr Vater in der Normandie gewesen ist!«

»Jetzt verstehe ich natürlich besser, warum sie unbedingt mit Großmutter sprechen wollte.«

»Wie bitte? Hast du etwa Verständnis dafür, dass sie sich ins Heim geschlichen hat wie ein Dieb?«, fuhr Frédérique ihre Tochter an.

»Das habe ich nicht gesagt. Ich sagte nur, dass ich nun besser verstehe, warum diese Frau die Wahrheit herausbekommen möchte. Und so ganz an den Haaren herbeigezogen ist das doch gar nicht. Ihr Vater hat Oma ein Gemälde vererbt, und so wie Oma sich aufgeführt hat, scheint ihr das tatsächlich etwas zu bedeuten …«

»Vergiss nicht, was die Deutschen ihrer Familie angetan haben! Du weißt, dass meine Beziehung zu Oma nicht besonders harmonisch ist, aber so etwas Infames traue ich ihr nicht zu, zumal sie zu der Zeit schon mit meinem Vater verheiratet gewesen sein muss.«

»So recht vorstellen kann ich mir das auch nicht, vor allem, weil Großvater die Deutschen bis zum Schluss aus vollem Herzen gehasst hat. Aber Oma war in dem Punkt immer schon versöhnlicher, womit ich nicht gesagt haben möchte, dass es daran liegt, dass sie einen deutschen Geliebten hatte ...«

»Wie sich das anhört! Vergiss diese Hirngespinste! Wer weiß, was der Vater dieser Frau alles im Krieg verbrochen hat, und sie klammert sich nun an ein romantisches Geheimnis«, sagte Frédérique entschieden. »Ich will davon nichts mehr hören!«

Einen Augenblick herrschte Schweigen zwischen Mutter und Tochter. Frédérique war gerade dabei, sich zu entspannen und das leidige Thema endgültig abzuschließen, da brachte Colette zögernd vor: »Und was spricht dagegen, Oma direkt zu fragen?«

»Bist du wahnsinnig? Wenn ich sie in ihrem Zustand danach frage, regt sie sich nur unnötig auf. Und vor allem, was bedeutet schon die Aussage einer Dementen?«

»Maman, ich habe nicht gemeint, dass du mit ihr sprechen solltest. Wenn überhaupt, dann würde ich sie einmal ganz nebenbei nach dem Maler des Bildes fragen ...«

»Das lässt du schön sein! Ich will nicht, dass du meine Mutter mit dem alten Mist belastest.«

»Möchtest du denn gar nicht wissen, ob da nicht doch etwas dran ist?«, hakte Colette nach.

»Nein! Auf keinen Fall!«, entgegnete Frédérique und drehte sich auf dem Absatz um. »Ich mache jetzt Besorgungen. Soll ich dir etwas mitbringen?« Sie wartete vergebens auf eine Antwort, denn ihre Tochter schien in Gedanken versunken.

»Colette! Schwör mir, dass du weder mit der Mutter noch mit der Tochter redest und schon gar nicht deine Großmutter auf dieses Thema ansprichst!«

Colette warf ihr einen dieser zweifelnden Blicke zu, die Frédérique schon seit jeher Sorge bereitet hatten. Immer wenn ihre Tochter so guckte, hatte sie längst eigene Entscheidungen getroffen. Und wenn sich Colette einmal für etwas entschieden hatte, konnte sie keiner mehr davon abbringen, am wenigsten ihre Mutter. So war es auch mit ihrer Entscheidung gewesen, ihre Ausbildung zur Hotelfachfrau nicht in Frankreich zu absolvieren, sondern in Hamburg. Das hatte Frédériques Vater beinahe ins Grab gebracht, so wie er sich darüber aufgeregt hatte. Insgeheim musste sie allerdings zugeben, dass ihrer Tochter diese Zeit im Ausland durchaus gutgetan und sie viel dazugelernt hatte.

Trotzdem: Dieses Mal würde Frédérique alles daransetzen, dass Colette das tat, was sie verlangte, und nicht ihren Sturkopf durchsetzte.

»Bitte, Colette, ich weiß, dass du dir von mir nichts mehr sagen lässt, aber das ist mein Leben, meine Geschichte, meine Mutter, und ich verbiete dir, in Omas Vergangenheit herumzuschnüffeln!« Zur Bekräftigung, wie ernst es ihr war, hatte Frédérique die Stimme erhoben, obwohl sie genau wusste, dass ihre Tochter in dem Maß sturer wurde, wie sie ihr Druck zu machen versuchte.

»Maman, es ist meine Großmutter. Auch meine Vergangenheit, meine Familie. Und du weißt genau, wie nahe Großmutter und ich uns stehen. Hast du nie das Gefühl gehabt, dass Oma ein Geheimnis haben könnte? Ich habe immer schon beobachtet, dass sie manchmal in einer anderen Welt lebt, längst bevor sie dement wurde. Und hast du dir nie Gedanken darüber gemacht, dass Oma inzwischen nicht mehr weiß, wer Opa war, obwohl sie so lange mit ihm verheiratet gewesen ist?«

»Jetzt hat dich diese Person schon mit ihrem Verfolgungswahn infiziert! Dann bist du schuld, wenn Oma wieder so einen Anfall bekommt wie nach dem Besuch der Deutschen im Heim!«

»Maman, ich versichere dir, dass ich sie nicht mit dem Holzhammer darauf ansprechen werde, sondern ganz vorsichtig ...«

Frédérique machte eine abwehrende Handbewegung. »Mach

doch, was du willst, aber verschone mich damit! Was du auch immer meinst, herausgefunden zu haben, ich will nichts davon hören! Kapiert? Mein Vater würde sich im Grab umdrehen, wenn er sehen würde, wie sich seine Enkelin von dieser *Boche* beeinflussen lässt!«

Ihre Tochter stöhnte laut auf. »Maman! Hör bitte auf, mir Druck zu machen. Vor allem nicht wegen Großvaters überkommener Vorurteile gegen alle Deutschen. Du weißt doch, wie er und ich uns über dieses Thema in die Haare bekommen haben. Ich werde dich jedenfalls mit allem verschonen, was damit zu tun hat. Und denkst du bitte dran, nachmittags wieder da zu sein. Ich muss zum Hautarzt.«

Ihre Tochter deutete auf einen kleinen Leberfleck in ihrem Ausschnitt, den sie sich unbedingt entfernen lassen wollte. Dabei sah man ihn kaum, aber Colette ließ sich eben in gar nichts reinreden.

Gekränkt darüber, dass ihre Tochter ihr nicht wenigstens den kleinen Gefallen tat, indem sie ihr schwor, dass sie ihre Mutter nicht auf dieses Thema ansprechen würde, verließ Frédérique das Hotel. Vor lauter Aufregung hatte sie ihre Sonnenbrille vergessen und blieb kurz im Schatten stehen, damit sich ihre Augen an die Helligkeit gewöhnten. Sie kochte innerlich vor Zorn, wusste aber nicht genau, auf wen sie am wütendsten war: auf diese neugierige Deutsche mit ihrem blöden Gemälde, die im Leben ihrer Mutter herumschnüffelte, auf ihre Tochter, die sich nicht loyal auf ihre Seite stellte, sondern wieder einmal autonom ihren eigenen Weg einschlug und sich von der Frau einwickeln ließ, auf Vincent, der nun ausgerechnet mit deren Tochter etwas anfangen musste, oder gar auf sich selbst? Warum ließ sie die anderen nicht einfach machen? Hatte das mit ihrer Aversion gegen Deutsche zu tun, nahm sie der Deutschen im Grunde genommen doch nur übel, dass sie mit Henri anzubändeln versuchte, oder entsprang ihre Abwehr dem tiefen Wissen, dass die Ehe ihrer Eltern alles andere als glücklich gewesen war? Und dass sie schon als Kind auf der Seite ihres Vaters gestanden hatte, weil der baumstark wirkende Mann nur dafür lebte, dass seine Frau seine Liebe erwiderte? Wie oft war sie Zeugin geworden, dass ihr Vater der Mutter eine kleine Freude gemacht und die sich auch artig bedankt hatte, er sich aber offensichtlich mehr erwartet hatte. Seine verletzte Miene hatte sich tief in ihre Seele eingegraben, und sie hatte sich geschworen, ihn niemals zu enttäuschen. Das hatte nicht immer funktioniert, allein schon deshalb nicht, weil ihm kein Mann gut genug für seine Tochter gewesen war. Auch Victor hatte er nie wirklich akzeptiert. Er hatte ihn für einen Hallodri gehalten. Zu Recht, wie sich dann gezeigt hatte.

Und nun wollte sie ihren Vater auch nach dessen Tod schützen vor einer möglichen Wahrheit, die ihm sehr wehgetan hätte. Und wenn auch nur ein Fünkchen Wahrheit daran sein sollte, wie würde sie dann je wieder ihrer Mutter in die Augen sehen können? Auch Demente spürten, wenn man sie hasste. Und wenn sich dieser Verdacht als wahr erweisen würde, würde Frédérique ihre Mutter aus vollem Herzen hassen.

Entschieden setzte sie ihren Weg fort und bemühte sich, die belastenden Gedanken abzuschütteln. Sie war fest entschlossen, sich nicht weiter in diese Angelegenheit hineinziehen zu lassen.

36

Zwischen Juliette und Pierre herrschte angespanntes Schweigen. »Gut, wir müssen ja nicht miteinander reden«, sagte sie schließlich, als sie die gereizte Stimmung im Raum nicht länger aushielt. »Ich werde mich um die Dokumente kümmern.« Als sie danach greifen wollte, legte Pierre seine Hand darauf und zischte: »Das mache doch lieber ich!«

»Aber du hast Louis gehört. Er hat mich darum gebeten!«

Juliette war irritiert. So hatte sie Pierre noch nie zuvor erlebt. Er, der stets zuvorkommend und zugewandt ihr gegenüber gewesen war, behandelte sie plötzlich wie seine schlimmste Feindin.

»Ja, weil er nicht ahnt, was du hinter seinem Rücken treibst!« Aus seinen braunen Augen funkelte der pure Zorn.

Juliette wurde in rasendem Wechsel heiß und kalt. So wie er sich verhielt, musste er ihr Geheimnis kennen.

»Wie meinst du das?«, fragte sie mit belegter Stimme.

»Mir brauchst du nichts vorzumachen. Ich habe ihn gesehen!«

»Wen?« Obwohl Juliette ahnte, dass Leugnen zwecklos war, versuchte sie, die Naive zu spielen.

Louis musterte sie gequält. »Ich wollte mich heute Morgen in einem Zimmer hinlegen, das nach hintenraus geht, und als ich die Vorhänge schließen wollte, da sah ich im Pavillon durch die Läden einen Lichtschein nach außen dringen. Das kam mir verdächtig vor. Louis hatte mir gesagt, dass du in einem evakuierten Nachbarhaus übernachtest. Also wollte ich nachschauen und bin runtergeschlichen ...«

Juliette wich sämtliche Farbe aus dem Gesicht.

»... als ich bei der Hintertür ankam, sah ich einen Schatten aus dem Pavillon huschen. Einen Schatten in deutscher Uniform!«

»Pierre, aber das ist … das weiß ich nicht, ich …«, stammelte Juliette, doch Pierre fauchte sie an, den Mund zu halten. »Ich wollte ihn stellen, aber da war er bereits aus einem Tor in der Mauer nach draußen geschlüpft. Und in dem Moment habe ich begriffen, dass er kein Deserteur ist, der sich im Pavillon versteckt hat, sondern dein Liebhaber …«

»Aber Pierre, du irrst dich. Ich kenne keinen deutschen Soldaten …«

»Mach doch alles nicht noch schlimmer! Ich habe mich in den Pavillon geschlichen und dich dort friedlich schlafen sehen. Er hat sich dort mit dir getroffen. Das ist euer Liebesnest! Jetzt verstehe ich endlich, warum du mich ständig zurückweist. Weil du einen *Boche* vorziehst. Warum tust du mir das an, Juliette, warum?«

Juliette war derart geschockt, dass es ihr die Sprache verschlug.

Pierre trat einen Schritt auf sie zu. Sein zorniger Blick hatte sich in eine verzweifelte Miene verwandelt. »Warum, Julie, warum? Ich würde mein Leben für dich geben. Ich liebe dich so sehr!«, verkündete er gequält.

Sein Gefühlsausbruch ließ Juliette keineswegs kalt, aber sie durfte sich jetzt nicht von Emotionen wie Mitleid leiten lassen, sondern musste einen klaren Kopf bewahren.

»Pierre, bitte, ich wollte dir nicht wehtun, aber ich habe mich nun einmal in diesen Deutschen verliebt. Du weißt doch selbst, dass die Liebe seltsame Wege geht. Du solltest auch lieber eine der jungen Frauen aus Caen wählen, die sich nichts mehr wünschen, als deine Frau zu werden …«

»Aber ich liebe dich!«, bekannte er in trotzigem Ton.

»Und ich liebe ihn«, erwiderte sie leise.

»Wie kannst du nur einen unserer Todfeinde lieben? Sie haben wieder einen Krieg angezettelt, nachdem sie im letzten Krieg unsere tapferen Männer niedergemetzelt hatten, sie haben unser stolzes Frankreich besetzt, und nun ermorden sie unsere Männer und stehlen auch noch unsere Frauen.« Pierre schlug sich verzweifelt die Hände vors Gesicht.

Juliette holte tief Luft, bevor sie mit sanfter Stimme sagte: »Glaubst du wirklich, dass alle diese Soldaten mit dem barbarischen Regime einverstanden sind? Pierre, auch dort gibt es aufrechte Männer, die lieber heute als morgen den Tod ihres Führers wünschen ...«

»Hat dir das dein sauberer *Boche* vorgegaukelt, dass er ein guter Deutscher ist?« Pierre stieß einen verächtlichen Laut aus. »Weißt du eigentlich, was mit den *Boche*-Huren geschehen wird, wenn eure deutschen Freunde eines hoffentlich nicht allzu fernen Tages besiegt worden sind?«

Juliette schüttelte den Kopf. Nur nicht widersprechen, nur nicht mit ihm streiten, redete sie sich gut zu. Sie hatte nur noch ein Ziel: sein Vertrauen zu gewinnen und ihm das Versprechen abzuringen, dass er ihr Geheimnis nicht Louis verriet.

»Sie werden euch dafür bestrafen, dass ihr mit den Verbrechern fraternisiert habt, verdammt! Und dann sind diese Kerle längst tot, denn die Alliierten werden sie schon bald mit Macht überrollen, dass nichts von ihnen übrig bleibt. Und dann seid nur noch ihr da, an denen unsere Landsleute, die unter der Besatzung leiden mussten, ihren Zorn auslassen können.« Er stockte und musterte sie durchdringend. »Wer weiß davon?«

»Keiner«, schwindelte Juliette, denn nach allem, wie Louis und Pierre von Madeleine dachten, durfte sie die Freundin auf keinen Fall erwähnen.

»Gut, dann soll es auch so bleiben. Davon darf kein Mensch je erfahren!«

»Heißt das, du wirst es auch Louis nicht verraten?«

»Auf keinen Fall! Er würde es zwar gewiss nicht weitertragen, aber sicherer ist es, wenn es keiner weiß. Hörst du? Kein Mensch!«

Juliette atmete kurz auf, weil Pierre sie nicht verpetzen wollte, aber dann wurde ihr klar, dass er etwas dafür verlangen würde, und sie ahnte auch schon, was das sein würde.

»Du wirst den Kerl niemals wiedersehen! Verstanden?«

»Nein, ich werde ihn nicht mehr treffen«, echote Juliette leise, aber schon in diesem Augenblick wusste sie, dass sie diese Bedingung auf keinen Fall erfüllen würde. Im Gegenteil, sie sehnte sich mit einer Intensität nach Friedrich, dass es schmerzte. Wie sie es anstellen konnte, ihn weiterhin zu sehen, war ihr allerdings ein Rätsel. Sie befürchtete, dass Pierre den Pavillon nun nicht mehr aus den Augen lassen würde.

»Du wirst ihn bald vergessen haben, und dann bin ich für dich da«, bemerkte Pierre in einem Ton, als würde er selbst nicht daran glauben.

Juliettes Nicken verstand er offenbar als Zustimmung.

»Du wirst sehen, es wird alles gut. Sobald der Spuk vorüber ist, werden wir heiraten und in eines unserer Häuser ziehen …«

Die Übelkeit überfiel Juliette so anfallartig, dass sie nur noch kurz »Verzeih mir« murmeln konnte, bevor sie zur Toilette rannte und sich in einem Schwall erbrach.

Das Klopfen an der Tür signalisierte ihr, dass er ihr gefolgt war. »Ist dir nicht gut?«, fragte er besorgt.

»Geht schon«, rief sie, wusch sich die Hände und spülte sich den Mund aus.

Als sie aus dem Badezimmer kam, stand er immer noch da. Aus seinem Blick sprach die Hoffnung, dass sie endlich sein Werben erhört hatte. Dann trat er einen Schritt auf sie zu und machte Anstalten, sie zu umarmen, aber sie wich ihm aus.

Juliette hatte Pierre immer wie einen Bruder gemocht, aber in diesem Moment hasste sie ihn abgrundtief. Sie schaffte es einfach nicht länger, sich diplomatisch zu verhalten. Dann sollte er es doch ihrem Bruder petzen! Das war immer noch besser, als sich von ihm anfassen zu lassen.

»Pierre! Lass das! Solange ich Friedrich liebe, werde ich mich auf gar nichts anderes einlassen. Und das wird, so Gott will, ein Leben lang sein!«, zischte sie.

Pierre erbleichte.

»Und jetzt lass mich in Ruhe. Ich will allein sein!«, fauchte sie, während sie sich an ihm vorbeidrängen wollte. Sie war schon fast an ihm vorbei, als sie seine kräftige Hand auf ihrer Schulter spürte.

»Warte! Wenn ich diesen Mann noch ein einziges Mal auf dem Grundstück erwische, bringe ich ihn um«, verkündete er.

Juliette ignorierte seine Drohung und versuchte, sich seiner Hand zu entwinden.

»Bitte, Julie, wirf deine Zukunft nicht weg. Für einen Kerl, der bald tot oder in Gefangenschaft sein wird.«

»Pierre! Wenn du noch ein einziges Mal drohst, ihm etwas anzutun, werde ich kein einziges Wort mehr mit dir reden.«

»Aber Julie, bitte, sei vernünftig. Natürlich werde ich ihn nicht umbringen. Ich möchte doch nur ...« Er stockte. »Ich werde ihn nicht anrühren. Das verspreche ich dir, aber nur wenn du mir im Gegenzug auch etwas schwörst.«

Juliette stieß einen tiefen Seufzer aus. »Was?«

»Versprich mir, dass du, sollte das eintreten, was ich prophezeie, dass ihr nämlich keine Zukunft haben könnt, weil er schneller tot sein wird, als dir lieb ist, ohne dass ich mir die Hände schmutzig machen muss ... dass du dann meine Frau wirst!«

Pierre knirschte vor lauter Anspannung mit den Zähnen, während er auf ihre Antwort wartete.

»Einverstanden«, seufzte Juliette und verließ, ohne ein weiteres Wort an ihn zu richten, das Restaurant, um sich in dem verborgenen Zimmer zu verkriechen, wobei es diese Bezeichnung nun nicht länger verdiente. Deshalb würden sie sich dort auch nicht mehr treffen können, jedenfalls nicht, solange Pierre im Haus war. Was würde sie darum geben, wenn sie sich in den attraktiven Franzosen so verliebt hätte wie in Friedrich. Dann wäre das Leben viel einfacher. Sie würde wie alle anderen Landsleute darum beten, dass die Alliierten die *Boches* aus dem Land trieben und um keinen Deutschen bangen, sondern einen Franzosen heiraten, Kinder mit ihm bekommen ... Pierre wäre sicherlich ein guter Ehemann ... Aber die Realität war nun einmal ganz anders. Der Mann, dem sie ans Ende der Welt folgen würde, war Friedrich. Das war der Mann, mit dem sie eine Familie ... Juliette unterbrach ihre Gedanken abrupt. Und was war mit der Familie, die er schon hatte? Wenn ihr einziges Problem wäre, dass er den Erbfeind verkörperte, dann gäbe es vielleicht noch Hoffnung, aber er war ein verheirateter Mann und frischgebackener Vater. Diese Tatsache verdrängte sie gern, aber jetzt stand sie ihr bedrohlich im Weg, und es gab keine Ausflüchte mehr.

Juliette zitterte am ganzen Körper angesichts dieser Erkenntnis. Pierre hatte recht. Friedrich und sie hatten keine Zukunft, wenn auch aus anderen Gründen, als er es vermutete. Aber konnte sie sich deshalb in Pierres Arme flüchten, obwohl sie ihn nicht liebte? Plötzlich musste sie an ein französisches Sprichwort denken. *Wenn man nicht hat, was man liebt, muss man lieben, was man hat.*

Aber wenn sie nur ansatzweise versuchte, sich auszumalen, wie ein gemeinsames Leben mit dem Freund ihres Bruders aussehen könnte, scheiterte sie bereits an der Vorstellung, ihn zu küssen, geschweige denn, mit ihm ins Bett zu gehen.

Trotzdem durfte sie nicht länger der Illusion nachjagen, dass Friedrich und sie auch nur den Hauch einer Zukunft hatten. Und das musste sie ihm genauso unmissverständlich mitteilen. Er würde mit Sicherheit bei ihr aufkreuzen, sobald er wieder freibekam, und dann musste sie ihn fortschicken, und zwar für immer. Allein bei dem Gedanken daran liefen ihr stumme Tränen über das Gesicht. Sie warf sich auf das Bett und vergrub sich in seinem Kissen. Es roch nach dem französischen Rasierwasser, das sie ihm geschenkt hatte. Das ließ den Schmerz in ihr förmlich explodieren. Sie weinte, sie schrie, und sie drosch schließlich mit der Faust auf die Kissen ein. Der Zorn galt vorrangig ihr selbst. Wie hatte sie das alles nur derart verdrängen können?

Nachdem sie sich wieder halbwegs beruhigt hatte, erhob sie sich entschlossen und ging zum Haus hinüber. Pierre war immer fair ihr gegenüber gewesen. Er hatte etwas Besseres verdient als ihre schnippische Verweigerung, ihm etwas Nettes zu sagen.

Pierre war gerade dabei, die frischen Lebensmittel, die er offenbar inzwischen mit dem dreirädrigen Transporter vom Hof der Petits geholt hatte, in der Speisekammer unterzubringen.

»Louis hat von den Deutschen einen neuen Bezugsschein für die Verköstigung der Offiziere bekommen, den ich einlösen sollte«, erklärte er eifrig und in einem Ton, als wäre nichts zwischen ihnen vorgefallen. »Ich habe Madeleine gesehen. Sie sah gar nicht gut aus und hat auch kein Wort mit mir gesprochen.«

Ohne darauf einzugehen, half Juliette ihm.

»Es tut mir leid, dass ich manchmal so grob zu dir bin«, sagte sie schließlich entschuldigend. »Ich mag dich, Pierre, und das sollst du wissen. Du bist ein wirklich guter Kamerad.«

»Das glaube ich dir sogar«, bemerkte er. »Aber das sagt man auch zu einem Hund, dass er ein guter Kamerad ist«, fügte er spöttisch hinzu.

»Pierre, ich wollte dir doch nur was Nettes sagen«, murmelte Juliette.

»Danke für deine Bemühungen, aber Almosen brauche ich nicht. Du wirst es nicht glauben, aber es gibt in Caen Frauen, die mir deutlich zu verstehen geben, wie gern sie an meiner Seite wären.«

»Ich weiß doch, dass du der begehrteste Junggeselle weit und breit bist. Und deshalb wollte ich dir sagen: Gib mir Zeit. Wenn ich Friedrich wirklich jemals vergessen sollte, dann heirate ich dich und nur dich. Du kannst dir sicher sein, dass ich sonst keinen anderen Mann je heiraten würde.«

»Ist das ein Versprechen?«, fragte er mit skeptischem Unterton.

»Es ist die Wahrheit. Wenn ich Friedrich nicht heirate, werde ich keinen anderen Mann heiraten. Und ich möchte eine Familie. Verstehst du?«

»Sehr gut sogar, aber soll ich nun eine halbe Ewigkeit auf dich warten, oder wie stellst du dir das vor?«

»Nein, triff dich mit Verehrerinnen, so viel du willst. Und wenn eine andere dein Herz erobert, folge deinem Herzen, denn ich kann nicht einfach einen Schalter umlegen. Ich muss mir Friedrich aus dem Kopf schlagen, und das kann eine Zeit dauern. Ich will nichts übers Knie brechen.«

»Ach, Julie, wenn du wüsstest, wie sehr ich dich liebe. Ich werde auf dich warten. Kein Leben lang, aber ein paar Monate schaffe ich es noch, mich mit den käuflichen Damen zu begnügen.«

Juliette zuckte innerlich bei dem Gedanken zusammen, dass er in das verrufene rote Haus in Caen ging, von dem man behauptete, dass sich dort die Soldaten vergnügten. Sie versuchte, sich ihre Abscheu nicht anmerken zu lassen, aber ihre Miene sprach offenbar Bände.

»Habe ich dich mit meiner Ehrlichkeit verschreckt?«, fragte er lauernd. »Ich dachte, einer erfahrenen Frau wie dir sollte das nichts ausmachen. Ich glaube, moralisch ist das nicht verwerflicher als das, was du treibst. Im Gegenteil. Ich hoffe, du verhütest wenigstens.«

Juliette spürte, wie ihr die Schamesröte in die Wangen stieg. Nicht nur weil er dieses intime Thema so unverfroren angesprochen hatte, sondern weil sie in der Tat sehr leichtsinnig waren. Schon mehrfach hatte sie darum gebangt, ihre Monatsblutung zu bekommen. Bislang war alles gut gegangen.

»Pierre, das geht dich gar nichts an«, schnauzte sie ihn an. In diesem Augenblick fand sie ihn gar nicht mehr so nett. Im Gegenteil, sie bereute es, ihn überhaupt als potenziellen Ehemann in Erwägung gezogen zu haben.

»Und im Übrigen nehme ich alles zurück, was ich gerade zu dir gesagt habe. Lieber verzichte ich auf eine eigene Familie, als mich von dir wie eine Prostituierte behandeln zu lassen.«

»Juliette, bitte, ich habe das natürlich nicht so gemeint, aber es will mir nun mal nicht in den Kopf, wie sich so eine wunderschöne junge Frau, die das ganze Leben noch vor sich hat, mit einem *Boche* einlässt. Was ist es denn, was dich so anspricht? Ist es die Uniform?«

»Ich hasse Uniformen, vor allem deutsche«, gab Juliette zurück.

»Aber du musst mich doch auch verstehen. Warum riskierst du es, dich mit so einem einzulassen? Im Übrigen sehen es die Deutschen auch nicht gern, dass ihre Soldaten es mit Französinnen treiben. Deshalb haben sie in jeder Stadt Wehrmachtsbordelle errichtet wie das rote Haus. Dort haben wir gar keinen Zutritt.«

»Pierre, hör endlich auf damit! Ich verlange nicht von dir, dass du mich verstehst. Wie sollst du das auch? Ich habe kein Interesse an diesen uniformierten Herrenmenschen, wenn du das meinst. Nein, ich habe mich in einen Kerl verliebt, der keine Uniform trug und ein perfektes Französisch, wie sie es im Norden sprechen, beherrscht. Ich habe ihn für einen Franzosen gehalten. Hätte er eine Uniform getragen, ich hätte kein Wort mit ihm gewechselt. Zufrieden?«

»Nein, ich wünschte, du wärst diesem Kerl nie begegnet! Und dass er von der Bildfläche verschwindet …«

Juliette musterte ihn erbost: »Hörst du jetzt endlich damit auf!«, fuhr sie ihn an. »Wir sollten uns lieber für den Ansturm der *Boches* morgen rüsten!«

»*Boches* hast du jetzt aber gesagt«, versuchte er zu scherzen.

Juliette ging darüber wortlos hinweg und schlug vor, als Erstes die Zimmer herzurichten. Sie hoffte, dass sie die Arbeit von der Frage ablenkte, ob sie es tatsächlich übers Herz bringen würde, sich von Friedrich zu trennen. Und wenn, ob sie dann wirklich jemals in der Lage wäre, einen Mann zu heiraten, den sie nicht liebte und höchstwahrscheinlich niemals lieben könnte, selbst wenn sie hundert würde.

37

Je näher Barbaras Treffen mit Henri kam, desto nervöser wurde sie. Eigentlich passierte ihr das in der Regel nicht mehr, dass sie dem Date mit einem Mann derart entgegenfieberte. Das irritierte sie. Mittlerweile hatte sie sich schon mehrfach umgezogen und war immer noch nicht zufrieden. Sie war so konfus, dass sie die Tüte mit dem neuen Kleid im Wagen vergessen und keine Lust hatte, extra zum Auto zu gehen, das etwas weiter entfernt auf einem Platz parkte. Aber schließlich raffte sie sich auf, nachdem sie wirklich alles andere anprobiert hatte und nichts von alledem Gnade vor ihrem kritischen Auge fand.

Auf dem Weg zum Wagen begegnete ihr Colette, die stehen blieb und fragte, ob sie sich gut in Vincents Wohnung eingelebt hatte. Das bejahte Barbara, denn das Apartment ließ wirklich nichts zu wünschen übrig, außer dass es eindeutig die Wohnung eines Mannes war. Sie war spartanisch und geschmackvoll eingerichtet, aber es fand sich dort kein einziger »Staubfänger«, wie Paula Barbaras Sammlerstücke aus aller Welt gern zu bezeichnen pflegte. Ihre Tochter, die jede Art von Nippes ablehnte, fühlte sich in der Wohnung sicher ausgesprochen wohl.

Ihr Mutter-Tochter-Gespräch hatte allerdings noch einige Fragen offen gelassen. Was ihr Verhältnis zu dem attraktiven Franzosen anging, war Paula nicht besonders auskunftsfreudig gewesen. Sie hatte betont, es sei eine freundschaftliche Beziehung, die ihre bevorstehende Hochzeit auf keinen Fall gefährden werde. Dass Barbara insgeheim genau das gehofft hatte, ließ sie sich natürlich nicht anmerken, aber sie zweifelte zumindest daran, ob Paula sich in dem Punkt nicht gerade selbst etwas vormachte. Ihre Tochter würde doch niemals mit einem fremden Mann eine solch enge Freundschaft schließen, dass sie mit ihm sogar eine mehrtägige Bootstour zu zweit unternahm, vermutete Barbara. Sie konnte eine gewisse Schadenfreude nicht leugnen, wenn sie sich vorstellte, wie Klemens toben würde, wenn er von diesem »freundschaftlichen Ausflug« erfuhr. Was Barbara wirklich das Herz erwärmte, war die Entschuldigung ihrer Tochter wegen der Hochzeitseinladung gewesen. Sie hatte Barbara versichert, dass sie niemals ein Hochzeitsfest ohne ihre Mutter feiern werde. Sie hatten sich jedenfalls lange nicht mehr so herzlich umarmt wie in der Wohnung des Franzosen.

»Und ich möchte Ihnen noch versichern, dass ich im Nachhinein verstehen kann, dass Sie meine Großmutter sprechen wollten.« Mit diesen Worten riss Colette Barbara aus ihren Gedanken.

»Das freut mich sehr«, erwiderte sie.

»Wenn es da wirklich eine Liebesbeziehung zwischen Ihrem Vater und ihr gegeben haben soll, möchte ich eigentlich auch gern die Wahrheit darüber wissen.« Colette senkte die Stimme. »Ich habe übrigens ein altes Tagebuch von Großmutter unter ihrer Kleidung gefunden, das ich mit ihrer Erlaubnis mitgenommen habe. Aber geöffnet habe ich es noch nicht«, vertraute sie Barbara an.

»Das kann ich gut verstehen. Als ich die Postkarte meines Vaters gefunden habe, die ihm Ihr offenbar erboster Großvater geschrieben haben muss, war ich auch hin und her gerissen. Man nimmt jeden Hinweis dankbar an, fühlt sich aber trotzdem wie ein Spion.«

»Das hätte ich nicht besser ausdrücken können, aber mögen Sie mir von dieser Postkarte berichten?«

»Gern.« Barbara kannte den Wortlaut der Karte auswendig.

Colette hörte aufmerksam zu.

»Ach ja und was ich Ihnen noch gar nicht erzählt habe. Mein Vater war im Krieg doch in der Normandie. Das hat man ein Leben lang vor mir verborgen, aber ein Nennonkel von mir hat es inzwischen am Telefon zugegeben«, fügte Barbara hinzu.

»Die Geschichte nimmt Fahrt auf«, stellte Colette fest. »Dann muss Ihr Vater meiner Großmutter wohl nach dem Krieg noch einmal geschrieben haben. Und die Antwort auf der Postkarte klingt sehr nach meinem Großvater. Er ist der Grund, warum meine Mutter immer noch alles Deutsche vehement ablehnt. Mein Großvater hat sie mit seiner Meinung über die typischen Deutschen sehr beeinflusst. Das haben Vincent und ich auch reichlich zu spüren bekommen, fast als wären wir weiterhin im Krieg mit Deutschland.«

»Dass Franzosen, die den Krieg noch erlebt haben, Deutsche nicht unbedingt in ihr Herz schließen, kann ich sogar nachvollziehen. Für die Verbrechen, die im Namen Deutschlands begangen worden sind, gibt es kein Verzeihen«, bemerkte Barbara nachdenklich. »Nur geht es in diesem Fall wohl eher um eine Liebe, die nicht sein durfte.«

»Großmutter hat das Gemälde, nachdem sie es endlich hergegeben hatte und ich es in ihrem Zimmer aufgehängt habe, voller Verzückung angestarrt.«

»Schön, dass Sie das sagen. Ich dachte schon, ich stehe ganz allein mit meiner romantischen Fantasie da und gehe mit meiner Neugier nur allen Menschen auf die Nerven. Außer meiner Tochter, aber die scheint im Moment mit den Gedanken ganz woanders zu sein.«

»Das sehe ich auch so«, lachte Colette. »Ich werde versuchen, meine Großmutter auf Ihren Vater anzusprechen, und es Ihnen berichten, wie sie reagiert, falls Sie dann noch vor Ort sind. Wie lange werden Sie noch bleiben?«

»Eigentlich wollte ich bleiben, bis ich dem Geheimnis auf die Spur gekommen bin …«

»Dann wenden Sie sich wegen einer Unterkunft bitte an mich, sobald mein Cousin von großer Fahrt zurückgekehrt ist. Bei uns werde ich Sie nicht unterbringen können wegen Maman, die Sie auf keinen Fall einweihen sollten. Aber ich lasse dann meine Beziehungen spielen, um Ihnen ein Zimmer in der Nähe zu besorgen, denn schließlich möchte ich das Ergebnis mit jemandem teilen. Wenn Maman erfährt, dass ich ein Tagebuch von Großmutter an mich genommen habe, würde sie toben.«

»Danke, Colette, das ist bezaubernd. Beides!«, stieß Barbara gerührt hervor. »Und Sie können sich auf mich verlassen, dass ich Ihr Vertrauen nicht noch einmal missbrauche.«

Sie musterte die hübsche junge Frau wohlwollend. Sie trug ein wallendes rotes Kleid mit einem großzügigen Dekolleté. Ihr Blick blieb an einem großen Pflaster hängen.

»Was haben Sie denn da gemacht?«, fragte sie.

»Ach, nur ein kleiner Schönheitsfehler. Ein Muttermal. Und ich finde, im Ausschnitt macht es sich nicht so gut. Deshalb habe ich es entfernen lassen.«

»Das kenne ich von Paula. Die hatte auch eines am Hals, das ihrer Meinung nach unbedingt entfernt werden musste. Dabei ist es gar nicht weiter aufgefallen«, bemerkte Barbara.

»Das sagte meine Mutter auch«, erwiderte Colette lächelnd. »Aber heutzutage mit dem Entfernen ist das keine große Sache.«

Die beiden Frauen verabschiedeten sich herzlich. Barbara mochte die junge Französin. Ihre ungewöhnliche Erscheinung war ihr bereits bei der ersten Begegnung ausnehmend positiv aufgefallen. Ein wenig erinnerte sie Colette an sich selbst in jungen Jahren.

Zurück im Apartment, zog Barbara das neue Kleid an und war begeistert von dem edlen Teil, das sie sich im leicht berauschten Zustand in Bayeux geleistet hatte. Es war schwarz-weiß gepunktet und im Stil der Fünfzigerjahre geschnitten, mit weit schwingendem Rock und eng anliegendem Oberteil. Der Tag im Hotel hatte ihr gutgetan, zumal sie am Abend gesund gegessen und keinen Alkohol mehr getrunken hatte. Stattdessen hatte sie sich mit einer Flasche Wasser auf ihren Balkon gesetzt und französische Modemagazine durchgeblättert, um sich nicht länger den Kopf darüber zu zerbrechen, dass nicht nur ihr Vater sie zeitlebens belogen hatte. Offenbar waren alle gleichermaßen darauf erpicht gewesen, zu verhindern, dass sie eines Tages dahinterkam, dass ihr Vater in der Normandie im Krieg eine andere Frau geliebt hatte.

Und noch etwas ging Barbara nicht mehr aus dem Kopf. Sie hatte sich im Hotel, nachdem sie alle Modezeitschriften durchgeblättert hatte, mehrere Tageszeitungen geholt und war in der Pariser *France Soir* auf eine Jobanzeige gestoßen, die ihr Herz hatte höherschlagen lassen. Dort wurde für ein deutsch-französisches Filminstitut in Paris eine Mitarbeiterin für die Presseabteilung gesucht, die beide Sprachen beherrschte. Die Vorstellung, eine Zeit lang in Paris zu leben, war ihr sehr verlockend erschienen, zumal sie das Gefühl hatte, dass in ihrem Leben ein wichtiger Wechsel bevorstand. Allerdings war sie trotz ihrer verträumten Art Realistin genug, um zu wissen, dass sie in ihrem Alter kaum mehr die Chance bekommen würde, in einem solchen Job genommen zu werden. Trotzdem hatte sie die Anzeige aus der Zeitung herausgerissen und eingesteckt.

Während sie sich in ihrem neuen Kleid im Spiegel betrachtete, kam ihr der Gedanke, dass womöglich auch ein gut aussehender, grau melierter Franzose etwas mit ihrer Lust zu tun haben könnte, noch länger in Frankreich bleiben zu wollen.

Sie drehte sich noch einmal vor dem Spiegel und war noch immer nicht ganz zufrieden, weil das offene Haar nicht so recht zu dem Kleid passte. Also band sie es zu einem Pferdeschwanz zusammen, eine Frisur, die sie in ihrem Alter nicht mehr tragen sollte, jedenfalls wenn es nach ihrer Mutter ging. Die fand langes Haar in einem gewissen Alter prinzipiell nicht mehr angebracht. Bei dem Gedanken an ihre Mutter fragte sie sich, ob sie sich wohl telefonisch bei ihr melden sollte, einfach nur um ihr zu sagen, dass es ihr gut ging. Den Gedanken verwarf sie allerdings gleich wieder, denn sie wollte sich nicht unbedingt die Laune verderben lassen. Und dass ihre Mutter sie mit Vorwürfen überhäufen würde, war so sicher wie das Amen in der Kirche.

Mit Genugtuung stellte Barbara fest, dass die Sonne noch ein wenig mehr zarte Bräune in ihr Gesicht gezaubert hatte. Deshalb verzichtete sie auf ihren geliebten knallroten Lippenstift und benutzte lediglich ein farbloses Lipgloss.

Ein Blick auf den Wecker, der neben dem Bett stand, sagte ihr, dass sie in fünf Minuten verabredet waren. So hatte es auf der Nachricht von Henri gestanden, die Colette ihr heute Vormittag an der Rezeption unter dem giftigen Blick von Madame Roux gegeben hatte. Sie fragte sich allerdings, ob es wirklich eine gute Idee war, sich im Hotelrestaurant zu treffen.

38

Arromanches-les-Bains,
Februar 1944

Seit die Deutschen zurück waren, kam Juliette am Tag kaum mehr dazu, über Friedrich und den zerplatzten Traum von ihrer gemeinsamen Zukunft nachzudenken, weil dermaßen viel tun war. Die Zimmer mussten gemacht, die Offiziere verköstigt und die Arbeiter versorgt werden. Pierre half ihr, so gut er konnte, besonders in der Küche. Es überraschte sie, was er aus den immer rarer werdenden Zutaten zaubern konnte. Überhaupt arbeiteten sie sehr effektiv und harmonisch zusammen. Mit keinem Wort hatte er ihr gegenüber das Gespräch über den Deutschen noch einmal erwähnt. Es waren inzwischen zwei Wochen vergangen, in denen sie auch nichts mehr von Friedrich gehört hatte. Das kannte sie schon, und trotzdem fühlte es sich dieses Mal anders an. Sonst hatte die Sehnsucht nach ihm sie schier zerrissen, und sie hatte innerlich die Stunden gezählt, bis er endlich wieder in dem verborgenen Zimmer auftauchte. Dieses Mal fürchtete sie sich beinahe vor ihrem Wiedersehen, weil sie nicht wusste, ob sie im entscheidenden Moment wirklich die Kraft aufbringen würde, sich endgültig aus dieser Beziehung zu lösen. Es verging keine Nacht, in der sie nicht in Gedanken durchspielte, wie sie es ihm sagen sollte, dass sie sich nicht mehr treffen durften. Nicht weil er ein Deutscher war, sondern weil in Hamburg eine Familie auf ihn wartete. Und immer wieder gelangte sie in Gedanken früher oder später an einen Punkt, an dem sie schier verzweifelte. Die Vorstellung, ihn nie wieder in ihre Arme zu nehmen und ihn nie wieder mit jeder Faser ihrer Seele und ihres Körpers zu lieben, schmerzte so sehr, dass es ihr den nächtlichen Schlaf raubte. Es verging keine Nacht, in der sie nicht in dem verborgenen Zimmer auf und ab ging, um ihre angeschlagenen Nerven zu beruhigen. Pierre schien äußerst besorgt um ihre Gesundheit. Sie war in diesen vierzehn Tagen merklich abgemagert, und durch den fehlenden Schlaf war ihre Haut fahl geworden.

Jeden Abend hoffte Juliette aufs Neue, dass sie in dieser Nacht vor lauter Erschöpfung gleich einschlafen und vor allem durchschlafen würde, aber an diesem Tag war es schlimmer denn je. Sie warf sich nervös von einer Seite auf die andere. Natürlich ahnte sie, woran es lag, dass sie an diesem Tag ganz besonders nicht zur Ruhe kam.

Vorhin nämlich hatte Pierre sein Schweigen über das Thema Friedrich gebrochen und sie direkt gefragt, ob sie den Deutschen noch einmal getroffen habe. Wahrheitsgemäß hatte sie das verneint mit dem Ergebnis, dass er offenbar sofort Hoffnung geschöpft hatte. Er hatte ergriffen ihre Hand genommen, sie an seine Lippen geführt und geküsst. Juliette hatte ihn gewähren lassen, weil sie so überrascht gewesen war, dass sie sich wie gelähmt gefühlt hatte. »Ich lege dir mein Leben zu Füßen«, hatte er ihr geschworen. Da erst hatte sie ihm ihre Hand mit den Worten »Bitte nicht! Das heißt noch lange nicht, dass ich ihn einfach so vergessen kann« entzogen. Pierre hatte sich daraufhin sichtlich gekränkt zurückgezogen. Seit diesem Vorfall zermarterte sich Juliette den Kopf, ob sie ihm womöglich zu viel Hoffnungen gemacht hatte und ihm besser sagen sollte, dass es für sie beide ebenso wenig eine Zukunft gab wie für Friedrich und sie. Doch dann musste sie daran denken, wie gut sie sich eigentlich mit ihm verstand und dass sie ihn vielleicht eines fernen Tages doch lieben könnte, wenn auch ganz anders, als sie Friedrich liebte. Aber ob Pierre sich damit begnügen würde, das wagte sie zu bezweifeln. Insofern wäre es fairer, ihn ganz freizugeben für eine Frau, die ihn so lieben konnte wie sie ihren Friedrich.

Juliette sprang aus dem Bett und schaltete das Licht an, bevor sie begann, im Zimmer herumzutigern.

Als sie schließlich vom rastlosen Auf-und-ab-Gehen so erschöpft war, dass sie hoffte, nun endlich einschlafen zu können, klopfte es leise an der Tür. Ihr erster Gedanke galt Pierre, doch dann ahnte sie, dass jetzt der Augenblick der Wahrheit gekommen war.

Juliette öffnete die Tür. Friedrich trug abgewetzte Zivilkleidung, in denen er wie ein einheimischer Landarbeiter aussah. Sie zog ihn eilig ins Innere des Pavillons, weil sie Angst hatte, dass Pierre drüben im Haus nur darauf lauerte, dass er Friedrich bei ihr erwischte.

»Warum trägst du keine Uniform?«, fragte sie, denn in letzter Zeit hatte er diese stets aus Sorge, unterwegs einer deutschen Patrouille zu begegnen, auf dem Weg zu ihr getragen.

»Wir haben eine Ausgangssperre, und zwar alle Soldaten. Da wäre es gefährlich, einer Patrouille in Uniform zu begegnen.«

Mit diesen Worten trat Friedrich auf Juliette zu und nahm sie fest in den Arm. »Ich habe dich so schrecklich vermisst. Allein den Geruch deines Haars. Ich hätte keinen Tag länger ohne dich sein können.« Er strich ihr sanft über den Nacken. Diese Berührung genügte, um ihren Körper zu entflammen. Wie sollte sie ihm bloß im Zustand höchster Erregung verkünden, dass er sogleich wieder gehen solle? Ihr Verstand hatte keine Chance gegen den leidenschaftlichen Kuss, der nun folgte. Willenlos ließ sie sich von ihm zum Bett führen, und sie taten das, was sie bei ihrem letzten Mal versäumt hatten. Während sie sich liebten, vergaß Juliette jegliche Vorsicht und sämtliche Vorsätze. Es gab nur noch sie und ihn, ihre glühenden Körper und ihre Lust.

Erst als Juliette und Friedrich schon eine ganze Weile erschöpft nebeneinander auf dem Bett gelegen hatten und die Lust gerade zurückkehren wollte, meldete sich bei Juliette die Stimme der Vernunft, wenn auch zögerlich, zurück.

»Ich muss mit dir reden«, stöhnte sie.

Friedrich wandte sich ihr zu und musterte sie eindringlich. »Liebes, was ist mit dir? Du bist schrecklich blass. Ist was mit deinem Bruder?«, bemerkte er besorgt.

»Nein, ich meine, ich weiß es nicht. Aber Louis meint, Gérald lässt sich nicht kleinkriegen. Es ist nur so, dass die Deutschen zurück sind und wir viel Arbeit haben«, erklärte sie ausweichend, aber wie lange sollte sie die Wahrheit hinauszögern. Ihr Herz schlug bis zum Hals. »Wir können uns nicht mehr treffen!«, platzte es schließlich aus ihr heraus.

Friedrich sah sie entsetzt an. »Wie meinst du das?«

»So wie ich es sage. Unsere Beziehung hat keine Zukunft ...«

»Das ist nicht wahr. Ich überlege Tag und Nacht, wie wir diesem Wahnsinn entfliehen können. Vielleicht können wir versuchen, auf ein Schiff nach Amerika zu kommen.«

Sie blickte ihn an, als würde sie an seinem Verstand zweifeln. »Amerika? Friedrich, wie soll das gehen? Du bist ein deutscher Soldat. Wenn die dich erwischen, bist du tot.«

»Tot bin ich auch bald, wenn ich in diesem verdammten Gefechtsstand hocke und mir einreden lasse, ich könne etwas gegen die Alliierten ausrichten, wenn sie wirklich an der Küste landen!«

»Wenn sie kommen, musst du dich ergeben. Du darfst nicht kämpfen. Sie werden keinen Soldaten töten, der die weiße Fahne hisst.«

Friedrich verdrehte die Augen. »In meinem Gefechtsstand sitzen ein paar fanatische junge Burschen, die ihrem Führer bis zum letzten Blutstropfen ergeben sind und mich eher erschießen, als dass sie ohne Gegenwehr aufgeben! Man hat sie gerade frisch an den Atlantikwall geschickt. Die sind so jung, dass sie darauf brennen, sich für Goebbels totalen Krieg aufzuopfern.« Das klang furchtbar resigniert.

»Aber es geht nicht, Liebster, es gibt keine Zukunft für uns, selbst wenn wir diesen Wahnsinn beide heil überstehen und danach wieder in Frieden leben könnten. Denn du hast eine Familie in Hamburg. Diese Tatsache haben wir viel zu lange verdrängt. Du willst doch deine Tochter aufwachsen sehen, oder?«

»Ich ... ich weiß doch auch nicht, was ich tun soll. Vielleicht ist es wirklich das Beste, wir verstecken uns in der Nähe und kehren, sobald alles vorbei ist, gemeinsam nach Hamburg zurück. Dann sehe ich mein Kind und bitte meine Frau um die Scheidung. Wir leben dann in der Nähe, damit ich Barbara hin und wieder sehen kann, und wir bekommen eigene Kinder und ...«

Juliette war hin und her gerissen. Wie gern würde sie mit ihm gemeinsam Pläne schmieden, wie sie doch zusammenbleiben konnten, aber es schien alles so absurd, so utopisch. Einmal abgesehen davon, dass sie nicht annähernd wusste, wo man sich zu zweit verstecken könnte, wollte sie diese Last nicht auf ihren Schultern tragen. Die Schuld, ihre Zukunft auf dem Unglück einer anderen aufzubauen. Wenn es nur diese Frau wäre, sähe das Ganze vielleicht anders aus, aber was war mit diesem bedauernswerten Kind?

»Ich weiß nicht, ob das richtig wäre. Deine Tochter würde ohne Vater ...«

Friedrich setzte sich abrupt auf und suchte ihren Blick. »Julie, was versuchst du mir wirklich zu sagen?«

Juliette atmete ein paarmal tief durch, bevor sie ihm gestand, dass sie einen Mitwisser hatten, der überdies in sie verliebt war und Friedrich weit fort, wenn nicht den Tod, wünschte.

»Oje«, stieß er ratlos hervor. »Kannst du ihm trauen? Oder wird er die nächste Gelegenheit wahrnehmen, um mich hinterrücks abzustechen?«

»Ich glaube nicht, dass er zu einer solchen Tat fähig ist. Außerdem habe ich ihm angedroht, dann in meinem ganzen Leben kein Wort mehr mit ihm zu wechseln!«

»Ach, mein Liebling, jetzt verstehe ich deine Ängste, aber sind wir nicht schon viel weiter? Haben wir nicht beschlossen, unser Leben zusammen zu verbringen?«

»Ja, gewiss, aber wir haben etwas Wichtiges vergessen. Deine Familie! Da wartet in Deutschland ein kleines Mädchen auf seinen Vater ...«

Friedrich stöhnte laut auf. »Wie könnte ich das vergessen? Ich träume jede Nacht von meinem kleinen Mädchen und möchte es endlich in meine Arme schließen, aber ich kann nicht mehr zurück. Ein Leben ohne dich erscheint mir sinnlos!«

»Mir geht es doch ebenso ohne dich, aber es geht nicht. Das Schicksal ist gegen uns. Du bist nicht nur ein Deutscher, sondern verheiratet und frischgebackener Vater ...« Während sie das sagte, liefen Juliette unaufhörlich Tränen über die Wangen. »Ich möchte, dass du jetzt gehst.«

Friedrich musterte sie fassungslos.

»Bitte geh!«, schrie sie verzweifelt heraus.

Er zögerte, aber dann stand er auf und suchte seine Kleidung zusammen. Juliette verbarg ihr Gesicht tief in den Kissen. Sie wollte nicht dabei zusehen, wie er sie verließ. Ihr Herz krampfte sich bei dem Gedanken, dass er für immer gehen würde, zusammen. Als sie das Klappen der Tür vernahm, schrie sie verzweifelt auf. Er war wirklich gegangen. Nein, das hatte sie nicht gewollt. Auf keinen Fall!

Juliette sprang auf, warf sich ihr Kleid über die nackte Haut, schlüpfte in ihre Schuhe und wollte das Zimmer verlassen, doch als sie die Tür aufriss, stand Pierre davor.

»Lass ihn gehen, Julie, es ist das Beste für alle«, flehte er.

»Nein, ich hätte mich nicht von dir beeinflussen lassen sollen. Es war verkehrt, ihn fortzuschicken.« Sie versuchte, an Pierre vorbeizuschlüpfen, aber er packte sie am Oberarm. »Lass mich los!«, zischte sie, aber sein Griff wurde nur noch härter. Juliette funkelte ihn zornig an. »Wenn du mich nicht loslässt, schreie ich das Haus zusammen und sage den Deutschen, dass du mich belästigst!«

Erschrocken ließ er von ihr ab. »Julie, bitte sei vernünftig. Lass ihn ziehen!«

Juliette aber drückte sich an ihm vorbei, ohne Pierre auch nur eines einzigen weiteren Blickes zu würdigen, und stolperte durch den Garten zur Pforte hinaus. Ein eisiger Wind blies ihr entgegen und verfing sich unter ihrem Kleid, doch sie spürte die Kälte nicht, sondern rannte, von unsichtbaren Mächten gejagt, die Gasse entlang, bis sie den Ort hinter sich gelassen hatte. Juliette schrie wie von Sinnen seinen Namen, aber es blieb alles still bis auf das Pfeifen des Windes.

39

Arromanches-les-Bains,
Juli 2000

Als Barbara die Lobby betrat, war sie erleichtert. An der Rezeption saß eine Fremde.

»Entschuldigen Sie, sind Sie Madame Behrend?«, fragte sie, als Barbara sich dem Tresen näherte, um zum Restaurant zu gelangen.

»Ja, aber ich wohne hier nicht im Hotel. Ich habe nur eine Verabredung im Restaurant.«

»Ja, ich weiß, dass Sie in Vincents Apartment wohnen, aber so wie Colette Sie beschrieben hat, mussten Sie das sein.«

Barbara blieb verwundert stehen. »Und worum geht es?«

»Ein Herr aus Deutschland bittet Sie dringend um Ihren Rückruf. Er hat schon mehrfach angerufen.«

»Gut, dann muss es etwas Wichtiges sein …«

»Sie dürfen ganz in Ruhe im Büro sprechen«, sagte die Hotelmitarbeiterin.« Sie deutete auf die Tür hinter sich, bevor sie Barbara einen Zettel gab.

Eine berufliche Angelegenheit, vermutete sie, denn der Einzige, der diese Telefonnummer in Deutschland von ihr bekommen hatte, war ihr Agent in Berlin. Für den Fall, dass es Angebote gab, über die sie sofort entscheiden musste. Am anderen Ende meldete sich eine Männerstimme, die ihr verdammt bekannt vorkam, aber ganz sicher nicht ihrem Agenten gehörte.

»Martin?«, fragte sie irritiert, obwohl sie wusste, dass er es war.

»Ja, ich bin es, und ich hätte dir auch ganz sicher nicht hinterhertelefoniert, wenn es nicht dringend wäre. Ich muss unsere Tochter sprechen. Kannst du ihr bitte ausrichten, sie möge endlich mal an ihr Telefon gehen.«

Das liegt ausgeschaltet auf dem Nachttisch im Apartment eines charmanten und gut aussehenden Franzosen, mit dem unsere Tochter allein auf einem Boot unterwegs ist, dachte Barbara amüsiert. Paula hatte es extra dortgelassen.

»Ich höre nichts. Sagst du ihr nun Bescheid?«

»Ich werde das weitergeben, wenn ich sie sehe«, entgegnete Barbara freundlich.

»Was heißt das? Wenn du sie siehst? Wo ist sie, verdammt?«

Merkwürdig, er spricht in dem gleichen ungeduldigen und zugleich vorwurfsvollen Ton wie Klemens, stellte Barbara ungerührt fest.

»Ich sagte doch. Ich werde es ihr ausrichten!«

»Du bist immer noch die Alte, oder? Weißt du eigentlich, was hier los ist? Deine Tochter hält Termine nicht ein und geht nicht mehr ans Telefon. Das ist doch mit Sicherheit dein schlechter Einfluss ...«

Barbara hielt den Hörer von ihrem Ohr weg, als er laut wurde.

»Soviel ich weiß, hat unsere Tochter mich in die Normandie begleitet, um mit mir gemeinsam etwas vor Ort zu klären ...«, entgegnete sie, nachdem er seine Schimpftirade fürs Erste beendet hatte.

»Ja, ja, ich weiß schon, deine Mutter hat mir gesagt, dass du dir einbildest, es gäbe irgendein Familiengeheimnis. So ein Blödsinn. Ich frage mich nur, wie du es geschafft hast, unsere vernünftige Tochter dazu zu bewegen, mit dir zu fahren.«

Barbara spielte mit dem Gedanken, ohne ein weiteres Wort aufzulegen, aber wahrscheinlich würde er dann Telefonterror im Hotel machen.

»Ich werde Paula ausrichten, dass du angerufen hast. Mehr kann ich nicht für dich tun«, erklärte sie stattdessen betont höflich.

»Weißt du eigentlich, was du unserer Tochter mit deiner Egozentrik für Zukunftschancen vermasselst? Ihr Verlobter ist stinksauer und hätte nicht übel Lust, die Hochzeit abzusagen.«

»Das wäre doch mal eine gute Nachricht«, gab Barbara zurück, woraufhin sie zunächst nur noch ein Schnaufen in der Leitung hörte.

»Du bist unmöglich!«

»Und du ein Heuchler! Unsere Tochter ist eine erwachsene Frau, aber klar, wenn man sich um seine Tochter über zwanzig Jahre nicht geschert hat, glaubt man vielleicht, sie sei noch ein Kind …«

»Ich wusste, du wirst mir das vorwerfen, aber das, meine Liebe, habe ich längst mit Paula geklärt, und ich werde es wiedergutmachen, indem ich die Hochzeit ausrichte und bezahle.«

»Ich habe davon gehört, dass du eine pompöse Spießer-Hochzeit ohne Brautmutter planst. Fehlt jetzt nur noch die Braut«, lachte sie.

»Was bist du nur für eine verantwortungslose Person, ich mache drei Kreuze, wenn unsere Tochter erst verhei-«

»Entschuldige bitte, ich muss jetzt Schluss machen. Die Verbindung ist ganz schlecht!«

Barbara legte befriedigt auf und bedankte sich bei der Hotelmitarbeiterin, bevor sie das Restaurant betrat. Ein prüfender Blick zeigte ihr, dass Henri noch nicht auf sie wartete, aber Colette kam ihr lächelnd entgegen und führte sie zu einem Fensterplatz mit Blick aufs Meer. »Der wurde von Monsieur Bonnet reserviert. Möchten Sie schon was trinken?«

»Nein, ich warte, bis er kommt.« Barbara war sehr erleichtert, dass an diesem Abend Colette im Restaurant bediente und nicht ihre Mutter.

Barbara wandte den Blick nach draußen. Es waren etliche Boote unterwegs, und sie fragte sich, ob auf einem davon ihre Tochter war.

»Guten Abend, Barbara.« Henris raue Stimme riss sie aus ihren Gedanken.

»Guten Abend, Henri«, erwiderte sie und schenkte ihm ein Lächeln. Ihre ganze Aufregung fiel von ihr ab, als er zurücklächelte. Es war ihr, als würde sie ihn ewig kennen.

»Wie war deine Woche? Du siehst so erholt aus«, bemerkte er.

»Ich habe mir den Teppich von Bayeux angesehen und Modemagazine durchgeblättert.«

»Und wie gefällt es dir hier im Hotel? Du hast doch inzwischen sicher dein Zimmer im *Normandie* bezogen. Oder?«

»Leider nicht. Es war anderweitig vergeben.«

»Wie bitte?«

»Ich habe deine alte Freundin Frédérique so verärgert, dass sie mir kein Zimmer mehr geben wollte«, gestand Barbara zögernd.

»So schlimm?«, fragte Henri grinsend. »Was hast du getan?«

»Die lange ehrliche Version oder die geschönte Fassung?«

»Ich habe das ganze Wochenende Zeit, dir zuzuhören.« In diesem Moment trat Colette hinzu, fragte nach den Getränkewünschen und reichte ihnen die Karte.

»Wenn Barbara einverstanden ist, würden wir gern zwei Pommeau nehmen.«

»Gern, wenn ich wüsste, was das ist«, lachte Barbara.

»Eine Mischung aus Cidre und Calvados.«

Barbara nickte zustimmend.

Colette nahm zwar lächelnd die Bestellung entgegen, aber in ihrem Blick entdeckte Barbara noch etwas anderes. Als hätte sie etwas auf dem Herzen. Und schon fragte Colette Barbara, ob sie morgen Vormittag für ein kurzes Gespräch Zeit habe. Das klang sehr dringend, und sie vereinbarten ein Treffen vor dem Hotel gegen zehn Uhr. Barbara ahnte natürlich, worum es ging. Offenbar war sie im Tagebuch ihrer Großmutter fündig geworden.

Als Colette wieder verschwunden war, fragte Henri Barbara in scherzhaftem Ton nach ihren Schandtaten, die Frédérique so gegen sie aufgebracht hatten.

Sie beichtete ihm die ganze Geschichte und ließ nichts aus, auch nicht, was sie von ihrem Nennonkel Gerhardt erfahren hatte, dass ihr Vater nämlich im Krieg in der Normandie gewesen war.

»Das ist ja eine spannende Geschichte. Das wäre bestimmt etwas für unsere Zeitung.«

Barbara rollte mit den Augen. »Bloß nicht. Es sei denn, du willst es dir mit deiner alten Freundin Frédérique verderben.«

»Ich befürchte, das ist schon geschehen … dass ich es mir mit ihr verdorben habe …«

»Warum das denn?«, fragte Barbara scheinheilig, obwohl sie genau wusste, was er damit meinte.

»Weil ich in Sachen Frauen so einen entsetzlichen Geschmack habe«, sagte er mit todernster Miene.

»Ach, das hätte ich gar nicht gedacht von dir. Ich hielt dich für einen wählerischen Mann«, konterte sie.

»Das bin ich auch. Ich mag besondere Frauen. Und hatte immer schon einen Hang zum Bühnenpersonal«, verkündete er immer noch ernst, aber um seine Mundwinkel zuckte es verdächtig.

»Ich bin also nicht deine erste Bekanntschaft aus dem Showgeschäft?«

»Anne war Schauspielerin am Theater in Le Havre.« Aus seinen Augen sprach mit einem Mal die Trauer über den Verlust seiner Frau. Barbara war unsicher, was sie dazu sagen sollte, ohne dass es womöglich ungeschickt klang.

»Tut mir leid«, sagte er entschuldigend. »Immer wenn ich von ihr rede, kommt bei mir das alles wieder hoch. Dass ich ihr Leiden nicht richtig eingeschätzt habe.«

»Du hast keine Schuld daran«, stieß sie mitfühlend hervor.

»Bist du schon einmal verheiratet gewesen?«, fragte er, ohne darauf einzugehen.

»Nein, noch nie, ich bin immer abgehauen, wenn es ernst wurde. Bei Martin, dem Vater meiner Tochter, habe ich meine Flucht nach Neuseeland kurz vor der Hochzeit bereut, aber als ich zurückgekehrt bin, hatte schon eine andere meinen Platz eingenommen. Die hat ihn dann auch geheiratet.«

»So ein Pech …«

»Im Gegenteil, mein Glück«, erwiderte Barbara und berichtete ihm von dem Telefonat, das sie vor ein paar Minuten mit diesem Mann geführt hatte, und von der Tatsache, dass er seine Tochter erst als Erwachsene kontaktiert hatte.

Henri entspannte sich sichtlich. Offenbar war ihm das Gespräch über seine verstorbene Frau zuvor sehr nahegegangen.

Sie hatten beide Muscheln zum Hauptgang gewählt und tranken dazu einen Muscadet. Colette hatte ihnen das Dessert des Tages, eine selbst gemachte Tarte normande, derart schmackhaft gemacht, dass

Barbara sich für einen Nachtisch entschied, obwohl sie bereits mehr als satt war, weil sie die leckere Weißweinsoße mit Unmengen an Weißbrot bis auf den letzten Rest vertilgt hatte.

Nachdem sie auch die Tarte genossen hatten, schlug Henri einen Verdauungsspaziergang am Strand vor. Während des Essens hatten sie sich pausenlos unterhalten. Er wusste jetzt, dass der Neffe von Madame Roux ihr seine private Wohnung zur Verfügung gestellt hatte, und sie war bestens informiert über die Artikel, mit denen er zurzeit beschäftigt war.

Barbara stimmte seinem Vorschlag zu, wollte aber vorher ihre schicken Sandalen gegen Turnschuhe tauschen. Als sie das Restaurant gemeinsam verließen, zwinkerte Colette Barbara verschwörerisch zu. Offenbar gönnte sie ihr den kleinen Flirt und schien nicht zu ahnen, dass ihre Mutter auch ein Auge auf den grau melierten Franzosen geworfen hatte.

Sie waren gerade auf der Höhe des Haupteingangs des Nachbarhauses angelangt, den man passieren musste, um Vincents Tür zu erreichen, als Madame Roux das Haus verließ. Ihr Blick sprach Bände, als sie die beiden erblickte. Henri blieb stehen und wollte die Französin begrüßen, doch diese sagte nur knapp »Guten Tag« und eilte weiter.

»Ich sag doch, ich habe es mir bereits mit Frédérique verdorben«, lachte er und nahm Barbara überschwänglich in den Arm. Sie wehrte sich nicht. Im Gegenteil, sie umfasste seine Taille, sodass sie eng umschlungen vor dem Eingang ankamen. Barbara ließ ihn erst los, als sie die Tür aufschließen musste.

Im Flur sah er sich interessiert um. »Nettes Apartment.«

»Komm, ich zeige dir alles.«

Vor der Schlafzimmertür zögerte Barbara kurz. Sie befürchtete, er könne das für einen Wink mit dem Zaunpfahl halten, wenn sie ihm auch das Bett zeigte. Ihre eigenen Gedanken befremdeten sie, denn solche Skrupel kannte sie sonst nicht von sich selbst. Ihr war noch nie in den Sinn gekommen, ein Mann könne schlecht von ihr denken, wenn sie ihm ihr Schlafzimmer vorführte. Im Gegenteil, eigentlich war diese Geste von ihrer Seite aus stets genauso gemeint gewesen, nämlich als eine Einladung zu mehr. Was sie ansonsten auch nicht sonderlich störte, war das Chaos, das sich nach ihrer ausgiebigen Umziehaktion vor dem Kleiderschrank in Form eines wild aufgetürmten Kleiderbergs manifestierte. Doch in diesem Moment war es ihr peinlich.

Hastig wollte sie die Tür wieder schließen, als Henri sie umarmte. »Bist du sicher, dass wir erst einen Spaziergang machen wollen?«, fragte er mit heiserer Stimme.

Statt etwas zu sagen, bot sie ihm ihre Lippen zum Kuss. Barbara hatte schon viele Männer geküsst, aber dieser Franzose wusste, was er tat. In Sekundenschnelle stand ihr ganzer Körper in Flammen, und sie presste sich näher an ihn.

Küssend schob er sie in Richtung des Bettes, bis sie hinterrücks in der Horizontalen landete und er über ihr lag. Er schaute ihr intensiv in die Augen.

»Ich wusste gar nicht mehr, wie das geht«, gestand er ihr mit einem verlegenen Grinsen.

»Dafür war das aber nahezu perfekt. Ich glaube, das Verführen verlernt man nie«, entgegnete Barbara erregt.

»Ich war nie ein großer Verführer«, gab er mit gespielter Zerknirschtheit zu.

»Du bist ein charmanter Lügner. Franzosen sind die geborenen Verführer.«

»Du verwechselst uns mit den Italienern, die jede blonde Frau ins Bett kriegen wollen.«

Während Henri redete, wanderten seine Hände an ihren nackten Oberschenkeln entlang.

»Von wegen verwechseln«, stöhnte sie und gab sich dem geschickten Spiel seiner Hände hin. In ihrem Kopf wurde es ganz leer. Der einzige Gedanke, den sie noch wahrnahm, war die Erkenntnis, dass sie bestimmt seit drei Jahren mit keinem Mann mehr im Bett gewesen war. Nicht weil sie es nicht gewollt hätte, wie dieser verunglückte Versuch in Köln, sich mit einem Kerl zu amüsieren, bewies. Aber mittlerweile standen vor dem Bühnenausgang die Männer nicht mehr Schlange wie früher. Umso intensiver genoss sie nun jede seiner Berührungen. Wie sie sich danach gesehnt hatte, von einem Mann begehrt zu werden. Aber das, was sie jetzt empfand, war weit mehr als nur der Bedürftigkeit ihrer Sinne geschuldet. Immer wieder musterte er sie zwischendurch mit einer Mischung aus Lust und … ja, sie mochte es gar nicht wirklich denken, aber aus seinen Augen sprach so etwas wie Liebe. Ihr lief eine Gänsehaut über den erhitzten Körper. Noch immer war er vollständig angezogen, und als sie Anstalten machte, seine Hose zu öffnen, wehrte er ihre Hände zärtlich ab. Sie gab sich nun ganz seinen Berührungen hin, bis der Höhepunkt ihren ganzen Körper erfasste. Sie, die sonst nicht mit Lustschreien geizte, blieb stumm. Es ging alles nach innen, doch dann gab es kein Halten mehr. Sie befreite ihn von seiner Hose und stöhnte laut auf, als sie seine Härte spürte. Doch anstatt sie sogleich zu nehmen, zog er sie erst einmal aus und küsste ihre Brustwarzen in einer Art, dass sie ihn keuchend aufforderte, in sie einzudringen, was er nun voller Leidenschaft tat.

Als sie schließlich erschöpft nebeneinander im Bett lagen, fragte sich Barbara, ob sie sich wohl wiedersehen würden, eine Frage, die sie sich noch niemals zuvor gleich nach dem Sex gestellt hatte, aber dies war kein üblicher Sex gewesen. Es kam ihr vor, als hätte nicht nur eine Vereinigung ihrer Körper stattgefunden, sondern auch ihrer Seelen.

»Für dich ist das nichts Besonderes, oder?«, hörte sie Henri da wie von ferne fragen.

Barbara fühlte sich so brutal von ihrer rosaroten Wolke gestoßen, dass sie in giftigem Ton »Wie meinst du das?« zurückgab. Natürlich konnte er nicht ahnen, aus was für erhabenen Gedanken er sie gerade geholt hatte, aber seine Worte waren schrecklich ernüchternd gewesen.

»Ich denke, dass du es als Künstlerin mit vielen Männern zu tun hast, die mit dir ins Bett wollen …«, entgegnete er irritiert.

Barbara setzte sich abrupt auf. »Du willst damit wohl sagen, dass du vermutest, dass ich einen großen Männerverschleiß habe, oder?«, fragte sie bissig.

»Und habe ich recht?«, hakte er unbeirrt nach.

Barbara wusste nicht, warum, aber seine offenen Worte verletzten sie. Dabei hatte er den Nagel auf den Kopf getroffen. Dennoch war es unfair, dass er es thematisierte, weil die Begegnung mit ihm tatsächlich etwas ganz Besonderes war. Zumindest bis eben gerade hatte Barbara ihre intime Begegnung als etwas Außergewöhnliches empfunden, dachte sie erbost, denn den magischen Zauber hatte er mit seinen groben Worten leider zerstört.

»Ja, Volltreffer, ich vögle eigentlich mit jedem, der bei drei nicht auf dem Baum ist. Gut, es wird weniger, aber das ist dem Alter geschuldet. Bei uns beiden ist leider der Anruf dazwischengekommen, aber nun haben wir es ja endlich nachgeholt.« Dass daran tatsächlich ein Körnchen Wahrheit war, zumindest am Anfang ihrer zufälligen Wiederbegegnung, verdrängte sie in diesem Moment. Sie war einfach nur gekränkt, weil er sie so unverblümt auf ihr reges Sexualleben angesprochen hatte, während sie in bislang ungeahnten Liebesfantasien schwelgte. Wie dumm von mir, dachte sie und fühlte sich bestätigt, niemals ihr Herz zu sehr an einen Mann zu hängen.

Bei ihren provokativen Worten hatte sich auch Henri im Bett aufgesetzt und musterte sie durchdringend. Aus seinen Augen sprach kein Hauch von Liebe mehr. »Verzeih mir. Ich glaube, du hast mich gründlich missverstanden. Ich wollte keineswegs eine dumme Anspielung auf deine Männergeschichten machen. Das ist allein deine Sache, mit wie vielen Männern du schläfst. Ich wollte damit nur zum Ausdruck bringen, dass ich lange nicht mehr so intensiv mit einer Frau zusammen gewesen bin wie eben gerade mit dir und dass es für mich etwas ganz Besonderes ist.«

Barbara nahm ihm seine Worte zwar ab, aber sie zwang sich, nicht länger in emotionalen Superlativen zu schwelgen. Wahrscheinlich war es nur ihrer langen unfreiwilligen Enthaltsamkeit zu verdanken gewesen, dass sie den Sex mit Henri derart überhöht hatte.

»Ja, es war wirklich sehr nett«, bemerkte sie in bemüht sachlichem

Ton, während sie sich selbstkritisch fragte, ob sie noch alle Tassen im Schrank hatte. »Nett« war ja bekanntlich nicht gerade ein Ausdruck von großer Begeisterung.

»Ja, mit Ihnen auch«, gab er prompt ironisch zurück.

Barbara überlegte, ob sie ihm nicht doch anvertrauen sollte, wie intensiv ihr Zusammensein sie berührt hatte, aber dann stand sie ohne weitere Erklärung auf und suchte ihre Kleidung zusammen. Das schöne neue Kleid deponierte sie lieblos auf dem Kleiderberg vor dem Schrank. Stattdessen zog sie aus dem Koffer ihre Jeans und ein Sweatshirt, das schon bessere Zeiten gesehen hatte. Mit den Sachen in der Hand verschwand sie im Bad und kehrte im Schlabberlook zurück. Als sie im Vorbeigehen ihr Spiegelbild sah, erschrak sie. Was lief bei ihr bloß verkehrt, dass sie, kaum dass sie echte Gefühle für einen Mann entwickelte, alles daransetzte, ihn wieder loszuwerden? Vielleicht wäre es dieses Mal anders gelaufen, wenn er sie nicht so unverfroren mit ihrem Hang konfrontiert hätte, Männer abzuschleppen.

»Wollen wir vielleicht noch einen Spaziergang machen?«, fragte er vorsichtig. »Ich befürchte, zwischen uns läuft gerade etwas mächtig schief.«

»Nein, ich habe die vergangene Nacht schlecht geschlafen. Ich lese noch eine Runde, und dann gehe ich ins Bett«, entgegnete sie betont gleichgültig.

Dabei wünschte sie sich insgeheim nichts sehnlicher, als dass Henri nicht aufgeben und die Mauer, die sie zwischen ihnen beiden ohne Not errichtet hatte, mit Macht durchbrechen würde. Es konnte doch nicht sein, dass sie den Mann von sich stieß, der ihr Herz in Tiefen berührte, die vor ihm kaum ein anderer je erreicht hatte.

In dem Moment stand Henri ebenfalls auf und zog sich hastig an. Er wirkte in keiner Weise wütend, sondern enttäuscht und verwirrt.

Barbara war sich ganz sicher. Wenn sie ihm jetzt um den Hals fiel und ihm verriet, wie gern sie diesen Panzer, den sie sich selbst gerade geschaffen hatte, ablegen würde, Henri würde sie nicht abweisen. Doch sie konnte nicht aus ihrer Haut. Statt sich ihm anzuvertrauen, verschloss sie sich nur noch mehr.

Als er schließlich angezogen vor ihr stand und offensichtlich nicht wusste, ob er sie zum Abschied umarmen sollte oder nicht, trat sie einen Schritt zurück, so als wünschte sie keinerlei körperliche Nähe mehr, obwohl sie sich am liebsten in seine Arme geworfen hätte.

Henris Miene versteinerte, bevor er überstürzt das Apartment verließ. Er wäre im Flur fast über ihre Schuhe gestolpert, so eilig hatte er es. Barbara wollte seinen Namen rufen, ihn im letzten Augenblick zurückhalten, doch sie blieb stumm.

40

Barbara lag auf ihrem Bett und stierte die Decke an. Immer wieder tauchte vor ihrem inneren Auge ein Bild auf: Sie war vielleicht sieben oder acht Jahre alt und wollte ins Bett ihres Vaters flüchten, weil draußen ein schreckliches Gewitter tobte. Sie öffnete leise die Tür. Da sah sie ihre noch junge und schöne Mutter in einem wallenden weißen Nachthemd verzweifelt vor seinem Bett stehen. »Ich weiß, dass du mich nicht liebst, aber tu doch wenigstens so, als ob«, flehte sie ihn an. »Bitte erspar uns diesen Schmerz«, erwiderte der Vater ohne das geringste Anzeichen von Bedauern. »Ja, das werde ich tun und mein Herz in Zukunft vor der Liebe schützen. Mein Herz und das meiner Tochter«, war die Antwort ihrer Mutter gewesen. Barbara hatte sie weder vorher noch nachher je so weinen hören. War ihr Mutter erst danach zu dieser harten und verschlossenen Frau geworden? Die kleine Barbara war damals mit dem Vorsatz in ihr Bettchen zurückgestolpert, ihr Herz fortan vor der gefährlichen Liebe zu schützen.

Barbara hatte erst kürzlich ein Buch über Traumata gelesen, die sie bis dahin nur mit großen Katastrophen wie Krieg, Missbrauch und Gewalt in Verbindung gebracht hatte. Doch diese tiefen seelischen Verletzungen konnten auch durch weniger Dramatisches ausgelöst werden. Sie ballte die Fäuste bei dem Gedanken daran, wie diese Zurückweisung stets ihr Denken und ihre Beziehungen geprägt hatte. Am liebsten wollte sie nun ihrem Vater die Schuld daran geben, dass sie gerade einen Mann vor den Kopf gestoßen hatte, der ihr wirklich etwas bedeutete.

Mitten in ihren sich selbst zermürbenden Gedanken hielt sie inne. Wenn dort die Ursache dafür lag, dass sie zeitlebens vor der wahren

Liebe davongelaufen war, musste damit Schluss sein, und zwar sofort!

Mit einem Satz sprang Barbara aus dem Bett, denn sie wusste nun, was sie zu tun hatte.

Als Barbara an der Rezeption ankam, stand Colette hinter dem Tresen und musterte sie überrascht. Wahrscheinlich fragte sie sich, warum Barbara, die ansonsten immer gepflegt aussah, wie eine Vogelscheuche in dieser ausgeleierten alten Hose vor ihr stand.

»Ich würde gern Monsieur …« Barbara stockte. Sie kannte nicht einmal seinen Nachnamen. »Also Henri sprechen.«

Colette sah sie beinahe mitleidig an. »Er ist eben gerade überstürzt abgereist. Hat darauf bestanden, für das ganze Wochenende zu zahlen, und er hat gemeint, er müsse dringend nach Rouen zurück.«

Barbara war wie erstarrt. Hatte sie ihn so tief verletzt, dass er sofort die Flucht hatte ergreifen müssen?

»Kommen Sie, ich mache hier Schluss, und wir trinken in der Bar einen Wein zusammen«, schlug Colette vor.

Barbara nickte stumm. Der Schock saß tief. Erst in der Bar, als ihr Colette versicherte, dass sie Barbara auf keinen Fall über ihr Privatleben ausfragen wollte, fand sie ihre Sprache wieder. Colettes Gegenwart fühlte sich für Barbara nicht nur vertraut an, sondern auch tröstend. Dass sie die junge Französin mochte, war ihr nicht neu, aber dass sie in diesem Augenblick vielleicht außer mit Paula mit keinem anderen Menschen ein Glas Wein hätte trinken mögen, überraschte sie. Trotzdem stand ihr nicht der Sinn danach, ihr zu gestehen, dass sie soeben einen Mann vergrault hatte, der ihr Herz berührte.

»Haben Sie etwas herausgefunden, Colette? Sie haben da vorhin so eine Andeutung gemacht.«

Die junge Frau holte daraufhin ein kleines Büchlein hervor. Es schien alt zu sein, denn der Samtumschlag war mehr als speckig. Es sah aus wie ein Tagebuch.

»Ich habe es nicht mehr ausgehalten und vorhin in der Pause einen Blick hineingeworfen. Es war zunächst sehr enttäuschend.« Sie reichte es Barbara. Dort waren seitenweise Zahlen notiert, Preise von Lebensmitteln, Möbel, Kleidung, als handelte es sich um das Ausgabenbuch, doch dann waren in der Mitte offenbar Seiten herausgerissen worden, der Rest waren ehemals weiße, mittlerweile vergilbte Blätter.

»Das ist ja nicht besonders ergiebig«, bemerkte Barbara enttäuscht.

»Genau, das dachte ich auch, aber derjenige, der die Blätter herausgerissen hat, war bei einer Seite nicht sorgfältig genug.« Colette bat um das Büchlein und blätterte es durch, bis sie an einer Seite innehielt und es Barbara zurückgab.

In gestochen scharfer Schrift standen dort auf der nur halb herausgerissenen Seite halbe Sätze wie: Ich habe keine andere Wahl als P…, dasselbe Schicksal wie Madelei…, keinen besseren Vater haben …, aber beim Namen bleibe ich hart …, Frédérique nennen …, die Hochzeit wird der schlimmste Tag …

»Und? Denken Sie dasselbe wie ich?«, fragte Colette ungeduldig, nachdem Barbara fertig war.

Barbara sah irritiert von dem Tagebuch auf. »Was lesen Sie denn aus diesen Fragmenten? Ich würde sagen, sie freut sich nicht unbedingt auf ihre bevorstehende Hochzeit.«

Die junge Frau nickte eifrig. »Es scheint mir so, dass meine Großmutter regelrecht mit sich kämpft, ob sie P., wahrscheinlich Pierre, heiraten soll …«

»Sie meinen, es hat zum Zeitpunkt ihrer Hochzeit meinen Vater bereits in ihrem Leben gegeben?«

»Genau. Vor allem, weil ich auch noch das hier gefunden habe.« Colette reichte Barbara ein vergilbtes Dokument. »Das war mit in dem Buch.«

Es handelte sich um eine Urkunde über die Eheschließung von Juliette Laurent und Pierre Roux aus dem August 1944.

Barbara überlegte. »Da muss mein Vater schon fort gewesen sein. Mit der Landung der Alliierten im Juni hat doch bereits der Rückzug der Deutschen begonnen, oder?«

»Ich denke schon, aber was mich viel mehr erschüttert, ist die Tatsache, dass meine Mutter bereits im Februar 45 geboren wurde, also schon etwa sechs Monate nach der Hochzeit mit Pierre …«

»Sie meinen …?« Barbara traute sich gar nicht, den Gedanken zu Ende zu führen.

»Ja, ich frage mich, ob Opa Pierre wirklich der Vater meiner Mutter ist …«

»Und deshalb könnte Ihre Großmutter Ihre Mutter auch Frédérique genannt haben. Nach meinem Vater Friedrich, aber dann hätte mein Vater, während meine Mutter im zerbombten Hamburg mit ihrem Baby, mit mir, ums Überleben gekämpft hat, mit Ihrer Großmutter … Oh mein Gott …«

»… und vielleicht ist das der wahre Grund für die Unversöhnlichkeit meines Großvaters den Deutschen gegenüber.«

»Sie denken, er könnte davon gewusst haben?«

Colette zuckte die Schultern. »Ich weiß es nicht. Vielleicht steigern wir uns da jetzt auch in etwas hinein.«

Barbara hörte ihr gar nicht mehr zu, weil ihr mit einem Mal etwas einfiel, das diese fixe Idee noch wahrscheinlicher machte.

»Mein Vater hatte ein herzförmiges Muttermal auf dem Kopf und meine Tochter dasselbe am Hals. Und wie sah Ihr Muttermal aus?«

»Es war ebenfalls herzförmig, aber das kann ja auch ein dummer Zufall sein. Herzförmige Muttermale sind keine Seltenheit.«

»Genau, wir sollten sehr vorsichtig mit unseren Spekulationen sein«, pflichtete Barbara ihr eifrig bei. Ihr brennendes Interesse an der Liebesgeschichte zwischen ihrem Vater und dieser Französin war mit einem Mal der Sorge gewichen, dass Colettes und ihre Spekulationen womöglich der Wahrheit entsprachen …

»Sie bekommen jetzt Angst vor der Wahrheit, oder?«, fragte Colette, als könnte sie Barbaras Gedanken lesen.

»Sagen wir mal so. Ich bin mir unsicher, ob ich das alles wirklich so genau wissen möchte«, murmelte Barbara.

»Das kann ich gut verstehen. Ich weiß auch nicht mehr, ob ich dieses Familiengeheimnis tatsächlich lüften möchte, vor allem wegen meiner Mutter.«

Exakt in dem Augenblick tauchte Frédérique in der Bar auf und sah sich suchend um. Ihre Blicke trafen sich. Die Französin zögerte, doch dann näherte sie sich Colette und Barbara.

»Oder störe ich etwa?«, fragte sie bissig, ohne die beiden zu begrüßen. Ihr Blick, der an Barbaras legerer Kleidung hängen blieb, sprach Bände.

»Nein, nein, wir plaudern nur ein wenig«, versuchte Barbara die gereizte Stimmung zu entschärfen.

»Setz dich doch zu uns«, bot Colette ihrer Mutter einen Platz an.

»Nein danke, ich wollte mir nur noch ein Glas Wein holen. Und dir die Einkaufsliste für morgen geben.«

Barbara entnahm Frédériques suchendem Blick, dass sie höchstwahrscheinlich nach Henri Ausschau hielt, den sie eigentlich in ihrer Begleitung vermutete.

Ja, sieh dich nur um, ich habe ihn vergrault, deinen alten Freund, dachte Barbara bekümmert.

Sie fragte sich in diesem Moment, ob es nicht besser wäre, wenn sie gleich morgen früh abreisen und das hier alles so schnell wie möglich hinter sich lassen sollte. Und damit auch die drohende Gewissheit, dass ihr geliebter Vater ihrer Mutter und ihr so etwas Unverzeihliches angetan haben könnte.

»Ich geh ins Bett. Gute Nacht.« Mit diesen Worten verabschiedete sich Frédérique und ließ die beiden wieder allein.

Barbara fühlte sich wie betäubt, bis sich eine Hand auf ihre legte.

»Ich bin unsicher, was wir tun sollen. Ich befürchte, sie würde es nicht verkraften«, sagte Colette leise.

»Vielleicht sollte ich schnellstens abreisen, bevor ich noch mehr Chaos anrichte«, erwiderte Barbara betroffen.

»Bitte nicht! Ich habe zwar Angst vor dem, was unsere Recherchen anrichten können, aber ich wünsche mir von Herzen, dass Sie … du … noch ein bisschen bleibst.«

Tief berührt von Colettes Bitte, drückte Barbara deren Hand ganz fest, während sie ihr versprach, vorerst in der Normandie zu bleiben.

3. TEIL

Barbara & Frédérique

41

Caen,
März 1944

Juliette war überglücklich, dass sie endlich das Krankenhaus verlassen konnte, in dem sie fast vier Wochen mit einer Lungenentzündung auf Leben und Tod gelegen hatte. Doch mithilfe ihres Lebenswillens und des unermüdlichen Einsatzes der Ärzte und Schwestern hatten sie schließlich überlebt. Pierre und ihre Mutter hatten sich an ihrem Bett abgewechselt, und auch Louis hatte sie ein paarmal besucht.

Beim Zusammenpacken ihrer wenigen Sachen, die ihr die Mutter ins Krankenhaus gebracht hatte, wurde ihr leicht schwindlig. Wenn es nach dem Willen der Ärzte gegangen wäre, hätten sie Juliette noch bis morgen in der Klinik behalten, aber sie war fest entschlossen, sich an diesem Tag auf eigene Verantwortung zu entlassen. Und wenn sie aus dem Fenster klettern müsste, nichts und niemand würde sie davon abhalten, in die Freiheit zu gelangen.

Der Grund für ihre wilde Entschlossenheit war ein kleiner Zettel, den eine Krankenschwester ihr am Tag zuvor heimlich zugesteckt hatte. Juliette war fast in Ohnmacht gefallen, als sie Friedrichs Schrift erkannt hatte.

*Mein Liebling, ich warte morgen wieder vor dem Krankenhaus.
Ich bete, dass du einen Tag früher entlassen wirst, denn dann
habe ich erst wieder in vierzehn Tagen frei. Und ich muss dich
sehen, komme, was wolle! Mein armer Schatz, ich hätte dich nicht
verlassen dürfen, dann wäre das nicht passiert.*

Immer wieder las sie seine Worte und fragte sich, woher er wusste, dass sie in diesem Krankenhaus lag. Und vor allem, dass sie morgen entlassen werden sollte. Ob Pierre ihm das mitgeteilt hatte? Das wäre die einzig mögliche Erklärung, denn der hatte sie schließlich in jener Nacht gefunden und ins Krankenhaus gebracht. Das Letzte, woran sie sich erinnerte, war, dass sie vor Kälte gezittert hatte und ihr schließlich schwarz vor Augen geworden war, nachdem sie Friedrich weggeschickt und das zutiefst bereut hatte. Sie war ein ganzes Stück auf dem Weg nach Colleville gerannt, immer wieder verzweifelt seinen Namen rufend. Durch Sturm und Regen und ohne schützende Kleidung. Pierre musste ihr gefolgt sein. Jedenfalls hatte er ihre Frage, ob er sie gefunden und nach Caen gebracht hatte, bejaht, wenn auch zögerlich. Er hatte sich in den vergangenen Wochen jedenfalls rührend um sie gekümmert, sodass sie sich in den vergangenen Wochen des Öfteren gefragt hatte, ob sie dieses Unglück nicht als Wink des Schicksals betrachten und Pierre endlich die Chance geben sollte, die er verdient hatte. Aber das war immer nur die Stimme der Vernunft gewesen, die sie zu solchen Gedankenspielen angeregt hatte. Ihr Herz hatte stets eine andere Sprache gesprochen.

Nacht für Nacht hatte sie nur von Friedrich geträumt. Diese Träume hatten stets romantisch begonnen, endeten allerdings immer in Katastrophenszenarien, in denen sie beide auf dramatische Weise voneinander getrennt wurden. Mal in einer brennenden Stadt, mal inmitten eines Meers von Blut oder von Dämonen zu Tode gehetzt. Juliette war fast jede Nacht schreiend aufgewacht. Sie hatte sich so sehr gewünscht, dass das endlich aufhörte. Deshalb hatte sie in der einen oder anderen Nacht, in der sie zitternd und nassgeschwitzt in ihrem Bett gelegen hatte, an Pierre als Ausweg gedacht.

Nachdem sie Friedrichs Nachricht erhalten hatte, sah die Welt allerdings wieder ganz anders aus. Pierre war vergessen, und es zählte nur noch das Wiedersehen mit Friedrich!

In diesem Augenblick kam der Arzt mit seinem Gefolge zur Visite in das Zimmer, das sie mit vier anderen Frauen teilte. Der Arzt, ein älterer Herr, musterte sie erstaunt über den Rand seiner Brille.

»Mademoiselle Laurent. Was tun Sie da? Und überhaupt, wer hat Ihnen erlaubt, aufzustehen und sich anzuziehen?«

Juliette sah ihn schuldbewusst an. »Ich möchte gern heute schon gehen.«

»Aber, liebes Kind, bis morgen werden Sie auch noch durchhalten. Oder war das Essen so schlecht?« Seine Mitarbeiter lachten über den Scherz des Chefarztes.

Juliette rang sich zu einem müden Lächeln durch. »Es ist auf jeden Fall mehr auf dem Teller als draußen. Aber mir geht es wirklich wieder gut. Und ich verspreche, dass ich mich zu Hause gleich in mein Bett lege.«

»Das werden wir gleich einmal überprüfen, ob ich das verantworten kann, wenn Sie mich so schön bitten«, sagte er milde und deutete auf sein Stethoskop. »Wenn die Untersuchung das erlaubt, haben Sie meinen Segen.«

Bereitwillig setzte sich Juliette auf die Bettkante und öffnete ihre Bluse. Der Arzt ließ sich viel Zeit, um sie abzuhorchen, aber nachdem er seine Arbeit beendet hatte, nickte er aufmunternd.

»Sie können gehen, aber es wäre gut, wenn sie jemand abholt und sie sich zu Hause tatsächlich noch ein wenig schonen. Die Arbeit im Hotel sollte noch mindestens eine Woche warten!«

»Aber selbstverständlich, Herr Doktor, und ich werde natürlich abgeholt«, versicherte Juliette.

»Du hast es gut«, seufzte ihre Bettnachbarin, nachdem der Arzt das Zimmer verlassen hatte. Angelie war eine Frau, die Juliette auf Mitte zwanzig schätzte. Sie hatte ebenfalls eine Lungenentzündung knapp überstanden, aber noch nicht einmal Besuch bekommen. Dabei war sie eine besonders liebenswerte Person, mit der sich Juliette ein wenig angefreundet hatte.

»Ach, du hast doch auch nur noch ein paar Tage, Angelie«, erwiderte Juliette tröstend.

Angelie sah Juliette traurig an. »Dann komme ich zwar raus, aber mich erwartet keiner. Du weißt doch, meinen Mann haben diese gottverdammten *Boches* auf dem Gewissen. Du kannst dich so glücklich schätzen, dass du diesen Pierre an deiner Seite hast, um den dich jede Frau nur beneiden kann.«

Juliette konnte ihr schlecht anvertrauen, dass nicht Pierre vor dem Krankenhaus auf sie wartete, sondern so ein gottverdammter *Boche*. Bei aller Vorfreude stellte sich ihr allerdings kurz die Frage, wie das Ganze nun praktisch ablaufen sollte. Sie wollte auf keinen Fall Arm in Arm mit einem uniformierten Deutschen durch die Stadt flanieren. Viel zu groß war die Gefahr, Bekannte zu treffen, ihre Mutter oder schlimmstenfalls sogar Louis.

»Wirst du den attraktiven Burschen heiraten?«, hakte Angelie neugierig nach.

Juliette zuckte mit den Schultern. »Vielleicht«, murmelte sie ausweichend.

»Wenn nicht, dann schicke ihn zu mir«, lachte ihre Mitpatientin unbeschwert.

»Ich werde euch bei Gelegenheit gemeinsam einladen, falls ich ihm einen Korb gebe«, entgegnete Juliette scheinbar locker. Dabei beschwerte sie der Gedanke, dass sie Pierre endlich ohne Wenn und Aber freigeben musste. Weniger weil ihr dann kein Hintertürchen mehr blieb, sondern eher aus Sorge, wie er auf eine solche unmissverständliche Entscheidung reagieren würde. Aber vielleicht sollte sie ihm wirklich ans Herz legen, die hübsche Angelie näher kennenzulernen. Schließlich hatte er Juliette bei einem seiner Besuche sogar gefragt, wer die attraktive Frau wäre, nachdem Angelie zu einer Untersuchung aus dem Zimmer geschoben worden war.

Ihre Bettnachbarin setzte sich auf und kritzelte etwas in ihr Notizbuch, das neben ihr auf dem Nachttisch lag. Sie hatte bis vor Kurzem bei der Zeitung *L'Ouest-Éclair* in der Redaktion für die Normandie gearbeitet, war aber freiwillig gegangen, weil ihr der Stil der Chefs nicht passte. Ihrer Meinung nach und der einiger anderer, die der Zeitung den Rücken gekehrt hatten, roch das Blatt nach Kollaboration mit den Deutschen. Trotzdem hatte sie ihre Angewohnheit beibehalten, stets einen Notizblock zur Hand zu haben.

»Ich schreib dir meine Adresse auf, aber nicht damit ich dir deinen Verehrer ausspannen kann, sondern weil ich dich mag. Wir könnten ja mal zusammen ausgehen, wenn die Alliierten die verdammten *Boches* endlich aus unserem Land getrieben haben und die Luft wieder rein ist«, bemerkte sie lächelnd, riss den Zettel heraus und reichte ihn Juliette. Angelie wohnte also in Ranville. Über diese Gemeinde wusste Juliette nur, dass sich die Organisation Todt im dortigen Schloss eingenistet hatte. Einer der Offiziere, der mit in Arromanches gewesen war, um die Bauarbeiten zu beaufsichtigen, war dort stationiert.

Juliette nahm den Zettel freundlich entgegen und gab Angelie ihre Adresse in Arromanches. Dass sie einander je wiedersehen würden, wagte Juliette allerdings zu bezweifeln. Wenn die Frau wüsste, was für intime Kontakte Juliette zum Feind pflegte, wäre sie mit Sicherheit nicht an einer Freundschaft mit ihr interessiert.

Juliette merkte erneut, dass ihr Kreislauf noch nicht wieder so stabil war, wie er sein sollte, aber selbst wenn sie das Krankenhaus kriechend verlassen müsste, sie würde keine Sekunde länger hierbleiben. Nicht jetzt, wo Friedrich sie erwartete. Sie warf einen Blick auf ihre Armbanduhr. Es war kurz vor zwölf. Hoffentlich ist er schon in der Stadt, dachte Juliette.

Sie verabschiedete sich herzlich von Angelie und winkte den anderen Patientinnen zum Abschied zu. Mit Herzklopfen eilte sie über die langen Krankenhausflure bis zum Ausgang. Das grelle Sonnenlicht blendete sie, sodass sie die Augen schließen musste, doch als sie sie wieder öffnete, erblickte sie ihn. Er trug einen Anzug, in dem er sich perfekt dem Straßenbild der französischen Stadt anpasste, denn er unterschied sich wenig von den anderen Männern. Sein blondes Haar hatte er unter einer dunklen Baskenmütze verborgen.

Juliette war von seinem Anblick derart überwältigt, dass sie sich nicht von der Stelle rührte. Stattdessen kam er schnellen Schrittes auf sie zu und riss sie in seine Arme. Ihre Umarmung dauerte eine gefühlte Ewigkeit. Juliette wünschte sich, dass dieser Moment niemals endete, denn sie fühlte sich an seiner Brust geborgen und geschützt, und sie konnte gar nicht genug bekommen von dem dezenten Duft des Rasierwassers, das sie ihm geschenkt hatte.

Als sie sich aus der Umarmung gelöst hatten, sahen sie einander tief in die Augen. Juliette musste weinen vor lauter Wiedersehensfreude.

»Komm, wir setzen uns im Park auf eine Bank und reden erst einmal«, schlug er mit heiserer Stimme hervor.

Juliette nickte. Auf dem Weg in die Grünanlagen schwiegen sie,
aber der Druck ihrer Hände, die einander fest umschlossen, sagte
mehr als alle Worte. Auf der Bank zog Juliette erst einmal ihren Mantel aus, denn es war ein sonniger, schöner Tag, an dem die Sonne
bereits eine mächtige Kraft entwickelte. Dann sog sie tief den frischen Geruch des Frühlings ein. Während der vier Wochen im Krankenhaus waren offenbar die letzten Spuren des Winters vertrieben
worden.

Juliette blickte vorsichtig zu allen Seiten, um zu prüfen, ob jemand
kam. Nachdem sie sich vergewissert hatte, dass sie unbeobachtet waren, flüsterte sie erregt: »Küss mich doch endlich!« Das ließ sich
Friedrich nicht zweimal sagen, und sie versanken in einen nicht enden wollenden leidenschaftlichen Kuss. Erst ein lautes Räuspern ließ
sie auseinanderfahren.

Als sie aufsahen, zwinkerte ihnen ein Polizist verschwörerisch zu.

Als er außer Sichtweite war, konnte Juliette ihre Neugier nicht länger zähmen. »Woher weißt du, dass ich in diesem Krankenhaus gelegen habe?«

Friedrich musterte sie sichtlich verstört. »Woher ich das weiß?«,
fragte er irritiert.

»Ja, es muss dir doch jemand davon berichtet haben.«

»Aber mein Liebling, ich habe dich doch in jener Nacht selbst gefunden und glücklicherweise eine Patrouille anhalten können, die
dich ins Krankenhaus nach Caen gebracht hat …«

»Du hast mich gefunden? Das war gar nicht Pierre?«

»Nein, wie kommst du denn darauf, Liebste? Den Mann habe erst
ein paar Tage später gesehen, als ich wieder freihatte und dich besuchen wollte. Wir trafen uns vor dem Glaskasten, in dem eine Schwester über die Besuchszeit wacht. Da hat er ihr gegenüber behauptet, er
sei dein Mann und ich sei ein Verehrer, der dich belästigen würde

und man solle mir keinen Zutritt zu dir gewähren. Ich habe mich gefügt, aber nur zum Schein, um mich nicht mit diesem Kerl schlagen zu müssen. Trotzdem bin ich weiter jede freie Minute hierhergefahren und habe gewartet, immer in der Hoffnung, du kämst bald wieder raus. Die Schwester, die den Eklat mit diesem Pierre mitangesehen hat, wollte mich zwar nicht zu dir lassen, aber beim letzten Mal hat sie mir immerhin verraten, wann du entlassen wirst. Offenbar hatte sie doch ihre Zweifel daran, dass ich ein böser Bube bin. Und da ich morgen nicht freibekomme, habe ich dir den Zettel geschrieben und ihr mit der Bitte gegeben, ihn dir zukommen zu lassen. Ganz sicher, dass er sein Ziel erreicht, war ich allerdings nicht, aber jetzt bist du endlich da, mein Lieb!«

Juliette sah ihn mit großen Augen an.

Pierre, dieser Heuchler, dachte sie erbost, denn ihr gegenüber hatte er so getan, als wäre er ihr Retter. Gut, er hatte nie explizit behauptet, sie ins Krankenhaus gebracht zu haben, aber er hatte ihr auch nicht widersprochen.

»Als er mich das nächste Mal vor dem Krankenhaus gesehen hat, wollte er mir einen Schlag versetzen, aber ich war schneller. Er hat mir gedroht, dass er mich umbringt, wenn er mich noch einmal vor dem Krankenhaus erwischt, aber dann ist er mit seiner blutigen Nase abgezogen.«

Juliette fiel Friedrich ungestüm um den Hals. »Es ist alles meine Schuld. Ich hätte dich niemals wegschicken dürfen.«

»Nein, es ist meine Schuld, ich hätte nicht wegfahren dürfen, als wäre der Teufel hinter mir her!«, widersprach er ihr heftig.

»Und wieso konntest du mich überhaupt finden, obwohl du schon über alle Berge warst?«

»Ich bin umgedreht, wollte noch einmal mit dir sprechen und dir versichern, dass ich sogar fahnenflüchtig werden würde, um mit dir weit weg von diesem ganzen Irrsinn ein neues Leben anzufangen.«

»Und dann?«, fragte sie entsetzt.

»Dann habe ich dich gefunden. Du lagst mitten auf dem Weg in deinem dünnen Kleidchen. Du warst nicht bei Bewusstsein und hast nur noch flach geatmet. Ich habe dich in meinen Mantel gehüllt und zum nächsten Kontrollposten getragen, aber auf halber Strecke kam mir ein Patrouillenfahrzeug entgegen. Zum Glück mit zwei vernünftigen Jungs, die keine Fragen gestellt, sondern uns nach Caen gefahren haben. Allerdings haben sie mir geraten, nicht mit ins Krankenhaus zu gehen, sondern mir mehr oder minder befohlen, mich von ihnen zum Gefechtsstand fahren zu lassen, weil ich sonst nicht pünktlich zum Dienst erschienen wäre, aber da waren ja bereits die Ärzte bei dir. Ich weiß nicht, was ich getan hätte, wenn du mir in dem zugigen Wagen unter den Händen weggestorben wärst. Weißt du, dass ich noch nie so viel gebetet habe wie in den vergangenen Wochen?«

»Jetzt werden wir uns nie wieder trennen«, stieß Juliette verzweifelt aus.

Friedrich betrachtete sie mit einer Mischung aus Zärtlichkeit und Sorge. »So einfach wird das leider nicht sein. Wir können nirgendwohin ...«

»Aber hast du nicht gesagt, wir gehen auf ein Schiff, und dann fahren wir nach Amerika?«

Friedrich stieß einen tiefen Seufzer aus. »Marseille ist zu gefährlich, und bis wir saubere Papiere haben, ist der Krieg zu Ende. Allein der Weg dorthin ist kaum zu schaffen. Wir haben nur eine Möglichkeit. Wir brauchen ein sicheres Versteck, in dem wir das Ende des Krieges überleben können. Glaube mir, es geht zu Ende mit dem verdammten Krieg. Die Russen drängen die deutschen Truppen mit aller Macht zurück. Italien hat Deutschland das Bündnis aufgekündigt ...«

»Das klingt so, als wäre es nur noch eine Frage der Zeit, bis die Deutschen besiegt sind. Vielleicht sollten wir doch lieber durchhalten und abwarten.«

»Vernünftiger wäre das«, stöhnte Friedrich.

»Aber wie sollen wir einfach so weitermachen? Das ist auch gefährlich. Wenn mein Bruder Wind davon kriegt, dass wir beide ein Paar sind, bist du deines Lebens nicht mehr sicher.« Juliette war verzweifelt, weil das ersehnte Widersehen zunehmend zur schonungslosen Stunde der Wahrheit geriet. »Und du sagst, Pierre hat dich bedroht?«

»Ja, der Mann raste vor Wut. Offenbar hatte er darauf gehofft, dass du dich endlich mit ihm einlässt.«

»Das befürchte ich auch. Es ist alles meine Schuld. Vielleicht habe ich ihm doch zu viele Hoffnungen gemacht, weil ich in meiner Verzweiflung manchmal tatsächlich geglaubt habe, so endlich zur Ruhe kommen zu können, wenn du eines Tages ohnehin zu deiner Familie zurückkehren würdest.«

Friedrich blickte sie niedergeschlagen an. »Vielleicht wäre das wirklich die beste Lösung, denn er ist sicher ein guter Mann ...« Er stockte.

»Du willst also, dass ich Pierre heirate?«, stieß Juliette empört hervor. Obwohl sie schließlich selbst mit diesem Gedanken gespielt hatte, klang es aus Friedrichs Mund wie eine Beleidigung.

»Nein, natürlich nicht, aber ist es nicht verdammt egoistisch, dass ich dich lieber aus deiner Kultur reißen würde, als auf dich zu verzichten? Du hast ja recht. Meine Frau kann ich verlassen, aber meine Tochter wird immer ein Teil von mir bleiben. Es würde mich umbringen, wenn ich ganz auf sie verzichten ...« Friedrich stockte und blickte ins Leere.

Juliettes Herzschlag hatte sich bei seinen Worten beschleunigt. »Ich habe meine Entscheidung getroffen, Liebster. Ich gehe überall mit dir hin, aber fühle du dich mir gegenüber auf keinen Fall verpflichtet. Wenn du eines Tages nach Deutschland zu deiner Familie zurückkehrst, ich könnte das verstehen, und nein, ich werde Pierre nicht länger als Hintertürchen missbrauchen. Ich werde ihm jegliche Hoffnung nehmen, dass er und ich ein Paar werden könnten, selbst wenn du mich verlä-«

Friedrich ließ sie nicht aussprechen, sondern legte ihr zart seinen Zeigefinger auf den Mund. »Bitte, sprich nicht weiter. Auch ich habe meine Entscheidung getroffen. Ohne dich möchte ich nicht leben, und sicher wäre es mir am liebsten, wir würden in der Nähe meiner Tochter leben ...«

Er wurde von lautem Gebrüll unterbrochen. Sie blickten erschrocken auf. Ein Mann in Zivil kam keuchend angerannt, gefolgt von zwei französischen Polizisten. Der Flüchtende trug an der Jacke sichtbar den gelben Judenstern. Genau vor der Parkbank, auf der Friedrich und Juliette saßen, holten die Polizisten ihn ein und warfen ihn zu Boden. Der Mann stieß wilde Flüche aus und beschimpfte die Polizisten als Deutschenknechte, worauf er den einen anspuckte, was ihm einen Hieb ins Gesicht bescherte.

Obwohl Juliette die Angst eiskalt durch den ganzen Körper rieselte, rief sie: »Was hat der Mann euch getan? Warum seid ihr so brutal?«

»Deine kleine Freundin soll nicht so vorlaut sein!«, brüllte der eine Polizist Friedrich zu, als wäre sie gar nicht vorhanden, bevor sie den Mann, der sich weigerte, aufzustehen, mit sich fortschleiften.

»Aber was machen die Polizisten denn da?«, fragte Juliette fassungslos.

»Sie haben offenbar einen flüchtigen Juden gefasst«, entgegnete Friedrich.

»Aber das sind französische Polizisten, die gehören doch zu uns, warum erledigen sie die Drecksarbeit für die Deutschen?«

Friedrich stieß einen tiefen Seufzer aus. »Sie haben keine Wahl. Sie befolgen nur Befehle.«

Entsetzt musterte Juliette ihren Liebsten.

»Aber das ist nicht richtig!«

»Nein, in diesem Krieg ist gar nichts richtig«, murmelte Friedrich. »Es ist fatal, andere Völker beherrschen zu wollen und Menschen wie Tiere zu behandeln. Ich hatte, bevor ich zum Atlantikwall geschickt wurde, einen entsetzlichen Streit mit meiner Frau und meiner Schwiegermutter über das Thema Herrenmensch und Rasse. Elfriede, meine Frau, ist fast in Ohnmacht gefallen, als ich in Gegenwart ihrer Mutter gesagt habe, Juden sind genauso Menschen wie sie und ich und haben damit dasselbe Recht auf ein würdiges Leben. Ach, Julie, wenn der Spuk doch bloß endlich vorüber wäre.«

Juliette griff nach seiner Hand und drückte sie fest. »Komm, wir gehen.«

Friedrich blickte sie zweifelnd an. »Gern, nur wohin?«

»Dort, wo wir beide allein sind und für ein paar Stunden die Illusion haben können, auf einer Insel fern dieses Wahnsinns zu sein.«

Sie stand auf. Friedrich folgte ihr zögernd.

»Wie lange hast du frei?«, fragte sie ihn.

»Bis morgen Nachmittag.«

»Dann lass uns nach Arromanches gehen. Die Soldaten sind abgezogen, hat mir Pierre berichtet. Deshalb ist er im Moment in Caen. Und da er glaubt, mich morgen aus dem Krankenhaus abholen zu können, haben wir bis dahin Zeit. Bist du mit dem Rad da?«

Ein Lächeln huschte über Friedrichs Gesicht.

»Nein, ich habe mir für die Fahrten nach Caen jedes Mal ein Fahrzeug organisiert. Das ist mit dem Rad allzu weit, und die Zugänge zur Küstenlinie werden immer schärfer bewacht. Mit dem Wagen komme ich überall leichter durch. Und du kannst dich hinten unter einer Decke verstecken. Mich winken die ohne Kontrolle durch. Aber was wird deine Familie denken, wenn Pierre dich morgen nicht vorfindet?«

Juliette zuckte die Schultern. »Ich weiß es nicht, aber was sollen wir denn tun? Meinen Bruder Louis um Erlaubnis fragen? Pierre kann frühestens morgen Mittag in Arromanches sein, falls er sofort auf den Gedanken kommt, ich könne im Hotel sein, aber dann musst du eben schon fort sein. Er wird mich allein dort vorfinden, und ich werde behaupten, dass ich dort am besten genesen kann.«

»Dann lass uns keine Zeit mehr verlieren«, lachte Friedrich und nahm sie bei der Hand.

42

Frédérique konnte kaum ihre Schadenfreude verbergen, als sie erfuhr, wie überstürzt Henri aus Arromanches abgereist war. Damit hatte sich die Affäre zwischen dieser Madame Behrend und ihrem Jugendfreund wohl erübrigt.

Allerdings war ihr eigenes Interesse an dem Journalisten aus Rouen inzwischen auch erloschen. Wenn er in ihr tatsächlich etwas anderes hätte sehen wollen als die einstige Kameradin aus der Sommerfrische am Meer, hätte er ihr zumindest eine Nachricht hinterlassen. Und Frédérique war keine Frau, die Männern hinterherlief. Sie hatte sich nie etwas auf ihr Äußeres eingebildet. Im Gegenteil, sie überragte die meisten Frauen in ihrem Alter um mindestens einen Kopf, was sie stets als großen Makel angesehen hatte. Überdies war sie weder so zart gebaut noch so zierlich wie viele andere. Es war ihr deshalb als junge Frau schwergefallen, zu glauben, dass sie, die in der Schule noch als »Bohnenstange« gehänselt worden war, etwas ganz Besonderes sein sollte, wie Victor geschwärmt hatte, als er noch verliebt in sie gewesen war. Auch ihre Tochter behauptete, dass sich die Männer immer noch nach ihrer Mutter umdrehten. Frédérique pflegte dann gern zu sagen, dass läge nur daran, dass diese Männer selten Frauen begegneten, die sie um einen Kopf überragten.

Nein, wirklich attraktiv hatte sie sich niemals gefunden. Besonders dann nicht, wenn sie sich mit ihrer Mutter verglich, die auf alten Fotos wunderbar aussah und die Frédérique in ihrer Kindheit manchmal für eine verzauberte Prinzessin gehalten hatte. Sie war allerdings zu Frédériques großem Kummer immer anders gewesen als die Mütter ihrer Freundinnen. Dabei war kein anderes Mädchen so behütet worden wie die kleine Frédérique Roux. Ihre Mutter hatte sie mit einer Innigkeit geliebt, die ihr manchmal die Luft zum Atmen genommen hatte. Und sie hatte stets in der Angst gelebt, ihrem Kind könne etwas zustoßen. Richtig schlimm war es in der Pubertät geworden. Frédérique hatte sich regelrecht erstickt gefühlt von der überbordenden Liebe ihrer Mutter. Auf der anderen Seite war ihre Mutter aber phasenweise völlig unnahbar gewesen, weil sie dann in einer anderen Welt zu sein schien, in der sie ihre Tochter gar nicht wahrnahm. Diese Wechselbäder hatten eine tiefe Wunde in Frédériques Seele gerissen und sich schließlich in einem latenten Zorn auf ihre Mutter manifestiert.

Aber war diese Frau wirklich fähig gewesen, ihren Mann zu betrügen? Das traute Frédérique ihr einfach nicht zu. Wahrscheinlich gab es für die Angelegenheit mit diesem Deutschen und ihrer Mutter eine harmlose Erklärung. Am liebsten wollte Frédérique von dieser ganzen Sache nichts mehr wissen, aber die Anwesenheit von Madame Behrend erinnerte sie bei jedem Schritt daran. Arromanches war ein kleiner Ort. Da traf man sich auf der Promenade, beim Bäcker … zumindest ließ sich diese Frau zu Frédériques Erleichterung nicht mehr im Hotel blicken.

Inzwischen war glücklicherweise auch deren Tochter Paula nach Deutschland zurückgekehrt, wie Colette ihr berichtet hatte. Für Frédérique ein sicheres Zeichen, dass Vincent und die junge Frau nur eine kleine Ferienaffäre miteinander geteilt hätten. Ihr Neffe schien sich auch nicht sonderlich darüber zu grämen, denn er betätigte sich gut gelaunt als Skipper für Hotelgäste. Und Colette schien das Interesse am Geheimnis ihrer Großmutter inzwischen verloren zu haben, denn sie hatte nicht mehr mit dem leidigen Thema angefangen.

Frédérique unterbrach ihre Gedanken, als sie auf dem Heimparkplatz einparkte. Sie wollte an diesem Tag ihre Mutter besuchen, und das möglichst, ohne weiter von der Geschichte bedrängt zu werden. Die Besuche bei ihrer Mutter waren auch ohne die zusätzlichen Belastungen kompliziert genug. Frédérique war ständig bemüht, zu funktionieren und keine alten Ressentiments gegen ihre Mutter aufkommen zu lassen. Das war jedes Mal überaus anstrengend für sie.

Als sie an der Rezeption vorbeikam, bat die Mitarbeiterin sie auf ein kurzes Gespräch.

»Hier ist schon wieder eine fremde Dame gewesen, die unbedingt Ihre Mutter besuchen wollte.«

»Dieselbe wie neulich?«, fragte Frédérique aufgebracht.

»Nein, nicht diese deutsche Frau, sondern eine Französin. Eine alte Dame, die ihren Namen nicht nennen wollte. Sie behauptete, eine Freundin Ihrer Mutter zu sein.«

»Merkwürdig. So weit ich denken kann, hatte meine Mutter keine Freundinnen. Sie war schon immer eine Einzelgängerin. Aber Sie haben sie doch hoffentlich nicht zu ihr gelassen.«

»Wo denken Sie hin? Natürlich nicht. Ich habe sie an Sie verwiesen, aber sie machte nicht den Eindruck, als ob sie sich bei Ihnen melden wollte.«

»Trotzdem herzlichen Dank, dass Sie mich informiert haben. Und wenn die Dame noch einmal hier auftaucht, soll sie bitte ihren Namen hinterlassen.«

Mit diesen Worten eilte Frédérique weiter, denn sie war stets unter Zeitdruck. In zwei Stunden musste sie schon wieder im Hotel sein, um heute Abend das Restaurant zu managen.

An der Tür zum Zimmer ihrer Mutter klopfte sie, doch als sich nichts rührte, betrat sie es vorsichtig. Ihre Mutter hatte ein wirklich schönes und geräumiges Zimmer mit Balkon und Blick auf den parkähnlichen Garten.

Doch ihre Mutter war an diesem sonnigen Nachmittag nicht draußen, sondern hockte vor diesem merkwürdigen Gemälde, das die Deutsche ihr geschenkt hatte und das Colette an ihrer Wand angebracht hatte. Sie saß unbeweglich in ihrem Sessel und schien nicht einmal zu bemerken, dass jemand ins Zimmer gekommen war. Als Frédérique näher kam, hörte sie ihre Mutter leise vor sich hin murmeln. Sie blieb abrupt stehen und lauschte. Die Worte waren zunächst schwer zu verstehen, aber dann meinte Frédérique herauszuhören: »Die Sonne ist schön gelb und das Meer schön blau.«

»Maman?«

Ihre Mutter reagierte nicht. Sie starrte weiter wie gebannt auf dieses Gemälde. Wie so oft in der Gegenwart ihrer Mutter fühlte sich Frédérique unsicher, weil sie nicht recht wusste, wie sie am besten Kontakt zu ihr aufnehmen sollte. Dass ihre Mutter mit den Gedanken in eine andere Welt abdriftete und die Realität nicht mehr wirklich wahrnahm, kannte Frédérique ja bereits seit Kindertagen. Wie sie das gehasst hatte, wenn ihre Mutter einfach nur aus dem Fenster gestarrt hatte und nicht ansprechbar gewesen war. Frédérique hatte einmal das Urteil »Depression« aufgeschnappt, das ihre Großmutter väterlicherseits verächtlich über ihre Schwiegertochter gefällt hatte. Damals hatte sie sich noch keine Vorstellung machen können, was sich dahinter verbarg, aber als sie alt genug gewesen war, hatte sie sich ausführlich über diese Krankheit informiert und war zu demselben Schluss gekommen wie einst ihre Großmutter: Ihre Mutter litt unter Depressionen. Obwohl Frédérique damit wusste, dass es sich um eine Krankheit handelte, hatte sie es ihrer Mutter verübelt. Genauso wie jetzt die Demenz.

Erst als sich Frédérique vor das Gemälde stellte, bemerkte ihre Mutter sie. »Mein Mädchen«, begrüßte sie ihre Tochter hocherfreut.

Frédérique beugte sich zu ihr hinunter und gab ihr Küsschen auf beide Wangen.

Ihre Mutter aber deutete auf das Gemälde. »Die Sonne ist schön gelb und das Meer schön blau«, stieß sie aufgeregt hervor.

»Ja, Maman, ich sehe es«, entgegnete Frédérique, zog sich einen Stuhl heran und setzte sich ihrer Mutter gegenüber, und zwar so, dass sie das Bild zum Teil verdeckte. Sie wollte die Aufmerksamkeit ihrer Mutter von diesem unsäglichen Gemälde ablenken, doch die Mutter verrenkte den Hals so sehr, bis sie an ihrer Tochter vorbeisehen und das Bild weiter anstieren konnte.

»Maman, jetzt lass doch mal das dumme Bild! Erzähl lieber, wie es dir geht«, fuhr Frédérique sie unwirsch an.

»Habe ich schon wieder etwas falsch gemacht? Verzeih mir, dass ich dir immer so viel Kummer bereite«, murmelte ihre Mutter den Tränen nahe.

Frédérique verspürte eine Mischung aus schlechtem Gewissen und Zorn auf ihre Mutter. Die alte Dame konnte nichts dafür, dass sie nicht mehr bei klarem Verstand war, aber ihr Verhältnis war eben schon immer kompliziert gewesen.

Frédérique nahm die Hand ihrer Mutter und drückte sie fest. »Nein, du hast nichts verkehrt gemacht. Es ist nur so: Ich mag das Bild nicht sonderlich.«

Die traurige Miene ihrer Mutter erhellte sich. »Er ist kein Maler, musst du wissen, aber er sah so attraktiv aus, wie er vor der Staffelei stand.« Ihre Mutter kicherte wie ein Schulmädchen. Frédériques Herzschlag beschleunigte sich merklich.

»Hast du etwa gesehen, wie er es gemalt hat?«, fragte sie aufgeregt.

Bevor ihre Mutter antworten konnte, klopfte es an der Tür.

Obwohl Frédérique sich gestört fühlte, rief sie: »Herein!« Der grauhaarige Mann, der etwa in ihrem Alter sein musste, schien erstaunt, ihre Mutter nicht allein anzutreffen.

»Oh, entschuldigen Sie bitte, ich wollte Sie nicht unterbrechen«, sagte er entschuldigend.

»Bitte bleiben Sie!« Ihre Mutter winkte den Fremden heran. »Wir wollen weiter über ihn sprechen.«

Er winkte zurück, wandte sich dann aber Frédérique zu. »Ich bin Dr. Renoir, der neue behandelnde Neurologe Ihrer Mutter.« Sein Händedruck war kräftig und warm.

»Über wen will sie mit Ihnen sprechen?«, fragte Frédérique statt einer Begrüßung. Und das, obwohl der Arzt sehr attraktiv war, schoss es ihr durch den Kopf, doch ihr war wichtiger zu erfahren, was er über diesen Deutschen im Leben ihrer Mutter wusste, als mit ihm zu flirten.

»Entschuldigen Sie, aber das unterliegt der Schweigepflicht, denn ich bin der Arzt Ihrer Mutter, und alles, was Sie mir anvertraut, muss unter uns bleiben.«

»Sie sollen mir ja nur verraten, ob meine Mutter über den Mann spricht, der das Bild gemalt hat!« Das klang wie ein Befehl.

Dr. Renoir wich einen Schritt zurück, während ihre Mutter weiterhin das Bild betrachtete, als wäre nichts geschehen.

Frédérique erschrak über ihren eigenen Ton. »Verzeihung, ich weiß, das geht mich gar nichts an«, erklärte sie zerknirscht.

Zu ihrer großen Verwunderung war der Arzt ihr nicht böse, sondern er lächelte sogar. »Ich kann Sie gut verstehen. Die Angehörigen meiner Patienten wollen immer gern in Erfahrung bringen, was ihre dementen Eltern mir anvertrauen, aber das darf ich ihnen leider nicht verraten.«

Frédérique rang sich zu einem Lächeln durch. »Entschuldigen Sie, das hätte ich mir denken können. Ich möchte Sie ja auch gar nicht ausfragen«, erklärte sie entschieden, wobei das nicht ganz der Wahrheit entsprach. Am liebsten wollte sie alles erfahren, was ihre Mutter in dieser Angelegenheit von sich gegeben hatte. Es hatte wenig Sinn, weiterhin so hartnäckig zu verdrängen, dass ihre Mutter mit dem Hobbymaler etwas äußerst Emotionales verband. Das hieß aber noch lange nicht, dass sie dafür, wenn dem so wäre, Verständnis aufbringen würde.

Der Arzt nickte ihr freundlich zu und wandte sich dann ihrer Mutter zu. »Madame Laurent, ich komme später wieder. Wenn Ihr netter Besuch gegangen ist.«

Ihre Mutter strahlte über beide Backen. »Sie ist mein allerliebster Schatz.« Ihre Mutter streckte die Hand nach Frédérique aus, aber die konnte diese Überschwänglichkeit gerade schwer ertragen und ignorierte diesen Annäherungsversuch ihrer Mutter.

»Ob Sie mir Bescheid geben könnten, wenn Sie gehen? Ich würde gern noch kurz mit Ihnen reden. Sie finden mich in meinem Büro oder im Innenhof«, sagte Dr. Renoir und winkte ihrer Mutter zum Abschied herzlich zu. Frédérique guckte ihm nachdenklich hinterher, bevor sie sich ihrer Mutter zuwandte, die jetzt ganz aufgeregt auf ihren alten Sekretär deutete, den sie aus dem Haus mit ins Heim genommen hatten.

»Bitte öffne die Schublade«, verlangte ihre Mutter. Als Frédérique sie aufgezogen hatte, befahl ihre Mutter, ihr das Buch zu geben. Frédérique wusste genau, dass ihre Mutter das alte zerfledderte Tagebuch meinte, aus dem jemand offenbar vollgeschriebene Seiten herausgerissen hatte und das nur langweilige Zahlen enthielt, doch es war nicht in der Schublade zu finden.

»Maman, das Buch ist nicht dort. Hast du es vielleicht woanders versteckt?«, fragte Frédérique vorsichtig.

»Nein, nein, es liegt da. Du musst nur richtig nachsehen«, erwiderte ihre Mutter aufgebracht. Frédérique aber entdeckte nur ein paar alte Fotos in der Schublade. Um die Mutter abzulenken, griff sie danach und zeigte sie ihr eines nach dem anderen.

Die Kinderfotos der kleinen Frédérique schienen ihre Mutter zunächst zu beruhigen, denn sie betrachtete sie intensiv und wiederholte ein paarmal: »Mein schönes Kind.«

Nun war nur noch ein Foto übrig, ausgerechnet das Hochzeitsfoto ihrer Eltern, das sie der Mutter mit den Worten zeigte: »Schau, da bist du mit meinem Vater.«

Ihre Mutter nahm ihr das Bild grob aus der Hand und betrachtete es mit grimmiger Miene. »Das ist nicht dein Vater!«, stieß sie erbost hervor.

»Doch, Maman, schau doch mal, wie verliebt er dich ansieht. Das ist Papa. Da war er aber noch sehr jung …«

»Ich kenne diesen Mann nicht!«, widersprach ihre Mutter ihr trotzig.

»Aber Maman, wer ist denn die hübsche Frau mit dem schönen Kleid?« Frédérique deutete auf die Braut.

»Weiß ich nicht«, erwiderte ihre Mutter und gab ihr das Foto zurück.

Frédérique beschloss, für heute aufzugeben, denn offenbar weigerte sich das Gedächtnis ihrer Mutter, sich selbst in der jungen Braut wiederzuerkennen, geschweige denn ihren Ehemann. Das ging schon seit ein paar Wochen so, dass ihre Mutter sich partout nicht an ihren Mann erinnern konnte. Das war sehr hart für Frédérique, zu erleben, wie ihr eigener Vater aus dem Leben ihrer Mutter spurlos verschwand, als hätte er nie existiert. Sie legte die Fotos hastig zurück und griff im Regal nach einem Buch, aus dem sie ihrer Mutter das letzte Mal vorgelesen hatte, doch über die ersten Zeilen kam sie nicht hinaus, weil ihre Mutter gar nicht zuhörte, sondern mit den Händen vor ihrem Gesicht herumfuchtelte.

»Ich will das Buch von Hamburg!«, verlangte ihre Mutter.

Frédérique rollte mit den Augen. Sie wusste genau, welches Buch ihre Mutter meinte, und das missfiel ihr außerordentlich. Bei diesem Buch handelte es sich nämlich um einen uralten Baedeker, einen vor dem Ersten Weltkrieg erschienenen Reiseführer der Stadt Hamburg, den Frédérique beim Umzug schon hatte wegwerfen wollen und es wohl auch getan hätte, wenn ihre Mutter nicht zu zetern angefangen hätte.

»Du willst wirklich das olle Buch haben?«, fragte sie widerwillig und reichte es der Mutter mit spitzen Fingern.

Gezielt blätterte ihre Mutter eine Seite auf und nahm ein Foto heraus, das sie seufzend an ihr Herz drückte. Obwohl Frédérique nicht sehen konnte, was darauf abgebildet war, durchrieselte sie ein eiskalter Schauer. Der verklärte Blick ihrer Mutter machte ihr Angst.

»Darf ich das Foto mal sehen?«, bat sie ihre Mutter mit belegter Stimme.

Bevor die Mutter es ihr reichte, küsste sie das Bild, so wie man es mancherorts mit Heiligenbildern machte.

Auf dem Foto war ein deutscher Soldat in Uniform abgebildet. Auf den ersten Blick ein attraktiver Mann, den auch die Augenklappe, die er trug, nicht entstellen konnte.

Frédérique musste nicht lange rätseln, wer dieser Mann war. Eine gewisse Ähnlichkeit mit Madame Behrend war unverkennbar. Ihr Herzschlag beschleunigte sich, und eine innere Stimme riet ihr dringend, den Besuch abzubrechen und sich schnellstens von ihrer Mutter zu verabschieden, denn deren Verzückung war ihr schier unerträglich.

Sie sprang von ihrem Stuhl auf und sagte hektisch, dass sie nun zurückfahren müsse nach Arromanches, weil die Arbeit im Hotel rufe.

»Ach, schade, meine Kleine«, murmelte ihre Mutter. »Möchtest du, dass ich dir das Foto schenke?«, fügte sie fast bittend hinzu.

Frédérique schüttelte energisch den Kopf. »Nein danke, Fotos von deutschen Besatzungssoldaten brauche ich nicht!«, erwiderte sie in spitzem Ton.

Ihre Mutter musterte sie erschrocken. »Aber er hasst diesen Hitler. Er ist nicht unser Feind, er ist doch dein Vater.«

Die Übelkeit überfiel Frédérique mit solcher Macht, dass sie es nur noch mit Mühe ins Bad schaffte. Nachdem sie sich erbrochen und den Mund abgewischt hatte, saß sie eine Weile regungslos auf dem Badewannenrand. Sollte sie diesen Wahnsinn nicht allein der Demenz ihrer Mutter zuschreiben? Die Mutter redete doch ständig wirr. Warum sollte ausgerechnet diese absurde Aussage nun die Wahrheit sein?

Als sie aus dem Bad zurückkehrte, begrüßte ihre Mutter sie freudestrahlend mit den Worten. »Ach, wie schön, dass du mich auch mal wieder besuchst!«

Unter Aufwendung ihrer geballten Selbstbeherrschung verabschiedete sie sich nun von ihrer sichtlich enttäuschten Mutter mit hingehauchten Küsschen, bevor sie fluchtartig das Zimmer verließ. Erst als sie im Freien vor der Tür zur Einrichtung stand, blieb sie stehen. Da fiel ihr ein, dass sie ganz vergessen hatte, dem Arzt Bescheid zu geben, aber um keinen Preis würde sie zurückgehen ins Heim. Sie atmete einmal tief durch, als Dr. Renoir hinter ihr auftauchte.

»Haben Sie mich vergessen?«, fragte er lächelnd. »Ich habe Sie vom Innenhof aus über den Flur eilen sehen, als sei der Teufel hinter Ihnen her.«

Frédérique stieß einen tiefen Seufzer aus, bevor sie erwiderte, es handele sich nicht direkt um den Teufel, aber ihre Mutter habe ihr gerade das Foto eines deutschen Soldaten gezeigt und behauptet, der Mann wäre ihr Vater.

»Oh!«, sagte der Neurologe.

»Genau, da fällt selbst Ihnen nichts mehr ein, oder?«

Er betrachtete sie mitfühlend über den Rand seiner Brille. »Doch, dass ich Sie jetzt auf einen Kaffee einlade.«

»Dürfen Sie das denn?«, versuchte Frédérique zu scherzen.

»Als Patientin in meiner therapeutischen Praxis, die ich betreibe, wenn ich nicht im Heim arbeite, nehme ich Sie ganz sicher nicht an. Aber privat dürfen Sie sich bei mir auskotzen, ganz so wie Sie es gerade brauchen.«

Frédérique wunderte sich selbst am meisten, dass sie nach diesem Geständnis ihrer Mutter nicht etwa komplett ausrastete, sondern ein gewisses Prickeln bei der Vorstellung verspürte, mit diesem Mann einen Kaffee trinken zu gehen. Er war ihr seltsam vertraut, dabei aber so aufregend, dass bei ihr längst verschüttet geglaubte Sehnsüchte aufflammten. Auf eine ganz andere Weise als neulich bei Henri. Die Gefühle waren eher aus der alten Schwärmerei erwachsen und zudem aus Konkurrenz zu dieser blonden Deutschen, der sie zeigen wollte, wer die Überlegene war.

»Ich nehme Ihr Angebot an, aber nur wenn Sie mir beim Kaffee schwören, dass Demenzkranke im Stadium meiner Mutter nur noch Unsinn von sich geben.«

»Wir wollen unser wunderbares Zusammentreffen doch nicht mit einer Lüge beginnen«, bemerkte er grinsend.

Der Mann hatte eine Art von Humor, die Frédérique ausnehmend gut gefiel.

43

Paula war erleichtert, dass Klemens sie bei ihrer Ankunft in der Wohnung nicht erwartete. Sie hatte ihm am Telefon zwar noch nicht die Wahrheit gesagt, aber immerhin angedeutet, dass sie die Hochzeitsvorbereitungen stoppen und nach ihrer Rückkehr dringend miteinander sprechen sollten. Ihr Verlobter hatte ihr wie gewohnt nicht wirklich zugehört, sondern nur gemeint, sie solle erst einmal nach Hause kommen. Was er auch immer damit sagen wollte, es klang abwehrend.

Als Paulas prüfender Blick über die Einrichtung ihrer Wohnung schweifte, stellte sie überrascht fest, dass sie ihre persönlichen Dinge an zehn Fingern abzählen konnte. Die Möbel waren ein Einweihungsgeschenk seiner Eltern, die teure Anlage hatte er mitgebracht samt all seiner Lieblings-CDs, und auch die Lampen waren noch aus seiner Wohnung. Wenn sie es sich recht überlegte, waren ihre CDs ungehört ganz unten in dem Regal verschwunden. Ihre Green-Day-Sammlung hielt Klemens nur für schwer verdaulich. Er hatte nichts für diese Band übrig, die der Punkmusik eine neue Stimme verlieh.

Entschieden holte sie das Album *Nimrod* der Band hervor, wählte den Song *Good Riddance* aus und stellte die Anlage auf laut. Zu ihrem Lieblingslied fing sie an, ihre Bücher aus dem Regal zu suchen und sie in einen Umzugskarton zu packen. Bücher besaß sie allerdings wesentlich mehr als er, sodass das Designerregal schnell einsam wirkte, aber je schneller sie gepackt hatte, desto eher konnte sie die Sachen nach Othmarschen bringen. Bislang hatte sie mit der Großmutter nur kurz am Telefon gesprochen und sie gefragt, ob sie ihre Sachen eine Zeit lang bei ihr lagern dürfe. Die Großmutter war nicht gerade begeistert gewesen von dieser Idee, aber sie hatte es ihrer Enkelin schließlich erlaubt. Die alte Dame hatte sie sofort ausfragen wollen, was denn dahintersteckte. Paula hatte ihr allerdings keine weiteren Informationen gegeben. Dabei scheute sie sich nicht, die Wahrheit zu sagen, aber sie hatte keine Lust, sich am Telefon Vorwürfe anzuhören. Persönlich würde sie allen, die Näheres über diese Entscheidung erfahren wollten, Rede und Antwort stehen. Sie war schließlich über Nacht keine andere Person geworden, nur weil sie etwas Wesentliches begriffen hatte: dass sie beinahe aus purem Protest gegen ihre flippige Mutter einen Lebensweg eingeschlagen hätte, der nicht der ihre war. Die Sehnsucht nach einer intakten Familie war eben nicht gleichbedeutend damit, einen Mann wie Klemens zu heiraten, der mit seinen Ansichten über Frauen irgendwo in den Fünfzigerjahren stecken geblieben war.

Erst durch das Zusammensein mit Vincent hatte sie erlebt, wie wichtig Spaß und Leidenschaft in einer Beziehung sein konnten. Dass sie sich zuvor für Klemens entschieden hatte, konnte sie ihm nicht anlasten. Sie hatte geglaubt, nur so könne sie das Gegenmodell zum Lebensentwurf ihrer Mutter leben: indem sie sich für einen Mann entschied, der in jeder Hinsicht zuverlässig war. So zuverlässig wie ein Uhrwerk, fügte sie seufzend in Gedanken hinzu. Auch Vincent war zuverlässig, aber er machte keinen Hehl daraus, dass er, bevor er Paula getroffen hatte, der Verbindlichkeit Frauen gegenüber gern aus dem Weg gegangen war. Ach, Vincent, dachte sie verträumt. Paula konnte sich nicht daran erinnern, jemals so verschossen in Klemens gewesen zu sein. Selbst am Anfang nicht!

»Was ist denn das für ein Lärm?« Klemens' erboste Stimme holte sie aus ihren schwärmerischen Gedanken. Erschrocken fuhr sie herum, doch da war er schon zum CD-Spieler gestürzt und hatte ihre Musik ausgemacht.

Bis auf sein vorwurfsvolles Schnaufen herrschte plötzlich Stille. Statt sie zu begrüßen, tippte er sich gegen die Stirn. »Warst du betrunken, als wir telefoniert haben?«, fragte er vorwurfsvoll. »Die Hochzeitsvorbereitungen sind in vollem Gang, die kann man nicht so einfach stoppen!«

»Betrunken? Wie kommst du darauf?«, gab Paula fassungslos zurück, nachdem sie sich von ihrem Schrecken erholt hatte.

Klemens musterte sie durchdringend. »Gott, sieh dich doch bloß mal an. Diese Jeans und diese Flatterbluse. Hast du die aus dem Fundus deiner Mutter geklaut?«

Paula atmete tief durch.

»Nein, aber ich komme gerade vom Bahnhof und habe eine anstrengende Zugreise hinter mir. Aber wenn du es genau wissen willst, ich habe mir die Bluse in Frankreich vor ein paar Tagen neu gekauft!«

Klemens machte eine abwehrende Handbewegung. »Vielleicht könntest du dich umziehen …« Sein Blick fiel auf die Bücherkiste und das halb leere Regal. »Was zum Teufel ist das?«

Paula wollte gerade wahrheitsgemäß antworten, als er sagte: »Darüber reden wir später, wenn wir vom Essen zurück sind.«

»Essen?«, fragte Paula irritiert.

»Ja, nachdem du angerufen hast, wann du zurückkehrst, habe ich gleich einen Termin zum Probeessen vereinbart«, erklärte er geschäftig.

»Klemens. Hast du mir nicht zugehört?«

»Doch, doch, aber ich habe dir ja gerade gesagt, dass das nicht geht. Und wie du zu solchen schwachsinnigen Vorschlägen kommst, das erzählst du mir alles später«, entgegnete er. »Aber nun zieh dich endlich um. Sie holen uns gleich ab.«

»Wer?«

»Meine Eltern und … ja, das war doch das Praktische, dein Vater. Der ist auch zufällig in der Stadt.«

Mit einem Mal wurde Paula ganz ruhig.

»Schön, wie du willst. Dann machen wir einen großen Aufwasch.«

»Paula, reiß dich zusammen, und zieh dich endlich um.«

Paula sprang vom Boden auf und schlüpfte in ihre Ballerinas. »Gut, dann geh ich.« Und schon war sie aus der Wohnung gestürmt. Es fühlte sich noch ungewohnt an, das zu tun und zu lassen, was sie für richtig hielt, aber es war auch irgendwie befreiend, zumal ihr der Gedanke, vor versammelter Mannschaft ihre Trennung von Klemens bekannt zu geben, merkwürdigerweise keinerlei Angst machte. Sie wäre nicht Paula, wenn sie über eine Entscheidung nicht erst dann sprechen würde, wenn sie sich ganz sicher war. Und daran, aus diesem falschen Leben auszusteigen, gab es für sie keinen Zweifel mehr. Einmal davon abgesehen, dass sie in Vincent verliebt war. Das unbeschwerte und aufregende Zusammensein mit ihm hatte ihr vorgeführt, dass sie sich etwas anderes für ihre Zukunft wünschte.

Ein bisschen tat es ihr leid, dass sie ihrer Mutter keinen Hinweis gegeben hatte auf ihre Pläne. Sie hatte sie nach ihrer Rückkehr von der Bootstour nur einmal kurz gesehen und ihr berichtet, dass sie beabsichtige, nach Hamburg zu fahren. Ihre Mutter hatte nicht verbergen können, wie enttäuscht sie darüber gewesen war, dass Paula offenbar an ihren Heiratsplänen festhielt. Paula ließ sie in dem Glauben, denn sie wollte ihren eigenen Weg gehen, einen Weg, den sie vor einigen Wochen noch als verrückt abgetan hätte. Und sie wollte in dieser Phase für ihre Entscheidung keinen Beifall, den ihre Mutter ihr ganz sicher mit großem Vergnügen gespendet hätte. Nein, erst einmal wollte sie es der Person mitteilen, die es am meisten anging: Klemens. Aber da er ihr partout nicht zuhören wollte, musste das nun eben unter Zeugen geschehen!

Als Paula vor die Tür trat, sah sie schon den Wagen ihres Vaters, in dem auch Klemens' Eltern saßen. Etwas beklommen war ihr in diesem Augenblick schon zumute, vor allem, als Klemens' Mutter vom Beifahrersitz rief: »So willst du ins *Atlantic* gehen?«

Paula atmete einmal tief durch, bevor sie erwiderte: »Nein, will ich nicht. Ich bitte euch, mit nach oben zu kommen. Ich habe euch etwas zu sagen.«

»Oh Gott, du bist schwanger, oder?«, stöhnte seine Mutter.

Paula ignorierte die Bemerkung und wartete, bis ihr Vater und Klemens' Eltern aus dem Auto gestiegen waren und ihr widerwillig ins Haus folgten.

»Was ist denn bloß los mit dir?«, fragte ihr Vater auf dem Weg nach oben ungeduldig.

Auch das ignorierte Paula. Klemens' Miene, als er die Tür öffnete, sprach Bände. So grimmig, wie er die Familie begrüßte, bedurfte es wahrscheinlich keiner großen Erklärung mehr, vermutete Paula, aber offenbar stand eine Trennung außerhalb der Vorstellungskraft der Anwesenden.

Mit einem Blick auf die Bücherkartons fragte seine Mutter, ob sie schon eine größere Wohnung hätten, aber dann fügte sie missmutig hinzu: »Hätte das nicht Zeit bis nach der Hochzeit gehabt? Das muss dann jetzt alles noch schneller gehen mit einem Termin, denn es gibt nichts Furchtbareres als Bräute mit Babybäuchen!«

»Babybauch?«, hakte Klemens unwirsch nach.

»Na ja, was soll das denn sonst werden? Und sie trägt ja schon Hängerchen! Hoffentlich passt das Kleid noch, das wir ausgesucht haben.«

»Nehmt doch erst mal Platz«, sagte Paula. »Und wollt ihr was trinken?«

»Warte, ich muss erst einmal im *Atlantic* anrufen, dass wir uns verspäten«, bemerkte ihr Vater geschäftig.

»Du kannst absagen!«

Ihr Vater stutzte. »Für heute … oder?«

»Nein, ganz. Es wird kein Probeessen dort geben, weil es keine Hochzeit geben wird.«

»Ich glaube, ich brauche einen Schnaps«, bemerkte Klemens' Vater daraufhin.

Paula holte eine Flasche Grappa aus dem Schrank sowie die passenden Gläser und goss allen etwas ein.

»Du willst … du willst wirklich … die … die Hochzeit absagen?«, stammelte Klemens. In diesem Moment tat er Paula aufrichtig leid, denn er schien den Ernst der Lage erst jetzt zu begreifen. Dass er selbst schuld war, weil er nicht zuhören konnte, wollte sie ihm nicht anlasten.

»Es tut mir leid, aber es fühlt sich falsch an. Das mit uns beiden«, offenbarte Paula den wahren Grund.

»Was ist denn das für ein Unsinn? Es fühlt sich plötzlich falsch an?«, fauchte ihr Vater sie an. »Das kommt doch nicht von dir! Das hat dir doch deine Mutter eingeredet!«

»Barbara weiß noch gar nichts davon!«

»Erzähl doch keinen Quatsch. Sie steckt bestimmt hinter allem. Wahrscheinlich hat sie so lange Druck gemacht, bis du die Hochzeit absagst. Aber wenn ihre Anwesenheit beim Fest das Problem ist, bitte, soll sie doch ruhig kommen. Was meint ihr?«

Ihr Vater blickte Beifall heischend in die Runde.

»Meinetwegen«, zischte Klemens' Mutter und trank das Glas Grappa in einem Zug leer, bevor sie sich hastig nachschenkte.

»Ja, natürlich, ich finde sowieso, sie gehört dazu. Ich bin überstimmt worden«, brummte Klemens' Vater.

»Gut, dann teil es ihr mit, und ich verschiebe den Termin auf morgen, oder?« Paulas Vater musterte seine Tochter fragend.

Paula aber wurde von Minute zu Minute immer klarer: Es war höchste Zeit gewesen, dass sie dieser Farce ein Ende bereitete. War sie eigentlich unsichtbar? Wie konnte es sein, dass man sie derart übersah und überhörte? Sie hatte doch klar und deutlich verkündet, dass es keine Hochzeit geben würde, aber statt auf sie einzugehen, spekulierten alle wild darauflos, was mit ihr wohl sein könne: Antihaltung, Schwangerschaft, Sprachrohr ihrer Mutter … In diesem Moment sehnte sich Paula auf einmal in Barbaras Arme. So unterschiedlich Paula und sie auch waren, Barbara hätte in so einem Augenblick nie daran gezweifelt, dass es für ihre Tochter bitterer Ernst war.

»Ich werde Klemens nicht heiraten. Gar nicht!«, verkündete Paula mit fester Stimme.

»Was habe ich dir getan?«, brüllte Klemens. »Das hat dir doch deine Mutter eingeredet, dass ich ein Spießer bin. Aber bitte, wenn du so flippig leben möchtest wie sie, dann hast du hier nichts mehr zu suchen. Hau ab!« Er rannte zur Tür und riss sie auf.

Paula aber blieb sitzen und wandte sich ganz ruhig an ihren Vater.

»Ich packe jetzt meine Sachen zusammen. Hilfst du mir bitte tragen und fährst mich zu Oma?«

Ihr Vater zögerte.

»Willst du nun mein Vater sein oder nicht?«, fragte sie ihn.

»Entschuldigt bitte«, stieß er sichtlich betroffen hervor. »Ich erkenne mein Kind nicht wieder, aber ich glaube, es ist besser, wenn ich sie zu ihrer Großmutter bringe.«

»Allerdings! So eine falsche Person wie dieses dumme Gör ist mir ja im Leben noch nicht untergekommen«, schimpfte Klemens' Mutter.

»Isa, ich verbiete dir, so über meine Tochter zu reden«, entgegnete Paulas Vater entschieden, was Paula ihm hoch anrechnete.

Klemens' Mutter zischelte noch etwas Unverständliches, aber Paula verließ das Wohnzimmer mit einer Kiste, um ihre Kleidung aus dem Schlafzimmer und ihre Sachen aus dem Bad hineinzustopfen. Am Ende hatte sie vier Umzugskisten gepackt.

»Macht es gut. Und danke für alles. Es tut mir sehr leid, dass es so gekommen ist, aber ich habe es wenigstens noch rechtzeitig bemerkt, dass das hier nicht mein Leben ist.« Paula sah in die Runde, aber weder Klemens noch sein Vater bedachten sie auch nur eines Blickes, während die Mutter sie zornig anfunkelte. »Keine Sorge, unser Klemens findet schneller eine Frau, als du bis drei zählen kannst. Eine, die das würdigt, was er ihr bietet!«

Nun erhob sich auch ihr Vater und half ihr beim Tragen. Auch ihn würdigte man keines Blickes mehr.

Beim Schleppen der Kiste zum Auto und beim Verstauen derselben schwieg er, und Paula befürchtete schon, dass dies das unrühmliche Ende ihrer Tochter-Vater-Beziehung sein würde und sie ihn nie wiedersehen würde, nachdem er sie in Othmarschen abgesetzt hatte.

»Und es steckt wirklich nicht deine Mutter dahinter?«, fragte er zögernd, als sie auf die Elbchaussee einbogen.

»Nein, sie weiß es wirklich nicht. Ich befürchte, sie war sehr enttäuscht, dass ich nach Hamburg zurückgefahren bin.«

»Dann sag schon. Wie heißt er?«

Ein eiskalter Schreck durchfuhr Paula. Wie konnte es angehen, dass der stets beschäftigte Stararchitekt ahnte, was los war?

»Vincent«, erwiderte sie.

»Und? Muss ich dir jetzt alles aus der Nase ziehen?«

»Er ist wunderbar!«

»Was macht er beruflich, meine ich!«

»Ach, Martin, das ist doch ega- ... er arbeitet als Arzt an einer Klinik in München ...«

»Gut, dann werde ich mich dort um eine Wohnung kümmern. In Schwabing gibt es auch sehr schöne Hochzeitslokale ...«

»Halt, stopp!«, lachte Paula. »Ich muss doch erst mal einen Job dort finden ...«

»Ich rufe gleich einen Bekannten in der Klinik an ...«

»Martin, du machst gar nichts!«, unterbrach Paula ihn in strengem Ton, obwohl sie innerlich jubilierte. Ihr Vater hielt in dieser Lage zu ihr. Das war Geschenk genug.

»Weißt du eigentlich, dass deine Mutter die Liebe meines Lebens war?«, gestand er ihr in diesem Augenblick völlig überraschend.

»Nein, ich glaube, sie ahnt es auch nicht.«

»Sie soll es auch niemals erfahren!«, brummte er. »Dass ich damals gleich etwas Neues angefangen habe, war meine Rache dafür, dass sie nach Neuseeland gegangen ist. Verlassen zu werden war für mich unverzeihlich.«

»Vielleicht kannst du es ihr ja auf meiner Hochzeit zu später Stunde gestehen«, lachte Paula.

»Es ist dir also ernst mit dem jungen Mann«, fragte er sichtlich erfreut.

»Ich bin glücklich. Reicht das nicht fürs Erste?«

»Oh, du hast ja doch was von deiner Mutter«, murmelte er amüsiert.

Paula blickte aus dem Autofenster und meinte auf der Elbe im Sonnenlicht lauter kleine Glückssterne zu erkennen, die nur für sie leuchteten. Es war nicht nur der Gedanke an Vincent, der sie rundherum erfüllte, sondern auch die Erkenntnis, dass sie eigentlich tolle Eltern hatte, und vor allem, dass sie sich zum ersten Mal in ihrem Leben autonom und erwachsen fühlte, denn sie hatte ihr Schicksal selbst in die Hand genommen, statt sich aus lauter Trotz ins Unglück zu stürzen.

44

W ie jedes Mal, wenn Barbara das *Hotel Normandie* passierte, beschleunigte sie ihren Schritt. Da sie wusste, dass Colette bei einer Fortbildung in St. Malo war, befürchtete sie, dass ihre spezielle Freundin Madame Dubois ihr über den Weg laufen könnte, weil die Tag und Nacht im Hotel arbeitete. Es war schon schlimm genug, sie im Ort zufällig auf der Straße zu treffen und sie dann, wenn auch knapp, grüßen zu müssen.

Es war wieder einmal ein herrlicher Sonnentag mit Schönwetterwolken am Himmel und einer angenehmen frischen Brise. Barbara hatte sich gut in ihrem kleinen Pensionszimmer eingelebt. Es war klein und einfach mit einem Balkon zum Meer hin, auf dem ein wackeliger Tisch und ein Stuhl Platz hatten. Barbara hatte ein Urlaubsgefühl, wie sie es lange nicht mehr erlebt hatte. Dabei faulenzte sie gar nicht den ganzen Tag, sondern sie schrieb an einer Kurzgeschichte. Die Idee dazu war ihr in einer schlaflosen Nacht gekommen, als sie versucht hatte, dem Hamsterrad ihrer kreisenden Gedanken zu entkommen. Diese drehten sich in der Regel um Henri, um ihren Vater und um die Frage, ob sie es in diesem Leben wohl noch schaffen würde, sich auf einen Mann einzulassen.

Und so war aus ihrem Kummer eine Glosse geboren, die sich mit dem Thema beschäftigte, wie eine Frau in den allerbesten Jahren wider Erwarten noch einer großen Liebe begegnete. Und wie sie diese Chance verspielte. Das Ende hatte sie inzwischen etliche Male umgeschrieben. So wie heute Morgen. Da hatte sie ihr übermütig ein Happy End verpasst und den Text spontan an eine Bekannte geschickt. Diese war Redakteurin bei einer Frauenzeitschrift in Hamburg und bekniete Barbara schon seit Jahren, doch einmal etwas für sie zu schreiben. Nun war sie sehr gespannt, ob sie eine Antwort bekommen würde. Ihren kleinen Computer, den sie sich im vergangenen Jahr endlich geleistet hatte, weil sie es leid war, ihre Texte auf einer alten Schreibmaschine zu tippen, hatte sie extra dafür angeschaltet. Das Gerät hatte sie seit ihrer Abreise aus Hamburg noch nicht geöffnet, und nun hatten sie einige Mails erreicht, von denen aber nur eine einzige ihr echtes Interesse geweckt hatte. Sie war von ihrer Agentur und enthielt das Angebot, ein musikalisches deutsch-französisches Kurzprogramm zu schreiben und es in einer Reihe von Kultureinrichtungen in Frankreich aufzuführen, und zwar schon in diesem Herbst. Auch die Stadt Rouen war dabei, was ihr Herz höherschlagen ließ. Es fühlte sich so an, als würde dieses Angebot sie endgültig aus ihrer kreativen Trockenphase wecken, nachdem die Kurzgeschichte ein vielversprechender Anfang gewesen war. Begeistert schrieb sie zurück, dass sie diesen Job sehr gern machen würde. Es sprudelte nur so aus ihr heraus, welche Lieder sie für dieses Programm nehmen konnte. Nun musste sie nur noch Frank davon überzeugen, mit ihr auf diese Tournee zu gehen.

Da war es wieder, das alte Prickeln, wenn sie an ihre Auftritte dachte. Da Frank auch eine Mailadresse besaß, leitete sie ihm das Angebot gleich weiter mit der Bitte, sie zu begleiten. Sie war ganz zuversichtlich, dass er zusagen würde, denn auch das Honorar stimmte.

In ihrer Euphorie hatte sie schließlich die Adresse von Henris Zeitung in Rouen herausgefunden und ihm eben in einem kleinen Café ein paar Zeilen geschrieben, nachdem sie eine Postkarte von Arromanches gekauft hatte.

Keine großen Worte, sondern eine verklausulierte Entschuldigung, damit nicht alle seine Kollegen auf einen Schlag wussten, worum es ging, wenn die Postkarte von der Poststelle zu seinem Schreibtisch unterwegs war.

Lieber Henri,

ob Sie mir noch einmal eine Chance geben, Sie zum Thema deutsch-französische Freundschaft zu befragen? Wie Sie wissen, haben wir die letzte Gelegenheit leider nicht genutzt. Verzeihen Sie mir meine dummen Vorurteile bei diesem Thema. Ich finde jedenfalls, das Kapitel der Versöhnung sollten wir noch einmal ausführlicher behandeln.

Barbara

Nun hielt sie die Karte fest in der Hand und marterte sich mit Zweifeln, ob sie den Schritt wirklich wagen sollte. Im Grunde genommen wünschte sie sich nichts sehnlicher, als sich persönlich bei ihm zu entschuldigen. Und noch besser wäre es natürlich, er würde die Entschuldigung annehmen und ihr tatsächlich eine zweite Chance geben. Nur ihr Stolz und ihre Sturheit hatten bislang dagegengesprochen. Nun gab es kein Zurück mehr, und sie war bereits auf dem Weg zum nächsten Briefkasten in der Nähe des Hotels.

Gerade in dem Moment, als sie mit der heißen Ware in der Hand am Eingang vorbeieilen wollte, den Kopf gesenkt und mit großen Schritten, trat Frédérique aus der Tür. Beinahe wären die beiden Frauen zusammengestoßen. Frédérique war mindestens genauso erschrocken wie sie.

Barbara entschuldigte sich kurz und knapp und wollte weitergehen, als die Französin sagte: »Ich glaube, wir müssen reden.«

Barbara wandte sich erstaunt um. »Sie wollen mit mir reden?«

Frédérique nickte ein wenig gequält.

»Worüber denn?«, hakte Barbara nach.

»Wenn Sie so wollen, eine sehr private Angelegenheit, die uns beide gleichermaßen beschäftigt. Da wäre es doch dumm, wenn wir uns weiterhin wie die Schulmädchen aufführten.«

Das haben Sie getan, nicht ich, ging es Barbara grimmig durch den Kopf, wenn sie an den verunglückten Flirtversuch der Dame dachte.

»Gut, dann reden wir«, entgegnete sie und musste insgeheim zugeben, dass die Französin an diesem Tag besser aussah als sonst. Sie machte einen wesentlich entspannteren Eindruck als bei ihren letzten Begegnungen. Ein entsetzlicher Gedanke überfiel sie. Was, wenn es nach dem Eklat zwischen Henri und ihr zwischen den beiden zu einer Annäherung gekommen wäre? Die Karte brannte nun förmlich in ihrer Hand. Wenn das nämlich der Fall war, würde sie sich nur lächerlich machen. Also, weg damit!, beschloss sie.

»Ich habe die nächsten Tage noch Abenddienst, aber dann mache ich die Tagesschicht. Hätten Sie Lust, übermorgen bei mir zu Hause zu Abend zu essen?«

Nein, dachte Barbara entschieden, keine Lust, Madame! Dennoch erklärte sie höflich, dass sie das Angebot annehmen werde.

»20 Uhr. Sie wissen, wo ich wohne?«

»Ja, nebenan. Ich freue mich«, sagte Barbara steif und steuerte schnurstracks auf einen der zahlreichen Papierkörbe an der Promenade zu, zerriss ihre Postkarte in kleine Schnipsel und stopfte sie in den Müll. *Au revoir*, Henri!, dachte sie mit einem bitteren Beigeschmack.

Als sie den Kopf wieder hob, sah sie Madame Bertrand, die ihr das Zimmer an der Kirche vermietet hatte. Sie beobachtete Barbara aus der Ferne. Offensichtlich überlegte die alte Dame noch, ob sie näher kommen sollte oder nicht. Barbara nahm ihr die Entscheidung ab, indem sie beherzt auf sie zulief.

»Madame Bertrand, schön, Sie zu sehen. Bei unserer letzten Begegnung hatte ich den Eindruck, Sie wollten mich loswerden.«

»Ich … äh … ich … ich wollte Ihnen nur sagen, dass es mir leidtut, dass ich so unhöflich war. Es ist natürlich Ihr gutes Recht, Ihre Geschichte zu erforschen. Haben Sie denn schon etwas herausgefunden?«

Ob sie mich ausfragen will, dachte Barbara unangenehm berührt. Also antwortete sie knapp, dass sie inzwischen wisse, dass es eine Beziehung zwischen ihrem Vater und Madame Roux gegeben hatte.

»Es war die ganz große Liebe«, sagte Madame Bertrand leise.

»Heißt das, Sie kannten meinen Vater?«

»Kennen ist zu viel gesagt. Ich habe ihn ein paarmal getroffen. Meine damalige große Liebe war sein bester Freund.«

Barbara wurde abwechselnd heiß und kalt bei dem Gedanken, der sie dabei durchzuckte. »Er hieß nicht zufällig Gerhardt?«, fragte sie aufgeregt.

Madame Bertrand nickte. »Ja, ich nannte ihn damals Gerard. Ein netter Bursche, aber dann wurde er versetzt, und ich habe nie wieder etwas von ihm gehört. Wie die meisten Französinnen mit einem deutschen Geliebten.«

In diesem Augenblick kam ein altes Ehepaar vorbei, das sich mit grimmigen Mienen den Hals nach ihnen verrenkte.

»Wenn Sie mehr wissen wollen, besuchen Sie mich doch in den nächsten Tagen in meinem Haus. Sie wissen ja, wo ich wohne. Denn wie man merkt, die Leute zeigen noch heute mit dem Finger auf mich!« Sie blickte zu dem Ehepaar, das fast stehen geblieben war, hinüber. »Haut ab! Hier gibt es nichts zu glotzen!«, zischte sie den beiden zu.

Obwohl Madame Bertrand die Leute angepöbelt hatte, empfand Barbara in diesem Moment Mitleid mit der Frau, die so schrecklich verloren wirkte.

»Ich komme gern bei Ihnen vorbei. Wann passt es Ihnen?«

»Ach, Madame Behrend, ich gehe nur selten aus dem Haus. Eigentlich nur zum Einkaufen. Kommen Sie, wann immer Sie wollen. Es wird höchste Zeit, dass ich rede. Sie haben mit Ihrem Besuch bei mir alte Wunden aufgerissen, aber das ist nicht Ihre Schuld. Ich hätte das nicht all die Jahre verdrängen sollen.«

»Ich finde das mutig von Ihnen, Madame Bertrand. Was auch immer Sie loswerden wollen, es ist allemal besser, darüber offen zu sprechen, als unter dem Schweigen und Verdrängen zu leiden.«

Gerührt griff Madame Bertrand nach Barbaras Hand und drückte sie fest. »Sie sind ein gutes Kind«, raunte sie. »Und Sie sehen Ihrem Vater verdammt ähnlich.«

Barbara lächelte, doch dann erstarb das Lächeln auf ihren Lippen. »Ich hätte diese Reise gern mit ihm zusammen unternommen, aber er hat sein Leben lang nicht darüber geredet. Wahrscheinlich aus Rücksicht auf meine Mutter und mich, obwohl ich damals gerade erst geboren war. So konnte er mich vor seinem Tod nur noch bitten,

Madame Laurent jenes Gemälde zu schicken. Vielleicht hat er geahnt, dass ich mich gleich selbst auf den Weg mache, statt es der Post zu überlassen«, bemerkte sie nachdenklich.

Erst in diesem Augenblick ließ Madame Bertrand ihre Hand los, verabschiedete sich und eilte davon.

Barbara blieb noch eine ganze Weile auf der Promenade stehen und blickte in die Ferne, wo die Sonnenstrahlen auf dem Meer glitzerten, das sich bei Niedrigwasser kilometerweit zurückgezogen hatte. In der Normandie gab es einen der höchsten Tidenhube in ganz Europa. Ein herrliches Naturschauspiel, das Barbara immer wieder faszinierte, seit sie in Arromanches war.

Plötzlich schlich sich erneut Henri in ihre Gedanken. Was hätte sie darum gegeben, sich von ihm die Schönheiten der Küste zeigen zu lassen. Aber sie würde nicht einmal erfahren, ob er ihre Entschuldigung angenommen hätte!

Als sie spürte, wie ihre Augen feucht wurden, fuhr sie sich ungehalten mit dem Ärmel ihres Kleides über das Gesicht und setzte hastig ihren Weg fort.

45

Arromanches-les-Bains, Mai 1944

Pierre war weder am Tag nach Juliettes Entlassung aus dem Krankenhaus noch in den darauffolgenden Wochen in Arromanches aufgetaucht.

Juliette war im Hotel geblieben, nachdem sie ihre Mutter angerufen und ihr mitgeteilt hatte, sie würde noch vor Ort gebraucht, was sogar halbwegs den Tatsachen entsprach. Man hatte ihr inzwischen ein Schreiben geschickt, dass alle Zivilpersonen das Gebäude zu räumen hätten, bis auf eine Person, die den Soldaten die Schlüssel übergeben und erst danach zu verschwinden habe. Friedrich hatte ihr erklärt, was das im Klartext zu bedeuten hatte: dass das Hotel wie andere strandnahe Gebäude als Gefechtsstand dienen sollte. Er hatte ihr auch berichtet, wie sich unter den Soldaten eine zunehmende Anspannung breitmachte, weil man beinahe täglich mit einer Invasion rechnete.

Gerüchten zufolge hatten deutsche Schnellboote vor ein paar Tagen erst einen amerikanischen Konvoi angegriffen und ihm schweren Schaden zugefügt. Allerdings vermutete man die Landung der alliierten Truppen eher im Bereich von Pas-de Calais als unbedingt in diesem Küstenabschnitt. Friedrich hatte allerdings von seinem Onkel in Saint-Lô erfahren, dass der General im Hauptquartier den Angriff wiederum eher an diesen Stränden vermutete, doch mit dieser Einschätzung bei den Deutschen wohl ziemlich allein dastand. Jedenfalls hatte sich noch keiner bei Juliette gemeldet, um ihr die Übernahme des Hotels durch die Deutschen anzukündigen. Aber sie konnte das ihrer Familie in Caen gegenüber als hervorragende Ausrede benutzen, um allein im Hotel zu bleiben. Und da auch ihr Bruder Louis noch nicht vor ihrer Tür gestanden und sie zur Rede gestellt hatte, ging sie davon aus, dass Pierre sie nicht verpetzt hatte. Den Grund, warum er möglicherweise geschwiegen hatte, konnte sie sich denken. Sie hatte vor ein paar Tagen nämlich einen Brief bekommen. Verfasst von einer gewissen Angelie Leclerc. Erst beim Lesen des Schreibens war ihr eingefallen, wer diese Angelie überhaupt war. Ihre Mitpatientin. Sie hatte ihr offen geschrieben, dass sie sich mit Pierre angefreundet hatte, nachdem dieser wie vom Donner gerührt vor dem leeren Krankenbett gestanden hatte. Er war dermaßen fassungslos gewesen, dass sie ihm scherzhaft angeboten hatte, er könne ja sie in drei Tagen abholen. Natürlich hatte sie nicht damit gerechnet, dass er es wirklich tun würde, aber Pierre hatte tatsächlich am Tag ihrer Entlassung vor dem Eingang gestanden und ihr danach bei einem Kaffee verraten, dass sein Konkurrent um Juliettes Gunst gewonnen hatte. Da Angelie mit keinem Wort erwähnt hatte, dass es sich um einen Deutschen handelte, ging Juliette davon aus, dass er es ihr gegenüber verschwiegen hatte. Das hatte ihr mächtig imponiert. Auch wenn sie sich niemals in diesen Mann hätte verlieben können, war er doch ein wahrer Freund. Angelie hingegen schien ziemlich vernarrt in ihn zu sein, so wie sie von ihm schwärmte. Sie war schwer begeistert, weil sie in einem existenziellen Bereich gemeinsame Interessen besaßen ... An dieser Stelle hatte sie sich eher kryptisch ausgedrückt, was Juliette vermuten ließ, dass dies politisch gemeint sein könnte. Wahrscheinlich war Angelie wie Louis und Pierre in der Résistance aktiv. Ihr letzter Satz klang allerdings ein wenig traurig.

Wenn du deine Entscheidung für den anderen Mann bereuen solltest, bitte teile es ihm schnellstens mit, denn noch kann ich ihn freigeben für dich, weil er dich immer noch liebt. Aber irgendwann würde ich um ihn kämpfen, und das möchte ich uns beiden ersparen.

Juliette hatte sich schon etliche Male vorgenommen, Angelie zu schreiben, um ihr zu versichern, dass sie niemals Ansprüche auf Pierre erheben würde und den beiden viel Glück wünschte. Bislang war sie allerdings noch nicht dazu gekommen. Immerhin hatte sie sich schon altes Hotelbriefpapier aus dem Vorrat organisiert, um Angelie ihre Verlustängste zu nehmen. Und es hatte noch ein Gutes: Endlich konnte sie den guten Pierre selbst in Gedanken nicht länger als Notausgang missbrauchen. Nein, Pierre war tabu. Auch in Gedanken, und daran würde sich nichts ändern, selbst wenn das Happy End, das sie sich mit Friedrich so sehnsüchtig erträumte, nicht in Erfüllung gehen würde. Auch Friedrich schien es zu entspannen, dass der Nebenbuhler offenbar sein eigenes Glück gefunden hatte.

Juliette nutzte diese Zeit jedenfalls, um das Hotel zu renovieren. Einige Zimmer hatten durch den Aufenthalt der Deutschen etwas gelitten. Farbe besaß sie glücklicherweise noch genügend, und das Aufarbeiten von Holzmöbeln hatte sie sich einst bei ihren Brüdern abgeguckt. Eigentlich ging es ihr gut wie lange nicht mehr. Sie erholte sich von ihrer Krankheit und genoss die Stunden mit Friedrich in dem verborgenen Zimmer. Selten hatten sie sich derart entspannt treffen können. Das ließ sie manchmal etwas unvorsichtig werden. Sie schliefen zwar immer in dem verborgenen Zimmer, aber sie kochten gemeinsam in der Hotelküche. Das Essen wurde zwar immer magerer, weil der Bezug von Lebensmitteln vom Hof der Petits nicht mehr gestattet war, sodass sie wie alle anderen nur noch Waren auf Bezugsschein erhielt. Manchmal brachte Friedrich etwas mit, das ihm seine Zimmerwirtin zugesteckt hatte, weil sie meinte, er würde langsam zu dünn. Doch auch aus den wenigen Zutaten zauberte Juliette noch etwas, zumal auch in der Vorratskammer noch ein paar Gläser Eingemachtes übrig geblieben waren. Und wenn es einmal allzu dürftig wurde, fantasierten die Verliebten sich kulinarische Höhepunkte hinzu. Sie redeten dann so lange, bis der Gemüseeintopf nach Boeuf bourguignon schmeckte. Im vergangenen Monat hatte Juliette sich auch manchmal einen Eimer geschnappt und bei Ebbe barfuß Muscheln und Austern geerntet. Zu Friedrichs Bedauern waren diese Spezialitäten seit Mitte April nicht mehr zu bekommen, weil die Erntezeit zu Ende gegangen war.

Manchmal wagten sie sogar kurze abendliche Spaziergänge

durch den nächtlichen Ort, aber das nur, wenn Friedrich seine französische Landarbeiterkleidung trug. So wie sich ihr Zusammensein zu dieser Zeit gestaltete, verblasste die Not, gemeinsam fortzugehen. Sie thematisierten das zwar immer wieder, kamen aber einvernehmlich zu dem Schluss, dass es so am ungefährlichsten war für sie beide. Juliette betete, dass die Deutschen ihr Hotel einfach vergaßen, dass Friedrich einen Sieg der Alliierten heil überstand und sie dann erst einmal gemeinsam in seine Heimat gehen konnten. Es gruselte sie zwar davor, ihre geliebte Normandie, ihre Familie und das Hotel eines Tages hinter sich lassen zu müssen, aber sie wollte keinen Mann, der womöglich niemals im Leben sein Kind sehen und früher oder später sie für diesen Verlust verantwortlich machen würde.

An diesem Tag hatte er nur am Nachmittag frei und sich einen Wagen organisiert. Es war eine ungeheure Erleichterung, dass sie nun jederzeit per Telefon miteinander kommunizieren konnten. Aber so leichtsinnig waren sie noch nie zuvor gewesen, sich am helllichten Tag zu verabreden. Obwohl er den Wagen außerhalb des Ortseingangs stehen gelassen und sich dort auch umgezogen hatte, war Juliette leicht unwohl. Sein Besuch entschädigte sie jedoch wie immer für alle Sorgen, die überdies unbegründet zu sein schienen. Sie liebten sich nach wie vor voller Leidenschaft und überraschten einander stets aufs Neue. Friedrich hatte ihr erst kürzlich anvertraut, dass er mit seiner Frischangetrauten noch kein halbes Dutzend Mal geschlafen hatte, und wenn – bis auf das erste Mal im Wagen seines Vaters –, dann taten sie es im Dunkeln. Ganz nackt hatte er seine Frau noch nie gesehen, wie er Juliette verraten hatte. Dabei liebte er es, dass sie sich betont langsam vor ihm auszog, wenn er bereits nackt auf dem Bett lag und ihr dabei zusehen konnte.

Juliette wiederum erregte es, wenn sie beobachtete, wie sich seine Lust mit jedem Kleidungsstück, das sie abstreifte, noch steigerte. Manchmal zögerte sie das Finale absichtlich hinaus und ließ sich besonders viel Zeit, bevor die letzte Hülle fiel. Kein Mensch hatte ihr je etwas über die Sexualität erzählt. Sie war völlig unerfahren, sowohl in der Theorie als auch in der Praxis, in diese Beziehung gegangen. Friedrich war ihr Lehrer und Schüler in einem. Dabei hatte er selbst kaum Erfahrungen gemacht außer in einem Wehrmachtsbordell, in dem ihn eine ältere Hure in die Geheimnisse der Frau eingeweiht hatte. Natürlich kannte er die weibliche Anatomie aus seinen Medizinlehrbüchern, aber das half ihm in der Praxis wenig.

Juliette war zwar unerfahren, aber neugierig. Sie brannte darauf, neue Erfahrungen zu machen und etwas auszuprobieren. Sie besaß ein gewisses natürliches Gespür, das Richtige im rechten Moment einzubringen. Juliette konnte sich partout nicht vorstellen, jemals mit einem anderen als Friedrich intim zu werden. Er erfüllte ihr die geheimsten Wünsche. Und ihm ging es offensichtlich genauso. Sie waren füreinander wie geschaffen und wurden nicht müde, sich das gegenseitig immer wieder zu versichern.

Wenn es nach Friedrich gegangen wäre, hätten sie die Zeit bis zu seiner Rückkehr zum Gefechtsstand an diesem Tag im Bett verbracht, aber Juliette wollte unbedingt noch mit ihm essen. Deshalb zogen sie sich schließlich an und gingen in die Hotelküche. Im Innenhof war es sommerlich frisch, und es grünte alles. Von der Küchentür aus konnte man das verborgene Zimmer nun gar nicht mehr sehen.

Juliette hatte an diesem Morgen von einem Fischer, der heimlich in der Dunkelheit mit seinem unbeleuchteten Boot hinausgefahren war, einen Kabeljau geschenkt bekommen, den sie bereits ausgenommen und in Cidredampf vorgegart hatte.

Diese Delikatesse wollte sie unbedingt mit Friedrich teilen.

Seine Beteiligung am Kochen bestand in der Regel aus seiner Anwesenheit und dem gemeinsamen Genießen einer der immer noch zahlreichen Champagnerflaschen aus dem Versteck von Juliettes Vater. Während sie kochte, unterhielten sie sich lebhaft, denn miteinander zu reden bereitete ihnen ebenso große Lust wie ihre intimen Stunden. Sie liebte sein Wissen über Kultur, so wie er ihre Kenntnisse über Kunst über die Maßen schätzte. Friedrich verhehlte nicht, dass er ein solches Wissen niemals bei einer jungen Frau aus Arromanches vermutet hatte, die im Hotel ihrer Eltern arbeitete und zuvor von Nonnen unterrichtet worden war. Sie hingegen war immer wieder erstaunt, dass ein deutscher Barbar so viel über schöngeistige Dinge wusste wie ihr Friedrich. Auf diese Weise überraschten sie einander auch auf geistiger Ebene stets aufs Neue.

An diesem Tag beschlossen sie, das besondere Essen im ehemaligen Speisesaal des Hotels zu zelebrieren. Juliette bedauerte zutiefst, dass sie ihm den wunderbaren Saal nicht in aller Schönheit und mit seinem Blick aufs Meer präsentieren konnte, nachdem die großzügigen Panoramafenster von den Deutschen zugemauert worden waren.

Juliette hatte zur Feier des Tages die Kronleuchter angeschaltet, sodass Friedrich auch ohne den Blick auf das Meer erahnen konnte, in was für einem außergewöhnlich festlichen Saal sie sich befanden.

»Ich kann mir kaum vorstellen, dich jemals aus diesem Leben zu reißen«, bemerkte er, während sein Blick durch den Saal schweifte. »Dieses Ambiente ist für dich wie geschaffen.«

»Ach, mein Liebling«, erwiderte sie gerührt. »Bis du zu Ende studierst, nehme ich auch mit einer Dachkammer im kalten Hamburg vorlieb, aber wenn du dann ein erfolgreicher Arzt bist, könnte ich ja ein kleines Restaurant eröffnen an der Elbe.«

Er sprang auf und nahm sie in seine Arme. »Ach, mein Lieb, ich sehe, du hast schon intensiv den Reiseführer studiert.«

»Ja, es gibt drei große Wasser in Hamburg: die Elbe, die kleine und die große Alster. Und zwei Meere sind in der Nähe: die Ostsee und die Nord-«

Weiter kam sie nicht, denn er verschloss ihr den Mund mit einem Kuss, den sie aber schnell beendete. »Friedrik, mein schönes Essen. Der Kuss kommt zum Nachtisch dran!«

Er tat, was sie verlangte, und setzte sich, während Juliette aufstand, um den Fisch zu servieren. Viele Beilagen gab es nicht außer einem selbst gebackenen Brot und einer Flasche Cidre, die sie ebenfalls aus den geheimen Vorräten ihres Vaters stibitzt hatte.

»Wie Gott in Frankreich«, murmelte Friedrich zufrieden. »Wenn ich mir vorstelle, dass an der Ostfront meine Kameraden sinnlose Heldentode sterben und wir vielleicht auch demnächst um unser Überleben kämpfen müssen«, fügte er seufzend hinzu.

»Denk nicht daran. Jedenfalls nicht heute. Stell dir vor, wir sind auf einer einsamen Insel, auf die das Böse dieser Welt gar nicht gelangen kann.«

»Eine schöne Vorstellung«, sagte er, doch gerade als sich Juliette an den Tisch setzte und sie mit dem Essen beginnen wollten, erklangen im Flur schwere Schritte. Juliette flüsterte nach dem ersten Schrecken. »Versteck dich!«, doch da wurde bereits die Tür aufgerissen. Von einem sichtlich aufgebrachten Pierre.

Zum Flüchten ist es nun zu spät, war Juliettes erster Gedanke, der zweite galt Friedrichs Sicherheit, denn ihr ehemaliger Verehrer war mit einem Satz bei ihm und hatte ihn am Kragen gepackt. Juliette war wie gelähmt, denn Pierre schien wie von Sinnen. Er schrie Friedrich an: »Ihr verdammten *Boches*, ich würde dich am liebsten auf der Stelle erwürgen, denn ihr ... ihr seid an allem schuld.«

Juliette aber gewann ihre Fassung zurück und brüllte Pierre an, er solle Friedrich sofort loslassen, was er zu ihrer Überraschung auch wirklich tat.

Wie ein Häufchen Elend ließ er sich auf einen freien Stuhl fallen.

»Was ist passiert?«, fragte Juliette mit bebender Stimme.

»Sie haben Louis und Angelie an den Telegrafenmasten erwischt. Sie wollten eine Leitung kappen. Dabei sollten wir warten, bis die BBC uns den Startschuss gibt, aber die beiden konnten nicht mehr abwarten. Das war viel zu gefährlich ...«

Juliettes Herz schlug bis zum Hals. »Was ist mit ihnen?«

»Sie haben sie ins Gefängnis nach Caen gebracht. Und jetzt brauche ich dich, Juliette. Du bist doch mit Madeleine befreundet. Und deine saubere Freundin ist das Liebchen von einem der Gestapo-Schweine. Sprich mit ihr. Tu was, damit sie rauskommen, bevor die Alliierten landen ...« Er warf Friedrich einen grimmigen Seitenblick zu. »Das ist nicht für deine Ohren bestimmt, *Boche*. Verschwinde. Das machen wir unter uns Franzosen ab.«

»Nein, ich gehe nicht, aber ich werde Rolf Hartmann einen Besuch abstatten. Er ist ein Schulkamerad meines Freundes Gerhardt.«

Pierre musterte Friedrich verblüfft. »Du willst etwas tun, um uns zu helfen?«

»Ja, das will ich! Ich weiß, dass einer wie du uns alle über einen Kamm schert, aber nicht jeder von uns ist Hitler und seinem widerlichen Menschenbild verfallen. Ich werde dieses Schwein aufsuchen und sehen, was ich tun kann. Und wenn ich bei ihm nichts ausrichten kann, statte ich meinem Onkel in Saint-Lô einen Besuch ab. Er ist dort ein hohes Tier beim 84. Armeekorps, bei General Marcks. Ich weiß zwar nicht, ob er den Gestapo-Schergen etwas befehlen kann, aber einen Versuch ist es wert!«

Pierre machte eine verächtliche Handbewegung, als wolle er eine lästige Fliege verscheuchen. »Glaube ja nicht, dass du mich damit blenden kannst. Vielleicht nimmt dir Julie das ab, aber ich nicht!«, giftete er.

Juliette spürte in diesem Moment, wie ihr schwindlig wurde. Kein Wunder, sie hatte an diesem Tag noch nichts gegessen. Wortlos stand sie auf und holte einen Teller, den sie Pierre hinstellte. »Ach, Pierre, hör doch auf damit, und lasst uns erst einmal den Fisch essen, und danach fährt mich Friedrich zu den Petits. Ich spreche dann mit Madeleine.«

Pierre schwieg finster, aber schließlich nahm er sich auch etwas von dem Essen. Während der Mahlzeit sagte keiner ein Wort. Nur die Blicke, die die beiden Männer austauschten, sprachen Bände. Es ging dabei nicht vorrangig darum, dass die beiden Männer erbitterte Feinde waren, mutmaßte Juliette, sondern auch Pierres verlorener Kampf um sie schwang mit.

Juliette verzichtete nach dem Essen darauf, das Geschirr abzuräumen, um den Besuch bei Madeleine nicht unnötig hinauszuzögern.

»Lass uns sofort zu den Petits fahren«, sagte sie zu Friedrich und an Pierre gewandt: »Bitte versprich mir, dass du nicht überall herumerzählst, dass Madeleine etwas mit diesem Schwein hat. Ich befürchte, das wird man ihr nicht verzeihen.«

Pierre lachte trocken auf. »Das ist ohne mein Zutun bereits in Caen rumgegangen. Es weiß jeder, dass sie so eine *Boche*-Hure ist wie …«

»Schnauze!«, unterbrach ihn Friedrich.

Pierre klappte den Mund zu und verließ knurrend mit den beiden zusammen das Hotel.

»Sollen wir dich mitnehmen und irgendwo absetzen?«, fragte Friedrich Pierre.

Er schüttelte den Kopf. »Nicht nötig. Ich bin mit dem Lastendreirad gekommen, um vorzugeben, dass ich eine Lieferung für das *Hotel Normandie* habe. Die Kontrollen haben mich so durchgewunken.«

»Gut, dann kümmere dich doch bitte um Mutter, um Monique und ihr Baby«, gab Juliette Pierre zum Abschied mit auf den Weg. Und noch etwas!«, fügte sie aufgeregt hinzu.

»Was denn?«

»Kein Wort zu einem deiner Mitstreiter, dass Madeleine etwas mit Hartmann hatte! Auch nicht zu ihrem Bruder Bernard!«

Pierre zischte verächtlich.

»Pierre! Du hältst den Mund! Verstanden?«

»Ja, ja, ja. Von mir wird es keiner erfahren, was die Spatzen bereits von den Dächern pfeifen!«

»Danke!«

Pierre aber wandte sich ohne Abschied von ihr ab.

Erst als Friedrich und Juliette wenig später den Weg zum Hof der Petits fuhren, wurde ihr mulmig zumute bei dem Gedanken, Madeleine um diesen Gefallen zu bitten.

In diesem Augenblick riss Friedrich sie aus ihren Gedanken, indem er abrupt anhielt. Sie blickte auf und begriff sofort, warum er an dieser Stelle haltmachte. Es war jene Wiese, auf der sie sich das erste Mal gesehen hatten.

»Wenn ich mir vorstelle, dass es schon fast ein Jahr her ist«, murmelte er ergriffen. Juliette fiel ihm gerührt um den Hals, und der Kuss, den sie nun austauschten, war so innig und beinahe verzweifelt, dass in ihr kurz der Gedanke aufflammte, es könnte womöglich der letzte sein, aber sie schob ihn hastig beiseite.

»Versprich mir, dass du mich nie vergisst«, raunte sie, nachdem er die Fahrt fortgesetzt hatte.

»Niemals! Solange ich lebe«, versprach er ihr.

Als sie auf dem Hof der Petits ankamen, wirkte alles wie ausgestorben. Juliette bat Friedrich, im Wagen sitzen zu bleiben, während sie sich dem Haus näherte. Die Tür stand einen Spaltbreit offen, sodass Juliette zögernd die Diele betrat.

»Madeleine?«, rief sie. »Madeleine? Bist du da?«

Doch statt ihrer Freundin trat deren Vater aus der Tür zum Wohnbereich und musterte sie kritisch. »Juliette, was führt dich her? Ich dachte, ihr habt euch gestritten?«

»Ich wollte mich entschuldigen«, entgegnete Juliette rasch und hoffte, dass Madeleines Vater nicht noch skeptischer wurde.

»Dann versuch dein Glück. Sie kommt seit Tagen nicht aus dem Zimmer«, brummte er. »Irgendetwas mit einem Kerl«, fügte er abschätzig hinzu.

»Gut, ich versuche mein Glück.« Juliette eilte mit gemischten Gefühlen zu Madeleines Zimmer und klopfte, aber sie bekam keine Antwort. Also pochte sie lauter an die Tür und rief: »Madeleine, ich bin es, Julie, ich muss dich dringend sprechen.«

Noch immer blieb drinnen alles still. Juliette wollte schon wieder gehen, als sie hörte, wie der Schlüssel im Schloss umgedreht wurde. Juliette starrte die Tür an und erschrak, als ihre Freundin öffnete. Sie war kalkweiß, hatte fast schwarze Ringe unter den Augen, das Haar hing ihr wirr ins verschwitzte Gesicht, und sie trug ein fleckiges Nachthemd.

»Um Himmels willen, was ist denn mit dir passiert?«, stieß Juliette entgeistert aus.

»Was willst du hier? Unsere Freundschaft hast du doch bereits weggeworfen«, herrschte Madeleine sie an, bevor sie sich zurück ins Bett legte. Zögernd nahm sich Juliette einen Stuhl und zog ihn an das Bett heran.

»Ich muss dich um einen Gefallen bitten«, sagte sie ohne weitere Umschweife.

»Ich höre!«

»Pierres Freundin Angelie und meine beiden Brüder sitzen in Caen im Gefängnis, und vielleicht kannst du ein gutes Wort bei deinem …« Juliette stockte. Sie konnte nicht an den Kerl denken, ohne dass sie ihre Abscheu gegen ihn beinahe körperlich spürte.

»Du möchtest, dass ich bei Rolf ein gutes Wort für deine Familie einlege?« Madeleine lachte hämisch auf.

Juliette senkte den Blick. Es war ihr entsetzlich unangenehm, als Bittstellerin bei ihrer Freundin aufzutreten und um die Gunst dieses Widerlings zu buhlen.

»Genau«, sagte sie leise.

»Tja, tut mir leid, ich kann leider nichts für dich tun.«

»Ist es aus?«, fragte Juliette erstaunt.

»So kann man es auch sagen. Ich war schwanger von ihm, und als ich mich geweigert habe, zu der von ihm angegebenen Adresse zu gehen, hat er mir in den Bauch geboxt. So lange, bis ich geblutet habe.«

»Um Gottes willen. Das ist ja grausam!«

Madeleine legte den Kopf schief und musterte sie mit einem merkwürdigen Blick. »Ach, sag bloß, du empfindest Mitleid mit mir? Du bist doch nur hier, um meinen Kontakt zu dem Schwein auszunutzen, was ich übrigens hochgradig heuchlerisch finde, den Mann anzubetteln, den du so abgrundtief verabscheust. Wenigstens in dem Punkt sind wir uns einig. Der Mann ist ein Schwein.«

Juliette war derart geschockt, dass ihr schier die Worte fehlten. »Aber … aber … ich dachte doch nur, dass du vielleicht ein gutes Wort …« Weiter kam sie nicht, weil Madeleine sie in scharfem Ton aufforderte, auf der Stelle ihr Zimmer zu verlassen.

»Aber ich kann auch bei dir bleiben, wenn du mich jetzt brauchst«, bot ihr Juliette fassungslos an.

»Tu dir keinen Zwang an. Damit komme ich schon allein klar.«

Madeleines Gesicht war derart hasserfüllt, dass Juliette es mit der Angst bekam und hastig aufstand.

»Sobald du begriffen hast, dass ich nicht deine Feindin bin, lass mir eine Nachricht zukommen. Ich mache mich sofort auf den Weg«, sagte Juliette mit ruhiger Stimme zum Abschied.

Madeleine aber drehte sich mit dem Gesicht zur Wand zum Zeichen, dass sie nicht weiter mit ihr sprechen wollte.

Wie betäubt verließ Juliette das Haus der Petits.

46

Frédérique hatte sich das Essen aus dem Restaurant bringen lassen, weil sie es gar nicht mehr geschafft hätte, für ihren Gast selbst zu kochen. Sie sah dem Abend mit Madame Behrend mit gemischten Gefühlen entgegen. Es gab immer noch eine Stimme in ihr, die diese ganze leidige Angelegenheit am liebsten für immer vergessen würde. Wahrscheinlich wäre sie dieser Stimme auch gefolgt, bevor sie … Frédérique unterbrach ihren Gedanken, und ein Lächeln erhellte ihre Miene. Ja, bevor sie Dr. Renoir kennengelernt hatte, der gestern erst ganz zufällig, wie er verschmitzt behauptet hatte, im Restaurant gespeist und mit ihr, nachdem der letzte Gast gegangen war, noch ein paar Stunden an der Bar verbracht hatte. Er weigerte sich immer noch standhaft, sie als Patientin anzunehmen, was sich dann zum Abschied auch endgültig erübrigt hatte. Da hatten sie sich nämlich nach dem Genuss reichlicher Mengen von Weißwein geküsst. Frédérique fühlte sich seitdem wie ein Teenie, denn sie hätte es nicht für möglich gehalten, dass ein Mann sich in ihrem Alter derart zu ihr hingezogen fühlen könnte, nachdem Henri so gar nicht auf ihre Versuche reagiert hatte, ihn für sich zu gewinnen. Bei Raoul, wie sie den Doktor nun nannte, fühlte es sich leicht und natürlich an. Vor allem verband sie einiges: Seine Frau hatte ihn verlassen und war mit ihrem Golflehrer durchgebrannt. Victors Neue unterrichtete zwar niemand im Golfspielen, aber sie war seine Escortdame gewesen, die ihn zu auswärtigen Bauprojekten begleitet hatte und die er in den Hotels als seine Frau ausgegeben hatte. Genau wie Raouls Ex-Frau es mit ihrem Liebhaber getan hatte. Nur deshalb hatte Raoul das Verhältnis seiner Frau entdeckt. Man hatte die Hotelrechnung an den Gatten geschickt, der Klassiker schlechthin.

Jedenfalls hatte Raoul sie zu später Stunde ermutigt, sich mit der Deutschen zu treffen, selbst auf die Gefahr hin, dass sie tatsächlich denselben Vater hatten. Aber sosehr sie sich auch bemüht hatte, aus ihm herauszulocken, was ihm ihre Mutter zu diesem Thema anvertraut hatte, in dem Punkt biss sie auf Granit. Nichts schien seine Zunge lockern zu können. Obwohl sie mit ihren neugierigen Fragen bei ihm keinen Erfolg hatte, imponierte ihr seine Berufsauffassung enorm.

Sie hatten sich zwar nicht neu verabredet, aber Frédérique war ziemlich sicher, dass sie sich nach diesem schönen Abend noch einmal wiedersehen würden. Dazu war der Kuss einfach zu innig gewesen ...

Es gab allerdings noch einen weiteren triftigen Grund, sich gemeinsam mit Madame Behrend der Realität zu stellen. Vincent! Ihr Neffe und sie hatten vor zwei Tagen ein längeres Gespräch geführt, in dessen Verlauf er ihr anvertraut hatte, dass Paula in den nächsten Tagen nach Arromanches zurückkäme und mit ihm nach München gehen würde. Sie war völlig überrascht gewesen, kannte ihren Neffen beinahe gar nicht wieder. Diese gewisse jungenhafte Ausstrahlung, dass er jede Frau haben konnte, sich aber nicht binden wollte, war einer verbindlichen gereiften Klarheit gewichen, mit Paula die richtige Frau getroffen zu haben. Er wirkte rundherum verliebt. Vincent hingegen war seinerseits erstaunt, dass seine Tante die Gelegenheit nicht beim Schopf packte, um ihre üblichen Ressentiments gegen Deutsche loszuwerden. Dass sie auf seine Beichte so entspannt reagierte, wunderte sie allerdings selbst auch ein wenig. Sie grübelte intensiv darüber nach, warum sich ihre Abneigung gegen die Deutschen offenbar etwas gelegt hatte. Dass sie möglicherweise einen deutschen Vater hatte, war nicht der Grund. Vielmehr wurde ihr bewusst, wie massiv ihr Vater Pierre sie gegen Deutsche in Stellung gebracht hatte. Er hatte keine Gelegenheit ausgelassen, seine Tochter in dieser Richtung zu beeinflussen. Zum ersten Mal sah sie die Haltung ihres Vaters kritisch, weil sie höchstwahrscheinlich aus seinem Hass gegen den einen Deutschen resultierte. Ob er daran gezweifelt hatte, dass er ihr leiblicher Vater war? Sie konnte sich nämlich kaum vorstellen, dass dieser stolze und manchmal auch herrische Mann freiwillig das Kind eines Deutschen aufgezogen hätte. Doch möglicherweise hatte er etwas über die Liebe ihrer Mutter zu diesem Behrend gewusst. Diese Gedanken brachten sie ihrer Mutter nicht unbedingt näher. Im Gegenteil, sie fand die Vorstellung, dass ihre Mutter dem Mann ein Kind untergejubelt hatte, verabscheuungswürdig.

Die Letzte, die etwas dafür konnte, war jedoch diese Madame Behrend. Schließlich waren sie schätzungsweise in einem Alter, sodass ihr Vater wahrscheinlich zweigleisig gefahren sein musste: mit seiner deutschen Frau und seiner französischen Geliebten. Diese Einsicht ließ Frédérique milder in ihrem Urteil gegen diese Frau und ihre Tochter werden.

Das Klingeln an der Tür riss sie aus ihren Gedanken. Im Vorbeigehen warf sie noch einen Blick in den Spiegel und musste feststellen, dass sie lange nicht mehr so entspannt ausgesehen hatte.

In ihrem Überschwang hätte sie Madame Behrend viel freundlicher begrüßen mögen, aber deren an diesem Tag kühle und abweisende Erscheinung hielt sie davon ab.

So bat sie Madame Behrend höflich in das Wohnzimmer mit der offenen Küche. Nach dem Tod ihres Vaters hatte Frédérique ein paar Umbauten im alten Familienhaus vorgenommen. Aus dem altmodischen Esszimmer der Familie hatte sie einen großzügigen Wohnraum gemacht.

Sie beobachtete aus dem Augenwinkel, wie außerordentlich interessiert Madame Behrend ihre Gemälde betrachtete.

»Das ist mein Hobby, kann man sagen. Ich sammle Kunst. Diese Leidenschaft ist meinem Studium geschuldet …«

Offenbar hatte sie die Deutsche damit aus der Reserve gelockt. »Was haben Sie denn studiert, wenn ich fragen darf.«

»Sie dürfen, aber nehmen Sie doch bitte Platz. Ich erzähle es Ihnen bei der Vorspeise. Ich hoffe, Sie mögen Zwiebelsuppe?«

»Sehr gern sogar.«

»Gut, dann darf ich Ihnen gleich verraten, dass ich mir das Essen aus der Hotelküche geholt habe.«

Madame Behrend lächelte. »Ihre Hotelküche ist exzellent.«

Nachdem Frédérique die Suppe serviert hatte, berichtete sie ihrem Gast von ihrem Kunststudium in Paris und dass sie sogar schon eine Stelle in einem Museum hatte, aber dann auf Bitten ihres Vaters nach Arromanches zurückgekehrt war, weil ihre Mutter wegen ihrer Schwermut keine große Hilfe mehr im Hotel war.

»Und dann haben Sie Ihre beruflichen Pläne einfach aufgegeben?«, fragte Madame Behrend erstaunt.

»Nein, ganz sicher nicht *einfach*. Ich wollte, dass mein Vater eine fremde Hilfe holt, aber mein damaliger Freund Victor fand die Aussicht verlockend, eine angehende Hotelerbin zu heiraten, und dann wurde ich schwanger ...«

»Und war das die richtige Entscheidung?«

Frédérique irritierte diese Direktheit ein wenig, weil sie das noch nie jemand gefragt hatte, auch Victor nicht.

Sie zuckte die Schultern. »So manches Mal habe ich es bedauert, der Pflicht gefolgt zu sein, besonders nachdem der gute Victor ...« Sie stockte und machte eine wegwerfende Handbewegung. »Aber ich will Sie nicht langweilen, besonders nicht mit meiner unglücklichen Ehegeschichte ...«

»Das tun Sie ganz und gar nicht. Ich habe zwar keine Ehegeschichte zu bieten, aber ich bin, als ich schwanger wurde, vor lauter Panik nach Neuseeland geflogen, habe Martin, Paulas Vater, quasi verlassen, um mir über einiges klar zu werden. Und als ich nach ein paar Wochen zurückgekehrt bin, fest entschlossen, die Kleinfamilie zu leben, da war mein Platz belegt. Ich hatte keine Chance.«

Frédérique stieß einen tiefen Seufzer aus. »Bei uns lief es etwas anders. Victor war beruflich viel unterwegs und hatte sich eine professionelle Begleiterin zugelegt, mit der er mich nach Strich und Faden betrogen hat. Und als die Sache rauskam, ist er ganz zu ihr gezogen und hat gleich eine neue Familie gegründet.«

»Das kenne ich. Martins Neue bekam ein Baby, als Paula noch ein Krabbelkind war. Am schlimmsten war allerdings, dass er mit seiner Tochter nichts zu tun haben wollte ...«

»Da habe ich in diesem Punkt wohl noch Glück gehabt. Victor hat alles darangesetzt, Colette auf seine Seite zu ziehen und sie zum Umzug nach Paris zu bewegen. Er hat versucht, sie mit einem Traumzimmer und Taschengeld zu ködern. Allerdings erfolglos. Aber das eigene Kind gar nicht mehr sehen zu wollen, ist wohl noch schäbiger!« Frédérique musterte die Deutsche durchdringend. »Wir müssten fast gleichaltrig sein. Darf ich fragen, wann sie geboren sind.«

»Ich bin im Dezember 1943 geboren«, ließ ihr Gast sie bereitwillig wissen. »Und Sie?«

»Ich bin ein gutes Jahr jünger als Sie. Februar 45 …« Sie stutzte. »Dann hat es Sie also bereits gegeben, als meine Mutter Ihren Vater kennengelernt haben muss«, sinnierte sie.

»Ja, er hat meine Mutter wohl betrogen, obwohl sie gerade ein Baby bekommen hatte.«

Frédérique erhob sich hastig. Sie war noch nicht bereit für die Stunde der Wahrheit. Vielleicht nach dem Hauptgang, dachte sie sichtlich irritiert, denn sie konnte in diesem Augenblick nicht leugnen, dass es eine Nähe zwischen ihnen beiden gab, die ihr beinahe unheimlich war. Und noch etwas konnte sie nicht verhehlen: Diese Frau war ihr plötzlich sympathisch, und sie empfand eine gewisse Empathie für die Deutsche.

»Ich hole jetzt das Hauptgericht. Einverstanden? Ich hoffe, Sie mögen Muscheln.«

Madame Behrend nickte und suchte ihren Blick. »Was halten Sie davon, wenn wir uns duzen. Ich als Ältere würde Ihnen gern das Du anbieten, wie man in Deutschland sagt. Ich bin Barbara.«

»Ich heiße Frédérique.«

»Ich weiß«, entgegnete Barbara und schien mit sich zu kämpfen. Offenbar lag ihr etwas auf der Zunge.

»Bin gleich wieder da!«

Es war nicht nur das Essen, das Frédérique in die Küche trieb. Der Gedanke, dass diese Frau aller Wahrscheinlichkeit nach tatsächlich ihre Schwester war, machte sie schrecklich nervös. Sie wünschte sich, dass ihr noch ein bisschen Zeit blieb, bis sie diese Wahrheit mit ihr teilen sollte. Sie vermutete, dass Barbara in der Hinsicht völlig ahnungslos war, denn so wie sie diese Frau einschätzte, hätte sie Frédérique ansonsten sicher schon längst mit diesem Verdacht konfrontiert.

»Das sieht fantastisch aus!«, stieß Barbara begeistert hervor, als Frédérique mit der Schüssel voller Muscheln zum Tisch zurückkehrte.

»Danke, dann lass es dir schmecken.«

Schweigend genossen sie die Muscheln in Knoblauch-Weißwein-Soße. Bis Frédérique Barbara fragte, was sie beruflich mache, um überhaupt wieder ein Gespräch in Gang zu bringen, und zwar eines, das nicht ihre Eltern zum Thema hatte.

»Die kurze oder die lange Version?«, gab Barbara zurück.

»Gern alles«, erwiderte Frédérique lächelnd.

»Ich habe Französisch studiert und wollte Französischlehrerin werden, bin dann aber als Quereinsteigerin zum Journalismus gekommen. Und schließlich bin ich als Solokünstlerin und Sängerin durch Deutschland getourt. Das alles gegen den erklärten Willen meiner Eltern. Mein Vater hatte für mich vorgesehen, Medizin zu studieren und seine Praxis zu übernehmen …«

»Ihr Vater war Arzt?«, fragte Frédérique sichtlich verblüfft. Bislang hatte sie sich noch keine Gedanken darüber gemacht, was für einen Beruf dieser Mann wohl ausgeübt haben könnte. In ihrer Vorstellung war er einfach nur ein Soldat gewesen.

Barbara nickte. »Und ich bin stur meinen eigenen Weg gegangen, aber ich frage mich heute, ob ich wirklich glücklicher dadurch geworden bin. Gut, mir war meine Freiheit stets über die Maßen wichtig, aber schauen Sie mich an. Ich bin allein, meine Tochter heiratet einen Spießer in Hamburg, dessen Eltern mich für eine ausgeflippte Chaotin halten …«

»Du weißt es also noch nicht?«, rutschte es Frédérique heraus, was sie sogleich bedauerte. Sie wollte auf keinen Fall etwas ausplaudern, das die Tochter ihrer Mutter vielleicht lieber selbst sagen sollte.

»Was weiß ich nicht?«, fragte Barbara prompt.

Frédérique wand sich. Jetzt war ihr Mundwerk flinker gewesen als ihr Kopf. Was sollte sie bloß sagen? Sie war eine denkbar schlechte Lügnerin. So stammelte sie ein wenig herum, bis sie schließlich wenigstens die halbe Wahrheit preisgab: »Deine Tochter ist, soviel ich weiß, wieder auf dem Weg nach Arromanches.«

»Paula kommt zurück? Ob sie dem Langweiler wohl den Laufpass gegeben hat?«, rief Barbara begeistert aus.

Nun wollte Frédérique sie nicht länger auf die Folter spannen. »Ich denke, ja, denn sonst würde sie wohl kaum mit meinem Neffen nach München gehen.«

Barbara sah sie mit großen Augen an. »Das wäre ja zu schön, um wahr zu sein. Ich kenne deinen Neffen zwar nicht näher, aber er scheint ein lebenslustiger Bursche zu sein, der meiner Paula guttut …« Sie hielt inne. »Aber warum hat sie es mir denn nicht gesagt? Ich meine, sie hätte mir wenigstens eine Nachricht schicken können.«

»So sind sie, unsere Töchter. Eigenwillig und darauf bedacht, ihre Entscheidungen ohne unsere Einmischung zu treffen. Was meinst du, wann Colette mir gesagt hat, dass sie auf eine Hotelfachschule nach Deutschland geht? Ich glaube, es war einen Monat bevor die Ausbildung begonnen hat.«

»Dann werde ich mal überrascht tun, wenn sie mir die Neuigkeiten mitteilt. Hauptsache, sie hat sich endlich aus dieser Zwangsjacke befreit. Stell dir vor, ihr Verlobter, seine Familie und mein Ex-Mann hatten beschlossen, dass meine Tochter ohne meine Anwesenheit heiraten solle, weil ich nicht in die feine Gesellschaft passe.«

Sie plauderten nun eine Weile über ihre eigensinnigen Töchter und die Tatsache, dass es wohl normal war, dass Töchter alles daransetzten, anders als ihre Mütter zu werden. Frédérique fühlte sich wohl in diesem Gespräch mit Barbara. Sie hatten inzwischen fertig gegessen und waren mit dem Wein und den Gläsern in die Sofaecke umgezogen. Frédérique spürte den Alkohol ein wenig, aber es war ein eher angenehmes Gefühl.

Als Barbara gerade schilderte, wie hysterisch ihre Mutter alles Französische abgelehnt hatte, nachdem Frédérique ihr von ihrem Vater und seiner Abneigung gegen alles Deutsche erzählt hatte, ahnte sie, dass nun wirklich der Zeitpunkt gekommen war, Tacheles zu reden.

»Ich muss jetzt unbedingt etwas loswerden, Barbara«, sagte sie mit ernster Miene.

»Ach, Frédérique, du musst dich nicht erklären. Wir sind doch erwachsen, auch wenn wir uns in seiner Gegenwart recht zickig benommen haben, ich möchte eigentlich gar keine Details erfahren«, erklärte Barbara hastig.

Frédérique verstand nicht ganz. In wessen Gegenwart hatten sie sich zickig benommen? Und wieso wollte diese Frau, die sich in ihrem ungebremsten Recherchefieber sogar heimlich ins Heim zu ihrer Mutter geschlichen hatte, nun nichts mehr von der ganzen Geschichte wissen?

»Aber du hast doch förmlich darauf gebrannt, klare Verhältnisse zu schaffen!«, bemerkte sie leicht gereizt.

Barbara schien irritiert. »Klare Verhältnisse? Ich habe doch nicht geahnt, dass er, sobald es mit uns schiefläuft, mit fliegenden Fahnen in deine Arme flüchtet. Am besten, du genießt es mit ihm und verschonst mich mit Einzelheiten«, sagte sie trotzig.

Jetzt verstand Frédérique und konnte sich ein Lachen nicht verkneifen. Das war einfach zu komisch, dass Barbara vermutete, sie wolle ihr eine heiße Affäre mit Henri beichten.

»Was ist daran so komisch?« Barbara schien verärgert.

»Ich rede doch nicht von Henri. Ich wollte über deinen Vater mit dir reden.«

»Oh!«, rief Barbara aus. »Ich muss dir schrecklich kindisch und eifersüchtig vorkommen.«

»Nicht eifersüchtiger und kindischer als ich! Als ich euch im Restaurant bedient habe, konnte ich es kaum ertragen, dass mein alter Schwarm ausgerechnet mit einer Deutschen angebändelt hat. Ich habe mich, wenn ich mich recht entsinne, ziemlich dämlich aufgeführt.«

»Nein, gar nicht«, widersprach Barbara grinsend.

»Warum hat es denn nicht geklappt mit euch? Henri wirkte schon sehr verliebt, soweit ich das beurteilen …« Sie stockte. »Entschuldige bitte, das ist indiskret«, fügte sie bedauernd hinzu.

»Gar nicht! Schließlich haben wir in deinem Restaurant ganz

schön herumgeturtelt. Jetzt, wo es vorbei ist, kann ich es dir auch verraten. Ich war dabei, mich wirklich in ihn zu verlieben, aber dann habe ich am Ende alles zerstört. Weißt du, ich habe Probleme, ernsthafte Beziehungen zuzulassen und mich Gefühlen hinzugeben, die ich nicht mehr unter Kontrolle habe. Und Henri hat mich hier ...«, sie deutete auf ihr Herz, »... tief berührt, und da musste ich ihn verletzen. Tja, und Henri ist kein Mann, der sich lange auf der Nase herumtanzen lässt.«

»Das stimmt. Er ist leidenschaftlich und klar, aber auch schrecklich verschlossen. Vom Tod seiner Frau habe ich auch erst erfahren, als er in Arromanches war. Gut, wir hatten viele Jahre gar keinen Kontakt, aber wir haben uns, wenn wir uns gesehen haben, immer gut verstanden. Auch mit seiner Frau.«

»Jedenfalls steht er nun nicht mehr zwischen uns«, seufzte Barbara.

»So schlimm? Meinst du nicht, ihr könntet das wieder einrenken?«, fragte Frédérique.

»Als wir uns am Briefkasten getroffen haben, da hatte ich eine Karte in der Hand mit einer Entschuldigung. Ich hätte sie ihm geschickt, wenn du nicht vorbeigekommen wärst und ich mir nicht eingebildet hätte, dass ihr beide jetzt ein Paar seid.«

»Und kannst du keine neue Karte schreiben?«

»Ich weiß nicht. Einmal abgesehen davon, dass er mir wahrscheinlich nicht verzeiht, habe ich Angst, dass ich noch einmal Mist baue, wenn es mir wieder zu nahe geht. Ich bin in dem Punkt einfach verkorkst. Die Ehe meiner Eltern war entsetzlich. Ich habe keine Liebe gespürt, nur Pflicht, und als Kind habe ich meine gefühlskalte Mutter einmal weinen hören nach einem Streit mit meinem Vater. Ich habe Angst vor der Liebe.«

Frédérique erschrak, als es in Barbaras Augen feucht schimmerte. Am liebsten hätte sie sie in den Arm genommen, aber das traute sie sich nicht.

»Aber es ist doch nicht richtig, dass du ausbaden musst, was meine Mutter und unser ... ich meine ... dein Vater angerichtet haben. Die Ehe meiner Eltern war auch nicht glücklich. Mein Vater hat meine

Mutter vergöttert, aber sie wurde immer abweisender ihm gegenüber, oder vielleicht sollte man es eher als gleichgültig bezeichnen. Gut, jetzt ahne ich, an wen sie gedacht hat, wenn sie so abwesend in die Gegend gestarrt hat …«

»Frédérique, ich muss dir was sagen. Ich wollte es eigentlich für mich behalten, aber jetzt, wo ich erkannt habe, was für eine wunderbare Frau du bist …«, unterbrach Barbara sie.

»Gleich, Barbara, aber erst muss ich dir etwas Wichtiges verraten: Meine Mutter hat bei meinem letzten Besuch behauptet, Friedrich Behrend sei mein Vater!« Jetzt ist es endlich raus, dachte Frédérique. Sie erwartete eigentlich eine Schockreaktion von ihrem Gegenüber, aber stattdessen griff Barbara nach ihrer Hand und hielt sie ganz fest. »Deine Mutter hat offenbar die Wahrheit gesagt. Colette und ich sind darauf gekommen, dass sie und meine Tochter das gleiche Muttermal hatten, wie es mein Vater besaß. Außerdem hat Colette ein Tagebuch mitgenommen, aus dem alles herausgerissen war bis auf eine Seite …«

»Ach, Colette hat es mitgenommen. Ich habe mich schon gewundert. Es war aus der Schublade verschwunden«, sagte Frédérique.

»Aus den paar Fetzen kann man jedenfalls schließen, dass sie schwanger war, als sie Pierre geheiratet hat«, bemerkte Barbara.

»Oje. Und ich habe befürchtet, du bist völlig ahnungslos. Trotzdem, es bleiben immer noch so viele Fragen offen. Warum hat dein … ich meine … unser Vater nicht zu ihr gestanden? Wie wurden sie getrennt? Er hat den Krieg doch schließlich überlebt! Hat der Mann, den ich Papa gerufen habe und der immer mein Vater bleiben wird, über mich Bescheid gewusst, oder hat meine Mutter ihm ein Kuckuckskind untergejubelt?«

Barbara stieß einen tiefen Seufzer aus. »Tja, und hat unser Vater überhaupt je von der Schwangerschaft deiner Mutter erfahren?« Barbara berichtete Frédérique nun von der alten Postkarte aus Arromanches, die sie im Haus ihres Vaters gefunden hatte.

»Ob wir das jemals herausfinden werden?«, gab Frédérique zu bedenken.

»Immerhin gibt es wohl an einem Punkt kaum mehr Zweifel: dass wir beide Schwestern sind.«

Frédérique antwortete mit einem Lächeln, aber insgeheim beschäftigte sie sich bereits mit der Frage, wie und wo sie Antworten auf all diese offenen Fragen bekommen könnten. Es gab nur eine Lösung, die zwar auch nach hinten losgehen konnte, aber immerhin einen Versuch wert war.

»Wir besuchen meine Mutter gemeinsam und versuchen, mit ihr über Friedrich zu sprechen«, sagte sie schließlich entschieden.

Barbara schien skeptisch. »Aber meinst du nicht, wir überfordern sie damit?«

»Mein Reden, seit sie krank ist. Aber jetzt bin ich dran! Es geht um mein Leben und meine Herkunft. Wir müssen es versuchen, und wenn sie danach zu aufgeregt ist, kann ihr Psychodoktor sie ja wieder beruhigen. Ich werde ihm mitteilen, was wir planen.«

»Meine Güte. Ich bin doch nur hergekommen, um ein ausgesprochen dilettantisches Gemälde abzuliefern und dabei ein kleines Familiengeheimnis zu lüften, aber nun habe ich eine ganze französische Familie. Nicht zu fassen«, sinnierte Barbara laut.

»Und ich wollte meinen Vater über den Tod hinaus mit allen Mitteln schützen, aber ich kann mich deshalb nicht selbst verleugnen. Ich muss herausbekommen, ob er es gewusst hat oder nicht!«

»Einverstanden, wir besuchen sie«, stöhnte Barbara. »Aber es wird Zeit, dass ich gehe. Es ist schon spät.«

»Nein, nicht bevor wir mit dem besten Champagner angestoßen haben auf das einzig Positive an diesem Drama. Dass ich endlich die Schwester habe, die ich mir immer gewünscht habe. Ich habe es gehasst, ein Einzelkind zu sein.«

Frédérique holte zur Feier des Tages jene Flasche Champagner hervor, die sie auf ihr erstes Enkelkind hatte trinken wollen, aber sie fand, eine neue Schwester war ebenfalls ein würdiger Anlass, einen Dom Pérignon Rosé 1985 zu servieren.

47

Das *Hotel Normandie* mit seinen zugemauerten Fenstern gab von außen ein trauriges Bild ab. Juliette wollte es jedes Mal schier das Herz brechen, wenn sie sich auf der Promenade der abweisenden Häuserfront näherte. Trotzdem hätte sie an keinem anderen Ort sein mögen. Es herrschte im Ort so eine friedliche Stimmung, dass sie Schwierigkeiten hatte, sich vorzustellen, dass diese nur die Ruhe vor dem Sturm war. Bislang waren immer noch keine neuen Soldaten gekommen, um das Haus in Beschlag zu nehmen. In Arromanches fühlte sich Juliette sicherer als bei ihrer Mutter in Caen, nachdem sie gegen den erklärten Willen Friedrichs Rolf Hartmann im Hauptquartier der Gestapo aufgesucht hatte. Friedrich hatte alles versucht, sie davon abzuhalten, um sie nicht unnötig in Gefahr zu bringen, nachdem er mit seiner Bitte bei Hartmann, Juliettes Brüder und Angelie aus dem Gefängnis zu entlassen, donnernd gescheitert war. Statt ihm sein Ohr zu leihen, hatte der Mann ihm gedroht, dass er sich auch noch die kleine französische Nutte holen würde. Dass Friedrich ihm dafür nicht seine Faust ins Gesicht geschlagen hatte, lag nur an den feixenden Zeugen im Raum, die offenbar nur darauf warteten, den jungen deutschen Soldaten in Gewahrsam zu nehmen.

Doch Juliette war seitdem zunehmend besorgt um Friedrich, der unter schweren Albträumen litt und inzwischen seine Meinung geändert hatte, das Ende des Krieges abzuwarten und dann erst in eine gemeinsame Zukunft zu starten. Im Gegenteil, er suchte fieberhaft nach einem Ort, an dem sie sich verstecken und zusammenbleiben konnten.

Deshalb war er regelrecht wütend geworden, als sie nicht davon abzubringen gewesen war, Hartmann persönlich aufzusuchen. Aus diesem Grund hatte sie Friedrich auch das Schlimmste, das ihr bei diesem Besuch widerfahren war, verheimlicht. Wenn er erfuhr, dass ihr das Schwein, nachdem es seine Leute aus dem Raum geschickt hatte, angeboten hatte, die drei gegen »Bezahlung« freizulassen, würde sich Friedrich womöglich vergessen. Das Risiko durfte sie nicht eingehen, nicht, seit bei Friedrich die Nerven derart blank lagen. Also hatte sie ihm vorgeschwindelt, dass er sie gar nicht erst empfangen hatte. Sie konnte nicht leugnen, dass sie nach ihrem Bittbesuch bei dem Schwein vor lauter Angst manchmal selbst nicht in den Schlaf fand. Sie befürchtete, er könne sich an ihren Brüdern oder Angelie rächen, denn er hatte ihr, als sie fluchtartig sein Zimmer verlassen hatte, hinterhergebrüllt: »Du wirst noch darum betteln, dass ich dich beschütze!«

»So wie du Madeleine beschützt hast!«, hatte sie zurückgeschrien, bevor sie losgerannt und erst in weiter Ferne keuchend stehen geblieben war.

Juliette versuchte, ihre finsteren Gedanken abzuschütteln, als sie nun durch die Holztür den begrünten Innenhof betrat, denn Friedrich hatte für den Nachmittag sein Kommen angekündigt. Er hatte aufgeregter als sonst geklungen, aber das konnte auch an seinen gereizten Nerven liegen.

Juliette durchquerte den Garten, der jetzt im Juni wieder mehr einem Urwald glich, und betrat das verborgene Zimmer. Jedes Mal, wenn sie in ihr Liebesnest trat, gab der Raum ihr ein Gefühl von wohliger Geborgenheit, und ihre innere Unruhe legte sich von selbst. Als würde sie in einen Kokon eingesponnen werden. An diesem Tag aber blieb sie unruhig. Sie versuchte, ihre Nervosität loszuwerden, indem sie im Zimmer herumräumte und es kuscheliger machte. So zog sie frische Bettwäsche auf, pflückte im Garten Blumen und öffnete alle Fenster, damit die wunderbare Meeresluft in den Raum wehte.

Sie hatte sich gerade an den Tisch gesetzt und in ein Kunstbuch vertieft, als es leise klopfte. Juliette erschrak ein wenig bei seinem Anblick. Friedrich wirkte blass und erschöpft.

Ohne Worte zog sie ihn zum Bett, auf das er sich willig fallen ließ.

In seinem Blick lag jetzt wieder etwas mehr Leben. Seine Erregtheit ließ sich nicht leugnen. Juliette ergriff die Initiative und zog ihn Stück für Stück aus, bis er nackt vor ihr lag. An seinem wohlgeformten Körper konnte sie sich kaum sattsehen. Sie liebte seine schmalen Hüften und seine leichten Muskeln. Er war weit davon entfernt, ein durchtrainierter Muskelprotz zu sein, aber das wäre auch etwas, das sie nicht unbedingt ansprechen würde. So war es genau richtig, vor allem, als sich seine Erregung steigerte und er sie zu sich hinunterziehen wollte, um sie aus ihrer Kleidung zu befreien, aber sie entwand sich ihm geschickt und entledigte sich mit einem Griff ihrer Unterhose. Bevor Friedrich überhaupt aktiv werden konnte, setzte sie sich geschickt auf ihn. Er stöhnte auf vor Lust. Sie begann mit langsamen Bewegungen, ihre Hände waren ineinander verschlungen, und sie blickten sich in die Augen. Als sie ihr Tempo steigerte, kam er schneller als sonst zum Höhepunkt. Danach legte Juliette sich neben ihn, während er sie streichelte und ihr damit schier die Sinne raubte.

Schließlich kuschelte sie sich erschöpft in seinen Arm. »Ich sage es ja immer wieder, du bist eine geborene Liebesgöttin«, raunte er.

»Aber du bist auch nicht übel«, lachte sie.

»Julie, wollen wir uns vielleicht an den Tisch setzen? Ich habe heute nicht so viel Zeit. Aber es gibt etwas zu besprechen. Und ich weiß nicht, ob wir das im Bett tun sollten.«

Juliettes Herzschlag beschleunigte sich, während sie sich aufsetzte. »Lass uns im Bett bleiben. Mir geht es heute nicht so gut«, widersprach sie. In diesem Augenblick musste sie plötzlich wieder daran denken, dass ihre Regel überfällig war, und zwar schon fast drei Wochen, aber bevor sie es ihm sagte, wollte sie erst einmal hören, was er ihr zu sagen hatte.

»Liebling, ich habe einen sicheren Ort gefunden, an dem wir uns verstecken können«, sagte er.

»Wirklich? Und wir sind dort wirklich sicher?«, fragte sie aufgeregt.

Er nickte eifrig. »Ich habe mich mit meinen Wirtsleuten, den Morels, angefreundet und ihnen unser Problem anvertraut. Sie halten mich für einen guten Menschen und wollen uns helfen. Wir können in einer Scheune seines Bruders im Hinterland Unterschlupf finden. Das Gehöft liegt bei Colombelles ganz allein, denn es geht bald los. Es ist wohl nur noch eine Frage von wenigen Tagen, wann die Alliierten kommen, sagt Monsieur Morel, aber heute und morgen ist das Wetter zu schlecht. Das hat Rundstedt offiziell verkündet. Sogar Rommel soll nach Deutschland zum Geburtstag seiner Frau gefahren sein, weil in den nächsten Tagen nichts geschehen wird. Das müssen wir nutzen. Sonst kann es zu spät sein. Also, Monsieur Morel muss morgen früh um sieben zum Markt nach Caen und nimmt mich mit, denn mein Dienst ist um sechs Uhr zu Ende. Ich muss die Nacht nur aufs Meer gucken, da kann ich sicherlich auch mal schlafen, denn, wie gesagt, bei dem Sauwetter kommt keiner. Ich hole dich vor dem Haus deiner Mutter ab, und dann müssen wir uns auf eigene Faust bis hierher durchschlagen …« Er reichte ihr einen zerknitterten Zettel mit einer Zeichnung des Gehöfts und dem Weg von Colombelles dorthin.

»Präge dir den Weg gut ein, und dann bitte vernichte den Zettel«, fügte er beschwörend hinzu.

Juliette hörte ihm ungläubig zu. So bestechend einfach sich der Plan auch in der Theorie anhörte, er schien ihr dennoch zu gefährlich.

»Und was, wenn die Morels dich verraten?«

»Sie hassen die Deutschen! Und sein Bruder ist bei der Résistance.«

»Ich glaube, die Jungs von der Résistance gehen auch nicht gerade zimperlich mit Leuten wie uns um«, stöhnte sie.

»Hast du eine bessere Idee?«, fragte er sichtlich genervt. Diesen Ton kannte sie gar nicht von ihm. Sie musste an Hartmanns Drohungen denken und daran, dass sie überfällig war.

»Gut, wir machen es«, erklärte sie tapfer.

»Dann pack jetzt bitte ein paar Sachen. Ich bringe dich zu deiner Mutter.«

»Wie? Heute schon? Ich soll hier alles stehen und liegen lassen?«, gab sie entsetzt zurück.

»Julie, wie willst du denn sonst morgen früh mit deinen Sachen nach Caen kommen?«

»Du hast recht. Gut, dann packe ich jetzt«, sagte sie schwach. Ihr war gar nicht wohl bei der Vorstellung, das Hotel sich selbst zu überlassen, aber sie sah ein, dass sie keine andere Wahl hatte. Das war zumindest eine reelle Chance, heil davonzukommen.

»Nur das Nötigste«, ermahnte Friedrich sie.

Juliette sprang aus dem Bett, ging ins Bad, wusch sich gründlich und packte ihre Waschtasche. Schließlich kehrte sie ins Zimmer zurück und suchte sich gezielt rustikale Kleidung aus dem Schrank, denn eine Scheune schien ihr nicht der richtige Ort, um schöne Kleider zu tragen. Zum Schluss steckte sie zumindest eines ihrer Kunstbücher ein und ein leeres Tagebuch für den Fall, dass sie sich traute, doch noch etwas auf Papier zu verewigen.

Inzwischen saß Friedrich angezogen auf der Bettkante und betrachtete sie angespannt. »Ich weiß doch auch nicht, ob das so richtig ist, aber es ist immerhin eine Chance.«

Sie setzte sich neben ihn und schenkte ihm ein Lächeln. »Es wird schon alles gut gehen«, seufzte sie und beschloss, ihm die Nachricht, dass sie schwanger sein könnte, zu einem späteren Zeitpunkt mitzuteilen. Wenn sie in einer Scheune hausten, blieb ihnen sicher noch viel Zeit, über alles zu sprechen.

Friedrich umfasste zärtlich mit beiden Händen ihr Gesicht und zog es zu sich heran. Sie küssten sich mit einer solchen verzweifelten Leidenschaft, dass Juliette erneut jener Gedanke wie ein Blitz durchzuckte, der sie neulich schon einmal überfallen hatte: dass es das letzte Mal sein könnte.

48

Barbara wunderte sich, dass sie keinen Kater hatte, als sie am nächsten Tag aufwachte. Ihre schwesterliche Feier war noch bis zum Morgengrauen gegangen. Sie hatten stundenlang geredet, dabei noch eine weitere Flasche geleert und schließlich alte Familienalben der Familien Laurent und Roux durchgeblättert. Wahrscheinlich war dort des Rätsels Lösung zu finden: Sie hatten wesentlich mehr geredet als getrunken! Barbara musste zugeben, dass Juliette in jungen Jahren wirklich eine wunderschöne Frau gewesen war. Natürlich hatte sie sie insgeheim mit ihrer Mutter verglichen. Elfriede Behrend war zweifelsohne auch eine sehr attraktive Person gewesen, aber nordisch kühl, während Juliette neben ihrer äußeren Schönheit auch von innen strahlte. Das war es wohl, was ihren Vater so magisch an der jungen Französin angezogen hatte. Man konnte auf den ersten Blick ihre Warmherzigkeit spüren, etwas, das ihrer Mutter völlig fehlte. Sie sah auf den alten Fotos immer aus wie viele junge deutsche Frauen in den Vierzigerjahren. Unnahbar, hübsch und zäh.

Barbara quälte sich in ihre improvisierten Laufklamotten, denn sie hatte auf Paulas Initiative schon in Hamburg mit dem Joggen angefangen. Bevor sie sich nun aber teure Laufkleidung zulegte, wollte sie erst einmal testen, wie lange diese Begeisterung anhielt. An diesem Morgen war ihre Motivation jedenfalls bei null, denn ihr fehlten eindeutig ein paar Stunden Schlaf.

Barbara war bereits auf dem Rückweg, als sie hinter sich ein Räuspern vernahm. Sie drehte sich um und blickte in das strahlende Gesicht ihrer Tochter. Das sagte mehr als tausend Worte. Selten hatte Paula einen so gelösten Eindruck gemacht.

»Ich wollte gerade zu dir, Mama«, sagte Paula, bevor sie auf die Tüte in ihrer Hand deutete. »Ich habe Croissants besorgt.«

Barbara musste sich sehr beherrschen, ihre Tochter nicht auf der Stelle mit neugierigen Fragen zu überfallen. Stattdessen nahm sie Paula in den Arm und drückte sie fest.

»Es tut mir leid, dass ich Hals über Kopf abgereist bin, aber ich wollte meine Sachen zu Hause völlig unbeeinflusst klären«, erklärte Paula, kaum dass sie Barbaras Zimmer betreten hatten. »Ich wäre schon gestern Abend gekommen, aber der Zug kam sehr spät in Caen an. Wir waren erst weit nach Mitternacht hier«, fügte Paula hinzu.

»Wer ist wir?«, fragte Barbara, aber es klang eine Spur zu gekünstelt, denn Paula horchte auf.

»Mama, wetten, du weißt schon Bescheid?«

»Ich weiß nicht, wovon du redest.« Barbara musste sich das Lachen verkneifen.

»Gut, dann will ich dir sagen, was geschehen ist. Ich habe die Verlobung mit Klemens gelöst, bin bei ihm ausgezogen, habe meine wenigen Habseligkeiten zu Oma nach Othmarschen geschafft, von der ich dich übrigens grüßen soll ...«

»Und? Ist sie noch sauer?«

»Sie fühlt sich von uns, mehr noch von dir, schlecht behandelt und leugnet nach wie vor, dass Opa jemals in der Normandie gewesen sein soll ...«

In diesem Augenblick fiel Barbara ein, dass sie nach dem Frühstück bei Madame Bertrand vorbeigehen wollte.

»Hättest du übrigens Lust, mich nach dem Frühstück zur weiteren Recherche zu begleiten? Es ist unsere Vermieterin an der Kirche. Die möchte mir etwas Wichtiges sagen. Offenbar war Madame Laurent damals ihre beste Freundin, sie hat Opa jedenfalls gekannt.« Barbara überlegte kurz, ob sie ihre Tochter mit den neuesten Fakten überfallen sollte, aber das wäre unfair, weil Paula doch erst einmal ihre eigenen Neuigkeiten loswerden wollte.

»Gern. Vincent ist heute eh mit Gästen auf dem Boot unterwegs.

Ich würde mich nur schnell umziehen.« Sie deutete auf ihr verschwitztes Laufshirt.

»Aber erst einmal musst du mir verraten, warum du nach Arromanches zurückgekommen bist«, bemerkte Barbara.

Paula lachte. »Oh, Mama, das spricht mal wieder für dich. Du bist wirklich die schlechteste Lügnerin unter der Sonne. Wer hat es dir denn erzählt?«

Barbara hob abwehrend die Hände. »Ich weiß von nichts!«

»Also dann. Ich bin zurückgekommen, um mit dir Urlaub zu machen«, lachte Paula. Barbara gab ihr einen zarten Stoß in die Seite. »Nun mach schon. Ich platze vor Ungeduld.«

»Ich habe mich verliebt. Vincent und ich gehen zusammen nach München.«

Nun war Barbara offiziell auf dem Stand, auf den Frédérique sie gestern Nacht gebracht hatte. Endlich konnte sie ihre neugierigen Fragen loswerden.

»Und was macht Vincent in München?«

»Dasselbe wie ich. Er arbeitet in einer Klinik.«

»Wieso? Ist er nicht Skipper?«, fragte Barbara verblüfft.

»Das hätte dir natürlich besser gefallen. Ich weiß, aber ich muss dich enttäuschen. Er fängt dort im September als Internist an, und ich habe mich an demselben Krankenhaus um einen Job beworben. Es sieht ziemlich gut aus.«

Barbara musste zugeben, dass sie das nicht erwartet hatte, aber es passte zu ihrer Tochter und erfüllte sie mit großer Freude, Paula so glücklich zu erleben.

»Na, deinen Vater wird es freuen, dass es wieder ein Mediziner ist. Weiß er es denn schon?«

»Ja, er war sogar dabei, als ich bei Klemens ausgezogen bin, und hat mir meine Kisten getragen. Und er hat mich vor meiner Ex-Schwiegermutter in Schutz genommen.«

»Alles Taktik«, gab Barbara verächtlich zurück.

»Du und deine Vorurteile«, seufzte Paula.

»Ich habe keine Vorurteile«, protestierte Barbara.

»Ist ja auch egal. Dann wird es auch reine Taktik sein, was mir Martin über dich verraten hat.«

»Nun spuck es schon aus! Was hat er über mich gelästert?«

»Nur dass du die Liebe seines Lebens gewesen bist.«

»Das hat er gesagt?« Barbara konnte nicht leugnen, dass es ihr schmeichelte.

»Alles Taktik, Mama, alles Taktik!«, lachte Paula. »Aber jetzt, nachdem du Bescheid weißt, ziehe ich mich rasch um, und dann statten wir Madame Bertrand einen Besuch ab. Bist du denn überhaupt schon weitergekommen mit deinen Nachforschungen?«

»Erzähle ich dir später. Ich muss erst einmal diese Neuigkeiten verdauen. Aber du darfst mir glauben, es macht mich sehr glücklich, dass du diesem Knast entkommen bist.«

»Mama!«

»Ich meine ja nur, dass du endlich einen Mann gefunden hast, der wirklich zu dir passt und dem Sein wichtiger ist als Schein. Dem Bild, das dein Ex-Verlobter und seine hochnäsige Familie von einem Mediziner haben, entspricht er jedenfalls nicht.«

»Stimmt, Klemens kennt keinen einzigen so gut aussehenden Kollegen«, lachte Paula. »Treffen wir uns in fünfzehn Minuten unten?«

Barbara nickte. Die Gewissheit, dass ihre Tochter offenbar ihr Glück gefunden hatte, erwärmte ihr Herz. Und selbst wenn es nicht das ganze Leben anhalten sollte, es tat ihr gut.

Als sie wenig später auf das Häuschen hinter der Kirche zusteuerten, überlegte Barbara, ob sie Paula endlich in die neueste Entwicklung in Sachen Geheimnis einweihen sollte, aber dann entschied sie sich, erst einmal zu hören, was Madame Bertrand zu sagen hatte.

Als sie das Grundstück betraten, war die alte Dame mit Gartenarbeit beschäftigt, aber sie schien sich ehrlich über den Besuch zu freuen.

»Setzen Sie sich doch«, bot sie ihren Gästen auf Deutsch an und deutete auf eine Sitzecke am Haus. »Ich hole Kaffee und Gebäck.«

Barbara wollte protestieren, weil sie doch gerade erst ein Croissant gegessen hatte, aber Paula gab ihr zu verstehen, dass das unhöflich wäre. Amüsiert stellte Barbara fest, dass ihre Tochter wohl immer eine Spur umsichtiger bleiben würde als sie.

Madame Bertrand kehrte mit einem Tablett frisch gebackener Brioches und selbst gemachter Marmelade aus dem Haus zurück. Vergessen waren die Croissants.

»Schön, dass Sie Ihre Tochter mitgebracht haben«, sagte Madame Bertrand. »Ich hätte auch so gern Kinder gehabt, aber ich konnte keine mehr bekommen, nachdem ...« Sie stockte und rang sich zu einem Lächeln durch. »Lassen Sie es sich schmecken.«

Paula sah ihre Mutter fragend an. Madame Bertrand hatte französisch gesprochen. Barbara übersetzte ihr die Worte der alten Dame.

»Sag ihr bitte, dass ich auch sehr gespannt bin, was sie über meinen Opa zu berichten hat. Und dass sie ruhig französisch sprechen soll, wenn du mir das übersetzen kannst.«

Barbara gab es weiter an Madame Bertrand.

»Es geht weniger um ihn als vielmehr meine eigene Geschichte. Damit Sie beide besser verstehen, warum ich verhindern wollte, dass Sie tiefer graben. Aber ich habe begriffen, dass der Himmel Sie geschickt hat und es mir besser gehen wird, sobald ich meinem Herzen Luft gemacht habe«, seufzte die alte Dame.

»Sie waren auf jeden Fall gut mit Madame Laurent befreundet, oder?«, hakte Barbara nach, nachdem sie es ihrer Tochter übersetzt hatte.

Madame Bertrand nickte. »Juliette war meine beste Freundin. Wir waren schon zusammen in der Klosterschule gewesen und eigentlich unzertrennlich bis ... ja, bis zum Mai 1944. Da hat es zwischen uns den endgültigen Bruch gegeben ...« Sie hielt inne, und Barbara sah, wie sie sich quälte.

»Wenn es zu schwer ist, dann müssen Sie uns das nicht erzählen«, bemerkte sie mitfühlend.

»Ich will aber. Der Grund war der deutsche Mann, mit dem ich mich eingelassen hatte. Er war bei der Gestapo in Caen, und im dortigen Gefängnis saßen Juliettes Brüder. Sie hasste diesen Mann abgrundtief und kam, um mich zu bitten, für die beiden ein gutes Wort einzulegen. Aber das konnte ich nicht, nachdem er mir mein ungeborenes Kind aus dem Leib geprügelt hatte ...« Sie schluchzte verzweifelt auf.

Barbara übersetzte leise.

»Keine Sorge, Mama, ich werde mich umgehend zu einem französischen Sprachkurs anmelden«, raunte Paula, bevor sie aufstand, sich neben den Stuhl der alten Dame hockte und deren Hand nahm.

Den dankbaren Blick der alten Dame brauchte Barbara ihrer Tochter nicht zu übersetzen.

»Ich habe sie dafür gehasst, dass sie gekommen war, um mich um diesen Gefallen zu bitten. Ich habe sie aus dem Haus geworfen«, fuhr Madame Bertrand fort. »Es war, wenn ich mich recht entsinne, ein oder zwei Wochen vor der Landung der Alliierten. Was für so viele Menschen die ersehnte Befreiung bedeutete, war für mich der Anfang einer Flucht vor meinen eigenen Leuten. Mein Bruder Bernard hatte Wind davon bekommen, dass ich mit Hartmann ein Verhältnis hatte, und hat seinen Freunden bei der Résistance geschworen, dass er mich dafür umbringen wird. Ich habe mich deshalb in einem kleinen Ort unweit von Caen versteckt, aber dort haben mich mein Bruder Bernard und Pierre Roux ein paar Wochen später aufgespürt ...« Sie hielt inne und fasste sich plötzlich ans Herz.

»Mama, lass uns die Sache abbrechen. Nicht dass Madame Bertrand unseretwegen einen Herzinfarkt erleidet«, bat Paula sie und fühlte bei der alten Dame den Puls.

Barbara übersetzte die Worte ihrer Tochter, aber Madame Bertrand protestierte energisch.

»Nein, keine Pause! Ich muss es aussprechen. Sonst ersticke ich daran! Sie haben mich in eine Scheune gezerrt, und mein Bruder wollte mich erschlagen, aber im letzten Moment hat sich Pierre eingemischt. Er war voller Hass, aber er hat gesagt, der Tod sei zu gnädig für eine wie mich. Und dann haben sie mir die Haare geschoren. Pierre hat die ganze Zeit mit Schaum vor dem Mund gebrüllt, das sei für Angelie, das für Louis und das für Gérald. Dann haben sie mir das Kleid zerrissen und mich halb nackt nach draußen ins Dorf gejagt ...«

Barbara wurde allein vom Zuhören übel. Und als sie diese Worte übersetzte, wich auch ihrer Tochter jegliche Farbe aus dem Gesicht. Zwar hatte Barbara schon einmal über *femmes tondues* gelesen, jene Französinnen, die sich, weil sie sich während der deutschen Besatzung mit den Deutschen eingelassen hatten, kahl geschoren durch die Städte gejagt worden waren, wenn man sie nicht gleich umgebracht hatte. Sie hätte der armen Frau gern weitere Qualen erspart, aber Madame Bertrand sprach inzwischen wie in Trance. Ihre Tränen waren versiegt. Plötzlich kam Barbara ein grausamer Gedanke.

»Madame Bertrand, haben Sie uns Ihre Geschichte nur so ausführlich geschildert, um uns darauf vorzubereiten, dass Juliette dasselbe Schicksal ereilt hat wie Sie?«

Madame Bertrand schüttelte heftig den Kopf. »Nein, es ist ihr erspart geblieben. Sie hat rechtzeitig Pierre Roux geheiratet, der sie abgöttisch geliebt hat und der auch ihr Kind als seines ausgegeben hat. Denn keine Frage, Frédérique ist die Tochter Ihres Vaters. Als Juliette das letzte Mal bei mir war, habe ich das sofort gesehen. Sie war schwanger, auch wenn sie mir gegenüber behauptet hat, die Beziehung zu Friedrik wäre vorbei. Das hat sie nur gesagt, weil sie Angst hatte, dass mein damaliger Liebhaber von ihrem Verhältnis erfuhr ...«

Dieses Mal zögerte Barbara, Madame Bertrands Worte zu übersetzen, weil sie damit das verriet, was Paula noch nicht wusste und was sie ihr erst später schonend beibringen wollte. Doch ihre Tochter schien zu ahnen, dass Barbara sich an dieser Stelle vor der Übersetzung zu drücken versuchte.

»Mama, was hat sie gesagt?«, fragte sie in einem Ton, der keinen Widerspruch duldete.

Nach einem kurzen Räuspern übersetzte Barbara es ihr.

Paula blickte ihre Mutter fassungslos an. »Dann wäre Frédérique ja deine Halbschwester ...«

»Ja, genau, aber ich wollte es dir schonend beibringen.«

Paula erhob sich leichenblass. »Ich gehe mal kurz an die Luft«, erklärte sie, und bedankte sich auf holprigem Französisch bei Madame Bertrand: »Danke, dass Sie uns das alles erzählen.«

»Ich komme gleich, Paula«, versprach Barbara. »Können Sie noch?«, erkundigte sie sich mitfühlend bei Madame Bertrand. »Denn ich hätte da noch eine Frage.«

»Das Schlimmste ist gesagt, Madame Behrend, fragen Sie nur.«

»Sie wussten doch, dass Juliette in den Augen vieler Franzosen ebenfalls eine Kollaborateurin gewesen ist. Warum haben Sie das nicht verraten, nachdem Pierre sie so misshandelt hat?«

Madame Bertrand stieß einen tiefen Seufzer aus.

»Weil er mir schlussendlich das Leben gerettet hat, denn mein Bruder hätte mich eiskalt getötet ... und weil ich meine beste Freundin niemals verraten hätte!«

»Und haben Sie nicht später einmal versucht, das Gespräch mit Juliette zu suchen?«

»Und wie, aber sie konnte nicht! Sie hat Pierre schwören müssen, kein Wort mehr mit mir zu wechseln. Das hat sie mir sogar geschrieben.«

Die alte Dame fasste in ihre Rocktasche und holte einen zerknitterten und vergilbten Zettel heraus, den sie wortlos Barbara reichte.

Barbara las das, was sie noch entziffern konnte, laut vor.

Es tut mir leid. Ich tue es für meine Tochter. Ich hoffe, du kannst mir verzeihen, aber ich darf nicht mit dir sprechen. Das musste ich beim Leben meiner Tochter schwören ...

»Ich habe es ihr längst verziehen«, sagte Madame Bertrand. »Aber es war nicht einfach, als Deutschenhure in diesem Ort zu leben und zu sehen, wie sehr Madame Roux geachtet wurde. Keiner hat geahnt, dass und wie sehr sie einen Deutschen geliebt hat. Hätte ich nicht Monsieur Bertrand kennengelernt, der sich nicht gescheut hat, aus der Deutschenhure zumindest eine französische Ehefrau zu machen, ich weiß nicht, ob ich die Schande überlebt hätte.«

Barbara stand auf und legte der alten Frau den Arm um die Schulter. »Danke für Ihre Ehrlichkeit, Madame Bertrand. Können wir irgendetwas für Sie tun?«

Die alte Frau schien zu überlegen, aber dann hob sie den Kopf und sah Barbara mit flehender Miene an. »Ja, es gibt etwas. Wenn ich doch nur noch ein einziges Mal mit Juliette sprechen könnte …«

»Madame Bertrand. Ich werde alles daransetzen, damit Sie Madame Roux treffen können«, versprach ihr Barbara.

Als Mutter und Tochter wenig später den Garten von Madame Bertrand verließen, hakte Paula Barbara unter. »Was für eine Geschichte«, stöhnte sie. »Stell dir vor, ich heirate Vincent. Dann wird jene Frau meine Schwiegeroma, die einst meine Oma mit ihrem Mann betrogen hat und mit ihm ein Kind hat. Oh Gott, aber wir sind doch nicht verwandt, oder?«

»Nein, Vincent ist doch nur der Neffe meiner Halbschwester, nicht ihr Sohn. In deinen Adern fließt kein Laurent-Blut.«

»Bin gespannt, was Vincent zu diesen familiären Verstrickungen sagt …«

»Habt ihr denn vor zu heiraten?«, hakte Barbara neugierig nach.

»Aber Mama, wir sind doch erst seit ganz Kurzem zusammen. Darüber denke ich überhaupt noch nicht nach …«

»Immerhin zieht ihr zusammen nach München.«

»Weil es sich gut anfühlt, aber nicht um als Erstes eine Hochzeit zu feiern. Papa hat auch gleich gemeint, er würde in München eine geeignete Location finden …«

»Hör bloß auf, und dann werde ich wieder ausgela- … nein, Spaß, er will ja sicher nicht auf die Gegenwart seiner großen Liebe verzichten, oder?«, lachte Barbara, aber dann wurde sie gleich wieder ernst.

»Ich hoffe, ich kann Frédérique dazu überreden, Madame Bertrand einen kurzen Besuch bei Juliette zu gestatten.«

Paula blieb abrupt stehen und blickte ihre Mutter entsetzt an. »Daran habe ich noch gar nicht gedacht. Was Vincents Tante wohl zu alledem sagen wird? Sie ist ohnehin schlecht auf die Deutschen zu sprechen. Jetzt muss sie nicht nur verkraften, dass Vincent eine deutsche Freundin hat, sondern dass deren Mutter auch noch ihre Halbschwester ist ...«

Barbara strich ihrer Tochter zärtlich über deren ungewohnt zerzaustes Haar.

»Keine Sorge. Wir haben bis heute zum Morgengrauen deutschfranzösische Versöhnung gefeiert ...« Sie stockte. »Aber vielleicht sollten wir ihr die Geschichte von Madame Bertrand und ihrem Vater Pierre in der Scheune lieber ersparen«, sinnierte sie.

»Nein, Mama. Keine neuen Lügen. Das ist ihre Geschichte. Und sie hat ein Recht darauf, sie zu erfahren. Was mich nur brennend interessiert, hat Opa von seinem Kind gewusst oder nicht? Und warum hat er diesem Franzosen kampflos das Feld überlassen?«

»Das wüsste ich allerdings auch gern. Frédérique und ich haben beschlossen, ihre Mutter demnächst gemeinsam im Heim zu besuchen. Vielleicht hat sie einen lichten Moment, und wir bekommen Klarheit.«

»Mama, ich habe dich so lieb!«, stieß Paula hervor.

»Ich dich auch«, gab Barbara gerührt zurück und gab ihrer Tochter einen Kuss auf die Wange.

49

Juliette hatte in dieser Nacht kaum geschlafen. Die Gedanken an ihre bevorstehende Flucht wechselten sich ab mit ihrer Sorge um die Inhaftierten, zumal aus dem Schlafzimmer der Mutter immer wieder laute Schluchzer zu ihr hinüberdrangen. Wie würde die arme Frau nur erst leiden, wenn nun auch noch ihre Tochter spurlos verschwand, denn sie wollte ihr eigentlich keinerlei Nachricht hinterlassen, damit ihr nicht bei einem möglichen Verhör etwas herausrutschen konnte. Da war es schon besser, ihre Mutter blieb ahnungslos. Außerdem machte sich Juliette Gedanken um Madeleine. Ihr Schicksal war bei dem Besuch auf dem Hof der Petits mehr oder minder an ihr vorbeigerauscht angesichts der Gefahr, in der sich Angelie und Louis und damit auch Gérald befanden, aber im Dunkel der schlaflosen Nacht wurde ihr immer bewusster, was der Freundin Grausames widerfahren war. Eigentlich brauchte Madeleine jetzt ihre Hilfe, aber damit würde sie sich selbst in große Gefahr begeben. Und was sollte der Freundin schon zu Hause auf dem Hof der Familie passieren? Dort war sie sicher – vor dem Schweinehund von Hartmann und dem Hass der Widerstandskämpfer. Das jedenfalls glaubte Juliette in diesem Augenblick ganz fest, und es linderte ihr schlechtes Gewissen, ihrer Freundin in dieser Lage nicht beistehen zu können.

Immer wieder stand Juliette auf und blickte aus dem Fenster über die schlafende Stadt. Es herrschte in dieser Nacht alles andere als frühsommerliches Wetter, sondern ein Sturm fegte durch die Gassen. Auch als endlich der Morgen graute, blieb der Himmel grau. Das entsprach Juliettes Stimmung, denn bei aller Vorfreude, nun nicht mehr von Friedrich getrennt sein zu müssen, machte ihr sein kühner Plan Angst. Auch wenn eine Invasion für die nächsten

Wochen erwartet wurde, keiner wusste, wie lange es noch dauern würde. Sie hatte nur ein paar wenige Sachen bei sich. Die Tasche hatte sie bereits in Arromanches gepackt. Am liebsten hätte sie noch Vorräte mitgenommen, aber die Speisekammer ihrer Mutter war gähnend leer, und das wenige, was sie noch an Eingekochtem besaß, wollte sie ihr nicht nehmen.

Gegen Morgen musste sie kurz eingeschlafen sein, denn sie erwachte von einem lauten Donnern. Erst dachte sie an ein Gewitter, aber dann begriff sie, dass es sich um Geschützdonner handelte. Von draußen drang nun infernalisches Tosen an ihr Ohr. Mit klopfendem Herzen saß sie senkrecht im Bett, denn ihr erster Gedanke galt der Sorge, dass sie verschlafen hatte, aber ihr Wecker zeigte kurz nach halb sieben. Sie sprang auf und zog sich das bereitgelegte Kleid an. Sie war gestern noch extra in der Badewanne gewesen. Im Haus selbst war alles still, doch das Grollen des fernen Donners hielt an. Sie hoffte, dass ihre Mutter noch schlafen würde, wenn sie das Haus verließ. Auf Zehenspitzen schlich sie sich in die Küche, doch in dem Augenblick hörte sie ein Poltern vom Flur her. Wie ein Gespenst stand ihre Mutter plötzlich im Regenmantel vor ihr. Sie sah so fassungslos aus, dass Juliette schon befürchtete, ihr Plan sei aufgeflogen, doch dann erfuhr sie, was ihre Mutter so aufregte.

»Julie, Julie, sie sind gelandet. Heute Morgen, Tausende von Booten. Und Fallschirmspringer im Hinterland.«

Der Schreck fuhr Juliette in alle Glieder, sodass sie sich auf den Küchenstuhl fallen ließ, um nicht umzukippen, denn ihre Knie waren weich geworden.

»Bist du sicher? Oder ist das nur ein Gerücht?«, fragte sie mit belegter Stimme.

»Nein, ich habe unseren Nachbarssohn getroffen, der war in aller Früh unterwegs bei Colleville, um Lebensmittel an die deutschen Bunker zu liefern, er hat es von oben gesehen, wie sie plötzlich aus dem Nichts kamen. Das Meer war schwarz vor Schiffen. Aus deren Bäuchen quollen die Landungsboote. Weißt du, was das heißt, mein Mädchen?«

Ja, dachte Juliette mit pochendem Herzen, dass mein Liebster vielleicht schon tot ist.

»Louis und Gérald werden frei sein, und wir werden endlich wieder unser Leben zurückbekommen. Die *Boches* sind erledigt!«, rief die Mutter euphorisch aus. Solche Begeisterung erwartete ihre Mutter ganz sicher auch von ihrer Tochter, aber Juliette schaffte es nicht, dergleichen zu heucheln. Dabei war das eingetreten, was nicht nur sie so sehnsüchtig erwartet hatte, sondern auch Friedrich, aber nicht an diesem verdammten Tag! Es konnte doch nicht angehen, dass die Alliierten ausgerechnet an dem Tag landen mussten, an dem sie sich hatten verstecken wollen.

»Julie, du brauchst keine Angst zu haben. Keine Sorge, uns geschieht nichts. Sie werden bald hier sein«, verkündete ihre Mutter aufmunternd.

»Ich … ich denke an die Petits, die da ganz in der Nähe sind.«

Ihre Mutter machte eine abwehrende Handbewegung. »Denen geschieht schon nichts. Es wird alles gut. Glaube mir.«

Juliette aber war derart elend zumute, dass sie sich gar nicht traute, aufzustehen, aber sie musste. Was, wenn Friedrich seinen Gefechtsstand vorher verlassen hatte und längst draußen auf sie wartete?

»Mutter, ich gehe Brot holen. Vielleicht erfahre ich Näheres«, sagte sie mit schwacher Stimme und erhob sich langsam. Ihr war zwar noch ein wenig schummrig zumute, aber ihr Kreislauf war stabil.

»Julie, ich weiß nicht, ob du dich in das Getümmel stürzen solltest. Da draußen herrscht Chaos.«

»Wenn es zu schlimm wird, komme ich gleich ins Haus zurück«, schwindelte Juliette und verließ nur mit ihrer Handtasche das Haus. Es wäre jetzt zu verdächtig, mit Gepäck vor der Tür zu stehen, sagte sie sich.

Als sie auf die Straße trat, herrschte dort ein großes Durcheinander. Menschen, die französische Fahnen schwenkten, wurden diese grob von bewaffneten Deutschen entrissen. Ein Soldat befahl ihr, von der Straße zu verschwinden. In diesem Augenblick entdeckte sie ein Flugblatt, das im Rinnstein lag. Sie hob es auf und las dort, dass die

Bevölkerung dringend gebeten wurde, die Stadt zu verlassen. Der Aufruf kam von der britischen Armee. Der Soldat, der immer noch mit seinem Gewehr herumfuchtelte, riss es ihr aus der Hand. »Die werden sich wundern! Auf den längsten Tag!«, schrie er in schlechtem Französisch.

Juliette aber ignorierte den Tumult, der um sie herum herrschte, und wartete im Schatten des Hauseingangs in der Hoffnung, dass Friedrich sie retten würde. Sie rührte sich nicht vom Fleck, doch mit jeder Minute, die sie vergeblich wartete, schwand ihre Hoffnung, dass Friedrich kommen würde, um sie zu holen. Als die Kirchenuhr neunmal schlug, wusste sie, er würde nicht mehr auftauchen. Tränen liefen ihr über das Gesicht. Sie faltete die Hände und hob das Gesicht, um in den grauen Himmel zu sehen. Der starke Wind zerrte an ihrem dünnen Kleid, aber sie spürte die feuchte Kälte nicht. Sie betete laut, dass er bitte noch am Leben sein möge.

Die Straßen hatten sich inzwischen geleert, doch da näherte sich schnellen Schrittes eine hochgewachsene Person. Ein letzter Hoffnungsschimmer keimte in Juliette auf. Friedrich, dachte sie, doch als der Mann nun direkt auf sie zusteuerte, erkannte sie, dass es Pierre war. Sie konnte nur mit Mühe verbergen, wie enttäuscht sie war.

»Was machst du hier draußen? In dem dünnen Kleidchen? Du holst dir den Tod«, fuhr er sie an und schob sie ins Haus. Erst als sie im Flur husten musste, merkte sie, dass sie völlig ausgekühlt war.

»Was sollte das?«, raunte er. »Auf wen hast du da gewartet?«

»Das geht dich gar nichts an«, erwiderte sie trotzig.

Pierre tippte an ihre Stirn. »Du spinnst doch. Die meisten Widerstandsnester wurden bereits überrollt. Heute ist kein Tag, Gefangene zu machen. Er ist tot, dein *Boche!*«

Juliette schrie laut auf: »Nein, nein, du lügst!«, bevor sie ihm mit den Fäusten auf der Brust herumtrommelte. Ihr Schrei hatte ihre Mutter angelockt, die fassungslos beobachtete, wie ihre Tochter auf Pierre einprügelte. Er aber bat ihre Mutter, eine Wärmflasche zu machen, weil Juliette völlig unterkühlt und nicht mehr ganz bei Sinnen wäre.

Dann schubste er sie vor sich her die Treppe hinauf zu ihrem Zimmer.

»Das ist kein Scherz!«, bellte er. »Du willst doch nicht wieder eine Lungenentzündung bekommen.«

»Ist mir egal. Ich will lieber tot sein«, schluchzte Juliette.

»Du legst dich jetzt hin. Verstanden? Und dann schläfst du. Er ist es nicht wert, dass du dein Leben riskierst.«

Grob packte er sie am Arm und zwang sie in voller Kleidung unter die Bettdecke. Juliette leistete keinen Widerstand. Für einen Augenblick war ihr alles gleichgültig. Wenn es stimmte, was Pierre behauptete, und Friedrich tot war, wollte sie auch nicht mehr leben.

Erst als ihre Mutter mit der Wärmflasche ins Zimmer trat, riss sie sich ein wenig zusammen. Sie konnte ihrer Mutter unmöglich zumuten, dass sie ihr Leben wegwerfen wollte. Außerdem tat die Wärme auf ihrem Bauch gut.

»Pierre, es ist doch jetzt alles gut, oder?«, hörte sie ihre Mutter bang fragen.

»Madame Laurent, es wird alles gut. Machen Sie sich keine Sorgen. Morgen schon haben die Alliierten die Deutschen aus der Stadt vertrieben.«

»Und dann sind meine Söhne wieder frei, oder?«, fragte ihre Mutter.

»Das will ich hoffen. Ich gehe gleich mit ein paar Freunden zum Gefängnis, und wir peilen die Lage. Vielleicht können wir sie sofort rausholen.«

»Ach, du bist wie ein Sohn für mich, Pierre«, stieß ihre Mutter voller Dankbarkeit hervor. Leicht verschwommen konnte Juliette erkennen, wie ihre Mutter und Pierre sich umarmten. Und das war vorerst das Letzte, was sie mitbekam, denn ihr fielen die Augen zu.

Immer wieder erwachte sie kurz schweißgebadet aus ihren Albträumen, die sie bereits alle schon einmal erlebt hatte. Sie begannen stets romantisch: Friedrich und sie auf einer Wiese im Sonnenschein, küssend, Händchen haltend, während sich eine Katastrophe anbahnte. Die Wolken verdunkelten sich, und Friedrich und sie wurden voneinander getrennt und ertranken in einem Meer von Blut …

Doch sie war so erschöpft, dass sie immer wieder einschlief. Bis ihre Mutter sie unsanft schüttelte und ihr aufgeregt berichtete, dass General Eisenhower eben eine Radioansprache gehalten habe und dass Juliette dringend aufstehen und sie zu Louis' Wohnung begleiten solle. Sie könne Monique und das Baby unmöglich allein lassen.

Juliette setzte sich im Bett auf und warf einen Blick auf den Wecker. Es war genau 13:44 Uhr. Friedrich würde wohl nicht mehr kommen, also konnte sie ihre Mutter getrost begleiten.

»Ich ziehe mich schnell an«, sagte Juliette.

In diesem Augenblick ertönte der Lärm von Flugzeugen, und Sekunden später hörten sie mehrere Detonationen.

»Sie werden uns doch nicht bombardieren«, rief die Mutter entsetzt aus, aber da fiel Juliette der Flugzettel ein, und sie schrie nur noch: »Runter, Mutter, auf den Boden!«, als die Wände des Hauses zu beben begannen.

Es dauerte eine halbe Ewigkeit, bis wieder alles ruhig wurde. Juliette schätzte, dass das Bombardement mehr als eine halbe Stunde angehalten hatte. Erst als wieder das Geräusch des Donnergrollens, das vom Strand in die Stadt schallte, alles dominierte, wagte sie es, aufzustehen und zum Fenster zu rennen. Fassungslos blickte sie auf die brennende Säule in der Ferne. In ihrer Straße war offensichtlich nichts zerstört worden. Da sah sie einen Mann, der auf ihren Eingang zueilte.

»Komm, Mutter, wir müssen hier raus, bevor sie weitere Bomben werfen«, befahl Juliette, und ihre Mutter folgte ihr, am ganzen Körper zitternd, nach unten.

Erschrocken blieb sie auf der letzten Treppenstufe stehen, als sie mitten im Flur einen verzweifelt schluchzenden Pierre stehen sah. Diesen starken Kerl, dem sie keine einzige Träne zutraute.

Er sah entsetzlich aus. Sein Gesicht war mit Blutspritzern befleckt. Auch seine Hände waren voller Blut. Juliette durchfuhr ein eisiger Schreck. Er würde doch nicht etwa Friedrich, der doch noch gekommen war, um sie zu holen, umgebracht haben?

Zitternd deutete sie auf seine Hände.

»Was hast du getan?«

»Ihn seiner gerechten Strafe zugeführt«, erwiderte er. Seine Miene war hassverzerrt.

»Pierre, bitte sag mir, was geschehen ist?«

»Sie haben alle erschossen!«

»Wen?«

»Die Gefangenen.«

»Ich verstehe nicht. Sag mir: Was ist geschehen?«

»Ich bin mit ein paar Freunden zum Gefängnis. Wir wollten unsere Freunde befreien, aber vor dem Eingang standen bewaffnete SS-Schergen. Wir haben uns in der Nähe versteckt, um uns zu beraten. Da hörten wir die Schüsse. Schreie auch von Frauen. Sie haben sie einfach abgeknallt! Und sie schießen immer noch!«

»Um Himmels willen!«, stöhnte Juliette. »Aber warum hast du Blut an deinen Händen?«

»Hartmann kam aus dem Gefängnis. Ganz allein. Die Straße hinunter. Fröhlich pfeifend. Wir haben ihn in einen Innenhof gezerrt. Erst als ihm einer von uns das Messer an den Hals gehalten hat, gab er zu, dass sein Chef den Befehl gegeben hatte, alle neunzig Gefangenen zu erschießen. Sie haben gleich am Morgen begonnen und nach der Mittagspause weitergemacht. Das Schwein hat behauptet, er habe nicht geschossen, aber das hat ihm nichts genützt … wir haben ihn wie Schlachtvieh abgestochen!« Die letzten Worte schrie er hinaus.

Juliette schämte sich, weil sie für den Bruchteil einer Sekunde Erleichterung bei dem Gedanken empfand, dass Pierre nicht Friedrich umgebracht hatte, aber dann erst wurde ihr das Ausmaß des Massakers bewusst. Ihre Brüder waren tot, Angelie, jene Frau, die Pierre ein wenig Hoffnung auf Liebe gegeben hatte, war tot und mit ihnen alle französischen Schwestern und Brüder, die nur für das eine gekämpft hatten: den Sieg über die verdammten *Boches!*

Innerlich fühlte sie sich wie tot, aber ein Rest von Überlebenswillen galt Pierre. Und ihrer Mutter, die, ohne einen Laut von sich zu geben, einfach in sich zusammengesunken war und nun auf dem Boden hockte und ihre Hände vors Gesicht geschlagen hatte. Juliette aber musste sich erst einmal um Pierre kümmern.

»Du musst so schnell wie möglich aus der Stadt verschwinden. Sie werden dich abknallen!«

Pierre warf Juliette einen Blick zu, aus dem nun wieder etwas anderes als Hass und Verzweiflung sprach. Erst jetzt sah sie, dass seine Hand offenbar einen tiefen Messerstich abbekommen hatte, denn er blutete furchtbar. Sie zögerte nicht, sondern nahm rasch ihr Halstuch ab und machte ihm damit einen Verband.

»Ich weiß«, murmelte er. »Aber ich muss in den Kampf. Verstehst du?«

»Nein, so nützt du keinem. Rette dich. Sobald die Wunde zugeheilt ist, kannst du wieder kämpfen!«

»Aber ich weiß nicht, wo ich hinsoll. Im Moment herrscht Chaos. Überall liegen Tote in den Straßen, das Haus, in dem mein Versteck ist, von Bomben zerstört.«

Da fiel Juliette der Zettel ein, den Friedrich ihr zum Abschied gegeben hatte mit der Bitte, sich den Weg zum Gehöft einzuprägen und ihn dann zu entsorgen. Eingeprägt hatte sie sich den Weg, aber sie hatte die Zeichnung noch nicht verbrannt. Sie zögerte, doch dann sagte sie entschieden: »Pierre, ich habe eine Adresse für dich. Sag, du kommst statt der beiden anderen, die für heute angekündigt waren.«

»Die anderen? Du wolltest dich also mit ihm zusammen verstecken?«

»Pierre, das spielt doch jetzt keine Rolle mehr. Das Versteck ist ziemlich sicher ...«

Juliette eilte ohne weitere Erklärung zu ihrem Zimmer und holte den Zettel. Sie reichte ihn Pierre mit den Worten: »Präg es dir ein. Das ist der Weg von Colombelles dorthin.«

Pierre aber starrte sie nur dumpf an.

»Bitte!«

Schließlich nahm er den Zettel entgegen und gab ihn ihr nach einer Weile zurück. »Danke!«, sagte er in gepresstem Ton.

Juliette wollte in die Küche gehen, um das Papier im Ausguss zu verbrennen, aber er hielt sie an den Schultern fest.

»Juliette, ich komme bald gesund zurück und werde euch beschützen, deine Mutter, Louis' Familie und dich. Hörst du?«

»Ich werde ihn immer lieben«, erwiderte sie.

»Wach auf, er ist tot!«

»Solange ich lebe, Pierre!«, entgegnete sie, doch dann wurde sie von einer heftigen Übelkeit überfallen, wie sie es noch nie zuvor erlebt hatte. Sie schaffte es in letzter Sekunde, an ihm vorbei zur Haustür zu stürmen und sie aufzureißen, bevor sie sich im Freien erbrach. Auch wenn das keine Morgenübelkeit gewesen war, es war für sie doch der Beweis, dass sie schwanger war. Der Gedanke allein gab ihr die Kraft, ins Haus zurückzukehren und sich um ihre Mutter zu kümmern, die sich wie ein Baby von ihr ins Bett bringen ließ. Dann verabschiedete sie Pierre.

Er aber flehte sie an, zusammen mit ihm, ihrer Mutter, Monique und dem Baby die Stadt zu verlassen, bevor auch ihr Haus von Bomben getroffen wurde, und sich mit ihm zu dem Versteck durchzuschlagen.

»Am besten, ihr kommt sofort mit!«

»Später, ich verspreche es dir. Meine Mutter hat einen Schock erlitten. Ich kann sie jetzt nicht dazu bewegen, ihr Haus zu verlassen. Und die Luftangriffe sind hoffentlich vorüber«, entgegnete Juliette, wohl wissend, dass es nur die halbe Wahrheit war. Sie selbst war nicht in der Lage, die Stadt ohne Friedrich zu verlassen. Noch nicht, redete sie sich gut zu, noch nicht!

Nachdem Pierre endlich das Haus verlassen hatte, setzte Juliette sich an den Küchentisch, ließ den Kopf auf die Platte sinken und brach in verzweifeltes Schluchzen aus.

50

Je näher sie dem Seniorenheim in Frédériques kleinem Wagen kamen, desto mulmiger wurde ihr zumute. Auch Barbara auf dem Beifahrersitz hatte auf der Fahrt kaum ein Wort gesprochen, und Madame Bertrand schien auf dem Rücksitz fast unsichtbar.

Frédérique haderte immer noch mit der Tatsache, dass sie auf Barbaras Bitten hin die einstige beste Freundin ihrer Mutter mitgenommen hatte. Auch wenn sie ihr nur zehn Minuten zugesagt hatte, die sie ihre Mutter sehen durfte. Und das im Anschluss an den Besuch von Frédérique und Barbara und auch nur, wenn ihre Mutter dieses Treffen mit den beiden einigermaßen verkraften würde. Die alte Dame aber war für jedes Entgegenkommen so dankbar, dass es Frédérique auch irgendwie berührte. Trotzdem hatte sie große Schwierigkeiten, das vernichtende Urteil ihres Vaters – ja, für sie war er immer noch ihr Vater; schließlich hatte sie nie einen anderen kennengelernt – über diese »Person«, wie er Madame Bertrand stets verächtlich genannt hatte, beiseitezuschieben. Und das, obwohl Barbara ihr inzwischen die Wahrheit über Madeleine erzählt hatte und auch, dass ihr Vater diese Frau einst geschoren und nackt auf die Straße gejagt hatte. Deshalb war für sie der Gedanke unvorstellbar, dass derselbe Mann ihre Mutter und damit auch sie, das *enfant maudit,* das »verfluchte Kind«, wie man die Nachkommen deutscher Soldaten zu bezeichnen pflegte, vor einem solchen Schicksal bewahrt haben sollte. Denn in seinem Weltbild wäre ihre Mutter nichts anderes als Madeleine gewesen, vielleicht mit dem Unterschied, dass »die Person« auch vor einem Schlächter wie dem Gestapo-Mann nicht haltgemacht hatte. Aber für die aufgeheizten Franzosen damals nach der Befreiung Frankreichs von der deutschen Herrschaft waren sie alle gleichermaßen hässliche Kollaborateurinnen gewesen. Wer hätte damals wohl ernsthaft danach gefragt, ob es sich um eine große Liebe gehandelt hatte oder um reine Prostitution? Deshalb tendierte sie zu der Auffassung, dass ihre Mutter ihn belogen und ihm das Kind untergeschoben hatte. Nur um das hoffentlich zu klären, auch wenn es in ihren Augen weiß Gott kein gutes Licht auf ihre Mutter werfen würde, nahm sie diesen Besuch in Begleitung ihrer Halbschwester auf sich.

Frédérique war jedenfalls froh, als sie auf dem Parkplatz ankamen und sie die Wagentür öffnen konnte, um tief durchzuatmen. Auch Madame Bertrand war leichenblass, als sie aus dem Auto stieg.

Frédérique deutete auf eine Parkbank. »Am besten setzen Sie sich dorthin und warten, bis einer von uns Sie holen kommt«, schlug sie der alten Dame vor. Barbara, die auch leicht angegriffen aussah, begleitete Madame Bertrand zu dem Schattenplatz und redete beruhigend auf sie ein.

Als Frédérique und Barbara an der Rezeption vorbeigingen, grüßte die Dame dahinter leicht säuerlich. Offenbar fragte sie sich, warum Madame Dubois diese unverschämte Deutsche nun auf einmal freiwillig mit zu ihrer Mutter nahm.

»Hoffentlich regen wir sie nicht zu sehr auf«, raunte Barbara Frédérique zu, während diese an die Zimmertür ihrer Mutter pochte. Dabei hatten sie alles vorher genau abgesprochen, um allzu große Aufregung von der Mutter fernzuhalten. Sie waren sich einig darüber, dass sie Barbara auf keinen Fall als Friedrichs Tochter vorstellen würden, sondern als eine deutsche Freundin Frédériques. Ihr Ziel war es, auf zwei Fragen möglichst befriedigende Antworten zu erhalten: Hatte Friedrich damals von ihrer Schwangerschaft gewusst? Und hatte ihr Vater Pierre zeitlebens glauben müssen, Frédérique sei seine Tochter?

Dass das Ganze ein Risiko barg und auf der ganzen Linie scheitern konnte, wenn ihre Mutter sich an diesem Tag in einem besonders schlechten Zustand befand, war den beiden Frauen durchaus bewusst. Allerdings hatte sich Frédérique vorher telefonisch bei Doktor

Raoul, wie sie ihn gern scherzhaft nannte, vergewissert, dass ihre Mutter an diesem Tag gut beieinander war. Offenbar hatte sie den Doktor so begeistert erwähnt, dass Barbara hellhörig geworden war. »Sollte ich mehr über diesen Doktor Raoul wissen?«, hatte sie anzüglich gefragt. »Ja, Finger weg!«, hatte Frédérique grinsend geantwortet. Seitdem nannte Barbara ihn nur noch: Doktor Fingerweg.

Ihre Mutter blickte aufmerksam zur Tür, als die beiden das Zimmer betraten.

»Mein Kind, schön, dich zu sehen. Du warst ja lange nicht mehr da«, begrüßte ihre Mutter sie überschwänglich.

Frédérique schluckte. Es fiel ihr immer noch schwer, zu begreifen, dass dies kein Vorwurf war, sondern ihre Mutter sich an den letzten Besuch tatsächlich nicht mehr erinnerte. Dabei hatte ihr Raoul all diese Phänomene, die mit einer schleichenden vaskulären Demenz einhergingen, fachmännisch und geduldig erklärt. Auch dass das Kurzzeitgedächtnis mehr betroffen war als das Langzeitgedächtnis. Insofern hatte er keine Bedenken geäußert, dass sie zusammen mit Barbara versuchen wollte, noch einige unbeantwortete Fragen zu klären. Es wird nicht besser, hatte er bedauernd hinzugefügt.

Frédérique gab ihrer Mutter zur Begrüßung die üblichen Küsschen auf die Wange und stellte ihr dann ihre Freundin Barbara aus Hamburg vor. Die Miene ihrer Mutter erhellte sich. »Hamburg, wie schön. Kind, hol doch mal das Buch über Hamburg aus dem Regal, dann zeige ich ihr, wo wir wohnen wollen.«

Frédérique holte den Baedeker aus dem Regal, während ihre Mutter Barbara heranwinkte, die sich zögernd dem Sessel näherte und sich ein Kreuz auf dem Stadtplan zeigen ließ. Barbara hob kurz den Blick. »Das ist unsere Straße. Keine Frage«, sagte sie an Frédérique gewandt, so als ob sie sich immer noch wunderte, dass ihr Vater dieses Buch wohl seiner Geliebten geschenkt und ihr darin eingezeichnet hatte, wo sie wohnten.

»Und du willst dort hinziehen?«, hakte Frédérique vorsichtig nach.

Ihre Mutter nickte eifrig. »Friedrich muss in der Nähe seiner Familie sein. Die arme Frau hat doch das Baby.«

Barbara machte in diesem Moment den Eindruck, als würde sie das Zimmer am liebsten auf dem schnellsten Weg verlassen, stellte Frédérique mitfühlend fest, doch sie gab ihr ein aufmunterndes Zeichen. Barbara zog daraufhin drei Fotos hervor und zeigte sie Frédériques Mutter. Auf allen war Barbaras Vater in jungen Jahren zu sehen. Das war so mit Frédérique abgesprochen: Die beiden würden versuchen, mittels der Fotos das Gedächtnis ihrer Mutter anzuregen. Frédérique war sehr gespannt, ob ihr Plan aufgehen würde.

Ihre Mutter griff sich eins der Fotos, strahlte über das ganze Gesicht, als sie Friedrich offenbar erkannt hatte, und drückte es an ihr Herz.

»Sie können die Bilder behalten«, sagte Barbara, aber Frédériques Mutter lächelte nur selig, das Foto immer noch an ihre Brust gepresst.

Frédérique wusste, dass nun sie dran war. Wenn sie eine Antwort auf ihre Fragen wollte, musste sie es wagen. Auch sie hatte ein paar Fotos mitgebracht und rückte sich jetzt einen Stuhl ganz dicht neben die Mutter und holte eine Handvoll Bilder hervor, die ihren Vater in jungen Jahren zeigten. Allerdings kostete es sie einige Mühe, ihre Mutter dazu zu bewegen, zunächst einmal das Foto von Friedrich aus der Hand zu geben.

»Und wer ist das, Maman?« Frédérique drückte ihr ein Foto von ihrem Vater in die Hand, auf dem er in die Kamera lachte. Ihre Mutter betrachtete es völlig unbeteiligt und zuckte die Schultern. »Weiß nicht.«

Frédérique befürchtete schon, dass sie gescheitert war, als es ihr mit den nächsten beiden Bildern genauso erging. Sie machte seufzend noch einen letzten Versuch und gab ihrer Mutter ein Foto von ihrem Vater und den beiden Brüdern ihrer Mutter in die Hand.

Zunächst blieb dieser gleichgültige Ausdruck in ihrem Gesicht unverändert, aber dann plötzlich füllten sich ihre Augen mit Tränen. »Geráld und Louis«, murmelte sie. Frédérique war gar nicht wohl damit, weiterzumachen, aber es schien ihr die letzte Chance zu sein. Sie zeigte auf ihren Vater.

»Und wer ist das?«

Ihre Mutter überlegte, doch dann erhellte sich ihre Miene. »Das ist Louis' Freund Pierre.«

Frédérique hielt den Atem an. Zum ersten Mal seit Längerem hatte ihre Mutter nun ihren langjährigen Ehemann auf einem Foto erkannt. Jetzt durfte ihr kein Fehler unterlaufen. Sie bewegte sich auf sehr dünnem Eis. Ein falsches Wort, und Pierre war flugs wieder aus der Erinnerung ihrer Mutter verschwunden.

»Pierre war auch dein Ehemann, oder?«, fragte sie schließlich in der Hoffnung, nicht jene Frage gestellt zu haben, die alles zerstörte.

»Er hat darauf bestanden, mich zu heiraten. Und es war auch besser so …« Sie stockte und schien in die Vergangenheit abzudriften.

»Für wen war es besser so, Maman?«

»Sie hätten mich ansonsten geschoren und nackt durch den Ort getrieben, und meinen kleinen Liebling hätten sie ›Bastard‹ geschimpft.«

Frédérique war nahe dran, aber jetzt musste sie die entscheidende Frage stellen. Sonst würde sie niemals herausbekommen, ob ihr Vater Bescheid gewusst hatte.

»Und Pierre wollte das verhindern?«

Ihre Mutter blickte Frédérique empört an. »Er möchte nicht, wenn du ihn beim Vornamen nennst. Er wollte immer dein Vater sein, und er war der beste Vater, den du haben konntest, außer …« Ihre Mutter unterbrach sich und blickte traurig in die Ferne. Frédérique brauchte nicht viel Fantasie, um zu wissen, an wen sie gerade dachte. Ihr Herz schlug bis zum Hals, aber sie unterließ es, die Mutter mit weiteren Fragen zu löchern.

Nach einer halben Ewigkeit hörte sie ihre Mutter murmeln: »Und jetzt hat jeder sein Kind. Sonst wäre das arme Baby doch allein …« Frédérique warf Barbara daraufhin einen mitfühlenden Blick zu, denn es war keine Frage: Mit dem Baby war sie gemeint. Und ihre eigene Frage war damit im Grunde genommen auch beantwortet. Ihr Vater hatte ihre Mutter offenbar ganz bewusst schwanger geheiratet, um ihnen das Schicksal vieler anderer Frauen und deren Kindern zu ersparen. Da hörte sie ihre Halbschwester fragen: »Juliette? Hat Friedrich gewusst, dass Sie ein Kind von ihm erwarten?«

Frédériques Mutter schüttelte heftig den Kopf.

»Er hat es also nicht gewusst?«, hakte Frédérique nach.

»Nein, er war doch fort. Und Pierre hat es verboten, dass ich jemals wieder Kontakt mit ihm aufnehme. Sie war doch allein Pierres Tochter für immer …« Ohne Verwarnung brach sie in Tränen aus und schluchzte: »Aber ich muss es ihm doch sagen. Er hat ein Recht, es zu erfahren.«

Frédérique nahm ihre Mutter fest in den Arm und wiegte sie wie ein kleines Kind. »Nein, du hast alles richtig gemacht«, flüsterte sie. Es war merkwürdig. Endlos lange hatte sie sich nicht mehr so verbunden mit ihrer Mutter gefühlt wie in diesem Moment. Natürlich waren noch jede Menge Fragen offen, und wer wusste schon, ob ihre Mutter sich wirklich erinnerte. Ihr Gefühl sagte ihr allerdings, dass ihr Vater die treibende Kraft bei dieser Hochzeit gewesen war. Und ihr wurde bewusst, dass ihre beiden Eltern ihretwegen viel Unbill auf sich genommen hatten. Nicht nur ihr Vater hatte sie geliebt, nein, auch ihre Mutter! Sie hatte ihretwegen einen Mann geheiratet, den sie nicht liebte. Und noch etwas fiel ihr siedend heiß ein: Ihr Vater hatte sie niemals bei ihrem richtigen Namen genannt, immer nur Chouchou. Frédérique hatte sich niemals gefragt, warum ihr Vater sie ausschließlich mit diesem Kosenamen anredete, aber in diesem Augenblick fiel es ihr wie Schuppen von den Augen. Er wollte nicht den Namen ihres Vaters in den Mund nehmen, auf den wahrscheinlich ihre Mutter bestanden hatte …

Aus dem Augenwinkel sah sie, wie Barbara mit bebenden Schultern aus dem Fenster sah. Keine Frage, sie weinte. Frédérique hätte sie gern getröstet, aber nun klammerte sich ihre Mutter förmlich an sie. Was sie am meisten wunderte, war die Tatsache, dass sie das überhaupt ertragen konnte.

Aber mehr würde sie beim besten Willen nicht aus ihrer Mutter herausbekommen, deren Schluchzen mittlerweile verebbt war. Stattdessen ließ sie ihre Tochter los, setzte sich kerzengerade hin und begann zu singen: »Wenn ich ein Vöglein wär …«

Da drehte Barbara sich wieder um. Ihre Augen waren vom Weinen verquollen, aber sie rang sich zu einem Lächeln durch. Frédériques Mutter unterbrach abrupt ihren Gesang und starrte Barbara an. »Sie sind hübsch. Wissen Sie, dass Sie mich an jemanden erinnern?«, bemerkte sie plötzlich.

»Das freut mich«, sagte Barbara, und an Frédérique gewandt: »Ich glaube, es ist Zeit.« Sie deutete diskret aus dem Fenster.

»Maman? Erinnerst du dich an deine Freundin Madeleine?«

»Aber natürlich. Wie geht es ihr?«, fragte ihre Mutter aufgeregt.

»Willst du sie sehen?«

»Aber gern!«

Barbara nahm das zum Anlass, das Zimmer eilig zu verlassen, um die alte Dame zu holen.

»Deine Freundin ist wirklich hübsch. Wenn ich bloß wüsste, an wen sie mich erinnert«, murmelte ihre Mutter.

»Das fällt dir sicher wieder ein«, sagte Frédérique, während ihr Blick auf eine Kohlezeichnung an der Wand fiel, ein Porträt ihrer Mutter, das immer schon in ihrem Zimmer gehangen hatte. Plötzlich kam ihr der Gedanke, ob die Zeichnung auch von ihrem leiblichen Vater stammen könnte. Sie stand auf und ging zu dem Bild, um nach einer Signatur zu suchen, doch da hörte sie ihre Mutter bereits voller Stolz sagen: »Das hat er gemalt.« Sie stockte und kicherte. »Er wollte mir beweisen, dass er auch anders malen kann. Aber in Wirklichkeit will er Arzt werden. Wenn wir erst in Hamburg sind ...«

In dem Augenblick kehrte Barbara in Begleitung einer sichtlich verschüchterten Madame Bertrand zurück. Erst als Frédériques Mutter rief: »Madeleine, da bist du ja endlich. Komm zu mir!«, traute sich die alte Dame, ihre Freundin mit Küsschen zu begrüßen.

»Komm, setz dich, Madeleine. Wie schön, dass du gekommen bist. Ich habe so lange auf dich gewartet. Du bist doch hoffentlich nicht mehr mit diesem Schwein zusammen, oder?«

Madame Bertrand schüttelte den Kopf. »Nein, Julie, schon lange nicht mehr. Ich habe jetzt einen französischen Mann.«

»Ich auch, aber Friedrich wird bald kommen, und dann werde ich ihm endlich erzählen, was in mir heranwächst.« Sie strich über ihren Bauch wie eine Schwangere.

Es war nicht zu übersehen, dass Madame Bertrand einen winzigen Augenblick mit ihrer Fassung rang, aber dann tat sie etwas, was Frédérique schwer beeindruckte. Sie brachte das Thema auf die Klosterschule, und die beiden Frauen unterhielten sich lebhaft über die Lehrer und die Mitschülerinnen.

Wahrscheinlich hätten sie das den ganzen Tag fortsetzen können, aber Frédérique hatte den Eindruck, dass es für heute genug war.

»Aber du kommst wieder, oder?«, fragte ihre Mutter die Freundin zum Abschied. Madame Bertrand warf Frédérique einen fragenden Blick zu.

»Natürlich kommt sie wieder«, versicherte sie ihrer Mutter, und das meinte sie ernst. Sie hatte kein Recht, ihrer Mutter den Besuch vorzuschreiben, und Madeleine tat ihr offenbar gut, denn ihre Mutter strahlte wie ein junges Mädchen.

Als sie sich verabschiedeten, hielt ihre Mutter Barbaras Hand fest und raunte: »Jetzt weiß ich, an wen Sie mich erinnern. An meine große Liebe. Bitte kommen Sie auch wieder!«

Im Flur fielen sich Barbara und Frédérique um den Hals, während Madame Bertrand stille Tränen weinte.

Nachdem sie die alte Dame zum Wagen gebracht hatten, entschuldigte sich Frédérique kurz und behauptete, sie müssen noch einmal zurück, weil sie etwas vergessen habe.

Barbara aber schien sie zu durchschauen. »Grüß den Doktor Fingerweg von mir«, lachte sie.

Frédérique spürte, wie ihr die Röte in die Wangen schoss, aber nichts und niemand würde sie davon abhalten, Raoul haarklein von dem klärenden Besuch zu berichten. Das hatte sie ihm versprochen. Im Gegenzug würde er gleich persönlich nach ihrer Mutter schauen, um sich zu vergewissern, dass dieser Besuch sie nicht völlig durcheinandergebracht hatte.

51

Arromanches-les-Bains, August 1944

Der schöne Spätsommertag war für Juliette ein Anlass zur Trauer, wenngleich es üblicherweise der schönste Tag im Leben einer Frau sein sollte. Sie trug bereits ihr bestes Sommerkleid und wartete in der ehemaligen Hotellobby auf den Bräutigam.

Juliette hatte die Lage an jenem 6. Juni, an dem die Alliierten an den Stränden der Normandie gelandet waren, völlig falsch eingeschätzt. Es war erst der Anfang der Bombenangriffe der Alliierten auf normannische Städte und Dörfer gewesen, denen noch etliche weitaus zerstörerischere gefolgt waren. Aber Juliettes Empfindungen für das entsetzliche Leid, das den Menschen in der Stadt widerfuhr, die irrtümlich geglaubt hatten, dass sie mit der Landung der Alliierten frei sein würden, waren mit jeder Katastrophe weiter abgestumpft. Spätestens seit dem Tag, an dem sie ihre Mutter, Monique und deren Baby nach einem schweren Angriff hatte besuchen wollen und vor der brennenden Ruine gestanden hatte, in der sich kürzlich noch Louis' Wohnung befunden hatte. Eine alte Frau, die fassungslos vor dem Trümmerberg saß, hatte Juliette versichert, dass keiner in diesem Haus das Inferno überlebt hatte. Bis auf ein Baby, das man lebend aus den Trümmern geborgen und in ein Krankenhaus gebracht hatte. Da es überhaupt nur noch ein halbwegs intaktes Krankenhaus in der Stadt gab, war Juliette sofort dorthin geeilt in der Hoffnung, dass es sich um ihren Neffen Jules handelte. Und tatsächlich, er hatte das Inferno überlebt. Juliette hatte noch an demselben Tag, als man den Kleinen entlassen hatte, beschlossen, mit dem Kind nach Arromanches zu gelangen, doch erst nachdem die Stadt Caen endgültig von den Deutschen befreit worden war, hatte sie einen Kinderwagen organisiert und sich mit dem Kind zu Fuß auf den Weg gemacht. Ihr war unterwegs viel Zerstörung begegnet, und als sie endlich Arromanches erreicht hatte, glaubte sie zunächst, sie hätte sich im Ort geirrt. Denn im Meer vor Arromanches befanden sich stählerne Ungetüme im Meer, ein von den Alliierten künstlich angelegter Nachschubhafen, wie man ihr später erklärt hatte.

Ihre Befürchtungen, sie könne das Hotel womöglich beschädigt oder verwüstet vorfinden, hatten sich glücklicherweise nicht bestätigt. Also richtete sie das verborgene Zimmer für sich und das Kind her und überlegte, wie sie Hotel und Restaurant wieder auf Vordermann bringen könnte. Wären da nicht der kleine Jules, der sie brauchte, gewesen und die Gewissheit, dass sie selbst ein Kind erwartete, sie hätte mit Sicherheit nicht solchen Tatendrang entwickelt, aber für die Zukunft der Kinder musste sie sich etwas einfallen lassen. Sie hatte auch schon eine Idee, die sie mit Hilfe eines alten Weggefährten, ihres einstigen Mitarbeiters Jean, kurzerhand in die Tat umsetzte. Dazu musste sie allerdings den nicht unerheblichen Vorrat ihres Vaters an Champagner opfern. Schnell hatte sich herumgesprochen, dass man im *Hotel Normandie* einen guten Tropfen bekam, und, wenn Jean Austern und Muschel ergattern konnte, die Meeresfrüchte der Normandie dazu. Sogar ihre Zimmer wurden von den aliierten Soldaten gebucht, meist für ihre französischen Freundinnen. Natürlich hatte Juliette wegen ihrer eigenen Geschichte ein gewisses Verständnis, aber sie achtete penibel darauf, dass das Hotel nicht zum Bordell verkam. Erfolgreich, denn sonst hätten wohl kaum hohe britische Offiziere sogar ihre Ehefrauen dorthin eingeladen. Das Geschäft florierte jedenfalls in diesen Wochen.

Der Einzige, der sich kritisch zu ihrem Erfolg geäußert hatte, war Pierre, als er eines Tages im August bei ihr im Hotel aufgetaucht war. Nicht dass ihm ihre Geschäftsidee missfiel, aber er war der Meinung, es gehöre ein Mann ins Haus. Ihr war sofort klar, dass er von sich selbst sprach. Die Häuser, die seine Familie einst in der stolzen normannischen Stadt Caen besessen hatten, waren allesamt bis auf die Grundmauern zerstört. Und in der Stadt, von der nur noch eine klaffende Wunde übrig geblieben war, ein Hotel zu errichten, wäre sinnlos. So hoffte er wohl, dass sie dem *Hotel Normandie* mit vereinten Kräften wieder zu alter Blüte verhelfen konnten. Der Gedanke war gar nicht verkehrt, denn sie konnte gut Verstärkung gebrauchen, aber der Preis war hoch. Er wollte sie unbedingt heiraten. Ja, er fand sogar, dass er es seinem Freund Louis schuldig wäre, seinen Sohn großzuziehen. Auch das war an und für sich ein vernünftiger Gedanke, denn sie konnte sich gut vorstellen, dass der Junge später auch dringend einen Vater brauchte. Wenn da nur nicht das unschuldige Wesen in ihrem Bauch gewesen wäre, das Juliette vor manchem Zusammenbruch bewahrt hatte. Immer wenn sie sich nachts in den Schlaf weinte, nachdem sie glaubte, Friedrichs Duft auf den Kissen zu riechen, dachte sie an sein Kind und dass es keine trauernde Mutter haben sollte.

Eigentlich hatte Juliette Pierre wegschicken wollen, ohne ihm ihr Geheimnis anzuvertrauen, wenn er nicht … ja, wenn er nicht selbst darauf gekommen wäre.

»Julie«, hatte er beim vermeintlichen Abschied mit ernster Miene gesagt. »Du bist runder geworden, was in diesen Zeiten nur eines bedeuten kann: Du bist schwanger!«

Juliette wäre fast umgekippt. So weich waren ihre Knie bei seinen Worten geworden.

»Nein … ich … nein, ich esse gut, backe selbst das Brot …«

»Aber dann würdest du nicht dort zunehmen.« Er warf einen verschämten Blick auf ihren Ausschnitt. In dem Augenblick hatte Juliette gewusst, dass Leugnen zwecklos wäre.

»Gut, dann weißt du, warum ich dich nicht heiraten kann. Außerdem kommt Friedrich uns vielleicht doch noch holen.«

»Friedrich ist tot!«, hatte er sie angebrüllt. »Und wenn er nicht tot ist, ist er in Gefangenschaft. Und wenn er da wieder raus ist, dann ist es zu spät für dich und dein Kind.«

»Wie meinst du das?«, hatte sie ihn mit bebender Stimme gefragt.

»Weil man dich dann schon als Verräterin gebrandmarkt hat. Und weißt du, was wir aufrechten Franzosen mit diesen *Boche*-Huren machen? Wir scheren sie kahl und treiben sie durch die Straßen. Manchen werden Hakenkreuze ins Gesicht gemalt, und andere werden vorher umgebracht!«

Juliette hatte bei seinen Worten voller Angst gezittert. Aber er war auf sie zugetreten und hatte auf ihren Bauch gedeutet. »Willst du das? Und dass deinem Kind ein Leben lang nachhängt, dass es verflucht ist?«

Sie hatte ihn mit schreckensweiten Augen angesehen. Stumm vor Panik.

»Ich glaube das nicht … dass Menschen so grausam sein können«, stieß sie schließlich mit letzter Kraft hervor. Er aber war in lautes hämisches Lachen ausgebrochen. »Frag deine Freundin Madeleine. Sie hat es am eigenen Leib erlebt!«

Juliette hatte die Hände vor das Gesicht geschlagen und sich geweigert, das zu glauben. Doch da hatte er sie grob am Arm mit sich gezogen und Jean zugerufen, er solle auf das Kind aufpassen.

Willenlos war sie schließlich in seinen klapprigen Wagen gestiegen. Sie hatte keine Ahnung, wohin er sie brachte. Erst als er vor der zerstörten Stadt gehalten und mit ihr die staubige Landstraße entlanggegangen war, die von beiden Seiten mit Menschen gesäumt war, schwante ihr, was er vorhatte. Er wollte ihr zeigen, wie man diese armen Frauen durch die geifernde Menge trieb, vermutete sie, als er ihr befahl, nach rechts zu schauen. »Die Kanadier bringen ihre letzten Gefangenen zu einem Schiff, das sie in die Lager in Übersee schafft. Schau sie dir genau an, diese verdammten Kreaturen. Und dann entscheide, ob du seinetwegen dein eigenes und das Leben deines Kindes gefährden willst.«

Und schon hatte er sie durch die Menge in die vordere Reihe geschoben. Juliette würde niemals vergessen, wie sie im Zug dieser armseligen Kreaturen Friedrich entdeckt, er sie aber nicht gesehen hatte. In diesem Augenblick war sie vor der Wahl gestanden: sich entweder laut zu ihrem Geliebten zu bekennen oder auf Pierres Angebot einzugehen. Schließlich hatte Juliette Laurents Körper eine Entscheidung für sie getroffen, denn sie war zusammengebrochen, bevor sie seinen Namen hatte rufen können.

An diesem Tag nun würde sie mit Pierre zum Standesamt nach Bayeux fahren, um Madame Juliette Roux zu werden.

Pierre war außer sich vor Glück gewesen, doch seine Freude hatte ihn nicht daran gehindert, ihr schließlich noch einige Bedingungen zu diktieren: Erstens: niemals wieder mit Friedrich Kontakt aufzunehmen. Zweitens: für den Fall, dass er ihr auflauern sollte, ihm nicht zu verraten, dass ihr Kind von ihm war. Drittens: das Kind als das von Pierre eintragen zu lassen. Viertens: dem Kind niemals zu verraten, wer sein Vater war. Fünftens: kein Wort mehr mit Madeleine Petit zu wechseln. Offenbar befürchtete er, dass Juliette, wenn sie erst wieder mit ihrer Freundin verkehrte, dieser in einer schwachen Stunde die Wahrheit verriet.

Sie hatte schließlich allem zugestimmt und zum Abschluss nur eine einzige eigene Bedingung gestellt: das ungeborene Kind, je nachdem, ob es ein Junge oder ein Mädchen wurde, Frédéric oder Frédérique zu nennen. Pierre hatte damit stark gehadert, aber in diesem Punkt wollte sie keinen Kompromiss machen.

An diesem Morgen hatte sie beim Aufwachen bitterlich in ihre Kissen geweint allein bei dem Gedanken, ihre große Liebe endgültig zu verraten, aber sie hatte keine Wahl. Zwei kleine Kinder brauchten nicht nur eine Mutter, der keinerlei Verfolgung drohte, sondern auch einen Vater, der für sie da war. Und wenn sie an etwas keinerlei Zweifel hegte, dann daran, dass Pierre einen guten Vater abgeben würde.

Genau das hatte sie gestern Abend vor dem Einschlafen auch dem kleinen Büchlein mit dem Samteinband anvertraut, das unter ihrem Kopfkissen lag. Sie hatte damit angefangen, ihre verzweifelten Gedanken niederzuschreiben, seit Friedrich aus ihrem Leben verschwunden war.

Juliette holte das Büchlein nun aus ihrer Handtasche hervor und las noch einmal ihre Eintragungen der letzten Monate, bevor sie die Seiten herausriss und schweren Herzens im Küchenherd verbrannte. Zu groß war die Gefahr, dass Pierre eines Tages lesen musste, dass sie Friedrich nicht vergessen würde, und wenn sie hundertmal einen anderen Mann heiratete.

Ein Rascheln riss Juliette aus ihren Gedanken, und sie fuhr herum. Pierre, seine Schwester, seine Mutter und Jean waren gekommen. Sie hatten offenbar ein paar Blumen gepflückt, die Pierres Mutter geräuschvoll aus dem Zeitungspapier wickelte und ihr überreichte. Seine Schwester und Jean waren ihre Trauzeugen, denn Juliette hatte ansonsten keine Familie und auch keine Freunde mehr.

Sie rang sich zu einem Lächeln durch und schenkte es Pierre, der über das ganze Gesicht strahlte. So ist es wenigstens der schönste Tag im Leben des Bräutigams, dachte sie bekümmert.

52

Die Kulturreferentin hatte Barbara gerade die gute Nachricht überbracht, dass der Festsaal bis auf den letzten Platz besetzt war. Die Künstlerin war wie immer wahnsinnig aufgeregt. Das Lampenfieber war nicht weniger geworden. Dabei war dies gar nicht die Premiere ihres französischsprachigen Programms. Die hatte bereits mit großem Erfolg in Paris stattgefunden. Im Gegenteil, dies war der letzte Auftritt ihrer Tournee. Man hatte der Agentur bereits ein neues Angebot gemacht, das sie aber ablehnen würde, denn einen schöneren Abschluss für ihre Bühnenkarriere als diese wunderbare Tournee konnte es gar nicht geben. Außerdem hatte sie ab Januar einen festen Job in Paris. In Paris war unter den begeisterten Zuschauern die Geschäftsführerin des deutsch-französischen Filminstituts gewesen, über deren Anzeige, in der eine Pressesprecherin gesucht wurde, Barbara damals in Bayeux gestolpert war. Und auf die sie sich wegen ihres biblischen Alters allerdings niemals beworben hatte. Nun hatte sie dies auf der Premierenfeier der Dame gegenüber als Anekdote zum Besten gegeben. Woraufhin aus dem Spaß Ernst geworden war. Man hatte sich just zum Jahresende von der neuen Pressesprecherin trennen müssen und ihr spontan die Stelle angeboten. Barbara hatte nicht lange überlegt. Sie wollte vorerst in Frankreich bleiben, und so gut ihr das Zimmer in Frédériques Haus in Arromanches auch gefiel, sie brauchte dringend wieder etwas Eigenes. Darüber hinaus hatte sie in der Hamburger Frauenzeitung, an die sie ihre Glosse geschickt hatte, eine feste wöchentliche Kolumne bekommen, die sie auch von Frankreich aus schreiben konnte. Was Arbeit anging, war sie also komplett ausgebucht.

Nun wollte sie zu Weihnachten nach Hamburg reisen, um ihre

Mutter zu besuchen und ihren Hausstand aufzulösen. Der Mutter hatte sie einen Brief geschickt, in dem sie ihr die ganze Wahrheit geschrieben hatte. Zu ihrer großen Überraschung hatte ihre Mutter sogar geantwortet und ihr versichert, dass Friedrich ihr alles von Juliette berichtet hatte. Sie hatte sogar durch die Blume zugegeben, dass der Vater sie niemals wirklich geliebt habe. Dass es für ihre Mutter, die Frau mit Anstand und Moral, allerdings keine Frage gewesen war, bei ihm zu bleiben. Ihr Vater habe ihr damals auch die Postkarte aus Arromanches gezeigt und gestanden, dass er Juliette einen langen Brief geschrieben hatte, den diese, wie die Antwortkarte von Pierre Roux besagte, wohl nie erhalten hatte. Offenbar musste sie glauben, dass er nach dem Krieg keinen Kontakt mehr zu ihr aufgenommen hatte. Ihre Mutter hatte betont, dass ihr Vater nach dem Erhalt jener Karte niemals mehr ein Wort über seine französische Geliebte verloren hatte. Und dass es sie deshalb überfordert hatte, als er Barbara auf dem Totenbett sein Geheimnis nun doch hatte anvertrauen wollen. Sie hielt auch nicht mit ihrer Meinung hinter dem Berg, dass sie es für einen großen Fehler hielt, den guten Klemens für den Großneffen dieser Person zu verlassen.

Es wäre auch nicht ihre Mutter gewesen, wenn sie nichts zu meckern gehabt hätte. Sie hatte in ihrem Brief schließlich klargestellt, dass sie in Zukunft nicht mehr über diese Angelegenheit zu reden wünschte. Und dass sie beschlossen hatte, doch in dem Haus wohnen zu bleiben, weil sie einen Arzt gefunden hatte, der nur die Praxis übernehmen wollte.

»So nachdenklich?«, fragte Frank, der Barbara treu am Piano begleitete und dem es sehr gut gefiel, zur Abwechslung in Frankreich unterwegs zu sein.

»Na ja, es ist heute der letzte Auftritt mit diesem Programm«, erwiderte Barbara.

»Kommt deine Schwester wieder zum Auftritt?«

»Nein, sie war ja schon dreimal mit dabei, und heute hat sie ein großes Fest im Hotel. Leider muss auch Colette helfen. Die hätte das Programm gern noch einmal gesehen.«

»Darf ich dir mal ein Kompliment machen? Als alter Freund.«

»Nur zu! Ich bin auch in meinem hohen Alter noch empfänglich für Schmeicheleien.«

»Du siehst blendend aus ...«

»Das geht runter ...«

»Und du bist ruhiger geworden ...«

»Wie bitte? Ich habe Lampenfieber vom Feinsten.«

»Ich meine, generell. Du bist nicht mehr so flatterig ... also, wie soll ich sagen. Du ruhst mehr in dir.«

»Tja, ich habe mich eben damit abgefunden, die Männerjagd einzustellen. Das entspannt.«

Frank lachte. »Aber das liegt nicht an deiner Chancenlosigkeit. Da war wohl in jeder Stadt ein grauhaariger Herr, der dich gern zur Aftershow-Party ins Hotel begleitet hätte.«

Barbara machte eine wegwerfende Handbewegung.

»Aber ich hatte keine Lust«, stöhnte sie und musste unfreiwillig an Henri denken. Er spukte immer noch in ihrem Kopf herum, aber ihr fehlte der Mut, ihn zu kontaktieren oder kontaktieren zu lassen, was ihr Frédérique schon mehrfach angeboten hatte. Ihre Halbschwester wollte wahrscheinlich ihr Glück teilen, denn offenbar waren Doktor Fingerweg und Frédérique inzwischen ein Paar. Gut für Colette, die ihre Mutter kürzlich mit ihrem neuen Lover aus Indien geschockt hatte. So ließ Frédérique ihre Tochter in Ruhe, weil sie mit ihrer eigenen Beziehung beschäftigt war. Amüsiert beobachtete Barbara, dass Colette ihre Männer ebenso rasch wechselte, wie sie selbst es früher getan hatte.

Ein Gong riss Barbara aus ihren Gedanken. Das Zeichen zum Auftritt. Wie immer war die Anspannung vorüber, als Barbara im Scheinwerferlicht ans Mikrofon trat und die ersten Zeilen sang. »*Oh Barbara, Il pleut sans cesse sur Brest, comme il pleuvait avant, mais ce n'est plus pareil et tout est abîmé, c'est une pluie de deuil terrible et désolée ...*«

An diesem Abend war die Beleuchtung so ausgerichtet, dass sie die Zuschauer bis zur dritten Reihe erkennen konnte. Es passierte mehr nebenbei, dass sie sich einen Überblick über ihr Publikum verschaffte. Sie blickte in lauter entspannte und wohlwollende Gesichter, bis ihr ein vertrautes Lächeln entgegenstrahlte. Der Schreck fuhr ihr durch alle Glieder, aber sie ließ sich nichts anmerken. Auch nicht, als sie neben Henri eine attraktive Frau entdeckte. Es war ja nett von ihm, dass er zu dem Auftritt kam. Und hatte sie dies nicht insgeheim sogar gehofft? Schließlich war Rouen sein Heimatort, und er arbeitete bei der örtlichen Zeitung.

Barbara war so sehr Profi, dass sie es schaffte, während der weiteren Stunde nicht mehr in seine Richtung zu gucken. Dieses Programm hatte keine Pause, da es nicht viel länger als sechzig Minuten dauerte.

Als sie nach mehreren Zugaben schweißgebadet in die Garderobe zurückkehrten, war Barbara fest entschlossen, auf die Party zu verzichten. Frank hatte recht. Früher hätte sie nichts und niemand davon abhalten können, auf die Party zu stürmen und die Neue an seiner Seite zu provozieren, doch das wäre ihr heute äußerst albern vorgekommen. Sie war aber auch nicht in der Stimmung, sich dazu zu zwingen, gute Miene zum bösen Spiel zu machen.

»Frank, ich werde verschwinden. Entschuldigst du mich bitte bei den Veranstaltern?«, sagte sie.

Ihr Pianist musterte sie erstaunt. »Aber es ist die Dernière. Und du bist doch die Hauptperson.«

»Ach, nein, ich …« Weiter kam sie nicht, weil die Kulturreferentin nun in die Garderobe gestürmt kam. »Sie waren wunderbar!«, schwärmte sie. »Und können Sie das Bühnenkleid noch anlassen? Die Presse braucht ein Foto von uns dreien. Ich werde Ihnen für das Foto die Blumen überreichen.« Und schwupps, war die Dame schon wieder entschwebt.

Widerwillig stand Barbara auf und folgte Frank in den Saal, der inzwischen hell erleuchtet war und dessen Stuhlreihen sich geleert hatten.

Da sah Barbara, dass zwei Zuschauer noch geblieben waren: Henri und seine Begleitung. Und da die Frau jetzt eine Kamera gezückt hatte, gab es kein Entkommen. Barbara begrüßte die Fotografin und

Henri kühl und professionell und ließ die hübsche junge Frau ihre Fotos machen.

Als die Fotografin alles im Kasten hatte, fragte Barbara, ob sie sich jetzt umziehen könne. Die junge Frau nickte eifrig. »Ich habe keine Fragen mehr. Das Programm spricht für sich, aber ich muss mich schnell verabschieden, damit ich die Kritik noch vor Redaktionsschluss fertig kriege. War ein schöner Abend.« Mit diesen Worten verschwand sie. Auch Frank eilte in dem Moment zur Garderobe zurück, und die Kulturreferentin entschuldigte sich, weil sie Gäste in der Lobby begrüßen musste.

Barbara blieb gar nichts anders übrig, als Henri nun anzusehen. Es war wie ein Blitz, der sie durchfuhr. Verdammt, sie war verliebt in diesen Kerl. Immer noch.

»Du musst nicht bleiben«, sagte sie hastig. »Vielleicht braucht deine Freundin deine Unterstützung.«

Henri musterte sie kopfschüttelnd. »Du bist immer noch so bescheuert wie eh und je«, stieß er in holprigem Deutsch hervor.

»Bitte?«

»Ich wusste, ich kann den Satz heute Abend anbringen. Habe ihn mir extra von Johann am Telefon beibringen lassen.«

»Du hast den Satz auswendig gelernt?«, prustete Barbara los, wohl wissend, dass sie wieder einmal in einen Fettnapf getreten war, denn witziger hätte er ihr gar nicht sagen können, dass die junge Fotografin nicht seine neue Freundin war.

»Ich konnte ja schlecht die Kritik schreiben«, lachte er. »Ich bin befangen.« Wenn er Französisch spricht, klingt das wesentlich besser, dachte Barbara, aber da machte er bereits einen weiteren Versuch, ihr mit Deutsch zu imponieren.

»Einen zweite Chance macht nur dann eine Sinn, wenn man versteht, warum der bei die erste Mal nicht funktioniert hast.«

Das klang allerdings so entzückend, dass Barbara nicht anders konnte, als ihm den Mund mit einem Kuss zu verschließen.

Epilog

Es sollte auf Wunsch des Brautpaars nur eine kleine bescheidene Hochzeit werden, denn die Braut war bereits im siebten Monat schwanger, aber allein der engere Kreis bestand aus weit über zwanzig Personen. Hinzu kamen Freunde des Brautpaars und Trauzeugen. Insgesamt waren es an die vierzig Gäste, die sich im festlich geschmückten Saal des *Hotels Normandie* an diesem sonnigen Sommertag zum Feiern trafen.

Martin hatte es geschafft, sich bei Frédérique einzuschmeicheln, sodass sie mit ihm gemeinsam die eine oder andere Überraschung vorbereitet hatte, die Paula und Vincent gar nicht gewollt hatten. Barbara hatte sich nicht eingemischt. Nur die weißen Tauben und die Kutsche hatte sie dann doch noch verhindern können.

»Ich kann froh sein, dass ich dieses Mal überhaupt eingeladen bin«, hatte sie Martin gegenüber gescherzt, der das nicht ganz so lustig fand. Seine schlechte Laune hatte allerdings auch eine konkrete Ursache, und die hieß Henri. Der Franzose war ihm ein Dorn im Auge, denn Martin war seit ein paar Monaten wieder Single, weil seine junge Frau sich in einen jungen Mann verliebt hatte. Offenbar hatte er sich damit getröstet, dass die chaotische Mutter seiner Tochter auch keinen Partner hatte, weil sie Beziehungen ja ohnehin nie gebacken bekam. Das hatte er Colette gleich nach seiner Anreise unter dem Siegel der Verschwiegenheit gesteckt, aber die hatte es nicht für sich behalten. In dem Punkt hatte er sich allerdings getäuscht. Immerhin hielt Barbaras Beziehung zu Henri bereits acht Monate. Vielleicht liegt es daran, dass wir uns nur am Wochenende sehen, hatte Barbara ihrer Tochter gestanden, aber Paula war der Meinung, es läge eher daran, dass Henri einfach der Richtige wäre. Lieber spät als nie, stellte ihre Tochter fest. Keine Frage, sie freute sich für Barbara, und das beruhte auf Gegenseitigkeit. Barbara hatte Paula noch nie zuvor so viel lachen sehen wie mit Vincent. Sie kamen, seit sie in München waren, immer wenn sie freihatten, nach Arromanches. Diese Besuche nahm Barbara zum Anlass, auch von Paris anzureisen, um die Familie zu sehen. Der Kontakt zu ihrer Tochter war jedenfalls intensiver als zu Zeiten von Klemens und vor allem tiefer, weil sie ihre gemeinsame Zeit nicht länger mit gegenseitigen Vorwürfen und Kränkungen verplemperten.

Das Einzige, das Barbara bezüglich des heutigen Abends Sorgen bereitete, war die Ankündigung ihrer Mutter, sie werde sich niemals mit der *Ehebrecherin*, wie diese Juliette hartnäckig nannte, an einen Tisch setzen. Dementsprechend hatten sie Juliette an einen anderen Tisch gesetzt. Zu Madeleine und Onkel Gerhardt. Das allerdings passte ihrer Mutter auch wieder nicht, denn Gerhardt und Madeleine waren mit ernsten Mienen in ein angeregtes Gespräch vertieft. Juliette saß daneben und strahlte glücklich vor sich hin. Offenbar wusste sie an diesem Tag nicht so recht, wo sie sich genau befand. Und was es hier zu feiern gab. Aber die Atmosphäre schien ihr zu behagen. Zu ihrem Schutz hatte Frédérique Doktor Raoul neben ihre Mutter platziert, der pflichtbewusst auf sie achtgab.

Barbaras Mutter hatte außerdem am Abend zuvor angekündigt, sie wolle auch nichts weiter mit dieser Erbschleicherin Frédérique zu tun haben, obwohl die ihr ein besonders schönes Zimmer im Hotel gegeben hatte. Dabei hatte Frédérique Barbara gegenüber mehr als deutlich gemacht, dass sie keinen Cent vom Erbe ihres Vaters wolle. Das hatte Barbara ihrer Mutter auch genauso weitergegeben, aber in deren Kopf konnte Frédérique nur ein raffgieriges Biest sein, zumal Barbara fand, dass Frédérique sehr wohl einen Anspruch auf ihr Erbteil besaß. Immerhin gebot es die gute Erziehung ihrer Mutter, der Tante des Ehemanns ihrer Enkelin zumindest mit gebührender Höflichkeit zu begegnen.

Trotzdem hatte Barbara vorsichtshalber den Platz neben ihrer

Mutter gewählt, um sie besser im Auge zu behalten. Nicht dass sie verbal ihr Gift gegen die angeheiratete Verwandtschaft verspritzte. Zu Barbaras Erleichterung fiel während des Essens allerdings kein böses Wort.

Erst als Martin sich erhob, um seine Rede zu halten, raunte ihre Mutter ihr in spitzem Ton zu, diesen Programmpunkt hätte Barbara ihm nun wirklich nicht so bereitwillig überlassen dürfen! Barbara sah das völlig entspannt. Martin hatte unbedingt auf der Hochzeit sprechen wollen. Dass es allerdings so eine Lobrede auf ihn selbst, den tollen Vater, werden würde, hatte sie sich in ihrer schlimmsten Fantasie nicht ausgemalt. Henri, der an Barbaras anderer Seite saß, hatte Barbara ein paarmal leise in die Seite gestoßen, immer wenn die Gefahr bestand, sie könne in lautes Gekicher ausbrechen angesichts seiner hehren Worte.

Barbara hatte es sich nicht nehmen lassen, nach seiner Rede einen selbst geschriebenen Song auf ihre Tochter vorzutragen. Dieses Lied rührte nicht nur Paula, sondern sogar Barbaras Mutter hatte eine Träne verdrückt.

Nach dem Essen schoben sie Tische und Stühle beiseite, damit getanzt werden konnte. Barbara war zu diesem Zeitpunkt der Feier der festen Überzeugung, dass jetzt nichts mehr schiefgehen konnte, außer dass Martin sich an Colette heranschmiss, weil mit dem Inder schon wieder Schluss war, oder die Freunde des Brautpaars aus München den vielen Calvados nicht vertrugen. Zufrieden blieb sie am Rand der Tanzfläche sitzen, denn Henri hatte netterweise ihre Mutter aufgefordert. Amüsiert beobachtete Barbara, wie er versuchte, ihre Mutter zu führen, wie Onkel Gerhardt mit Madeleine steif über das Parket schritt, während Dr. Fingerweg ganz locker mit Juliette das Tanzbein schwang. Sie überlegte gerade, ob sie auch tanzen sollte, wollte aber noch den nächsten Titel abwarten, den der DJ auflegte, da wand sich Juliette auf einmal aus dem Arm ihres Aufpassers und schoss blitzartig auf Barbaras Mutter zu. Das allein hätte noch nicht zum Skandal gereicht, aber dass sie voll überschäumender Freude rief: »Maman, Maman!« und ihr um den Hals fiel, ließ die Umstehenden vor Peinlichkeit erstarren. Barbara aber spürte einen unwiderstehlichen Lachreiz in der Kehle aufsteigen, als sie das pikierte Gesicht ihrer Mutter sah. Frédérique aber kam ihr zu Hilfe und zog Juliette mit sich fort.

Vor Empörung schnaubend, verließ ihre Mutter die Tanzfläche. »Da kann dein Vater aber froh sein, dass er sich für mich entschieden hat. Sonst hätte er die Verrückte an der Backe gehabt«, zischte sie Barbara zu.

Barbara lag daraufhin eine spitze Bemerkung auf der Zunge, doch dann schluckte sie ihre Erwiderung einfach hinunter und beschloss in diesem Augenblick, dass sie zu alt war, um sich mit ihrer alten Mutter zu streiten. Ändern würde sie diese Frau ohnehin nicht mehr!

Und in einem hatte ihre Mutter sogar recht: Es war in der Tat gut, dass ihr Vater sich für ein Leben mit ihnen entschieden hatte, auch wenn er es vielleicht nur deshalb getan hatte, weil Pierre Roux ihm diese Karte geschrieben hatte und er damit seine große Liebe verloren glaubte. Denn ansonsten wäre Barbara womöglich ohne ihren Vater aufgewachsen, und wie das gewesen wäre, wollte sie sich lieber gar nicht ausmalen. Was er wohl sagen würde, wenn er von dort oben zuschauen könnte, wie an diesem Tag nicht etwa die Liebenden von einst, sondern ihre Familien eine gemeinsame Zukunft feierten?

Eine tiefe innere Zufriedenheit ergriff Barbara. Zum ersten Mal in ihrem Leben war sie in Gedanken nicht damit beschäftigt, was wohl in Zukunft noch Aufregendes in ihrem Leben geschehen könnte, sondern sie genoss das Hier und Jetzt, ganz ohne den Drang, lieber gleich vor dem Glück davonzulaufen, bevor es sie verlassen konnte.

Ein atmosphärischer Familiengeheimnis-Roman entführt
über zwei Zeitebenen in das Berlin der 20er Jahre

MIA LÖW
DAS HAUS DES VERGESSENEN GLÜCKS

ROMAN

Die junge Soubrette Charlotte König genießt das wilde Bohème-
Leben einer Bühnenkünstlerin, bis etwas Grausames geschieht …
Aber von diesem Vorleben in Deutschland ahnt ihre Enkelin, die
New Yorker Journalistin Olivia, nichts, als ein Berliner Verlag sie
bittet, über ihre kürzlich hochbetagt verstorbene Großmutter, den
Broadway-Star Scarlett Dearing eine Biografie zu schreiben. Sie
zögert, aber nach einem Schicksalsschlag, den besonders ihre Toch-
ter Vivien trifft, reisen Mutter und Tochter gemeinsam nach Berlin.
Dort erfährt Olivia durch ein unveröffentlichtes Manuskript von
einem schrecklichen Geheimnis ihrer exzentrischen Großmutter.
Die folgende Reise in die Vergangenheit zeigt ein spannendes Bild
einer Medizinerfamilie in den Zwanzigerjahren auf und führt auf die
Spuren eines zerrissenen Lebens der jüngsten Tochter, die gegen alle
Konventionen ihrer Weg geht.
Anrührend, geheimnisvoll und voller Flair: Mia Löws Roman über
ein gut gehütetes Familiengeheimnis und eine Reise, die zwei Leben
verändert, begeistert mit viel Atmosphäre und Figuren, die einem
ans Herz wachsen.